新譯百家姓

馬自毅
顧宏義 注譯

三民書局

國家圖書館出版品預行編目資料

新譯百家姓／馬自毅,顧宏義注譯.——初版五刷.—
—臺北市：三民，2022
面；　公分.——(古籍今注新譯叢書)

ISBN 978-957-14-3896-2（平裝）
1. 百家姓—注釋 2. 中國語言—讀本

802.81　　93011313

古籍今注新譯叢書

新譯百家姓

注 譯 者　馬自毅　顧宏義
發 行 人　劉振強
出 版 者　三民書局股份有限公司
地　　址　臺北市復興北路 386 號 (復北門市)
　　　　　臺北市重慶南路一段 61 號 (重南門市)
電　　話　(02)25006600
網　　址　三民網路書店 https://www.sanmin.com.tw

出版日期　初版一刷 2005 年 3 月
　　　　　初版五刷 2022 年 5 月
書籍編號　S032480
I S B N　978-957-14-3896-2

三民書局

刊印古籍今注新譯叢書緣起

劉振強

人類歷史發展，每至偏執一端，往而不返的關頭，總有一股新興的反本運動繼起，要求回顧過往的源頭，從中汲取新生的創造力量。孔子所謂的述而不作，溫故知新，以及西方文藝復興所強調的再生精神，都體現了創造源頭這股日新不竭的力量。古典之所以重要，古籍之所以不可不讀，正在這層尋本與啟示的意義上。處於現代世界而倡言讀古書，並不是迷信傳統，更不是故步自封；而是當我們愈懂得聆聽來自根源的聲音，我們就愈懂得如何向歷史追問，也就愈能夠清醒正對當世的苦厄。要擴大心量，冥契古今心靈，會通宇宙精神，不能不由學會讀古書這一層根本的工夫做起。

基於這樣的想法，本局自草創以來，即懷著注譯傳統重要典籍的理想，由第一部的四書做起，希望藉由文字障礙的掃除，幫助有心的讀者，打開禁錮於古老話語中的豐沛寶藏。我們工作的原則是「兼取諸家，直注明解」。一方面熔鑄眾說，擇善而從；一方面也力求明白可喻，達到學術普及化的要求。叢書自陸續出刊以來，頗受各界的喜愛，使我們得到很大的鼓勵，也有信心繼續推廣這項工作。隨著海峽兩岸的交流，我們注譯的成員，也由臺灣各大學的教授，擴及大陸各有專長的學者。陣容的充實，使我們有更多的資源，整理更多樣化的古籍。兼採經、史、子、集四部的要典，重拾對通才器識的重視，將是我們進一步工作的目標。

古籍的注譯，固然是一件繁難的工作，但其實也只是整個工作的開端而已，最後的完成與意義的賦予，全賴讀者的閱讀與自得自證。我們期望這項工作能有助於為世界文化的未來匯流，注入一股源頭活水；也希望各界博雅君子不吝指正，讓我們的步伐能夠更堅穩地走下去。

新譯百家姓 目次

導讀

《百家姓》作為一本舊時集姓氏為四言韻語之蒙學課本，在民間流行極廣。「趙錢孫李，周吳鄭王，馮陳褚衛，蔣沈韓楊……」《百家姓》開首這數句四字韻語，在今日中國，即使識字無多的婦孺，亦是耳熟能詳的。

在中國古代社會裡，一人之姓氏，不僅僅是個人之符號和家族血統的標誌，還與宗法觀念、門第思想等密切關聯，而成為聯繫人際關係的重要紐帶之一。由此，人們，包括帝王將相以及普通之百姓庶民，都甚為熱衷於證明自己家族之高貴，不同凡響，所以在中國歷史上，雖然不似日本天皇萬世一系，亦不同於西歐有世襲之貴族，但於每次王朝鼎革之際，新朝天子每每要從歷史上為自己找一個聲名顯赫者做祖先，賜功臣以國姓，壯大天子同宗之聲勢。在唐代以前，帝王們還為削弱舊時望族的影響，多次按照與天子之親疏關係，如皇室、外戚，以及開國功臣、將相對新王朝「貢獻」的大小，舊時望族中社會影響、臣服新朝者的「歷史、社會地位」如何等因素，來重新排列望族位序。因此之故，具備世界上最為久遠的姓氏傳統之中國社會，對姓氏之學極為重視，留下許多姓氏學著作，《百家姓》可謂是其中影響、流傳最為廣泛的一種有關姓氏知識的民間啟蒙讀物。

在上古時代，姓和氏是不同的，即所謂「三代之前，姓氏分而為二，男子稱氏，婦人稱姓」，以姓別婚姻，以氏明貴賤（《通志・氏族略序》）。傳說上古無姓，經黃帝「吹律定姓」，使人們有了各自之姓。所謂律，指律管，古代一種定音樂器，可吹奏出宮、商、角、徵、羽五個音階，稱五音。通過黃帝吹律聽聲以定姓，人之姓便與五音相聯繫。但據文獻記載，黃帝之前已有姓的存在，如炎帝即姓姜，而傳說中的第一個姓即為伏羲氏之風姓。姓、氏之產生，從理論上推斷姓起源於母系氏族社會，而氏隨父而來，產生於父系氏族社會。

即在「民人但知有其母，不知其父」的上古母系氏族社會裡，以女性為首領，子女隨母之姓以確定血緣關係，同姓不婚，以免「近親繁殖」，從而起到「明血緣，別婚姻」之作用。所以最古老的姓如姬、姒、嬀、姜、嬴等，皆帶「女」字旁。然這一理論推理缺少文獻之明證，因為從文獻上看，那些帶「女」字旁的姓，姬、姜之類均晚於風姓，而風姓的伏羲氏所確立的明血緣之姓氏定義，其傳遞方式已明確為父系的。在伏羲氏時代之前，尚未發現有表明母系傳遞之姓的記載或傳說。由此，有學者認為，早期之姓出自氏族的圖騰。以天象星座、動植物等為內容的圖騰，被先民視作整個氏族的祖先、象徵和保護神，並作為一種徽記以區別於其他氏族。因血緣關係，同一圖騰集團中的男女禁止通婚，使得圖騰徽記成為姓的最早雛形。

一般認為先有姓後有氏，然事實上姓、氏之關係甚為複雜。在傳說及文獻中，作為大氏族、部落的氏的存在，最早有盤古氏、天皇氏、地皇氏、人皇氏等，此後重要者有有巢氏、燧人氏等，再後進入伏羲氏時代，在中原地區又出現了共工氏、柏皇氏、赫胥氏、昆吾氏、葛天氏、中皇氏、女媧氏等部落或國家，並在伏羲氏之後出現了最早之姓風姓。此後為炎帝神農氏，姜姓；再後為黃帝有熊氏，有熊氏亦為黃帝所在的部落與國之稱呼。相傳黃帝有二十五子，得姓者十四子，有姬、酉、祁、己等十二姓。此十二個姓實乃有熊氏部落的分族，餘子因無實力建立自己之族而不能有姓。可見，此時姓乃為氏的支系。至夏朝中期開始，氏之本意發生了變化。隨著得姓之氏族部落的不斷發展、壯大，其下又有分支，即命之為氏。大禹姒姓，其後有夏后氏、有扈氏、斟尋氏、褒氏、費氏、繒氏、辛氏、戈氏等諸侯國。這一作為血緣關係的姓氏制度的最後確立在西周初期。當時周武王滅商後，「天子建德，因生以賜姓，胙之土而命之氏」（《左傳・隱公八年》），與西周分封制、宗法制相配合：姓明婚姻，世代不變；氏辨貴賤，隨時更移。

西周宗法制度規定：諸侯國君之嫡長子承繼國位、爵位，雖經百代而不變其姓，是為大宗；國君之餘子統稱庶子，亦稱別子、支子，史稱公子，往往以封邑為氏，稱小宗。別子之嫡長子承繼新氏族，為新氏族之大宗，而餘子往往分封於鄉、亭而成為新支氏族。未得封賜土地之子，或以祖先之號、諡、爵、官、名、字、居所、職事、排行等為新氏族。而諸侯國君嫡系之族，於國亡後，一般以國名為氏，或以其姓為氏。故氏為特權和地位之標誌，可隨特權、地位之變化而興衰，然姓不得改變。因此，自先秦保留下來的姓僅有三十餘個，而氏卻近千個。至秦始皇統一六國，以郡縣制取代周朝之「裂土分封制」，促使宗法分封制度的消亡，使得原先代表貴賤之「氏」與區別婚姻之「姓」之間，已無本質的分別，皆成為標記血緣關係的符號，且自天子至庶民皆有姓氏，於是姓與氏「合而為一」，而漸以「地望（即「郡望」）明貴賤」。

所謂郡望，是指自魏、晉至唐代，每郡之顯貴世家大族，意為世居某郡而為當地所仰望者。郡指春秋至隋唐時期的地方行政區劃。春秋時期，秦、晉、楚諸國始於邊地設縣，後逐漸推行於內地。其後各國又開始在邊地設郡，面積較縣為大。戰國時，又於邊郡中分設縣，而逐漸形成縣統於郡的兩級行政制度。秦國統一六國之後，分全國為三十六郡（三川、河東、南陽、南郡、九江、鄣郡、會稽、潁川、碭郡、泗水、薛郡、東郡、琅琊、齊郡、上谷、漁陽、右北平、遼西、遼東、代郡、鉅鹿、邯鄲、上黨、太原、雲中、九原、雁門、上郡、隴西、北地、漢中、巴郡、蜀郡、黔中、長沙、內史）；後來陸續增置了閩中、南海、桂林、象郡、廣陽、河間、楚郡（即陳郡）、東海等諸郡，達四十餘郡。入漢後又作調整增置，至西漢末達一百零三郡，東漢時有一百零五郡，三國時有一百六十七郡，至隋朝初年竟然有二百四十一州、六百八十郡，故隋文帝為整治「州、郡、縣」區劃極其混亂之局面，「罷天下郡」，實行州領縣的兩級行政區劃制度。雖然此後一度恢復郡制，但至北宋初，郡制已作廢。因此，所謂郡望，只是反映了漢、魏至隋、唐時期數百年間形成的世家望族地理分佈情況。

中國漢族姓氏世代穩定傳遞之制度，在秦、漢時期已基本奠定。據系統而可靠之史料統計，當代漢族正在使用的三千餘個姓氏中，大約百分之八十七的人口集中在一百個大姓上，而其中九十七個大姓源自於春秋戰國時期形成的氏，僅任、姜、姚三姓是源出炎黃時代之古姓。正因為此，兩漢時期出現了中國最早的姓氏著作，如《世本》、王符《潛夫論・志氏姓》、應劭《風俗通義・姓氏篇》等，並出現了第一部涉及姓氏知識的蒙學讀物《急就篇》（史游所撰）。在《急就篇》內收錄了漢代通用的二百餘個姓氏，以單姓居多，後大多被收入宋代《百家姓》中。

《百家姓》，北宋初編，作者佚名。南宋學者王明清認為是北宋初年兩浙吳越國之儒士所編，其理由是《百家姓》之首句「趙錢孫李」，因吳越國奉宋朝「正朔」，故為「尊國姓」而以「趙」居首，次列吳越國王錢氏之姓，而「孫」為吳越國王錢俶妃之姓，「李」為當時南唐國王之姓，而次句「周吳鄭王」皆吳越國開國之君錢鏐諸后妃之姓。《百家姓》將四百餘姓排列成四言韻語，雖乏文理，卻便誦讀。《百家姓》編成後，在市井間廣為刊印流傳。南宋前期著名詩人陸游於〈秋日郊居〉詩自注曰：「農家十月乃遣子弟入學，謂之冬學；所讀《雜字》、《百家姓》之類，謂之村書。」其流傳之廣，影響之大，由此可見一斑。自宋代歷元、明、清數代，《百家姓》與另二種蒙學之書《三字經》、《千字文》，合稱「三百千」，成為當時最為著名、最具影響之啟蒙讀物，所謂「先讀《三字經》以習見聞，《百家姓》以便日用」。

因時代久遠，《百家姓》之宋本今已不可見。但在《百家姓》的傳播過程中，歷代屢有增修，有多種《續百家姓》、《增廣百家姓》等傳世。如北宋仁宗朝末年有采真子撰《千姓編》(今已佚)，元代有《蒙漢對照百家姓》、《蒙古字百家姓》，明代有《皇明千家姓》，清代康熙時有《御制百家姓》等，但最為通行的還是清代人根據宋代《百家姓》增修的《增廣百家姓》。

據學者考證，清代《增廣百家姓》與明代通行本《百家姓》有密切的聯繫。明代學者李詡《戒庵老人漫筆》卷二載，當時最通用的《百家姓》版本是「四言成句，單姓四百零八，複姓三十」，共計四百三十八姓；從「趙錢孫李」至「蓋益桓公」一百零二句都是單姓，「万俟司馬」以下十五句為複姓，而以「百家姓終」四字結尾。而清代之《增廣百家姓》於明代通行本「百家姓終」前增添入單姓三十六個、複姓三十個，共計五百零四姓，而成為今日之通行本。

中國人共有多少姓氏？至今未有完整而確切的統計。漢代史游《急就篇》列一百三十姓，唐代林寶《元和姓纂》錄一千二百三十二姓，宋代邵思《姓解》收二千五百六十八姓，鄭樵《通志·氏族略》載二千二百五十五姓，元代馬端臨《文獻通考》錄三千七百三十六姓，明代陳士元《姓觿》收三千六百二十五姓，王圻《續文獻通考》收四千六百五十七姓，近代鄧獻鯨《中國姓氏集》收五千六百五十二姓，王素存《中華姓府》

收七千七百二十姓，當代袁義達《中華姓氏大全》則收錄古今姓氏一萬一千九百六十九個，並錄有異譯、異體字姓氏三千一百三十六個，成為至今收錄中國人姓氏最多的一部姓氏專著。據有人統計收錄，中國五千年以來之姓氏總數達二萬二千個之多。但當今中國正在使用的姓氏，據一九八二年國家第三次人口普查抽樣資料粗略統計，約在三千五百個左右，常用和較常用的姓氏僅五百個左右。其中人口最多的一百個姓氏占了全國人口的百分之八十七，人口最多的一百二十個姓氏占了全國人口的百分之九十，而人口最多的二百個姓氏的合計人口則超過了全國總人口的百分之九十六。這說明占姓氏總數不足百分之三的一百個常見姓氏擁有全國總人口的百分之八十七，而占有姓氏總數的百分之九十七的非常見姓氏和罕見姓氏僅擁有百分之十三的人口。而在一百個常見姓氏中，占全國人口百分之一的大姓達十九個，分別為李、王、張、劉、陳、楊、趙、黃、周、吳、徐、孫、胡、朱、高、林、何、郭、馬，這十九大姓的人口占全國總人口的百分之五十五點六，而其中最大的李、王、張三大姓，分別占全國總人口的百分之七點九、百分之七點四、百分之七點一，共計人口達二點七億，成為世界上最大的三個同姓人群。當代人口最多的一百個大姓氏的排序如下：

李 王 張 劉 陳 楊 趙 黃 周 吳
徐 孫 胡 朱 高 林 何 郭 馬 羅
梁 宋 鄭 謝 韓 唐 馮 于 董 蕭
程 曹 袁 鄧 許 傅 沈 曾 彭 呂
蘇 盧 蔣 蔡 賈 丁 魏 薛 葉 閻
余 潘 杜 戴 夏 鍾 汪 田 任 姜
范 方 石 姚 譚 廖 鄒 熊 金 陸
郝 孔 白 崔 康 毛 邱 秦 江 史
顧 侯 邵 孟 龍 萬 段 雷 錢 湯

與這些人口眾多、分佈遍於全國的大姓相反，一些小姓和罕見姓氏，不僅人口甚少、影響不大，而且往往集中於某一地區，甚至某一鄉鎮之內。如湖南桃源之璩姓，遼寧瀋陽之皓姓，浙江餘姚之眾姓，江蘇武進之蒔姓，陝西省彬縣之叱干複姓等，皆罕見於他處；又如湖南澧水流域的慈利、大庸、澧縣一帶生活著一萬六千餘名庹姓人，亦為別處所少見。

一般認為，收錄於《百家姓》，尤其是排列於《百家姓》前幾位的均為大姓，其實不皆然。如排列於《百家姓》第十一、二位的「褚」、「衛」二姓，即不在當代一百大姓之內，而列於《百家姓》前四十位之內的「水」姓，實為一少見姓氏；然為當代第四大姓「劉」姓，卻排列在《百家姓》的第二百五十位之後。結合《百家姓》之首「趙」姓為宋朝皇帝之姓、「錢」姓為吳越國王之姓，可見《百家姓》中諸姓氏的排列並非以人口眾寡為序，《百家姓》之前幾位皆為貴姓。這是中國古代姓氏文獻的一般編纂原則。如明代編《皇明千家姓》，為提高「國姓」地位，改以「朱」姓居首：「朱奉天運，富有萬方，聖神文武，道合陶唐……」而清代康熙年間重訂《百家姓》時，因滿、蒙姓氏複雜，又為緩和滿、漢矛盾，故不似明代以「國姓」為首，在其所編纂的《御制百家姓》中，以「孔」為首，欲通過尊孔之舉來收攬漢族人心：「孔師闕黨，孟席齊梁，高山詹仰，鄒魯榮昌，冉季宗政，游夏文章……」由於明、清兩朝「御制」的姓氏書在編排上為突出鮮明的政治色彩，完全不顧及姓氏的大小排序，且過於艱澀冗長，故難以為民間百姓所接受。

因此，本書以近代廣為流行之《百家姓》為依據，並參校明、清時期數種《百家姓》版本，著錄姓氏五百零四個，其中單姓四百四十四個，複姓六十個。每個姓氏皆標注讀音；對於每個姓氏皆詳考其歷史來源，若有不同姓源，則分別敘述之。因某些姓氏的源流沿革變化較為複雜，或與其他姓氏有著錯綜交叉之聯繫，即於「附注」中加以解說。此處還需加說明的一點是，由於攀附心理等原因，故在重視身分而非才能的古代社會中，一人成名後，往往會給自己找一個古老且著名的望族或帝王家族做祖先，以顯示自己有著與眾不同的天賦因素。因此，一些姓氏之姓源亦就追溯至炎黃時代甚至以前，使其可靠性存有相當之疑問，此當為今人在研究、關注姓氏時所應加以注意者。

由於中國人歷來有同姓聚居和修譜聯宗的習俗，加上家庭背景、地理環境、民族差別等限制，其婚姻半徑小，婚娶地域相對固定，故在歷史人口遷移過程中，形成有許多大小不等的同姓人群，而在各地的分佈頗不均衡。歷史上的姓氏郡望，在一定程度上反映了這種姓氏分佈的不均衡現象。《百家姓》諸姓氏之郡望，除少部分與其最初的發源地相一致外，大多數所反映的正是其後世（魏、晉至隋、唐時期）諸姓氏之世家望族的居住地。這些郡望與當代姓氏的分佈，在相當程度仍保持有或多或少的相關度。因此，本書於每個姓氏之後皆收載相關的郡望，然限於篇幅，所收只是其最主要之郡望，並在這些郡望首次出現時，標注該地相當於今日之地理位置。

中國各主要姓氏大都歷史悠久，人才輩出，為此本書於每姓氏之下，參考《中國歷史人名大辭典》、一九九九年版《辭海》等文獻，收錄有歷史上各姓氏之著名代表人物若干名，以便讀者加深對有關各姓氏知識的瞭解。又，中國文化博大精深，在千百年傳承中，產生了數量眾多、為某一姓氏所專用之楹聯，亦稱「家聯」，其內容一般為某一姓氏、家族的祖先懿德嘉聲之典故，由此來顯揚其家世，景慕祖宗。為此本書在有限之篇幅內，選擇收錄一些流傳較廣、影響較大的姓氏楹聯，並加以簡要之注釋，以便於讀者進行欣賞與運用。

此外，為方便讀者的閱讀使用，本書還附錄有：一，「《百家姓》未收之較常見姓氏」：為人口普查統計資料顯示屬於當代人口最多的五百個姓氏且未為《百家姓》所收錄的一百三十七個較為常見之姓氏，每個姓氏皆標注讀音，簡要說明其姓源、郡望。二，「《百家姓》郡望一覽表」：將各姓氏之郡望按其字之筆劃順序排列，以便查閱。三，「音序索引」：將《百家姓》的五百零四個姓氏，和本書「附錄一」中所收錄的一百三十七個姓氏，按其讀音順序排列。

趙 天水郡	錢 彭城郡	孫 樂安郡	李 隴西郡
馮 始平郡	陳 潁川郡	褚 河南郡	衛 河東郡
朱 沛郡	秦 天水郡	尤 吳興郡	許 高陽郡
孔 東魯郡	曹 譙郡	嚴 天水郡	華 武陵郡
戚 東海郡	謝 陳留郡	鄒 范陽郡	喻 江夏郡
雲 瑯琊郡	蘇 武功郡	潘 滎陽郡	葛 頓丘郡
周 汝南郡	吳 延陵郡	鄭 滎陽郡	王 太原郡
蔣 樂安郡	沈 吳興郡	韓 南陽郡	楊 弘農郡
何 廬江郡	呂 河東郡	施 吳興郡	張 清河郡
金 彭城郡	魏 鉅鹿郡	陶 濟陽郡	姜 天水郡
柏 魏郡	水 吳興郡	竇 扶風郡	章 河間郡
奚 北海郡	范 高平郡	彭 隴西郡	郎 中山郡

傳民初石印版《百家姓》(一)

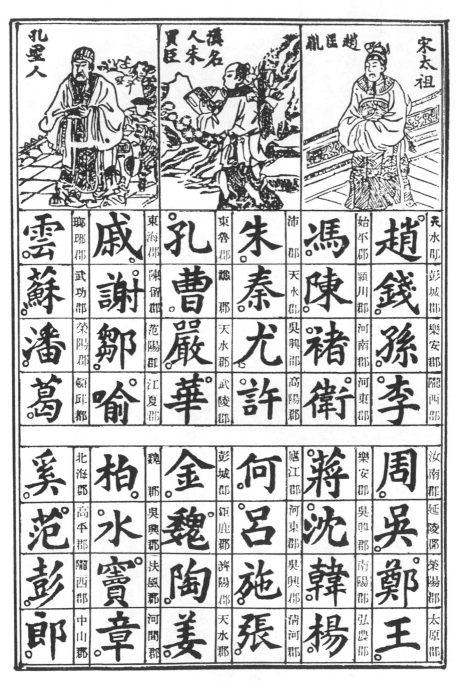

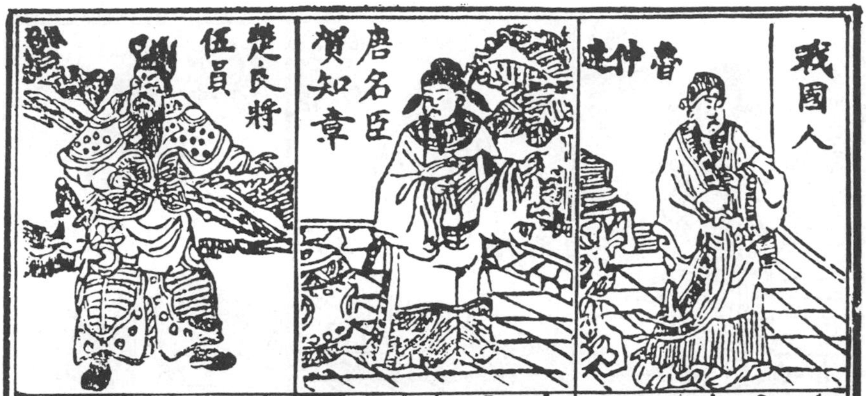

魯 扶風郡　韋 京兆郡　昌 汝南郡　馬 扶風郡
苗 東陽郡　鳳 邵陽郡　花 東平郡　方 河南郡
俞 河間郡　任 東安郡　袁 汝南郡　柳 河東郡
酆 京兆郡　鮑 上黨郡　史 京兆郡　唐 晉陽郡
費 江夏郡　廉 河東郡　岑 南陽郡　薛 河東郡
雷 馮翊郡　賀 廣平郡　倪 千乘郡　湯 中山郡
滕 南陽郡　殷 汝南郡　羅 豫章郡　畢 河南郡
郝 太原郡　鄔 太原郡　安 武陵郡　常 平原郡
樂 南陽郡　于 河南郡　時 隴西郡　傅 清河郡
皮 天水郡　卞 濟陽郡　齊 汝南郡　康 京兆郡
伍 安定郡　余 下邳郡　元 河南郡　卜 西河郡
顧 武陵郡　孟 平陸郡　平 河南郡　黃 江夏郡

傳民初石印版《百家姓》(二)

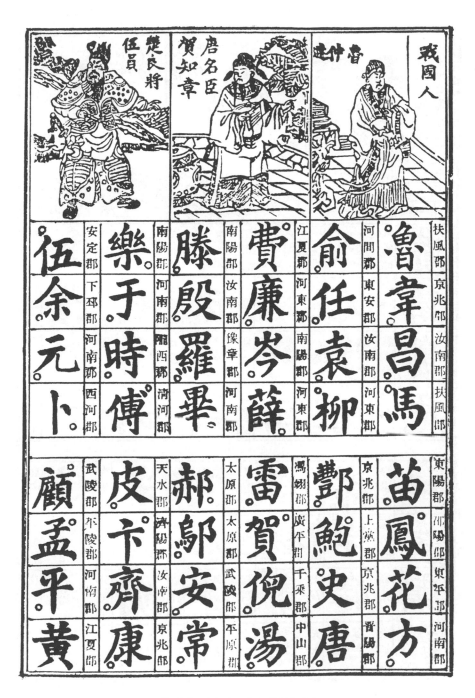

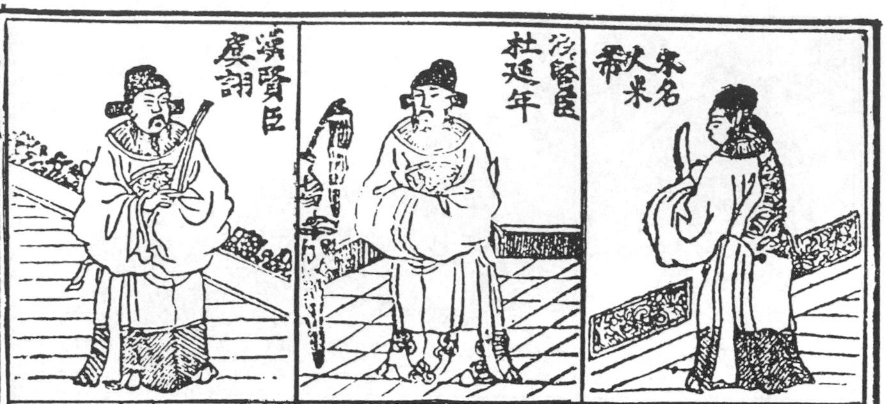

姓	郡	姓	郡	姓	郡	姓	郡	姓	郡	姓	郡
和	汝南郡	祁	太原郡	計	京兆郡	熊	江陵郡	杜	京兆郡	賈	武威郡
穆	汝南郡	毛	西河郡	伏	太原郡	紀	平陽郡	阮	陳留郡	路	內黃郡
蕭	蘭陵郡	禹	隴西郡	成	上谷郡	舒	京兆郡	藍	汝南郡	婁	譙郡
尹	天水郡	狄	天水郡	戴	譙郡	屈	臨淮郡	閔	隴西郡	危	汝南郡

姓	郡	姓	郡	姓	郡	姓	郡	姓	郡	姓	郡
姚	吳興郡	米	京兆郡	談	廣平郡	項	遼西郡	席	安定郡	江	濟陽郡
邵	博陵郡	貝	清河郡	宋	京兆郡	祝	太原郡	季	渤海郡	童	雁門郡
湛	豫章郡	明	吳興郡	茅	東海郡	董	隴西郡	麻	上谷郡	顏	魯郡
汪	平陽郡	臧	東海郡	龐	始平郡	梁	安定郡	強	天水郡	郭	太原郡

傳民初石印版《百家姓》(三)

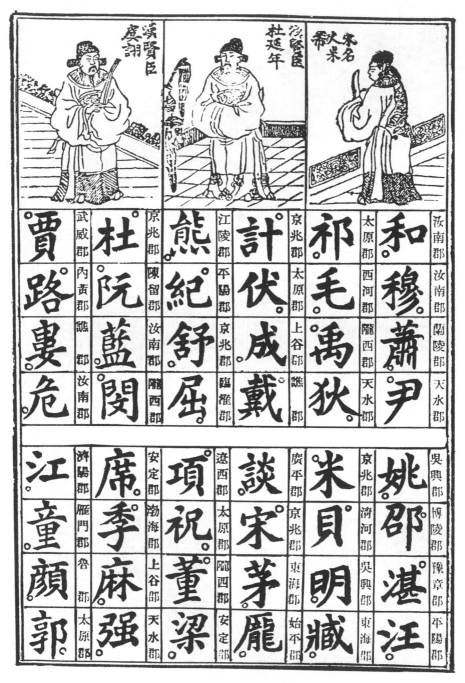

梅	汝南郡
盛	汝南郡
林	西河郡
刁	弘農郡
鍾	潁川郡
徐	東海郡
邱	河南郡
駱	內黃郡
高	渤海郡
夏	會稽郡
蔡	濟陽郡
田	原門郡
樊	上黨郡
胡	安定郡
凌	河間郡
霍	太原郡
虞	陳留郡
萬	扶風郡
支	郃陽郡
柯	濟陽郡
昝	太原郡
管	晉陽郡
盧	范陽郡
莫	鉅鹿郡
經	滎陽郡
房	清河郡
裘	渤海郡
繆	蘭陵郡
干	潁川郡
解	平陽郡
應	汝南郡
宗	京兆郡
丁	濟陽郡
宣	始平郡
賁	宣城郡
鄧	南陽郡
郁	黎陽郡
單	南安郡
杭	餘杭郡
洪	燉煌郡
包	上黨郡
諸	瑯琊郡
左	濟陽郡
石	武威郡
崔	博陵郡
吉	馮翊郡
鈕	吳興郡
龔	武陵郡

傳民初石印版《百家姓》(四)

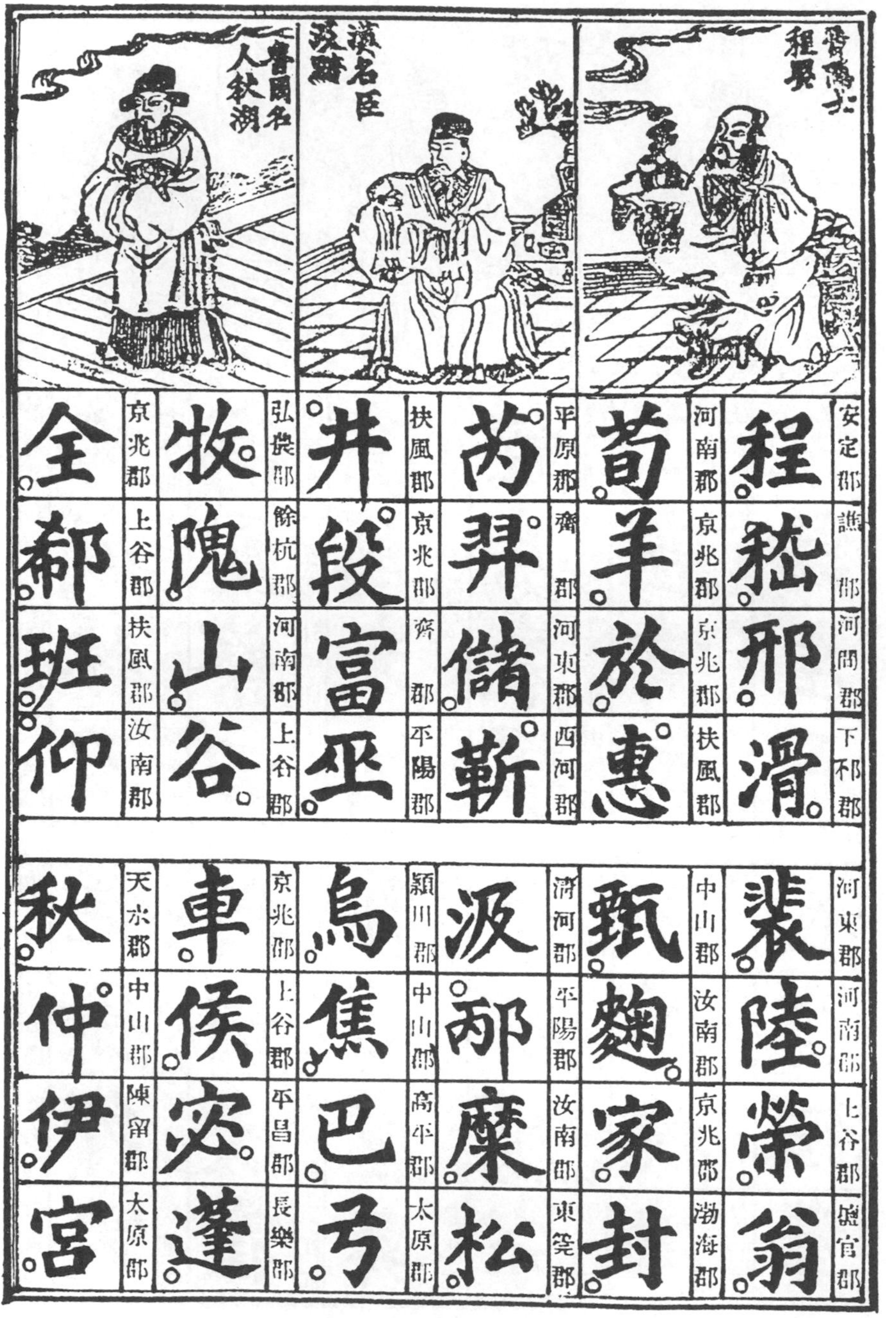
程嬰
漢名臣
汲黯
魯國名
人秋湖
程 安定郡
嵇 譙郡
邢 河間郡
滑 下邳郡
荀 河南郡
羊 京兆郡
於 京兆郡
惠 扶風郡
芮 平原郡
羿 齊郡
儲 河東郡
靳 西河郡
井 扶風郡
段 京兆郡
富 齊郡
巫 平陽郡
牧 弘農郡
隗 餘杭郡
山 河南郡
谷 上谷郡
全 京兆郡
郗 上谷郡
班 扶風郡
仰 汝南郡
裴 河東郡
陸 河南郡
榮 上谷郡
翁 鹽官郡
甄 中山郡
麴 汝南郡
家 京兆郡
封 渤海郡
汲 清河郡
邴 平陽郡
糜 汝南郡
松 東莞郡
烏 潁川郡
焦 中山郡
巴 高平郡
弓 太原郡
車 京兆郡
侯 上谷郡
宓 平昌郡
蓬 長樂郡
秋 天水郡
仲 中山郡
伊 陳留郡
宮 太原郡

傳民初石印版《百家姓》(五)

甯	齊郡
仇	平陽郡
欒	西河郡
暴	魏郡
甘	渤海郡
鈄	遼西郡
厲	南陽郡
戎	江陵郡
祖	范陽郡
武	太原郡
符	琅琊郡
劉	彭城郡
景	晉陽郡
詹	河間郡
束	南陽郡
龍	武陽郡
葉	南陽郡
幸	雁門郡
司	頓丘郡
韶	太原郡
郜	京兆郡
黎	京兆郡
薊	內黃郡
薄	雁門郡
印	馮翊郡
宿	東平郡
白	南陽郡
懷	河內郡
蒲	河東郡
邰	平盧郡
從	東莞郡
鄂	武昌郡
索	武威郡
咸	汝南郡
籍	廣平郡
賴	潁川郡
卓	西河郡
藺	中山郡
屠	陳留郡
蒙	安定郡
池	西河郡
喬	梁郡
陰	始興郡
鬱	太原郡
胥	琅琊郡
能	太原郡
蒼	武陵郡
雙	天水郡

傳民初石印版《百家姓》(六)

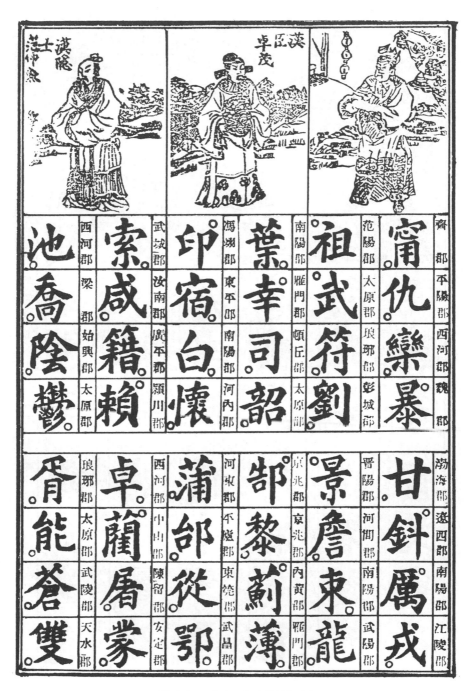

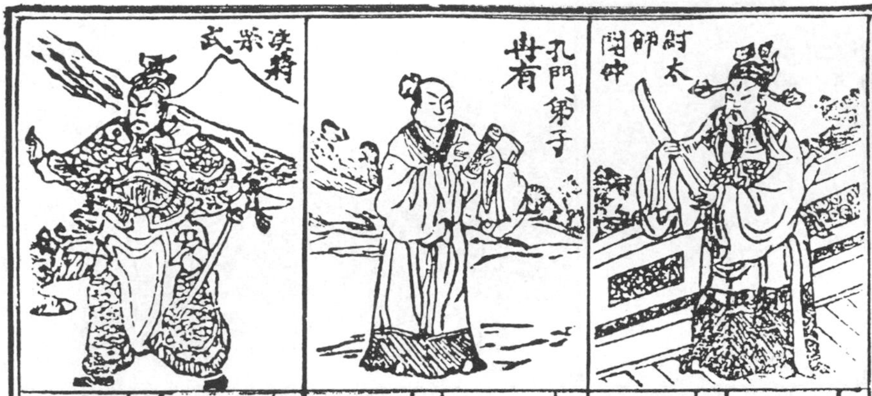

慕	燉煌郡	溫	平原郡	邊	隴西郡	郤	濟陽郡	姬	南陽郡	聞	吳興郡
連	上黨郡	別	京兆郡	扈	京兆郡	璩	豫章郡	申	瑯琊郡	莘	天水郡
茹	河內郡	莊	天水郡	燕	范陽郡	桑	黎陽郡	扶	京兆郡	黨	馮翊郡
習	東陽郡	晏	齊郡	冀	渤海郡	桂	天水郡	堵	河東郡	翟	南陽郡

宦	東陽郡	柴	平陽郡	郟	武陵郡	濮	魯郡	冉	武陵郡	譚	齊郡
艾	天水郡	瞿	松陽郡	浦	京兆郡	牛	隴西郡	宰	西河郡	貢	廣平郡
魚	雁門郡	閻	太原郡	尚	上黨郡	壽	京兆郡	酈	新蔡郡	勞	武陽郡
容	燉煌郡	充	太原郡	農	雁門郡	通	西河郡	雍	京兆郡	逢	譙郡

傳民初石印版《百家姓》(七)

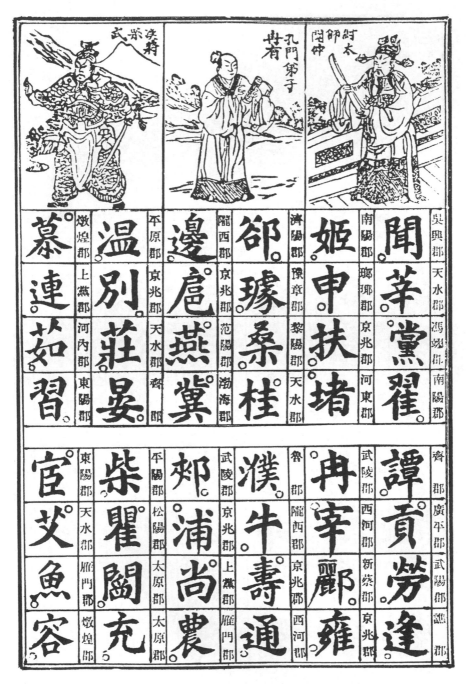

向（河南郡）古（新安郡）易（太原郡）慎（天水郡）
暨（渤海郡）居（渤海郡）衡（雁門郡）步（平陽郡）
匡（晉陽郡）國（下邳郡）文（雁門郡）寇（上谷郡）
歐（平陽郡）殳（武功郡）沃（太原郡）利（河南郡）
師（太原郡）鞏（山陽郡）厙（括蒼郡）聶（河東郡）
冷（京兆郡）訾（渤海郡）辛（隴西郡）闞（天水郡）

戈（臨海郡）廖（汝南郡）庾（濟陽郡）終（南陽郡）
都（黎陽郡）耿（高陽郡）滿（河東郡）弘（太原郡）
廣（丹陽郡）祿（扶風郡）闕（下邳郡）東（平原郡）
蔚（琅琊郡）越（晉陽郡）夔（京兆郡）隆（南陽郡）
晁（京兆郡）勾（渤海郡）敖（譙郡）融（南康郡）
郝（天水郡）簡（范陽郡）饒（平陽郡）空（孔邱郡）

傳民初石印版《百家姓》(八)

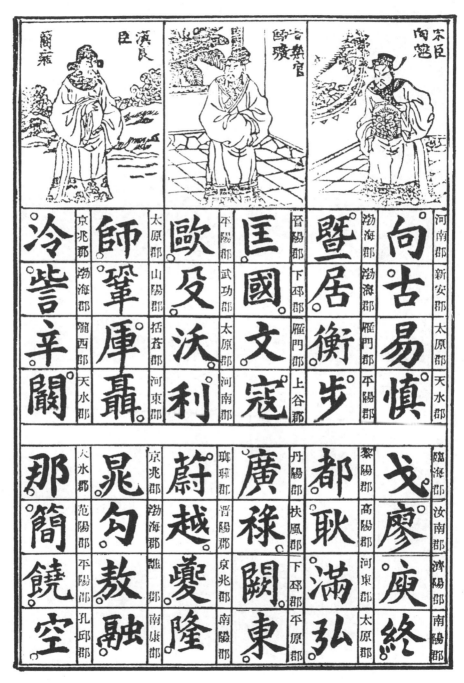

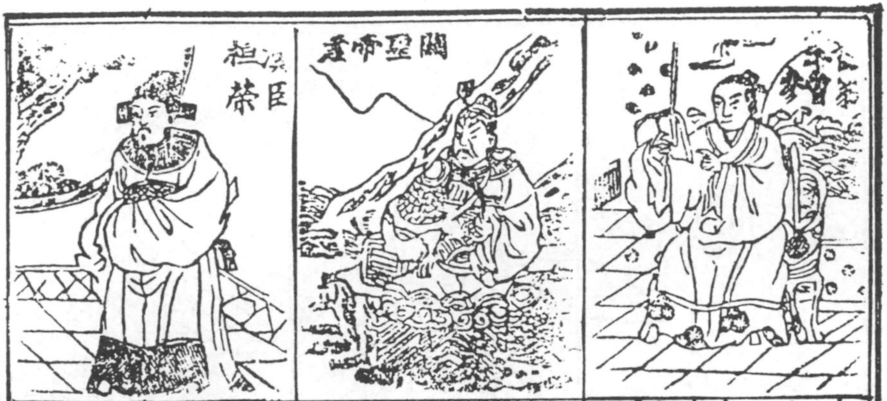

姓	郡
曾	魯郡
毋	鉅鹿郡
沙	汝南郡
乜	晉昌郡
巢	彭城郡
關	隴西郡
蒯	襄陽郡
相	西河郡
游	廣平郡
竺	東海郡
權	天水郡
逯	廣平郡
万俟	蘭陵郡
司馬	河內郡
夏侯	譙郡
諸葛	瑯琊郡
赫連	渤海郡
皇甫	京兆郡

姓	郡
養	山陽郡
鞠	汝南郡
須	渤海郡
豐	松陽郡
查	濟郡
後	東海郡
荊	廣陵郡
紅	平昌郡
蓋	汝南郡
益	馮翊郡
桓	譙郡
公	括陽郡
上官	天水郡
歐陽	渤海郡
聞人	河南郡
東方	平原郡
尉遲	太原郡
公羊	頓丘郡

傳民初石印版《百家姓》(九)

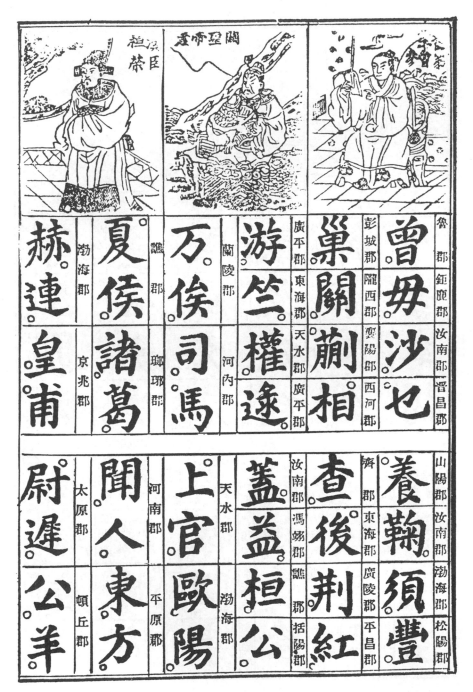

澹臺 太原郡
淳于 河內郡
公孫 高陽郡
鍾離 會稽郡
鮮于 漁陽郡
亓官 孔子母亓官氏

公冶 魯郡
單于 千乘郡
仲孫 高陽郡
宇文 趙郡
閭丘 邾郡
司寇 平昌郡

宗政 彭城郡
太叔 東平郡
軒轅 郃陽郡
長孫 濟陽郡
司徒 趙陽
仉督 孟子母仉氏

濮陽 博陽郡
申屠 京兆郡
令狐 太原郡
慕容 燉煌郡
司空 頓丘郡
子車 天水郡

傳民初石印版《百家姓》(十)

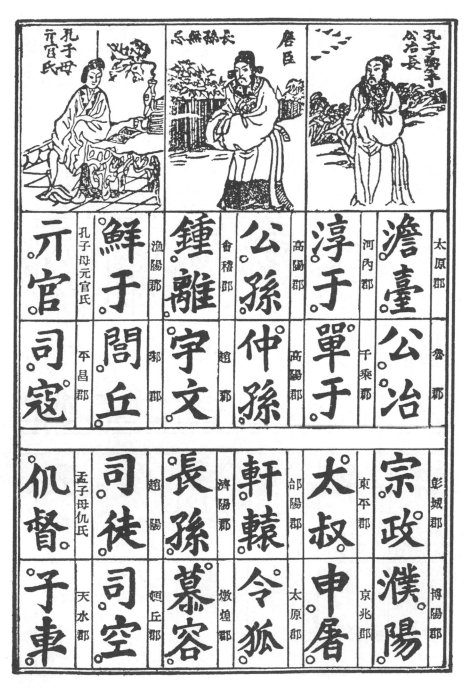

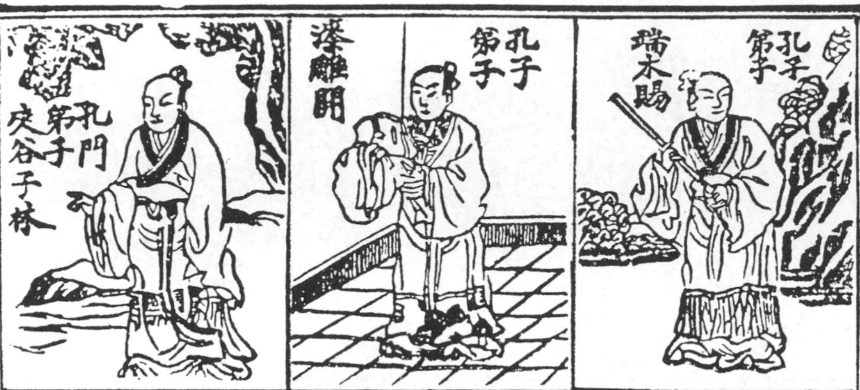

姓	郡望
顓孫	丹陽郡
端木	會郡
漆雕	桼郡
樂正	天水郡
拓拔	穎川郡
夾谷	撫城郡
晉楚	平陽郡
閆法	太原郡
段干	
百里	蔡郡
呼延	太原郡
歸海	京兆郡
巫馬	魚父郡
公西	頓丘郡
壤駟	秦郡
公良	東國郡
宰父	會郡
穀梁	下邳郡
汝鄢	天水郡
涂欽	豫章郡
東郭	濟南郡
南門	河內郡
羊舌	京兆郡
微生	晉郡

傳民初石印版《百家姓》(十一)

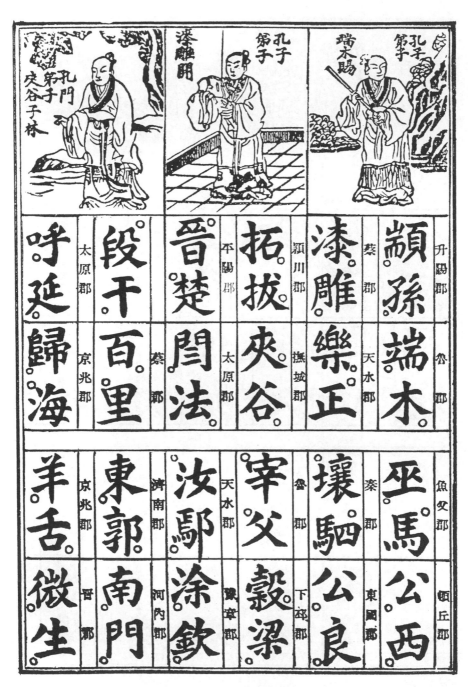

郡望	姓
山陽郡	岳
石郡	帥
太原郡	緱
太原郡	亢
馮翊郡	梁丘
濟郡	左丘
汝南郡	商
平陽郡	牟
新鄭郡	佘
古滇郡	佴
梁郡	墨
長葛郡	哈
亭兆郡	譙
建平郡	笪
隴西郡	第
西郡	五
汝南郡	言
百濟郡	福
后江郡	況
東海郡	后
東海郡	有
東海郡	琴
濟陽郡	東門
梁國郡	西門
魯郡	伯
吳郡	賞
東魯郡	南宮
懷遠郡	年
西河郡	愛
隴西郡	陽
遼東郡	佟
南陽郡	百
京兆郡	家
臨淄郡	姓
風門郡	續

傳民初石印版《百家姓》(十二)

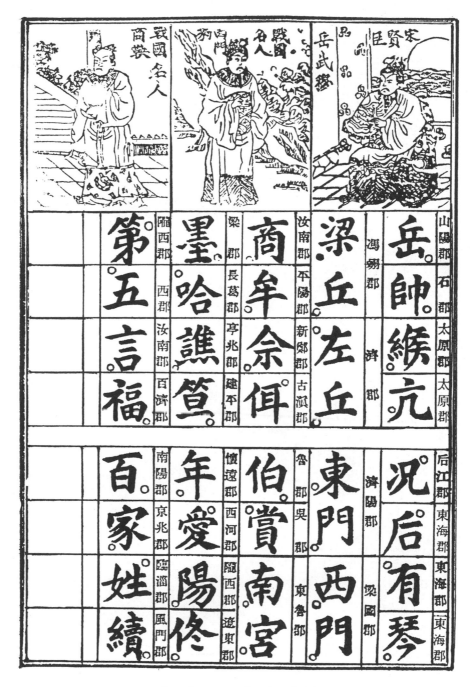

新譯百家姓

趙 ㄓㄠˋ

趙氏是中國十大姓氏之一，總人口約二千七百餘萬，約占當代人口的百分之二點三，主要分佈於黃河沿岸之省分與東北地區。

【姓源】趙姓主要來源有二，即嬴姓和外族之改姓。

一、源自嬴姓。史載上古五帝之一少昊的裔孫伯益因助大禹治水有功，故得嬴姓。伯益之裔孫造父為周穆王之駕車大夫，因在平定徐偃王的叛亂中立下大功，被賜以趙城（在今山西省洪洞縣北）作為食邑。造父之子孫遂以封地名為氏，造父也被視為趙姓之始祖。春秋戰國之際，晉國當政大夫趙氏家族聯合韓氏、魏氏三家分晉，創立趙國，建都晉陽（今山西省太原市），後遷都邯鄲（今屬河北），為戰國七雄之一。趙國被秦始皇所滅後，國人普遍使用趙姓，主要分居於山西中部、北部、河北大部、陝西東北部及內蒙古河套地區等。西元九六〇年，趙匡胤在陳橋驛黃袍加身，創立宋朝，宗室繁衍，使得趙姓人口發展很快，並隨著南宋王室南遷，而逐漸遍佈於大江上下、五嶺南北，成為全國的主要大姓之一。

二、系出外族之改姓。主要如：西漢匈奴人安稽，世居甘肅塞外，冒姓趙，漢成帝時被封為昌武侯。南越貴族趙光，原姓秦，漢武帝時自稱秦王，一號蒼梧秦王，後降漢，被封為隨桃侯；後世嶺南越族趙姓多稱其源出於趙光。世居劍川（今雲南省大理市北）的白族貴族趙善政，於五代時建立了大天興國，又稱興源國。又五代牂牁（今貴州、廣西及雲南東部一帶）酋長國珍也姓趙。宋朝時還時常給不少歸附的少數民族首領賜姓皇姓趙，其中最著名者當數宋太宗賜党項人李繼捧為趙姓，更名趙保忠，其弟李繼遷賜名趙保吉，李繼遷之孫元昊此後創立了西夏王朝。此後，契丹人、女真人、旅居中國的猶太人和清朝滿洲八旗子弟亦有改用趙姓者。此外，苗、瑤、僮、藏等民族中皆有趙姓，且為瑤族之大姓。

【郡望】天水郡。西漢元鼎三年（西元前一一四年）初置，約今甘肅省天水市及隴西縣以東地區，治所在平襄（今甘肅省通渭縣西北）。

【著名人物】歷史上的趙氏十分顯赫，出將入相，人才輩出，至宋朝趙氏達到其權力顛峰。如：趙盾（春秋時晉國執政大夫）；趙奢（戰國時趙國名將），趙勝（戰國時趙國平原君、戰國四公子之一）；趙佗（西漢時南越國王），趙充國（西漢名將）；趙雲（三國蜀漢大將）；趙匡胤（宋太祖，宋朝開國皇帝），趙普（北宋初名相），趙抃（北宋名臣），趙明誠（北宋末金石學家，女詞人李清照之夫）；趙孟頫（元代著名書畫家）；趙翼（清代史學家），趙之謙（清代篆刻家），等等。此外，還有民間傳說中的「財神」「趙公元帥」趙公明。

【專用楹聯】

雖有周親，不如我同姓；誰為宋遠，率乃祖攸行❶。

陛錫銅符，京兆之風裁夙振；門迎珠履，平原之聲譽昭宣❷。

金城標美；玉池流徽❸。

家傳清節；派衍天潢❹。

常山驕子英雄膽；松雪道人絕妙書❺。

手持半部論語；胸羅數萬甲兵❻。

【注釋】❶本聯為趙氏宗祠之常用楹聯。上聯謂趙姓始祖因得幸於周穆王而賜以趙城，由此得姓；下聯指宋朝開國皇帝姓趙。❷上聯指西漢名臣趙廣漢，因執法不避權貴，得天子褒賞，遷京兆（今陝西省西安市）尹，風采流遠。下聯謂戰國時趙國平原君趙勝，其門下有食客數千人，皆著珠履。平原君與齊國孟嘗君、魏國信陵君、楚國春申君並稱戰國四公子。❸上聯謂西漢大將趙充國之事。當時西羌叛亂，充國年已七十餘，依然受詔至金城（今甘肅省武威市），招降叛人，擊破先零，罷兵屯田，寓兵於農，為後人所宗。下聯指唐代進士趙光逢，以文知名，時人譽其方直溫潤如「玉界尺（池）」。❹上聯指北宋名臣趙抃曾任殿中侍御史，官至參知政事。為官清廉節儉，彈劾不避權貴，有「鐵面御史」之稱。下聯指趙氏乃皇家後代。天潢：猶天池。古人用以稱皇室，其意指皇族分支派別如河水導於天池。❺上聯謂三國蜀漢名將趙雲，字子龍，常山真定（今河北省正定）人。曾以數十騎拒曹操大軍，被劉備譽為「子龍一身都是膽」。下聯言元代著名書畫家趙孟頫，自號松雪道人，擅畫山水、木石、花竹、人馬，能寫各種書體，尤精於正、行書與小楷。❻上聯謂北宋初丞相趙普，字則平。五代後周時為大將趙匡胤幕僚，策劃陳橋兵變，助趙匡胤奪權登基。於宋太祖、太宗兩朝為相，參決大政。卒封韓王。嘗謂宋太宗曰：「臣有《論語》一部，以半部佐太祖定天下，以半部佐陛下致太平。」下聯言南宋名相趙鼎，字元鎮。崇寧年間進士，南宋初隨宋高宗趙構南渡，紹興初拜相。曾上疏陳四十事，欲助天子以圖中興收復之功。有《忠正德文集》。

錢 ㄑㄧㄢˊ

錢姓為中國百家大姓之一，總人口約二百六十多萬，約占當代人口的百分之零點二二，主要分佈於江浙地區。

【姓源】錢姓源出彭姓，其說有二：

一、相傳上古五帝之一顓頊高陽氏之曾孫名彭祖，是為彭姓始祖。西周時，彭祖之裔孫彭孚任「錢府」上士，經理財政，其後代遂以官命氏，世稱錢氏。

二、一說彭祖姓籛名鏗，其子孫去「竹」字頭而為錢氏。

附注：歷史上，錢、彭二姓每自認為一家，故有遇難相幫、互不通婚等約定。

【郡望】彭城郡。西漢地節元年（西元前六九年）初設，治所在彭城（今江蘇省徐州市）。因漢、魏以後錢姓一支南下定居於吳興郡（今浙江省湖州市）一帶，成為當地望族，故後世亦將吳興郡視作錢姓郡望。

【著名人物】錢姓雖在人口總數上位列百家大姓之後排，然在人才資源上群星璀璨，尤其在文學、藝術等方面更為突出。如：錢起（唐代詩人）；錢鏐（五代吳越國創立者）；錢惟演（北宋詩人）；錢選（元代畫家）；錢穀（明代學者、畫家）；錢謙益（清初著名學者、詩人），錢曾（清代著名藏書家），錢大昕（清代著名學者），錢松（清代書畫家），等等。

【專用楹聯】

彭城閥閱；蘭水衣冠❶。

江上峰青，才藻何如太白；州中蠏紫，嘯歌不讓次山❷。

才多雋永詩名重；學有淵源道脈長❸。

名標鼎甲，門閭代代；秀毓錢塘，兄弟怡怡❹。

【注釋】❶錢姓堂聯。上聯指錢姓之郡望，並言其家族貴顯。閥閱，古代仕宦人家大門外的左右立柱，常用來榜貼功狀，故用以代稱仕宦人家。下聯指五代時吳越國的建立者錢鏐及其後人。蘭水，因浙江有蘭溪、蘭渚等地名，而錢鏐為杭州臨安（今浙江省臨安市北）人，故以代稱。衣冠，為古代士以上者之服裝，後引申為世族、士紳。❷上聯之「江上峰青」四字，謂唐代詩人錢起為「大曆十才子」之一，天寶年間進士，官至翰林學士。其所作〈省試湘靈鼓瑟〉詩有「曲終人不見，江上數峰青」之句，為千古傳頌。「才藻何如太白」六字，謂北宋學者錢易才學敏贍，十七歲時考取進士，時人稱其「有李白（李太白）才」。下聯「州中蠏（蟹）紫」四字，此指宋代進士錢昆之事。蟹紫，指蟹已成熟可食。錢昆性嗜蟹，官至秘書監，為政寬簡便民，善草隸，能詩賦，有文集。「嘯歌不讓次山」六字，指明代詩人錢薇事。嘯歌，長聲吟詠。錢薇，字懋垣，嘉靖年間進士，官至禮科給事中，因「星變」上疏論朝政得失而被斥貶為民。既歸，務講學，足跡不履公府，有《承啟堂稿》。次山指宋代福建邵武詩人嚴仁，字次山，好古博雅，擅詞賦，嘗作〈長憤歌〉，為時傳頌。❸上聯指錢起之事，參見❷。下聯指彭祖之事。相傳彭祖生於夏代，至商末年已八百餘歲，常食桂芝，善養生，有導引之術。《莊子‧刻意篇》曰：「吹呴呼吸，吐故納新，熊經鳥申，為壽而已矣。此導引之士，養形之人，彭祖壽考者之所好也。」❹上聯言明代中期翰林修撰錢福於弘治年間禮部試、廷試皆第一，明末禮部尚書兼東閣大學士錢士升為萬曆四十四年殿試第一。鼎甲，即狀元。下聯指北宋秘書監錢昆及其從弟翰林學士錢易均為錢塘人。參見❷。怡怡，和氣貌。

孫 ㄙㄨㄣ

孫姓是中國二十大姓之一，總人口一千八百餘萬，約占當代人口的百分之一點五，主要分佈於華北環渤海灣與東北地區。

【姓源】孫姓主要源出於子姓、姬姓、羋姓、嬀姓與外族、外姓之改姓等。

一、出自子姓，為商湯王後裔。商末貴族比干，因多次犯顏直諫暴虐無道之商紂王，被剖心處死。其子孫隱姓避難，以本為王族子孫之故，遂改為孫氏，奉比干為始祖。

二、源自上古八大姓之一的姬姓，為周文王姬昌的後代。文王少子康叔受封於衛，建立衛國。春秋中，康叔九世孫名惠孫，惠孫之孫武仲因崇敬其祖父，便以「孫」為氏。世代相傳，成為孫姓的大宗。

三、源出羋姓。春秋初，楚王蚡冒之曾孫、令尹蔿敖，字孫叔，曾助楚莊王建立霸業。其後裔便以其字命氏，為孫叔氏，後去「叔」為孫氏，形成孫姓的另一大宗。

四、源於嬀姓。周武王滅商後，封商均之後裔嬀滿於陳。春秋時，陳厲公之子陳完避難到齊國，改稱田氏（古時「陳」、「田」同音通用）。田完之裔孫田書為齊國大夫，因伐莒有功，被封於樂安，賜姓孫氏。著名軍事家孫武是其後代。

五、系出於改姓，分來自外姓的改姓和少數民族的改姓。其一，來自外姓的改姓，著名者如：戰國時著名學者荀子的後裔，因西漢宣帝名劉詢，以「荀」、「詢」同音，故為避諱而改姓孫，遂成為孫姓之一支。其二，清代滿洲八旗姓孫佳氏全族改為孫姓。

【郡望】孫姓因其不同起源而郡望不一，有太原郡（今屬山西）、樂安郡（治所在今山東省廣饒縣一帶）、吳郡（治所在今江蘇省蘇州市）等。

【著名人物】孫陽（春秋時善識馬者，即伯樂），孫武、孫臏（春秋戰國時著名軍事家）；孫權（三國時吳國的建立者）；孫綽（東晉文學家）；孫思邈（唐代名醫），孫過庭（唐代書法家），孫位（唐代畫家）；孫光憲（北宋初詩人），孫奭、孫復（北宋學者）；孫承宗（明末兵部尚書兼東閣大學士）；孫星衍、孫詒讓（清代學者），等等。

因孫氏在春秋戰國時有著名軍事家孫武、孫臏，三國時孫堅、孫策、孫權父子三人相繼統軍用兵，於江東創建吳國，故古時常將孫姓稱為兵家大族。

【專用楹聯】

芳傳虞坂；望出太原❶。

兵法卓絕傳後世；藥方回春救蒼生❷。

三孫威振華夏；兩賦名留神州❸。

正色持衡，良史傳名於晉室；奇才搜藻，金聲播譽於天臺❹。

鼓琴長嘯；講學卻證❺。

【注釋】❶孫姓堂聯。上聯為伯樂相馬之典故。相傳善識馬的伯樂在過虞坂（在山西省安邑縣南）時，有千里馬拉鹽車爬坡，中途遷延不能上。伯樂下車慼泣，於是千里馬俯而噴，仰而鳴，聲聞於天。下聯指孫姓之郡望。❷上聯指春秋戰國時兩部著名兵書，即孫武所撰的《孫子兵法》和孫臏所撰的《孫臏兵法》。下聯用隋、唐時名醫孫思邈之典故。孫思邈少時因病學醫，並博涉經史百家，成為著名醫家，著有《千金要方》等醫書，被後人尊為「藥王」。❸上聯指孫堅、孫策、孫權父子三人，在漢末群雄逐鹿及其後三國鼎立中割據東南，堪稱雄才大略。下聯是說東晉才女孫瓊有〈悼恨賦〉、〈箜篌賦〉等作品傳世。❹上聯謂東晉人孫盛，字安國，由著作佐郎累官至秘書監。手不釋卷，博學而善言名理，撰有《魏氏春秋》、《晉陽秋》等史書，世稱「良史」。下聯謂東晉人孫綽，字公興，博學善文，冠於當時。嘗作〈天台山賦〉，辭句典麗而工，傳頌一時。❺上聯謂西晉人孫登，字公和，隱居郡城北山土窟，好讀《易》，鼓琴，善嘯。阮籍與語，終日不應，只得告退。行至半山腰，忽聞似鸞鳳般長嘯，響徹山谷。下聯謂明末清初人孫奇逢，字啟泰，世稱夏峰先生。入清後不仕，以講學著述為業。其學本陸象山、王陽明，以「慎獨」為宗，與黃宗羲、李顒並稱清初三大儒。

李 ㄌㄧˇ

李姓總人口超過一億人，約占當代人口的百分之七點九強，是當代中國人口最多的姓氏（因基數龐大、統計依據不一，也有說列第二或第三位）。

【姓源】李姓主要源出於嬴姓、姬姓和賜姓、外族之改姓三大支。

一、源自嬴姓。據傳李姓是顓頊帝高陽氏的直系後裔，以顓頊之裔孫皋陶（又稱咎繇）為始祖。堯帝命皋陶任「理」（掌管刑法之官），其子伯益因助大禹治水成功，獲嬴姓。後皋陶子孫世襲「理」職，並以官命氏，稱理氏。商朝末年，皋陶之後人理徵因執法不阿，得罪暴君紂王而被處死。其子理利貞流亡於伊侯之墟，靠採摘李子充饑才得以存活。為不忘李子救命之恩，亦因當時「理」、「李」二字相通，遂改理氏為李氏。傳說中國道家始祖老子（李耳）即為利貞之裔孫。老子曾孫李曇生有二子，長子李崇之後世居隴西，唐朝開國皇帝李淵即其後人；次子李璣之後世居趙郡，故歷史上有隴西李氏與趙郡李氏之分。此後隴西李氏共分有三十九房，趙郡李氏又分為東、南、西三支。

二、源自姬姓。周武王滅商後，封同姓後裔姬巴人於巴（今重慶巴南區），稱巴子國。春秋戰國時期，秦滅巴國，巴人四散，一部分移居湘西、鄂東。巴人以虎為圖騰，巴語讀虎為李，故崇仰漢人之姓的巴人遂依音用李姓。四世紀初，巴人李雄於四川創立大成國，史稱成漢，後滅於東晉。

三、系出賜姓和外族之改姓。早在南北朝時期，後魏鮮卑人複姓叱李氏、高護氏，隨孝文帝入中原後，改為單姓李氏。至唐朝，因異姓開國元勳幫助李淵、李世民建國有功，故賜以國姓李，以示尊崇。當時得賜姓者有徐、邴、安、杜、胡、弘、郭、麻、張、董、羅等氏。此後，少數民族將領如鮮于、阿布、阿跌、舍利、朱邪（耶）、阿史那等姓氏者，亦曾因戰功賜姓李。其中著名者如沙陀部人朱邪赤心，即因功賜姓名李國昌。其孫李存勗於五代時創建後唐王朝。又如朔方部將茹常為靺鞨人，因戰功賜姓，更名李嘉慶。其後代即為渤海李氏，當今吉林延邊朝鮮族的常見姓氏李姓，或與此相關。唐代以後，外族融入李姓之事未曾間斷，如西夏之党項族、金之女真族，明清時之蒙古人、滿洲人及西北、西南土著等，皆紛紛改姓漢姓，而李姓常為其首選。因此部分少數民族長期與漢族混居，多已漢化。此亦為當今東北、西北和西南地區的漢族與少數民族中多李姓的原因之一。

【郡望】隴西郡（今甘肅蘭州、鞏昌、秦川一帶），戰國時秦昭襄王時創設，因地在隴山之西得名；趙郡（今河北省邯鄲市西南），北朝後魏時創置。

【著名人物】李姓源遠流長，群星璀璨，代有才傑，其中稱帝建國者就有五胡十六國時的大成（李雄所建）、西涼（李暠所建），唐朝（李淵所建），五代時的後唐（李存勗所建）、南唐（李昪所建），西夏（李元昊所建）等。李耳（即老子，春秋時思想家）；李悝（戰國時魏相），李牧（戰國時趙國名將），李冰（戰國時蜀守，都江堰的建造者）；李斯（秦朝丞相）；李廣（西漢名將，人稱飛將軍）；李膺（東漢名臣）；李密（隋末瓦崗軍首領）；李世民（唐太宗），李靖（唐初名將），李隆基（唐玄宗），李白（唐代著名詩人），李邕（唐代書法家），李泌（唐代宰相），李賀、李商隱（唐代詩人）；李煜（南唐後主，著名詞人）；李清照（北宋著名女詞人）；李綱（南宋初名相），李心傳（南宋著名史學家），李唐（南宋畫家）；李攀龍（明代文學家），李東陽（明代詩人），李時珍（明代醫學家），李贄（明代思想家），李漁（明代戲曲家），李自成（明末農民軍領袖）；李善蘭（清代數學家），李鴻章（清代大學士、直隸總督），李慈銘（清代文史學家），等等。

【專用楹聯】

隴西望族；北海名流❶。

木榮花綻展春色；子孝孫賢傳嘉風❷。

臚唱兒孫三百輩；經傳道德五千言❸。

世系考春秋，御史名官，東魯聖人曾問禮；淵源溯唐代，翰林著績，玄宗皇帝亦求詩❹。

狂歌痛飲雙仙骨；索句嘔心一錦囊❺。

詩禮趨庭，人羨鄴侯卷軸；忠貞體國，世瞻元禮肅墻❻。

【注釋】❶李氏祠聯。上聯指李姓之郡望。下聯言唐代書法家李邕，揚州江都（今屬江蘇）人。唐玄宗時官北海太守，人稱李北海。工文善書，對後世影響頗大。❷此為李姓「李」字之析字聯。❸李氏祖祠楹聯。上聯指唐朝舉行科舉時，曾放宗人榜三百人及第。下聯指老子著有《道德經》（亦稱《老子》，全書共五千字）。❹上聯指孔子曾向老子請教禮法之事。史稱春秋時，老子在周朝為柱下史，職掌文獻，被後人尊稱為「東魯聖人」的孔子曾入周向老子「問禮」。下聯指唐玄宗李隆基求詩於李白之事。翰林，李白曾官翰林學士。❺上聯言唐代著名詩人李白，字太白，號青蓮居士，祖籍隴西成紀（今甘肅省秦安縣西北）。博學廣覽，才華橫溢，所作詩歌雄奇豪放，有「詩仙」之稱；平生嗜酒，有「李白斗酒詩百篇」之說，又有「酒仙」之稱。下聯言唐代詩人李賀，字長吉。少聰慧，七歲能解辭章。常身背錦囊騎馬出遊，得句即投囊中，暮歸乃足成之。其母探囊見所書甚多，心疼而怒曰：「是兒要嘔出心乃已耳！」❻上聯說唐代李泌累官至宰相，封鄴侯。家有藏書數萬卷，為時人稱道。韓愈曾賦詩稱曰：「鄴侯家多書，插架三萬軸。」後世便以「鄴侯」、「鄴架」等詞稱美他人藏書甚眾。下聯說東漢人李膺，字元禮，漢桓帝時任司隸校尉，結交太學生首領郭泰等，反對宦官專權，太學生贊曰：「天下楷模李元禮。」後遭宦官誣陷，兩次下獄，死於獄中。

周 ㄓㄡ

周姓是中國十大姓氏之一，總人口有二千五百四十餘萬，約占當代人口的百分之二點一，在西南地區及長江流域較有影響。

【姓源】周姓主要源出於三大支：古周國、姬姓和外姓、外族之改姓。

一、源於古周國。據《姓氏考略》載，黃帝之臣周昌為周部落的首領，周部落即古周國，屬黃帝族。周氏族一直活動於今山西省臨汾市一帶，其後人便以周為姓。至今仍有部分周姓人尊周昌為始祖。

二、源出於姬姓。古今絕大多數周姓人奉黃帝玄孫后稷為先祖。后稷名棄，在堯、舜時任農官，教人耕作，發展農業，賜姓姬。后稷後裔在夏、商時期多次遷徙，商朝後期，古公亶父率眾移居渭水平原的周原，遂以周為部族名。古公亶父之曾孫武王滅商建周。周朝歷西周、東周八百餘年，於戰國時被秦國所滅。周朝最後一位君主赧王被黜為庶民，遷至今河南省臨汝縣西北，當地人稱赧王為「周家」，後人遂以「周」為氏，奉赧王為始祖。此支周姓後東遷江蘇北部，以沛國為郡望。西漢初佐漢高祖劉邦定天下的周勃、周昌等皆屬此支周姓。再，周公旦之後裔周公黑肩為東周執政，企圖殺死周莊王，改立王子克，事洩被殺。其子孫為避難而改姓周，奉周公旦為始祖，主要居住於今山東省曲阜市一帶。其後代無聞，不見於史書。又，周平王遷都洛邑（今河南省洛陽市），建立東周。其支子姬烈受封於汝南（今河南省境內汝水以南地區），以周為氏。此支周姓在漢、唐時期發展迅速，形成以汝南郡為核心的十多個郡望，成為周姓最大的支派。

三、系出外姓或外族之改姓。如唐玄宗李隆基即位後，因「基」、「暨」、「姬」同音，下詔天下姓姬、暨者改為周姓。其中部分人後來未恢復姬姓。又如在北朝後魏時，代北之姓賀魯氏、普氏、普乃氏、普周氏、普屯氏等均改姓周。元朝時，蒙古人喜同、朮忽、哈剌歹等因受漢文化影響，改為漢姓周氏。又元朝名人蘇卓周亦改姓周，以武功郡為郡望，其後代發展成為周姓中的一大支派。

【郡望】周姓之郡望較多，有汝南、廬江、潯陽、臨川、陳留、沛國、泰山、河南等二十一郡，其中以汝南郡最為重要。汝南郡，漢高祖時創置，治所在上蔡（今河南省汝南市東南），轄地包括今河南省中部偏南和安徽省淮河以北地區。

【著名人物】周勃（西漢初丞相），周亞夫（西漢名將，周勃之子）；周瑜（三國東吳大將）；周昉（唐代畫家）；周敦頤（北宋著名理學家），周邦彥（北宋著名詞人）；周必大（南宋丞相），周密（南宋末詞人）；周臣（明代畫家），周順昌（明代名臣），周嘉謨（晚明重臣）；周亮工（清代御史、文學家），等等。

【專用楹聯】

岐陽啟姓；濂水分源❶。

三軍佐祖安劉室；一炬東風逞將才❷。

愛蓮世澤；細柳家聲❸。

白練江帆潯陽景；桃花芳草玉春樓❹。

【注釋】❶上聯指周氏源出於姬姓。岐陽，周太王古公亶父率周部族於岐山之陽建周國。下聯指北宋哲學家、理學創始人周敦頤，字茂叔，道州營道（今湖南省道縣）人，官至知南康軍。晚年居廬山蓮花峰下濂溪旁，自號濂溪。精《易》學，著《太極圖說》、《通書》等，發明太極之蘊，對理學的形成、發展有重大影響。程頤、程顥皆其弟子。與此楹聯內容類似者如「宗傳姬旦家聲遠；學紹濂溪道脈長」，其上聯「姬旦」指周公旦，為周文王子、武王弟。於武王死後攝朝政，扶佐成王。相傳其曾制禮作樂，建立法制。下聯「濂溪」即指周敦頤。❷上聯說漢初大臣周勃隨漢高祖劉邦起事，以功為將軍，封絳侯。劉邦認為其「厚重少文，然安劉氏者必勃也」。當專權的太后呂氏病逝後，他便與陳平等人定計，說動三軍擁護劉氏，殺呂祿、呂產，迎立漢文帝。下聯說三國東吳名將周瑜，字公瑾，出身士族，輔佐孫策在江東建立政權。時年僅二十四歲，吳地稱「周郎」。孫策死，與張昭同輔佐孫權，任前部大都督。建安十三年（二〇八年），曹操率水陸數十萬大軍南下，欲一舉滅吳。周瑜親帥吳軍，乘東南風起，用火攻之法大破曹兵於赤壁（今湖北蒲圻西北，一說今武昌西赤磯山）。❸上聯說北宋理學家周敦頤撰有傳世名篇〈愛蓮說〉，讚美蓮花出淤泥而不染，以喻品格高尚。下聯指西漢名將周亞夫統軍之事。周亞夫為周勃子，當匈奴犯邊時，駐軍細柳（今陝西省咸陽市西南），軍令嚴謹。漢文帝至細柳營勞軍，非令不得入。文帝對此倍加稱讚，譽之為「真將軍」。「細柳」、「細柳兵」亦成為後世詩文中常用典故。❹上聯指元代詩人周德清，字挺齋，江西高安人，有《中原音韻》傳世。「白練江帆潯陽景」為其詩文中常見之景物。下聯指北宋著名詞人周邦彥，字美成，號清真居士，錢塘（今浙江省杭州市）人。因獻〈汴都賦〉，得神宗賞識，官至大晟令。精音樂、辭賦，善創作新詞調，為格律派詞人推為「巨擘」。有《片玉詞》傳世。「桃花」、「芳草」、「玉春樓」為其詩詞中常用之意境。

吳 ㄨˊ

吳姓是中國十大姓氏之一，總人口有二千四百餘萬，約占當代人口的百分之二，在東南地區及南部尤有影響。

【姓源】吳姓起源主要有五：姜姓、吳回氏、姚姓、姬姓和外族之改姓。

一、源自姜姓。炎帝之臣吳權是遠古吳氏族的首領，吳氏族屬炎帝部落，姜姓。其後裔便以吳為姓，奉吳權為始祖。

二、出自吳回氏。相傳火神吳回是上古顓頊帝之孫，祝融之弟（一說是顓頊曾孫，與祝融為同一人）。吳回因遷居吳氏族之地而稱吳回氏，其後人便以吳為姓。或說，吳回之孫樊居今山西省安邑縣之昆吾，稱昆吾氏。古字「吾」與「吳」通，其後有以吳為姓者，奉吳回為始祖。

三、出於姚姓。上古部族首領舜被封於虞，稱有虞氏，因「虞」、「吳」之音相近，故舜的後代亦姓吳。

四、源出姬姓。周太王古公亶父晚年傳位於少子季歷。長子泰伯和次子仲雍出奔江南，建國梅里（今江蘇省無錫市東南），號「句吳」。武王滅商後，封太伯之曾孫周章為侯，國號吳。春秋末，吳國被越國所滅，吳王夫差的子孫遂以國為氏，奉泰伯、仲雍為始祖。此為吳姓的最重要一支。

五、系出外族之改姓。清代滿洲八旗烏爾錫氏、烏拉氏、烏雅氏等全體改為吳姓，成為吳姓的又一來源。

【郡望】晉陵郡（今江蘇省常州市）。晉時置毘陵郡，不久改作晉陵郡，隋時復毘陵郡，唐為常州晉陵郡，後廢。

【著名人物】吳起（戰國時著名軍事家）；吳芮（西漢長沙王）；吳漢（東漢大司馬）；吳猛（晉代孝子）；吳均（南朝梁文學家）；吳道子（唐代著名畫家）；吳玠、吳璘兄弟（南宋初名將），吳堅（南宋丞相），吳文英（南宋詞人）；吳鎮（元代畫家）；吳承恩（明代小說家，《西遊記》的著者），吳寬（明代禮部尚書）；吳偉業（清初詩人），吳敬梓（清代小說家，《儒林外史》的著者），吳熙載（清代篆刻書畫家），吳友如（清末畫家），等等。

【專用楹聯】

晉陵望族；廷尉名官❶。

三讓兩家天下；一劍萬世千秋❷。

持議剛方，坐席正講官之體；風節峻厲，飛白書御史之名❸。

清操絕俗；畫聖留名❹。

【注釋】❶上聯指吳姓之郡望。下聯指西漢人吳公，漢文帝時官河南太守，吏治平恕，為「天下第一」，徵為廷尉。❷吳氏宗祠聯。上聯指周太王古公亶父的長子泰伯、次子仲雍讓王位於小弟季歷之事。當時季歷子姬昌（即周文王）出生時天降祥瑞，亶父為此寄予厚望。泰伯、仲雍明白父意，為使王位順利地經季歷而傳至姬昌，遂結伴而逃。後亶父病逝，要季歷尊重長子繼承的習俗，將王位讓給泰伯。泰伯堅辭不受，避至邊遠的江南荊蠻之地，並斷髮紋身，使姬昌順利地繼承了家業，創立了周朝。而泰伯亦創立了吳國。故吳氏宗祠的堂號因此而稱「三讓堂」。下聯指季札贈劍徐君之事。春秋時，吳王壽夢之少子季札有賢能，欲立之，季札不受，封於延陵（今江蘇省常州市），號延陵季子。季札嘗聘魯國觀周樂，途經徐國，徐君心喜季札的佩劍而不敢言，季札心知之，因使命未畢而未能獻。待其返回至徐，徐君已死，季札便解劍掛徐君墓前樹上而離去，後世傳為佳話。❸上聯說北宋學者吳申，字景山，福建甌寧（今福建省建甌市）人。皇祐年間進士，任國子監說書。宋朝原先以爵位高低來確定賓主座序，講官之位席設於東隅，吳申上疏爭之。講官正席自吳申始。下聯說北宋景祐年間進士吳中復，累官至殿中侍御史，風節峻厲，仁宗飛白書「鐵御史」三字賞賜之。❹上聯言晉代名臣吳隱，字處默，博涉文史，以儒雅標名。官至晉陵太守、廣州刺史，皆以清操絕俗著名。下聯言唐代畫家吳道子，陽翟（今河南省禹縣）人。唐玄宗時任宮廷畫師。善畫佛道人物，亦工山水，為時所重，有「畫聖」之稱。民間繪塑藝人亦奉為「祖師」。

鄭 ㄓㄥˋ

鄭姓是中國二十五個大姓之一，總人口超過九百三十萬，約占當代人口的百分之零點七八，在浙、閩、臺灣最為昌盛。

【姓源】鄭姓主要源出姬姓。相傳西元前八〇六年，周宣王封其弟姬友於南鄭（今陝西省華縣東），史稱鄭桓公。周幽王時，桓公見國家將亂，便預先將財產、親屬、部屬等遷至虢國與鄶國之間的東鄭。不久，幽王和鄭公皆被犬戎人所殺，西周滅亡。幽王子平王東遷洛陽，是為東周之始。鄭桓公子武公於送平王東遷時，以武力奪取虢、鄶的疆土，建立鄭國，建都新鄭（今屬河南）。鄭國是春秋時強國，戰國初被韓國所滅。其遺族散居，以國為氏，奉鄭桓公為始祖。

在姬姓鄭氏之前，尚有源出於子姓和姜姓的鄭氏。子姓鄭氏出自商朝鄭國，商朝滅亡後，子姓鄭人被周朝遷至渭水上游。姜姓鄭氏出自於齊國開國之君姜太公之後。周初，姜太公之子井叔被封於鄭（故址在今陝西省鳳翔市），以統治子姓鄭人，史稱西鄭。後周穆王奪西鄭為下都，姜姓鄭國滅亡，其國人便以鄭為氏。這兩支鄭姓後世皆無聞，當已淹沒於姬姓鄭氏之中。

此外，南唐後主李煜之子李從益封鄭王，李煜降宋後，李從益之子元和逃避民間，以父親封號為姓，改名鄭元和。其後人沿之，奉李從益為始祖。又，金朝女真人石抹氏族、清代滿洲八旗舒穆祿氏和鄭佳氏等亦都改漢姓鄭，此後在長期與漢民族混居中逐漸被同化為當地的漢民。

【郡望】滎陽郡。三國魏時分河南郡一部分而設置，轄境相當於今河南省黃河以南、滎陽縣至朱仙鎮一帶，治所在今河南省滎澤縣西南。

【著名人物】鄭姓是一個人才輩出、事業輝煌的家族。如：鄭國（戰國時水利專家、築鄭國渠）；鄭興、鄭眾父子（東漢大司農、學者），鄭玄（東漢著名學者）；鄭虔（唐代畫家），鄭谷（唐代詩人）；鄭樵（南宋史學家），鄭思肖（南宋末詩人、畫家）；鄭光祖（元代戲曲家）；鄭和（明代航海家，曾七下西洋），鄭成功（明末民族英雄）；鄭燮（清代書畫家、「揚州八怪」之一），等等。

【專用楹聯】

家傳詩教；系出滎陽❶。

威震西域封安遠；學傳北海集大成❷。

出通德之門，輝連閥閱；聽尚書之履，聲響蓬萊❸。

書畫留三絕；文史添五略❹。

【注釋】❶鄭氏祠聯。上聯指鄭姓家族中世代皆出著名學者，家學淵源不絕。下聯指鄭姓之郡望。❷上聯謂西漢將領鄭吉，漢宣帝時屯田西域，攻破車師國。神爵三年（西元前五九年），率軍迎匈奴日逐王歸漢，任西域都護，威震西域。漢朝置西域都護自此始。漢宣帝嘉其功，封安遠侯。下聯指東漢著名經學家鄭玄，字康成，北海高密（今屬山東）人。少時遊學，後因不願入仕歸家鄉，聚徒講學，弟子多至數百千人。遍注群經，融會貫通，學識淵博，為漢代經學的集大成者，稱「鄭學」。❸上聯亦為鄭玄之事典。東漢時，朝廷為表彰鄭玄之學識德行，特在其故鄉建造了一座「通德門」。參見❷。下聯指西漢哀帝時鄭崇任尚書僕射，常拖著破鞋去朝見天子。哀帝遠遠聽見鞋聲即說：「吾識鄭尚書履聲。」❹上聯言唐代書畫家鄭虔，字弱齊，曾任廣文館博士。愛彈琴，善書畫，與李白、杜甫為詩酒友。嘗自寫其詩，並畫以獻，帝大署其尾曰：「鄭虔三絕。」下聯說南宋史學家鄭樵，字漁仲，世稱浹漈先生，興化軍莆田（今屬福建）人。著《通志》二百卷，內二十略尤有創見，其中〈氏族〉、〈六書〉、〈七音〉、〈都邑〉、〈昆蟲草木〉五略，為舊史所無。

王 ㄨㄤˊ

王姓是中國使用最多的三大姓氏（李、王、張）之一，總人口將近九千萬，約占當代全國人口的百分之七點四。

【姓源】王姓的構成主要有四大來源，即子姓、姬姓、媯姓和賜姓、外族之改姓。

一、出自子姓。商朝末，王子比干因諫勸紂王被殺，葬於汲郡，其子孫居其地以守陵墓。因源於王族，改姓王氏，形成著名的汲郡王姓望族。

二、源出姬姓。又分數支：其一，周平王之孫姬赤因被其弟姬林奪去王位，出奔晉國，其子孫因為王家之後，故改姓王，並一直生活於山西臨猗地區，史稱河東猗氏王姓。其二，周靈王之太子姬晉，因直言進諫被廢為庶民，遷居到琅琊（今山東膠南一帶），其後代被世人稱為「王家」，沿用成姓。秦末漢初，秦朝武城侯王離之子王元、王威為避戰亂，分率族人遷至山東琅琊和山西太原，最終形成天下最著名的太原王氏和琅琊王氏兩大望族，為王姓中最大群體。其三，東周考王之弟、桓公揭被封於王城（遺址在今河南省洛陽市王城公園）。國亡後，其子孫散居河南伊川、臨汝，因曾居王城而改姓王，史稱王城王氏。其四，周文王第十五子畢公高之後畢萬，春秋時為晉國大夫，被封於魏，戰國時魏、韓、趙三家分晉，建立魏國。魏國為秦國所滅後，戰國四公子之一信陵君之孫魏卑子逃至山東泰山，漢初奉詔入京為官，封蘭陵君。當時因其本為王族之後，故稱為「王家」，遂以王為姓。姬姓王氏是王姓的最大構成，全國有家譜的王姓，據估計約百分之九十出自姬姓。

三、出自媯姓。戰國時，舜帝之後裔田氏取代姜姓為齊國之君。秦朝滅亡後，西楚霸王項羽分封齊王田建之長孫田安為濟北王。當項羽被劉邦擊敗後，田安也失去王位，子孫便改田氏為王姓。此支王姓以北海、青州為郡望，是王姓中重要的一支。

四、系自賜姓和外族的改姓。如燕太子丹之玄孫嘉，於西漢末年王莽篡漢稱帝、建立新朝時，上獻符寶，為王莽所寵，賜姓王。其子孫亦以王為姓。又如外族改姓王姓者，據《通志・氏族略》稱，王姓「出河南者，為可頻氏（西魏鮮卑族）；出馮翊者，為鉗耳族（西羌）；出營州者，本高麗；出安東者，本柯史布。此皆虜姓之王，大抵子孫以王者之後，號曰王氏」。宋代以後，契丹耶律氏、女真完顏氏以及西夏党項人、元代蒙古人、清代滿洲八旗完顏氏、伊喇氏等，皆有改為王姓者。

【郡望】王姓之郡望因姓源不同、後世遷徙等原因，有太原、琅琊、北海、東海、東平、山陽、東萊、陳留、新蔡、新野、高平、京兆、天水、中山、章武、河東、金城、長沙、堂邑、廣漢、河南等二十一郡，其中以太原、琅琊兩郡的影響最大。太原郡，秦莊襄王四年（西元前二四六年）初置，轄境約在今山西省五臺山以南、霍山以北地區，治所在晉陽（今山西省太原市西南）。琅琊郡，秦朝初置，轄境約今山東中部及東南一帶，治所漢代時在東武（今山東省諸城縣），南朝宋時移治即丘（今山東省臨沂市東南）。

【著名人物】王氏在歷史上人才輩出，群星璀璨。如：王翦（戰國末秦國大將）；王陵（西漢初宰相），王昭君（西漢美女，因和番出嫁匈奴）；王莽（新朝皇帝）；王充（東漢學者），王粲（東漢詩人、「建安七子」之一）；王肅（三國魏學者）；王戎（西晉詩人、「竹林七賢」之一），王祥（西晉太尉、著名孝子）；王羲之、王獻之父子（東晉著名書法家），王導、王敦及其家族（東晉望族，多人擔任宰輔、將軍等要職）；王通（隋代學者）；王勃（唐初詩人、初唐四傑之一），王維（唐代詩人、畫家），王昌齡、王之渙（唐代詩人）；王建（五代十國之前蜀建立者），王審知（五代十國之閩國建立者，福建王氏的總開山祖）；王禹偁（北宋翰林學士、文學家），王旦（北宋名相），王安石（北宋宰相、唐宋八大家之一），王詵（北宋畫家）；王彥（南宋抗金名將），王應麟（南宋末學者）；王禎（元代農學家），王實甫（元代戲曲家），王蒙（元代著名畫家）；王艮（明代學者），王守仁（明代著名理學家）；王夫之（明清之際思想家），王鑑、王翬、王原祁、王時敏（清初畫家，世稱「四王」），王念孫（清代學者），王士禎（清代學者、詩人），王鳴盛（清代學者），王懿榮（清代金石家），等等。

【專用楹聯】

三槐世澤；兩晉家聲❶。

家傳烏巷；古繼青箱❷。

傳家節操同松竹；報國功勳並斗山❸。

對聯喜帖右軍墨；春意樂賦摩詰詩❹。

秋水落霞驚四座；桐花栖鳳報群賢❺。

碧紗籠護詩人草；金帶圍開宰相花❻。

【注釋】❶王姓祠聯。上聯典出北宋人王祜。王祜字景叔，有文名，官至兵部侍郎，宋太宗嘗謂其文章「清節兼著」。王祜曾手植三槐於庭，預言「吾子孫必有為三公者」，時稱「王氏三槐」。後次子王旦果位宰相。王氏宗祠堂號也因此而名「三槐堂」。下聯言王氏為晉朝望族，名聲卓著，人才輩出。❷王姓祠聯。上聯言東晉王氏望族居於金陵（今江蘇省南京市）烏衣巷。下聯稱南朝宋人王彪之，博聞多識，家學世代傳承。《宋書・王淮之傳》：「家世相傳，並諳江左舊事，緘之青箱，世人謂之青箱學。」後世便以「青箱」指世代相傳的家學。古繼，指晉簡文帝死後，「群臣疑惑」，時任廷尉的王彪之果斷表態：「君崩，太子代位，大司馬何容得異？」朝議乃定。舊時遂將王彪之視為維護世襲制、貫徹「青箱學」的典範。❸王氏節義堂聯。上聯說王氏家族中人的節操如松竹，剛直不阿，歲寒而後凋；下聯說王氏家族人才輩出，為國為民，建功立業，有泰山北斗般的功勳。❹上聯言東晉書聖王羲之，字逸少，琅琊臨沂（今屬山東）人，曾任右軍將軍，習稱「王右軍」。工書法，博採眾長，人稱其字「飄若浮雲，矯若驚龍」，後世尊為「書聖」。下聯指唐代詩人、畫家王維，字摩詰，一生所作山水、田園詩頗多。北宋蘇軾稱其「詩中有畫，畫中有詩」，明代董其昌推之為南宗山水畫之祖。❺上聯說唐初文學家王勃，少時即才華出眾，十四歲應舉及第，為「初唐四傑」之一。其代表作〈滕王閣序〉中有「落霞與孤鶩齊飛，秋水共長天一色」等句，語出震驚四座，膾炙人口。下聯指清代詩人王士禎，字貽上，號漁洋山人，官至刑部尚書。擅古文、工詩。詩以神韻為宗，被奉為清初數十年詩壇正宗；文亦多有可傳，師從者眾。❻上聯指唐代大臣王播的故事。據《唐摭言》，王播少孤貧，曾在揚州（今屬江蘇）惠昭寺木蘭院內「隨僧齋餐」。諸僧厭怠，播至，已飯矣」。後二十年，王播出京鎮守揚州，因訪舊遊，見寺壁上舊日所題之詩皆被寺僧用碧紗籠罩著，以隔塵灰。王播感慨不已，另題詩二首以記之。下聯為北宋宰相王安石、王珪的簪花典故。據載古代揚州芍藥最為著名，其中以紅葉（花瓣）黃腰者稱「金帶圍」，極不易得。民間傳說若「金帶圍」花開，「則城中當有宰相」。一年，「金帶圍」花開四枝，郡守韓琦召通判王珪、幕官王安石及途經揚州的衛尉丞陳升之俱來會賞，並命宴花下，四人各簪一朵。後四人皆入朝為相，時稱「花瑞」。

馮 ㄈㄥˊ

馮姓為中國五十大姓之一，總人口約七百七十萬，約占當代人口的百分之零點六四，在廣東、冀、魯地區人數較多。

【姓源】馮姓主要來源有歸姓和姬姓兩支。

一、源於歸姓。相傳堯舜時期，活動於今河南商丘地區的東夷歸夷的一支東遷至今山東菏澤一帶，形成以荷為圖騰的河伯族。夏朝中期，河伯族首領馮夷稱霸於河洛地區，後為有窮氏所迫，進入今陝西大荔一帶建馮夷國。西周初，馮夷國一分為三，為周武王所滅。其後裔便以馮為氏。春秋時，鄭國大夫馮簡子為歸姓馮氏的第一名人，故此支馮姓奉馮簡子為始祖。

二、源自姬姓。周武王封其親族於馮夷故地，依舊稱馮。春秋初，馮國為晉國所滅，其人便以馮為氏。此後，周文王第十五子畢公高的後代、晉國大夫畢萬被封於魏（被奉為魏姓始祖），其支系之孫魏長卿亦被封於馮邑。其後代便以封邑為氏，奉長卿為始祖。馮姓人大多認為出自姬姓馮氏。

此外，一些少數民族亦有馮姓，著名者如南蠻酋長馮盎，唐初率南越之眾降唐，封越國公。

【郡望】始平郡。晉太初三年（二六七年）分扶風郡而設，轄境相當於今陝西省咸陽市以西、寶雞市以南、秦嶺以北地區，治所在槐里（今陝西省興平縣東南）。

【著名人物】馮驩（戰國時齊國遊士）；馮唐（西漢車騎都尉）；馮異（東漢初大將軍）；馮跋、馮弘（十六國時北燕國君）；馮延巳（五代詞人）；馮道（五代時列任五朝宰相）；馮京（北宋樞密使）；馮夢龍（明代文學家）；馮子材（清代名將），馮雲山（清代太平天國南王），等等。

【專用楹聯】

望出杜城為二馬；名滿西域號雙星❶。

一紹驚秋鶴❷。
關內侯，因慈母而貴寵；門下客，得孟嘗以優隆❸。
八駿傳漢世；三馮耀金溪❹。

【注釋】❶上聯言馮姓之另一郡望為杜城（今陝西省長安縣東南）。二馬，合為「馮」字。下聯言西漢馮夫人馮嫽之事。馮嫽於西元前一〇一年隨西漢解憂公主遠嫁西域馬孫國（今伊犁河及伊塞克湖一帶）和親，後嫁給馬孫國大將。因其多才多智，成為解憂公主的得力助手，在加強漢朝同西域諸國之間友好關係方面作出很大貢獻，深得西域各國的敬服，被尊稱為「馮夫人」。後人故將馮嫽和解憂公主合稱為西漢時期民族友好交往史上的「雙星子」。❷上聯指清代畫家馮秋鶴畫技絕人。下聯言明代文學家馮夢龍輯有《喻世明言》、《警世通言》、《醒世恆言》，世稱「三言」。❸上聯言東漢司徒馮勤，善計財，稱高能，精勤職事，賜爵關內侯。其母以善教導知名。下聯謂戰國時孟嘗君門下食客馮驩，因食無魚、出無車和無以為家，三吟「長鋏歸來」之歌，孟嘗君聞歌後悉如所求。後其為孟嘗君收債於薛，得息錢十萬，而燒掉債券，為孟嘗君爭得好名聲。後孟嘗君一度失去齊國相位，經馮驩去遊說秦王和齊王，使孟嘗君的相位得以恢復。❹上聯指東漢末名人馮禧，參與反抗宦官擅政的鬥爭，與張儉、檀杉、褚鳳、張肅、薛蘭、魏玄、徐乾諸人被太學生尊稱為「八俊」。下聯指清代開州知州馮詠，金溪（今屬江西）人，姿性英邁，與兄湛、弟謙並稱「三馮」。

陳 ㄔㄣˊ

陳姓是中國十大姓氏之一，僅次於李、王、張、劉之後而居第五位，總人口超過五千四百萬，約占當代全國人口的百分之五點四，在廣東、福建和臺灣最有影響。

【姓源】陳姓源出於嬀姓。周武王滅商後，封舜帝之裔孫嬀滿於陳（今河南省淮陽縣），建立陳國。春秋末期，陳國被楚惠王所滅。陳國公族子孫遂以國為氏，也有部分子孫以祖上嬀滿之名命姓，而形成陳、滿二姓。河南淮陽作為陳姓發源地，至今仍有「老陳戶」的別稱。又春秋中期，陳厲公之子陳完避難逃奔齊國，改姓田。其子孫於戰國中期建立田齊以代姜姓齊國。在秦始皇滅齊之前，齊王田建之第三子田軫出奔楚國，拜楚相令尹，封潁川侯，封地在今河南省長葛市北，並恢復陳姓。此支陳姓奉田軫為始祖，此後發展成為當代陳姓中最重要、最大的支派。

此外，南北朝後魏鮮卑族三字姓侯莫陳氏，進入中原後改漢姓，成為單姓陳氏。又元末南方紅巾軍領袖陳友諒，本姓謝，因其祖入贅於陳氏，遂改為陳姓，其後人延襲未改。

【郡望】 潁川郡。秦王政十七年（西元前二三〇年）始置，以潁水得名，轄境相當於今河南省南部，治所在陽翟（今河南省禹縣）。南北朝東魏時移治潁陽（今河南省許昌市）。

【著名人物】 **陳勝**（秦末農民軍領袖）；**陳平**（西漢初名相）；**陳壽**（西晉史學家，著《三國志》）；**陳霸先**（南朝陳之開國皇帝）；**陳子昂**（唐代詩人），**陳褘**（唐代名僧，即玄奘的俗名）；**陳摶**（五代末、北宋初著名道士），**陳東**（北宋末太學生）；**陳亮**（南宋學者）；**陳洪綬**（明代畫家）；**陳化成**（清末名將），**陳寶箴**（清末名臣），**陳玉成**（清代太平天國英王），等等。

【專用楹聯】

太丘德望；潁水淵源❶。

臥元龍之樓，耿耿濟時偉略；讀孔璋之檄，岩岩經國文章❷。

鼎甲綿綿接武；春魁世世光宗❸。

【注釋】 ❶上聯言東漢太丘長陳寔，「修德清靜，百姓以安」，年八十四卒，海內赴喪者三萬餘人。諡號文範先生。下聯指陳姓之郡望。❷上聯言東漢名士陳登，字元龍，官廣陵太守，有威名，加伏波將軍。許汜與劉備、劉表共論天下人物，許汜曰：「元龍湖海之士，豪氣未除。」劉備問緣故，許汜曰：「昔過下邳，見元龍無主客禮，自上大床睡，使客臥下床。」劉備曰：「君有國士名，而不留心救世，乃求田問舍，言無可採，是元龍之諱也。如我當臥百尺樓上，臥君於地，何但上下床之間哉！」劉表大笑。下聯言「建安七子」之一陳琳，字孔璋，嘗為袁紹草討曹操檄文，數其罪狀。曹操得聞其文句，先是所苦的痛風病頓然而除。曹操擊敗袁紹後，愛陳琳之才，用為記室，凡國書檄文，多出陳琳之手。❸上聯指北宋名人陳堯叟、陳堯咨兄弟二人，先後中狀元。下聯指明代陳安、陳循、陳謹諸人亦先後中狀元。

褚 ㄔㄨˇ

褚姓的分佈以上海、福建、遼寧等地區較有影響。

【姓源】褚姓的起源主要有子姓、官名二支。

一、源於子姓。據《通志·氏族略》，商王族之後裔宋恭公之子段，食采於褚邑（今河南省洛陽市），因「其德可師」，號稱褚師。其後代遂以為姓。

二、以官名為氏。春秋時，宋、衛、鄭諸國皆設有褚師之官，亦稱市令，主管集市貿易。其子孫往往以褚師為氏，後省「師」字而為褚姓。

【郡望】河南郡。漢高祖改秦朝三川郡為河南郡，轄境在今河南省黃河以南、伊水下游一帶，治所在洛陽縣（今河南省洛陽市東北）。

【著名人物】褚少孫（西漢經學博士）；褚淵（南朝齊尚書令）；褚遂良（唐初大臣、著名書法家），褚無量（唐代學者）；褚廷璋（清代學者），等等。

【專用楹聯】

經學博士補史記；書法名家序雁塔❶。

洋洋百卷垂嘉宇；寥寥數筆動人心❷。

寶重東南，不讓鳳鳴龍躍；儀惟端麗，爭誇日秀眉清❸。

【注釋】❶上聯言西漢經學家褚少孫，沛（今江蘇省沛縣）人。官至五經博士，魯《詩》有褚氏之學。並增補過司馬遷《史記》。下聯言唐初大臣、著名書法家褚遂良，字登善，博涉文史，尤工書法。唐太宗時官至中書令。唐高宗時封河南郡公，任尚書右僕射，故亦稱「褚河南」。書法繼二王（王羲之、獻之）、歐（陽詢）、虞（世南）以後，別開生面。晚年正書豐豔流暢，變化多姿，影響後代書風甚巨。被後人譽為唐初四大書家之一。晚年書唐太宗所撰〈大唐三藏聖教序〉碑文，藏於陝西西安慈恩寺大雁塔下。為其代表作品之一。❷上聯謂隋代學者褚暉，字高明，吳郡（今江蘇省蘇州市）人，以三《禮》之學稱於江南。隋朝大業年間徵天下儒術之士，集內史省，相次講論，褚暉博辯無所屈，擢太學博士。著《禮疏》一百卷。下聯謂清代書畫家褚逢椿，字燦根，長洲（今江蘇省蘇州市）人。善隸書，工畫。嘗為人寫〈何山歸棹圖〉，寥寥數筆，輒動人丘壑之想。❸上聯言晉代中尉褚陶，錢塘（今浙江省杭州市）人。少聰慧，十三歲作賦，見者奇之。時有陸機、陸雲兄弟「龍躍雲津，顧彥先鳳鳴朝陽，謂東南之寶已盡，不意復見褚生」之評價。下聯言梁代長史褚向，字景政，雅有器量，官至侍中。風儀端麗，眉目如畫，每公庭聚列，為眾所瞻望。

衛 ㄨㄟˋ

衛姓的分佈以滬、川、陝等省市較為集中。

【姓源】衛姓主要源出自姬姓。西周初，周公旦平定武庚叛亂之後，改封周文王第九子康叔於商都朝歌畿輔之地，並管轄商民七族，建立衛國（都城在今河南省淇縣）。戰國中，衛國被秦國所滅，其遺民便以國名為姓。

此外，衛姓還有其他一些來源，如出自外族之改姓，歷史上匈奴人、鮮卑人、吐谷渾人、清代滿洲人等皆有改姓衛者，但人數不甚多。

【郡望】河東郡、陳留郡。河東郡，秦、漢時初置，轄境相當於今山西省西南部，治所在安邑（今山西省夏縣西北）。陳留郡，治所在陳留（今河南省開封市陳留鎮）。

【著名人物】衛綰（西漢丞相），衛青（西漢大將）；衛瓘（西晉將軍）；衛夫人（東晉女書法家）；衛涇（南宋狀元、參知政事）；衛靖（明代學者），等等。

【專用楹聯】

源自姬姓；望出陳留❶。

紹侯望重拜太傅；將軍功高封長平❷。

正節嘗從履祥學；茂猗早為羲之師❸。

【注釋】❶衛姓祠聯。上聯指衛姓源出於姬姓。下聯指衛姓之郡望。❷上聯言西漢建陵侯衛綰，以廉忠被漢景帝拜為河間王太傅。後官至丞相。下聯說西漢大將衛青，字仲青，河東平陽（今山西省臨汾市西南）人。漢武帝時，前後七次統兵出擊匈奴，以安定北邊諸郡，解除了匈奴對漢王朝的威脅。官至大將軍，以功封長平侯。❸上聯指南宋學者衛富益，嘗學於金履祥、許謙。有《四書考證》、《性理集義》等書傳世。卒，門人謚曰正節先生。下聯言東晉女書法家衛夫人，名鑠，字茂猗，河東安邑（今屬山西）人。工隸書，得法於鍾繇，王羲之少時曾從其學書。

蔣 ㄐㄧㄤˇ

蔣姓是中國人口最多的五十大姓之一，總人口五百六十餘萬，約占當代人口的百分之零點四七，在川湘、江浙一帶較有影響。

【姓源】蔣姓的構成主要有子姓、姬姓和外族之改姓三大來源。

一、出自子姓。蔣即是菰，亦即茭白，盛產於河南修武、獲嘉地區的蔣河兩岸。一支以採食菰實、以菰為圖騰的部落便以蔣為部落名和地名。其後人入商後，又被封於蔣。西周初蔣國被滅，其子孫以國命氏，並北遷山西蔣谷（今山西省晉中市東南）。

二、源於姬姓。西周初，周公旦封其第四子伯齡於蔣（今河南省獲嘉縣西北），後移封蔣國於淮河、漢水之間的蔣鄉。春秋時，蔣國被楚國所滅，其子孫遂以國為氏。蔣國亡後，蔣人四散，一部分成為楚國居民，一部分遷往貴州東部蔣州（獎州），一部分東遷膠東地區，一部分南遷湖南湘鄉一帶。

三、出於外族之改姓。清代滿洲八旗蔣佳氏原為滿化的漢人，後又改為蔣姓。

【郡望】樂安郡。東漢永元七年（九五年）改千乘郡置樂安國，轄境相當於今山東省高青縣、博興縣、廣饒縣一帶，治所在臨濟（今山東省高青縣高苑鎮西北）。三國魏改樂安國為樂安郡。

【著名人物】蔣詡（西漢兗州刺史）；蔣琬（三國蜀漢丞相）；蔣防（唐代文學家）；蔣捷（南宋詞人）；蔣廷錫（清代文華殿大學士），蔣士銓（清代戲曲作家），等等。

【專用楹聯】

山亭綿世澤；荊渚頌名流❶。

銅符鼎峙；玉筍聯班❷。

玉筍同班，丰姿可愛；瓊花直諫，赤胆堪嘉❸。

松竹猶存三徑菊；公琰自非百里才❹。

【注釋】❶此為兩湖地區蔣姓祠聯。上聯指傳說中姬伯齡受封之地蔣國，古有山亭。下聯指宋代湖北仙居有文學家蔣煜、明代有荊州府教授蔣雷卿等名家。❷上聯言西漢上黨令蔣滿，其子蔣萬為北地都尉。漢宣帝認為其父子「宜同日剖符」，即下詔以蔣滿為淮南相，蔣萬為弘農太守。下聯言唐代蔣凝，字仲山，咸通年間進士，官至侍郎。擅賦。丰姿特美，每到士大夫之家，人以為祥瑞，號「水月觀音」。玉筍，喻才俊之士。❸上聯言唐代才俊之士蔣凝之事，參見❷。下聯言明代名臣蔣瑤，字粹卿，歸安（今浙江省湖州市）人。正德年間知揚州（今屬江蘇）。明武宗南巡至揚，蔣瑤供御取具而已，權倖要求，一概不應。宦官以鐵索鎖之數日始釋，民皆感泣。嘉靖年間官至工部尚書。瓊花，產於揚州，古今著名，此以代指揚州。❹上聯謂西漢末名士蔣詡，字元卿，杜陵（今陝西省西安市附近）人。官兗州刺史，以廉直負盛名。嘗於舍前竹下辟三徑，惟故人求仲、羊仲從遊之。王莽篡漢時，稱病棄官歸，卒於家。下聯言三國蜀漢名臣蔣琬，字公琰，零陵湘鄉（今屬湖南）人。丞相諸葛亮死，代為執政，領益州刺史，遷大將軍，錄尚書事，封安陽亭侯，復加大司馬。諸葛亮曾稱其是社稷之才，而非百里之才。

沈 ㄕㄣˇ

沈姓是中國五十大姓之一，總人口約六百萬，約占當代人口的百分之零點五，在江、浙一帶尤負盛名。

【姓源】沈姓來源主要有四：嬴姓、姒姓、姬姓和芈姓。

一、源於嬴姓。黃帝之裔高辛氏之後沈部落初居於今山東省曲阜市之沈猶，因與少昊氏雜居而東夷化，故得嬴姓。後遷居今山西汾、澮之間建立沈國。西周前期，晉國逐漸吞併沈土，沈人南逃於河南沈丘立國。

後周昭王南征淮夷時亦消滅了沈國，其國人便以沈為氏。

二、源出姒姓。西周初，姒姓沈國（今河南省固始縣）被蔣國所滅，沈人遂南逃楚地沈鹿（今湖北省鍾祥市東），成為楚國一邑，其子孫便以沈為氏。

三、源出姬姓，又分三支。其一，西周初，周成王分封其叔季載於沈（古城在今河南省平輿縣北），春秋時被蔡國所滅，沈君後人遂稱沈氏。其二，西周昭王時，蔣國滅姒姓沈國後，封其子於此，是為姬姓沈國。其三，魯煬公封其庶子沈季於沈猶，為魯附庸國，以沈為氏。當周昭王南征淮夷時，沈季隨軍消滅了嬴姓沈國，沈季之子沈子它被封於沈丘集（今安徽省阜陽市西北），建沈子國。春秋中葉，兩姬姓沈國皆被楚國所滅，其子孫亦皆以沈為姓。

四、源出芈姓。楚莊王占沈國（今河南省固始縣）之地後，封其子公子貞於沈鹿，又封孫叔敖之子於沈。兩地後裔均以沈為姓。

【郡望】吳興郡。三國東吳時初置，轄境相當於浙江省臨安市與江蘇省宜興市一帶，治所在烏程（今浙江省湖州市南）。

【著名人物】沈靖（西漢濟陰太守）；沈約（南朝文學家、音韻學家）；沈佺期（唐代詩人），沈既濟（唐代文學家）；沈括（北宋學者）；沈周（明朝畫家），沈璟（明代劇作家）；沈葆禎（清代名臣），等等。

【專用楹聯】

汝源流彩；玉渚分華❶。

三善名世；四韻家聲❷。

匡正名賢，克篤修文之彥；人倫師表，豈惟良史之才❸。

存中仗義爭一統；確士潛心選四詩❹。

【注釋】❶沈姓祠聯。指古代沈子國發源地在汝南，其後支派紛呈。❷上聯謂宋代沈度，字公雅，官至兵部尚書，善為政。

時人稱其有三善：一無荒土，二無遊民，三曰獄無積案。下聯言南朝梁大臣、文學家、音韻學家沈約，字休文，武康（今浙江省德清縣西）人。篤志好學，仕宋及齊，官至尚書令。著有《四聲譜》等書，倡「四聲八病」之說，指出合理運用聲調變化，能使詩歌愈加婉轉動聽，在文學史上產生了十分重要的影響。❸上聯言唐代詩人沈佺期，字雲卿，相州內黃（今屬河南）人。進士，官至太子少詹事。詩與宋之問齊名，對律體詩之定型頗有影響。下聯言唐代文學家沈既濟，撰傳奇小說多篇，最著名者為〈枕中記〉。述盧生於邯鄲旅舍，借道士呂翁之枕而眠，夢見自己登科拜相，榮華富貴一生，醒來卻見店主所蒸黃粱尚未熟，因喻富貴功名不過短暫一夢而已。此即「黃粱夢」之出典。❹上聯言北宋學者沈括，字存中，錢塘（今浙江省杭州市）人。於出使遼國時據理力爭，駁斥遼國的爭地要求，維護了宋王朝版圖完整。下聯言清代詩人沈德潛，字確士，江蘇長洲（今江蘇省蘇州市）人。官至內閣學士兼禮部侍郎。曾潛心選編《古詩源》、《唐詩別裁》、《明詩別裁》、《清詩別裁》諸書。

韓 ㄏㄢˊ

韓姓是中國五十大姓之一，總人口約八百萬，約占當代人口的百分之零點六八，其分佈以河南、山東二省最為集中。

【姓源】韓姓的構成主要有董姓、姬姓和外族之改姓三大來源。

一、源於董姓。相傳顓頊高陽氏之裔孫吳回生有六子，後分別形成六大部落。其第二子惠連，亦名參胡，得董姓。參胡初居於韓（今山西省永濟縣南之韓陽），其一支子系因善於掘井和設井垣而被稱為韓氏。韓國於西周初被滅，其子孫便以國為氏。

二、出自姬氏。西周初，周武王封其第五子韓叔於古韓國之地，為姬姓韓國。東周初，此韓國被同姓之晉國所滅。晉穆侯改封唐叔虞（周成王之弟）之裔孫韓萬於韓原（今陝西省韓城市西南，一說在今山西省芮城縣）。春秋末，韓萬之後人與趙、魏三家分晉，成為戰國七雄之一的韓國。後韓國被秦始皇所滅，其後代遂以國名為姓。當代韓姓多自稱出自姬姓韓氏。

三、系出外族之改姓。主要有：北朝後魏複姓出大汗氏（亦稱步大汗氏，有匈奴高車部人血統），和清代滿洲八旗罕扎氏族，皆全部改姓韓。

【郡望】韓姓之郡望有南陽、潁川、昌黎諸郡。南陽郡，戰國時秦昭王初置，轄境相當於今河南省西南部、湖北省東北部一帶。潁川郡，治所在今河南省許昌市。昌黎郡，三國魏初置，晉代沿襲，轄境相當於在今河北省東北部；北朝後魏亦置昌黎郡，北齊因之，故城在今河北省徐水縣西。

【著名人物】韓姓家族派多支茂，人才俊士層出不窮。如：韓非（戰國末思想家，法家學說之集大成者）；韓信（西漢初大將），韓嬰（西漢學者）；韓擒虎（隋朝大將）；韓滉（唐代宰相、畫家），韓幹（唐代畫家），韓愈（唐代著名文學家、唐宋八大家之一）；韓琦（北宋名相）；韓世忠（南宋初抗金名將）；韓企先（金朝宰相），等等。

【專用楹聯】

南陽望族；北斗高名❶。

文價早歸唐吏部；將壇今拜漢淮陽❷。

慷慨千金酬一飯；正嚴一表重千秋❸。

開漢將才，允矣無雙國士；有唐相業，卓然第一文臣❹。

金殿傳臚，雲呈五彩之瑞；詞場樹幟，文起八代之衰❺。

【注釋】❶韓姓祠聯。上聯指韓姓之郡望。下聯言唐代著名文學家韓愈，字退之，河南河陽（今河南省孟縣南）人。因其郡望昌黎，自稱「昌黎韓愈」，故世人稱之為「韓昌黎」。又諡「文」，後世尊曰「韓文公」。貞元年間進士，累官監察御史、潮州刺史、刑部侍郎、吏部侍郎等。反佛反道，大力倡導儒學，開宋明理學之先聲。為古文運動主要倡導者，主張繼承先秦兩漢散文傳統，反對專講聲律對仗而忽視內容的駢體文。為文氣勢雄偉，說理透徹，邏輯性強，被尊為「唐宋八大家」之首。❷上聯指唐代著名文學家韓愈之事，參見❶。下聯言西漢初大將韓信，淮陽（今江蘇省清江縣西）人。於秦末戰亂中，初附項羽，因未得重用而轉歸劉邦，又因官小而出走。後經蕭何力薦，始得重用，拜大將軍。劉邦採其策略，攻占關中，建立根據地。後韓信出奇兵破項羽，封齊王。漢朝建立後，改封楚王。因被人告欲謀反，降為淮陰侯，最後為呂后所殺。善於將兵，自稱「多多益善」。❸上聯謂宋代名臣韓億，官至太子少傅。治家嚴飭，遇親舊貧困者，慷慨解囊。常給孤貧以婚葬。有八子皆貴顯，世稱「桐樹韓家」。下聯言唐代著名文學家韓愈，堅決排斥佛老，當唐天子詔迎佛指骨舍利進宮供奉時，上奏力諫，幾乎被殺，貶官潮陽，卻不改初衷。參見❶。❹上聯指漢初開國功臣韓信之事，參見❷。下聯言唐代名相韓休，舉賢良，官至工部尚書、宰相。於時政得失，言之未嘗不盡，被譽有仁者之勇。工文辭，有「筆頭公」之稱。❺上聯言宋代名相韓琦，於天聖年間舉進士，方殿試唱名時，太史奏有五色雲現於京城上空。下聯言唐代文學家韓愈為文氣勢雄邁，時有「文起八代之衰」之譽。參見❶。

楊 一九

楊姓是中國十大姓氏之一，排名第六，總人口約三千七百萬，約占當代人口的百分之三點一，在中國西南和中原地區最有影響。

【姓源】楊姓來源主要有姬姓和外族之改姓兩大來源。

一、出自姬姓。分作三支：其一，西周初，周武王封第三子叔虞於唐，史稱唐叔虞。叔虞之子杼被周康王封於楊（故址在今山西省洪洞縣東南），世稱楊侯，始以楊為氏。東周時，楊國被晉武公所滅，其子孫散居各地。今湘、黔、粵、瓊及部分海外楊姓均奉楊杼為始祖。其二，春秋時，晉武公滅楊國，封其少子伯僑於楊國故地。後伯僑之曾孫羊舌肸食采於楊邑，其後裔便以封邑為氏。此支楊氏後因晉頃公「六卿之難」，出逃陝西，定居於華陰。戰國時，華陰楊氏發展甚快，蔓延於關中、河南地區。東漢名臣楊震即出自弘農華陰，其後裔興旺發達，人才輩出，後世言楊氏者皆稱弘農郡，可見一斑。其三，周景王之後裔被封於楊（今河南省宜陽縣西），為周朝之附庸小邑，其後裔亦以楊為氏。此支楊氏後世無聞，不見史載。

二、系出外族之改姓。如西北楊氏氐羌於東晉時建立仇池國（今甘肅省亞和縣南），直至北朝後魏時才被滅；入唐後，氐羌楊氏全部同化於漢族。又如鮮卑族莫胡盧氏、尉遲氏，武都白馬氐人，突厥沙陀人，西夏党項唐兀氏，清代滿洲八旗之易穆查氏、尼瑪察氏、富勒哈氏、楊那氏、楊佳氏等，亦都改為楊姓。而延邊朝鮮族中之楊姓，亦為歷史上久有的姓氏之一。

附注：古代「楊」與「揚」兩字通，故揚姓亦即楊姓。

【郡望】弘農郡。漢武帝時初置，轄境相當於河南內鄉以西、陝西柞水以東及華山以南地區，治所在今河南省靈寶縣南。楊姓郡望還有天水郡（今甘肅通渭西南）、河內郡（今河南沁陽）等地。

【著名人物】楊朱（戰國初思想家、先秦諸子之一）；楊雄（西漢末著名學者）；楊震（東漢太尉），楊修（東漢末文學家，楊震之子）；楊堅（隋文帝）；楊炯（唐初詩人），楊玉環（唐玄宗之貴妃），楊惠之（唐代雕塑家），楊炎（唐代名臣）；楊凝式（五代時書法家）；楊業、楊延昭、楊文廣祖孫（北宋名將），楊億（北宋詩人），楊時（北宋末學者）；楊萬里（南宋詩人），楊輝（南宋數學家）；楊士奇（明代名臣），楊慎（明代文學家），楊鏈（明末名臣）；楊秀清（清末太平天國東王），楊守敬（清末民初歷史地理學家），等等。

【專用楹聯】

木蘭花萍三春瑞；易俗移風萬戶新❶。

四知清操慚貪吏；千古文壇重太玄❷。

鱣堂集慶；雀館開祥❸。

神童列四傑；進士第一名❹。

河洛傳真，程門立雪；章壇華胄，清白傳家❺。

【注釋】❶楊姓「楊」字之拆字聯。❷上聯言東漢名臣楊震，字白起，弘農華陰（今屬陝西）人。於赴任東萊太守途經昌邑時，縣令王密因曾受楊震之恩，故夜懷黃金十斤贈楊震，楊震不受。王密曰：「暮夜無知者。」楊震曰：「天知、神知、我知、子知，何謂無知？」王密慚愧而出。楊震之後人為紀念此事，便稱自己家族為「四知堂楊氏」。下聯言西漢末文學家揚雄，字子雲，蜀郡成都（今屬四川）人。少好學，博覽群書，好深湛之思。年四十餘遊於京師，漢成帝時任郎，給事黃門。後仕王莽新朝。晚年仿《論語》作《法言》，仿《易經》作《太玄》等，為世人所重。❸上聯言東漢名臣楊震，少好學，博覽經書，聚徒授學，當世譽為「關西孔子」。年五十始仕州郡。據《後漢書・楊震傳》：「後有冠雀銜三鱣魚，飛集堂前。都講取魚進曰：『蛇鱣者，卿大夫服之象也；數三者，三法臺也。先生自此昇矣。』」後世便以鱣堂稱講學之所。參見❷。下聯言東漢學者楊寶，習歐陽《尚書》，隱居不仕，以教授為業。傳說其曾在華陰山北，見一黃雀為鷹所搏，墜落樹下。便取歸置巾箱中。食黃花百餘日，毛羽成，乃飛去。其夜有黃衣童子來拜謝曰：「我西王母使者，感君仁愛救拯，以白環四枚為謝，令君子孫潔白，位登三事，當如此環。」楊寶子孫後果然顯貴。❹上聯言唐初詩人楊炯，華陰人。十歲舉神童，二十七歲應制舉，授校書郎、崇文館學士，後官盈川令，為「初唐四傑」之一。下聯言明代詩人楊慎，字用修，號昇庵，成都新都（今屬四川）人。正德年間舉進士得第一，授翰林修撰。擅長詩、詞、曲、文，著作達百餘種。❺上聯言北宋末學者楊時，號龜山，曾就學於二程，得伊洛之學真傳。有「程門立雪」的典故。下聯言東漢名臣楊震之事，參見❷❸。

朱 ㄓㄨ

朱姓是中國人口最多的二十大姓之一，總人口超過一千五百萬，約占當代人口的百分之一點三，在江、浙、皖地區尤有影響。

【姓源】朱姓的構成主要有五大來源：朱襄氏、狸姓、曹姓、子姓和外姓、外族之改姓。

一、源出上古部落朱襄氏。相傳朱襄氏活動於今河南淮陽一帶，其後有朱姓，第一位名人即舜帝之臣朱虎（一作朱彪）。其子孫在先秦時一直活躍於冀、魯、豫地區，西周名隱士朱張，戰國時齊人朱毛、魏國大力士朱亥等皆稱是朱虎的後裔。

二、源自狸姓。相傳舜帝擊敗堯帝之子丹朱後，改封丹朱為房邑侯，別為狸姓。丹朱部族於爭帝位之戰失敗後，族人四散，其中一支便以丹朱之名為氏，遂成朱氏。

三、出自曹姓。相傳顓頊高陽氏之裔孫陸終的第五子安，被大禹賜姓曹。西周初，周武王封曹安之後裔曹挾於邾國（今山東省曲阜市東南），為魯國附庸。戰國中期，楚國滅邾，遷邾人於邾地（今湖北省黃岡市西北）。邾人遂以邾為氏，後去「邑」旁為朱姓。漢、魏時期，其後代在沛國發展成望族。曹姓朱氏是朱姓中最重要的成分。

四、源起於子姓。西周初，商紂王之庶兄微子啟被封於宋。戰國後期，齊國滅宋，宋君子孫四散，公子朱居於江蘇碭山，其後代遂以朱為氏。秦、漢之際，徙於河南南陽，至東漢發展成朱姓大族。

五、系出外姓或外族之改姓。三國之後，其他姓氏改姓朱者代代不絕，尤以明代天子賜臣下國姓朱，其人數之多、數目之大，為前代所未見。外族之改姓，主要有北朝後魏鮮卑族慕容部可朱渾氏、金朝女真人兀顏氏和清代滿洲八旗烏蘇氏、朱佳氏、珠錫哩氏等氏族皆集體改為朱姓。

【郡望】沛郡。漢高祖將泗水郡改名沛郡，東漢時改名沛國，東晉時復為郡，轄境相當於今安徽省淮河以北、西肥河以東及江蘇省沛縣一帶。

【著名人物】朱買臣（西漢名臣）；朱儁（東漢大將）；朱士行（三國魏名僧）；朱序（東晉名將）；朱溫（五代梁開國皇帝）；朱淑真（北宋女詞人），朱敦儒（北宋詞人）；朱熹（南宋著名思想家、教育家）；朱元璋（明太祖），朱載堉（明代史學家），朱之瑜（明末清初學者）；朱耷（清初書畫家，即八大山人），朱彝尊（清代文學家），朱駿聲（清代文字學家），等等。

【專用楹聯】

婺源著氏；徽國流芳❶。

紫陽世澤；白鹿家聲❷。

一統江山明社稷；四書精典宋聖賢❸。

愛民良吏稱千載；治學殊功注五經❹。

玉海千尋，探遍五經之秘；書樓萬卷，博搜二酉之奇❺。

【注釋】❶朱氏祠聯。言南宋著名理學家朱熹，字元晦，號晦庵，一號紫陽，祖籍婺源（今屬江西），遷居福建建州（今福建省建甌市）。紹興中進士及第，歷事高、孝、光、寧四朝，凡所奏聞，皆「正心誠意」、「齊治平」之道。所在建書院教學，其學盡得二程之傳，而發揚光大之，使程朱理學成為中國封建社會後期最重要的思想學說。謚「文」，故世稱朱文公。後追封信國公，改徽國公。南宋末陪祀孔廟，清代康熙中昇位於「十哲」之次。❷朱氏祠聯。言南宋著名理學家朱熹，南宋淳熙六年（一一七九年）知南康軍（今江西省星子縣）時，於廬山五老峰下重建白鹿洞書院，為南宋四大書院之一。參見❶。❸朱氏祠聯。上聯指明太祖朱元璋，建立明朝一統江山。下聯指南宋著名理學家朱熹撰有《大學》、《中庸》、《論語》、《孟子》集注，合稱《四書集注》，被儒士視為儒學經典。參見❶。❹上聯言漢代名臣朱邑，歷任北海太守、大司農等官。為政「廉平不苛，治行第一，吏民愛敬之」。下聯言南宋著名理學家朱熹撰有《詩集傳》、《周易本義》等五經注釋。五經指《詩》、《書》、《禮》、《易》、《春秋》。參見❶。❺上聯言南朝梁散騎常侍朱异，字彥和。遍覽五經，尤明《禮》、《易》，甚為梁武帝所重。下聯言北宋名士朱昂，字舉之，少好讀書藏書。當時朱遵度稱朱萬卷，朱昂稱小萬卷。累官至翰林學士致仕。閒居以諷誦為樂，自稱退叟。二酉，指大酉山和小酉山，在今湖南沅陵境內。相傳小酉山石穴中有秦人留下的豐富藏書，故後世遂以「二酉」代稱藏書之處。

秦 ㄑㄧㄣˊ

秦姓是中國一百大姓之一，總人口約三百十萬，約占當代人口的百分之零點二六，主要散佈於豫、川、桂、蘇等地區。

【姓源】秦姓起源主要有三支：嬴姓、姬姓和外族之改姓。

一、源出嬴姓。相傳少昊氏後裔皋陶之子伯益，因助大禹治水有功，得姓嬴。伯益之後非子善養馬，被周孝王封於隴西秦亭（今甘肅省禮縣東北），稱嬴秦，為周朝附庸國。此後秦襄公護送周平王東遷有功，陞為諸侯。戰國時，秦孝公任用商鞅變法，國力富強，成為七雄之首。至秦王政攻滅六國，統一天下，建立秦朝，自稱秦始皇。秦朝傳三代十五年而亡，秦王族子孫有以國名為姓者。

二、出自姬姓。周公旦之子伯禽為魯國始祖，其裔孫有食采於秦邑（今河南省范縣東南）者，其子孫遂以邑為姓。

三、系出外族之改姓。早在先秦秦昭襄王時，西蜀巴人之賨族中便有秦姓。西漢時，古羅馬帝國稱大秦國，常遣使者來中國，至西晉時，有大秦國商賈留居中國不回，與中國人聯姻，生息繁衍，而以原籍國名秦為姓。又金朝女真人抹撚氏族、清代滿洲八旗穆顏氏族等皆全部改姓秦姓。

【郡望】太原郡（參見「王」姓之郡望）、天水郡（參見「趙」姓之郡望）。

【著名人物】秦越人（戰國時名醫，即扁鵲）；秦彭（東漢山陽太守）；秦瓊（唐初大將），秦韜玉（唐代詩人）；

秦觀（北宋詞人）；秦九韶（南宋數學家）；秦良玉（明代女將）；秦蕙田（清代學者），等等。

【專用楹聯】

三賢世胄；萬石家門❶。

創立天元法，芳名長留世；發明切脈術，妙手俱回春❷。

博學宏才，俊逸詩名傳奕世；老年豪氣，清新雅韵破長城❸。

【注釋】❶秦姓祠聯。本聯係東漢時人對騎都尉秦彭之稱譽。秦彭字伯平，茂陵（今陝西省興平市東北）人。北征匈奴屢立戰功。漢章帝時遷山陽太守，後轉潁川太守，皆有善政。❷上聯言南宋數學家秦九韶，字古道，四川人。著《數學九章》，創立天元法等，有功於算術研究。後以精於曆學被薦於朝。下聯言戰國時名醫秦越人，即扁鵲，渤海郡鄚（今山東省無棣縣北）人。精通各科，創切脈醫法，遍遊各地行醫，醫名甚著。後因秦國太醫妒忌其醫術而被害。❸上聯言東漢詩人秦嘉，字上會，隴西（今屬甘肅）人。為代郡上計椽。博學宏才，善詩，為東漢名詩人之一，曾以詩與妻徐淑相贈答。下聯言唐代居士秦系，字公緒，會稽（今浙江省紹興市）人。天寶末避亂於剡溪，後結廬於泉州南安（今屬福建）九日山，號南安居士，亦號東海釣客。與劉長卿友善，以詩贈答。劉長卿因善五言詩，號「五言長城」。

尤 一ㄡˊ

尤姓主要居住於江南地區及福建、臺灣。

【姓源】尤姓來源較複雜，主要出自外姓之改姓。

一、出自仇姓。傳說春秋時宋國大夫仇牧因赴宋閔公之難而被殺，其子孫為逃避追殺而改姓隱名，其中一部分即以尤為姓。東漢人尤利多、尤邇等，相傳為其後裔，然此後漸趨無聞。

二、源出沈姓。唐末五代時期，王審知在福建建立閩國，下令國中與其名字讀音相同的姓氏全部更改。於是當地沈姓人便去三點水，而以尤為姓。故歷史上有「尤姓出自沈姓」之說。閩國亡後，部分尤姓人未恢復原姓。此支尤姓影響較大，並以沈姓之郡望吳興為郡望。由此，尤姓的分佈以福建為多。尤姓名人如南宋詩人尤袤、明代都督尤世威、清代畫家尤蔭等，皆出自此支尤姓。

三、出於王姓。五代末閩國滅亡後，王審知之後代為免災逃難而改姓，其中一部分人便以尤為姓。

【郡望】 吳興郡（參見「沈」姓之郡望）。

【著名人物】 尤袤（南宋詩人）；尤玘（元代文學家），尤文（元代學者）；尤世威（明代都督）；尤侗、尤棟（清代學者），等等。

【專用楹聯】

氏源沈姓；望出吳興❶。

功高固原獨目將；名列南宋四大家❷。

御封真才子；府藏石銚圖❸。

【注釋】 ❶尤姓祠聯。為源出沈姓之尤氏所專用。❷上聯言明代將官尤繼先，榆林衛（今屬陝西）人。萬曆年間，積戰功為固原（今屬寧夏）總兵官，徙鎮遼東，改薊州。習兵敢戰，因激戰眇一目，人稱獨目將軍。下聯言南宋詩人尤袤，字延之，號遂初居士，無錫（今屬江蘇）人。紹興年間進士及第，官至禮部尚書兼侍讀。詩與楊萬里、范成大、陸游齊名，合稱南宋四大家。❸上聯言清代文學家、戲曲家尤侗，字同人，號悔庵，長洲（今江蘇省蘇州市）人。康熙年間授翰林院檢討，修《明史》。工詩、文、詞、曲，著述甚豐。才既富贍，復多新警之句，傳誦遍人口。清世祖見之，稱其為「真才子」。下聯言清代詩畫家尤蔭，字實父，號水村，揚州儀徵（今屬江蘇）人。工詩，善寫蘭竹。家藏周穜贈蘇東坡石銚一只。乾隆年間，進內府，因廣寫「石銚圖」以贈人，得者珍之。

許 ㄒㄩˇ

許姓是中國五十大姓之一，總人口約六百五十萬，約占當代人口的百分之零點五四，其分佈以江浙和雲南地區最具影響。

【姓源】許姓的構成主要有二大來源：人名、姜姓。

一、出自許由之後。相傳許由為帝堯時賢人，字武仲。堯欲以天下讓許由，許由不就，退隱於中嶽潁水之陽，箕山之下。是為傳說中最早之許姓，但此支許姓後世默然無聞，史文無載。

二、出自姜姓。周武王滅商後，封炎帝之裔孫姜文叔於許（今河南省許昌市東），世稱許侯。因受鄭、楚等大國擠逼而經常遷移，最後定居於今河南魯山南。戰國初，許國被楚國所滅，其族人遂以國為氏。後世許姓大都出於姜姓許氏。

【郡望】高陽郡。本為戰國時高陽邑，北朝後魏初置青州高陽郡，治所在今山東省臨淄市西北。

【著名人物】許由（帝堯時賢人）；許行（戰國時農學家）；許慎（東漢文字學家），許劭（東漢學者）；許褚（三國魏虎將）；許遠（唐代名將），許渾（唐代詩人）；許叔微（南宋醫學家）；許衡（元初學者），許謙（元代學者）；許景澄（清代外交家），等等。

【專用楹聯】

徵鍾泰岱；緒衍箕山❶。

掬泉洗耳辭堯禪；解字成書費段箋❷。

說文解字古經典；山雨滿樓唐律詩❸。

兄弟六登科甲；父子四為尚書❹。

【注釋】❶許姓祠聯。上聯指許姓之郡望在山東泰山附近。下聯說帝堯時賢人許由，字武仲，堯讓天下而不受，逃至潁水之陽，箕山之下，農耕而食。❷上聯言帝堯因許由不肯受天下，又授其九州長，許由憤而洗耳於潁水之濱，以示堅拒之意。參見❶。下聯言東漢經學家、文字學家許慎著《說文解字》，清代文字訓詁學家段玉裁為其注釋，成《說文解字注》。❸上聯言東漢學者許慎所著《說文解字》為往古傳今之經典。下聯言唐代詩人許渾，字仲晦，太和年間進士及第，歷官虞部員外郎、睦州刺史等，所至有善政。工詩，有名句「山雨欲來風滿樓」。❹上聯言明代巡撫許進，字季昇，靈寶（今屬河南）人。歷官至兵部尚書，嘗巡撫大同（今屬山西），士馬強盛，兵防修整。卒諡襄毅。其兒子六人登科甲。下聯言許進及子誥、論、讚四人，皆官拜尚書。許誥官至南京戶部尚書，許論亦官至兵部尚書，許讚官吏部尚書。

何 ㄏㄜˊ

何姓是中國二十大姓之一，總人口約一千四百萬，約占當代人口的百分之一點二，在川、粵地區最有影響。

【姓源】何姓的來源主要有歸姓、姬姓和外姓、外族之改姓三大支。

一、出自歸姓。相傳黃帝時已有何姓，為東夷族歸夷的一支，於黃河下游的山東菏澤建何國。舜帝時，何姓一支隨舜帝南巡，而留居於湖南寧遠、道縣一帶。至今何姓仍為道縣大姓。入湘的何姓一支融入湘南瑤族先民中，成為瑤族十二姓之一。

二、源出姬姓。西周初，周成王之弟唐叔虞之後裔受封於韓，建立韓國，後亡於秦。韓王子孫以國為姓。韓王安之子為避仇逃到江淮一帶，因當地人讀「韓」音如「何」，字隨音變，其子孫遂改韓為何姓。

三、系出外姓或外族的改姓。前者如《漢書·五行志》載，西漢人朱何苗，以自己之名的第一個字為姓，改姓何名苗。其子孫沿襲未改，遂形成望族。後者著名者如：河南何氏，源於北朝後魏鮮卑賀拔氏；姑臧何氏，源於唐代西域何國；太原何氏，源於宋代回鶻族等。清代滿洲八旗赫舍里氏、董鄂氏、輝和氏、阿禮哈氏等亦大多改姓何氏。

【郡望】廬江郡。西漢初分秦代九江郡之一部分為廬江郡，轄境相當於今安徽省淮河以南、長江以北地區。

【著名人物】何休（東漢學者），何進（東漢大臣）；何晏（三國魏學者）；何承天（南朝時天文學家）；何景明（明代文學家）；何紹基（清代書法家），何鴻舫（清代江南名醫），等等。

【專用楹聯】

廬江出望族；淮水育賢孫❶。

水部梅青，祖靈穆乎不遠；中丞山峻，舊德煥若其新❷。

堂構溯先聲，慶衍雙雙兄弟；詩書綿世澤，祥符九九簪纓❸。

善長老莊，著才名於幼歲；雅號書劍，挺英氣於少年❹。

【注釋】❶何姓祠聯。上聯指何姓之郡望。下聯指淮河撫育有眾多光彩傲人的何姓名人賢士。❷上聯言南朝梁人何遜，字仲言。擅文，與劉孝標並稱「劉何」。天監年間官尚書水部郎。其在揚州（今屬江蘇）時，官府內有梅盛開，何遜曾吟詠其下。後居洛陽（今屬河南），思梅不得，固請再往揚州。既至，恰梅花盛開，大開東閣，邀集文士賞吟終日。下聯言南朝宋人何承天，性剛毅，博覽群書，累官尚書祠部郎、御史中丞。宋文帝每有重事必先訪問之。❸何氏祠聯。上聯指明代翰林院孔目官何俊及其弟禮部郎中何傅，二人俊才超逸，皆負時名。堂構，舊稱能繼承父祖事業者。下聯指西晉朗陵侯何曾及其子東晉左僕射何劭，均以博學擅文著稱於世。簪纓，指古代達官貴人的冠飾，引申為做官者之稱。❹上聯指三國魏人何晏，字平叔，官侍中尚書，封列爵。善長老、莊之學，嘗作《道德論》及《文賦》等數十篇，傳於世者有《論語集解》。下聯指明代湖廣布政使何真，字邦佐，廣東東莞（今屬廣東）人。少英偉，好書劍，尤喜儒術。元時累官廣東行省右丞，在任頗著聲望。

呂 ㄌㄩˇ

呂姓為中國一百大姓之一，總人口約五百六十萬，約占當代人口的百分之零點四七，尤盛於魯、豫地區。

【姓源】呂姓的起源主要有姜姓、姬姓和外族之改姓三大支。

一、出自姜姓。相傳炎帝之後裔伯益因佐大禹治水之功，被封於呂（故城在今河南省南陽市西），史稱呂侯，賜姓姜。其後人遂以國為氏。西周初，呂侯入朝為周司寇。周宣王時改呂國稱甫國，並分一支呂姓於今河南新蔡，史稱東蔡。春秋初，東呂被宋國所滅；春秋中，甫國被楚文王所滅。兩國子孫於亡國後皆以國名呂為氏。又伯益之後裔呂尚，亦稱姜子牙、太公望，輔佐周武王滅商，為齊國開國始祖。戰國時，姜齊被田齊所代，其族人遷居東平壽張（今山東省東平縣西南），發展成當地一支望族。西漢初，呂青因輔佐漢高祖開國有功，封信陽侯，其後世遷居河東，亦成為當地之望族。姜姓呂氏構成當代呂姓人的主體。

二、源出姬姓。西周初，周武王封其親屬於魏城。春秋時，晉國大夫魏錡食封於呂（今山西省霍縣西南），號呂錡。其子呂相遂以呂為姓。

三、系出外族之改姓。著名者如北朝後魏鮮卑族比丘氏、副呂氏、叱呂氏、俟呂陵氏、叱呂引氏等，均改為呂氏。

【郡望】河東郡（參見「衛」姓之郡望）、東平郡。東平郡，治所在無鹽（今山東省東平縣東）。漢代初於此初置東平國，南朝宋時改為東平郡。

【著名人物】**呂尚**（西周初大臣、齊國開國之君）；**呂不韋**（戰國後期秦國相國）；**呂雉**（西漢高祖皇后）；**呂布**（東漢末名將）；**呂蒙**（三國東吳大將）；**呂光**（十六國後涼開國之君）；**呂才**（唐代學者），**呂純陽**（唐代著名道士，即「八仙」之一呂洞賓）；**呂蒙正**、**呂端**、**呂夷簡**、**呂公著**、**呂大防**（皆北宋宰相），**呂大臨**（北宋學者）；**呂祖謙**（南宋學者）；**呂紀**（明代畫家），**呂坤**（明代學者）；**呂留良**（清初思想家），等等。

【專用楹聯】

岳陽仙客；渭水耆英❶。

老棄釣竿榮佐帝；少交中散喜多才❷。

春秋既成，難增減一字；陰陽刻定，悉參訂五經❸。

夾袋儲賢，推聖功之雅量；立朝正色，懍晦叔之遺風❹。

【注釋】❶上聯言唐代京兆（今陝西省西安市）人呂洞賓，號純陽子，兩舉進士不第，遂浪遊江湖，修道於終南山（在今陝西省西安市南），精劍術，百餘歲而童顏。傳為「八仙」之一，曾於岳陽樓上飲酒。下聯言西周初大臣呂尚，字子牙，俗稱姜太公。相傳年八十時以直鉤釣於渭水之濱，周文王出獵相遇，與語大悅，同載而歸。西周初官太師，以輔佐周武王滅商有功，封於齊國。❷上聯指周文王遇呂尚於渭水之濱事，參見❶。下聯言三國魏東平（今屬山東）人呂安，字仲悌，頗有濟世之念。

少時與才子嵇康友善，每一想念，便千里駕車造訪。❸上聯言戰國末秦國相呂不韋，集門客著《呂氏春秋》，置於咸陽城門，曰：「有能增損一字者予千金。」迄無人應命。下聯言唐初學者呂才，清平（今山東省高唐縣西南）人，官太常博士。善音律。受詔刪定陰陽家書，參訂五經以取捨之，成，詔頒天下。❹上聯言北宋名相呂蒙正，字聖功，河南洛陽（今屬河南）人。太平興國年間進士第一。質厚寬雅，以正道自持，遇事敢言。曾三任宰相，知人善薦，天子譽其甚有「雅量」。卒謚文穆。下聯言北宋名相呂公著，字晦叔，壽州（今安徽省壽縣）人。進士出身，累官御史中丞。元祐初與司馬光一起拜宰相，致力於廢除新法。司馬光死後，獨秉朝政。史稱其識量深敏，立朝正色，不可以干以私。

施 ㄕ

施姓的分佈在江、浙一帶較有影響。

【姓源】施姓起源主要有三支：國名、姬姓和外姓、外族之改姓。

一、以國名為氏。夏朝時，有侯國名施國（今湖北恩施一帶），國滅後，其族人便以國命氏。

二、源出姬姓。春秋時，魯惠公之子公子尾，字施父，為魯國賢大夫。其孫孝叔便以祖父之字為姓，遂成施父氏，後省「父」字而為施姓。姬姓施氏為當代施姓中最主要的支派。

三、出於外姓或外族的改姓。如明初名臣方孝孺因「靖難之變」被殺，其子孫為避難而改姓，以「施」字拆開即「方人也」，正符合自己身分，故改姓施。

【郡望】吳興郡（參見「沈」姓之郡望）。

【著名人物】施之常（春秋時孔子弟子）；施肩吾（唐代詩人）；施耐庵（元末文學家，《水滸傳》的著者）；施琅（清代名將），施定庵（清代著名棋手），等等。

【專用楹聯】

論異同於石渠，五經淹治；求道學於東魯，一貫精通❶。

名著豈止水滸傳；雄才非惟攬雲集❷。

精通棋藝號國手，善畫生竹稱巨筆❸。

【注釋】❶上聯言漢代學者施讎，字長卿，沛（今江蘇省沛縣）人。博學。從田王孫受《易》，後詔拜博士。甘露年中，應詔於石渠閣與諸儒雜論五經同異。下聯指春秋時人施之常，字子恆，為孔子弟子，授學於魯國。❷上聯言元末明初小說家施耐庵，名子安，字耐庵，祖籍姑蘇（今江蘇省蘇州市），遷居興化（今屬江蘇）。少精敏，擅文章。元代至順年間進士。曾出仕錢塘（今浙江省杭州市），因與當道權貴不合，棄官而歸，閉門著述。撰有《水滸傳》（一名《江湖豪客傳》）、《三國志演義》、《隋唐志傳》、《三遂平妖傳》等。下聯言清代文學家施清，字伯仁，錢塘人。康熙年間召試鴻詞博學科。篤學嗜古，工詩文，風格樸厚，時稱雄才。著有《攬雲集》、《懷新集》、《十三經異同解》等。❸上聯言清代著名棋手施定庵，名紹闇，字襄夏，號定庵，浙江海寧（今屬浙江）人。先學琴，後復嗜棋。師俞長侯，年十六成第一手，乾隆時為圍棋國手，與范西屏齊名。著有《弈理指歸》等。下聯言五代後周畫家施璘，字仲寶，陝西藍田（今屬陝西）人。畫竹有生意，為當時絕技，有「竹圖」十幅傳世。

張 ㄓㄤ

張姓是中國三大姓氏之一，總人口約八千五百萬，約占當代人口的百分之七點一，在北方及東北地區最有影響。

【姓源】張姓的起源主要有姬姓和外姓、外族之改姓二大支。

一、出自姬姓。據《通志略．氏族略》，黃帝之子少昊青陽氏第五子揮為弓正，觀弧星，始製弓矢。主祀弧星，賜姓張氏。但宋代鄭樵認為黃帝賜姓「非命姓氏之義也」，即為依託之言。其得姓實因作為官名之「弓正」，亦稱弓長，其後人以官名二字合一，遂成張氏。又，春秋時晉國卿士解張，字張侯，其祖先源出周王族。其後代遂以祖字為氏。三家分晉後，其族人仕韓國為大夫，後漸成望族。至東漢以後，隨著自稱源於黃帝的道教之興盛，而流傳有「黃帝賜姓張氏」之說，使張姓人數快速增加。

二、出自外姓或外族之改姓。如：秦末韓國貴族姬良，因在博浪沙謀刺秦始皇未成被通緝，而改姓張；三國魏名將張遼，本姓聶，後改姓張，世居馬邑，成為張姓大族。三國時人龍佑那，諸葛亮賜其姓張氏，世居雲南。元太祖成吉思汗的後人，於元末時為避戰亂，逃難於西南而改姓張，始祖名張攀枝，其後代今大多居住在雲南彭水高谷一帶。清代滿洲各族人大批改姓張，使北方及東北地區張姓人口得以快速增長。

【郡望】 張姓郡望，據元人袁桷撰〈張氏宗譜序〉載，有襄陽、河南、河東、始興、馮翊、吳郡、平原、清河、河間、中山、魏郡、蜀郡等十二郡，而據〈清河張氏世系引〉稱有四十三郡，其中以清河郡最有影響。清河郡，西漢高祖初置，轄境相當於今河北省清河縣至山東省臨清縣一帶地區。

【著名人物】 張姓歷代人才層出不窮，群星閃耀。如：張儀（戰國時縱橫家）；張良（西漢初著名謀士），張騫（西漢出使西域的使者）；張衡（東漢學者），張芝（東漢書法家），張仲景（東漢著名醫學家），張道陵（東漢末五斗米道始祖），張角（東漢末黃巾軍首領）；張飛（三國蜀漢大將），張遼（三國魏名將）；張華（西晉大臣），張翰（西晉文學家）；張僧繇（南朝梁名畫家）；張說、張九齡（唐代名相），僧一行（唐代名僧，俗姓張），張巡（唐代名將），張繼（唐代詩人），張旭（唐代書法家）；張載（北宋思想家），張耒（北宋詩人，蘇門四學士之一）；張浚（南宋名相），張栻（南宋學者）；張子和（金代醫學家）；張居正（明代名相），張溥（明代文學家）；張之洞（清末洋務派名臣），等等。

【專用楹聯】

閥閱傳京兆；聲名重曲江❶。

出使窮源，槎泛斗牛之畔；勸農致富，民興麥秀之歌❷。

齊家公藝；治國子房❸。

九居世澤傳名遠；百忍家聲播惠長❹。

西都十策；金鑑千秋❺。

弓力千鈞東風勁；長空萬里北斗明❻。

【注釋】❶張姓祠聯。上聯指張姓之郡望。下聯指唐代名相、詩人張九齡，字子壽，曲江（今廣東省韶關市）人。景龍初進士及第，唐玄宗開元初年拜相。卒諡文獻。其文學冠一時，諤諤有大臣節，天下皆稱「曲江公」而不稱名。❷上聯言西漢漢中（今屬陝西）人張騫，於建元二年（西元前一三九年）奉漢武帝之命出使大月氏、大宛、康居和大夏等中亞國家。途中兩次被匈奴拘留，積十一年。後乘匈奴內亂，始脫身歸漢。拜大中大夫，封博望侯。下聯言東漢人張堪，字君游，宛（今河南省南陽市）人。少時志美行厲，諸儒號曰聖童。東漢光武帝時拜郎中，累官漁陽（今北京市）太守。在任捕擊奸猾，勸課農桑，百姓歌之。在郡八年，匈奴不敢犯塞。❸上聯言唐代名士張公藝，鄆州壽張（今山東省東平縣西南）人。善於治家，九世同堂。唐高宗封泰山還，幸其宅，問其本末。公藝請以紙筆，但書「忍」字百餘以進，帝善之。後張姓常以「百忍」為堂名，本此。成語「百忍成金」（形容忍耐可貴），亦本此。下聯言漢初名臣張良，字子房，城父（今安徽省亳州市東南）人。為復韓國而狙擊秦始皇，未遂，逃匿於下邳（今江蘇省邳州市西南），遇黃石公，得《太公兵法》。後為劉邦謀士，佐其滅秦、楚。漢朝建立，封留侯。❹本聯指唐代張公藝家九世同居、書百「忍」字的典故，參見❸。❺上聯言宋代名相張齊賢，字師亮，山東冤句（今山東省荷澤市西南）人。宋太祖幸西京洛陽（今屬河南）時，張齊賢以布衣上陳十策。宋太祖歸謂晉王（後繼位為帝，即宋太宗）曰：「他日可使輔汝相。」宋真宗時官拜兵部尚書、同中書門下平章事。尋以司空致仕。下聯言唐代名相張九齡之事。當唐玄宗生日，百僚多獻珍異，惟張九齡進《千秋金鑑錄》，具陳前古廢興之道。天子為此特下詔褒揚之。其後人亦引以為榮，以「金鑑」為堂號。參見❶。❻張姓「張」字之拆字聯。

孔 ㄎㄨㄥˇ

孔姓為中國一百大姓之一，總人口約三百五十萬，約占當代人口的百分之零點二九，在山東地區尤其昌盛。

【姓源】孔姓的構成主要有姜姓、子姓、姬姓、嬀姓、姞姓和外族之改姓六大來源。

一、源出姜姓。相傳上至女媧氏時代、下至堯舜時期，共工氏族一直活躍於華北地區。其氏族首領稱共工，據說為姜姓孔氏。黃帝之史臣孔甲、春秋後期齊國大夫孔虺，皆為姜姓孔氏。

二、出自子姓。有兩支源流：其一，商朝開國君主湯王字太乙，子姓，其後裔自謂王族，遂將「子」字加湯王之字「乙」而合為「孔」，定為姓氏。其二，春秋時，宋緡公之五世孫孔父嘉為宋國大司馬，於宋殤公時被太宰華督所殺，其子孫出逃魯國，遂以「孔」為氏。因聖人孔子出自此支孔姓，故得以一支獨放，發展成為當代孔姓的最重要的成分。

三、源自姬姓。春秋鄭文公時鄭大夫孔叔之族，為周王同族，是為姬姓孔氏。

四、出自嬀姓。春秋陳靈公時陳大夫孔甯之族，傳為帝舜的後裔，是為嬀姓孔氏。

五、源於姞姓。史傳黃帝之子得姓者十二人，其一為姞。黃帝姞姓後裔在西周初被封於南燕（故址在今河南省武陟縣西北），常與姬姓通婚，後為鄭國所滅。其族人奔衛國，以孔為氏，世為衛卿。衛成公時大夫孔達、衛莊公時大夫孔悝，皆為姞姓孔氏。

六、系出外族之改姓。清代滿洲八旗溫屯氏、溫都氏等氏族全部改為孔姓。

【郡望】魯郡。西漢初將秦朝薛郡改為魯國，三國魏時改為魯郡，轄境相當於今山東省曲阜、泗水一帶。

【著名人物】孔丘（春秋時大思想家、教育家，儒家學說創始者）；孔鮒（秦朝博士）；孔安國（西漢學者），孔光（西漢大臣）；孔融（東漢末文學家）；孔穎達（唐代學者）；孔尚任（清代戲曲作家），孔廣森（清代學者），等等。

【專用楹聯】

洙源萃秀；泰嶽鍾靈❶。

安富尊榮公府第；文章禮樂聖人家❷。

北海賢相，名家簪纓繼世；東魯聖人，嫡派道學開宗❸。

墨蘭飛舞秀而勁；思孟述賢博且精❹。

巢父釣珊瑚之樹；仲達列凌煙之班❺。

【注釋】❶本聯指孔子所出的曲阜城地靈人傑之意。春秋時大思想家、政治家、教育家、儒家創始者孔子之故鄉山東曲阜城，地居東嶽泰山之南，源出新泰東北的洙水，與泗水分流於曲阜附近會合。❷上聯指孔府，在山東曲阜城內，為孔子的直系子孫「衍聖公」之府第。下聯指源出聖人孔子家的歷代孔姓名人層出不窮，群星璀璨。❸上聯指東漢學者孔融，字文舉，為孔子二十世孫。勤奮博學，官至北海（今山東省昌樂縣西）相，世稱孔北海。下聯指春秋時魯國思想家、教育家孔子，為二千年封建社會官方學說即儒家學說的創始者。❹上聯言清代畫家孔毓圻，字鍾在，號蘭堂，為孔子後裔，康熙年間襲衍聖公。善書畫，所畫墨蘭飛舞，筆秀而勁，深得趙孟頫之旨趣。下聯言戰國初哲學家孔伋，即子思，孔子之孫。其學說之核心為「中庸」之說。孟子曾授業於其門人，並發揮其學說，形成「思孟學派」。後被尊為「述聖」。有《中庸》傳世。❺上聯言唐代隱士孔巢父，字弱翁，孔子後裔。少好學。隱居徂徠山，釣珊瑚樹。唐德宗時為魏博宣慰使，勸說山東藩鎮田悅歸附朝廷。後於宣撫李懷光之亂時被亂兵所殺。諡忠。下聯言唐代經學家孔穎達，字仲達，冀州衡水（今屬河北）人。少聰敏，記誦日千餘言。隋大業初，選為「明經」，授河內郡博士。入唐，歷任國子祭酒等職。奉唐太宗命主編《五經正義》，以為唐代科舉考試之標準用書。卒諡憲，名列凌煙閣。

曹 ㄘㄠˊ

曹姓是中國五十大姓之一，總人口將近七百萬，約占當代人口的百分之零點五七，川、甘和中原等地是曹姓比較興旺的地區。

【姓源】 曹姓的構成主要有高陽氏、姬姓和外族之改姓三大來源。

一、出自高陽氏。黃帝之裔顓頊高陽氏之玄孫陸終的第五子名安，以輔佐大禹治水有功，賜姓曹。西周初，周武王封其後人於邾（今山東省鄒縣一帶），建立邾國。春秋時，為楚國所滅，子孫散居各地，或恢復祖姓為曹氏，或去「邑」旁為朱姓，而與朱姓同宗。

二、源自姬姓。周武王滅商後，封其少弟叔振鐸於曹邑，建立曹國，都於陶丘（今山東省定陶縣西南）。西元前四八一年為宋國所滅，其族人以國為姓。

三、出於外族之改姓。如：西域「昭武九姓」之一曹姓，為戰國後期曹人的後裔西遷中亞後與當地人混居之後代。至隋、唐時，作為中原王朝附庸國的曹國人不斷有來中原定居，生息繁衍，而以其原國名為姓。此後金朝女真人奧敦氏族，西夏党項人曹姓，清代滿洲八旗索佳氏、索綽絡氏、鄂托氏等全部改姓曹。

此外，東漢末夏侯氏亦改為曹姓，曹操即為此支曹姓之後，其後代十分昌盛，形成以譙國郡望的曹姓，故其所尊奉的祖先同於夏侯氏，亦即夏禹及夏侯佗。

【郡望】曹姓有譙郡、彭城、高平、鉅野四大郡望，而以譙郡最著名。東漢末建安時從沛郡分出一部分設置譙郡，轄境相當於今安徽省、河南省之間，治所在譙縣（今安徽省亳州市）。

【著名人物】曹沫（戰國時魯國將軍）；曹參（西漢初丞相）；曹操（三國魏武帝、詩人），曹丕（三國魏文帝、曹操之子），曹植（曹丕之弟、詩人），曹不興（三國東吳畫家）；曹仲達（北朝齊畫家）；曹鄴（唐代詩人），曹霸（唐代畫家）；曹彬（北宋初大將）；曹知白（元代畫家）；曹雪芹（清代著名文學家，《紅樓夢》的著者），等等。

【專用楹聯】

法守三章，平陽侯忠誠厚樸；才高七步，陳思王藻麗英華❶。

名麟俊彥；繡虎文宗❷。

一代像繪凌煙閣；千秋名傳曹娥碑❸。

仁被江南，良將功推第一；約成塞外，使臣才美無雙❹。

【注釋】❶上聯言西漢初大臣曹參，沛（今江蘇省沛縣）人。為沛縣獄吏。秦末從劉邦起兵，屢立戰功。漢朝立，封平陽侯。後繼蕭何為丞相，悉遵蕭何舊制，法簡民安，創造一相對安定之局面，故有「蕭規曹隨」之說。下聯言三國時魏國文學家曹植，字子建，沛國譙（今安徽省亳州市）人。曹操第三子，魏文帝之弟。年十歲能屬文，才思俊發，下筆成章，甚受曹操寵愛。曹丕即帝位，忌其才，屢欲害之，曾限令七步成詩。其應聲立就，以煮豆燃豆萁為喻，諷其兄相逼太甚。❷上聯指三國時魏國長平侯曹休，字文烈，曹操族子。常從征伐，英勇驍戰，官拜揚州牧。下聯言曹植文才富豔，南朝詩人謝靈運曾言天下文章只一石，而子建（曹植之字）獨得八斗。故世人目其為「繡虎」。參見❶。❸上聯言唐代畫家曹霸，譙郡人，官左武衛將軍。擅畫馬，亦工肖像。成名於開元年間，天寶間曾畫「御馬」，修補「凌煙閣功臣像」。下聯指東漢孝女曹娥，因其父溺死，沿江號哭，投江抱父屍起。後人特立碑以為表彰，世稱「曹娥碑」。❹上聯言北宋初大將曹彬，字國華，統軍進攻江南，不戮一人，而收降唐後主，因功封魯國公，為當時良將第一。及卒，追封濟陽郡王。下聯言北宋左僕射兼侍中曹利用，字用之，寧晉（今屬河北）人。宋真宗時，遼國遣使來議和，天子便遣其詣遼軍營中，和議遂定。官拜樞密使等職。

嚴 一ㄢˊ

嚴姓的分佈以江浙一帶和四川地區最為集中。

【姓源】嚴姓主要源出古嚴國和芈姓二支。

一、出自古嚴國。相傳上古時有一嚴國，以嚴為氏。如帝堯時人嚴僖及戰國時韓人嚴遂等人，傳說皆為嚴國之後。但此支嚴姓後世默然無聞。

二、源出芈姓。春秋時期，楚莊王之庶孫因不得繼位，只得分姓命氏，而以「莊」為姓，以示其姓源所出。東漢時，因漢明帝名劉莊，為避諱而令莊氏改姓嚴。至魏、晉時期，部分嚴姓人恢復了祖姓，遂出現莊、嚴二姓並存於世的情況。

【郡望】馮翊郡、天水郡（參見「趙」姓之郡望）、華陰郡。馮翊郡，東漢末始置，治所在臨晉（今陝西省大荔縣）。華陰郡，唐代改華州置太州，改華陰郡，尋改為華州，治所在華縣（今屬陝西）。

【著名人物】嚴彭祖（西漢學者）；嚴子陵（東漢初名士）；嚴武（唐代節度使）；嚴羽（南宋文學家）；嚴可均（清代學者），嚴復（清末學者），等等。

【專用楹聯】

姓源芈氏；望出華陰❶。

公子稱博士；鐵橋諳韻學❷。

星耀辰垣封鄭國；風流輔列典秘書❸。

【注釋】❶嚴姓祠聯。上聯指嚴姓源出於羋氏。下聯指嚴姓的郡望。❷上聯指西漢今文春秋學「嚴氏學」的開創者嚴彭祖，字公子，東海下邳（今江蘇省邳州市西南）人。博學精思，漢宣帝時立為五經博士。後官東郡太守、太子太傅等職。下聯言清代學者嚴可均，字景文，號鐵橋，浙江烏程（今浙江省湖州市）人。潛心研究文字音韻之學，有《說文聲類》等著作傳世。❸上聯謂唐代大臣嚴武，字季鷹，至德年間以蔭累遷至黃門侍郎，再為劍南節度使，破吐蕃七萬之眾於當狗城，因功封鄭國公。下聯言唐代名人韓朝宗薦舉嚴協律為秘書官屬之事。韓朝宗官荊州（今屬湖北）刺史，好識拔後進，李白作「生不願封萬戶侯，但願一識韓荊州」之詩以譽之。

華 ㄏㄨㄚˋ

當代華姓以陝西、上海、吉林、江蘇等省市最為集中，人口約占全國華姓總人口的三分之二強。

【姓源】華姓的構成主要有姒姓、子姓和外族之改姓三大來源。

一、源於姒姓。相傳夏王仲康於西嶽華山封禪，其支系後裔由此以華為氏。

二、出自子姓。西周初，商王之族微子啟被封於商丘（今屬河南），建立宋國。東周初，宋戴公之子考父食采於華（今陝西華陰一帶）。其子孫遂以邑為姓，成為宋國著名家族。據《名賢氏族言行類稿》：「華督、華元、華定、華亥，并為宋卿。」南北朝以後，從華姓中分出花氏。

三、系出外族之改姓。如清代滿洲八旗之愛新覺羅氏豫親王之後人有改姓華者；錫伯族之華西哈爾氏，後亦簡化成單姓華等。

【郡望】武陵郡。西漢高祖時初置，轄境相當於今湖北省西南部、湖南省沅江以西、貴州省東部和廣西省三江一帶，治所在義陵（今湖南省漵浦縣南）。

【著名人物】華佗（東漢末名醫）；華歆（三國魏大臣）；華嶠（西晉學者）；華允誠（明代禮部員外郎）；華喦（清代畫家），等等。

【專用楹聯】

源自商湯；望出武陵❶。

術妙長生，得岐黃秘絕；書成漢紀，擅文學芳心❷。

【注釋】❶華姓祠聯。上聯指華姓源出商朝湯王之裔。下聯指華姓的郡望。❷上聯言東漢末醫學家華佗，字元化，沛國譙（今安徽省亳州市）人。精內、外、婦、兒、針灸各科，尤擅長外科，號稱「神醫」。曾用「麻沸散」麻醉病人以施行剖腹手術，為世界醫學史上最早之全身麻醉。又創「五禽之戲」，強調體育鍛練以強身防病。後因不為曹操治病而被殺。死前，將其所撰醫術秘訣《青囊經》交與獄卒，獄卒因怕事而不敢納，故憤而焚之。下聯言西晉史學家華嶠，平原高唐（今屬山東）人。累官散騎常侍，典中書著作，領國子祭酒，至侍中。因不滿《東觀漢記》，乃撰《後漢書》九十七卷，文質事核，有司馬遷、班固之風。永嘉之亂後，是書散失。

金 ㄐㄧㄣ

金姓是中國人口最多的八十大姓之一，總人口約三百八十萬，約占當代人口的百分之零點三二，在中原及江浙地區有相當之影響。

【姓源】金姓的起源主要有金天氏、姬姓和外族之改姓三大支。

一、源出金天氏。相傳黃帝之子少昊名摯，號青陽氏，己姓。少昊繼黃帝以五行之首金統治天下，世稱其有金德，故號金天氏，改為嬴姓，為華夏東夷部族的首領。其後裔有以其號為氏，遂有金氏。歷堯、舜、夏、商諸朝，金氏不彰，至戰國以後漸顯。

二、源自姬姓。西漢初，漢高祖劉邦賜西楚霸王項羽之叔項伯姓劉。項伯為西周初分封的姬姓項國之後裔。五代時，其子孫因避吳越王錢鏐之諱（「劉」、「鏐」同音），故以吳越王錢鏐之姓名皆有「金」字之故，遂改劉姓為金姓。吳越滅國後，有部分金姓人未復祖姓，而沿襲金姓。

三、系出外族之改姓。外族改姓金氏者甚早，如：西漢武帝時，匈奴休屠王太子歸順漢朝。因休屠人有以銅鑄金人祭天的習俗，漢武帝遂賜姓金氏，取名金日磾。金日磾官至車騎將軍，後與霍光、桑弘羊一起受遺詔輔政。其後代沿襲為金姓，為河南、京兆和安徽休寧金氏望族；而居於甘肅隴西的休屠族人亦多以金為姓。又，三國東吳的江西山越族有金姓大族，後於安徽形成著名的丹陽金氏望族；東晉末陝西榆林地區的羌族有金姓大族，後形成上郡金氏望族；隋唐時期，新羅國王金氏，屢遣使臣朝貢，凡留中原者悉以金為氏；北宋時，猶太人留居河南開封中的六姓之一即為金氏；金朝女真族完顏氏亦有一部分人改為金氏；清代滿洲八旗金佳氏族全部、愛新覺羅氏一部改姓金氏等。因此，由外族改姓之金氏事實上已成為當代漢族金姓的主要成分。

【郡望】彭城郡（參見「錢」姓之郡望）。

【著名人物】金日磾（西漢名臣）；金忠儀（唐代畫家）；金履祥（元初學者）；金聖歎（明末清初文學批評家）；金農（清代書畫家、「揚州八怪」之一），金和（清代詩人），等等。

【專用楹聯】

源自少昊；望出彭城❶。

勳名翁叔；理學仁山❷。

壽門多國寶；若采有才名❸。

漢室忠勳素著；義門孝友流芳❹。

【注釋】❶金姓祠聯。上聯指金姓源出於上古少昊氏。下聯指金姓的郡望。❷上聯指西漢大臣金日磾，字翁叔。官至車騎將軍，與大將軍霍光、御史大夫桑弘羊一起受漢武帝遺詔輔佐幼帝朝政有功。下聯指宋末元初學者金履祥，字吉父，蘭溪（今屬浙江）人。其學以朱熹為宗，一生窮究義理，致力著述，為一代名儒。學者稱之為仁山先生。❸上聯言清代書畫家兼詩人金農，字壽門，仁和（今浙江省杭州市）人。善詩文，精鑑別金石、書畫。工隸書，楷書自創一格，號稱「漆書」。年五十以後始學畫，造意新奇，其作品被奉為國寶。為「揚州八怪」之一。下聯言明末清初文學批評家金聖歎，名采，字若采，吳縣（今屬江蘇）人。有才名，喜批書，曾評點《水滸傳》、《西廂記》等文學名著，影響甚大。❹上聯指西漢大臣金日磾之事，參見❷。下聯指宋代孝廉金彥，湖南邵陽（今屬湖南）人。力學善屬文，好施與，為人敦厚孝友，鄉人號「義門金氏」。後奉詔舉孝廉，為天下第一。

魏 ㄨㄟˋ

魏姓是當代中國五十大姓之一，總人口超過五百萬，約占當代人口的百分之零點四五，在秦川、冀魯地區占有優勢。

【姓源】魏姓的構成主要有隗姓、姬姓、羋姓和外族之改姓四大起源。

一、源自隗姓。夏、商時期，西北隗姓鬼方中一支居住於魏地（遺址約今陝西省興平市西之馬嵬坡）的部落發展成魏國。商末，周文王滅隗姓魏國，其子孫遂以國為氏。此支魏姓人少勢弱，後湮沒於姬姓魏人之中，不見於史傳。

二、出自姬姓。商末，周文王封其族人於隗姓魏國之舊地，為姬姓魏國始封之地。後周武王封其弟公子高於畢，世稱畢公高。其裔孫畢萬於春秋時為晉國大夫，被晉獻公封於魏城（今山西省芮城縣東北），稱魏大夫。其裔孫畢斯自立為諸侯，稱魏文侯。此後魏與趙、韓三家分晉，成為「戰國七雄」之一。西元前二二五年，魏國為秦國所滅，族人散居河北、山西各地，遂以國為氏。

三、源出羋姓。戰國時秦國大臣穰侯魏冉，為秦昭王母宣太后之弟，羋姓，因功封於穰（今河南省鄧州市），號穰侯。其後人遂以魏為氏，是為羋姓之魏。

四、系出外族之改姓。如：北朝西魏氏人有改姓魏者；清代滿洲八旗倭徹赫氏集體改姓魏姓等。

【郡望】鉅鹿郡、任城郡。鉅鹿郡，秦王政二十六年（西元前二二一年）初置，轄境約在今河北省平鄉以北至晉縣一帶。任城郡，北朝後魏始置，北齊時改為高平郡，治所在任城縣（今山東省濟寧市）。

【著名人物】魏絳（春秋時晉國大夫）；魏斯（戰國時魏文侯），魏無忌（戰國時魏國信陵君，戰國四公子之一），魏冉（戰國時秦國丞相）；魏豹（西漢初魏王），魏相（西漢大臣）；魏伯陽（東漢煉丹術家）；魏延（三國時蜀漢大將）；魏收（北朝北齊史學家）；魏徵（唐初名臣）；魏野（北宋詩人）；魏了翁（南宋著名學者）；魏源（清代著名學者），等等。

【專用楹聯】

源自姬氏；望出任城❶。

公忠體國；機警能文❷。

穰侯家躋四貴；伯起名列三才❸。

虎觀談經，妙析異同之旨；鶴山受業，人推理學之宗❹。

【注釋】❶魏姓祠聯。上聯指魏姓源出於姬姓。下聯指魏姓之郡望。❷上聯言春秋時晉國大夫魏絳，因晉悼公之弟亂政，魏絳殺其僕以懲之。悼公怒欲殺魏絳。魏絳適至，命僕人上呈奏書，而「將伏劍」。悼公讀其奏書，知其公忠體國，「跣而出」迎，待之加厚。下聯言北齊史學家魏收，字伯起，下曲陽（今河北省晉州市西）人。機警能文，為北朝「三才子」之一。❸上聯言戰國時秦國大臣魏冉，為相多年，封於穰（今河南省鄧州市），號穰侯。後又加封陶邑，富比王室，為當時「四貴」之一。下聯言北齊史學家魏收之事，參見❷。❹上聯言東漢學者魏應，字君伯，任城（今山東省濟寧市）人。少好學，受魯《詩》，舉明經，永平初為五經博士。當時漢廷會諸儒於白虎觀講論五經同異，使魏應專掌問難。再遷騎都御，拜五官中郎將。下聯言南宋思想家魏了翁，字華父，號鶴山。官至參知政事，後知潭州、紹興府、福州，以資政殿大學士致仕。為學推崇朱熹，為理學名臣，有《鶴山集》傳世。

陶 ㄊㄠˊ

陶姓為當代人口較多且影響較大的大姓之一，其分佈以長江下游地區最為集中。

【姓源】陶姓的起源有三：陶唐氏、有虞氏和外姓之改姓。

一、源自於帝堯陶唐氏。相傳帝堯初封在唐，後改封於陶（今山東省定陶縣西北陶丘），故稱陶唐氏或陶氏。陶唐氏以善製陶器聞名，其後裔便有以陶為姓者。商朝末年，「殷民七族」中的陶氏，便是以陶冶為職業者。

二、出自有虞氏。相傳大禹曾封帝舜之後代於虞，稱有虞氏。西周初，虞舜的裔孫虞思官至陶正（管理陶質器物製作之官），其子其孫繼承父祖之職，仍為陶正，其後裔遂命姓為陶氏。此支陶姓影響最大，向被認為是陶氏正宗。

三、系出外姓之改姓。五代後晉時，因避晉太祖石敬瑭之諱，下詔與「瑭」同音的唐姓改作陶姓。後晉亡，部分陶姓人未復祖姓，成為陶姓的第三大來源。

【郡望】濟陽郡。晉惠帝時分陳留郡之一部而置，南渡後廢，故地在今河南省蘭考縣一帶。

【著名人物】陶狐（春秋時晉國大夫）；陶謙（東漢末徐州牧）；陶侃（東晉大臣）；陶潛（東晉詩人）；陶弘景（南朝著名隱士）；陶穀（北宋初翰林學士）；陶宗儀（元末學者）；陶澍（清代學者），等等。

【專用楹聯】

位顯九州猶運甓；門栽五柳樂歸耕❶。

華陽洞中諮國事；桃花源裡可耕田❷。

望重百梅稱韻士；名高五柳傲羲皇❸。

運甓惜陰賢令志；烹茶取雪學士風❹。

【注釋】❶上聯言東晉大臣陶侃，字士行，累官至侍中太尉，封長沙郡公，拜大將軍。在軍四十餘年，雄毅有權，明悟善決斷。為廣州（今屬廣東）刺史，在州無事，朝運百甓於齋外，暮運回齋內，曰：「吾方致力中原，過爾優逸，恐不堪事，故自勞爾。」後轉荊州刺史，嘗語人曰：「大禹聖人，乃惜寸陰。至於吾人，當惜分陰。」下聯言東晉文學家陶潛，字淵明，潯陽柴桑（今江西省九江市西）人。任彭澤令，因不為五斗米折腰，去職歸鄉，力耕為生。嘗著〈五柳先生傳〉以自況，自謂是羲皇上人。又嘗撰〈桃花源記〉，以寄託自己之烏托邦思想。❷上聯言南朝齊、梁間著名隱士陶弘景，字通明，號華陽真人，秣陵（今江蘇省南京市）人。仕齊拜左衛殿中將軍。入梁後隱居，梁武帝禮聘不出。然朝廷有大事輒就其居諮詢，時人稱為「山中宰相」。下聯指東晉陶淵明之事，參見❶。❸上聯言宋末元初詩人陶復亨，字六叔，浙江新昌（今屬浙江）人。南宋末咸淳年間試補太學，元初充任興國軍教授。以詩文行誼名世，撰有〈梅花百詠〉詩。下聯指東晉陶淵明之事，參見❶。❹上聯指東晉陶侃事，參見❶。下聯言北宋初大臣陶穀，字秀實，新平（今陝西省彬縣）人。陶穀之祖本姓唐，因避晉帝石敬瑭之諱而改姓陶。陶穀歷仕五代晉、漢，入周為翰林學士、兵部侍郎，入宋後累官禮、刑、戶三部尚書，翰林學士承旨。陶穀嘗命家姬「掬雪水烹茶」。

姜 ㄐㄧㄤ

姜姓為中國八十大姓之一，總人口約四百五十萬，約占當代人口的百分之零點三七。

【姓源】姜姓是中國最古老的姓氏之一，亦是融入外族成分最多的姓氏之一。

一、發源於神農氏。相傳炎帝神農氏生於陝西岐山之西的姜水（渭河支流）之濱，故以姜為姓。帝堯時代的四岳、共工皆是炎帝後裔。炎帝之裔孫伯益因佐大禹治水有功，被封於呂，賜姓姜，以奉炎帝之祀。商末，呂國族人呂尚，亦稱姜尚，字子牙，輔佐周武王克商，西周初被封於齊，建立齊國。西周時，炎帝之姜姓後裔有齊、呂、許、申、紀等十餘國，而以齊國最強盛。戰國中期，姜姓齊國為田氏所代，其子孫散居四方，有以國為氏稱齊氏，有以姓為氏稱姜氏。

二、系出外族之改姓。如：南朝梁之武興姜氏為氏族大姓；北魏之雍州蜀族有姜姓；北宋吐谷渾部之羌人中有姜姓；清代滿洲八旗姜佳氏族之全部、章佳氏族之一部集體改姓姜氏。

【郡望】天水郡（參見「趙」姓之郡望）、廣漢郡。廣漢郡，漢代初置，治所在梓潼（今重慶市潼南縣），北朝周時廢。

【著名人物】姜尚（西周初大臣，齊國開國之君，即呂尚）；姜維（三國蜀漢大將）；姜公輔（唐代宰相）；姜夔（南宋著名詞人），姜才（南宋末名將）；姜宸英（清代文學家），等等。

【專用楹聯】

望出廣漢；源自姜濱❶。

八旬丞相興大業；七歲翰林顯奇才❷。

大孝神倖，幻奇靈於躍鯉；孤忠天植，纘茂績於伏龍❸。

【注釋】❶姜姓祠聯。上聯指姜姓之郡望。下聯指姜姓源出於姜水之濱。❷上聯言西周初大臣姜尚，字子牙，年八旬餘，以直鉤釣於渭水之濱，為周文王訪得，拜為丞相。後輔佐周武王完成興周滅商之大業。下聯言明代書畫家姜立綱，字廷憲，浙江永嘉（今屬浙江）人。七歲能書，命為翰林秀才。天順中以法書行於天下，稱「姜字」。日本立國門高十三丈，遣使求匾，姜立綱書之。日本使者曰：「此中國惠我至寶也。」❸上聯言東漢初孝子姜詩，廣漢（今重慶市潼南縣）人。事母至孝。相傳其母嘗於寒冬欲食鮮魚，姜詩因無處得魚，而裸體臥河冰上，鯉魚為之破冰躍出。下聯言三國時蜀漢大將姜維，字伯約，天水（今屬甘肅）人。本為魏將，後投奔漢相諸葛亮，大受重用，任征西將軍。諸葛亮死後，魏軍攻蜀，其死守劍閣。至蜀主劉禪降魏，被迫假降，後欲反魏復蜀，功敗垂成而被殺。

戚 ㄑㄧ

戚姓的分佈以遼寧、上海和陝西等地較為集中。

【姓源】戚姓主要源出於姬姓。西周初，周武王封其弟康叔於衛。春秋時，衛武公之子公子惠孫的裔孫孫林父，為衛獻公的上卿，於衛殤公時受封於戚（今河南省濮陽市戚城）。其支子戀居戚城，遂以封邑命姓，形成戚姓。

【郡望】東海郡。西漢初年改秦朝薛郡而置東海郡，轄境在今山東省郯城縣一帶。

【著名人物】戚衮（南朝陳學者）；戚同文（北宋詩人）；戚繼光（明代名將）；戚學標（清代學者），等等。

【專用楹聯】

望出東海；源自周姬❶。

筆長五丈宜畫水；室有千冊好描圖❷。
討虜備倭，功勛屢建；好施睦里，教諭咸遵❸。

【注釋】❶戚姓祠聯。上聯指戚姓之郡望。下聯指戚姓與周王室同為姬姓。❷上聯言宋代畫家戚文秀，善畫水，嘗畫〈清濟灌河圖〉，一筆長五丈，自邊際起筆，通貫於波浪之間，而與其他線條不失次序。下聯言元代道學家戚崇僧，字仲威，浙江永康（今屬浙江）人。從許謙講道論學，同門推為高弟。清苦自處，常默坐一室，環書數百卷，匾其室曰「朝陽」。有《歷代指掌圖》等著作傳世。❸上聯言明代抗倭名將戚繼光，字元敬，號南塘，晚號孟諸，定遠（今屬安徽）人。嘉靖中，任參將，召募金華、義烏兵，數敗倭寇，號「戚家軍」。嘉靖四十一年（一五六二年）於福建大敗倭軍，破其巢穴。翌年，又會兵大敗倭寇於平海衛（今福建省莆田縣東南平海鎮）。後守北邊，邊備修飭，為九邊之冠。下聯言北宋詩人戚同文，楚丘（今山東省曹州市東南）人。幼孤，以孝聞名。性好施與，尚信義。好為詩，為時人所稱。

謝 ㄒㄧㄝˋ

謝姓是中國三十大姓之一，總人口約八百七十萬，約占當代人口的百分之零點七二，在粵、贛、湘等地最有影響。

【姓源】謝姓的構成主要有任姓、姜姓兩個來源。

一、源於任姓。傳說黃帝時已有十二重要之姓，任姓為其一，而謝姓又為任姓之分支。謝國（故址位於今河南省唐河縣西北）歷夏、商、周三朝，於西周時為周宣王所滅，其子孫以國為氏。

二、源出姜姓。西周時，周宣王滅謝國後，封其母舅、炎帝之後裔申伯於謝，以謝城為中國都城。西元前六八八年，楚文王滅申國，吞謝邑，申伯後裔遂以居邑為氏，是為姜姓謝氏。姜姓謝氏為當代謝姓的最主要成分。

【郡望】陳留郡（參見「衛」姓之郡望）、會稽郡。會稽郡，秦朝初置，治所在吳（今江蘇省蘇州市），東漢時移治所於山陰（今浙江省紹興市）。

【著名人物】謝姓淵源久遠，南北朝時已成為天下最著名的家族之一，名人輩出。如：謝夷吾（東漢鉅鹿太守）；謝安（東晉名相），謝玄、謝石（東晉名將）；謝靈運、謝惠連（南朝宋詩人），謝莊（南朝宋文學家），謝朓（南朝齊詩人）；謝良佐（北宋末學者）；謝翱（南宋末詩人）；謝遷（明代史學家），謝榛（明代文學家），等等。

【專用楹聯】

詩思神奇，忽夢西塘青草；志趣高尚，醉臥東山白雲❶。

烏衣望族；鳳羽名流❷。

江左稱風流宰相；程門重道學先生❸。

治法輕如退谷；文章美若疊山❹。

【注釋】❶上聯言南朝宋詩人謝靈運，陳郡陽夏（今河南省太康縣）人。曾於永嘉（今浙江省溫州市）郡府西堂吟詩一天，而未能成篇。入夜夢見才子謝惠連，醒後即寫出了「池塘生春草」之詩句。下聯言東晉宰相謝安，字安石。少時神識沉敏，風宇條暢，善行書。寓居會稽（今浙江省紹興市）東山，放情丘壑，無出仕之心，而有山水之意。❷上聯指東晉南朝謝姓等望族居於烏衣巷（在今江蘇省南京市東南）。下聯言南朝宋詩人謝靈運之孫謝超宗，好學有文辭，盛得名譽。補新安王國常侍，王母殷淑儀卒，謝超宗為作誄文奏之，帝大嗟賞，謂謝莊曰：「超宗殊有鳳毛，靈運復出矣。」入齊後官黃門郎。❸上聯言東晉宰相謝安，每遊宴必以歌妓自隨，時人謂其為「風流宰相」。下聯言北宋末學者謝良佐，字顯道，上蔡（今屬河南）人。學者稱上蔡先生。曾從著名理學家程顥受學，後卒業於程頤。與游酢、呂大臨、楊時號程門四大弟子。為學主「敬是常惺惺法」，大為朱熹所稱道。❹上聯言清代學者謝金鑾，字退谷，侯官（今福建省福州市）人。乾隆年間舉人，喜讀宋儒之書，博通傳注。著有《泉漳治法》、《退谷文集》等書。下聯言南宋末進士謝枋得，字君直，號疊山，弋陽（今屬江西）人。善屬文，為人豪爽，好直言，以忠義自任。有《文章軌範》、《疊山集》傳世。

鄒 ㄗㄡ

鄒姓是中國一百個大姓之一，總人口約四百萬，約占當代人口的百分之零點三三，尤其於四川、江西地區有影響。

【姓源】鄒姓的構成主要有姚姓、曹姓和子姓三個來源。

一、源於姚姓。舜帝因生於姚墟而又姓姚。姚舜之後有鄒國，為商朝侯國，遺址在今山東省鄒城市東南的古邾城。春秋時，故城為曹姓邾人所奪，鄒人遂北遷於今山東省鄒平縣南，後為齊國所滅，其子孫以國為氏。

二、源出曹姓。相傳顓頊高陽氏的後裔陸終第五子安，曹姓。西周初，其後裔曹挾被封於邾（故址在今山東省曲阜市東南），建立邾國，也稱邾婁國，為魯國附庸。春秋時，邾國南遷於繹（今山東省鄒城市東南一帶），亦稱鄒國。戰國中期，邾國被楚國所滅，其公族子孫及國人遂以國為氏，有鄒、邾等氏之不同。又邾姓人後或去「邑」旁而為朱姓。故出自山東省鄒城市的鄒姓與朱姓同宗。

三、出自子姓。西周初，周武王封商朝王族微子啟於宋。春秋時，其後人正考父食邑於鄒，亦稱陬（故址在今山東省曲阜市東南），其子孫遂以邑為氏。因正考父為孔丘的六世祖，故起源於今河南省商丘市一帶的鄒姓又與孔姓同宗。

【郡望】范陽郡。三國魏時改涿郡為范陽郡，轄境在今河北省涿州市及北京市昌平、房山一帶。

【著名人物】鄒忌（戰國時齊國相），鄒衍（戰國時齊國思想家）；鄒陽（西漢文學家）；鄒元標（明代名臣）；鄒一桂（清代畫家），等等。

【專用楹聯】

源自邾婁；望出范陽❶。

鼓琴自薦受相印；究學成功觀陰陽❷。

道氣稟江山之靈秀；詩章奪月露之高華❸。

【注釋】❶鄒姓祠聯。上聯指鄒姓源出於邾婁古國。下聯指鄒姓的郡望。❷上聯言戰國時齊國大臣鄒忌，曾以鼓琴自薦，向齊威王進說，三月而受相印。為相期間，諷諫齊王進賢納諫，整飭軍容政紀，厲行法治，使齊國大治。下聯言戰國時陰陽家代表人物鄒衍，齊國人。學究天人，雄於辯口，號「談天衍」。創「五行始終」說，「深觀陰陽消息」，藉以論述天道、世運之轉移。❸上聯言明代名臣鄒元標，字爾瞻，別號南皋，江西吉水（今屬江西）人。九歲通五經。萬曆年間進士。曾任諫官，以敢言著稱。官至刑部右侍郎，立朝務為和易。或議其與初仕時異，答曰：「大臣與言官異。風裁卓絕，言官事也。大臣非大利害，即當護持國體，可如少年悻動耶！」卒謚忠介。有《願學集》傳世。下聯言宋代奉議郎鄒定，字信可，新興（今屬廣東）人。有詩名。

喻 ㄩˋ

喻姓主要分佈於四川、湖北、江西、貴州等地區。

【姓源】喻姓主要起源於姬姓和外姓之改姓二支。

一、源於姬姓。相傳周王室貴族渝彌，於周桓王時任鄭國司徒，後得以分姓命氏，以渝為姓。「渝」亦作「諭」。西漢前期，蒼梧太守諭猛因避漢景帝皇后阿渝之諱，而改為喻姓。其後代有復祖姓者，如東晉曲阜令諭歸即為喻猛裔孫。至諭歸改稱喻歸之後，世上再無「諭」姓了。

二、系出外姓之改姓。《通志・氏族略》載：喻姓之一支出自芈姓，「楚公子食采於南陽俞豆亭，因氏焉」。俞豆氏後省作俞氏，此後又融合於喻姓。又喻姓之一支為俞姓所改。據《宋史・儒林傳》和《姓苑》載，南宋建炎進士俞樗博學多才，又有識人之目，宋高宗因而賜姓為喻，謂其曉喻一切。

【郡望】江夏郡、豫章郡。江夏郡，西漢初設置，轄境相當於今湖北省北部和河南省西南部一帶，治所在安陸（今湖北省雲夢縣），後移治武昌（今湖北省鄂州市）。豫章郡，漢代初置，隋朝改置洪州，治所在南昌縣

（今屬江西）。

【著名人物】喻猛（西漢蒼梧太守）；喻歸（東晉名士）；喻汝勵（北宋末名臣）；喻樗（南宋初名臣）；喻國人（清代學者），等等。

【專用楹聯】

源自諭氏；望出南昌❶。

長笛臨風作數弄；巨著入庫計六種❷。

捫膝長吟，先生不附和議；持書伸訟，義士能白冤情❸。

【注釋】❶喻姓祠聯。上聯指喻姓源出諭氏。下聯指喻姓之郡望。❷上聯言唐代名士喻陟，字明仲，睦州（今浙江省建德市東）人。妙於長笛，持節數郡。每出按行，至山水佳處，馬上臨風，輒作數弄，以寄高雅。下聯言清代學者喻國人，字春山，湖南郴州（今屬湖南）人。博覽載籍，著書三十五種，有《周易辨正》、《河洛定議贊》等六種著作編入《四庫全書》。❸上聯言北宋末祠部員外郎喻汝勵，字迪儒，仁壽（今屬四川）人。北宋被金人所滅，張邦昌僭立，促令百僚入賀。喻汝勵捫其膝曰：「不能為賊臣屈。」遂掛冠而去。下聯言南宋富陽（今屬浙江）尉喻南疆，當著名學者陳亮為人所陷害下獄時，勇於上書為之明冤，終使陳亮得以雪冤出獄。

柏 ㄅㄞˇ

柏姓主要分佈於湘、魯、皖等地。

【姓源】柏姓起源主要有二：古柏國和嬴姓。

一、源自古柏國。相傳上古東方部族柏皇氏首領名芝，因柏皇氏族以柏樹為圖騰，故又稱柏芝。柏芝曾為伏羲之臣，居於柏皇山（在今河南省陳留縣）。其後裔遂以柏為氏。黃帝之臣柏高傳為柏國（亦稱柏子國，故址在今河南省西平縣柏亭一帶）開國之君。柏國歷夏、商、周數朝，春秋時被楚國所滅，其子孫以國為氏。

二、出自嬴姓。據《史記・秦本紀》載：堯帝之臣大費受命「佐舜，調訓鳥獸，鳥獸多訓服，是為柏翳，舜賜嬴姓」。其一支後裔便以柏為氏。

附注：柏姓，古時亦作伯姓。

【郡望】濟陰郡、魏郡。濟陰郡，東漢改西漢梁國為濟陰國，又改定陶國，後改濟陰郡，晉朝改名濟陽郡，北朝齊時廢，治所在定陶（今山東省定陶縣西北）。魏郡，西漢初年設置，轄境相當於今河北省大名至河南省滑縣、山東省冠縣一帶，治所在鄴縣（今河北省臨漳縣西南）。

【著名人物】柏英（西漢大鴻臚）；柏良器（唐代平原王）；柏叢桂（明代水利家）；柏古（清代書畫家），柏盟鷗（清代女畫家），等等。

【專用楹聯】

源自柏國；望出濟陰❶。

叢桂領築柏家堰；亮父嘗作顓項師❷。

【注釋】❶柏姓祠聯。上聯指柏姓源出於古柏國。下聯指柏姓之郡望。❷上聯言明代柏叢桂，江蘇寶應（今屬江蘇）人。明初洪武時建言請築塘岸，起槐樓四十里，以備水患。詔發淮揚民工五萬六千人，使柏叢桂率之築堤，期月工成。鄉人呼為「柏家堰」。下聯指上古名人柏夷亮父，相傳曾為高陽氏顓項帝之師。

水 ㄕㄨㄟˇ

水姓多聚集於浙江省，尤以湖州、杭州一帶為盛。

【姓源】水姓的起源主要有地名、官名和姒姓三支。

一、以地名為氏。《姓苑》曰：水姓「當指水為姓，如河氏、淮氏、湖氏之類」。或謂居於岸邊者之水丘氏，後省「丘」字而為「水」姓。如漢代有司隸校尉水丘岑，五代時吳越國有水丘昭券等。

二、以官名為氏。古代曾專設水官以掌管湖澤之利，其後人有以祖先官名為氏者，遂為水氏。

三、源出姒姓。相傳大禹之庶孫留居會稽（今浙江省紹興市），以水為氏。大禹為姒姓。

【郡望】吳興郡（參見「沈」姓之郡望）。

【著名人物】水甦民（明初邵武知縣），水鄉謨（明代寧國知縣），水思中（明代畫家），等等。

【專用楹聯】

源出姒姓；望在吳興❶。

德旺五行之首；恩深六成之功❷。

慈愛廉明知邵武；鞠躬盡瘁賑丹陽❸。

【注釋】❶水姓祠聯。上聯指水姓源出姒姓。下聯指水姓之郡望。❷水姓祠聯。上聯指水德居「五行（水、火、木、金、土）」之首。下聯「六成之功」語出《易經》「天一生水，地六成之」。❸上聯言明代水甦民於洪武年間為邵武縣（今屬福建）知縣，以廉明慈愛、為政有方而名世。下聯言明代水鄉謨，浙江鄞縣（今屬浙江）人。萬曆年間進士，授寧國知縣，調丹陽（今屬江蘇）知縣，以修荒政、賑饑民，積勞嘔血而卒。

竇 ㄉㄡˋ

竇姓主要分佈在江蘇等省。

【姓源】竇姓的構成主要有姒姓和外族之改姓二大來源。

一、源於姒姓。相傳夏王相被有窮氏部落所攻殺，其妃子被逼自「竇」（牆洞）逃出，逃奔母族有仍氏部落，生下遺腹子少康。少康生二子，名杼和龍。後少康中興，復為夏王，而龍留住於有仍氏部落。龍以其祖母「逃出自竇」，遂以竇為氏，奉少康為始祖。

二、系出外族之改姓。如：古氏族之王姓竇名茂，氏族竇氏分佈於今陝西、甘肅和四川一帶。北朝後魏時鮮卑族沒鹿回氏、紇豆陵氏集體改姓竇氏，成為後魏至唐時的河南望族。

【郡望】扶風郡。漢武帝置右扶風，為三輔之一，三國時改為扶風郡，轄境相當於今陝西省長安縣以西。

【著名人物】竇嬰（西漢丞相）；竇融（東漢初大臣）；竇建德（隋末農民軍首領）；竇儀（北宋初大臣）；竇默（元代名醫），等等。

【專用楹聯】

源自姒姓；望居扶風❶。

廣平子聲大學士；張掖都尉安豐侯❷。

建隆編敕垂青史；針經指南耀禹域❸。

【注釋】❶竇姓祠聯。上聯指竇姓源出姒姓。下聯指竇姓之郡望。❷上聯言元代醫學家竇默，字子聲，廣平（今屬河北）人。幼嗜書，有大志。元初以經術教授，由是知名。元世祖時任翰林侍講學士，加昭文館大學士。為人樂易，至論國家大計，面折廷諍不少屈。下聯言東漢初大臣竇融，字周公，扶風平陵（今陝西省咸陽市西北）人。王莽新朝時任伏波將軍。王莽敗，率軍歸順劉玄。後為鉅鹿太守，轉張掖（今屬甘肅）屬國都尉。劉玄敗，聯合酒泉、張掖、燉煌等五郡，割據河西，被推為五郡大將軍。東漢光武帝即位後，乃歸漢，授涼州牧，封安豐侯，累官大司空。❸上聯言北宋初大臣竇儀，字可象，薊州（今天津市薊縣）人。學問淵博，風度峻整。歷任後漢、後周官職，入宋任工部尚書，判大理寺事，拜翰林學士，加禮部尚書。曾主撰《宋刑統》、《建隆編敕》等。下聯指元代醫學家竇默，著有《針經指南》、《流注指要賦》等書傳世。

63 章

章 ㄓㄤ

章姓以湖北、浙江和江西為主要聚居之地。

【姓源】 章姓的構成主要有姜姓、姬姓和外族之改姓等三大來源。

一、源出姜姓。炎帝後裔姜子牙因輔佐周武王克商有功被封於齊，後姜子牙之裔孫分封於鄣（今山東省章丘縣），建立鄣國，為紀國附庸。春秋時，鄣國被同宗齊國所滅，其子孫以國名姓，並去「邑」字旁，遂成章氏。

二、源自姬姓。相傳黃帝二十五子有得任姓者，後又從任姓中分化出十姓，其中有章姓。

三、系出外族之改姓。如清代滿洲八旗章佳氏全部改為章姓。

【郡望】 河間郡、豫章郡（參見「喻」姓之郡望）。河間郡，漢高祖時初置，因地處黃河與永定河之間而得名，轄境相當於今河北省中部一帶。

【著名人物】 章邯（秦朝大將）；章昭達（南朝大將軍）；章碣（唐代詩人）；章惇（北宋丞相）；章生一（南宋陶瓷家）；章學誠（清代著名學者），章谷（清代書畫家），等等。

【專用楹聯】

望居冀贛；源自炎黃❶。

父子一門精書畫；兄弟兩窯號龍泉❷。

守臺驅法寇；賦詩壓元白❸。

立地頂天懷大志；早春催人兆豐年❹。

【注釋】 ❶章姓祠聯。上聯指章姓之郡望為冀（指河間郡）、贛（指豫章郡）。下聯指章姓源出於炎帝、黃帝。❷上聯言清代書畫家章谷，字言在，號古愚，仁和（今浙江省杭州市）人。善八分隸體，畫尤工絕。幼從塾師學，師出，有友訪之。群兒忘其姓氏，師怒，章谷即以筆畫其顏容，維妙維肖。其子亦精於書畫之藝。下聯言南宋陶瓷家章生一，浙江處州（今浙江省麗水市）人。其所主持的哥窯和其弟所主持的弟窯，合稱龍泉窯，為中國古代名窯。產品以青瓷為主，暢銷國內外各地。❸上聯言清代將領章高元，字鼎丞，安徽合肥（今屬安徽）人。光緒年間隨劉銘傳、孫開華防守臺灣，法軍犯基隆，力戰有功，授總兵。下聯言北宋天聖進士章岷，字伯鎮，蒲城（今屬陝西）人。曾與范仲淹同賦詩，岷詩先成。范仲淹覽曰：「此詩真可壓倒元（元稹）、白（白居易）矣！」官兩浙轉運使，終光祿卿。❹章姓「章」字之析字聯。

雲 ㄩㄣˊ

雲姓以四川、雲南等省為主要聚居地。

【姓源】雲姓出自祝融氏之後。據《路史》：相傳顓頊的後裔祝融氏之後被封於䢵羅地，號妘子。其後代遂為妘氏。妘氏後又分出有雲氏，省作雲氏。

古代雲姓與云姓不同。據《姓譜》：祝融氏之後被封於䢵國，春秋時為楚國所滅。其子孫以國為氏，後又有省「邑」字旁而為云氏。如西漢末有中郎諫大夫云敞。又北朝後魏代北複姓宥連氏、悉云氏及鮮卑族是云氏、牒云氏等均改姓云。此後云姓合於雲姓，故隋、唐以後有雲姓而罕見云姓。

【郡望】琅琊郡（參見「王」姓之郡望）。

【著名人物】云敞（西漢末大臣）；雲定興（隋朝左屯衛大將軍）；雲朝霞（唐代教坊副使）；雲景龍（南宋知慈州知州）；雲從龍（元代行省參政），等等。

【專用楹聯】

源自妘氏；望出琅琊❶。

收師伸大義；弄笛有新聲❷。

文行兼優，寮寀交疏推薦；強梗悉靜，旄倪祖道興悲❸。

【注釋】❶雲姓祠聯。上聯指雲姓源出妘氏。下聯指雲姓之郡望。❷上聯言西漢末平陵（今陝西省咸陽市西北）人云敞，仗義尚仁，官至大司徒掾。因其師吳章夜以血塗王莽之門，事發被斬。云敞冒死收葬師屍，世論其賢。下聯言唐文宗時教坊副使雲朝霞，官至潤州司馬。善吹笛，新聲變律，深愜上旨。❸上聯言南宋學者雲逢吉，雲景龍之孫，以文學行義名世，官郴州司戶從軍。寮寀，指同僚。下聯言南宋良吏雲景龍，字良遇，許州（今河南省許昌市）人。宋孝宗時知慈州（今山西省吉縣），政務嚴明，幽枉必達，興學勸農，謹身節用，強梗肅然，不為權要所屈。後去官，送行者為之流涕。

蘇 ㄙㄨ

蘇姓是中國五十大姓之一，總人口超過五百六十萬，約占當代人口的百分之零點四七，在兩廣和華北地區比較常見。

【姓源】蘇姓的起源主要有己姓和外族之改姓二大支。

一、源出己姓。相傳顓頊帝高陽氏之後陸終有六子，其長子居於昆吾（今山東省運城市東北安邑鎮），發展成強大的昆吾部落，史稱昆吾氏，己姓。夏朝中葉，昆吾氏之後被封於有蘇（今河南省輝縣以西的蘇嶺），史稱有蘇氏。商末蘇國滅，族人星散，以蘇為氏：一支東遷姑蘇（今江蘇省蘇州市），一支北上鄴西蘇城（今河北省臨漳縣西）。周初，北上之蘇人繼續北遷襄國蘇人亭（今河北邢臺市西南），再遷完縣（今河北省安國市）西南之蘇。而留於蘇嶺之蘇人歸順了周朝，其首領蘇忿生官拜司寇，被封於蘇，都於溫（今河南省溫縣西南）。春秋時，蘇國滅於狄，其後代遂以國命氏，並奉蘇忿生為始祖。蘇姓一支後南遷湖南梅山一帶，為梅山蠻，宋初進一步南遷，與土著混居，其一部成瑤族之先民，而大部分成為湖南、兩廣的漢族蘇姓。

二、系出外族之改姓。著名者如：漢、晉時遼東烏桓族之蘇姓；北朝後魏鮮卑族拔略氏改為蘇姓；西夏党項族之蘇姓；金朝女真人之蘇姓；清代滿洲八旗伊拉哩氏、蘇佳氏、蘇都哩氏、蘇爾佳氏等集體改姓蘇姓。

【郡望】武功郡。戰國時秦孝公初置武功縣（今陝西省眉縣東），東漢時移治於今陝西省武功縣西；北朝後魏省縣，而於美陽縣置武功郡，北周廢郡，復置武功縣。

【著名人物】蘇姓是一個人才濟濟、光耀史冊的古老姓氏。如：蘇秦（戰國時著名縱橫家）；蘇武（西漢名臣）；蘇章（東漢冀州刺史）；蘇蕙（東晉女詩人）；蘇綽（北朝西魏大臣）；蘇威（隋朝大臣）；蘇定方（唐代大將），蘇頲（唐代詩人）；蘇舜欽（北宋詩人），蘇頌（北宋丞相、學者），蘇洵、蘇軾、蘇轍父子（北宋著名文學家，皆名列唐宋八大家）；蘇漢臣（南宋畫家）；蘇天爵（元代名臣），等等。

【專用楹聯】

三蘇望族；五鳳功臣❶。

唐宋八家三席占；指揮六國一身榮❷。

瑞雪飛花，映中郎之節；金蓮絢彩，輝學士之文❸。

【注釋】❶上聯言北宋散文家蘇洵，字明允，四川眉山（今屬四川）人。以文章名世，其散文語言流暢，筆力雄健，與其子蘇軾、蘇轍合稱「三蘇」。蘇軾，字子瞻，號東坡居士。嘉祐年間進士。歷官開封府推官、抗州通判等。宋哲宗時官翰林學士、知杭州、兵部尚書等職。歷州郡多惡政。為文縱橫恣肆，揮灑暢達。為詩題材廣闊，清新雄健，與黃庭堅並稱「蘇黃」。詞風豪放，開宋代豪放派之風。工書畫，為一代大師，著述甚豐。其弟蘇轍，字子由，號潁濱遺老。歷官翰林學士、御史中丞、門下侍郎等。其文汪洋澹泊，蔚為大家。下聯言西漢名臣蘇武，字子卿，杜陵（今陝西省西安市東南）人。漢武帝時奉命以中郎將持節出使匈奴，被扣。匈奴多方威脅利誘以勸降，並遷去北海（今俄羅斯貝加爾湖）邊牧羊，揚言待公羊生子始可釋放。蘇武歷盡艱辛，留居匈奴十九年持節不屈。漢昭帝時，匈奴與漢和親，於始元六年（西元前八一年）始獲釋回朝，官至典屬國而卒。漢宣帝五鳳年間，詔命畫其像於麒麟閣，以表彰其節操。因蘇武與三蘇被世人視為蘇姓人之標誌，故此聯常被用作蘇姓祠聯。❷上聯言唐、宋兩代八大散文作家，即唐代韓愈、柳宗元與北宋歐陽修、蘇洵、蘇軾、蘇轍、王安石、曾鞏，蘇氏父子占有三席。下聯言戰國時縱橫家蘇秦，字季子，東周洛陽（今屬河南）人。曾與趙國奉陽君李兌共謀，發動韓、趙、魏、齊、燕五國與趙合縱，迫秦請服，退還部分侵地。由此被趙國封為武安君。❸上聯指西漢名臣蘇武之事跡，參見❶。下聯言北宋詩人蘇舜欽，字子美。名臣范仲淹薦其才，召試集賢校理。好為古文詩歌，其體豪放，每有驚人句。善草書，酒酣落筆，爭為人所傳。有《蘇學士集》傳世。

潘 ㄆㄢ

潘姓為當代中國人口最多的六十大姓之一，總人口四百九十餘萬，約占當代人口的百分之零點四一，主要分佈於海南、廣東和江蘇等地區。

【姓源】潘姓的構成主要有姚姓、姬姓、羋姓和外族之改姓等四大來源。

一、源出姚姓。相傳舜帝姚姓，建都於潘（故城在今北京市延慶縣東北）。後舜部落遷至潘地（今陝西省興平市北），於商朝時建立潘子國。商末，潘子國為周文王所滅，其子孫以國為氏。姚姓潘人因國小勢弱，後世不見於經傳，而湮沒於姬姓潘人之中。

二、源自姬姓。周文王滅姚姓潘國後，封其子畢公高之季子季孫於潘地，是為姬姓潘國。後潘人屢遷至近楚國的潘鄉（今河南省固始縣），春秋時為楚國所滅，其族人乃以國命氏。

三、出自羋姓。楚國公族潘崇為楚成王之太子商臣的師傅，潘為其字。其後裔遂以祖先之字為氏，並奉潘崇為始祖。羋姓潘氏為當代潘姓的最重要成分。

四、系出外族之改姓。如：北朝後魏鮮卑族複姓潘破多羅氏，後改為潘姓；清代滿洲八旗中也有潘姓。又古代南方民族中，如東漢五溪蠻、三國時江南山越族、五代時漵州蠻、宋代撫水蠻中皆有潘姓。其中部分人成為今日僮、瑤、苗、水、土家等族的先民外，大多融入南方漢族之中。南方潘姓人數眾多與此有著直接關聯。

【郡望】滎陽郡（參見「鄭」姓之郡望）。

【著名人物】潘岳、潘尼（西晉文學家）；潘美（北宋初大將）；潘之恆（明代詩人）；潘檉章（清初史學家），潘耒（清代學者），潘德輿（清代詩人），潘鼎新（清末淮軍名將），等等。

【專用楹聯】

名高吳將；位列楚卿❶。

詩稱邠老；賦重安仁❷。

【注釋】❶上聯言清代將領潘韜，吳川（今屬廣東）人。乾隆年間出任閩浙督標水師營參將，守護臺灣有功，官至南澳鎮總兵。下聯言春秋楚成王時大臣潘崇，因助楚穆王繼位有功，被封為太師，為楚國重臣。❷上聯言宋代詩人潘大臨，字邠老，湖北黃岡（今屬湖北）人。從蘇軾、黃庭堅、張耒遊，雅所推重。與弟大觀皆以詩名世，有《柯山集》傳世。下聯言西晉文學家潘岳，字安仁，滎陽中牟（今屬河南）人。歷任著作郎、給事黃門侍郎等職。長於詩賦，與陸機齊名。

葛 ㄍㄜˇ

葛姓主要分佈於江、浙兩省。

【姓源】葛姓的起源主要有嬴姓、洪姓和外族之改姓三大支。

一、出自嬴姓。相傳遠古時期有一個擅長歌舞的部落活動於今河南東部地區，名葛天氏。後其地被稱作葛，其部分後裔亦以葛為氏。夏朝時，嬴姓諸侯方國葛國（故址在今河南省長葛縣一帶）之君葛伯，傳說即為葛天氏之後。《孟子・滕文公》載：「湯居亳，與葛伯為鄰。」葛國後為商朝所滅，葛伯的部分後裔遂以國名姓。

二、源於洪姓。據《姓氏考略》載：東漢初年，洪浦廬因起兵助漢光武帝開國有大功，封下邳僮縣侯，浦廬讓封爵於其弟，率族人南渡江，家於江南句容（今屬江蘇）。因洪浦廬又名葛廬，故其後裔遂以葛為姓，並為吳中葛氏之所出。

三、系自外族之改姓。北朝後魏鮮卑族複姓賀葛氏，進入中原後改為單姓葛氏。

【郡望】梁郡。漢代初置梁國，北朝後魏時改名梁郡，隋朝廢郡置宋州，治所在今河南省商丘市南。

【著名人物】葛嬰（西漢名將）；葛玄（三國東吳道士）；葛洪（東晉名士）；葛仲勝（北宋詞人）；葛乾孫（元代名醫）；葛林（明代名醫）；葛雲飛（清末抗英名將），等等。

【專用楹聯】

望出梁郡；系承葛天❶。

辭令尹隱居，書傳抱朴；棄侯封不拜，術煮丹砂❷。

績境二梅殊可貴；綏山一桃亦足豪❸。

抗英名將有鵬起；太極仙翁惟孝先❹。

【注釋】❶葛姓祠聯。上聯指葛姓之郡望。下聯指葛姓源出於上古葛天氏。❷本聯言東晉道教理論家、醫學家、煉丹術家葛洪，字稚川，江蘇句容（今屬江蘇）人。初拜官散騎常侍，領大著作，固辭不就。聞交趾（今越南北部）出丹砂，故求為句漏令，為廣州刺史所留阻，遂入羅浮山煉丹。所著有《抱朴子》、《神仙傳》等傳世。❸上聯言明代孝子葛泰，字文彬，安徽績溪（今屬安徽）人。性至孝。母疾篤，思食生梅，時八月，梅無存者。葛泰但遇梅樹便盤桓涕泣，竟得生梅二顆如初熟者。其母食後，疾遂癒。下聯言周成王時，傳說仙人葛由曾騎羊入蜀中，王侯貴人追之上綏山（在四川省峨眉山西南），因山高路險，隨者不復還，皆得仙道。故有諺語曰：「得綏山一桃，雖不得仙，亦足以豪。」❹上聯言清代抗英名將葛雲飛，字鵬起，浙江山陰（今浙江省紹興市）人。道光年間武進士，官任浙江定海鎮總兵。當鴉片戰爭中英軍再犯定海時，率兵英勇抗擊，血戰六晝夜，英勇戰死。下聯言三國東吳道士葛玄，字孝先，江蘇丹陽（今屬江蘇）人。曾從著名道士左慈學道，於閤皂山（今江西省清江縣東）修道得法。道教尊之為葛仙翁，又稱太極仙翁。

奚 ㄒㄧ

奚姓的分佈地以江蘇、安徽、浙江、上海為主。

【姓源】奚姓的起源主要有任姓和外族之改姓二支。

一、源於任姓。相傳黃帝二十五子之一得任姓，其後裔任仲官夏朝車正（管理和製作車輿之官），因功受封於奚地（今河北省承德市一帶），史稱奚仲。其後代遷居於邳（今江蘇省邳州市一帶），遂以奚為氏。

二、系出外族之改姓。南北朝時鮮卑族拓跋氏、達奚氏與出自烏桓族的薄奚氏等，後均改為奚氏。

【郡望】譙郡（參見「曹」姓之郡望）、北海郡。北海郡，西漢景帝時初置，轄境相當於今山東省濰坊市一帶。

【著名人物】奚涓（西漢初名將）；奚斤（北朝後魏大將）；奚廷珪（五代時製墨名家）；奚岡（清代書畫家），奚疑（清代詩人、畫家），等等。

【專用楹聯】

望出譙國；源自夏朝❶。

文房居三寶；西泠占一家❷。

七榆屏山樵；萬騎大將軍❸。

【注釋】❶奚姓祠聯。上聯指奚姓之郡望。下聯指奚姓源出於夏代車正奚仲。❷上聯言五代時製墨名家奚廷珪，所製墨堅如玉，文如犀，時稱「廷珪墨」，與「澄心堂紙」、「龍尾硯」並稱為文房三寶。下聯言清代畫家、篆刻家奚岡，字純章，號鐵生，浙江錢塘（今浙江省杭州市）人。工詩及書畫，精篆刻。善畫山水，以瀟灑自得為宗，得南田翁遺意。篆刻風格清雋，為「西泠八家」之一。❸上聯言清代詩人、畫家奚疑，字子復，號虛伯，又號樂夫、方平山樵，歸安（今浙江省湖州市）人。家於郡城之南，臨溪有樓，名「月上樓」，因近對峴山，植榆樹七株，蔽其外，故又稱榆蔭樓，人稱榆樓先生。下聯言北朝後魏大將奚斤，機敏有識度，累從征伐有功，賜爵山陽公。魏太武帝為皇太子，聽政，以奚斤為佐輔。魏太武帝即位，封宜城王，改弘農王，為萬騎大將軍。卒謚昭。

范 ㄈㄢˋ

范姓為中國一百大姓之一，總人口約四百三十萬，約占當代人口的百分之零點三六，分佈尤盛於河南地區。

【姓源】范姓的構成主要有祁姓和外姓、外族之改姓兩大來源。

一、源自祁姓。相傳帝堯陶唐氏之祁姓裔孫劉累之後，在周成王初被封於杜（古國在今陝西省長安縣東北），史稱唐杜氏。周宣王時，大夫杜伯無辜被殺，其子逃奔晉國，被任為士師（法官），其子孫遂改為士氏。其裔孫士會因戰功食采邑於范（今河南省范縣東），又稱范會，此後遂有范氏。

二、系出外姓、外族之改姓。如傳說氾姓加草字頭而成范姓；金朝女真人孛魯朮氏，清代滿洲八旗范佳氏、博都里氏等都集體改為范姓。

【郡望】高平郡。西晉初改山陽郡為高平郡，治所在昌邑（今山東省鉅野縣南）。

【著名人物】范蠡（春秋時越國大夫）；范雎（戰國時秦國相）；范增（秦、漢之間西楚霸王項羽之主要謀臣）；范滂（東漢名士）；范曄（南朝宋史學家），范縝（南朝齊梁之間學者、思想家）；范仲淹（北宋名臣、文學家）；范成大（南宋詩人）；范文程（清代大臣），范西屏（清代圍棋國手），等等。

【專用楹聯】

源自堯裔；望出高平❶。

有祛病回春妙手；存先憂後樂雄心❷。

博大開君，經筵反復陳說；清廉律己，萊蕪歌頌相聞❸。

表世風流，仰止景仁道德；冠朝人物，稱揚文正功勳❹。

【注釋】❶范姓祠聯。上聯指范姓源出帝堯之裔。下聯指范姓之郡望。❷上聯言東晉名醫范汪，字玄平，博學多通而善醫。下聯言北宋名臣、文學家范仲淹，字希文，蘇州吳縣（今屬江蘇）人。大中祥符年間進士。康定元年（一〇一〇年）以龍圖閣直學士經略陝西，積極防禦西夏，注意聯合羌族，頗受羌人尊重。工詩詞散文，文章富於政治內容，多述其政治主張。有「先天下之憂而憂，後天下之樂而樂」之名句表達其憂國憂民的心情。卒諡文正。有《范文正公集》傳世。❸上聯言北宋大臣范純仁，字堯夫，范仲淹之子。任經筵官時，以博大之說開悟上意，以忠篤之行革士風，有惠朝政甚多。官至觀文殿大學士。卒諡忠宣。下聯言東漢名士范丹，一作范冉，字雲史。漢桓帝任其為萊蕪長，遭母憂不蒞官。後賣卜於梁、沛之間。結草屋而居，有時絕糧。閭里歌曰：「甑中生塵范雲史，釜中生魚范萊蕪。」三府累辟不就，卒諡貞節先生。❹上聯言北宋名臣范鎮，字景仁，成都華陽（今四川省成都市）人。宋仁宗時知諫院，嘗前後十九疏奏請建皇儲，待命百餘日，鬚髮為白。

後為翰林學士，論新法，與宰臣王安石不合，遂致仕。蘇軾往賀曰：「公雖退，而名益重矣。」范鎮慨然曰：「使天下受其害，而吾享其名，吾何心哉！」宋哲宗即位，起為端明殿學士，固辭不拜。下聯言北宋名臣范仲淹之事，參見❷。

彭 ㄆㄥˊ

彭姓是中國五十大姓之一，總人口近六百萬，約占當代人口的百分之零點四九，主要分佈於長江中上游地區。

【姓源】彭姓出自顓頊高陽氏之後。相傳顓頊帝之裔孫陸終之第三子名籛鏗，因善作大鼓，鼓聲彭彭洪亮，故得彭姓。夏、商時，其後裔建立彭國（今河南省原陽縣一帶），史稱彭伯。商代中期，彭伯東進彭山（在今山東省濟寧市），隨後遷至彭城（今江蘇省徐州市），建立大彭國。大彭國後為商王武丁所滅，其支庶子孫遂以國名氏。

大彭國滅亡以後，彭人四散：一支自彭城南下歷陽（今安徽省和縣），南渡長江進入彭蠡（鄱陽湖的古名）及贛江上游的桃江一帶，一部分融入當地的山陽族中；另一支自歷陽東遷至浙江省臨安市東南的大滌山天柱峰下。一支向西南至河南西部的魯山縣東南，後成為楚國臣民。一支西遷入陝西，其中一部分彭人與陝西省白水縣彭衙堡的羌戎族戲部族混合形成彭戲族，其餘彭人繼續西進至甘肅省慶陽縣戲班的彭原。西周滅商後，隨周武王東征的彭原彭人南渡漢水，遷至湖北南河一帶，與當地土著混居，成為土家族彭姓之先民。而留居彭原的一支彭人，此後亦越過秦嶺，經陝西省石泉縣彭溪、四川彭州而南遷至彭山縣。戰國以後，南遷之彭人於不斷移民過程中融入於西南少數民族之中，漢、唐之後又逐漸同化為漢人。長江中上游的川、鄂、湘、贛四省居民多彭姓，與彭姓之移民和融合史密切相關。

【郡望】宜春郡、隴西郡（參見「李」姓之郡望）。宜春郡，隋朝改袁州為宜春郡，其後屢經廢置，元代廢，治所在宜春縣（今屬江西）。

【著名人物】彭越（西漢初大將），彭宣（西漢大司空）；彭堅（唐代畫家）；彭汝礪（北宋名臣）；彭百川（南宋學者）；彭春（清代名將），彭蘊章（清代名臣），彭兆蓀（清代詩人），彭玉麟（清末淮軍名將），等等。

【專用楹聯】

一室名師，專治易書義理；四朝元老，博通今古精微❶。

政治精明，卓爾循良龜鑑；學識正大，粹然性理鴻儒❷。

武原二仲；新昌三奇❸。

【注釋】❶上聯言西漢大臣彭宣，字子佩。事張禹受《易經》，而張禹受《易》於施讎，由是施家有張、彭之學。漢哀帝時官至大司空，封長平侯。下聯言彭祖籛鏗之事。相傳籛鏗自帝堯時舉用，歷舜、夏至商。因其經歷堯、舜、夏、商四朝，活了八百多歲，相貌卻不衰老，故世人尊稱其為彭祖。❷上聯言宋代學者彭俞，字濟川，江西宜春（今屬江西）人。少隱居集雲峰為學，精於《易》，自號連山子。舉進士，官終朝散郎。有《君子傳》、《循吏龜鑑》等著作傳世。下聯言南宋名臣彭龜年，字子壽，清江（今屬江西）人。乾道年間進士，累官秘書郎。從理學大家朱熹、張栻遊，學識益進，成為理學名臣。著有《止堂集》。❸上聯言清代詩畫家彭孫貽，字仲謀，浙江海鹽（今屬浙江）人。天性孝友，善詩，工畫墨蘭。與同邑吳仲木同為名流推重，時稱「武原二仲」。下聯言宋代學者彭淵材，江西宜豐（今屬江西）人。出入京城貴人之門十餘年，及歸，止有李廷珪所製墨一丸、文同所畫竹一枝和歐陽修所撰《五代史》稿一巨編而已。善樂，嘗獻《樂書》，除協律郎。時人譽為「新昌三奇」之一。

郎 ㄌㄤˊ

郎姓主要分佈西南川、貴等地。

【姓源】郎姓主要出自姬姓。相傳周代魯懿公之孫費伯奉命鎮守郎邑（在今山東省魚臺縣東北，一說在山東省曲阜市附近），其子孫在此繁衍，遂以邑名為氏，並奉費伯為始祖。後魚臺郎姓或遷居魏州，或遷居中山，皆為當地望族。

又漢代南匈奴中亦有郎姓，今日少數民族如滿、回、布依、阿昌、納西、蒙古等民族中亦有郎姓。

【郡望】中山郡。西漢初於古中山國地設置中山郡，轄境相當於今河北省狼牙山以南、滹沱河以北地區，治所在盧奴（今河北省正定縣）。

【著名人物】郎顗（東漢學者）；郎基（北朝齊名將）；郎茂（隋代尚書右丞）；郎士元（唐代詩人）；郎瑛（明代學者）；郎廷極（清代漕運總督），等等。

【專用楹聯】

書成百卷；畫列五絕❶。

定州才子；安吉詩人❷。

【注釋】❶上聯言隋代名臣郎茂，字蔚之。官尚書左丞。治州理民有善政，嘗與人同撰《州郡圖經》一百卷。下聯言唐代畫家郎餘令，新樂（今屬河北）人。博學有才名。工山水畫，善畫人物。嘗據史傳繪古帝王圖，想像風采，時稱精妙，被列為「五絕」之一。❷上聯言唐代詩人郎士元，字君胄，定州（今屬河北）人。天寶年間進士，官至鄂州刺史。工詩，為「大曆十才子」之一，與錢起齊名。下聯言清代書法家、詩人郎葆辰，字文臺，號蘇門，又號桃花山人，浙江安吉（今屬浙江）人。嘉慶年間進士，官至御史。工詩，善行楷書，尤長於寫生，得白陽、青藤之法。

魯 ㄌㄨˇ

魯姓當代的分佈以山東、安徽等省最為集中。

【姓源】魯姓出自姬姓。西周初，周武王封其弟周公旦於曲阜（今屬山東），因其地本名魯，因以命國。周公旦留相周成王，而使元子伯禽就國。魯國為西周時期重要的諸侯國之一。戰國時，魯國為楚國所滅，末代魯君魯頃公遷至下邑（今河南省夏邑縣），其後代遂以國名氏，並奉伯禽為始祖。

此外，魯姓還有一些由外族改姓而來的小分支。如東晉烏桓族之魯姓，金朝女真人之孛朮魯氏、元代蒙古人之博爾齊錦氏、清代滿洲八旗秦楚魯氏、博都里氏，以及佤族木伊庫氏、白族臘波氏、土家族魯力卡巴氏等，皆省改為魯姓。

【郡望】扶風郡（參見「竇」姓之郡望）。

【著名人物】魯班（春秋時魯國巧匠）；魯仲連（戰國時齊國高士）；魯恭（東漢司徒），魯丕（東漢學者）；魯肅（三國東吳大將）；魯伯能（宋代學者）；魯超（清代廣東布政使），等等。

【專用楹聯】

源自曲阜；望出扶風❶。

巧奪天工，日益求精，尤須即物窮理；聖參造化，神乎其技，豈止畫棟雕梁❷。

中牟賢令有三異；關左名儒通五經❸。

【注釋】❶魯姓祠聯。上聯指魯姓源自都於先秦之魯國。下聯指魯姓之郡望。❷此聯言春秋時魯國巧匠魯班之事。魯班，又名公輸班。傳說為「木鳶」及許多木工工具的發明者，被後世工匠奉為鼻祖。❸上聯言東漢大臣魯恭，字仲康，平陵（今陝西省咸陽市西北）人。漢章帝時為中牟縣（今屬河南）令，專以德化為治，當時蝗蟲傷稼，獨不入中牟境。魯恭行阡陌，有雉飛過童子身旁，屬吏曰：「何不捕之？」童子答曰：「雉將雛，不可害之。」吏歸，稱為「三異」。官至司徒。下聯言東漢學者魯丕，字叔陵，平陵人。官中郎將。好學，兼通五經。以魯《詩》、《尚書》教授，為當時名儒。關東人譽曰「五經復興魯叔陵」。

韋 ㄨㄟˊ

韋姓在當代的分佈以廣西地區最為集中。

【姓源】韋姓的構成主要有高陽氏和外姓、外族之改姓二大來源。

一、源自高陽氏。相傳夏帝少康時，顓頊高陽氏之後裔大彭氏國庶孫元哲受封於豕韋（故址在今河南省滑縣東南），稱豕韋氏。商初，豕韋國為成湯所滅，豕韋人四散出逃，以國名氏，遂成韋氏。其中一支東遷山東、江淮地區，又於漢初遷居京兆杜陵，發展成為天下韋姓中最顯赫之望族。

二、系出外姓、外族之改姓。前者主要有二：其一改自韓姓。西漢初，開國功臣韓信因漢高祖之猜忌而被殺，其子南逃南粵（今兩廣地區）避難，並取本姓「韓」字半邊「韋」字作姓，以躲避官府的追捕。相從者遂以韋氏傳世。此支韋姓在南方各地皆有較大發展。其二改自桓姓。唐中宗的皇后姓韋，掌握朝政，為獎掖功臣，遂將韋姓作為賜姓。如桓彥範因功勳卓著，受賜姓為韋氏，其後人未復祖姓，遂成韋姓一支。後者如《漢書・西域傳》載疏勒國（在今新疆省喀什市南）內有韋姓；當今西南少數民族如僮、黎、苗、水、侗、景頗等族皆有韋姓，其中韋姓還是僮族中人口最多的大姓之一。

【郡望】京兆郡。秦朝初置內史官以治理京師（今陝西省咸陽市一帶），西漢景帝時分置左、右內史，漢武帝時改右內史為京兆尹，下轄十二縣，相當於今陝西省西安市以東至華縣一帶。

【著名人物】**韋玄成**（西漢丞相、學者），**韋賢**（西漢學者）；**韋昭**（三國時學者）；**韋處厚**（唐代名相），**韋應物**（唐代詩人），**韋莊**（唐末詞人）；**韋昌輝**（清代太平天國北王），等等。

【專用楹聯】

望出京兆；源自高陽❶。

著述十萬言；教子一經書❷。

累績石渠，國史抱藏山之秘；蜚聲翰苑，蜀袍邀覆錦之榮❸。

【注釋】❶韋姓祠聯。上聯指韋姓之郡望。下聯指韋姓源出於高陽氏。❷上聯言十六國時後趙太子太傅韋謏，字憲道，京兆（今陝西省西安市）人。好儒學，善著述。群言秘要，靡不綜覽。所著作及集記世事凡數十萬言，皆深博有才義。下聯言西漢學者韋玄成，字少翁，鄒（今山東省鄒城市）人。少明經，有文名。以讓爵於兄之事，朝議高其節，拜河南太守。繼拜相封侯，官高位顯。鄒魯間為此有諺語流行曰：「遺子黃金滿籯，不如教子一經。」❸上聯言唐代工部侍郎韋述，萬年（今陝西省西安市）人。少舉進士，累官集賢學士、工部侍郎，封方城縣侯。典掌圖書四十年，任史官二十年。藏書二萬卷，皆手自校定。撰《開元譜》二十篇，又主持撰「武德以來國史」，文約事詳。逢安史之亂，韋述抱國史藏於南山。下聯言五代時後蜀文學家韋縠，少有文藻，夢中得軟羅結巾，由是才思益進。仕後蜀孟氏父子為監察御史，遷尚書。嘗集唐人詩千首，名《才調集》。

昌 ㄔㄤ

昌姓的分佈以四川等地為多。

【姓源】昌姓的起源主要有人名、任姓二支。

一、以人名為氏。傳說黃帝之子昌意居四川若水，娶蜀山氏女為妻，生子顓頊。後顓頊建都帝丘（今河南省濮陽市），號高陽氏。高陽氏支子以祖父昌意之字命氏，遂成昌姓。

二、源於任姓。相傳黃帝二十五子之一得任姓，昌氏分出於任姓之後。

【郡望】汝南郡（參見「周」姓之郡望）、東海郡（參見「戚」姓之郡望）。

【著名人物】昌義之（南朝北徐州刺史）；昌永（宋代名士），等等。

【專用楹聯】

望出東海；源自軒轅❶。

【注釋】❶昌姓祠聯。上聯指昌姓之郡望。下聯指昌姓源出於黃帝軒轅氏。

馬 ㄇㄚˇ

馬姓是中國二十大姓之一，總人口約一千二百六十萬，約占當代人口的百分之一，主要散佈於黃河沿岸省分和東北地區。

【姓源】馬姓的來源主要有嬴姓和外姓、外族之改姓兩大支。

一、源出嬴姓，分自趙氏。相傳少昊之裔孫伯益因助大禹治水有功得嬴姓。西周初，伯益之裔孫造父因功封於趙城，其後代遂以趙為氏，並於戰國中建立趙國。西元前二九〇年，趙王族人趙奢因破秦軍有大功，被封於馬服（在河北省邯鄲市西北），世稱馬服君。其支庶子孫遂以「馬服」為氏，後省為馬姓，並奉趙奢為始祖。

二、系出外姓、外族之改姓。如唐、宋時期，西域人及中東伊斯蘭教回回人經絲綢之路進入中國後，紛紛改用漢姓，並多以馬姓為首選，成為當代回族之先民，散佈於黃河上下、大江南北，成為回族中的第一大姓。再如元朝蒙古汪古部人月乃和，因其祖上曾任金朝馬步指揮使，遂以祖上官職的第一個字命姓馬，名祖常，其後代遂繁衍成馬姓之一支。又西夏党項人之馬姓、清代遼寧朝鮮人之馬姓，以及清代滿洲八旗費莫氏和馬佳氏等氏族集體改為馬姓，成為北方地區馬姓的一大來源。而東南沿海地區的馬姓中融入外族基因，主要始於明、清時期，來源為做海上貿易的中東伊斯蘭教回回人。此外，五代以後複姓司馬氏的改姓馬姓，亦成為馬姓的來源之一。

【郡望】扶風郡（參見「竇」姓之郡望）。

【著名人物】馬援（東漢名將），馬融（東漢著名學者）；馬超（三國蜀漢大將），馬良（三國蜀漢名士）；馬周（唐代名臣），馬燧（唐代名將）；馬遠（南宋畫家）；馬端臨（元初史學者），馬致遠（元代戲劇家）；馬歡（明初航海家）；馬驌（清代學者），馬曰璐（清代詩人），等等。

【專用楹聯】

設絳帳以授生徒，白眉繼烈；鑄銅標而載功績，青海重光❶。

遠浦帆歸曲致遠；長春留引經季長❷。

具王佐才，築砦釣渭；步隱淪躅，授業著書❸。

四家待詔；三代推官❹。

【注釋】❶上聯言東漢著名經學家馬融和三國蜀漢名士馬良之事。馬融字季長，有俊才。漢安帝時召拜郎中，歷武都、南郡太守，復為議郎，於東觀著述，以病去官。才高博洽，為世通儒，教養諸生常千數。善鼓琴，好吹笛，達生任性，不拘儒者之節。嘗坐高堂，施絳紗帳，前授生徒，後列女樂，弟子以次相傳，鮮有入其室者。著述甚眾。馬良字季常，襄陽宜城（今屬湖北）人。兄弟五人，並有才名，因馬良眉中有白毛，且才學最高，故鄉諺有「馬氏五常，白毛最良」。劉備稱帝後，拜馬良為侍中，為政咸有善譽。下聯言東漢名將馬援和馬騰之事。馬援字文淵，茂陵（今陝西省興平市東北）人。少有大志，助漢光武帝開國有大功，於建武年間拜伏波將軍。南征交趾（今越南北部），平之，立銅柱以表功。年八十餘猶征戰沙場，嘗謂賓客曰：「丈夫立志，窮當益堅，老當益壯。」又言：「男兒要當死於邊野，以馬革裹屍還葬。」後果卒於軍，諡忠信。馬騰字壽成，馬援之後，馬超之父。以討青海氐羌叛亂有功，累拜前將軍，封槐里侯。待士進賢，矜救民命，三輔甚安愛之。官終衛尉。❷上聯言元代戲曲家馬致遠，字千里，號東籬，大都（今北京市）人。工樂府，與關漢卿、白樸、鄭光祖被譽為「元曲四大家」。其文詞豪放有力，頗含諷喻。作雜劇十六種，現存《漢宮秋》、《岳陽樓》等七種，散曲有《東籬樂府》。下聯指東漢經學家馬融字季長，參見❶。❸上聯言唐初名臣馬周，字賓王，茌平（今屬山東）人。嗜學，善《詩》、《春秋》。武德年間補州助教。不治事，去職，築砦釣渭。後被唐太宗所重用，官至中書令，進銀青光祿大夫。下聯言宋末元初史學家馬端臨，字貴與。咸淳年間漕試第一，博極群書，以蔭補承事郎。因其父罷官，而隨歸家鄉隱居。元初起為柯山書院山長，終台州州學教授。鄉里遠近師之。所著《文獻通考》，貫穿古今典章制度。❹上聯言南宋畫家馬遠，字遙父，號欽山，旅居錢塘（今浙江省杭州市）。為畫院待詔，與李唐、劉松年、夏圭並稱「南宋四家」。畫風遒勁嚴整，設色清潤，自成一格。所繪山水多半山一水，世人又稱為「馬一角」。有〈踏歌圖〉、〈華燈侍宴圖〉等作品傳世。下聯言清代著名學者馬驌，字驄卿，山東鄒平（今屬山東）人。順治年間進士，歷任淮安推官、靈壁知縣。精通《春秋左傳》，著《左傳事緯》。又著《繹史》，述開闢以來至秦末之事。因其生平精於夏、商、周史，故時人稱之為「馬三代」。

79 苗

苗 ㄇㄧㄠˊ

苗姓的分佈以山東、甘肅、河南諸省最為集中。

【姓源】苗姓源出於芈姓。春秋時期，楚國公族大夫伯棼因權力鬥爭失敗被殺，其子賁皇逃亡至晉國，受到晉君禮遇。後晉與楚於鄢陵大戰，賁皇獻策晉君，擊敗楚軍，因功賜食采於苗（今河南省濟源市西南苗亭），故又稱苗賁皇。其後代遂以地名為氏，遂成苗姓，並奉苗賁皇為始祖。

又相傳上古時名醫苗父之後代以苗為氏，其得姓要早於賁皇之後的苗姓，然此似出於後世之附會，不足為憑。此外，當代滿、彝、畲、回、蒙古、朝鮮、東鄉、維吾爾等民族均有苗姓，而拉祜族黑苦聰人阿沙普氏的漢族姓氏也為苗。

【郡望】東陽郡。三國東吳寶鼎元年（二六六年）初置，轄境相當於今浙江省金華市附近。

【著名人物】苗浦（漢代長水校尉）；苗晉卿（唐代宰相）；苗守信（北宋殿中少監，長於算術）；苗好謙（元代農學家）；苗夔（清代學者），等等。

【專用楹聯】

源自芈氏；望出東陽❶。

古醫鼻祖；新曆乾元❷。

農桑輯要恩澤遠；說文聲訂韻源長❸。

【注釋】❶苗姓祠聯。上聯指苗姓源出於芈姓。下聯指苗姓之郡望。❷上聯言傳說中之上古神醫苗父，以管作席，以芻為狗，北向祝願，即能治癒重症病人。故後人尊之為古醫「祝由科」的鼻祖。下聯言北宋學者苗守信，河中（今山西省永濟市西蒲州鎮）人。長於曆算，因當時所用《應天曆》頗有差訛，詔命其另造新曆《乾元曆》，精密實用。官至殿中少監。❸上聯言元代學者苗好謙，勤政善學，累官司農丞，至御史中丞。有《農桑輯要》傳世。下聯言清代學者苗夔，字先麓，肅寧（今屬河北）人。道光年間優貢生。治《說文》，精於音韻之學，撰有《說文聲訂》、《說文音讀表》、《毛詩韻訂》等書。

鳳 ㄈㄥˋ

鳳姓的分佈以江南和河北、北京一帶較為集中。

【姓源】鳳姓的起源相傳有鳳鳥氏和蒙姓二支。

一、源自鳳鳥氏。相傳鳳鳥乃上古少昊部落的圖騰。據《左傳》，少昊「以鳥名官」，時有鳳鳥氏。高辛氏時，鳳鳥氏為曆正（管理曆法節氣時令之官），其後人遂以祖上職官命姓，遂成鳳氏。

二、源出蒙氏，為唐代雲南大理之南詔國王後裔。南詔國王本姓蒙氏，其王族的取名傳統，為嫡長子取名之首字必須重用其父名最後一字，如國王尋羅閣之子名閣羅鳳，閣羅鳳之子名鳳迦異，鳳迦異之子名異牟尋；而其餘諸子便以其父名之第一字為姓，如鳳迦異之次了以下便以「鳳」為姓。《唐書》載滇黔之人多鳳姓，皆為鳳迦異支庶子之後。

【郡望】平陽郡。三國魏時分河東郡一部置平陽郡，治所在平陽縣（今山西省臨汾市西南）。

【著名人物】鳳綱（漢代名醫）；鳳翕如（明代衡州知府）；鳳全（清末駐藏大臣），等等。

【專用楹聯】

仙醫可延齡；曆正知天時❶。

翕如知府；威愍大臣❷。

【注釋】❶上聯言漢代名醫鳳綱，漁陽（今北京市）人。常採百草花以水漬封泥之，自正月始，盡九月末止，埋之百日，煎九火。死者以藥納口中，皆立活。鳳綱常服此藥，至數百歲不老，後成仙而去。下聯言鳳鳥氏為高辛氏時曆正。傳說鳳知天時，故以名曆正之官。❷上聯言明代末人鳳翕如，字鄰凡，吳縣（今屬江蘇）人。崇禎末年任漢陽通判，官衡陽知府。下聯言清末光緒年間駐藏大臣鳳全，滿洲人。卒諡威愍。

花 ㄏㄨㄚ

花姓的分佈主要在遼寧等省。

【姓源】花姓為南北朝以後才有之姓，源出華氏。古無「花」字，通作「華」，故華姓後世亦有改為花姓者。清代段玉裁《說文解字注》曰：花字「起於北朝，前此書中花字，出於後人所改」。南北朝時有花木蘭，然正史中之花姓名人最早出現於唐朝，如唐代有倉部員外郎花季睦、成都府牙將花敬定等。

又，金代范用吉改姓花，其後代亦稱花氏；元代蒙古人孛朮魯氏、伯顏氏等亦改姓花，成為花姓的另一來源。

【郡望】東平郡（參見「呂」姓之郡望）。

【著名人物】花季睦（唐代倉部員外郎），花敬定（唐代猛將）；花雲（明初猛將），花茂（明初廣州都指揮使），花潤生（明代詩人），等等。

【專用楹聯】

源自華氏；望出東平❶。

懷遠英侯，建奇勳於明代；成都猛將，垂美譽於唐詩❷。

潤生自有介軒集；茂將獨列功臣錄❸。

【注釋】❶花姓祠聯。上聯指花姓源自華姓。下聯指花姓之郡望。❷上聯言明初猛將花雲，懷遠（今安徽省鳳陽縣東）人。貌偉而黑，驍勇絕倫，為明太祖將兵略地，屢建奇功，拜行樞密院判，堅守太平城。下聯言唐代猛將花敬定，段子璋反於蜀，花敬定為成都府（今屬四川）牙將，討平之。詩聖杜甫為作〈贈花卿歌〉。❸上聯言明代詩人花潤生，字蘊玉，號介軒，又號紫雲老人，福建邵武（今屬福建）人。永樂年間進士。初為古田（今屬福建）令，吏績甚著，擢提學僉事。有《介軒集》傳世。下聯言明初名將花茂，安徽巢縣（今安徽省巢湖市）人。從明太祖朱元璋征戰有功，累官至廣州都指揮使，名列功臣錄。

方 ㄈㄤ

方姓是中國人口最多的八十大姓之一，總人口約四百二十萬，約占當代人口的百分之零點三六，主要分佈於安徽、河南和遼東半島等地。

【姓源】方姓源自於神農氏。相傳神農氏之後榆罔時政務廢弛，蚩尤作亂，諸侯皆歸附黃帝。榆罔之子雷因輔佐黃帝平定蚩尤之亂有功，受封於方山（即今河南嵩山），故名方雷氏。方雷氏的後裔以國為氏，後又分為方、雷兩氏。方雷氏在夏、商時不顯，至周宣王時，大夫方叔受命北伐南征，名聞四方，其後代遂以方為氏。

又南朝梁時山越族有方姓，清代貴州貴陽地區、雲南元江地區土司均有方姓；清代滿洲八旗方佳氏居於瀋陽，集體改姓方，成為方姓的一個重要來源。

【郡望】河南郡（參見「褚」姓之郡望）。

【著名人物】方廷範（唐代上柱國），方干（唐代詩人）；方鳳（南宋詩人）；方回（元初文學批評家），方從義（元代畫家）；方孝孺（明代學者）；方以智（清初學者），方苞（清代文學家），方伯謙（清末海軍將領），等等。

【專用楹聯】

循良化魯；顯允興周❶。

克壯其猷，功勳赫赫；不草禪詔，忠烈昭昭❷。

四子超乎三家上；十族願與一人榮❸。

【注釋】❶上聯言明代人方克勤，字去矜，浙江寧海（今屬浙江）人。官濟寧知府，視事三年，以德化為治，戶口倍增，魯民譽之。有《汗漫集》傳世。下聯言方姓始祖、周朝元老大臣方叔，為興周之功臣。❷上聯指周朝大臣方叔奉周宣王之命北伐玁狁，取得赫赫戰功。下聯言明初名臣方孝孺，字希直，人稱正學先生，浙江寧海人。明惠帝即位，召任翰林侍講，遷侍講學士，改文學博士，政事多諮詢之。修《太祖實錄》，命為總裁。建文四年（一四〇二年），燕王朱棣率軍入南京（今屬江蘇），即帝位，召孝孺草即位詔書。孝孺以喪服慟哭殿陛之下。朱棣降榻勞之，顧左右授筆札曰：「詔非先生草不可！」孝孺擲筆於地曰：「死即死耳，詔不可草！」遂被誅於市，並滅其十族（九族及方之學生），死者達八百七十餘人。南明福王時追謚文正。❸上聯言明末清初學者方以智，字密之，號曼公，安徽桐城（今屬安徽）人。崇禎年間進士，官翰林院檢討。曾與陳貞慧、吳應箕、侯方域等主盟「復社」，為「明季四公子」之一。入清後出家為僧，改名弘智，字無可。潛研群籍，考核精審，所著《通雅》一書，超乎楊慎、陳耀文、焦竑三家之上。下聯言明初名臣方孝孺之事，參見❷。

俞 ㄩˊ

俞姓在當代中國以皖、浙、蘇諸省為主要居住地區。

【姓源】俞姓源出於上古醫藥世家。相傳黃帝時神醫俞跗精通外科手術，能通過「割皮解肌，洗滌五臟」來醫治病患，並曾注釋黃帝《素問》一書。因古文「俞」與「腧」兩字相通，皆指人身上的穴道，據《靈樞經》載，「脈之所注為俞」。因跗通醫學，精於脈經，故稱俞跗。其後人亦以醫傳家，故以俞為姓，而奉俞跗為始祖。

【郡望】河間郡（參見「章」姓之郡望）。

【著名人物】俞縱（晉代將軍）；俞文俊（唐代名士）；俞澂（宋代畫家）；俞琰（宋末元初學者）；俞大猷（明代名將），俞綱（明代大臣）；俞宗禮（清代畫家），俞樾（清末學者），等等。

【專用楹聯】

跗醫傳世；龍眠復生❶。

慷慨直諫惟文俊；忠誠許國有大猷❷。

一等家數；百韻羨長❸。

【注釋】❶俞姓祠聯。上聯言黃帝時神醫俞跗，醫術高明，曾注《素問》。事跡載於《說苑》、《史記》諸書。下聯言清代畫家俞宗禮，字人儀，號凡在，上海人，僑居吳郡（今江蘇省蘇州市）。工山水及寫真，尤善白描道釋人物，有「龍眠復生」之譽。龍眠，指宋代著名畫家李龍眠。❷上聯言唐朝江陵（今屬湖北）人俞文俊，武則天當政時有山出於新豐，稱為慶山。文俊上書，言陛下以女主居陽位，反易剛柔，故地氣塞隔，山變為災，臣以為非慶也。武則天大怒，流之嶺南。其後人遂定居於兩廣一帶。下聯言明代福建總督俞大猷，字志輔，號虛江，福建晉江（今屬福建）人。博讀兵法，有將才，用兵先計後戰，不貪近功，將略武功居當時眾將之冠。曾屢率水軍打敗倭寇，被譽為「俞家軍」。❸上聯言宋代畫家俞澂，字子清，號且軒，吳興（今浙江省湖州市）人。作竹石得文、蘇二公遺意，清潤可愛；山水有「自是一等家數」之評價。下聯言明代詩人俞安期，宇公臨，後改字羨長，江蘇吳江（今屬江蘇）人。嘗以長律一百五十韻投名詩人王世貞，世貞為之延譽，名由是盛。有《詩雋類函》等傳世。

任 ㄖㄣˊ

任姓是中國八十大姓之一，總人口約四百五十萬，約占當代人口的百分之零點三八，主要分佈於華北和遼寧地區。

【姓源】任姓的構成主要有姬姓、風姓和外姓、外族之改姓三大來源。

一、源於姬姓。傳說黃帝之少子禹陽（一作禺陽）受分封於任（故址在今河北省任邱縣西北），後遷至今山東省濟寧市東南，建任國，得任姓。禹陽之嫡系後裔為任姓，支庶子孫以各自封地取姓，有謝、章、薛、舒、呂、祝、終、泉、畢、過十姓。

二、源自風姓。相傳太昊伏羲氏，風姓，其後裔在夏代稱有仍氏，夏帝少康即生於有仍氏部落（今山東省濟寧市東南）。商朝時，有仍氏又稱任氏。西周時，風姓任國仍頗活躍，周桓王時大夫仍叔即為其後，故又稱任叔。戰國時，任國為齊國所吞併，其族人遂普遍以任為姓。

三、系出外姓、外族之改姓。如元代山東行省平章事王信，其子王宣，因遇變亂，率家人逃難至江蘇興化（今屬江蘇），並於「王」旁加立人而改為任姓，其子孫沿襲未改。又四川西昌地區的嶲蠻夷酋長任姓，東漢時北遷至成都地區，至唐初已發展至川北平武地區和甘南隴西一帶，成為當地望族，此後全部融入漢族，成為西部地區任姓的一大重要來源。

【郡望】樂安郡（參見「蔣」姓之郡望）。

【著名人物】任鄙（戰國時秦國力士）；任光（東漢初名將）；任峻（三國魏中郎將）；任昉（南朝文學家）；任雅相（唐代宰相）；任從（宋代畫家）；任康民（元代畫家）；任環（明代抗倭名將）；任大椿（清代學者），任熊、任頤（清末畫家），等等。

【專用楹聯】

數典重先封，問周宗既滅以還，誰為庶氏；降靈符列宿，自漢室中興而後，代有傳人❶。

三朝賢士；四體精華❷。

四庫全書大椿力；一盂清水任棠情❸。

【注釋】❶任氏祠聯。上聯指周朝滅亡之後，任姓與同宗的十個支姓已不再有嫡庶之異。下聯指任姓自東漢初的任光輔佐漢光武帝中興以後，名人世出不絕。❷本聯言南朝梁大臣、學者任昉，字彥昇，樂安博昌（今山東省壽光市）人。歷仕宋、齊、梁三朝，宋時任太常博士，齊時為驃騎將軍、揚州刺史，入梁任黃門侍郎等職。長於表、奏、書、啟諸體散文，與詩人沈約齊名，時稱「任筆沈詩」。有《任彥昇集》傳世。❸上聯言清代著名學者任大椿，字幼植，江蘇興化（今屬江蘇）人。任禮部主事，兼《四庫全書》修纂官。下聯言東漢學者任棠，湖北漢陽（今湖北省武漢市）人。隱居教書，有氣節。太守龐參拜訪，任棠不語，僅獻清水一盂，草根一支，並命小孫兒伏於門下。龐參悟知：一盂清水是希望其能做清官，一支草根是請其剪除豪門，伏小孫兒於門下是希望其開門恤孤。故後人稱上疏執政者為百姓做好事者為「任棠之情」。

袁 ㄩㄢˊ

袁姓是中國五十大姓之一，總人口約六百五十萬，約占當代人口的百分之零點五四，主要居住於四川、華北和江南地區。

【姓源】袁姓的構成主要有媯姓和外族之改姓兩大來源。

一、出於嬀姓。虞舜，嬀姓。周武王滅商後，封舜帝之後裔嬀滿於陳（今河南省淮陽市東南），史稱胡公滿。陳國為西周十二諸侯之一。胡公之裔孫諸，字伯爰，伯爰之孫濤塗從齊桓公盟會，賜邑夏陽，遂以祖父之字為氏。爰濤塗也作轅濤塗。因古時「袁」、「爰」、「轅」三字通用，故袁姓亦作爰姓或轅姓。

二、系出外族之改姓。著名者如東漢末巴蜀之巴人板楯蠻，有杜、朴、袁三姓夷王，被三國魏封為三巴（即巴郡、巴東、巴西三郡）太守，後遷其民於關隴地區，逐漸融入漢族之中。故西部袁氏與巴人之間有著相當深遠的淵源關係。

【郡望】汝南郡（參見「周」姓之郡望）、陳郡（即陳留郡，參見「衛」姓之郡望）。

【著名人物】袁盎（西漢名臣）；袁安（東漢楚郡太守），袁紹（東漢末司隸校尉）；袁宏（東晉史學家、文學家）；袁山松（南朝宋史學家）；袁樞（南宋史學家）；袁桷（元代文學家）；袁宗道、袁宏道、袁中道兄弟（明代文學家），袁崇煥（明末名將）；袁枚（清代詩人），袁江（清代畫家），等等。

【專用楹聯】

揚風惠政；臥雪清操❶。

才捷當庭賦銅鼓；節高臥雪對梅花❷。

疏陳五弊；曲列三絕❸。

政得民心，後刺史稱前刺史；春交郎手，小登科兆大登科❹。

【注釋】❶上聯言東晉名士袁宏，字彥伯。少有逸才，文章豔美。自吏部郎出為東陽太守，大臣謝安取一扇授之，曰：「聊以贈行。」宏應聲答曰：「輒當奉揚仁風，慰彼黎庶。」時人嘆其率而能要。著有《後漢紀》等書。下聯言東漢司徒袁安，字邵公，汝陽（今屬河南）人。布衣時作客洛陽（今屬河南），值大雪，洛陽令按行至其門，門閉無行跡，令人除雪入戶，見安僵臥。曰：「大雪人皆餓，不宜干人。」令以為賢，舉為孝廉，累官楚郡太守、司徒。❷上聯言清代詩人袁枚，字子才，號簡齋，別號隨園老人，錢塘（今浙江省杭州市）人。乾隆年間進士，入翰林。任縣令時，推行法制不避權貴，有政聲。後不復仕，於南京（今屬江蘇）小倉山築隨園，創作詩文。撰有《隨園詩話》以表達其文學觀。下聯言東漢司徒袁安之事，參見❶。❸上聯言明末良吏袁愷，字伯順，山東聊城（今屬山東）人。崇禎時，由推官擢任給事中，上疏陳時弊五事，因語侵僉都御史宋之普而遭貶。下聯言西晉史學家袁山松，官吳郡太守。少有才名，博學能文。撰《後漢書》百篇。襟情秀遠，善長音樂。所歌〈行路難〉曲，聞者莫不落淚，與羊曇之唱樂、桓伊之挽歌，時人並稱為「三絕」。❹上聯言指唐代節度使袁滋，字德深，朗山（今河南省确山縣）人。性寬易，博學強記，工篆隸。任華州（今陝西省華縣）刺史時，為政清簡慈惠，未嘗設條教。及去職，耆老遮道不得去。此後任華州刺史者頗稱譽其政績。下聯言唐代名士袁筠，娶蕭安之女，婚後未久，即參加禮部科舉考試及第。唐代禮部考試一般在春季舉行。又舊時稱讀書人取得功名回家完婚為小登科，相對而言，士人應舉及第即為大登科。

柳 ㄌㄧㄡˇ

柳姓的分佈以山東、四川、湖北、湖南諸省為多。

【姓源】柳姓的構成主要有姬姓和羋姓兩大來源。

一、源自姬姓。春秋時，魯孝公生子姬展，展有孫名無駭，以祖父之字為氏，遂成展氏。展無駭之子展禽，字季，任魯國士師（管理刑獄之官），食采於柳下（今河南省濮陽市柳下屯），史稱柳下季。因其有「坐懷不亂」的美德，死後諡曰「惠」，故史稱柳下惠。一說，展禽封邑於柳，家植柳樹，行惠德之事，因號柳下惠。其子孫省為單姓柳氏。魯國滅亡後，柳姓人南遷楚國為官。秦朝統一天下後，柳姓人又遷居河東解縣（今屬山西），成為當地望族，稱河東柳氏。

二、出自羋姓。傳說楚懷王之孫心，秦、漢之間被奉為義帝，定都於柳。後義帝為西楚霸王項羽所殺，其子孫為避禍，遂以柳為姓。然此支柳姓沉寂無聞，難與柳下惠之後的柳姓人相比。

【郡望】河東郡（參見「衛」姓之郡望）。

【著名人物】柳莊（春秋時衛國太史）；柳敏（北朝北周大將）；柳彧（隋朝名臣）；柳公權（唐代大臣、著名書法家），柳宗元（唐代著名文學家，唐宋八大家之一）；柳永（北宋著名詞人）；柳敬亭（明代伶人），柳如是（明末女詞人），等等。

【專用楹聯】

失賢臣如失社稷；得愛卿勝得河東❶。

心正筆正；人清詞清❷。

【注釋】❶上聯言春秋時衛國太史柳莊，以賢德著於朝野。死後，衛獻公哭祭柳莊「非寡人之臣，社稷之臣也」。下聯言北朝北周上大將軍柳敏，字白澤。北周軍攻占北齊河東地，得柳敏，周文帝大喜，對柳敏說：「朕不喜得河東，喜得卿也。」❷上聯言唐代大臣、書法家柳公權，京兆華原（今陝西省耀縣）人。元和年間進士，歷仕穆、敬、文、武、宣諸朝，官至諫議大夫、太子詹事等，封河東郡公。工書，正楷尤知名，自成一家，稱「柳體」。與顏真卿齊名，並稱「顏柳」。帝嘗問公權用筆之法，對曰：「心正則筆正。」下聯言北宋著名詞人柳永，原名三變，字耆卿，崇安（今屬福建）人。因排行第七，又叫柳七。景祐年間進士，任屯田員外郎，世稱柳屯田。精通音律，善於吸取民間詞精華，創作多長調。所作慢詞較多，甚有影響。有《樂章集》傳世。

酆 ㄈㄥ

酆姓當代於陝西、四川等地較為易見。

【姓源】酆姓源出姬姓。西周初年，周武王封其十七弟於酆邑（今陝西省戶縣一帶），世稱酆侯。周成王時，酆侯被廢，其後人散居各地，以原國名為氏。

附注：「酆」與「豐」今音相同，但屬不同之姓。「酆」以國為氏，「豐」以祖先之字為氏，姓源、郡望各不相同。（參見「豐」姓）

【郡望】京兆郡（參見「韋」姓之郡望）。

【著名人物】酆舒（春秋時潞國大夫）；酆去奢（北宋道士）；酆仲之（南宋進士）；酆熙（明代榜眼），等等。

【專用楹聯】

源自姬姓；望出長安❶。

執政於潞國；成仙在茅山❷。

宴列瓊林次位；名題雁塔中班❸。

【注釋】❶酆姓祠聯。上聯指酆姓源自於姬姓。下聯指酆姓之郡望。長安即指京兆郡。❷上聯言春秋時潞國執政大臣酆舒，人稱其有「三俊才」。下聯言宋代道士酆去奢，龍丘（今浙江省龍游縣）人。少為崇仙宮道士，精通老、莊之學，對道術甚有研究，隱居於茅山，得道成仙而去。❸上聯指明代榜眼酆熙，於宴請及第進士的瓊林宴上坐位僅次於狀元。下聯指南宋嚴州（今浙江省連德市東）望族子弟酆仲之，舉進士及第。

鮑 ㄅㄠˋ

鮑姓的分佈以青海、江蘇、山東、湖北、浙江等省為多。

【姓源】鮑姓主要有姒姓和外族之改姓二個起源。

一、源出姒姓。春秋時，夏禹王之後裔敬叔居齊國，官至大夫，食采於鮑邑（今山東省歷城縣東），史稱鮑敬叔。其子鮑叔牙與管仲一起輔佐齊桓公建立霸業。鮑叔牙的子孫在齊國世襲卿位，戰國初田齊代姜齊，鮑叔牙子孫逃往別國，遂以鮑為氏。

二、系出外族之改姓。北朝後魏鮮卑族俟力伐氏入中原後，改為鮑氏。又當代滿、佤、回、蒙古、景頗等族中亦有以鮑為姓者。

【郡望】上黨郡、泰山郡、東海郡（參見「戚」姓之郡望）。上黨郡，戰國時韓國初置，轄境相當於今山西沁水以東地區，治所在壺關（今山西省長治市北）。泰山郡，漢代初置博陽郡，後改名泰山郡，治所在博（今山東省泰安市東南），北朝北齊時改名東平郡。

【著名人物】 鮑宣（漢代諫議大夫），鮑永（漢代司隸校尉）；鮑照（南朝宋詩人），鮑令暉（南朝宋文學家）；鮑同仁（元代名醫）；鮑皋（清代詩人），鮑詩（清代女畫家），等等。

【專用楹聯】

東海閥閱；湖湘良臣❶。

才名孤雁；節舉孝廉❷。

詩韻如松竹；畫法傳白陽❸。

【注釋】 ❶上聯指鮑姓之望族出自東海郡。下聯言明代景泰年間舉人鮑德，安徽舒城（今屬安徽）人。知華容縣（今屬湖南），興學勸農，懲姦理冤，治稱「湘湖第一」。❷上聯言北宋景德年間河南（今河南省洛陽市）法掾鮑當，曾向郡守薛映獻〈孤雁〉詩云：「天寒稻粱少，萬里孤雁進；不惜充君庖，為帶邊城信。」映大讚賞。時人目之為「鮑孤雁」。下聯言東漢孝子鮑昂，字叔雅，有孝義節行。舉孝廉，辟公府，連徵不至。卒於家。❸上聯言南朝宋詩人鮑照，字明遠，東海（今江蘇省連雲港市）人。歷官中書舍人、前軍參軍等。文辭贍逸，詩作氣韻如松竹。有《鮑參軍集》傳世。下聯言清代女畫家鮑詩，字令暉，浙江平湖（今屬浙江）人。適秀水張錦雲氏，能詩善畫，專工花卉，傳白陽畫法。傳其姊妹四人皆知書善畫。有《舞鶴堂詩鈔》等傳世。

史 ㄕˇ

史姓為中國一百大姓之一，總人口約三百萬，約占當代人口的百分之零點二五，其分佈以山東地區為盛。

【姓源】 史姓的來源主要有官名和外族之改姓兩大支。

一、以官名為氏。其來源有多種：其一，相傳造字聖人倉頡（亦稱蒼頡）為黃帝的史官，又稱史皇氏，其後裔有以官名為氏，遂成史姓。據《路史》、《元和姓纂》，周朝史籍、漢朝史高，皆為倉頡之後人。其二，西周初史官佚（一作「逸」），其主要職責是記錄天子的言行，以備遺忘。史佚為人嚴正，終身任周太史，被後世讚為史官之楷模，與姜太公、周公、召公並稱為「四聖」。其子孫遂以官名為氏。又周代晉有史黯、秦有史顆、衛有史狗、史鰌等，其後並稱史氏。

二、系出外族之改姓。隋、唐時期，西域史國（在今烏茲別克撒馬爾罕之南）人來中原定居後，有以史為姓者。唐代突厥部落阿史那氏族，進入中原以後便改為史姓。

【郡望】京兆郡（參見「韋」姓之郡望）。

【著名人物】史游（西漢學者），史高（西漢大司馬）；史崇（東漢溧陽侯）；史雄（北朝周名將）；史大奈（唐代名將）；史浩（南宋名相），史彌遠（南宋宰相），史達祖（南宋詞人）；史天澤（元代大將）；史可法（明末抗清名將）；史大成（清代名臣），等等。

【專用楹聯】

伏蒲之忠，諫元帝而留太子；知矢之直，進君子而退小人❶。

氣吐風雲，勤千秋之略；光依日月，榮二字之褒❷。

定亂安邦，常懷廟廊大志；出將入相，允稱社稷名臣❸。

南波傳世詩書畫；岵岡動人石竹蘭❹。

【注釋】❶上聯言西漢都尉侍中史丹，字君仲，魯（今山東省曲阜市）人。漢元帝欲易太子，丹固諫，使不易太子。太子即位，封丹為關內侯。下聯言春秋衛國大夫史鰌，字子魚，亦稱史魚。衛靈公不用蘧伯玉而任彌子瑕，史魚數諫不從。病將卒，命其子曰：「吾生不能正君，死無以成禮，置屍牖下。」靈公往弔，怪而問之，其子以告，公愕然曰：「寡人之過也。」於是進伯玉而退子瑕。孔子聞之曰：「直哉史魚！既死，猶以屍諫。」❷上聯言隋代名將史萬歲，杜陵（今陝西省長安縣東南）人。少英武，善騎射，有謀略。屢立戰功，敵兵聞其名而懼。下聯言南宋大臣史浩，字直翁，鄞縣（今屬浙江）人。紹興年間進士，官至宰相。金人犯邊，孝宗下詔親征，浩上奏勸阻。卒謚忠定。❸上聯言五代後周名將史弘肇，字化元，鄭州（今屬河南）人。嘗曰：「安朝廷，定禍亂，直須長槍大劍，毛錐子安足用哉！」下聯言元代左丞相史天澤，字潤甫，河北永清（今屬河北）人。為將相五十年，上不疑，下無怨，人以比唐、宋名將郭子儀、曹彬。謚忠武。❹上聯言清代詩畫家史翁，字南波，詩、書、畫有「三絕」之稱。左筆書尤獨步當時，深受士林嘉許。下聯言清代畫家史震林，字岵岡，江蘇金壇（今屬江蘇）人。乾隆年間進士。能詩，工書，善畫，不落前人窠臼，所畫怪石、翠竹、墨蘭尤生氣靈動。

唐 ㄊㄤˊ

唐姓是中國人口最多的三十大姓之一，總人口約有七百八十萬，約占當代人口的百分之零點六五，其分佈以川、湘、黔地區最有影響。

【姓源】唐姓的起源主要有祁姓、姬姓和外族之改姓三大支。

一、源出祁姓。相傳帝堯祁姓，名陶唐氏。舜帝時，帝堯之子丹朱被封為唐侯，故址在今山西省翼城縣西。夏代時，丹朱的後代劉累遷至魯山（在今河南西部）。西周初，留於翼城的唐侯叛亂，被周成王所滅。其子孫遂以國為氏。為祭祀帝堯，周朝更封居於魯山的劉累後代為唐侯，其裔孫亦有以唐為氏，史稱豫唐。

二、源自姬姓。周成王滅翼城唐國後，封其弟叔虞為唐侯，史稱唐叔虞。後唐叔虞改封晉侯，其庶出子孫有以唐為氏，是為姬姓唐氏，亦稱晉唐。又唐叔虞的裔孫燮父別封於新的唐地（故城在今湖北省隨州市西北唐縣鎮）。春秋時，此唐國為楚所滅，其後裔也以國名為氏，又稱楚唐。

三、系出於外族之改姓。東漢時南蠻白狼部、三國時西北隴西羌族、元朝時自西域來華之人中皆有唐姓。又清代滿洲八旗塔塔喇氏、唐古氏、唐尼氏、唐佳氏等氏族集體改姓唐。

【郡望】太原郡（參見「王」姓之郡望）。

【著名人物】唐雎（戰國時魏大夫），唐昧（戰國時楚名將）；唐蒙（西漢中郎將）；唐儉（唐初名將），唐休璟（唐代宰相），唐彥謙（唐代詩人）；唐寅（明代畫家）；唐英（清代書畫家），唐景崧（清代臺灣巡撫），等等。

【專用楹聯】

桐圭錫慶；禾冊基祥❶。

東園高節；天部清風❷。

定鼎功高，形繪凌煙閣上；奇魁文妙，席首瓊林宴中❸。

【注釋】❶唐姓祠聯。此聯言周成王為戲耍其幼弟叔虞，將桐樹葉削成圭形賜給叔虞，說：「我用此賜封於汝。」因「君無戲言」，以致戲耍成真，只好封虞叔於唐，成為唐姓之源起。❷上聯言西漢初隱士唐秉，字宣明，號東園公，為商山四皓之一。漢惠帝未即位時，曾輔佐之。下聯言北朝北周吏部郎中唐瑾，字附璘，謀略多智。曾從周軍南伐梁國，軍還，唯載書兩車而已。天部，為尚書省六部之一的吏部之別稱。❸上聯言唐初天策府長史唐儉，字茂系，晉陽（今山西省太原市）人。少與唐太宗李世民遊，見隋政大亂，因說以建大計。後佐李世民定天下，為天策府長史，封莒國公，圖形於淩煙閣上以為表彰。下聯言明代唐皋、唐汝揖、唐文獻三人皆學博才高，先後舉進士均為第一。

費 ㄈㄟˋ

費姓的分佈較為廣泛，而以河北、上海、江蘇、安徽、浙江、湖北等地區居住較為集中。

【姓源】費姓實有姓源、讀音不同之兩姓：一讀ㄈㄟˋ音，其來源較雜；一讀ㄅㄧˋ音，源出於姬姓。然隨時代嬗變，今已合為一姓，音ㄈㄟˋ。

一、音ㄈㄟˋ，其起源主要有嬴姓、姒姓、芈姓和外族之改姓四大支。

其一、源自嬴姓。相傳顓頊帝的裔孫伯益受封於大費（今山東省魚臺縣西南），其庶子若木因不得繼承封爵，遂以其父封邑為氏，是為嬴姓費氏。商末紂王寵臣費仲即為若木之後裔。

其二、出自姒姓。相傳夏禹王的子孫中有受封於費國，其後裔以國名為氏，是為姒姓費氏。

其三、源於芈姓。春秋時，楚國貴族大夫有名費無極者，其子孫亦以費為氏。

其四、系出外族之改姓。北朝後魏鮮卑族複姓費連氏改為單姓費氏；清代滿洲八旗費佳氏後亦改為費姓。

二、音ㄅㄧˋ，源自姬姓。春秋時，魯莊公死，其弟季友立莊公之子班為魯君，但大夫慶父作亂，殺死班，季友流亡陳國。在陳國幫助下，季友回國繼續執政，並立班之子中為君，即魯僖公。僖公為表彰其功，賜封邑於費（故址在今山東省魚臺縣西北）。其後代遂以封邑為氏，遂成費姓。

【郡望】江夏郡（參見「喻」姓之郡望）。

【著名人物】費直（西漢學者）；費長房（東漢方士）；費禕（三國蜀漢尚書令）；費信（明代航海家）；費伯雄（清代名醫），等等。

【專用楹聯】

星槎傳中外；易林耀古今❶。

詩才橫溢，落筆數千言；道法高妙，乘杖十餘春❷。

醫名滿華夏；道法藏葛陂❸。

【注釋】❶上聯言明代航海家費信，字公曉，蘇州崑山（今屬江蘇）人。十四歲時代兄從軍。永樂、宣德年間，前後四次隨太監鄭和通使西洋，歷覽海外諸國人物、風土、出產。撰有《星槎勝覽》一書。下聯言西漢學者費直，字長翁，東萊（今山東省萊州市）人。官單父令，長於卦筮，無章句，專以《易傳》解說經文，為古文《易》「費氏學」之創始者，撰有《費氏易》、《費氏易林》各一卷。❷上聯言明代詩人費元祿，字無學，一字學卿，江西鉛山（今屬江西）人。詩才橫溢，落筆輒數千言。下聯言東漢著名方士費長房，汝南（今河南省上蔡縣西南）人。傳說善縮地術。曾入深山從一老翁學道，不成而辭歸。老翁與一竹杖曰：「騎此任所之，既至，可投之葛陂。」長房乘杖，須臾歸家鄉。自謂去家僅旬日，而實已十餘年矣。以杖投陂，視之則龍也。❸上聯言清代名醫費伯雄，字晉卿，江蘇武進（今屬江蘇）人。道光年間貢生。精醫，名滿大江南北，活人甚多。然其著作多毀於兵火。下聯言東漢方士費長房之事，參見❷。

廉 ㄌㄧㄢˊ

廉姓的分佈主要集中於河南諸省。

【姓源】廉姓的起源主要有兩支：出自高陽氏和外族之改姓。

一、出自高陽氏。相傳上古顓頊帝高陽氏之曾孫大廉，其後裔有以其名命氏者，乃成廉姓。

二、系出外族之改姓。元朝時，畏吾兒族（今稱維吾爾族）人布魯海牙歸元，官拜肅政廉訪使（簡稱「廉使」），恰逢其子降生，遂以自己之官名為兒子取名為廉希憲。廉希憲的子孫遂以廉為氏，形成廉姓的另一來源。

【郡望】河東郡（參見「衛」姓之郡望）。

【著名人物】廉潔（春秋時衛國賢士，孔子弟子）；廉頗（戰國時趙國名將）；廉范（東漢雲中太守）；廉布（宋代畫家）；廉希憲（元初大臣），等等。

【專用楹聯】

本學東坡，青出於藍；從師孔門，庸化為賢❶。

毓秀賢人，光顯胙城侯爵；鍾靈循吏，政與蜀郡民歌❷。

【注釋】❶上聯言宋代畫家廉布，字宣仲，山陽（今江蘇省淮安市）人。官至武學博士。擅畫山水，尤工枯木叢竹、奇石松柏。本學蘇東坡，而時有「青出於藍」之譽。下聯言春秋時衛國賢士廉潔，字庸，一字子操，為聖人孔子之弟子。❷上聯言孔門弟子廉潔事，參見❶。下聯言東漢良吏廉范，字叔度，杜陵（今陝西省長安縣東南）人。父遭兵亂而客死於蜀，范年十五，西迎父喪歸鄉，服喪畢，詣京師受業。後官雲中太守，匈奴不敢犯。旋遷蜀郡，善政好義，百姓歌之。

岑 ㄘㄣˊ

岑姓的分佈主要在安徽、兩廣等地區。

【姓源】岑姓的起源主要有兩支：姬姓和南方俚蠻之姓。

一、源出姬姓。周文王之弟耀有子名渠，於周武王時被封於岑（故址在今陝西省韓城縣岑亭），子爵，史稱岑子。其子孫便以國名氏。

二、出自南方俚蠻。史稱古代南越俚人多岑姓，與出於岑子之後的岑姓不屬一源。

【郡望】南陽郡（參見「韓」姓之郡望）。

【著名人物】岑彭（東漢大將軍）；岑之敬（南朝陳文學家）；岑文本（唐代宰相），岑參（唐代詩人）；岑安卿（元代名士）；岑用賓（明代南京戶部給事中），等等。

【專用楹聯】

一門三相；五世俱卿❶。

孝著鄉邦，接武孫榮子貴；詩齊李杜，居官訟簡民安❷。

【注釋】❶上聯言唐代大臣岑羲，字伯華，棘陽（今河南省新野縣東北）人。自其祖岑文本至羲，一門三相，官拜清要者數十人。下聯言東漢侍中岑熙，為東漢廷尉、大將軍岑彭之五世孫，自岑彭至熙，五代皆官拜大卿以上官爵，時有「五世俱卿」之譽。❷上聯言唐代中書令岑文本，字景仁，棘陽人。年十四時，父坐獄，文本詣司隸伸冤，辨對哀暢。命作〈蓮花賦〉，滿座稱賞，父冤遂直。貞觀年間擢中書舍人，後遷中書令。其子其孫皆承家業而拜相，家族顯榮富貴。下聯言唐代詩人岑參，南陽（今屬河南）人。天寶年間進士，官至嘉州刺史，為政簡清。善屬文，長於七言歌行。善於描繪塞上風光和戰爭景象，氣勢豪邁，情辭慷慨。時與著名詩人李白、杜甫相遊從；與高適齊名，稱「高岑」。

薛 ㄒㄩㄝ

薛姓是中國八十大姓之一，總人口約五百萬，約占當代人口的百分之零點四二，在江蘇和秦、晉地區分佈較為集中。

【姓源】薛姓的構成主要有任姓、嬀姓和外族之改姓三大來源。

一、出自任姓。相傳黃帝之子禹陽得任姓，其後裔奚仲為夏禹王之車正，受封於薛（今山東省滕州市西南）。薛國經歷夏、商、周三代，戰國中期為齊國所滅，公子登出奔楚國，楚懷王賜食邑於沛地（故城在今安徽省宿州市西北），公子登遂率族人遷居於沛，以故國名氏，遂為薛姓。

二、源自嬀姓。戰國時，齊國公子田嬰為齊相，封於舊薛國之地。其子田文襲封，仍以薛為食邑，號孟嘗君。秦滅六國，田文之後失去封邑，子孫四散，其中一支南遷竹邑（今安徽省宿州市西北），與任姓薛氏相聚，遂以原封邑名命氏，改為薛姓。

三、系出外族之改姓。著名者如：西漢四川蜀族中大族有薛部落，後遷居河東汾陰（今山西省萬榮縣西南），至東晉末已形成著名的河東薛氏。北朝後魏鮮卑高車族叱干氏集體改為薛氏，形成河南薛姓。西夏党項族之薛姓，後來成為西北地區薛姓望族。

【郡望】河東郡（參見「衛」姓之郡望）。

【著名人物】薛倪（戰國時楚國令尹）；薛綜（三國東吳名士）；薛道衡（隋代詩人）；薛仁貴（唐初名將），薛濤（唐代女詩人）；薛居正（北宋初宰相）；薛季宣（南宋學者）；薛瑄（明代學者）；薛雪（清代名醫），等等。

【專用楹聯】

鼎鐺重望；竹邑名公❶。

三箭定天下；一箋傳古今❷。

論道有靈異，文武雙全成名早；生白具奇才，詩書並美信譽高❸。

【注釋】❶上聯言唐代良吏薛大鼎，字重臣，山西汾陰（今山西省萬榮縣西南）人。嘗為滄州（今屬河北）刺史，浚無棣渠通海，商賈流行，民食其利，被譽為「鐺腳刺史」。永徽中遷行荊州大都督長史。卒諡恭。下聯言三國東吳名臣薛綜，字敬文，竹邑（今安徽省宿州市西北）人。樞機敏捷，善於辭令，累官五官郎中，合浦、交趾太守，太子少傅等。擅詩賦雜論，凡數萬言。❷上聯言唐初名將薛仁貴，絳州龍門（今山西省河津市）人。出身農民，善騎射。唐太宗時應募從軍，屢立戰功，擢任右領軍中郎將。後率軍大敗突厥軍於天山，軍中歌曰：「將軍三箭定天下，壯士長歌入漢關。」後拜右威衛大將軍，封平陽郡公。下聯言唐代女詩人薛濤，字洪度，長安（今陝西省西安市）人。隨父流亡蜀中，遂淪為歌伎。善歌舞，工詩詞，名士韋皋、元稹、白居易、杜牧等均與之有唱和。居浣花溪（在今四川省成都市內），創製深紅小箋以寫詩，時稱「薛濤箋」。今其地有薛濤井，相傳乃薛濤製箋汲水處。❸上聯言明代散曲家薛論道，定興（今屬河北）人。少年時一足殘廢，八歲能文，喜論軍事，後從軍三十餘年，官至指揮僉事。下聯言清代名醫、詩書畫家薛雪，字生白，號一瓢，江蘇蘇州（今屬江蘇）人。以醫名世，詩書畫亦俱精妙。嘗自題云：「我自濡毫寫楚詞，如何人喚作蘭枝。風時雨露君看遍，一筆何嘗是畫師。」著有《醫經原旨》等書。

雷 ㄌㄟˊ

雷姓為中國一百大姓之一，總人口約二百七十萬，約占當代人口的百分之零點二三，在川、鄂、陝諸省分佈最為集中。

【姓源】雷姓的起源主要有神農氏和外族之改姓二支。

一、源出於神農氏。相傳神農氏的後裔榆罔之子雷，因輔佐黃帝平定蚩尤有功，被封於方山（今河南嵩山），史稱方雷氏。方雷氏是黃帝時代重要的方國。方雷氏的後代以國為氏，稱方雷氏，後又分為單姓方、雷兩氏。黃帝之臣雷公，精通草藥炮製，又長於醫術，傳說即是方雷氏之後裔。

二、系出外族之改姓。著名者有：西漢南安郡雷姐羌之雷姓，是取族名首字作姓，自稱系出炎帝之裔方雷氏之後，與漢族雷姓同源，歷漢、晉、南北朝，主要活動於陝西寶雞、甘肅慶陽地區，後漢化。東漢南郡（今湖北省襄樊市以南地區）南蠻潳山部之雷姓，後亦漢化。三國蜀漢下辨（今甘肅省成縣西）氐族之雷姓，隋、唐時漢化。此三支漢化後的雷姓為中國雷姓中的最重要組成部分，其人數可能超過源出方雷氏之裔的雷姓。當代陝西渭北地區的地名中仍留有大量帶「雷」字的村名和地名。又南方地區的雷氏，一部分系出自南蠻盤古氏之後。盤古氏後裔為當代苗、瑤、畲等族之先民，雷姓為其大姓，尤其在浙閩贛地區畲族中，雷姓為四大姓氏之一。華北及東北地區的雷姓一部分出自女真人的後裔。女真人阿典氏自東北遷居華北，集體改為雷姓，留居東北的至清代成為滿洲八旗之阿克占氏族，後亦集體改姓雷氏。

【郡望】馮翊郡（參見「嚴」姓之郡望）。

【著名人物】雷義（東漢名士）；雷紹（北朝後魏渭州刺史）；雷海青（唐代琴師），雷萬春（唐代名將）；雷威（宋代琴師）；雷德潤（元代學者）；雷學淇（清代學者），等等。

【專用楹聯】

膠漆堅牢，何如友誼切實；斗牛光彩，遙知劍氣沖霄❶。

學精易理；忠播睢陽❷。

樂器擲池驚天地；風雪採松勝桐琴❸。

【注釋】❶上聯言東漢侍御史雷義，字仲公。漢順帝時舉茂才，以讓友陳重，刺史不聽。義遂佯狂披髮，走不應命。時語曰：「膠漆自謂堅，不如雷與陳。」下聯言西晉豐城（今屬江西）令雷煥，豫章（今江西省南昌市）人。通緯象。晉武帝時，天上斗宿、牛宿兩星之間常有紫氣縈繞。張華問煥：「是何祥兆？」煥曰：「寶劍之精，上徹於天耳。」張華即補煥為豐城令，掘縣獄屋底得龍泉、太阿二劍。❷上聯言元代學者雷德潤，福建建安（今福建省建甌市）人。德潤與其子雷機、雷栱、雷杭俱精於《易》理，史稱「雷門易」。下聯言唐代名將雷萬春，事張巡為偏將，堅守睢陽（今河南省商丘市），抗安祿山叛軍。萬春立城上與敵將語，面部遭伏弩擊中六矢，萬春不動，敵大驚。萬春強毅，用命血戰，後城破遭難。❸上聯言唐代宮廷樂師雷海青，精通琵琶。安祿山攻入長安（今陝西省西安市），被掠至洛陽（今屬河南）。在凝碧池宴上，安祿山命眾樂師奏樂，海青擲樂器於地，以示不從，被殺。詩人王維有詩詠之。下聯言宋代琴師雷威，曉音律，善作琴。一日遇大風雪，獨往峨眉山酣飲，被簑戴笠入松林中，聽松鳴聲連延悠揚者，伐以作琴，琴聲妙過於桐琴。

賀 ㄏㄜˋ

賀姓是中國一百大姓之一，總人口接近二百二十萬，約占當代人口的百分之零點一八，主要分佈於湖南和晉、豫、內蒙、陝、甘、寧一帶。

【姓源】賀姓的構成主要有姜姓和外族之改姓二大支。

一、源於姜姓。春秋時齊國為姜姓之國，齊桓公之孫名慶克，其子慶封以父名為氏。至東漢，慶封之裔孫慶純官拜郎中，因漢安帝為避其父清河王劉慶之諱，於永初元年（一〇七年）詔天下諱「慶」字，故慶氏改為賀氏，取「慶」、「賀」二字之意相近之故。

二、系出外族之改姓。著名者如：西晉時匈奴族之賀賴部、賀蘭部，北朝後魏時鮮卑族賀拔氏、賀敦氏等皆改為賀姓。這些少數民族後來皆被同化為當地賀姓漢民，成為北方賀姓的重要來源。

【郡望】廣平郡、會稽郡（參見「謝」姓之郡望）。廣平郡，西漢景帝時初置，轄境在今河北南部永年縣一帶。

【著名人物】賀循（西晉名臣）；賀若弼（隋朝大將）；賀知章（唐代名相、詩人）；賀鑄（北宋詩人）；賀蘭齡（清代雲貴總督），等等。

【專用楹聯】

五俊高才，儒宗望重；四明狂客，學士名香❶。

文明尚書儀曹郎；若弼武侯大將軍❷。

孝行絕倫湘邑；詞壇名重鑑湖❸。

【注釋】❶上聯言西晉太常賀循，字彥先。善屬文，精《禮》傳。舉秀才，累官太子舍人、侍御史、丹陽內史、太常等。朝廷有疑議輒諮之，循皆依經為對，為當世儒宗。卒謚穆。下聯言唐代詩人賀知章，字季真，越州永興（今浙江省蕭山市）人。武則天證聖年間進士，歷任禮部侍郎、集賢院學士、太子賓客、秘書監等職，官至丞相。天寶初年還鄉隱居，詔賜鏡湖（一名鑑湖）一曲。生平好飲酒，工書法，與李白、張旭等友善，時稱「醉中八仙」。❷上聯言五代後晉尚書儀曹郎賀革，字文明，少通三《禮》，及長兼治《孝經》、《論語》、《毛詩》、《左傳》。遷國子博士。監南平郡，為民吏所德。革性至孝，為時人所譽。下聯言隋代大將賀若弼，字輔伯，洛陽（今屬河南）人。隋文帝時任吳州總管，獻南取陳國十策，任行軍總管，大破陳軍於蔣山。因滅陳有功，封宋國公，後拜右武侯大將軍。❸上聯言南宋孝子賀德英，湘鄉（今屬湖南）人。七歲能文。淳熙年間，其父以訟繫獄，乃詣縣自乞面試，以贖父罪。縣令出題試之，援筆立就，薦於朝，試第一。卒時十四歲。下聯言唐代詩人賀知章之事，參見❶。

倪 ㄋㄧˊ

倪姓的分佈以山東、江蘇、湖北、上海等省市為多。

【姓源】倪姓的構成主要有姬姓和外族之改姓二大支。

一、源出姬姓。西周初，周武王封顓頊帝高陽氏之後裔於郳婁國，後郳武公封其次子公子肥於郳邑（故址在今山東省滕州市東），為郳國附庸，故又稱小郳。戰國時亡於楚，公子肥的後裔便以國名為氏，得郳姓。後避仇而去邑旁改為「兒」，後人又加人旁而成「倪」姓。故古代倪、兒通為一姓。

二、系出於外族之改姓。如北朝後魏鮮卑族複姓賀兒氏改為倪姓。

【郡望】千乘郡。西漢於春秋時齊國千乘邑置千乘郡，東漢時改名樂安郡，轄境相當於今山東省高青縣、廣饒縣一帶。

【著名人物】兒寬（西漢名臣）；倪若水（唐代尚書右丞）；倪思（南宋禮部尚書）；倪瓚（元代著名畫家、元末四大家之一）；倪元璐（明代戶部尚書）；倪燦（清代學者），等等。

【專用楹聯】

勸農緩刑，政令孚於黎庶；修學訓士，教化洽乎儒林❶。

詩風傳江浙；詞名播吳越❷。

【注釋】❶上聯言西漢名人兒寬，千乘（今山東省廣饒縣）人。善屬文，漢武帝時遷萬年（今陝西省西安市）令，吏民信愛，以負租課當免，民爭輸租，而得續任。後拜御史大夫。下聯言唐代名臣倪若水，字子泉，藁城（今屬河北）人。舉進士，累官至汴州（今河南省開封市）刺史，政尚清靜，修學校，訓士子，風化大行。徵拜戶部侍郎，後拜尚書右丞卒。❷上聯言清代書法家、詩人倪燦，字闇公，錢塘（今浙江省杭州市）人。康熙年間舉人，舉鴻詞博學，官翰林院檢討。才學淹雅，參與修纂《明史》，所撰《藝文志序》，窮流溯源，人稱傑作。書法詩格，亦秀絕一時。有《雁園集》傳世。下聯言清代書畫家、詞家倪稻孫，字米樓，仁和（今浙江省杭州市）人。貢生。少工填詞，遊吳谷之門，名播吳越。性嗜金石，精篆隸書。善畫蘭，筆疏墨淡，饒有逸情。

湯 ㄊㄤ

湯姓是中國一百大姓之一，總人口約二百三十餘萬，約占當代人口的百分之零點一九，在福建、湖南、江蘇等省分佈較多。

【姓源】湯姓主要源出於子姓。傳說商部族為黃帝之裔，其始祖名契，子姓，居於商（今河南省商丘市南）。十四代傳至湯，攻滅夏朝，建立商朝。其支庶子孫有以祖先之名命氏者，遂成湯姓。

商朝自湯傳十代至盤庚，遷都至殷（今河南省安陽市），故商朝又稱殷商。西周初，周武王封商紂王之庶兄微子於宋，以奉湯祀。不得封的殷商子弟遂以商、殷為氏。故湯、商、殷實三姓一源。至北宋初，宋太祖趙匡胤因其父名趙弘殷，故詔改殷姓為商姓或湯姓，如五代南唐大臣殷崇義，南唐亡國後入宋為官，全族改姓湯。

又春秋時宋國君主公子蕩之孫意諸，以祖父之名為氏，而為蕩氏。後其子孫去草字頭而成湯姓。

【郡望】中山郡（參見「郎」姓之郡望）、范陽郡（參見「鄒」姓之郡望）。

【著名人物】湯惠休（南朝宋詩人）；湯思退（南宋初宰相）；湯和（明代開國功臣），湯顯祖（明代戲曲家），湯應曾（明代音樂家）；湯斌、湯球（清代學者），湯貽汾（清代畫家），等等。

【專用楹聯】

彭蠡毓瀏陽之秀；長沙挹湘水之清❶。

甌王威德遠；詩公美名傳❷。

臨川傳四夢；武進譽三絕❸。

【注釋】❶上聯言南宋大理少卿湯璹，字君保，瀏陽（今屬湖南）人。淳熙年間進士。以上疏請召朱熹，忤權相意，而直聲大聞於時。累官大理少卿、直徽猷閣卒。下聯言南宋宰相湯思退，字進之，處州（今浙江省麗水市）人。曾為官湖南，累官參知政事，拜尚書右僕射。❷上聯言明初大將湯和，字鼎臣，安徽濠州（今安徽省鳳陽縣東北）人。與朱元璋一同起兵，轉戰蘇、浙、閩、蜀，屢有戰功。洪武十九年（一三八六年），奉命於沿海築城設防，抵禦倭寇。累官至御史大夫，封信國公卒。追封東甌王，諡襄武。下聯言清代詩人湯右曾，字西厓，仁和（今浙江省杭州市）人。康熙年間進士，由編修累官吏部侍郎，兼掌院學士。帝重其文學，御制詩賜之，目為「詩公」。其詩才大而能恢張，與秀水朱彝尊並為浙派領袖。有《懷清堂集》傳世。❸上聯言明代文學家湯顯祖，字義仍，號若士，臨川（今屬江西）人。少即有文名，以拒絕權臣張居正延攬，至萬曆十一年（一五八三年）始第進士。歷官南京太常博士、禮部主事，後為遂昌（今屬浙江）知縣，以抑豪強觸怒權貴，被劾歸鄉。家居二十餘年，精研詞曲和傳奇，專事著述。所著《紫釵記》、《還魂記》、《南柯記》、《邯鄲記》名重一時，世稱「臨川四夢」。詩宗白居易、蘇軾，文學曾鞏、王安石，有《玉茗堂集》傳世。下聯言清代詩書畫家湯世澍，字潤之，江蘇武進（今屬江蘇）人。國子監生，寫生鮮麗，為近世江南賦色家一大宗。書學米芾，題識精美，時稱「三絕」。

滕 ㄊㄥˊ

滕姓的分佈以廣西、黑龍江、遼寧、湖南等地區最為集中。

【姓源】滕姓之起源有軒轅氏和姬姓二支。

一、系出於黃帝軒轅氏。相傳黃帝二十五子得十二姓，滕姓即為其中之一。

二、源出姬姓。西周初，周武王封其弟叔繡於滕（今山東省滕州市西南）。戰國初期，滕國被越國所滅，不久復國，又為宋國所滅。其遺族遂以國名命氏，為滕姓。滕姓中一支，後因避難而改為騰姓。故世有滕姓與騰姓同宗之說。

【郡望】南陽郡（參見「韓」姓之郡望）。

【著名人物】滕延（東漢濟陰相）；滕脩（西晉名將）；滕曇祐（五代前蜀書畫家）；滕宗諒（北宋岳州知州），滕甫（北宋翰林學士），等等。

【專用楹聯】

治邊名帥；安南傑侯❶。

畫鵝傳名遠；求瓜以孝聞❷。

修岳陽樓臺，名傳萬古；獲桑門瓜果，孝著千秋❸。

【注釋】❶上聯言北宋龍圖閣直學士滕甫，後改名元發，字達道，東陽（今屬浙江）人。宋神宗時歷官御史中丞、翰林學士，知開封府。宋哲宗時除龍圖閣直學士，知潮州，徙真定、太原府，治邊凜然，威行西北，號稱名帥。下聯言西晉名將滕脩，字顯先，南陽（今屬河南）人。初仕吳國為將帥，歷廣州刺史。晉武帝時任安南將軍、廣州牧，封武當侯。在南邊積年，為邊民所附。❷上聯言五代前蜀書畫家滕昌祐，字勝華，吳（今江蘇省蘇州市）人。早年隨唐僖宗入蜀，不婚不宦，惟書畫是好。善作大字，人號「滕書」。畫工寫生，並以畫鵝得名。下聯言南朝梁代孝子滕曇恭，南昌（今屬江西）人。五歲時，母患熱疾，思食寒瓜，當地不產，曇恭歷訪不得，銜悲哀切。忽遇一僧曰：「我有兩瓜，分一相遺。」持還與母，傳為美談，是以孝聞。❸上聯言北宋名臣滕宗諒，字子京，河南（今河南省洛陽市）人。與范仲淹同榜進士，累官殿中丞，歷知湖州、涇州，擢天章閣待制，後謫守岳州（今屬湖南），重修岳陽樓，請范仲淹作〈岳陽樓記〉，名傳遐邇。遷知蘇州卒。為官清廉，好施與，及卒，家無餘財。下聯言南朝梁孝子滕曇恭之事。桑門，指僧人。參見❷。

殷 一ㄣ

殷姓的分佈以山東、雲南、四川、河北、陝西諸省為多。

【姓源】殷姓源出子姓，為商王族的後裔。商湯王之後、第十代商王盤庚遷都於殷（今河南省安陽市），史稱殷商。殷亡於周後，其王族子孫除微子被周武王封於宋（今河南省商丘市）以奉祀商湯外，皆未得封爵，遂以商或殷或湯名氏。故殷、湯、商三姓同宗。又殷姓一支東遷山東，齊人讀「殷」字聲如「衣」，故有人以衣為姓。正本溯源，衣姓亦與殷姓同宗。

【郡望】汝南郡（參見「周」姓之郡望）。

【著名人物】殷仲堪（東晉將領），殷浩（東晉宰相）；殷均（南朝梁國子祭酒）；殷芸（唐代文學家），殷仲容（唐代畫家）；殷正茂（明代尚書），殷光鏞（清代侍郎），等等。

【專用楹聯】

源自商代；望出汝南❶。

都督五州軍事；積功三屯將才❷。

禮部精題署；司徒列鉤沉❸。

【注釋】❶殷姓祠聯。上聯指殷姓源出於商朝王族。下聯指殷姓之郡望。❷上聯言東晉名臣殷浩，字深源，陳郡長平（今河南省淮陽縣一帶）人。識度清遠，好《老子》、《易經》，為清流談論者所宗。徵拜建武將軍，後任都督揚、豫、徐、兗、青五州軍事。以平定中原為己任，上疏北征，兵敗，免為庶人，終日書空作「咄咄怪事」四字。後桓溫用為尚書令。下聯言清代名將殷化行，字熙如，陝西咸陽（今屬陝西）人。康熙年間武進士，初授守備，後積功至三屯營副將，授臺灣總兵官。官至廣東提督。❸上聯言唐代禮部郎中殷仲容，工畫肖像及人物花鳥，善隸篆書，尤精於題署。下聯言唐代司徒左長史、文學家殷芸，字灌疏，鈞州（河南省禹州市）人。勵精勤學，博覽群書。作《小說》十卷，時稱《殷芸小說》，已佚，魯迅《古小說鉤沉》中有輯本。

羅 ㄌㄨㄛˊ

羅姓是中國二十大姓之一，總人口約一千萬，約占當代人口的百分之零點八六，其分佈在廣東、四川地區最有影響。

【姓源】羅姓的起源主要有熊姓和外族之改姓兩大支。

一、源於熊姓。相傳顓頊帝之後裔季連，是以羊為圖騰的芈部落之首領。夏朝時，芈部落穴熊氏族中一支自穴熊氏族分出，以熊為姓，並因善於製造捕捉飛鳥的羅網，而稱羅氏族。商朝初，羅氏族在今河南省滑縣東之楚丘一帶逐漸發展成國。商朝後期，羅國因為商勢力所逼，西遷至今甘肅省正寧縣東之羅山。西周初，隨周武王克商的羅國君被封於今湖北西北之房縣一帶，再東遷至今湖北省宜城縣西的羅川城，名羅子國，為周屬國。春秋時，羅國被楚武王所滅，遺族遂以羅為氏，也有以熊為氏者。秦漢時，湖南之羅姓向湘西、湘南發展，與當地土著混居，形成土家族、瑤族羅姓之先民。自湘南向兩廣播遷，與古越族融合，形成廣西僮族、毛南族等羅姓之先民。自湘西再向西進入川東、貴州，成為彝族、布衣族、白族等羅姓之先民。而進入雲南的羅姓一支進入湄南河下游，建羅斛國，成為今泰國人之先民。西南地區的羅姓少數民族因長期與漢族交往混居後，逐漸漢化，成為南方羅姓之一大來源。

二、系出外族之改姓。如北朝後魏鮮卑族破多羅氏、叱羅氏，西域之斛瑟羅氏等氏族集體改為羅姓。唐代西域曹國人、天竺人進入中國後使用漢姓羅氏。清代滿洲八旗薩各達氏、羅佳氏、鄂穆綽氏、愛新覺羅氏等氏族之全部或部分改姓羅姓。

【郡望】豫章郡（參見「喻」姓之郡望）。

【著名人物】羅企生（晉朝武陵太守）；羅藝、羅士信（唐初名將），羅隱（唐代文學家），羅鄴（唐代詩人）；羅從彥（宋代學者）；羅貫中（明代文學家，《三國演義》的著者）；羅聘（清代畫家，「揚州八怪」之一），羅大綱（清代太平天國名將），等等。

【專用楹聯】

四詩風雅頌；三維長寬高❶。

江左之秀；湖海散人❷。

惠播五縣德政；壽高雙輪花甲❸。

鳥迹徵奇，藻思發琳琅之筆；錢江互瑞，倡言成吳越之功❹。

【注釋】❶此為羅姓拆字聯。上聯之首字「四」與下聯之次字「維」合成「羅」字。❷上聯言東晉名臣羅含，字君章，耒陽（今屬湖南）人。累官至廷尉、長沙相。擅文章，大臣桓溫極重其才，譽之為「江左之秀」。下聯言元末明初小說家羅貫中，名本，號湖海散人，太原（今屬山西）人（又有廬陵、錢塘、東原等地人之說）。撰有長篇章回體小說《三國志通俗演義》、《隋唐志》、《殘唐五代史演義》等，及雜劇劇本《風雲會》等。❸上聯言北宋進士羅適，字正之，寧海（今屬浙江）人。歷知五縣，擢任京西北路提點刑獄。慷慨陳詞，體恤民情。嘗與蘇軾論水利，興修者五十餘頃，民甚愛戴。下聯言北朝後魏屈蛇侯羅結，代（今山西省代縣）人。魏太武帝初累遷侍中、外都大官，總三十六曹事。時年一百零七歲，精爽不衰。為人忠厚，甚受信任。歸老後，國有大事，遣人馳詢。享年一百二十歲。❹上聯言東晉廷尉羅含之事，參見❷。下聯言唐末文學家羅隱，本名橫，字昭諫，新登（今浙江省富陽市西北）人。少時負盛名，因議論時政，譏刺公卿，十考進士不中，遂改名隱。後投吳越王錢鏐，歷任錢塘令、節度判官、著作佐郎等官，為錢鏐建吳越國立功甚多。其所作詩文多憤懣諷刺，同情人民疾苦。著有散文集《讒書》，及詩文集十八卷。

畢 ㄅㄧˋ

畢姓主要分佈於山東、河南、黑龍江等省。

【姓源】畢姓的構成主要有任姓、姬姓和外族之改姓等三大來源。

一、出自任姓。相傳黃帝有二十五子，其一為任姓，畢姓自任姓中分出。

二、源出姬姓。西周初，周武王分封其十五弟姬高於畢邑，史稱畢公高。後畢國衰落，畢公高之後裔畢萬遷至晉國，為晉國執政。畢萬後代即成為戰國七雄之一魏國之君。但另一部分人以故國名為氏，遂成畢姓。此支畢姓為當代畢姓的主要成分。

三、系出外族之改姓。北朝後魏鮮卑族出連氏，進入中原後改為畢姓。隋、唐時期，西域畢國進入中原，亦以畢為姓。又少數民族赫哲族之畢拉氏、達斡爾族之畢力央氏後來亦省稱畢姓。

【郡望】河南郡（參見「褚」姓之郡望）。

【著名人物】畢祖暉（北朝後魏豳州刺史）；畢耀（唐代詩人）；畢士安（北宋宰相），畢昇（北宋發明家，活字印刷術發明者）；畢本（明代畫家）；畢沅（清代學者），畢慧（清代女詩人、畫家），等等。

【專用楹聯】

源自姬姓；望出河南❶。

祖孫皆進士；父子俱使君❷。

胸富文章，美少年之登第；德成隱逸，享耆老而掛冠❸。

【注釋】❶畢姓祠聯。上聯指畢姓源出於姬姓。下聯指畢姓之郡望。❷上聯指北宋代州（今山西省代縣）人畢士安（真宗時宰相）及其孫畢良史（書畫家）皆舉進士及第。下聯指北朝後魏豳州刺史畢祖暉及其子兗州刺史畢義雲。使君，古代州郡刺史、太守之別稱。❸上聯言唐代益州長史畢構，字隆擇，偃師（今屬河南）人。六歲能文，舉進士及第，歷御史大夫，官至太子詹事卒。下聯言宋代孝廉畢贊，長沙（今屬湖南）人。仕郡為引贊吏，性至孝，父母皆年八十餘。轉運使上表言其事，詔贊解職終養之。

郝 ㄏㄠˇ

郝姓是中國一百大姓之一，總人口約三百六零萬，約占當代人口的百分之零點三，在魯、冀、晉地區有相當之影響。

【姓源】郝姓的構成主要有風姓和外族之改姓兩大來源。

一、出自風姓。相傳伏羲氏之弟郝省氏，系東夷之一支，風姓。商朝後期，郝省氏之後裔子期被封於郝鄉（今陝西省周至縣東），後北遷至今山西省太原市東北，其子孫以封地命姓，遂為郝氏。

二、系出自外族之改姓。郝姓為漢、晉時期匈奴人、胡人和三國時烏桓人之大姓；自晉至唐，郝姓亦為南蠻叟族中大族郝骨氏所改之姓。又元朝蒙古族複姓都嚕氏、清代蒙古族哈勒努特氏族皆集體改為郝姓。這些外族郝姓隨著時間推移，多數已漢化成當地漢民，成為北方地區郝姓的重要來源之一。

【郡望】太原郡（參見「王」姓之郡望）。

【著名人物】郝賢（西漢上谷太守）；郝處俊（唐代宰相）；郝澄（宋代畫家）；郝經（元初學者）；郝錦（明代學者），郝搖旗（明末農民軍猛將）；郝懿行（清代學者），等等。

【專用楹聯】

太原一介；河東三絕❶。

奇韻豪文，才推元代；危言高論，名重漢時❷。

豐文尚節；引義傳經❸。

【注釋】❶上聯言漢代名人郝子廉，太原（今屬山西）人。性廉潔，一介不取於人。嘗過姊飯，留十五錢默置席下而去。每行飲水，常投一錢於井中。下聯言宋代畫家郝章，汾州（今屬山西）人。長於畫人馬，雖年八十，每畫一人一馬，輒稱絕一時。與路皐所畫駱駝、張遠所畫山水並稱「河東三絕」。❷上聯言元初學者郝經，字伯常，陵川（今屬山西）人。官翰林侍讀學士。為人尚氣節，為學務有用。撰有《續後漢書》、《易春秋外傳》、《太極演》、《通鑑書法》等，又著有《陵川集》。其文豐蔚豪宕，詩多奇崛。下聯言東漢名士郝絜，太原人。好危言高論，名重於當時。❸上聯言元代翰林侍讀學士郝經之事，參見❷。下聯言唐代人郝處俊，安陸（今屬湖北）人。貞觀年間進士，累遷吏部侍郎，拜相。為人正直，操履無虧。凡所上奏規勸諷喻，義引經傳，深得大體。

鄔 ㄨ

鄔姓主要分佈於江西、安徽、浙江、四川等省分。

【姓源】鄔姓的構成主要有妘姓、祁姓和司馬氏三大來源。

一、源出妘姓。相傳顓頊高陽氏之裔孫陸終之第四子求言封於鄔（今河南省偃師市一帶），其子孫遂以鄔為氏。

二、源於祁姓。春秋時，晉國大夫祁盈有一同姓家臣名臧，因功受封於鄔（今山西省介休市一帶），史稱鄔臧。其子孫遂以封邑命為鄔氏。

三、出自司馬氏。春秋時，晉國大夫司馬彌牟為鄔地大夫，人稱鄔大夫。其子孫亦以鄔為姓，成為鄔姓的又一支。

【郡望】豫章郡（參見「喻」姓之郡望）、太原郡（參見「王」姓之郡望）。

【著名人物】鄔單（春秋時人，孔子弟子）；鄔彤（唐代書法家）；鄔克誠（南宋學者）；鄔信（明代學者），鄔佐卿（明代詩人）；鄔希文（清代畫家），等等。

【專用楹聯】

洙泗水濱傳道學；鳳凰池上奏壎篪❶。

烏衣巷裡桃李茂；邑市樓中管樂清❷。

【注釋】❶上聯言春秋時孔子弟子鄔單，字子家，從孔子學於曲阜洙泗之濱。下聯言元代人鄔典伯、鄔文伯兄弟二人均登進士科甲第。❷鄔姓「鄔」字之析字聯。

安ㄢ

安姓的分佈以河北省最為集中。

【姓源】安姓的起源當主要出於外族之改姓，來源大約有七。

一、出自東漢時期安息王的後代。安息國位於今伊朗國東北部，是中國與西亞、中東等地交通、貿易的必經之地。據史書記載，安息國王子安清為能潛心研究佛教，將王位讓給叔父，並於東漢靈帝時來到京都洛陽（今屬河南），以翻譯佛經為業，史稱安世高。其後代遂以安為姓。後因避戰亂而分遷中國西北之涼州（今甘肅省武威市）一帶和東北遼東等地區定居。至北朝後魏時，又有安息國世子來中國定居，後魏王朝賜姓名曰安同，其子孫也以安為姓。又《新唐書・宰相世系表》曰：安姓源出自黃帝軒轅氏。黃帝生昌意，昌意之次子名安，居於西方，自號安息國，後復入中國，以安為姓。此說當出自後世之牽強附會，不足為據。

二、出自鮮卑族安遲氏。北朝後魏時，鮮卑族之安遲氏入中原後一分為二，成為安姓和遲姓兩支。

三、出自西域安國。中國西北部祁連山北的昭武城（今甘肅省臨澤縣境內）為古代康國之都城，後為匈奴所敗，其民移居中亞地區的阿姆河、錫爾河流域，建立了康、安、曹、石、米、何、火尋、戎地、史九個小國，並為示不忘故地，而統稱「昭武九姓」。唐高宗時，「昭武九姓」先後進入內地，均以原國名為姓，世代沿襲，安國人便成了安姓的一支。古安國在今烏茲別克共和國布哈拉一帶。

四、系出自康姓胡人。唐代節度使安祿山為營州柳城（今河北省昌黎縣西）胡人，本姓康，少孤，隨母嫁安姓人，遂改姓安。其後代因「安史之亂」受到唐王朝的鎮壓，但倖存者仍有以安為姓者。

五、出自蒙古族之改姓。明代蒙古人孟格本被改漢名曰安汝敬，其子孫便以安為姓。

六、出於滿洲八旗安德氏。清代滿族安德氏，後亦改姓安。

七、出自蘇祿國之後裔。清代時，蘇祿國（國在今菲律賓境內）王子入中國朝貢，死於歸途，其家人及隨從遂留居中國，亦以安為姓。

這些安姓人後在與漢族人長期混居中，先後漢化，其中以源出安息國和西域安國的安姓在當代安姓人中占有重要地位。

【郡望】武威郡。西漢初為匈奴地，漢武帝時置郡，治所在姑臧縣（今甘肅省武威市），唐代郡廢。

【著名人物】安同（北朝後魏名將）；安鴻漸（唐代詩人）；安金全（五代後唐名將），安重榮（五代後晉名將）；安丙（南宋四川安撫使）；安然（明初名臣），安國（明代藏書家）；安廣譽（清代畫家），等等。

【專用楹聯】

源自軒轅❶；望出武威❶。

長髯太保；千歲老翁❷。
石刻二字蘊厚意；胸剖一刀揭沉冤❸。

【注釋】❶安姓祠聯。上聯指安姓源出於黃帝軒轅氏。下聯指安姓之郡望。本聯亦有作「源自軒轅；望出姑臧」，含意相同。❷上聯言北宋名將安俊，字智周，太原（今屬山西）人。官至陵州防禦史，久在邊地，羌人畏之。知環州（今甘肅省環縣），种世衡得羌人俘虜，問：「汝畏誰？」答：「畏安太保。」种便指示安俊說：「此長髯將軍正是。」下聯言戰國時齊人安期生（一作「安其生」）賣藥海上，受學於河上丈人。時人稱之為「千歲翁」。相傳秦始皇東遊，請與語三日夜，賜以金幣玉璧，值數十萬，安期生出，皆置之而去。後秦始皇遣人求之，不可得，傳已成仙。❸上聯言北宋長安（今陝西省西安市）石工安民，崇寧年間頒蔡京所書「元祐黨籍碑」，刻石於諸州縣，安民被征役。安民無奈，遂乞免鐫「安民」二字於碑文之末，聞者愧之。下聯言唐代右驍衛將軍安金藏，長安人。在太常工籍，時唐睿宗為皇嗣，被誣謀反，武則天命治罪。金藏請剖心以明皇嗣不反，引刀自剖胸，腸出。武則天感動，不疑皇嗣，並命醫治癒其傷。

常 ㄔㄤˊ

常姓是中國一百大姓之一，總人口為二百二十餘萬，約占當代人口的百分之零點一八，在河南、山西、黑龍江、吉林及隴西一帶較占優勢。

【姓源】常姓的起源有古常國、姬姓和恆姓三大支。

一、源於古常國。相傳黃帝之臣常先、常儀即為古常國之人。其族人遂以常為氏。傳說常儀為女性，精通天文之學，黃帝曾使之占月。因古代「儀」、「娥」同音通假，故自常儀占月逐漸衍生出「嫦娥奔月」之神話。此支常姓於夏、商後默然無聞，可能融入於姬姓常氏之中。

二、源出姬姓，又分為兩支。其一，西周初年，周武王分封其第九弟封於康（故址在今河南禹州市西北），周成王時轉封於衛（今河南省淇縣東北），史稱衛康叔。衛康叔之支庶子孫食采於常邑（在今山東省滕州市東南），其子孫遂以邑名氏。其二，吳國始祖為周文王的伯父太伯、仲雍，春秋時，吳王封其支庶子孫於常（今江蘇省常州市），其後裔遂以邑為氏。

三、出自恆姓。北宋時，宋真宗名趙恆，詔令天下諱「恆」字，故恆姓改為常（「恆」、「常」二字意思相近）。恆姓源出於春秋時楚國大夫恆惠公之後，故改為常姓之後，仍尊奉恆惠公為始祖。

【郡望】平原郡。西漢初年始置，轄境相當於今山東省西部，治所在今山東省平原縣西南。

【著名人物】常惠（西漢右將軍）；常璩（東晉史學家）；常爽（北朝後魏將軍），常景（北朝後魏秘書監）；常袞（唐代宰相），常建（唐代詩人）；常同（北宋御史）；常遇春（明初大將），常倫（明代散曲家），等等。

【專用楹聯】

御封濮陽縣子；雅號儒林先生❶。

華陽國志德名遠；開平武王恩威長❷。

開國將軍，平定天下；創興學校，領袖閩中❸。

【注釋】❶上聯言北朝後魏人常景，字永昌，涼州（今甘肅省武威市）人。有才思，雅好文章。受敕撰門下詔書凡四十卷。普泰初年，除車騎將軍、秘書監，封濮陽縣子。官終儀同三司。著述凡數百篇。下聯言北朝後魏名將常爽，字仕明，常景之祖父。少聰敏，五經百家多所研綜。魏太武帝西征，召拜宣威將軍。嘗教授門徒七百餘人，嚴厲有方，時人號為儒林先生。著有《六經略注》等。❷上聯言東晉史學家常璩，字道將，江原（今四川省崇慶縣）人。仕成漢任散騎常侍等職，著有《華陽國志》等，為研究西南地區古史之重要史籍。下聯言明初大將常遇春，字伯仁，懷遠（今屬安徽）人。元末投朱元璋軍，為前鋒渡江取采石（今安徽省馬鞍山市南）要地。朱元璋攻滅張士誠，北上滅元，遇春皆為副將軍，與大將軍徐達共同統兵。自謂能以十萬眾橫行天下，軍中號稱「常十萬」。洪武二年（一三六九年），與李文忠攻克開平（今內蒙古正旗東閃電河北岸），還師時暴病而亡。謚忠武，追封開平王。❸上聯言明初大將常遇春之事，參見❷。下聯言唐代大臣常袞，京兆（今陝西省西安市）人。天寶年間進士，唐代宗時官拜宰相，以清儉自賢。後貶潮州刺史，遷福建觀察使。始閩人未知學，袞為設鄉校教導之，自是文風始盛。

樂 ㄩㄝˋ

樂姓主要分佈於浙江等省。

【姓源】樂姓源出於子姓。春秋時，商王族後裔宋戴公之子名衎，字樂父。衎之孫以其祖父之字為氏，遂成樂姓。

附注：樂姓又有讀ㄌㄜˋ的，與讀ㄩㄝˋ的樂姓者是姓源不同的另一姓氏。

【郡望】南陽郡（參見「韓」姓之郡望）。

【著名人物】樂毅（戰國時燕國名將），樂羊（戰國時魏國將軍）；樂法才（南朝梁江夏太守）；樂遜（北朝周學者）；樂史（北宋學者）；樂韶鳳（明代兵部尚書），等等。

【專用楹聯】

南朝才子；戰國賢師❶。

亞卿封於昌國；子正譽滿神州❷。

名表百城，嘆嘉建康元輔；功下諸邑，崇拜燕國亞卿❸。

【注釋】❶上聯言南朝梁人樂法才，字元備。幼有美名，沈約稱之為才子。任建康（今江蘇省南京市）令，不受俸秩。梁武帝嘉其清節道：「可以為百城表。」官至江夏太守。下聯言戰國時趙國學者樂臣公，好黃老，恬傲不仕。及趙國為秦所滅，臣公東入齊國，以精於《老子》顯名，齊人尊之，號曰貞義，稱為賢師。❷上聯言戰國時燕國名將樂毅，中山國靈壽（今屬河北）人。賢而好兵，燕昭王用為亞卿。後拜上將軍，率軍破齊，攻下七十餘城，以功封於昌國（今山東省淄博市東北），號昌國君。下聯言北宋地理學家樂史，字子正，宜黃（今屬江西）人。初仕南唐，入宋官至水部員外郎。畢生勤奮，著作等身。撰有《仙洞集》、《廣卓異記》等，又有地理著作《太平寰宇記》二百卷，考據尤精核，頗負盛名。❸上聯言南朝梁江夏太守樂法才之事，參見❶。下聯言戰國時燕將樂毅之事，參見❷。

于 ㄩˊ

于姓是中國人口最多的三十大姓之一，總人口約七百四十萬，約占當代人口的百分之零點六二，其分佈在山東和東北地區尤有影響。

【姓源】于姓的構成有子姓、姬姓、淳于氏和外族之改姓四大來源。

一、出自子姓。商朝後期，商王武丁封其子為于（今河南省睢縣一帶）侯，亦稱邘侯，後遷至今河南省沁陽縣西北。周初國滅，于侯子孫分別北遷於今河南省濮陽市東南和山西省盂縣，然皆以故國名為氏。

二、源自姬姓。西周初，周武王封其第三子邘叔于舊于地，侯爵。此于國國小勢弱，東周初即被鄭國所滅，其支庶子孫遂以國名為氏。其後代知名於東海郡（治所在今山東省郯城縣一帶）。

三、出自複姓淳于氏。唐憲宗因名李純，故詔令天下諱「純」字及與「純」字同音之字，所以複姓淳于氏遂省「淳」字而改成于姓。至宋代，有部分人恢復淳于之姓，但仍有沿襲未改者。此支于姓以淳于氏之郡望河內郡為自己之郡望。

四、系出外族之改姓。據《路史》載：世居東海郡的于姓後裔，在兩晉十六國時，有隨鮮卑族拓跋氏北遷代北者，並遵從鮮卑習俗改姓万忸于氏，直至拓跋氏再次南下建立後魏政權，万忸于氏亦隨之南下，並隨例恢復舊姓于姓。此支于姓以河南郡為郡望。此外鮮卑族勿忸于氏也改為于姓。清代滿洲八旗尼瑪哈氏族亦全部改為于姓。又漢代匈奴人之于姓，北朝後魏時于闐國之于姓，後也在與漢人的長期混居中被同化。

【郡望】東海郡（參見「戚」姓之郡望）、河南郡（參見「褚」姓之郡望）、河內郡。河內郡，漢代始置，轄境相當於今河南省黃河以北地區，治所在懷縣（今河南省武陟縣西南）。

【著名人物】于定國（西漢丞相）；于吉（東漢方士）；于禁（三國魏將軍）；于志寧（唐代宰相）；于謙（明代名臣），于慎行（明代文學家）；于成龍（清代名臣），等等。

【專用楹聯】

威隆節鉞；德卜門高❶。

勤勞土木；妙選瀛州❷。

德及子孫，崇門容駟馬；功高家國，泰代出賢臣❸。

【注釋】❶上聯言三國魏名將于禁，字文則，為曹操之軍司馬，征戰有功，封益壽亭侯，累遷左將軍，假節鉞。與蜀漢大將關羽作戰失敗被俘，後放歸。卒謚厲。下聯言西漢名臣于定國，字曼倩，東海郡（治所在今山東省郯城縣一帶）人。少學法於父，父死，亦為獄吏，後為廷尉。治獄公正，民得罪而自以為不冤。擢為丞相，封西平侯。❷上聯言明代名臣于謙，字廷益，錢塘（今浙江省杭州市）人。永樂年間進士。歷官御史、兵部右侍郎。正統十三年（一四四八年）遷左侍郎。次年秋，瓦剌也先大舉寇邊，宦官王振挾明英宗親征，于謙留京城治理兵部事。不久發生「土木之變」，明英宗被俘，京師震恐。監國郕王擢之為兵部尚書，全權經營京師防禦。于謙擁立郕王即帝位，是為明景泰帝。十月，也先挾明英宗破紫荊關入窺京師，于謙分遣諸將列陣九門外迎敵，並身自督戰，也先北逃。後也先乞和，歸明英宗。及迎還明英宗，安置南宮，稱上皇。及明英宗復辟後，于謙以所謂「謀逆罪」被殺害。下聯言唐初大臣于志寧，字仲溫，京兆高陵（今屬陝西）人。貞觀年中為太子右庶子。唐高宗時拜太子太師，同中書門下三品，封燕國公。以華州刺史致仕。❸上聯言漢代縣獄吏于公，東海郡人。決獄平恕。東海有孝婦，為太守冤殺，于公爭之不得，辭疾去。孝婦死，東海旱三年。後太守至，因公言致祭立雨。公閭門壞，父老方共治之。公謂曰：「稍高大，令容駟馬車蓋，我治獄多陰德，子孫必有興者。」後其子定國官拜丞相，孫永為御史大夫，皆封侯。下聯言明代名臣于謙之事，參見❷。

時 ㄕˊ

時姓的分佈以河南、山東等省最有影響。

【姓源】時姓的起源主要有子姓和嬴姓兩大支。

一、源出子姓。西周初，商朝王子微子啟受封於宋（今河南省商丘市）。春秋時，宋國大夫公子來受封於時邑，其子孫以封邑名為氏，形成時姓。

二、出自嬴姓。相傳商末高士伯夷、叔齊隱居於首陽山，因不願看到商朝滅亡而絕食餓死。西周初，周武王為表彰其氣節，便封伯夷後代於申（今河南省南陽市）。春秋時，中國被楚國所滅，中國人被南遷楚國，其中申叔時任職楚國大夫。其子孫便以申叔時之名為氏，遂成時姓。

【郡望】隴西郡（參見「李」姓之郡望）、陳留郡（參見「衛」姓之郡望）。

【著名人物】時子（戰國時齊國賢人）；時溥（唐代武寧節度使）；時瀾（南宋學者）；時大彬（明代製陶大師）；時銘（清代學者），等等。

【專用楹聯】

源自商代；望出隴西❶。

南堂載譽；時堡流芳❷。

今治和州，得民善政；王封鉅鹿，陷陣豐功❸。

【注釋】❶時姓祠聯。上聯指時姓源出於商朝王族。下聯指時姓之郡望。❷上聯言南宋學者時瀾，字子瀾，蘭溪（今屬浙江）人。淳熙年間進士。累官朝散郎，通判台州。著有《南堂集》。下聯言北宋良吏時丹立，興化（今屬江蘇）人。官高郵司理參軍，蒞政仁恕，民多德之。卒後，著名詞人秦觀之挽詩有「青史載於公」之句，鄉人稱其所居曰「時堡」。❸上聯言南宋初和州（今安徽省和縣）知州時檄，字傳之，崇德（今浙江省桐鄉市西南崇德鎮）人。居官廉正惠愛，州民甚愛戴之。下聯言唐代大將時溥，彭城（今江蘇省徐州市）人。因戰功官武寧節度使，進拜同中書門下平章事，封鉅鹿郡王。

傅 ㄈㄨˋ

傅姓是中國五十大姓之一，總人口約六百十多萬，約占當代人口的百分之零點五一，其分佈在山東、湖南、雲南地區尤有影響。

【姓源】傅姓構成主要有嬀姓、狸姓和外族之改姓三大來源。

一、源出嬀姓。帝舜，嬀姓，其後裔被封於傅（故址在今山西省平陸縣東），入夏後遷封於傅陽（故址在今山東省棗莊市南），其後裔以國為氏。嬀姓傅氏後湮沒於狸姓傅氏之中。

二、源於狸姓。帝堯之子丹朱，祁姓，被帝舜封於房邑（古城在今湖北省房山縣），別為狸姓。入夏朝後，夏王封丹朱之裔狸大由於傅（今山西省平陸縣東），其子孫遂以邑為姓。商朝後期，商王武丁任用傅說為相，國家得以大治，武丁也因此被譽為「中興明主」。此後，傅姓在山西南部、河南北部地區繁衍開來，最終成為中國五十家大姓之一。

三、系出外族之改姓。著名者如：東漢牂牁傅氏是夜郎族中大姓，南北朝時，夜郎族人大多成為蜀中漢人，今西南地區多傅姓當與此有關。又清代滿洲八旗傅佳氏族也集體改為傅姓。

【郡望】清河郡（參見「張」姓之郡望）。

【著名人物】傅說（商初名相）；傅喜（西漢大司馬）；傅毅（東漢文學家）；傅玄（西晉學者）；傅奕（唐初學者）；傅友德（明代名將）；傅山（清初著名學者），傅以漸（清代武英殿大學士），傅維鱗（清代史學家），等等。

【專用楹聯】

尊儒尚學；崇位抑奢❶。

宋代博士；殷商聖人❷。

讀說命數篇，作揖調羹形適肖；緬官聲三德，品金題玉澤悠長❸。

【注釋】❶上聯言西晉大臣、文學家傅玄，字休奕，北地泥陽（今陝西省耀縣東南）人。三國魏末任散騎常侍。西晉初，為御史中丞。上疏議改屯田二八分制，恢復曹魏舊制，以緩蘇民困。後官至太僕、司隸校尉。學識淵博，精通音律，善長樂府。有《傅子》等著作。下聯言西晉名臣傅咸，字長虞，傅玄之子。西晉初，任冀州刺史，轉御史中丞、尚書左丞。上疏議裁併冗官，靜事息役，以發展農桑，並指斥統治集團奢華靡費之風，謂「奢侈之費，甚於天災」。兼任司隸校尉時，嚴懲恣行京都一帶的門閥士族。卒於官。明人輯有《傅中丞集》。❷上聯言北宋律博士傅霖，於《宋刑統》頒行之後，為便於記憶誦讀，用韻文注釋，成《刑統賦》二卷。下聯言商朝宰相傅說之事。據《史記．殷本紀》載：商王武丁夢見一位名叫說的聖人。此聖人背稍駝，身穿粗麻衣，胳膊上拴著繩索，似一囚徒。神人告之曰：「此即汝尋找之聖人。」武丁醒後，即派人持聖人圖像四處尋訪，結果在傅岩找到一個築牆者名傅說，與武丁夢中之聖人相仿。傅說著〈說命〉三篇，向武丁提出許多治國方略。武丁大悅，便任其為相。傳說執政以後，天下大治。❸傅姓祠聯。上聯言商朝初年名相傅說之事，參見❷。下聯言北宋名臣傅堯俞，字欽之。十歲能文，未冠進士及第。歷官御史，重厚寡言，遇人不設城府，人不忍欺。論事天子之前，略無回避隱瞞。退與人言，無矜異之色。司馬光譽曰：「清、直、勇三德，人所難兼，吾於欽之見焉。」後官拜中書侍郎，卒諡獻簡。

皮 ㄆㄧˊ

皮姓主要分佈於江蘇、山東等省。

【姓源】皮姓的起源較複雜，而與春秋時列國諸侯相關，當時在周、鄭、晉、陳諸國皆有以皮為氏者：在周，魯獻公次子仲山甫曾輔佐周宣王中興，而成為一代名臣，並被封於樊國（今河南省濟源市西南），史稱樊侯。仲山甫之子孫遂以樊為氏。其裔孫中有因支子而不能繼嗣為君，受封於皮氏（今山西省河津縣一帶），史稱樊仲皮。其孫以祖父之字為氏，遂成皮氏。在鄭，春秋時鄭國大夫子皮之後亦以皮為氏；在晉，晉獻公封大夫趙夙於皮邑，趙夙之裔孫因得皮姓；又皮姓亦有出自陳國公族者，是為皮姓的另外之來源。

【郡望】天水郡（參見「趙」姓之郡望）。

【著名人物】皮豹子（北朝後魏名將）；皮日休（唐末詩人）；皮光業（五代時吳越國丞相）；皮龍榮（南宋參知政事），等等。

【專用楹聯】

望出天水；源於河津❶。

鹿門隱逸；陸地神仙❷。

學透春秋，灼灼君臣褒貶；胸藏兵甲，赳赳公侯腹心❸。

【注釋】❶此為樊姓皮氏和趙姓皮氏之祠聯。上聯指皮姓之郡望。下聯指皮姓源出於山西河津。❷上聯言唐末文學家皮日休，字襲美，一字逸少，襄陽（今湖北省襄樊市）人。性孤傲，善文章，隱居於鹿門山。與陸龜蒙為友，時稱「皮陸」。下聯言五代吳越國丞相皮光業，字文通，皮日休之子。十歲能屬文，美容儀，善談論，見者以為神仙中人。後成為吳越國丞相，卒謚貞敬。❸上聯言南宋末名臣皮龍榮，字起霖，一字季遠，醴陵（今屬湖南）人。淳祐年間進士。累官參知政事，封壽沙郡公。立朝伉直，權相賈似道當國，龍榮不能降志，遂遭貶。下聯言北朝後魏名將皮豹子，漁陽（今北京市）人。少有武略，魏太武帝任為征西將軍，封淮陽公。沉勇篤實，一時推為名將。卒謚襄。

卞 ㄅㄧㄢˋ

卞姓在江蘇、四川等省分佈較為集中。

【姓源】卞姓的構成有黃帝之裔、曹姓兩個來源。

一、源出於黃帝之裔。相傳黃帝之裔孫明被封於卞（在今山東省泗水縣東卞橋鎮），史稱卞明。其後代遂以國為氏。如夏、商之際的名士卞隋，即為卞明之後。

二、源自曹姓。西周初，周武王封其弟叔振鐸於曹（今山東省曹州市），世稱曹叔振鐸。其後代以國為氏，遂成曹姓。其後曹叔振的支庶子孫中有個勇士名莊亦稱孟莊子，在魯國為官，被分封於卞邑（在今山東兗州、泗水一帶），故時稱卞莊子。其後人遂以卞為氏，形成卞姓的又一來源。因卞姓、曹姓同宗，故在山東、江蘇北部一帶，後世仍有卞、曹兩姓不相聯姻的習俗。又，古代「卞」與「弁」兩字相通，故卞莊子亦作弁莊子。

【郡望】濟陽郡（參見「陶」姓之郡望）。

【著名人物】卞和（春秋時楚國名士）；卞敦（東晉尚書）；卞延之（南朝宋名士）；卞大亨（南宋初學者）；卞仲子（元代畫家）；卞立言（清代棋手），等等。

【專用楹聯】

源自殷商流光遠；望出濟陽世澤長❶。

勇猛伏二虎；剛直號六龍❷。

紫閣名公，兄弟流芳奕世；琴堂賢令，父子繼美當時❸。

【注釋】❶卞姓祠聯。上聯指卞姓十分古老，得姓於殷商之前。下聯指卞姓之郡望。❷上聯言春秋時魯國卞邑大夫卞莊，以勇力著名，一次能殺死二虎。齊國人欲討伐魯國，因畏懼卞莊而不敢發。下聯言西晉中書令卞粹，字玄仁，冤句（今山東省荷澤市東南）人。博學有懿行，剛直不阿。後拜右丞相，封成陽子。齊王司馬冏輔政，拜侍中、中書令，進爵為公。其兄弟六人並登台輔，人稱「卞氏六龍」。❸上聯言西晉中書令卞粹之事。紫閣，為中書省之別稱。參見❷。下聯言南朝宋名士卞延之，濟陰（今山東省定陶縣）人。為上虞令，有剛氣，因憤怒太守之無禮，摘下官帽投地，拂袖而去。其子卞彬，字士蔚，官至綏建太守而卒。才藻不群，文多指刺，與其父皆知名於當時。

齊 ㄑㄧˊ

齊姓的分佈以東北及冀、豫等地較為集中。

【姓源】齊姓的構成有姬姓、姜姓和外族之改姓三大來源。

一、源出姬姓。春秋時，衛昭公之子某因故不得繼爵，死後僅諡齊子。齊子之孫以祖父之諡號為氏，遂成齊姓。

二、源自姜姓。西周初，姜太公子牙封於齊（在今山東臨淄一帶）。春秋末，齊國國勢衰微，遂為大臣田氏所篡。故齊國姜姓後裔便以齊為氏，以紀念故國。姜姓齊氏構成當代齊姓之主體。

三、系出外族之改姓。漢、晉時期，居住於武都（今甘肅省成縣西）的氏族中有齊姓，北朝後魏時起兵反抗後魏統治的首領齊萬年即是氐族齊氏中人。

【郡望】汝南郡（參見「周」姓之郡望）。

【著名人物】齊豹（春秋時衛國大夫）；齊鎬（唐代詩人），齊抗（唐代宰相）；齊唐（北宋學者）；齊德之（元代名醫）；齊泰（明代尚書），等等。

【專用楹聯】

知辨麒麟徵；名標龍虎榜❶。

周華芳躅曾遍天下；莘夫醫名滿乾坤❷。

【注釋】❶上聯言北宋學者齊唐，字祖之，會稽（今浙江省紹興市）人。天聖年間舉進士第一，累官職方員外郎。時交趾國（今越南北部）進異獸麒麟，唐據史傳否認之，眾人服其博識。下聯言唐代名士齊季若，貞元年間舉進士，陸贄主試，試〈明水賦〉、〈御溝柳詩〉，與韓愈、歐陽詹、賈桂、陳羽等同榜，「皆天下偉傑之士，號曰龍虎榜」。❷上聯言清代旅行家齊周華，字巨山，天台（今屬浙江）人。雍正年間諸生。好旅遊，足跡遍及天下。為保呂留良而被殺。有《五嶽游草》等著作。下聯言宋代學者齊天覺，字莘夫，青陽（今屬安徽）人。家貧，好讀書，倦則依案而臥，三十年未曾就寢。經史子集，無不精通，尤以醫知名。任溫州天富知監，後遷知襄陽、宣城二縣，再改贛州通判。

康 ㄎㄤ

康姓是中國一百大姓之一，總人口有三百三十餘萬，約占當代人口的百分之零點二八，主要居住於皖北、川西和陝、甘、寧一帶。

【姓源】康姓的起源有姬姓和外姓、外族之改姓兩大支。

一、出自姬姓，又分二支。其一，西周初，周武王封其弟於康（今河南省禹州市西北），稱康叔，周成王時遷封於衛（今河南省淇縣東北），史稱衛康叔。康叔之子王孫牟謚康伯，其後裔遂以其祖上之謚號名氏。其二，東周頃王封周定王之弟王季子於劉城，謚康公。其後裔亦以其祖上之謚號為氏。

二、出自外姓、外族之改姓。如北宋開國皇帝名趙匡胤，為避諱，詔令天下姓「匡」者改姓，因「康」與「匡」讀音相近，又是一個吉祥之字，故改匡姓為康姓。又，西漢時西域康居國（在今烏茲別克撒馬爾罕一帶）

人，隨著絲綢之路的開闢，有進入中原定居，其子孫便以康為姓；唐代西域「昭武九姓」之一的康國人在進入中原後，亦多以康為姓。此外，歷史上突厥族人中也有康姓，也不斷經河西走廊移民西北和四川地區。這些源出外族的康姓人，最終都成為漢人，此亦是中國西部地區為康姓的主要居住地之原因之一。

【郡望】京兆郡（參見「韋」姓之郡望）。

【著名人物】康泰（三國東吳航海家），康僧會（三國東吳名僧）；康承訓（唐代河東節度使），康昆侖（唐代琵琶演奏家）；康延澤（北宋將軍）；康與之（南宋學者）；康進之（元代劇作家）；康海（明代文學家），等等。

【專用楹聯】

華山楙績；東海名流❶。

馳譽明經，少小榮登科第；有聲樂府，文詞待詔金門❷。

長安第一手；德函列頭名❸。

【注釋】❶上聯言南朝良吏康絢，字長明。少淑儻有志氣。仕齊為華山太守，甚有政績。入梁官司州刺史、衛尉卿。下聯言南宋初文人康與之，字伯可，又字叔聞，號退軒，滑州（今河南省滑縣）人，流寓嘉興府（今屬浙江）。南宋初上「中興十策」，名甚著。❷上聯言唐代名人康希詵，年十四時舉明經登第，歷海州等六州刺史，皆有善政。下聯言南宋初文人康與之，擅長於樂府詩詞，曾以文詞待詔於禁中。參見❶。❸上聯言唐代著名琵琶演奏家康昆侖，西域康國人。善彈「羽調錄要」和「道調涼州」等曲。唐德宗貞元年間有「長安第一手」之譽。下聯言明代名士康海，字德函，號對山，陝西武功（今屬陝西）人。弘治年間舉進士第一，授翰林院修撰。善制樂造曲，所彈琵琶曲，後人輒轉仿效。

伍 ㄨˇ

伍姓的分佈主要以湖南、廣東、湖北三省最為集中。

【姓源】伍姓源出於黃帝時大臣伍胥。相傳伍胥之後代伍參為春秋時楚莊王之臣，因在楚莊王北上與晉國爭霸之戰中立功而被封為大夫。其支庶後裔便相沿以伍為氏。

【郡望】安定郡。漢武帝時始置，轄境相當於今甘肅平涼地區一部分和寧夏西部，治所在高平（今甘肅省固原縣）。

【著名人物】伍奢（春秋楚國太傅），伍員（即伍子胥，春秋末吳國相國）；伍孚（漢代校尉）；伍祐（北宋學者）；伍文定（明代兵部尚書）；伍廷芳（清末名臣），等等。

【專用楹聯】

安常處順千秋裕；定國興邦萬代昌❶。

誓報父兄，英雄氣概；才兼文武，儒將風流❷。

居官廿年稱廉吏；仕宋三世盡忠良❸。

【注釋】❶伍姓郡望安定郡「安定」二字之嵌字聯。❷上聯言春秋末吳國大臣伍員，字子胥，原為楚國人。父奢為楚太子建的太傅，以直諫被殺。伍員避難奔吳，幫公子光策劃刺殺吳王僚，助公子光奪得王位。後輔佐吳王闔閭整軍經武，一舉攻下楚國都郢城（今湖北省荊州市北）。以功受封於申（今河南省南陽市北），故又稱申胥。吳王夫差時，受任為大夫，參贊國事。亦因直諫被殺。下聯言明代名臣伍文定，字時泰，松滋（今屬湖北）人。弘治年間進士，知吉安府。累官兵部尚書。兼資文武，尚節義，喜談兵法，有儒將之風。卒諡忠襄。❸上聯言明代良吏伍佐，字文峰，新化（今屬湖南）人。舉人。授河南府通判，遷贛州府同知，後擢知思南府，居官二十年，以廉介稱。下聯言南宋末名將伍隆起，廣東新會（今屬廣東）人。三世仕宋。南宋末，率義兵與元將張弘範力戰不屈。其麾下謝文子殺隆起，以首降弘範。宋相陸秀夫惜之，刻木為首以葬之；又募人襲執文子，戮以祭墓。

余 ㄩˊ

余姓是中國八十大姓之一，總人口約五百萬，約占當代人口的百分之零點四一，主要分佈於長江流域地區。

【姓源】余姓的起源主要有㚢姓、隗姓和外族之改姓三大支。

一、出自㚢姓。商朝時，夏禹之後有被封於繇余（故址約在山西南部），亦作由余。春秋時，繇余之地被赤狄之留吁氏族所占。其族人有因避亂逃亡至西戎為官者，便以國為名，稱由余。秦穆公聞其賢德大度，禮聘其為臣。由余為秦穆公謀劃攻滅西戎十二國，使秦國成為西方霸主。其後代支庶子孫遂以其名為氏，後分為由、余兩姓。

二、源出隗姓。據《國語》：「潞、洛、泉、余、滿五姓，皆赤狄隗姓。」赤狄族分佈於今山西省長治市北，其一部於春秋時併入晉國。其留吁部因留居夏禹後裔之由余國舊地，而稱余國。後被晉國所滅，其族人便以余為姓。

三、系出外族之改姓。如南朝陳時江西奉新奚族有余姓，元代自西域來中原者中也有以余為姓的，成為廬州（今安徽省合肥市）之望族。又，相傳元末忠臣鐵穆宰相乃元太祖成吉思汗（即鐵木真）的後代，元末兵亂，鐵穆宰相被害，其八子逃奔四川以避難，至長江邊，追兵漸近，八兄弟決定更姓改名分散躲避，其中一人因見江魚而改為余姓。如《余氏總譜》中有長詩記載其事曰：「余本元朝宰相家，洪兵趕散入西厓。瀘陵岸上分攜手，鳳錦橋邊插柳椏。……前傳詩句詞如此，後嗣相逢係本家。」

【郡望】下邳郡。東漢初改臨淮郡為下邳國，至南朝宋改為郡，轄境相當於今江蘇西北部地區，治所在下邳縣（今江蘇省睢寧縣西北）。

【著名人物】余欽（唐代學者）；余靖（北宋名臣）；余玠（南宋名將），余天錫（南宋宰相）；余興亨（明代詩人），余煌（明代名臣）；余懷（清代文學家），余萬言（清代畫家），等等。

【專用楹聯】

學尊孟子；清並林逋❶。

蓉裳圖文號雙絕；武貞進士居第一❷。

【注釋】❶上聯言宋代學者余允文，字隱之，建安（今屬福建）人。讀書精研正學，嘗作《尊孟辯》三十餘條。下聯言北宋名臣余靖，字安道，曲江（今屬廣東）人。天聖初年登第。為帥兩廣十年，不載海南一物歸。廣州有八賢堂，靖居其一。官至工部尚書，卒謚襄。有《武溪集》傳世。林逋，為北宋著名詩人，隱居杭州西湖孤山。❷上聯指清代著名詩畫家余集，字秋室，號蓉裳，錢塘（今浙江省杭州市）人。乾隆年間進士。邵晉涵等薦修《四庫全書》，授翰林院編修。官至侍講學士。工詩書畫，畫〈楊妃出浴圖〉，上有翁方綱題字，時稱雙絕。下聯言明末名臣余煌，字武貞，會稽（今浙江省紹興市）人。天啟年中為進士第一。授編修。南明魯王授之兵部尚書，督師紹興，城破赴水死。

元 ㄩㄢˊ

元姓的分佈在遼寧省較為集中。

【姓源】元姓的來源較雜，主要有商朝太史元銑之後、姬姓、畢氏和外姓、外族之改姓四大支。

一、源出商朝太史元銑之後。據載商王帝乙，原定棄為太子，後決意廢棄而另立辛（即後來之殷商紂王）。太史元銑據法力爭，也未奏效。元銑死後，其子孫以其名命氏，遂為元姓。此支元姓後世默然無聞，而湮沒於姬姓元氏之中。

二、源自姬姓。春秋時，衛國大夫元咺食邑於元（今河北省大名縣東元城），其子孫以邑為氏。此支元姓成為當代元姓的主要組成部分。

三、出自畢氏。春秋末，魏武侯實出畢氏，其子公子元食采於元邑（故城在今河北省大名縣東部），公子元築城定居，世稱元城，其子孫遂為元氏。

四、系出外姓、外族之改姓。前者如北宋初宋太祖趙匡胤之父名玄朗，故詔令世人避諱「玄」字，於是天下玄姓遂改為元姓。後者著名者如北朝時鮮卑族拓跋氏建立了後魏政權，至崇尚漢族文化的孝文帝拓跋宏時，施行一系列改革，將都城自平城遷往洛陽，詔令將拓跋氏改為元姓。據《新唐書・宰相世系表》載：拓跋氏也為黃帝之後裔，「黃帝生昌意，昌意少子悃，居北，十一世為鮮卑君長」，後建立後魏國，改為元氏。此說當出自後魏王室之附會，以減弱中原漢民對其之敵意。此支元姓為當代元姓的另一重要組成部分。又當時改為元姓者，除拓跋氏外，還有紇骨氏、是云氏、景氏等。

【郡望】太原郡（參見「王」姓之郡望）、河南郡（參見「褚」姓之郡望）。

【著名人物】元宏（北朝後魏孝文帝）；元景山（隋朝名將）；元稹、元結（唐代詩人）；元好問（金末文學家），等等。

【專用楹聯】

源自商代；望出河南❶。

七歲神童，詩文名世；一時才子，元白流芳❷。

【注釋】❶元姓祠聯。上聯指元姓源出於商朝太史元銑之後。下聯指元姓之郡望。❷上聯言金末文學家元好問，字裕之，號遺山，秀容（今山西省忻縣）人。七歲能詩，二十歲成學，名聞京師。興定年間進士，累任內鄉令、南陽令，轉行尚書省左司員外郎。金亡不仕。有《遺山集》傳世。下聯言唐代著名詩人元稹，字微之，河南（今河南省洛陽市）人。元稹常與白居易相唱和，世稱「元白」，其詩號曰「元和體」。

卜 ㄅㄨˇ

卜姓的分佈以皖、桂、粵等省較為集中。

【姓源】卜姓的起源主要有古代之卜官和外族之改姓二大支。

一、系出於古代之卜官。據《通志・氏族略》：周朝有占卜之官，「魯有卜楚丘，晉有卜偃，楚有卜徒父，皆以卜命之，其後遂以為氏」。商、周人十分迷信，常以占卜決軍政之事，並設有專管占卜之官，名太卜，其下屬名卜人。卜姓起源甚早，《路史》載：「夏啟有卜氏，又叔繡後有卜氏。」此為起源最早的一支卜氏。

二、出自外族之改姓。北朝後魏鮮卑族有複姓須卜氏，後改為卜姓。清代滿洲八旗布爾察氏、布尼氏、布爾尼氏，後亦集體改作卜姓。又當代達斡爾族之布頓強氏、土族之奈卜氏、錫伯族之卜占氏，其漢姓為卜姓；而回、土家、朝鮮、蒙古等族中也有卜姓。

【郡望】西河郡、河南郡（參見「褚」姓之郡望）。西河郡，戰國時魏國初置邑，西漢武帝時設郡，轄境相當於今山西、陝西兩省之間黃河沿岸一帶。

【著名人物】卜商（即子夏，春秋時孔子弟子）；卜式（西漢御史大夫）；卜天與（南朝宋將軍）；卜天璋（元代饒州總管）；卜舜年（明代畫家），等等。

【專用楹聯】

源自夏代；望居河南❶。

詩傳晉有夏；畫題泥無身❷。

文學夙優，仰商賢博洽；倉箱廣識，羨式祖豐盈❸。

【注釋】❶卜姓祠聯。上聯指有關卜姓的最早記載是《路史》「夏啟有卜氏」。下聯指卜姓之郡望。❷上聯言春秋末晉國學者卜商（即子夏），溫（今河南省溫縣西南）人。孔子之弟子。孔子死後，子夏去魏國（三晉之一）講學，李克、吳起皆為入門弟子。相傳《詩》、《春秋》等儒家經典，均由其傳授下來。下聯言明末畫家卜舜年，字蓋碩，吳江（今屬江蘇）人。明朝亡後，佯狂卒。臨歿之歲，人有乞其畫者，不署名，但題曰「泥無身」。❸上聯言卜商之事，參見❷。下聯言西漢名臣卜式，河南（今河南省洛陽市）人。以牧羊致富。漢武帝時，上書願輸家財之半助邊，召拜中郎。令牧羊上林，歲餘，羊眾而肥，武帝善之。元鼎年中為御史大夫。

129 顧

顧 ㄍㄨˋ

顧姓是中國一百大姓之一，總人口約三百萬，約占當代人口的百分之零點二五，其分佈尤盛於江浙地區。

【姓源】顧姓的構成主要有己姓、姒姓和外族之改姓三大來源。

一、源出於己姓。相傳顓頊高陽氏之後裔陸終之長子樊居於昆吾（今山西省運城市東北安邑鎮），後發展成強大的昆吾部落，己姓。昆吾氏之後裔有雇氏族，「雇」、「顧」兩字古代通用，在夏朝被封於顧（今河南省范縣東南顧城），為夏朝重要方國之一。夏末，成湯於滅夏之前首先滅了顧國，其國人四散，並以故國為氏，史稱北顧氏。

二、源出姒姓。相傳大禹的支庶子孫居於會稽，越王句踐即為其裔孫。春秋末，越國滅於楚。秦末，句踐七代孫閩君搖助漢高祖劉邦打天下，西漢初被封於東甌（今浙江省永嘉縣西南）。搖別封其子為顧餘侯，居會稽（今浙江省紹興市）。漢武帝時，顧餘侯失爵，其子孫遂以顧為姓，史稱南顧氏。南顧氏得姓不久便成為會稽郡之大姓，漢魏六朝時與陸、朱、張三姓合稱為會稽四姓，為江南望族。

三、系出外族之改姓。元代時貴陽定番州顧姓土司的歸順，清代滿洲八旗伊爾根覺羅氏之一部分改姓顧，其後皆逐漸同化成為當地的顧姓漢民。

【郡望】會稽郡（參見「謝」姓之郡望）、武陵郡（參見「華」姓之郡望）。

【著名人物】顧雍（三國東吳丞相）；顧榮（西晉江南士族領袖）；顧愷之（東晉著名畫家）；顧野王（南朝陳學者）；顧況（唐代詩人）；顧閎中（五代南唐畫家）；顧瑛（元代文學家）；顧璘（明代名臣），顧鼎成（明代大臣），顧憲成（明代名臣，東林黨領袖）；顧炎武（明、清之際著名學者），顧祖禹（清代地理學家），顧貞觀（清代文學家），顧太清（清代女詞人），等等。

【專用楹聯】

長庚有三絕；華玉列四家❶。

思遠長壽兩輪甲；賓陽算學第一人❷。

人品高華，史分金簡；天姿秀異，家號麒麟❸。

【注釋】❶上聯言東晉著名畫家顧愷之，字長庚，無錫（今屬江蘇）人。多才藝，工詩賦、書法，尤精繪畫。多作人物肖像，甚重點睛。有「才絕、畫絕、痴絕」之稱。其《論畫》等著述對中國畫之發展影響甚大。下聯言明代文學家顧璘，字華玉，吳縣（今屬江蘇）人。少有才名，以詩風調勝，與同里陳沂、王韋號為「金陵三俊」。後寶應朱應登起，時稱「四大家」。有《浮湘集》、《山中集》、《息園詩文稿》等著作傳世。❷上聯言南朝梁壽星顧思遠，鍾離（今安徽省鳳陽縣東北）人。年一百一十二歲，家貧缺養，行役部伍中。北徐州刺史蕭映見而異之，召賜食，食兼於人。載還都，召對，與言往事，多異所傳。拜散騎侍郎，賜以俸宅，朝夕進見。卒年一百二十歲。下聯言清代學者顧陳垿，字玉停，號賓陽，鎮洋（今江蘇省太倉市）人。官行人司行人。性侃直，學宗程朱，堅勁不移。精算學、樂律和醫學。康熙年間以算學應試列第一，稱「算狀元」。有《鍾律陳數》等著作。❸上聯言東晉大臣顧眾，字長始，吳（今江蘇省蘇州市）人。官鄱陽太守時，王敦叛逆，令眾出軍，眾遲回不發。王敦大怒，召還詰之，聲色俱厲，眾不為動。王敦意遂釋。事平，除太子中庶子，出為義興太守。蘇峻反，眾潛至吳中舉義旗，蘇峻敗，眾拜丹陽尹。終尚書僕射。下聯言東晉尚書令顧和，字君孝，顧眾族子。幼有清操才識，聞名當時。咸康年間拜御史中丞，劾奏尚書左丞戴抗貪污百萬，付法議罪，百僚憚之。

孟 ㄇㄥˋ

孟姓是中國一百大姓之一，總人口約二百九十萬，約占當代人口的百分之零點二四，其分佈尤盛於山東及東北地區。

【姓源】孟姓的起源主要有古孟氏族、姬姓和外族之改姓三大支。

一、源出古孟氏族。相傳顓頊高陽氏之臣孟翼，為孟氏族人。此後虞舜、夏王啟、周穆王皆有孟姓之臣。

二、源於姬姓，又分為二支。其一，春秋時，魯桓公庶長子慶父原稱仲孫氏，因先後殺死魯莊公、莊公之子魯愍公，導致魯國大亂，激起民憤。慶父為避罪而逃到別國，改仲孫氏為孟孫氏。其後代便以孟孫為氏，不久又省文為孟氏。其二，春秋時衛襄公之子縶，字公孟。其子孫以公孟為氏，後亦省文作孟姓。

三、系出外族之改姓。如：金朝女真人抹撚氏，清代滿洲八旗墨爾哲勒氏、墨爾迪勒氏、盟佳氏、穆顏氏、墨克勒氏等後來皆改為漢姓孟姓。

【郡望】平昌郡。三國魏時始置，後廢，晉代復置，治所在安丘縣（今山東省安丘縣西南）。

【著名人物】孟軻（即孟子，戰國時著名思想家，世稱「亞聖」）；孟喜（西漢學者）；孟光（東漢才女）；孟獲（三國蜀漢夷族首領）；孟浩然、孟郊（唐代詩人）；孟知祥（五代後蜀國王）；孟珙（南宋名將）；孟夢恂（元代學者），等等。

【專用楹聯】

亞聖之裔；采卿之宗❶。

孝誠生筍；廉德還珠❷。

鄒嶧雄風，塞兩間正氣；兄弟美質，獲雙珠今名❸。

【注釋】❶上聯言戰國時著名思想家孟軻，字子輿，鄒（今山東省鄒城市）人。先世為魯國公族，受業於孔子之孫子思之門人，被稱作「思孟學派」，代表孔門正宗，後世譽為「亞聖」。撰有《孟子》十一篇，今存七篇。下聯言西漢學者孟卿，蘭陵（今山東省棗莊市東南蘭陵鎮）人，善為《禮》、《春秋》之學，時人以卿呼之。❷上聯言三國時吳人孟宗，字恭武，江夏（今湖北省武漢市）人。少從南陽李肅學，仕吳為鹽池司馬。性至孝。母嗜筍，冬時筍尚未生，宗入林哀嘆，筍忽迸出，取與母食。下聯言東漢合浦（今屬廣西）太守孟嘗，字伯周，上虞（今屬浙江）人。少修操行，後策孝廉，舉茂才，拜徐令，州郡表其能，遷合浦太守。郡臨南海出珠寶，前守宰貪穢，詭民採求無厭，珠漸徙於交趾（今越南北部）界。嘗革前弊，去珠復還。❸上聯言孟子之事，鄒嶧指鄒城與嶧山，皆在孟子家鄉。參見❶。下聯言南朝宋會稽太守孟顗，字彥重，孟昶之弟。昶、顗兩人美風姿，富才華，時人謂之「雙珠」。

平 ㄆㄧㄥˊ

平姓在長江三角洲地區較為易見。

【姓源】平姓的起源主要有嬴姓、姬姓二支。

一、源自嬴姓。春秋時，齊國公族大夫晏弱，為陸終裔孫安之後，其子晏嬰字平仲，為齊相，世稱晏子。其支孫以祖父之字為氏，遂成平姓。

二、源出姬姓。戰國時，韓哀侯之子婼被封於平邑（今山西省臨汾市一帶）。韓國亡於秦國後，婼之族人遷居於下邑（今安徽省碭山縣），遂以原封邑為氏，成為平姓。

【郡望】河內郡（參見「于」姓之郡望）、河南郡（參見「褚」姓之郡望）。

【著名人物】平當（西漢丞相）；平鑑（北朝北齊都官尚書令）；平顯（明代才子），平安（明代將軍）；平疇（清代詩人），等等。

【專用楹聯】

源於戰國；望出沁陽❶。

錢塘松雨有典則；種瑤耕煙無俗塵❷。

【注釋】❶平姓祠聯。上聯指平姓源起於戰國時期。下聯指平姓之郡望。沁陽為河內郡之屬邑。❷上聯言明代才子平顯，字仲徵，錢塘（今浙江省杭州市）人。博學多聞，詩文皆有典則。嘗知滕縣，謫雲南，黔國公沐英重其才，辟為教讀。其詩文集名《松雨齋集》。下聯言清代江西候補縣丞平疇，字種瑤，山陰（今浙江省紹興市）人。詩風清麗出俗。有《耕煙草堂詩鈔》傳世。

黃 ㄏㄨㄤˊ

黃姓是中國十大姓氏之一，總人口約二千七百萬，約占當代人口的百分之二點二，其分佈在兩廣地區最有影響。

【姓源】黃姓的構成主要有嬴姓和外姓、外族之改姓兩大來源。

一、源於嬴姓。相傳上古少昊金天氏之裔孫伯益因助大禹治水有功，得嬴姓。伯益所在的東夷部落主要活動於今山東萊蕪一帶，而黃夷為東夷嬴姓部落的一支。隨著東夷部落的強大而西進中原，黃夷亦隨之遷居於河南黃水兩岸地區（即今河南新鄭和密縣一帶）。到夏朝，黃夷的一支自河南黃水北遷至汾川（今山西省絳縣西橫水），建立黃國。春秋初，黃國被晉國所滅，其子孫以國為氏。但此支黃姓除晉國大夫黃淵，餘無所聞。而留居河南黃水的黃人逐漸南遷，約商朝中期，在淮河上游的大別山北麓建立黃國（故址在今河南省潢川縣西）。春秋時，黃國被楚成王所滅，其公族子孫散之四方，遂以國為氏，並很快地在河南、湖北大地上蔓延開來，成為當代黃姓的主要組成部分。

二、源出外姓、外族之改姓。前者如：上古時候「黃」、「王」同音，故有王姓改為黃姓者；又有陸姓改黃姓（如浙江富陽黃氏始祖黃公望）；巫姓改黃姓（如宋理宗公主駙馬巫雙瑞之後）；吳姓改黃姓（如桐城謝河始祖黃全三）；金姓改黃姓（如崇仁棠溪始祖黃細二）；范姓改黃姓（如邵武人黃洽）；丁姓改黃姓（如元代丁應復之子名黃溍）等。後者如：古代武陵溪人、峒人和當代僮族、土家族等少數民族中都有黃姓，皆是戰國時南下江南蠻族地區的黃國遺民之後代。

【郡望】黃姓郡望有江夏（參見「喻」姓之郡望）、會稽（參見「謝」姓之郡望）、零陵、巴東、西郡、江陵、河南（參見「褚」姓之郡望）、濮陽、東陽（參見「苗」姓之郡望）等十餘郡。零陵郡，西漢置，治所在今廣西全州市北，東漢時移治泉陵（故城在今湖南省永州市北）。巴東郡，東漢末分巴郡置，故址在今重慶市奉節縣東北。西郡，東漢末置，北朝西魏廢，故址在今甘肅省山丹縣東南。江陵郡，春秋時為楚國郢都，漢代置江陵縣，為南郡之治所，南朝齊時改置江陵郡，轄境相當於今湖北省荊州市及重慶市一帶。濮陽郡，北朝後魏始置，轄境相當於今河南省濮陽市以東地區。

【著名人物】**黃歇**（戰國時楚國春申君，戰國四公子之一）；**黃石公**（秦末名士）；**黃霸**（西漢名臣）；**黃香**（東漢名臣）；**黃忠**（三國蜀漢大將），**黃蓋**（三國東吳名將）；**黃巢**（唐末農民軍領袖）；**黃庭堅**（北宋著名文學家）；**黃公望**（元代著名畫家）；**黃宗羲**（明末清初著名思想家），**黃慎**（清代畫家，「揚州八怪」之一），**黃龍士**（清代圍棋國手），**黃景仁**（清代詩人），**黃遵憲**（清末政治家、詩人），等等。

【專用楹聯】

教化第一；孝友無雙❶。
飄飄意氣；汪汪澄波❷。
詠詩句春歸何處；題菊花秋豔幾時❸。
學識淵博，紫陽一生著述；襟懷闊達，安南千頃汪洋❹。

【注釋】❶上聯言西漢大臣黃霸，字次公。少學律令，漢武帝末補侍郎謁者，歷河南太守丞。時吏尚嚴酷，而霸獨用寬和。漢宣帝時為廷尉正，後官至丞相，封建成侯。漢世論治民吏，皆以霸為首。下聯言東漢大臣黃香，字文強，湖北安陸（今屬湖北）人。年九歲，失母，事父至孝。夏月扇枕席，冬則以身溫被。稍長，博通精典，能文章。京師號曰「天下無雙，江夏黃童」。漢和帝時官至尚書令。在位多所薦達。遷魏郡太守。後卒於家。❷上聯言北宋學者黃伯思，字長睿。舉進士及第，元符年間官為秘書郎。性好古文奇字，彝器款識，悉能辨正。自六經及子史百家，無不精詣。善畫，工詩文。篆、隸、正、行、草、飛白諸體皆精妙。下聯言東漢孝廉黃憲，字叔度。博學善言談，年十四，與友人語，移日不能去。周舉嘗謂曰：「時月之間不見黃生，則鄙吝之心復存於心。」郭泰少遊汝南，稱之曰：「汪汪若千頃波，澄之不清，淆之不濁。」❸上聯言北宋著名文學家黃庭堅，字魯直，號山谷道人，又號涪翁，洪州分寧（今江西省修水縣）人。治平年間進士。宋哲宗時官秘書丞兼國史編修官，後知宣州、鄂州等。論詩推崇杜甫，開創了「江西詩派」。能詞，善書法。春歸何處，為其〈清平樂〉詞中名句。下聯言唐末農民軍領袖黃巢，曹州冤句（今山東省荷澤市東南）人。率百萬農民軍眾攻入長安，即皇帝位，國號大齊。長安被圍後撤離，後不屈自殺。曾撰有〈題菊花〉、〈菊花〉等詩傳世。❹上聯言宋代學者黃子能，字必強，江西豐城（今屬江西）人。刻意讀書，著有《皇極要論》、《禹貢圖說》等傳世。下聯言東漢孝廉黃憲之事，參見❷。

和 ㄏㄜˊ

和姓主要分佈於河南省中南部地區。

【姓源】和姓的起源主要有古官名、卞氏和外族之改姓三大支。

一、以古官名為姓。帝堯時，祝融氏重黎之後裔羲和為掌管天地四時之官。其後人以祖上職官為榮，遂成和姓。

二、源於卞氏。春秋時楚國玉工卞和在荊山得一璞玉，由此聞名。其支庶子孫有以祖上之名為氏，遂成和姓。

三、系出外族之改姓。北朝後魏素和氏，本鮮卑族檀石槐的支裔，進入中原後改為和氏。

【郡望】汝南郡（參見「周」姓之郡望）。

【著名人物】和洽（三國魏太常）；和嶠（西晉中書令）；和凝（五代後周太子太傅）；和峴（北宋學者）；和素（清代學者），等等。

【專用楹聯】

源於堯帝；望出汝南❶。

定八音，雅樂律呂；職二帝，時官秋冬❷。

挺秀千霄，隱具棟梁大用；開門撤棘，毫無關節潛通❸。

【注釋】❶和姓祠聯。上聯指和姓源出於帝堯之時。下聯指和姓之郡望。❷上聯言北宋學者和峴，字晦仁。官太常博士、知兗州等。善音樂，以五代後周王朴之《律準》校定律呂，於是八音始和暢。下聯言帝堯時治西方、朔方之官為和仲、和叔二人，和仲掌秋天之政，和叔掌冬天之政。❸上聯言西晉大臣和嶠，字長輿，汝南（今屬河南）人。少有盛名，人稱其「森森如千丈松，施之大廈，必有棟梁之用」。晉武帝時為黃門侍郎，遷中書令。晉惠帝時拜太子太傅，加散騎常侍。下聯言五代後周宰相和凝，字成績。後梁時進士及第，歷仕晉、漢，官至左僕射、太子太傅，封魯國公。為文章以多為富，多達百餘卷。嘗知貢舉，所舉皆一時之秀。

穆 ㄇㄨˋ

穆姓主要分佈於黑龍江、青海、貴州等地區。

【姓源】穆姓的起源有以諡為氏、外族之改姓兩大支。

一、以祖上諡號為氏。周朝以來，王公諸侯多有以「穆」為諡號者。穆，其意「布德執義、中情見貌」，即賢良、有德而又淳厚、和氣之意。春秋戰國時，以「穆」為諡者如：姬姓之晉穆侯、燕穆侯、蔡穆侯、鄭穆公、衛穆公、魯穆公，嬀姓之陳穆公，子姓之宋穆公，芈姓之楚穆王等。其後裔皆有以穆為氏者。

二、出自外族之改姓。北朝後魏鮮卑族八族之首丘目陵氏，進入中原後，以「目」、「穆」二字音相諧，而改為穆氏。

【郡望】河南郡（參見「褚」姓之郡望）、汝南郡（參見「周」姓之郡望）。

【著名人物】穆生（西漢楚元王中大夫）；穆顗（北朝後魏尚書）；穆修己（唐代詩人、畫家）；穆修（北宋文學家）；穆相（明代沂水令），等等。

【專用楹聯】

求書逾萬卷；拒敵居七宿❶。

撰修家訓揚倫禮；著作古文挽頹風❷。

【注釋】❶上聯言北朝後魏學者穆子容，少好學，無所不覽。求天下書，所在寫錄，得萬餘卷。武定年間官汲郡太守，終司農卿。下聯言南宋末良吏穆瑱，為衡陽（今屬湖南）縣尉，元將兀良哈入寇，瑱提兵相拒七晝夜，城賴以完。仕至湖北提刑。❷上聯言唐代鹽山（今屬河北）尉穆寧，嘗撰家訓以教諸子。當時韓休家訓子侄至嚴，貞元年間，言家法者惟稱韓、穆二門。下聯言北宋潁州文學參軍穆修，字伯長，山東鄆州（今山東省東平縣西北）人。當時學者多從事聲律，文風不振，而修獨以古文稱，為北宋古文運動之先驅者。

蕭 ㄒㄧㄠ

蕭姓是中國五十大姓之一，總人口有七百餘萬，約占當代人口的百分之零點五九，其分佈尤盛於長江中上游地區。

【姓源】蕭姓的構成主要有嬴姓、子姓和外族之改姓三大來源。

一、源出於嬴姓。相傳少昊金天氏之裔伯益因助大禹治水有功而得嬴姓，其後裔孟夸在商朝被封於蕭（今安徽省蕭縣西北）。西周初，蕭國滅亡，其後裔四散，遂以國為姓，一支南遷於今江西省樟樹市西蕭水，一支西遷至今湖南湘江上游之瀟水，一支東遷至今浙江省蕭山縣。

二、源出子姓。春秋時，宋戴公之裔大心因平定宋國猛將南宮長萬之功，被宋桓公封於蕭（今安徽省蕭縣），史稱蕭叔。春秋末，蕭國為楚國所滅，其子孫遂以國名命姓，成為蕭氏。

三、系出外族之改姓。著名者如：遼代契丹族之拔里氏、乙室已氏，回鶻族之述律氏，奚族之石抹氏等氏族集體改為蕭姓，成為遼國第一大姓；清代滿洲八旗舒穆祿氏的一部分、伊喇氏的全部改為蕭姓。這些蕭氏後來大多成為漢族的一部分。

附注：蕭姓當代亦有俗寫成肖姓，並有成為二姓之趨勢。

【郡望】蘭陵郡。晉朝元康二年（二九一年）分東海郡一部設置蘭陵郡，轄境相當於今山東省棗莊市及滕州市東南一帶。

【著名人物】蕭何（西漢初名相），蕭望之（西漢丞相）；蕭道成（南朝齊高帝），蕭衍（南朝梁武帝），蕭統（南朝梁昭明太子、文學家）；蕭瑀（唐初大臣）；蕭太后（遼代太后），蕭思溫（遼代大臣）；蕭德藻（南宋詩人），等等。

【專用楹聯】

制律功高能固漢；選文心瘁繼傳經❶。

高帝以廉治國；名臣惟儉傳家❷。

聚書三萬卷；為政十二州❸。

【注釋】❶上聯言指西漢初名相蕭何，沛（今江蘇省沛縣）人。秦二世時佐劉邦起義。劉邦率軍入咸陽，諸將惟分取府庫財物，蕭何卻收取秦王朝文獻檔案，以掌握全國山川險要、郡縣戶口等。後於楚、漢戰爭中，薦韓信為大將，自以丞相身分留守關中，輸送士卒、糧財。漢朝建立，封酇侯。推行與民休息政策，參照《秦律》制定《漢律》九章。下聯言南朝梁文學家蕭統，字德施，南蘭陵（今江蘇省常州市西北）人。梁武帝之子，天監元年（五〇二年）立為皇太子，史稱昭明太子。少時遍讀儒家經典。及長，參與朝政。善詩賦，招才學之士，廣集古今書籍三萬餘卷，研討儒事文學，兼探佛理。輯《文選》三十卷，以「事出於沉思，義歸乎翰藻」為準則，選出上自周代、下迄梁朝各種文體的代表作，為中國現存最早的文章總集，對後世文學創作頗有影響。❷上聯言南朝齊建立者蕭道成，以清儉自奉，卒諡高帝。下聯言西漢初名相蕭何，晚年不置垣屋，嘗曰：「後世賢，師吾儉。」參見❶。❸上聯言南朝梁昭明太子蕭統之事，參見❶。下聯言南朝宋名臣蕭思話，南蘭陵人。好書史，有令譽。宋武帝一見，便以國器許之。元嘉年間為青州刺史，後徵為尚書左僕射。後拜郢州刺史，先後歷十二州，愛才好士，人咸歸之。卒諡穆。

尹 ㄧㄣˇ

尹姓是中國一百大姓之一，總人口約二百三十萬，約占當代人口的百分之零點一九，其分佈在湘、鄂、川和東北地區較有影響。

【姓源】尹姓的構成主要有嬴姓、姬姓、兮姓和姒姓四大來源。

一、源出嬴姓。相傳少昊金天氏為嬴姓，其子殷官工正，封於尹城（故址在今山西省隰縣東北），時稱尹殷。其子孫以封邑為氏，遂成尹姓。又少昊之裔孫壽，帝堯時為師尹（眾官之長）之職，其後人以祖上職官名為氏，成為嬴姓尹氏的另一支。

二、源自姬姓。西周初所封姬姓國中有尹國（故址在今河南省宜陽縣西北），後國滅，地屬鄭國，其子孫遂以國為氏。

三、出自兮姓。西周宣王時，吉甫為師尹。吉甫原姓兮，名甲，史稱尹吉甫。其子孫亦以祖上官名為氏，是為兮姓尹氏。

四、源於姒姓。西周初，蔣國滅姒姓沈國，沈國君南逃楚地的沈鹿（今湖北省鍾祥市東之大洪山麓），出任楚令尹。其子孫遂以官名為氏，而成尹姓。

【郡望】天水郡（參見「趙」姓之郡望）。

【著名人物】尹吉甫（西周大臣）；尹文（戰國時思想家）；尹敏（東漢學者）；尹洙（北宋學者）；尹昊（明代大學士）；尹繼善（清代大臣），等等。

【專用楹聯】

文武兼優，萬邦為憲；恩威並濟，六師總權❶。

晉陽家臣，鄙繭絲以從政；函谷關吏，識紫氣之呈祥❷。

南域知學自珍始；北面抗敵怯倫威❸。

【注釋】❶上聯言西周宣王賢臣尹吉甫，當周宣王中興，修文武大業，時北狄內侵，逼近京邑，故命吉甫北伐，逐之太原（今屬山西）而歸。下聯言明代名臣尹直，字正言，江西泰和（今屬江西）人。景泰年間進士。明毅博學，練習朝章。成化年間累官至兵部尚書。❷上聯言春秋時晉國人尹鐸，趙簡子命其出使晉陽（今山西省太原市），鐸問：「以為繭絲乎？抑以為保障乎？」簡子曰：「保障哉。」於是鐸損其戶數，民寬且和。下聯言戰國時秦國人尹喜，字公度，為函谷關尹。老子西遊，喜望見紫氣，知有真人當過。老子至，授其《道德經》五千言而去。喜所著書名《關尹子》，今傳世。❸上聯言東漢學者尹珍，字道真。自以生於南方荒裔，不知禮義，乃從許慎、應奉受經書圖緯，學成，還鄉里教授。南域知學自珍始。漢桓帝時以經術選用，官至荊州刺史。下聯言北宋初名將尹繼倫，河南浚儀（今河南省開封縣）人。宋太祖時為殿直，參預平定嶺南、下金陵之戰。宋太宗即位，充北面緣邊都巡檢使。端拱年間遼軍南寇，繼倫奮擊，大敗之。遼兵相戒曰：「當避黑面大王。」以繼倫臉黑故也。

姚 一ㄠˊ

姚姓是中國人口最多的八十個大姓之一，總人口近四百二十萬，約占當代人口的百分之零點三五，其分佈尤盛於四川、江浙地區。

【姓源】姚姓的起源主要有媯姓和外族之改姓兩支。

一、出自嬀姓。相傳舜帝因居於山西省永濟市之嬀水之旁而姓嬀，又因舜生於姚墟（今河南省濮陽市西濮陽鎮）而又姓姚。姚姓後裔又分出嬀、虞（吳）、胡、陳、田、王等六姓。

二、系出外族之改姓。如晉代羌族首領姚大仲，本是漢代西羌燒當族的後人，為順利入據中原，而自稱是帝舜的後代，故改姓姚氏。姚大仲之子姚萇於陝西長安建立後秦，為十六國之一。又清代滿洲八旗耀佳氏、納喇氏等氏族的一部分亦集體改姓姚。

【郡望】吳興郡（參見「沈」姓之郡望）。

【著名人物】姚萇（十六國後秦皇帝）；姚思廉（唐代史學家），姚崇（唐代名相），姚合（唐代詩人）；姚樞（元代名臣），姚燧（元代文學家）；姚廣孝（明代《永樂大典》纂修官）；姚際恆（清代學者），姚鼐（清代散文家），等等。

【專用楹聯】

父子成雙史；兄弟號二姚❶。

學閎兩漢；書撰梁陳❷。

大典光華夏；文章耀桐城❸。

【注釋】❶上聯言隋代史學家姚察，勵精學業。授秘書丞、散騎常侍。敕成陳、梁二朝史未畢，臨亡，戒子思廉續成之。下聯言北宋名將姚麟，字君瑞，歷官都指揮使，建雄、定武兩鎮節度使。用兵沉毅多奇策，有功不自伐，治軍嚴明，下為之用。與其弟均立大功，聲蓋一時，關中號為「二姚」。❷上聯言元代學者姚燧，字端甫，柳城（今遼寧省朝陽市）人。少從著名學者許衡遊，有西漢風。累官翰林學士。著有《國統離合表》、《牧庵集》等。下聯言隋朝史學家姚察與其子思廉之事，參見❶。❸上聯言明初名臣姚廣孝，蘇州長洲（今江蘇省蘇州市）人。年十四度為僧。工詩畫，識陰陽數術之學，為燕王朱棣心腹謀士。燕王立，稱明成祖，錄其功為第一，拜太子少師。嘗監修《太祖實錄》，並為《永樂大典》纂修官。下聯言清代著名散文家姚鼐，字姬傳，安徽桐城（今屬安徽）人。乾隆年間進士，任翰林院庶吉士。參與編修《四庫全書》。辭官後主持紫陽、中山等書院。工古文，倡導唐宋古文傳統，為「桐城派」之代表，對清代經學、文學之影響甚大。有《古文辭類纂》、《惜抱軒文集》

等傳世。

邵 ㄕㄠˋ

邵姓是中國一百大姓之一，總人口近三百萬，約占當代人口的百分之零點二四，主要分佈於華東沿海地區和甘肅河西走廊地區。

【姓源】邵姓的起源主要有召氏、姬姓二大支。

一、出自召氏。商王武丁時期，活動於今河南省郾城縣東召陵一帶的黃帝部落召方，因屢遭商軍的征討，而西遷至渭河和涇水之間的召陳（今陝西省鳳翔市東南）。西周初年，歸順於周，其族人以召為氏。

二、源出姬姓。商末，周文王封其庶子姬奭於召陳，史稱召公奭。周武王滅商後，移封召國於召亭（今河南省濟源市西）。後召公奭之長子轉封於燕，留於濟源的次子仍名召公，三子南遷伏牛山東端的南召，以區別於濟源之北召。春秋初，南召被楚國所吞，陝西之召被秦所滅；春秋後期，召簡公因捲入周王室王位之爭而被殺，召國亡，召人四散，遂以召為氏。又戰國末期，燕國為秦所滅，其子孫散居各地，其中有人以祖上原封地「召」為姓。

附注：「召」、「邵」兩字古時通用，史書上一般漢朝以前多用「召」，三國以後多用「邵」。河南汝南、安陽一帶召姓人最早改用邵姓。當代召與邵已依習俗分為二姓，而以邵姓為多見。

【郡望】博陵郡。東漢本初元年（一四六年）初置，治所在博陵縣（今河北省蠡縣南），北朝後魏時移治安平縣（今屬河北）。

【著名人物】邵續（晉朝學者）；邵雍（北宋思想家）；邵興（南宋初名將）；邵寶（明代學者），邵彌（明代畫家）；邵晉涵（清代史學家），邵懿辰（清代學者），等等。

【專用楹聯】

東陵衍派；皇極傳經❶。

如玉如金，詩文藉藉；有家有室，瓜瓞綿綿❷。

丹陽龍圖學士；蕪湖桑棗園丁❸。

【注釋】❶上聯言秦代東陵侯邵平於秦朝滅亡後，隱居於長安（今陝西省西安市）城東，種瓜為生。據說其所種瓜甚佳，有五色，世稱「東陵瓜」。後世常以「東陵瓜」稱譽瓜之美者，也常用邵平種瓜事喻農圃之事。「衍派」及「瓜瓞綿綿」，皆有子孫繁衍發達昌盛之意。下聯言北宋哲學家邵雍，字堯夫，自號安樂先生。卒諡康節，故又稱康節先生。初從李之才學，居洛陽（今屬河南），與司馬光等友善，與二程亦密切往來。其學用《周易》六十四卦繪成「先天圖」，認為「天地萬物盡在其中」。有《皇極經世》、《伊川擊壤集》等著作傳世。❷上聯言唐代學者邵謁，翁源（今屬廣東）人。博通經史，為有司所薦，隸國子監，然性剛，為詩多刺時事，竟不第。下聯言秦代東陵侯邵平之事，參見❶。❸上聯言北宋名臣邵必，字不疑，丹陽（今屬江蘇）人。善篆隸，累官京西轉運使。居官振厲風采，謝絕宴集贈遺。嘗曰：「數會聚則情狎，多受饋則不能行事。」時謂名言。後以龍圖閣學士出知成都，道卒。下聯言清代詩書畫家邵士燮，字友園，號苑村，又號桑棗園丁，安徽蕪湖（今屬安徽）人。善隸書篆刻，尤嗜畫。

湛 ㄓㄢˋ

湛姓主要分佈於四川等省。

【姓源】湛姓的起源主要有二：源出姒姓和以地名為氏。

一、源出姒姓。夏代早期，有一與夏同姓諸侯稱斟灌氏，其地在今山東省壽光市東北斟灌店。太康失國後，斟灌氏國被東夷族所攻滅，斟灌氏族人為避禍，將「斟」、「灌」二字各取一半，合成一個「湛」字，遂成湛姓。

二、以地名為。相傳春秋時，居住於湛（今河南寶豐一帶）之人，以地名為姓，稱為湛氏。湛，水名，源出河南省寶豐縣東南，東流至襄城縣境入於北汝河。

【郡望】豫章郡（參見「喻」姓之郡望）。

【著名人物】湛重（漢代大司農）；湛賁（唐代詩人）；湛俞（北宋屯田郎中）；湛若水（明代學者），等等。

【專用楹聯】

源自斟灌；望出豫章❶。

仔細斟酌百事順；適時灌溉萬年豐❷。

廉介平實，著名西蜀；仁慈長厚，留譽韶州❸。

【注釋】❶湛姓祠聯。上聯指湛姓源出於古斟灌氏國。下聯指湛姓之郡望。❷湛氏源出之古斟灌氏國「斟灌」二字的嵌字聯。❸上聯言明代良吏湛禮，字用和，錢塘（今浙江省杭州市）人。永樂年間進士，授內江（今屬四川）令，累遷知韶州府（今廣東省韶關市）。在官以寬厚清白著稱。下聯指湛禮為韶州知府時，曾遣府吏去樂昌縣（今屬廣東）督稅，因府吏法外橫斂，被縣令所捕囚。湛禮曰：「縣令能不以府尹之故而屈法，其賢可知。」於是府吏至縣皆守法。

汪 ㄨㄤ

汪姓是中國的八十大姓氏之一，總人口在四百五十餘萬，約占當代人口的百分之零點三八，其分佈尤盛於皖、鄂地區。

【姓源】汪姓的起源主要有漆姓、姬姓、嬴姓和外姓、外族之改姓四大支。

一、出自漆姓。舜帝時，釐姓防風氏部落活動於今浙江武康地區，後國君為夏禹所殺，部落向北遷移至今浙江湖州一帶山中。商代改稱汪芒氏（一作汪罔氏），為漆姓。戰國時，楚國滅越，汪芒氏也被滅，其族人逃至今皖南歙縣一帶，改稱汪氏。此支汪姓之影響後代最大。

二、出自姬姓。春秋後期，魯桓公之庶子滿食采於汪（在今山東境內），其子孫以食邑名為氏；又魯成公的支庶子孫世封於汪邑，遂以封邑為氏，亦稱汪姓。

三、出自嬴姓。戰國時，秦國君支庶子孫所封之汪國（故址在今山西省臨猗縣西南臨晉古城附近）為魏文侯所破，其國人遂以國名氏。

四、系出外姓、外族之改姓。前者如：宋初福建泉州人翁乾度生有六子，分別以洪、江、翁、方、龔、汪命姓，其第六子翁處休改名汪處休。此六兄弟皆以才學知名，同中進士，時人有「六桂聯芳」之譽。故汪處休之子孫便以「六桂」為堂號，稱汪姓「六桂堂」。後者如：金朝女真族之古里申氏、汪古氏，元代汪古部人，清代滿洲八旗瓜爾佳氏、完顏氏等皆有改姓汪者。

【郡望】平陽郡（參見「鳳」姓之郡望）。

【著名人物】汪文和（東漢會稽令）；汪華（唐代歙州刺史）；汪藻（南宋初文學家），汪元量（南宋末詩人）；汪大淵（元代航海家）；汪昂（清代名醫），汪中（清代學者），汪琬（清代散文家），汪士慎（清代書畫家，「揚州八怪」之一），等等。

【專用楹聯】

集著浮溪，大展詞林學問；名魁金榜，遍洒狀元甘霖❶。

航海居先導；醫方集大成❷。

清代三友流芳遠；吳門四汪享譽高❸。

【注釋】❶上聯言南宋初文學家汪藻，字彥章，德興（今屬江西）人。崇寧年間進士。宋高宗時官拜翰林學士，後知湖州。博極群書，手不釋卷。所修《日曆》凡六百六十五卷。遷顯謨閣學士，出知徽州、宣州。著有《浮溪集》傳世。下聯言南宋吏部尚書汪應辰，初名洋，字聖錫，玉山（今屬江西）人。十八歲中狀元。歷知平江府等職。好賢樂善，精於義理，學者稱玉山先生。有《文定集》傳世。❷上聯言元代航海家汪大淵，字煥章，江西南昌（今屬江西）人。自幼好遊，年甫二十，即附商船浮海。前後兩下東西洋，越數十國。著有《島夷志略》。以有記載之中國航海家的遊蹤之廣泛而論，在清代中葉之前，汪氏當居前列。下聯言清代醫學家汪昂，字訒庵，安徽休寧（今屬安徽）人，寄籍浙江麗水（今屬浙江）。好集醫方，其所編著之《素靈類纂約注》、《醫方集解》、《本草備要》、《湯頭歌訣》等，集當時醫方之大成，對普及醫學知識頗有貢獻。❸上聯言清代天文曆算家汪萊，與學者焦循、李銳合稱「三友」。下聯言清代詩人、書法家汪士鋐，字文昇，蘇州長洲（今江蘇省蘇州市）人。康熙年間進士。工詩、古文，尤善書法，與姜宸英齊名。其兩兄一弟亦富才學，合稱「吳門四汪」。有《全秦藝文志》、《三秦紀聞》、《元和郡縣志補解》、《秋泉居士集》等著作傳世。

祁 ㄑㄧˊ

祁姓的分佈以江蘇等省較為集中。

【姓源】祁姓的起源主要有軒轅氏、陶唐氏、姬姓、官名和外族之改姓五大支。

一、出自軒轅氏。相傳黃帝有二十五子，其一得祁姓，名祁豹。

二、源於陶唐氏。堯帝陶唐氏又名伊祁氏，其子孫有以伊祁為氏者，後省文為祁姓。

三、出自姬姓。春秋時，晉獻侯四世孫奚食采於祁邑（今山西省祁縣），世稱祁奚。其子孫以封邑命氏，遂成祁姓之一支。

四、以官職名為姓。周代職官中有「祁父」（一作圻父）一職，是負責掌管封圻兵甲的司馬。擔任此官職者的子孫有以「祁」為姓，遂稱祁氏。

五、系出外族之改姓。如土族之祁嘎阿寅勒氏、滿族之奇德里氏等，後皆用漢姓祁。

【郡望】太原郡（參見「王」姓之郡望）、扶風郡（參見「竇」姓之郡望）。

【著名人物】祁奚（春秋時晉國大夫），祁午（春秋時晉國軍尉）；祁宰（金朝名醫）；祁爾光（明代學者）；祁韻士（清代學者），祁俊藻（清代軍機大臣），等等。

【專用楹聯】

源自姬姓；望出太原❶。

西陲百韻傳名遠；蔚峰一家享譽高❷。

【注釋】❶祁姓祠聯。上聯指祁姓源出於姬姓。下聯指祁姓之郡望。❷上聯言清代學者祁韻士，字諧庭，一字鶴皋，安徽壽陽（今安徽省壽縣）人。性喜治史，於疆域山川形勝、古人爵里姓氏多所記覽。乾隆年間進士，官戶部郎中。有《藩部要略》、《西陲百韻》、《訪山隨筆》、《袖爽軒文集》等著作。下聯言清代畫家祁煥，字蘊文，號蔚峰，江蘇吳縣（今屬江蘇）人。諸生。善畫蘭竹，自成一家。尤好彝鼎圖書，多蓄古硯，著有《二十八硯齋集》。

毛 ㄇㄠˊ

毛姓是中國一百大姓之一，總人口有三百二十餘萬，約占當代人口的百分之零點二七，其分佈於浙、桂、川、湘地區較為昌盛。

【姓源】毛姓的構成主要有依姓、姬姓和外族之改姓三大來源。

一、源出依姓。相傳黃帝有二十五子，其一得依姓，因其身上毛髮濃密而稱毛部落。自夏至商末，毛部落自原居地毛目（今甘肅省金塔縣北），經今甘肅天水東遷至今陝西岐山、扶風一帶。至周文王封其弟於此建立毛國，依姓毛人便再東遷至豫西毛泉（今河南省宜陽縣東北）。周武王滅商後，又封其子於此再建毛國，依姓遂東南遷至今浙江臨海一帶。此支毛姓後世無聞，當湮沒於姬姓毛氏之中。

二、源自姬姓，又分二支。其一，周文王封其子叔鄭於毛（今陝西岐山、扶風一帶），世稱毛公，清代後期出土的青銅器毛公鼎等，即是毛國的遺物。其後裔遂以國為氏。其二，周武王封其子明於毛（故址在今河南省宜陽縣東北），世稱毛伯明。毛伯明為周成王六卿之一，子孫世為周卿士。春秋末，毛伯捲入周室王位之爭失敗後南逃楚國，毛國滅亡。其子孫亦以為毛氏。

三、出自外族之改姓。主要有：三國東吳時皖南山越族之毛姓，東晉末西南夷南中大族之毛姓，十六國前秦時渭北氐人之毛姓，西夏党項族之毛姓，金朝女真人之毛姓等。

【郡望】西河郡（參見「卜」姓之郡望）、滎陽（參見「鄭」姓之郡望）。

【著名人物】毛遂（戰國時趙國平原君門客）；毛亨（西漢初學者，世稱「大毛公」），毛萇（西漢初學者，世稱

「小毛公」);毛玠(三國魏名臣);毛嵩(唐代畫家);毛晉(清代藏書家),毛奇齡(清代經學家、文學家),毛庚(清代畫家),等等。

【專用楹聯】

潔廉世望;風雅詩宗❶。

子晉典籍八萬冊;鴻賓文字第一籌❷。

【注釋】❶上聯言三國魏名臣毛玠,字孝先,平丘(今屬河南)人。少為縣吏,以清公稱。嘗為丞相府東曹掾,與崔琰共典選舉,所舉用皆清正之士,務以儉率人。由是士莫不以廉節自勵。終官尚書僕射。下聯言西漢學者毛萇,趙人。為河間王博士,治《詩經》尤精,人稱「小毛公」(以區別於「大毛公」毛亨)。是時言《詩》者還有齊、魯、韓三家,而《毛詩》未得立於學官,然此後三家皆亡,而《毛詩》大行。官北海太守。❷上聯言清初學者毛晉,原名鳳苞,字子晉,江蘇常熟(今屬江蘇)人。博學多識,家富圖籍,遍搜古籍達八萬餘冊,多宋元善本。家有汲古閣,傳刻古書,流佈天下。所刻古書,皆手自讎校,世稱毛本。並自編有《毛詩陸疏廣要》、《海虞古今文苑》、《毛詩名物考》、《明詩紀事》等。下聯言清代名臣毛鴻賓,字寄雲,山東歷城(今山東省濟南市東)人。道光年間進士,由編修累擢御史。敢言直諫,不避權貴。胡林翼譽其「言繫天下安危,二百年來第一等文字」。官至兩廣總督。

禹 ㄩˇ

禹姓主要分佈於魯、豫、浙諸省。

【姓源】禹姓的起源主要有姒姓、妘姓二支。

一、源出姒姓。傳說大禹因奉舜帝之命治理洪水成功而擔任部落聯盟領袖。其支庶後裔便以祖上之名為姓,遂成禹氏。

二、出自妘姓。春秋時有妘姓之國鄅子國(故址在今山東省臨沂市北),為楚國附庸,世稱鄅子。後為魯國吞併，其子孫遂以國名氏，後去邑旁而為禹氏。

【郡望】隴西郡（參見「李」姓之郡望）。

【著名人物】禹萬誠（南朝宋常州刺史）；禹顯（金代節度使）；禹祥（明代知縣）；禹之鼎（清代畫家），等等。

【專用楹聯】

績著常州刺史；化行仁壽使君❶。

居官恒約；善畫成圖❷。

【注釋】❶上聯言南朝宋常州（今屬江蘇）刺史禹萬誠，政績卓著。下聯言明代知縣禹祥，於知仁壽縣（今屬四川）時，處己接物，惟以不欺，居官清約如寒士，從而風教大行。❷上聯言明代知縣禹祥之事，參見❶。下聯言清代畫家禹之鼎，字上吉，江都（今屬江蘇）人。康熙年間官鴻臚寺序班，以善畫供奉內廷，尤工肖像。有〈王會圖〉一卷傳世。

狄 ㄉㄧˊ

狄姓的分佈以北京、陝西等地較為集中。

【姓源】狄姓的起源主要有古狄族、姬姓、姜姓和外族之改姓四支。

一、源出自古狄族。西周時，狄族活動於齊、魯、晉、衛之間，以族為氏。

二、源於姬姓。周武王封其幼弟於狄城（故址在今河北省正定縣），其後人以國為氏，遂成狄姓。

三、出自姜姓。相傳炎帝之姜姓裔孫孝伯，因居於參盧，亦稱參盧氏，為周成王之母舅，被封於狄城（故址在今山東省高青縣東南，一說在今山東省博興縣西南）。古「孝」、「考」二字相通，故又稱考伯。國滅後，其族人以國為氏。

四、系出外族之改姓。北朝後魏時，西北回鶻族高車氏中分化出一支，稱狄姓；唐代，契丹將領楊隱歸降，被唐昭宗賜姓名為狄懷忠，其後裔沿襲為狄氏。

【郡望】天水郡（參見「趙」姓之郡望）。

【著名人物】狄仁傑（唐代名臣），狄道（唐代學者），狄光嗣（唐代刺史）；狄青（北宋大將）；狄大晨（清代畫家），等等。

【專用楹聯】

孟章廉吏；西河武襄❶。

功奪崑崙，只用上元三鼓；珠明滄海，洵稱南斗一人❷。

【注釋】❶上聯言宋代良吏狄粟，字子璋，長沙（今屬湖南）人。嘗知穀城縣（今屬湖北），歲饑，發常平倉米以賑，人稱為廉吏。下聯言北宋大將狄青，字漢臣，汾州西河（今山西省汾陽市）人。宋仁宗寶元初年，守沿夏邊地凡四年，為先鋒，大小二十五戰，勇不可擋。以功擢馬前副都指揮使，後拜樞密使。卒諡武襄。❷上聯言北宋大將狄青之事。當南方廣源州（今越南高平東北）人依智高反，青統軍南至宜州（今屬廣西），值上元節，便張燈設宴，夜三鼓，以奇兵奪崑崙關（在今廣西賓陽縣西南）要地。還至京師，擢任樞密使。參見❶。下聯言唐代大臣狄仁傑，字懷英，太原（今屬山西）人。舉明經。唐高宗時，曾為兩廣守臣，官聲廉貞。武則天當政時轉文昌右丞。居位以舉賢為意，有知人之明。後匡復唐祚之臣多經其擢拔。唐睿宗時追封梁國公。

米 ㄇㄧˇ

米姓的分佈主要集中於湖南、山西兩省。

【姓源】米姓的起源主要有羋姓和西域米國二支。

一、出自羋姓。春秋時，楚國望族之羋姓，因「羋」字在書寫上與「米」字相近，而部分羋姓人轉成米姓。

二、系出西域米國。隋、唐時，西域「昭武九姓」之一的米國（故址在今烏茲別克撒馬爾罕西南）常有人來中國定居，並以國名為姓，稱米氏。至五代以後，已與內地漢人無異了。當代米姓人多與此支米姓有關。

【郡望】京兆郡（參見「韋」姓之郡望）、隴西郡（參見「李」姓之郡望）。

【著名人物】米志誠（五代時吳國泰寧軍節度使）；米芾、米友仁父子（北宋書畫家）；米萬鍾（明代書畫家）；米漢雯（清初書畫家），等等。

【專用楹聯】

襄陽博士；長通參謀❶。

順天友石；梁若居松❷。

【注釋】❶上聯言北宋書法家米芾，字元章，號襄陽漫士、海嶽外史。官全書畫學博士、禮部員外郎。人稱米南宮。與蔡襄、蘇軾、黃庭堅並稱「宋四家」。山水、人物畫自成一家。有《書史》、《畫史》、《寶晉英光集》等著作。下聯言唐代文學家米放，字長通，襄陽（今湖北省襄樊市）人。隱居剡溪，被江西帥、曹王皋辟為節度參謀，後召為拾遺，不起。其詩文多行於世。❷上聯言明代書畫家米萬鍾，關中人，居於順天府（今北京市）。萬曆年間進士，官江西按察使、太常少卿。生平蓄奇石甚富，稱友石先生。善書畫，有《篆隸訂訛》傳世。下聯言清代詩人米肇灝，字梁若，一字大穆，辰州（今湖南省沅陵縣）人。明末崇禎年間貢生，入清後遁居於州城東，蔬食菜羹，行吟不輟，有《居松吟》等著作。

貝 ㄅㄟˋ

貝姓在當代以山東等省為主要聚居地。

【姓源】貝姓的起源主要有姬姓、地名二支。

一、源出姬姓。西周召公康移封於薊，其支庶子孫食采於郥邑（故址在今河北省鉅鹿縣一帶），為燕國附庸。其子孫遂以國為氏，後去邑旁為貝氏。

二、以地名命氏。先秦時，有世居於貝丘（故址今山東省博興縣東南）者以地名命氏，遂為貝姓。

【郡望】清河郡（參見「張」姓之郡望）。

【著名人物】貝俊（唐代畫家）；貝欽世（宋代江陰知縣）；貝瓊（明代文學家），貝泰（明代大學士）；貝青喬（清代詩人），等等。

【專用楹聯】

清水一灣天然畫；河山萬里錦繡圖❶。

梁碑留墨寶；運河傳政聲❷。

洪武三助流芳遠；永樂六館播惠長❸。

【注釋】❶貝姓郡望「清河」之嵌字楹聯。❷上聯言南朝梁書法家貝義淵，吳興（今浙江省湖州市）人。書有〈梁始興忠武王蕭儋碑〉，現存江蘇省南京市，碑文殘損過半，留存之字帶有行草筆意，頗為雄健。下聯言宋代江陰（今屬江蘇）知縣貝欽世，浙江上虞（今屬浙江）人。有惠政。縣有運河久湮，欽世欲浚治之，邑中大姓爭捐金為助，不逾月而成。❸上聯言明代文學家貝瓊，字廷琚，浙江崇德（今浙江省桐鄉市西南）人。博覽群史，工詩能文。明初預修《元史》，官國子監助教。與張美和、聶鉉齊名，時稱「成均三助」。著有《清江文集》。下聯言明代大學士貝泰，字宗魯，浙江金華（今屬浙江）人。少以文行聞名，永樂年間舉人。累官國子祭酒，前後在太學四十餘年，六館之士毅然從化。

明 ㄇㄧㄥˊ

明姓主要分佈於湖北、湖南二省。

【姓源】明姓的起源主要有譙明氏、姬姓和外姓、外族之改姓三支。

一、源出譙明氏。傳說上古燧人氏之「四佐」之一明由為譙明氏之後裔，其後人遂以祖上之名為氏，是為明姓。

二、出自姬姓。春秋時，虞國公族之後、秦國丞相百里奚之子名視，字孟明，為秦將軍，世稱孟明視。其子孫有以其字為氏者，後省作明姓。

三、系出外姓、外族之改姓。北朝後魏鮮卑族壹斗眷（又作「一斗眷」）氏，進入中原後改為明姓。又元末紅巾軍領袖明玉珍本姓旻，後因信奉明教而改姓明。其子孫遂以明為姓。

【郡望】吳興郡（參見「沈」姓之郡望）、平原郡（參見「常」姓之郡望）。

【著名人物】明僧紹（南朝齊隱士），明山賓（南朝梁東宮學士）；明亮（北朝後魏陽平太守）；明安圖（清代數學家），明辰（清代畫家），等等。

【專用楹聯】

日當正午無斜影；月到中秋有餘輝❶。

清白愛民有惠政；議樂修禮無俗塵❷。

孝若著書二百卷；恭順封爵一等侯❸。

【注釋】❶明姓「明」字的析字聯。❷上聯言北朝後魏良吏明亮，字文德，平原（今屬山東）人。性厚恕有才識，累官勇武將軍、陽平太守等，清白愛民，頗有惠政。下聯言隋代司調大夫明克讓，字弘道。少好儒雅，博涉書史，研精三《禮》。隋文帝受禪，拜率更令，進爵為侯。詔與太常牛弘等修禮議樂，當朝典故，多所裁正。❸上聯言南朝梁東宮學士明山賓，字孝若。十三歲博通經傳，累官至國子祭酒，著有《吉禮儀注》等二百餘卷。下聯言清代將領明安，天聰年間從征察哈爾，攻大凌河有功。雍正年間封一等侯，加號恭順。

臧 ㄗㄤ

臧姓的分佈以浙江省為主。

【姓源】臧姓源出於姬姓，又分二支：其一，春秋時，魯孝公之子彄被封於臧邑（今山東省棲霞市東北），稱臧彄。其後代即以其封邑名為氏。其二，魯惠公之子名欣，字子臧。其後代即以祖上之字為氏，亦作臧姓。

【郡望】東海郡（參見「臧」姓之郡望）。

【著名人物】臧洪（漢代東郡太守）；臧質（南朝宋刺史），臧榮緒（南朝齊史學家）；臧中立（北宋名醫）；臧性（明代書法家），等等。

【專用楹聯】

東鄰西舍千祥聚；海晏河清萬象新❶。

氣幹雄宏，拜二州民牧；學問淹博，修一代史書❷。

鄞南顯奇效；永樂留豐功❸。

【注釋】❶臧姓郡望「東海」的嵌字聯。❷上聯言南朝宋良吏臧質，字含文。有氣幹，累任徐、兗二州刺史。後因功封始興郡公。下聯言南朝齊史學家臧榮緒，莒（今山東省莒縣）人。純篤好學，有志節，長期隱居京口（今江蘇省鎮江市），潛心著述，成《晉書》一百十卷，記兩晉史事詳盡，成為唐初官修《晉書》之主要依據。❸上聯言北宋名醫臧中立，毗陵（今江蘇省常州市）人。元豐年中，至鄞縣（今屬浙江）南湖，日治癒病人數千人。下聯言明代書法家臧性，字孟年，鄞縣人。永樂年中，以善書徵秘閣，繕寫《永樂大典》。以勞擢官宜興令。

計 ㄐㄧˋ

計姓主要分佈於陝西、上海等地區。

【姓源】計姓的起源有姒姓、少昊氏和姬姓三支。

一、出自姒姓。夏禹的後代在商時有被封於計（今山東省膠縣西南）者，滅於西周初，其國人遂以國名氏。

二、源出少昊氏。西周初年，周武王封少昊之裔於莒（今山東省莒縣一帶），建都於計斤（今山東省膠縣西南），即《左傳》中之「介根」。其後裔遂以都城名命氏，成為計姓的又一來源。

三、源於姬姓。春秋時，晉國公子辛然來越國任大夫，又稱計然。其後代遂以祖上之名為氏，稱計姓。

【郡望】齊郡、京兆郡（參見「韋」姓之郡望）。齊郡，西漢始置，東漢改為齊國，南朝宋復為郡，治所在臨淄（今山東省淄博市附近），隋朝廢。

【著名人物】計然（春秋時越國謀士）；計訓（漢代司空掾）；計衡（南宋初御史）；計禮（明代刑部郎中）；計楠（清代畫家），等等。

【專用楹聯】

源自夏禹；望出臨淄❶。

不事王侯，游海澤為漁父；所聞博洽，居幕府獻晉書❷。

致平清白吏；汝和淡墨菊❸。

【注釋】❶計姓祠聯。上聯指計姓源出於夏禹。下聯指計姓之郡望。❷上聯言春秋時越國謀士計然，一名計研，字文子，其先為晉國公子，本姓辛，葵丘濮上（今河南省滑縣、延津縣一帶）人。博學聰穎，不事王侯，潛心於學，擅長計算謀略，越王句踐之重臣范蠡曾師事之。曾勸句踐修武練卒，防患於未然。句踐、范蠡用其謀，成就一代霸業。下聯言南宋初學者計有功，字敏夫，安仁（今屬湖南）人。知簡州（今四川省簡陽市）時，頗有政績，提舉浙西路常平茶鹽公事。嘗居張浚幕府。紹興中張浚遣詣行在奏對，獻所著《晉鑑》。又有《唐詩記事》傳世。❸上聯言南宋初良吏計衡，字致平。紹興年間進士。遊太學時，上書言天下大計，宋高宗嘉之。歷官監察御史，出守池州。居官多善政。及卒，家無餘資，時稱清白吏。下聯言明代畫家計禮，字汝和，浮梁（今屬江西）人。天順年間進士，累官刑部郎中。其畫菊，落筆皆用草書法。時稱「林良翎毛夏路竹，岳正葡萄計禮菊」為四絕。

伏 ㄈㄨˊ

伏姓主要分佈於湖南省。

【姓源】伏姓的起源主要有風姓和外姓、外族之改姓兩支。

一、源自風姓。相傳上古太昊伏羲氏風姓，其苗裔有以伏為氏者。

二、系出外姓、外族之改姓。北朝人侯植武藝絕倫，甚得魏孝武帝寵幸，賜姓侯伏氏。後侯伏氏從魏孝文帝大破沙苑有功，又受賜姓為賀屯氏。故侯植之裔形成侯伏氏和賀屯氏兩支。魏孝文帝遷都洛陽後，侯伏氏依例改為伏姓，賀屯氏改為賀姓。

【郡望】太原郡（參見「王」姓之郡望）、高陽郡（參見「許」姓之郡望）。

【著名人物】伏勝（西漢初學者），伏理（西漢學者）；伏滔（東晉游擊將軍）；伏暅（南朝梁學者），伏挺（南朝梁侍御史），等等。

【專用楹聯】

高風亮節；陽春白雪❶。

口傳尚書恩澤厚；校正漢史名望高❷。

詩得匡衡傳授；姿比顏子聰明❸。

【注釋】❶伏姓郡望「高陽」之嵌字聯。❷上聯言西漢才女伏女，名費娥，濟南（今屬山東）人。秦代博士伏勝（又稱伏生）之女。秦始皇焚書，伏生藏《尚書》於屋壁中。西漢初，伏生得遺書二十九篇，教於齊、魯之間。漢文帝派晁錯從其學。伏勝時年九十餘，老不能行，由其女誦傳口授，使今文《尚書》得以流傳。下聯言東漢史學家伏儼，字景弘，山東琅琊（今山東省諸城縣東南）人。著有《前漢書糾謬》一書。❸上聯言西漢學者伏理，字君游，東武（今山東省諸城縣）人。從學者匡衡受《齊詩》學。官至高密王太傅。由是《齊詩》有匡、伏之學。下聯言南朝梁侍御史伏挺，字士標，博學有才思。任昉見之曰：「此子日下無雙。」以比顏子。有《邇說》、文集等。

成 ㄔㄥˊ

成姓主要分佈於陝西諸省。

【姓源】成姓之來源較複雜，主要有子姓、姬姓、羋姓和外族之改姓四支。

一、源出子姓。西周初，商王族微子啟被封於宋國（今河南省商丘市），其支庶裔孫名苦成子，其後代便有以祖上之名為姓者。

二、源自姬姓。又分為三支：其一，西周初，周武王封其弟叔武於郕（故址在今山東省寧陽縣東北）。其後人以國為氏，後去邑旁而為成氏。此支成姓對後世之影響最大。其二，周成王亦分封王族季戴於郕（故址在今河南省范縣濮城北），其後裔亦以邑為氏，後去邑旁為成姓。其三，周文王之伯父為吳國開國之君，其後代於春秋時亦有以成為氏者。

三、出自羋姓。春秋時，楚國君若敖之子成虎，其孫得臣官拜令尹，被封於成，遂以成為氏。

四、系出外族之改姓。如：十六國時，活動於今西北地區的屠各人中有成姓，南朝宋之南蠻西陽氏中一支亦稱成姓。又當代滿、朝鮮、蒙古等族中也都有以成為姓者。

【郡望】上谷郡。戰國時燕國始置，秦朝置治所於沮陽（今河北省懷來縣東南），轄境相當於今河北省張家口市、小五臺山以東，北京延慶縣以西、內長城和昌平縣以北地區。

【著名人物】成連（春秋時名琴師），成回（春秋時孔子之弟子）；成公（西漢名士）；成綏（西晉中書郎）；成公興（北朝後魏學者）；成閔（南宋節度使），等等。

【專用楹聯】

一情授琴手；三難為帝師❶。

燮理陰陽，佐黃帝相才獨美；修築城堡，法孔明禦敵兩頒❷。

【注釋】❶上聯言春秋時名琴師成連，伯牙嘗從學三年而成，然精神神志未能專一，成連曰：「吾師子春在海中，能移人情。」遂俱至蓬萊山，曰：「吾將迎吾師。」駕船而去，旬日不返。伯牙但聞海水奔騰之聲，而山林冥寂，群鳥悲鳴，伯牙愴然嘆曰：「先生將移為情。」乃援琴歌之。曲終，成連船還。伯牙遂為天下妙手。下聯言西漢名士成公，常讀經書，不交世利，埋名隱居，為世所高。漢成帝出遊問之，成公不為所屈，三難成帝，成帝嘆服，遣官員前往請教，遂授《政事》三十篇。❷上聯言上古黃帝時名臣成博，曾佐理黃帝治天下之事。下聯言南宋武康（今屬浙江）人成無玷，進士及第，紹興初年歷官知永州、兼鄂岳安撫使。為防禦金人侵犯，效諸葛孔明禦敵之法，修築城堡，教閱士伍。

戴 ㄉㄞˋ

戴姓是中國人口最多的六十大姓氏之一，總人口將近四百七十萬，約占當代人口的百分之零點三九，其分佈在江蘇地區尤有影響。

【姓源】戴姓的構成主要有子姓、姬姓和外姓、外族之改姓三個來源。

一、出自子姓。又分為二支：其一，與商王同姓的戴國（故址在今河南省蘭考縣東南）滅於西周初，其國人遂以國名為氏。其二，西周初，商紂王之庶兄微子啟被封於宋（今河南省商丘市），以奉商祀。其裔孫宋戴公仁而愛民，死後依諡法「萬民所仰曰戴」而諡戴。其孫宋宣公以王位傳給其弟宋穆公，而自己遂以祖父諡號為氏。

二、源出姬姓。西周初，周武王於滅子姓戴國之後，另封姬姓族人於戴（今河南省民權縣東）。春秋時，戴國為鄭莊公所滅，其子孫遂以國為氏，且其遺民之一支南遷至今安徽省當塗市之戴山。

三、系自外姓、外族之改姓。前者如東漢時有燕姓、殷姓人改姓戴氏者，且殷姓原出於子姓，與子姓戴氏實為同源。後者如清代滿洲八旗戴佳氏、達爾充阿氏等全部改為戴姓，其中大部被同化為漢人，一部分成為鄂溫克族之戴姓。

【郡望】譙郡（參見「曹」姓之郡望）。

【著名人物】戴德（西漢學者，人稱「大戴」），戴聖（西漢學者，戴德之侄，人稱「小戴」）；戴逵（東晉文學家）；戴嵩（唐代畫家）；戴復古（南宋詩人）；戴表元（元代文學家）；戴進（明代畫家）；戴震（清代學者），戴名世（清代史學家），等等。

【專用楹聯】

席傳易學；業擅禮經❶。

逸情霞舉；峻節山高❷。

解經不窮，榮向金門累席；過目成誦，歡從玉殿傳臚❸。

【注釋】❶上聯言東漢初經學家戴憑，字次仲，平輿（今河南省汝南縣東南）人。習京氏《易》，舉明經，徵試博士，累官郎中、侍中。建武年中，漢光武帝令群臣能說經者更相論詰，義有不通，輒奪席以益通者。憑遂重坐五十餘席。時京城有「解經不窮戴侍中」之譽。下聯言西漢經學家戴德，字延君，梁郡（今河南省商丘市南）人。與侄戴聖俱受《禮》於后蒼，為信都王太傅。人稱「大戴」，而稱戴聖為「小戴」。其所編纂之《禮記》，人稱《大戴禮記》。❷上聯言南朝宋學者戴顒，字仲若。先後隱居桐廬（今屬浙江）、吳中（今江蘇省蘇州市），有高名，善琴。著《逍遙論》以述《莊子》大旨。下聯言東晉學者戴逵，字安道，譙郡（今安徽省亳州市）人。曾著《釋疑論》與名僧慧遠等論駁佛教因果報應之說。精於雕塑和繪畫，如其為名寺瓦棺寺所塑「五世佛」，與顧愷之之壁畫「維摩詰像」、師子國（今斯里蘭卡）所送的玉佛並稱「三絕」。逵性高潔，以禮度自處。晉武帝時累徵不就。❸上聯言東漢經學家戴憑之事，參見❶。下聯言明代編修戴大賓，字賓仲，福建莆田（今屬福建）人。聰穎博學，有過目成誦之異。正德年間殿試第三名。傳臚，明代稱會試第一人為會元，第二、三甲第一人為傳臚。

談 ㄊㄢˊ

談姓主要分佈於江蘇等省。

【姓源】談姓的起源主要有子姓、嬴姓、己姓和籍氏四支。

一、源自子姓。西周初微子啟所建之宋國傳三十六世至談君，而為楚國所滅，其支庶子孫便以其名為氏，遂成談姓。

二、出自嬴姓。春秋時，有一支出於嬴姓者被封於譚子（今山東省歷城縣東南），後成為齊國附庸，其國人遂以邑名為氏，後改為同音之談姓。

三、源出己姓。相傳少昊帝之後裔有封於郯（故址在今山東省郯城縣）者，於戰國初期被楚國所滅，其國人遂以國為氏，後訛為談氏。

四、源於籍氏。周朝有大夫名籍談者，其子孫有以祖上之名為姓稱籍氏、談氏者。秦、漢之間，籍姓人為避西楚霸王項籍（即項羽）之諱，而改姓談，亦有改作譚姓的。

【郡望】梁郡（參見「葛」姓之郡望）、廣平郡（參見「賀」姓之郡望）。

【著名人物】談鑰（南宋學者）；談一鳳（明代學者），談倫（明代湖州知府）；談遷（清初史學家），談炎衡（清代詩人、畫家），等等。

【專用楹聯】

望出梁郡；源自商周❶。

廣開賢路財源茂；平步青雲家道興❷。

一鳳多惠政；二瓢富清詩❸。

【注釋】❶談姓祠聯。上聯指談姓之郡望。下聯指談姓起源於商、周之朝。❷談姓郡望「廣平」之嵌字聯。❸上聯言明代知縣談一鳳，字文瑞，江蘇無錫（今屬江蘇）人。弘治年間中應天府舉人。任桂林府學訓導，時建宣成書院，推一鳳經理其事。後知應山縣，多有惠政。下聯言清代詩人、畫家談炎衡，字履元，號二瓢，又號禮園，長洲（今江蘇省蘇州市）人。工詩，善畫山水。著有《禮園詩鈔》。

宋 ㄙㄨㄥˋ

宋姓是中國人口最多的三十大姓氏之一，總人口將近一千萬，約占當代人口的百分之零點八一，其分佈在山東地區尤有影響。

【姓源】宋姓主要有子姓和外族之改姓兩大來源。

一、源自子姓。戰國時，源出商王族的宋國為齊國所滅，其子孫遂以國為氏。此為宋姓之主要來源。

二、系出外族之改姓。如五代湘西沅陵地區的辰溪蠻酋和西夏國党項族中皆有以宋為姓者；清代滿洲八旗嵩佳氏族亦集體改姓宋。

【郡望】京兆郡（參見「韋」姓之郡望）、西河郡（參見「卜」姓之郡望）。

【著名人物】宋玉（戰國時楚國文學家）；宋弘（東漢初名臣）；宋之問（唐代詩人），宋璟（唐代名相）；宋庠、宋祁兄弟（北宋文學家），宋敏求（北宋學者），宋迪（北宋畫家），宋江（北宋末起義軍首領）；宋慈（南宋法醫）；宋濂（明代文學家），宋應星（明代學者）；宋琬（清代詩人），宋恕（清代學者），等等。

【專用楹聯】

節高拒馬；理悟談雞❶。

女子明經，天子呼為學士；今君施政，神父見頌黎民❷。

明廷圭璧；文苑英華❸。

【注釋】❶上聯言西晉學者宋纖，字令艾，一作令文，燉煌（今屬甘肅）人。少有遠操，隱居酒泉（今屬甘肅）南山，弟子受業者三千餘人。太守馬岌具禮拜訪，拒不見。岌嘆讚其為「人中龍」。年八十二卒，諡曰玄虛先生。下聯言西晉兗州刺史宋宗，字處宗，沛國（今江蘇省沛縣）人。博學明理，相傳嘗得一長鳴雞，愛養於窗前。一日忽作人語，與之談論妙理，由是玄學大進。❷上聯言唐代才女宋廷芬，貝州清陽（今河北省清河縣）人。能辭章，生五女皆警慧，善屬文，秉性素潔。後太守上表五女才德，唐德宗召試，均留宮中，而擢廷芬為饒州司馬，並呼為「學士」。下聯言東漢名臣宋登，字叔陽。任汝陰（今安徽省阜陽市）令時，政令明，民稱之為「神父」。入為尚書僕射，後拜郎中，除潁州太守。❸上聯言唐代丞相宋璟，南和（今屬河北）人。耿介有大節，工文辭。執政守文持正，為唐代賢相。下聯言北宋初名臣宋白，字太素。建隆年間進士。累官著作佐郎、左拾遺，終吏部尚書。嘗奉詔與李昉等纂《文苑英華》一千卷。卒諡文安。

茅 ㄇㄠˊ

茅姓在上海、江蘇、浙江等地較常見。

【姓源】茅姓源出姬姓。西周初，周公之第三子被封於茅（故址在今山東省金鄉縣西南），世稱茅叔。後茅國為鄒國所吞，其子孫遂以國為氏。又，茅姓亦作茆姓，實出一源。

【郡望】東海郡（參見「戚」姓之郡望）。

【著名人物】茅焦（秦朝諫官）；茅盈（西漢方士）；茅知至（北宋學者）；茅大芳（明初副都御史），茅鏞（明代學者），等等。

【專用楹聯】

東來紫氣歌盛世；海晏河清慶新春❶。

同堂四代；脊令三君❷。

【注釋】❶茅姓郡望「東海」之嵌字聯。❷上聯言北宋秦州（今甘肅省天水市）人茅信卿，四世同居，舉家百餘口。每晨聚會，家長坐堂上，卑幼各以序立，拱手聽命，分任以事，畢則復命。州守奏聞於朝，旌表其門曰「四世孝義之門」。下聯言西漢方士茅盈，字叔申，關中咸陽（今屬陝西）人。相傳與其弟茅固、茅衷三人修道於恆山，均得道成仙。太上老君拜盈為司命真君、固為定籙真君、衷為保生真君。

龐 ㄆㄤˊ

龐姓的分佈以山東、廣西最為集中。

【姓源】龐姓的起源主要有高陽氏、姬姓和外族之改姓三支。

一、源出高陽氏。相傳顓頊高陽氏有八子，號稱「八凱」，其一名龐降，其後裔便以祖上之名為氏，遂成龐氏。

二、源自姬姓。西周初，周文王之子畢公高的後裔中有一支被封於龐鄉，其後代遂以封地為氏。

三、系出外族之改姓。如：清代滿洲八旗龐佳氏即改為龐姓。又當今土家、瑤、僮、蒙古等族中皆有龐姓。

【郡望】始平郡（參見「馮」姓之郡望）。

【著名人物】龐涓（戰國魏名將）；龐統（東漢末劉備之謀士）；龐孝泰（唐代遼東行軍總管），龐蘊（唐代居士）；龐籍（北宋宰相）；龐鍾璐（清代尚書），等等。

【專用楹聯】

源自周代；望出始平❶。

一州冠冕；五部侍郎❷。

【注釋】❶龐姓祠聯。上聯指龐姓源出於周王室。下聯指龐姓之郡望。❷上聯言東漢末劉備之謀士龐統，字士元，襄陽（今湖北省襄樊市）人。與諸葛亮齊名，號鳳雛，被名士司馬徽稱為「南州士之冠冕」。後隨劉備入川作戰時中流矢而死，追賜關內侯。下聯言清代名臣龐鍾璐，字寶生，又字華玉，江蘇常熟（今屬江蘇）人。道光年間進士。歷官侍講學士、國子祭酒、內閣學士，任吏、戶、禮、兵、工五部侍郎，後遷工、刑等部尚書。卒謚文恪。

熊 ㄒㄩㄥˊ

熊姓是中國一百大姓之一，總人口有三百八十餘萬，約占當代人口的百分之零點三二，其分佈在贛、鄂、湘、川地區尤有影響。

【姓源】熊姓的構成主要有姬姓、羋姓兩大來源。

一、源出姬姓。相傳黃帝姬姓，曾居於有熊（今河南省新鄭市一帶），故史稱有熊氏。其後裔遂有以熊為氏者。如堯帝之臣熊羆、夏初后羿之臣熊髡，均為有熊氏之後。

二、源自羋姓。相傳顓頊高陽氏之裔陸終第六子季連為羋部落首領，因其活動於楚地（今河南省滑縣一帶），故亦稱楚。夏朝時，羋部落居於熊山之穴，稱穴熊氏，約活動於今河南中部地區，後進入楚丘（今河南省滑縣東），改稱楚部落。商朝，楚部落迫於商人之壓力而西遷渭河流域之荊山（今陝西省大荔縣東之朝邑），改稱荊楚。商末，荊楚部落首領鬻熊曾為周文王之師，被封楚子，並自朝邑遷至千陽之楚山、楚水一帶立國。西周初，鬻熊之孫熊繹被封於荊，為子爵楚國。其後裔有以「熊」為氏者。又，夏朝自穴熊氏中分出羅氏族，商初建立羅子國，周朝時為楚之屬國。春秋時，羅子國為楚國所滅，其子孫遂以國為氏，亦有以熊為姓者。

【郡望】江陵郡（參見「黃」姓之郡望）。

【著名人物】熊安生（北朝齊學者）；熊朋來（元代文學家）；熊大木（明代小說家），熊文燦（明代大臣），熊廷弼（明代名臣）；熊賜履（清代大學士），熊伯龍（清代學者），等等。

【專用楹聯】

義疏三禮；史擅九朝❶。

發粟賑饑，治羨江東之最；勤王斬將，忠欽麾下之城❷。

【注釋】❶上聯言北朝齊學者熊安生，字植之，阜城（今屬河北）人。官國子博士。博通五經，尤精三《禮》，有弟子千餘人。著有三《禮》、《孝經》諸經義疏。下聯言南宋初史學家熊克，字子復，福建建陽（今屬福建）人。紹興年間知諸暨縣，有惠政。歷官直學士院、知台州等。博聞強記，淹習典故。著有《九朝通略》、《諸子精華》諸書。❷上聯言宋代良吏熊彥昭，任江東（今江蘇南京、安徽長江以南地區和江西東北部）知縣時逢大荒年，發粟賑饑，節用撫民，治績為江東一路之最。下聯言宋末將領熊飛，組織義軍入京勤王，並斬勸降之將以示不屈。

紀 ㄐㄧˋ

紀姓的分佈主要在北京、山東、江蘇等地區。

【姓源】紀姓的起源主要有姜姓與外姓、外族之改姓二支。

一、源出姜姓。西周初，炎帝之裔孫被封於紀（今山東省壽光市紀臺村），稱紀侯。春秋時，紀國為同屬姜姓之齊國所滅，其子孫遂以國為氏。姜姓紀氏為當代紀姓的主要來源。

二、系出外姓、外族之改姓。前者如唐代孝子紀邁本姓舒，後改姓紀，成為紀姓之一支。後者如清代滿洲八旗錫馬拉氏集體改姓紀；又白族中有一支以雞為圖騰的氏族，後改用漢姓時，因「紀」與「雞」字音近而改姓紀。

【郡望】平陽郡（參見「鳳」姓之郡望）、天水郡（參見「趙」姓之郡望）。

【著名人物】紀昌（春秋時著名射手）；紀信（西漢初名將）；紀瞻（東晉尚書僕射）；紀僧真（南朝齊建威將軍）；紀天錫（金代名醫）；紀昀（清代大學士、《四庫全書》總纂官），紀映淮（清代女詩人），等等。

【專用楹聯】

文武兼優，名垂五俊；功力俱備，學就三年❶。

代主捨身真赤膽；編書華國乃宏儒❷。

雪裡梅花驚雅士；淮中秋柳動詩情❸。

【注釋】❶上聯言東晉大臣紀瞻，字思遠，秣陵（今江蘇省南京市）人。晉元帝時任軍路祭酒，封臨湘縣侯，擢尚書僕射。才兼文武，朝廷稱其忠亮雅正，轉領軍將軍。卒謚穆。下聯言春秋時善射者紀昌，初學射於飛衛。衛曰：「視小如大，視微如著，而後告我。」昌以細絲懸虱於南窗前而望之，虱入目中感覺漸大，三年後大如車輪。射之，箭貫虱心而細絲未斷。❷上聯言西漢初劉邦部將紀信，當劉邦被項羽圍困於滎陽（今屬河南）城內時，紀信假扮劉邦出城見項羽，掩護劉邦突圍。項羽知中計後燒死紀信。劉邦後為其立忠祐廟。下聯言清代學者紀昀，字曉嵐，號雲石，河北獻縣（今屬河北）人。乾隆年間進士，授翰林院庶吉士、編修，以學識為乾隆皇帝所賞識。任《四庫全書》總纂官，主持編撰《四庫全書總目提要》。書成，擢兵部侍郎，遷禮部尚書、協辦大學士。著有《紀文達公遺集》、《閱微草堂筆記》等書。❸上聯言元代戲曲作家紀君祥，一作天祥，大都（今北京市）人。生平事跡不詳，所作雜劇現僅存《趙氏孤兒》。歷史上評價其作品「如雪裡梅花」。下聯言清代女詩人紀映淮，小字阿男，上元（今江蘇省南京市）人。早寡。嘗作〈詠秋柳〉詩，大得同時代之著名詩人王士禎的激賞，並成詩一首以記之：「十里秦淮水蔚藍，板橋斜日柳毿毿。棲鴉流水空蕭瑟，不見題詩紀阿男。」

舒 ㄕㄨ

舒姓的分佈主要集中於四川、湖南、江西、湖北等省。

【姓源】舒姓的起源主要有任姓、偃姓和外族之改姓三支。

一、出自任姓。相傳黃帝有二十五子，其一得任姓。舒姓即分自任姓。

二、源自偃姓。西周初，周武王封上古賢人皋陶之偃姓後裔於舒（今安徽省舒城縣），史稱舒子。春秋時，舒國君舒子平因不敵徐國的進攻而亡。後舒國得復國，但在春秋末，舒鳩子為君時，又被楚國所滅。其族人四散，遂以國為氏。又據《世本》載，春秋時又有舒子、舒蓼、舒鮑、舒鳩諸稱，皆為偃姓小國。

三、系出外族之改姓。如清代滿洲八旗之舒穆祿氏、舒舒覺羅氏、舒佳氏等，及錫伯族之舒穆爾氏，後皆改為舒姓。

【郡望】京兆郡（參見「韋」姓之郡望）、鉅鹿郡（參見「魏」姓之郡望）。

【著名人物】舒邵（東漢末名士）；舒元輿（唐代詩人）；舒璘（北宋宜州通判）；舒清（明代布政使）；舒芬（明代狀元）；舒赫德（清代武英殿大學士），等等。

【專用楹聯】

望出鉅鹿；源於皋陶❶。

吟杏苑春風，名榮先代；作牡丹佳賦，才冠唐朝❷。

【注釋】❶舒姓祠聯。上聯指舒姓之郡望。下聯指舒姓源出於上古賢人皋陶。❷上聯言明代狀元舒芬，字國裳，進賢（今屬江西）人。正德年間舉進士第一，授編修官。下聯言唐代詩人舒元輿，東陽（今屬浙江）人。元和年間進士，官至御史中丞。嘗作〈牡丹賦〉，時稱其工。後唐文宗於觀賞牡丹時，憑欄誦賦，為之泣下。

屈 くㄩ

屈姓的分佈以湖南、陜西二省最為集中。

【姓源】屈姓的起源主要有古屈氏、羋姓和外族之改姓三支。

一、出自古屈氏。相傳夏朝初年，夏王啟曾率眾討伐屈驁。屈驁之後裔有以屈為氏者。

二、源自羋姓。春秋時，楚武王之子瑕，官至莫敖，被封於屈地（故址在今湖北省秭歸縣東），史稱屈瑕，亦稱莫敖瑕。其後代以封邑為氏。楚國名臣屈原即出自此支屈姓。

三、系出外族之改姓。如：北朝後魏鮮卑人屈男氏、屈突氏，皆於魏孝文帝時改為屈姓。清代滿洲八旗中亦有以屈為姓者。又傈傈族中姓薛饒時者，其漢姓即為屈。

【郡望】臨海郡、臨淮郡。臨海郡，三國時東吳分會稽郡東部置，治所在章安縣（故城在今浙江省臨海市東南），隋朝廢。臨淮郡，西漢始置，東漢廢入下邳國，晉朝復置，治所在盱眙縣（今屬江蘇），轄境相當於今安徽省淮河南岸一帶地區。

【著名人物】屈原（戰國時楚國大夫、著名詩人）；屈晃（三國東吳尚書僕射）；屈堅（南宋忠州防禦使）；屈大均（清初文學家），等等。

【專用楹聯】

臨危不懼；海量能容❶。

祀典通明達亂命；儒林翹楚擅芳聲❷。

【注釋】❶屈姓郡望「臨海」之嵌字聯。❷上聯言春秋時楚國莫敖屈瑕，楚武王之子，曾先後統軍擊敗鄖師、絞人。通曉政典，曾以「不以私欲干國」進諫。下聯言戰國時楚國大夫、著名詩人屈原，名平。博聞強志，明於治亂，嫻於辭令，楚懷王初甚重之，官三閭大夫。後遭人進讒言而疏遠之，屈原懷憂愁幽思而作〈離騷〉。至楚頃襄王時，再遭人進讒言，而被流放於江濱。屈原於是作〈漁父〉諸篇以見志，遂滿懷憂國之思，於五月五日懷石自投汨羅江而死。

項 ㄒㄧㄤˋ

項姓主要分佈於湘、鄂、浙、黔等省。

【姓源】 項姓的構成主要有姬姓、羋姓兩大來源。

一、源出姬姓。西周時，有王族被封於項（故址在今河南省項城縣東北），後於春秋初被齊桓公所滅，一說為魯僖公所滅，其子孫遂以國為氏。

二、出自羋姓。春秋時，楚國公子燕被封於舊項國之地，史稱項燕。其子孫遂以邑名為氏，而成為項姓的另一支。

【郡望】 遼西郡。戰國時燕國始置，轄境相當於今河北省樂亭縣以東、遼寧省大凌河以西地區。

【著名人物】 項羽（秦漢之間西楚霸王）；項斯（唐代詩人）；項炯（元代詩人）；項元淇（明代書法家）；項思教（明代廣西按察使），等等。

【專用楹聯】

穎悟奇童，堪作聖人師表；文章名世，可為天下儒宗❶。

詩名臨海逢人說；家學清溪世代傳❷。

【注釋】 ❶上聯言春秋時神童項橐，相傳七歲時與聖人孔子辯難，使孔子窘困，而被後世稱為「聖人之師」。下聯言明代詹事項煜，字水心，吳縣（今屬江蘇）人。崇禎年間進士，以文章名於世。❷上聯言元代詩人項炯，字可立，浙江臨海（今屬浙江）人。端行積學，通群經大義，為時名儒，而晦跡不仕。工詩，著有《可立集》。下聯言明代名士項思教，字敬敷，浙江臨海人。嘉靖年間進士。歷湖廣參政，鏟除宿弊，甚得士民之心。擢廣西按察使，致仕而歸。居家敦禮讓之教，子侄醇謹，有「萬石家風」之譽。

祝 ㄓㄨˋ

祝姓主要分佈於四川、安徽等地區。

【姓源】祝姓的構成主要有己姓、祝史氏和外族之改姓三個來源。

一、源出己姓。西周初，周武王分封黃帝之裔孫、火正祝融之後於祝（今山東省長清縣東），以祀黃帝。春秋時，祝國被齊國所吞併，其子孫遂以國為氏。

二、出自祝史氏。先秦職官中，設有專門負責祭祀時致祝禱文辭和傳達神意的官員，稱巫史或祝史。其後代有以祝史為氏者，後世省稱祝姓。

三、系出外族之改姓。如北朝後魏鮮卑族叱盧氏改為漢姓祝姓。清代滿洲八旗愛新覺羅氏、喜塔喇氏的部分改姓為祝。

【郡望】太原郡（參見「王」姓之郡望）。

【著名人物】祝聃（春秋時鄭國大夫）；祝欽明（唐代學士）；祝穆（南宋學者，朱熹弟子）；祝允明（明代著名書法家，「吳中四才子」之一），祝萬齡（明代學者），等等。

【專用楹聯】

太原流傳一脈；科名中選六經❶。

關西夫子惜天下；江陵博士惠半州❷。

受業文公，捷才倚馬；書宗懷素，走筆游龍❸。

【注釋】❶上聯指祝姓之郡望。下聯言唐代崇文館學士祝欽明，字文思，始平（今陝西省興平市）人。舉明經，中六經科之選。歷官國子祭酒等。❷上聯言明代學者祝萬齡，陝西咸寧（今陝西省西安市）人。累官保定知府。天啟年間，太監魏忠賢毀天下書院，萬齡嘆息，被人所劾，遂致仕。崇禎初年起知黃州（今湖北省黃岡市），集諸生講學，時號「關西夫子」。下聯言宋代學者祝象器，世居江陵（今湖北省荊州市），後寓居歙州（今屬安徽）。登儒科，任州學博士，以好善聞於州郡，受業諸生幾達州郡之半，時稱「祝半州」。❸上聯言南宋名儒祝穆，字和甫，歙州人。與弟同從朱熹受業。性行溫淳，刻意問學，以儒學昌其家。著有《方輿勝覽》、《事文類聚》前、後、續、別四集等。下聯言明代著名書畫家祝允明，字希哲，長洲（江蘇省蘇州市）人。因生有枝指，故自號枝山。弘治年間舉人，歷官興寧知縣、應天府通判等。博覽群書，為文多奇氣，尤工書法，狂草學懷素、黃庭堅，為「吳中四才子」之一。

董 ㄉㄨㄥˇ

董姓是中國三十大姓之一，總人口有七百三十餘萬，約占當代人口的百分之零點六一，其主要分佈於華北、東北和西南地區。

【姓源】董姓的構成主要有高陽氏、姒姓和外族之改姓三大來源。

一、源於高陽氏。相傳顓頊高陽氏的裔孫叔安於舜帝時被封於飂（故址在今湖北省襄樊市北一帶），叔安有一子善於養龍（鱷魚之古名），為舜帝豢養南方諸侯進貢之龍，而被任命為豢龍氏，並賜封於董（今山西省聞喜縣東北），世稱董父。董國歷夏、商、周三朝，至春秋時被晉國所吞。其子孫遂以國為氏。

二、出自姒姓。夏禹王姒姓，其庶子有被封於莘（今陝西省合陽縣東南）。「辛」、「莘」古代通用，其後遂有辛氏。入周後，辛氏裔孫世代為周朝史官。春秋時，周大夫辛有之子到晉國任史官，被封於舊董國之地。其裔孫遂以董為氏，成為晉國舊貴族十一姓之一。

三、系出外族之改姓。清代滿洲八旗董鄂氏、棟鄂氏、佟佳氏、珠赫勒氏等氏族集體改姓董，東北地區為當代董姓主要分佈地區之一，與此有著重要的關聯。

【郡望】隴西郡（參見「李」姓之郡望）。

【著名人物】董狐（春秋時晉國史官）；董仲舒（西漢著名思想家）；董宣（東漢洛陽令）；董允（三國蜀漢宰相）；董庭蘭（唐代琴師）；董源（五代南唐畫家）；董解元（金代戲曲作家）；董其昌（明代書畫家），董邦政（明代抗倭名將）；董說（清代學者），等等。

【專用楹聯】

三策仰前徽，道闡純儒學業淵源須念祖；千秋留直筆，書傳良史風規整肅永貽孫❶。

天人三策；兄弟五奇❷。

搏擊咸稱臥虎；文章屢世占鰲❸。

【注釋】❶董姓祠聯。上聯言西漢思想家董仲舒，廣川（今河北省棗強縣東北）人。少治《春秋》，漢武帝時舉賢良，對以「天人三策」，提出「天人相與」、「君權神授」學說，認為「天不變，道亦不變」，由此創立「三綱五常」體系，要求漢武帝「廢黜百家、獨尊儒術」，為漢武帝所採納，開創了此後二千餘年以儒學為正宗、一統學術思想之局面。下聯言春秋時晉國史官董狐，亦稱史狐。西元前六〇七年，晉靈公欲殺當政大夫趙盾，趙盾被迫出走，其族弟趙穿攻殺晉靈公於桃園。董狐認為趙盾身為正卿，「亡不出境，返不誅國亂」，罪責難逃，乃直書「趙盾弒其君」以正視聽。孔子以其「書法不隱」，譽為「古之良史」。❷上聯言西漢學者董仲舒之事，參見❶。下聯言三國魏司徒董昭，字公仁，定陶（今屬山東）人。舉孝廉，歷官魏郡太守。後事曹操，策劃多中。魏明帝時拜司徒，封樂平侯。卒諡定。其兄弟五人，皆富才幹學識，時稱「五奇」。❸上聯言東漢初名臣董宣，字少平。舉高第，累遷北海相、江夏太守，特徵為洛陽（今屬河南）令。搏擊強豪，莫不震慴，京師號為「臥虎」。下聯言明代名臣董越，字尚矩，寧都（今屬江西）人。少孤貧，發憤讀書，中成化年間進士，授編修官。明孝宗即位，遷右庶子，出使朝鮮。累官至南京工部尚書。卒諡文僖。善文，多所撰述，有《圭峰文集》、《使東日錄》傳世。

梁 ㄌㄧㄤˊ

梁姓是中國三十大姓之一，總人口在一千餘萬，約占當代人口的百分之零點八四。梁姓屬典型的南方姓氏，其分佈在兩廣地區最有影響。

【姓源】梁姓的構成主要有嬴姓、姬姓和外族之改姓三大來源。

一、源出嬴姓。相傳少昊金天氏之裔孫伯益因助大禹治水有功，得嬴姓。周宣王時，伯益裔孫秦仲助伐西戎有功，其少子康被封於夏陽梁山（故址在今陝西省韓城縣南），史稱梁伯康。春秋時，梁國被秦穆公所吞，其族人遂以國為氏。其中一部分人逃奔晉國，主要集居於解梁、高梁、曲梁等地。嬴姓梁氏為當代梁姓之主要來源。

二、源於姬姓。周平王封其子唐於南梁（故址在今河南省臨汝縣西）。梁國後被楚國所滅，其子孫以邑名為氏，遂成梁姓。

三、系出外族之改姓。如北朝後魏鮮卑族之拔列蘭氏、清代滿洲八旗之良佳氏，皆改為漢姓梁姓。

【郡望】安定郡（參見「伍」姓之郡望）。

【著名人物】梁翼（東漢大將軍），梁鴻（東漢文學家）；梁肅（唐代文學家）；梁顥（北宋大臣）；梁紅玉（南宋初抗金巾幗英雄），梁楷（南宋畫家）；梁辰魚（明代戲曲作家）；梁章鉅（清代史學家），梁同書（清代書法家），等等。

【專用楹聯】

夏陽績緒；沂渭流源❶。

石門教授；吳市高風❷。

建闕修宮，周翰獻五鳳樓賦；為官作宰，清慎勤三字符方❸。

【注釋】❶梁姓祠聯，指梁姓起源及遷居地之地望。❷上聯言明初學者梁寅，字孟敬，江西新喻（今江西省新餘市）人。

世業農，家貧，自力於學，淹貫百氏。明太祖徵召天下名儒修述禮樂，寅就徵，年已六十餘。在禮局中討論精審，為諸儒所推服。書成，將授官，以老病辭歸。結廬石門山，學者稱「梁五經」，又稱石門先生。下聯言東漢隱士梁鴻，字伯鸞，扶風平陵（今陝西省興平市）人。初授業於太學，博通群書，歸故里娶同縣孟氏女，名光，貌醜而賢。同隱居於霸陵山中，以耕織為業。後出關過洛陽（今屬河南），作〈五噫之歌〉以諷刺當政者，漢章帝聞而求之。復改名易姓，與妻往吳中（今江蘇省蘇州市），寄居於皋伯通家，為人當傭工舂米，深得妻子敬仰，每歸，妻子「舉案齊眉」。後世傳為佳話。❸上聯言北宋翰林學士梁周翰，字元褒，管城（今河南省鄭州市）人。以辭學為時輩所推。宋真宗為泰山封禪、祭天祀神建造樓闕，周翰為此獻〈五鳳樓賦〉，甚得天子賞識。下聯言明初學者梁寅之事，參見❷。

杜 ㄉㄨˋ

杜姓是中國人口最多的八十大姓之一，總人口約四百八十萬，約占當代人口的百分之零點四，其分佈以遼東半島和四川地區最有影響。

【姓源】杜姓的構成主要有祁姓和外族之改姓兩個來源。

一、源出祁姓。西周初，周成王因故滅掉由堯帝之裔所建之祁姓唐國（故址在今山西省翼城縣西），將自己幼弟分封於舊唐地，而遷封原唐君於杜（故址在今陝西省西安市東南杜陵），稱杜伯。後杜伯無罪被周宣王所誅，其部分族人逃亡，留在杜城者遂以國為氏。春秋初，杜國為秦甯公所滅。

二、系出外族之改姓。如北朝後魏鮮卑族獨孤渾氏進入中原後改為杜姓，清代滿洲八旗都善氏、圖克坦氏等集體改為杜姓。

【郡望】京兆郡（參見「韋」姓之郡望）。

【著名人物】杜詩（東漢南陽太守），杜密（東漢名臣），杜林（東漢學者）；杜預（西晉名將）；杜如晦（唐初名相），杜佑（唐代史學家），杜審言（唐代詩人），杜甫（唐代著名詩人，被譽為「詩聖」），杜牧（唐代詩人）；杜瓊（明代詩人），等等。

【專用楹聯】

民歌慈母；世號詩王❶。
耽思乎經籍；圖像於凌煙❷。
卜築草堂，誤傳嚴武宅；馳名武庫，癖好左氏書❸。

【注釋】❶上聯言東漢初太守杜詩，字公君，河內汲縣（今屬河南）人。漢光武帝時為侍御史，後任南陽（今屬河南）太守。徵發州民修治陂塘，廣開田地，發展農業生產，州人以譬「慈母」，時稱「前有召父（指召信臣），後有杜母」。下聯指唐代大詩人杜甫。唐代《雲仙雜記》中稱杜甫為「詩王」。❷上聯言西晉名將、學者杜預，字元凱，京兆杜陵（今陝西省西安市西南）人。任鎮南大將軍、都督荊州諸軍事，以滅東吳之功，封當陽縣侯。多謀略，時號「杜武庫」。著有《春秋左氏經傳集解》，為今存《左傳》注解之最早者。下聯言唐初名相杜如晦，字克明，京兆杜陵人。唐朝取天下時，助秦王李世民籌謀。官至尚書右僕射。卒諡成，繪像於凌煙閣。❸上聯言唐代大詩人杜甫於安史之亂後流寓成都（今屬四川），修築草堂以居。嚴武為當時成都節度使。下聯言西晉名將杜預之事，參見❷。

阮 ㄖㄨㄢˇ

阮姓的分佈以浙、閩、魯、鄂四省最為集中。

【姓源】阮姓的起源主要有偃姓和外姓之改姓二支。

一、源出偃姓。又分二支：其一，相傳上古皋陶生於今山東省曲阜市，偃姓。其後人於商朝建立阮國（故址在今甘肅省涇川縣一帶）。商末，周族勢力大增，攻滅阮國，阮君族人遂以國為氏。其二，西周中期，活動於山東下游地區的皋陶後裔有被封為阮鄉侯。此後，阮鄉侯之裔孫亦以阮為氏，成為阮姓的另一支。

二、系出外姓之改姓。據《南史》載，東晉末期，有石姓人改為阮姓，其後人遂沿襲不改。又，當代少數民族如回、彝、苗、傣、京、蒙古、朝鮮、錫伯、僮等族中都有阮姓，其姓源各有不同。

【郡望】陳留郡（參見「衛」姓之郡望）。

【著名人物】阮瑀（東漢末文學家，「建安七子」之一）；阮籍、阮咸叔侄（三國魏名士，「竹林七賢」中人）；阮孝緒（南朝梁學者）；阮元（清代內閣大學士、學者），等等。

【專用楹聯】

神話傳奇，天台巧遇仙女；世風險惡，竹林並列賢人❶。

書有元瑜傳萬古；樂得仲容播千秋❷。

【注釋】❶上聯言東漢人阮肇與劉晨入天台山中採藥，因迷路，行至山溪畔，遇二女迎入山洞，食以胡麻飯。後求去，至家，子孫已過七世。下聯言三國魏名士阮籍及其侄阮咸之事。阮籍，字嗣宗，陳留尉氏（今屬河南）人。博覽群書，尤好《老》、《莊》。其所作〈詠懷〉詩八十餘首甚著名。阮咸，字仲容。精通音樂，善彈琵琶。曾為散騎侍郎。二人均為「竹林七賢」之人。❷上聯言東漢末文學家阮瑀，字元瑜，陳留尉氏人。為曹操之謀士，任參軍、記室。能詩，善作書檄。下聯言三國魏名士阮咸之事，參見❶。

藍 ㄌㄢˊ

藍姓主要分佈於兩廣地區。

【姓源】藍姓的起源主要有芈姓和嬴姓二支。

一、源出芈姓。春秋末，楚國公族大夫亹任藍縣（故址在今湖北省荊門市東）尹，其後裔遂以藍為氏。

二、出自嬴姓。戰國時，秦國君之子向受封於藍邑（今陝西省藍田縣），其後人遂以邑名為氏。

附注：當今人有習慣將「藍」寫作「蘭」者，其實蘭姓與藍姓實為二姓。蘭姓出自姬姓，為春秋時鄭穆公之後裔。

【郡望】汝南郡（參見「周」姓之郡望）、中山郡（參見「郎」姓之郡望）。

【著名人物】藍敏（東漢名士）；藍采和（唐末逸士，「八仙」之一）；藍奎（南宋學者）；藍瑛（明末畫家）；

藍廷珍（清代福建水師提督），等等。

【專用楹聯】

伯麟清廉政；乘文氣節名❶。

北泉御史聲威壯；浙派殿軍品味高❷。

【注釋】❶上聯言明代進士藍瑞，字伯麟，鄧州（今屬河南）人。正德年間任常州推官，蒞政廉明，轉南京刑部郎，擢知漢中府（今屬陝西）。在官二年，百廢俱舉，不為時所容。比歸，囊無餘資，惟讀書課子。下聯言南宋進士藍奎，字乘文。官國子博士，曾奉詔校文於福州（今屬福建）。以文章氣節名世，學者稱「藍夫子」。❷上聯言明代良吏藍田，字玉甫，號北泉，山東即墨（今屬山東）人。舉進士，官至河南道監察御史。性耿直，直言糾劾違法之事，聲震一時。下聯言明末畫家藍瑛，字田叔，錢塘（今浙江省杭州市）人。擅山水，早年風格秀潤，後漫遊各地，畫風趨雄奇蒼老。兼工人物、花鳥、蘭竹，骨力峭勁。被世人譽為「浙派殿軍」。

閔 ㄇㄧㄣˇ

閔姓的分佈以陝西一帶最為集中。

【姓源】閔姓源出於姬姓。春秋時，魯莊公之子啟即位二年即被害，故諡為魯閔公（據諡法，夭折而死於不道者諡「閔」），其後人便以祖上之諡號為氏，遂成閔姓。

【郡望】隴西郡（參見「李」姓之郡望）、魯郡（參見「孔」姓之郡望）。

【著名人物】閔子騫（春秋時魯國賢人、孔子弟子）；閔貢（東漢名士）；閔廷甲（明代通政使）；閔貞（清代畫家），等等。

【專用楹聯】

門庭興旺家聲遠；文章華采道脈長❶。

廷甲廉為政；子騫孝傳家❷。

【注釋】❶閔姓「閔」字之析字聯。❷上聯言明代蘄水（今湖北省浠水縣）人閔廷甲，字翼墟。萬曆年間進士，授常州推官，廉直有聲，擢吏部郎中。官至通政使。下聯言春秋時魯國賢人閔損，字子騫，孔子弟子。少為後母所苦，冬日，後母讓所生二子穿棉衣，而使子騫穿蘆花衣。父知之，欲出其妻，子騫曰：「母在一子寒，母去三子單。」遂止。後母聞之感悟，待三子如一。後世由此將子騫列入「二十四孝」。

席 ㄒㄧˊ

席姓的分佈以陝西、河南等地區為主。

【姓源】席姓的起源主要有古席氏和籍姓二支。

一、系出於古席氏。相傳堯帝曾遇到一個自稱席的老翁，擊壤而歌，堯帝聞之甚欽賞，遂尊為師。其後裔遂以席為氏。

二、出自籍姓之改姓。春秋時，晉國大夫伯黶掌管晉國典籍，故其孫談遂以籍為氏。籍談之裔孫籍環為西楚霸王項羽之臣僚。因項羽名籍，故籍環改姓與「籍」音近之「席」以避諱。西漢時，部分席姓恢復籍姓，但仍有一部分未改，遂沿襲至今。此為當代席姓之主要來源。

【郡望】安定郡（參見「伍」姓之郡望）。

【著名人物】席廣（東漢光祿卿）；席固（北朝周驃騎大將軍）；席豫（唐代禮部尚書）；席旦（北宋吏部侍郎）；席佩蘭（清代女詩人），席文卿（清代女畫家），等等。

【專用楹聯】

著姓高門，寵錫將軍尊號；能名仕卿，特授尚書職稱❶。

詩人直學士；孝子大將軍❷。

【注釋】❶上聯言北朝後魏名臣席固，字子堅，襄陽（今湖北省襄樊市）人。少有遠志。居家孝友，任官有政績。原仕南朝梁為興州刺史，後歸北朝後魏，天子為賜將軍之號以寵之。累遷驃騎大將軍，封靜安郡公，諡肅。下聯言南朝梁湘西侯席闡文，臨涇（今甘肅省鎮原縣南）人。仕南齊為衛尉卿，入梁起為都官尚書，封山陽伯，出任東陽太守，有能名。卒諡威。❷上聯言北宋良吏席旦，字晉仲，河南（今河南省洛陽市）人。七歲能詩。舉進士，累官至吏部侍郎、顯謨閣直學士，兩知成都府，甚有治聲。下聯言北朝周孝子席世雅，字彥文，襄陽人。性方正，少以孝聞，後拜大將軍。

季 ㄐㄧˋ

季姓以河北、上海等省市為主要聚居地。

【姓源】季姓的構成主要有高陽氏和姬姓兩個來源。

一、出自高陽氏。相傳顓頊高陽氏之裔孫陸終有六子，其幼子名季連，其後代有以祖上之名為氏，稱季氏或季連氏。

二、源出姬姓。春秋時，魯莊公之子季友任魯僖公之相。季友死後，其子繼續執掌魯政。傳至季友之孫行父，按當代習俗以祖父之名為氏，稱季孫氏。季孫氏後省稱為季氏，為當代季姓之主要來源。

附注：又古人習慣以伯、仲、叔、季區別兄弟間的排行，故先秦時期齊、魏、楚諸國公族子弟亦各有以季為氏者，與姬姓季氏並不同宗。

【郡望】魯郡（參見「孔」姓之郡望）、渤海郡。渤海郡，西漢時分鉅鹿郡、上谷郡之地而置，轄境相當於今河北省、遼寧省的渤海沿岸地區。

【著名人物】季布（西漢初名將）；季陵（北宋末學者）；季厚禮（明代孝子），季本（明代長沙知府）；季振宜（清代藏書家），等等。

【專用楹聯】

次第為姓；忠孝傳家❶。

一諾千金傳佳話；滿門全孝樹淳風❷。

【注釋】❶季姓祠聯。上聯指季姓源出自以兄弟排行之次序之「季」。下聯指忠孝為季姓人傳世之家規。❷上聯言西漢初著名遊俠季布，楚人，以諾言可信馳名一時。楚國有民諺曰：「得黃金百斤，不如得季布一諾。」有「一諾千金」之譽。楚、漢戰爭時，季布為項羽部將，西漢立國後，遭漢高祖劉邦追捕，後得赦免，任河東守。下聯言明代孝子季厚禮，安徽無為（今屬安徽）人。以孝行著名當時。其子立、其孫廷春亦效之，人謂之「一門純孝」。

麻 ㄇㄚˊ

麻姓主要分佈於浙江、吉林、江蘇等省。

【姓源】麻姓源出芈姓。春秋時，楚國有大夫食采於麻邑（故址在今湖北省麻城縣），其後人有名嬰者，出奔齊國，以原邑名為氏，稱麻嬰，為齊國大夫。其子孫遂為麻氏。

【郡望】上谷郡（參見「成」姓之郡望）。

【著名人物】麻光（漢代御史大夫）；麻居禮（唐代畫家）；麻九疇（金代翰林學士）；麻革（元代詩人）；麻貴（明代寧夏總兵），等等。

【專用楹聯】

上谷望族；大同名流❶。

畫藝驚蜀境；詩名傳貼溪❷。

【注釋】❶上聯指麻姓之郡望。下聯言明代名將麻祿，山西大同右衛（今山西省右玉縣）人。因戰功顯赫，於嘉靖年間自大同參將累擢至宣府副總兵。其子厤錦從父於行陣，屢有戰功，為千總，後官至宣府總兵官。❷上聯言唐末畫家厤居禮，蜀人。善畫佛像，聲名甚著，蜀州（今四川省崇州市）聖壽寺八難觀音畫壁一堵，即其手筆。下聯言元代詩人厤革，字信之，虞鄉（今山西省永濟市虞鄉鎮）人。以執教為業，人稱貽溪先生。著有《貽溪集》。

強 ㄑㄧㄤˊ

強姓之分佈以安徽地區為主。

【姓源】 強姓的起源主要有軒轅氏、姜姓和外族之改姓三支。

一、源自黃帝軒轅氏。相傳黃帝的玄孫名禺疆，其後裔以疆為氏因「疆」與「強」字通，遂成強姓。

二、出自姜姓。姜姓為炎帝之苗裔。春秋時，齊國公族有名公叔強者，其子孫後因故散居各國，遂以祖上之名為氏，而成強姓的另一來源。

三、系出外族之改姓。三國蜀漢人強端，其後人有出奔略陽（今甘肅省秦安縣）者，與當地氏族混居，遂為氐族望門。又金代女真人之都烈氏，清代滿洲八旗強恰哩氏等亦先後改姓強。

【郡望】 天水郡（參見「趙」姓之郡望）。

【著名人物】 強平（十六國前秦光祿大夫）；強循（唐代大理少卿）；強至（北宋祠部郎中）；強仕（明代廣昌尹），等等。

【專用楹聯】

炎黃苗裔；春秋淵源❶。

通渠溉田，爭起強公頌；隱居結社，常作碧山吟❷。

【注釋】 ❶強姓祠聯。上聯指強姓實為炎帝、黃帝之後裔。下聯指強姓興起於春秋時期。❷上聯言唐代良吏強循，字季先，鳳州（今陝西省鳳縣）人。官雍州司戶參軍，因華原（今陝西省耀縣）缺水，人畜多渴死，故教民開渠灌田，一方利之，人稱「強公渠」。後官至大理少卿。下聯言明代詩人強仕，字甫登，江蘇無錫（今屬江蘇）人。嘉靖年間舉人。官廣昌尹。嘗與同好結碧山吟社。

賈 ㄐㄧㄚˇ

賈姓是中國五十大姓之一，總人口有五百餘萬，約占當代人口的百分之零點四二，其分佈在冀、晉、豫等地區有優勢。

【姓源】賈姓的構成主要有姬姓和外族之改姓兩支。

一、源出姬姓。又分二支：其一，西周初，周康王封唐叔虞（周成王之弟）少子公明於賈（故址在今陝西省蒲城縣西南），後遷至今山西省襄汾縣西南。春秋時，賈國為晉武公所滅，其子孫遂以國為氏。其二，晉襄公封族人狐偃之子射姑於舊賈國之地，史稱賈季，亦稱賈佗。後賈佗因與趙盾爭權失敗，出亡他國，其族人遂改姓賈。

二、系出外族之改姓。如清代滿洲八旗嘉佳氏等集體改為賈姓。

【郡望】武威郡（參見「安」姓之郡望）。

【著名人物】賈誼（西漢初學者、文學家），賈山（西漢學者）；賈逵（東漢學者）；賈充（西晉宰相）；賈思勰（北朝後魏農學家）；賈島（唐代詩人），賈公彥（唐代學者）；賈仲明（明初戲曲作家），等等。

【專用楹聯】

上策治安，美雒陽才識；詩饒風韻，羨閬仙推敲❶。

洛陽推雋；潁水騰華❷。

【注釋】❶上聯言西漢初學者、文學家賈誼，雒陽（今河南省洛陽市）人。年十八即以文才知名，二十歲時被漢文帝召拜博士，一年後擢任太中大夫。著有〈過秦論〉、〈治安論〉等政論文。下聯言唐代詩人賈島，字閬仙，范陽（今河北省涿州市）人。曾為僧，後還俗。歷官長江縣主簿、普州司倉參軍等。其詩以五律見長，善寫淒涼枯寂之景。注重詞句錘鍊，人們熟知的「推敲」典故即由其詩句「僧敲月下門」而來。有《長江集》傳世。❷上聯言唐代詩人賈至，字幼鄰，洛陽（今屬河南）人。官單父令，從唐玄宗入蜀，擢任知制誥、中書舍人等。以能詩知名。下聯言東漢名臣賈彪，字偉節，定陵（今河南省舞陽縣北）人。兄弟三人並有高名，而彪最優，時有「賈氏三虎，偉節最怒」之語。任新息（今屬河南省，穎水流經其境）長，民多困窮不養子，彪頒禁令行之數年，民養子者以千數，皆稱「此賈父所生」，生男名曰賈子，生女名曰賈女。

路 ㄌㄨˋ

路姓主要分佈於河北、山東、安徽、河南等省。

【姓源】 路姓的構成主要有妘姓、姬姓、姜姓、隗姓和外族之改姓五支。

一、源出妘姓。相傳顓頊高陽氏之裔孫陸終，妘姓，其第四子求言被封於路，其子孫遂以路為氏。

二、源自姬姓。相傳帝嚳高辛氏之孫玄元，堯帝時因功封路中侯，至夏代國滅，其子孫以國為氏，遂成路氏。

三、出自姜姓。相傳黃帝封炎帝庶子於潞（今山西省長治市一帶），春秋時有潞子嬰兒，其子孫以封邑為氏，後去水旁為路氏。

四、源於隗姓。由赤狄所建之潞國（故址在晉山西省潞城縣東北），隗姓，春秋時被晉國所吞併，其國人遂以國為氏，後去水旁改為路氏。

五、系出外族之改姓。北朝後魏鮮卑族之沒潞真氏（亦作沒鹿真氏、末路真氏），進入中原後改為路姓。

【郡望】 陳留郡（參見「衛」姓之郡望）。

【著名人物】 路博德（西漢名將），路溫舒（西漢臨淮太守）；路雄（北朝後魏伏波將軍）；路隋（唐代宰相）；路振（北宋學者）；路學宏（清代畫家），等等。

【專用楹聯】

近汶上，遠內黃，氣鍾玉女中峰，從此奠安宏衍緒；漢將軍，唐宰相，書讀緩刑尚德，只期忠厚永傳家❶。

湘潭博士；荊溪孝廉❷。

【注釋】❶路姓祠聯。上聯指路姓繁衍發展之地。汶上，指今山東省汶上縣；內黃，即今河南省內黃縣；玉女中峰，即華山中峰，在關中。此三處皆為路姓望族所處之地。下聯指歷代路姓名人。漢將軍，指西漢名將路博德，平州（今山東省萊蕪市西）人，從大將霍去病北征有功，封符離侯，後以衛尉拜伏波將軍；唐宰相，指唐代宰相路隋，字南式，陽平（今山東省莘縣）人，歷任左補闕、史館修撰等，以鯁亮稱，唐文帝時拜相；書讀緩刑尚德，指西漢臨淮太守路溫舒，於漢宣帝時上書言「宜尚德緩刑」，天子善其言。❷上聯言北宋學者路振，字子發，湘潭（今屬湖南）人。五歲通《孝經》、《論語》。進士出身，官拜太常博士。文辭為名輩所稱。著有《九國志》等傳世。下聯言清代畫家路學宏，字慕堂，荊溪（今江蘇省宜興市）人。乾隆年間舉孝廉。工畫，所作設色花卉頗為世人稱譽。

婁 ㄌㄡˊ

婁姓的分佈以貴州、江西、黑龍江、河南等地區最為集中。

【姓源】婁姓的起源主要有離婁之後、姒姓、妘姓和外族之改姓四支。

一、源於上古離婁之裔。相傳黃帝時名人離婁能視百步之外、察秋毫之末，其後裔即以其名為氏，遂為婁氏。

二、源出姒姓。西周初，周武王封夏王少康之後裔東樓公於杞（今河南省杞縣一帶）。春秋時，杞國被楚國所滅，東樓公之裔孫被移封於婁（今山東省諸城縣西南），遂稱東婁公。其後人遂以封邑為氏，稱婁氏，亦有以祖上封號為氏者，稱樓氏。其後婁、樓遂成二姓。

三、出自妘姓。西周初，顓頊高陽氏之裔孫被封於郲（故址在今山東省鄒城市東南），後據有婁地，故稱郲婁國。後為魯國所滅，其子孫以國為氏，有稱郲氏，有稱婁氏，遂成二姓，但共奉顓頊帝為先祖。

四、系出外族之改姓。北朝後魏鮮卑族複姓疋婁氏、伊婁氏、蓋婁氏、乙那婁氏等皆改姓婁。

【郡望】譙郡（參見「曹」姓之郡望）。

【著名人物】婁敬（西漢初建信侯）；婁師德（唐代宰相）；婁機（南宋參知政事）；婁樞（明代學者），婁堅（明代詩人），等等。

【專用楹聯】

譙郡望族；宗仁名官❶。

德感諸學士；詩列四先生❷。

【注釋】❶上聯指婁姓之郡望。下聯言唐代大臣婁師德，字宗仁，鄭州（今屬河南）人。歷官御史，應詔從軍，西征吐蕃，八戰八捷。後官拜宰相，執掌朝政，總管邊要三十餘年。❷上聯言明代學者婁忱，字誠善，江西上饒（今屬江西）人。傳父之學，十年不下樓，從學者甚眾，至學堂不能容，其弟子有架木為巢而讀書者。下聯言明代詩人婁堅，字子柔，嘉定（今屬上海）人。萬隆年間貢生。經明行修，工詩善書，時人合鄉賢唐時昇、陳嘉燧、李流芳及婁堅之詩編為《嘉定四先生集》。

危 ㄨㄟˊ

危姓主要分佈於福建等省。

【姓源】危姓源出於南方三苗族。相傳堯帝傳帝位給舜帝後，堯帝之子丹朱聯合活動於今河南南部至湖南、江西北部的三苗部落起兵爭奪天下，但為舜帝擊敗，並遷三苗族人於西北三危山（在今甘肅省敦煌市東）一帶居住。三苗族人遂以山名為氏，稱危氏。

又，元末明初文學家危素之祖自黃姓改為危姓，其子孫遂沿襲為危姓，成為危姓的另一來源。

【郡望】汝南郡（參見「周」姓之郡望）。

【著名人物】危全諷（五代梁節度使），危德昭（五代吳越國丞相）；危稹（南宋學者）；危亦林（元代名醫）；危素（元末明初文學家），等等。

【專用楹聯】

太樸雲林；工部春山❶。

上元主簿留績遠；屯田郎官播惠長❷。

【注釋】❶上聯言元末明初文學家危素，字太樸，江西金溪（今屬江西）人。入明後拜翰林侍講學士。工詩文，善書法。其詩氣格雄奇，頗著功力。著有《說學齋稿》、《雲林集》等。下聯言南宋末良吏危昭德，福建邵武（今屬福建）人。寶祐年間進士。歷官侍御史，擢工部侍郎。著有《春山文集》。❷上聯言南宋良吏危和，字祥仲，江西臨川（今屬江西）人。歷任上元縣主簿、知德興縣，皆有惠政。著有《蟾塘文集》。下聯言南宋學者危稹，原名科，字逢吉，江西臨川人。以文章為洪邁、楊萬里所賞識，薦為秘書郎，遷著作郎、屯田郎官等。後出知潮、漳二州，皆有政聲。

江 ㄐㄧㄤ

江姓是中國人口最多的八十大姓之一，總人口約三百十萬，約占當代人口的百分之零點二六，其分佈在桂、浙、皖地區最有影響。

【姓源】江姓源出嬴姓。西周初，少昊金天氏之裔孫伯益之後被封於江（故址在今河南省正陽縣一帶），傳至春秋時被楚國所滅，其族人遂以國為氏。其一支北遷濟水流域，後稱濟陽江氏；一支沿淮河東移至今河南淮陽，後稱淮陽江氏。

又，宋代福建泉州人翁乾度生六子，各得一姓，其次子處恭得江姓，其子孫遂沿襲而成江姓。因翁姓人被一分為六，有「六桂聯芳」之意，故稱六桂堂江姓。

【郡望】濟陽郡（參見「陶」姓之郡望）。

【著名人物】江翁（西漢學者）；江革（東漢孝子）；江淹（南朝梁詩人）；江參（南宋畫家）；江時途（明代名醫）；江永、江聲、江藩（清代學者），等等。

【專用楹聯】

俎豆千秋，諫議當年稱孝子；筆花開五色，文通有後繼書香❶。

文藻特新，竟符夢筆之異；膏油不繼，豈辭隨月之勤❷。

釋詩風雅頌；為仕宋齊梁❸。

【注釋】❶江姓祠聯。上聯言東漢孝子江革，字次翁，臨淄（今屬山東）人。少失父，遭兵亂，負母避難，數遇亂兵，輒哀求，言有老母，賊不忍犯。卒與母歸鄉里，鄉人稱曰「江巨孝」。後舉孝廉，又舉賢良方正，歷官諫議大夫。下聯言南朝梁文學家江淹，字文通，濟陽考城（今河南省蘭考縣東）人。歷仕宋、齊、梁三朝，官至金紫光祿大夫。少孤貧好學，早年即以文章著名。據說江淹曾夢見前賢郭璞來曰：「吾筆在卿處多年，可見還。」淹乃探懷中，得五色筆還之。後作文絕無美句，時人謂其才盡。❷上聯言南朝梁文學家江淹之事，參見❶。下聯言南朝宋人江泌，字士清，濟陽考城人。少貧，夜無燈油，故持書隨月光昇屋頂讀書。後人仕為侍讀官。❸上聯言清代經學家江永，字慎修，婺源（今屬江西）人。康熙年間諸生。博通古今，專心於《十三經注疏》。讀書好深思，長於校勘。乾隆年間卒。下聯言南朝梁文學家江淹之事，參見❶。

童 ㄊㄨㄥˊ

童姓的分佈以雲南等省為最多。

【姓源】童姓的起源主要有高陽氏和風姓二支。

一、源自高陽氏。相傳顓頊高陽氏生子老童，其子孫有以其名為氏者。

二、源出風姓。上古赫胥氏，風姓，其子孫有以胥為氏者。春秋時，晉國大夫胥童因讒言而被晉厲公所殺，其後人為避禍，有取祖上之名為氏，遂成童姓。

【郡望】渤海郡（參見「季」姓之郡望）、雁門郡。雁門郡，戰國時趙武靈王初置，秦、漢因之，因長城上的險關雁門關而得名，轄境相當於今山西省代縣一帶。

【著名人物】童恢之（漢代良吏）；童伯羽（南宋學者）；童原（明代畫家），童朝儀（明代名將）；童鈺（清代畫家），等等。

【專用楹聯】

望出渤海；名播山陰❶。

十畝閑閑，年高德劭膺承務；七齡小小，才奇學博掇巍科❷。

【注釋】❶上聯指童姓之郡望。下聯言明代儒將童朝儀，字令侯，山陰（今浙江省紹興市）人。初為大同（今屬山西）副總兵，名震遐邇，總制楊嗣昌出控三邊，稱其有古名將才。崇禎年間以疾歸鄉。工書畫，善詩詞，天性孝友，文采風流，一時推重。❷上聯言北宋隱士童參，甌寧（今福建省建甌市）人。性淳樸，隱於耕。宋仁宗初，年百有二歲，賜敕慰勞，並授承務郎以榮之。逾年卒。下聯言北宋神童童梓，幼穎悟，年七歲舉神童科及第。

顏 ㄧㄢˊ

顏姓主要分佈於山東半島一帶。

【姓源】顏姓的起源主要有姬姓和曹姓二支。

一、源出姬姓。西周初，周公旦長子伯禽被封於魯，伯禽又分封其庶子於顏邑（今山東省鄒城市一帶）。其後人遂以邑名為氏。

二、出自曹姓。西周初，周武王封顓頊高陽氏之曹姓裔孫挾於邾（今山東省鄒城市東）。其裔孫邾武公名夷甫，字伯顏，又分封其少子友於郳（今山東省滕州市東），別稱小邾子。戰國時，邾國被楚國所滅，小邾子之後裔為明示血統所出，遂以祖上之字為氏，而稱顏氏。

【郡望】魯郡（參見「孔」姓之郡望）、琅琊郡（參見「王」姓之郡望）。

【著名人物】顏回（一作顏淵，春秋時魯國賢人，孔子得意門人）；顏延之（南朝宋詩人）；顏之推（北朝齊文學家）；顏師古（唐代學者），顏杲卿（唐代御史中丞），顏真卿（唐代名臣、書法家）；顏元（清代學者），等等。

【專用楹聯】

德行非常，篤諸賢首列；文名不顯，偕靈運齊芳❶。

家訓傳萬古；寶塔煥千秋❷。

【注釋】❶上聯言春秋時魯國賢人顏回，一作顏淵，為大聖人孔子得意弟子，列德行科，於門人中為最賢。下聯言南朝宋詩人顏延之，字延年，琅琊臨沂（今屬山東）人。官至金紫光祿大夫。文章之美，冠於當時，與謝靈運齊名。❷上聯言北朝齊文學家顏之推，字介，琅琊臨沂人。博覽群書，文詞典麗。歷官中書舍人、黃門侍郎、平原太守等。著有《顏氏家訓》傳世。下聯言唐代著名書法家顏真卿，字清臣，京兆萬年（今陝西省西安市）人。歷官至吏部尚書，封魯郡公，故人稱「顏魯公」。寶塔，指顏真卿所書寫的名碑〈多寶塔碑〉。

郭 ㄍㄨㄛ

郭姓是中國二十大姓之一，總人口約一千四百萬，約占當代人口的百分之一點一五，其分佈在華北地區尤有影響。

【姓源】郭姓的構成主要有任姓、姬姓、居地和外族之改姓四大來源。

一、源出任姓。相傳黃帝之子禺陽，亦作禺虢，受封於任（故址在今河北省任縣西北），後南遷至今山東省濟寧市東南。禺虢之後裔在夏朝建立郭國（故址在今山東省聊城市西北）。「郭」來自「虢」，二字古代通用。春秋時，郭國被曹國所滅，其子孫遂以國為氏。

二、源自姬姓。西周初，周武王封其叔虢仲於西虢（今陝西省寶雞市東），東周初東遷於今河南省陝縣東南，史稱南虢，春秋時滅於晉國。留在西虢者史稱小虢，春秋時為秦國所滅。又周武王另封其叔虢叔於東虢（今河南省滎陽市北），東周初遷至今山西南部的平陸縣，史稱北虢，後滅於晉國。周朝又另封虢叔之孫虢序於陽曲（今屬山西），號郭公。周朝四虢與郭公之後皆有以郭為氏者，且郭公之後為當代郭姓的主要支派。

三、以居住地為氏。郭指外城，為古代於城池外圍加築的一道城牆。居於外城者皆可以郭為氏，且因所居方位不同而有姓東郭、南郭、西郭和北郭之不同，但這些複姓後多改為單姓郭氏。此類郭姓主要源於先秦北方地區。

四、系出外族之改姓。如清代滿洲八旗郭羅氏、郭爾佳氏、托爾佳氏、郭佳氏等氏後改為漢姓郭姓。

【郡望】太原郡（參見「王」姓之郡望）、華陰郡（參見「嚴」姓之郡望）。

【著名人物】郭解（西漢初名俠）；郭泰（東漢名士），郭嘉（東漢末謀士）；郭象（西晉思想家）；郭璞（東晉學者）；郭子儀（唐代名將）；郭威（五代後周開國皇帝）；郭熙（北宋畫家）；郭守敬（元代學者），郭子興（元末紅巾軍首領）；郭嵩燾（清末外交家），等等。

【專用楹聯】

北宮史表；東國人倫❶。

道學千古；綱目一人❷。

瀟湘水雲留雅韻；關山春雪展新圖❸。

【注釋】❶上聯言戰國時燕國大臣郭隗，當燕昭王欲招賢以強國時，隗曰：有求千里馬者，以五百金買死馬之骨，以示「死馬尚買之，況生者乎」，故「不期年而千里之至者三。大王欲招賢，先從隗始，賢於隗者，豈遠千里哉」。於是昭王為隗築宮以師事之，樂毅、鄒衍、劇辛聞風而至，士爭趨燕。下聯言東漢學者郭泰，字林宗，介休（今屬山西）人。博通墳典，居家教授，學生至千人。嘗遊京城洛陽（今屬河南），與河南尹相友善，而名震京師。後歸鄉里，諸儒送別者至千乘。❷上聯言北宋學者郭忠孝，字立之，鉅鹿（今屬河北）人。受《易》、《孝經》於程頤。因不忍遠離雙親，故多任河南管庫之官。著有《兼山易解》等，學者稱之為兼山先生。下聯言唐代名將郭子儀，華州鄭縣（今陝西省華縣）人。以武舉異等，累遷朔方節度使，平定安史之亂功第一，封汾陽王。後因破吐蕃之功，賜號尚父，進太尉、中書令。世稱郭汾陽，亦稱郭令公。以身繫天下安危者二十年。卒諡忠武。❸上聯言南宋琴師郭沔，字楚望，永嘉（今屬浙江）人。浙派創始者，被毛遜等尊為宗師。曾搜集整理許多琴曲，並作有〈瀟湘水雲〉等名曲傳世。下聯言北宋畫家郭熙，字淳夫，河陽溫縣（今屬河南）人。工山水，早年畫風工巧，晚年轉為雄麗，與李成齊名，稱「李郭」，為山水畫之主要流派之一。傳世作品有〈關山春雪圖〉、〈早春圖〉等。

梅 ㄇㄟˊ

梅姓的分佈以雲南、浙江、江西、安徽、江蘇、河南等六省為主。

【姓源】梅姓的起源主要有子姓和外族之改姓二支。

一、源出子姓。商王太丁之弟受封於梅（今安徽省亳州市南），世稱梅伯。商末，梅伯因直諫被殺，國絕。西周初，周武王追謚梅伯為忠侯，並封其諸孫於黃梅。其子孫後以梅為氏。

二、系出外族之改姓。歷史上南蠻有梅姓，北方奚族亦有梅姓；清代滿洲八旗之梅佳氏，後亦改為梅姓。

【郡望】汝南郡（參見「周」姓之郡望）。

【著名人物】梅福（西漢逸士）；梅賾（晉朝豫章太守）；梅堯臣（北宋詩人）；梅鼎祚（明代戲曲作家）；梅文鼎（清代學者），梅庚（清代詩人、書畫家），等等。

【專用楹聯】

忠侯苗裔；汝南望族❶。

詞客自言博學；詩人少達多窮❷。

【注釋】❶梅姓祠聯。上聯指梅姓為商末忠侯之後裔。下聯指梅姓之郡望。❷上聯言北宋人梅詢，字昌言，宣城（今屬安徽）人。少好學，有辭辯。進士及第。歷官三司戶部判官、知許州。喜焚香，晨起必焚香兩爐，以官服袖籠以出，至官衙坐定撥開，滿室濃香，人稱「梅香」。下聯言北宋詩人梅堯臣，字聖俞，宣城人。累遷都官員外郎，仕途頗艱。曾與歐陽修為同僚，切磋詩文，以推動宋代之古文運動。其詩平淡樸素，含意深刻，與蘇舜欽齊名，人稱「蘇梅」。

盛 ㄕㄥˋ

盛姓主要分佈於湖南、浙江二省。

【姓源】盛姓的起源主要有姬姓和外族之改姓二支。

一、源出姬姓。又分二支：其一，西周初，周武王分封一批同姓諸侯國，盛國（故址在今山東省泰安市南）為其中之一。春秋時，盛國為齊國所滅，其族人遂以國為氏。其二，西周初，周武王移封召公奭於燕，其支庶子孫有以奭為氏者。西漢時，因漢元帝名奭，故奭姓人只得將「奭」改為同義而近音字「盛」，遂為盛姓。

二、系出外族之改姓。如清代滿洲八旗盛佳氏等氏族皆改為漢姓盛。

【郡望】汝南郡（參見「周」姓之郡望）。

【著名人物】盛吉（東漢廷尉）；盛時泰（元代畫家），盛彧（元代詩人）；盛林（明代畫家）；盛大士（清代詩人），盛彙黃（清代畫家），等等。

【專用楹聯】

秋林高士流芳久；空山冒雨題贊多❶。

時泰得三昧；子潮善六法❷。

【注釋】❶上聯言元代畫家盛懋，字子昭，嘉興（今屬浙江）人。工山水，亦善畫人物花鳥，時享盛名。傳世有〈秋林高士圖〉等作品。下聯言明代畫家盛琳，字五林，江寧（今江蘇省南京市）人。善山水，為楊龍友諸人所推重。其〈空山冒雨圖〉，一時名流題跋者甚眾。❷上聯言元末明初詩人、書畫家盛時泰，字仲交，上元（今江蘇省南京市）人。才思敏捷，下筆輒數千言。工書，善山水，兼精竹石。明代書畫家文徵明採其詩句「筆踪要是存蒼潤，畫法還應入有無」之意，題其小軒曰「蒼潤」，可謂深得畫家三昧。下聯言清代畫家盛彙黃，字子潮，號鶴汀，嘉定（今屬上海）人。因屢應科舉不中，遂潛心於繪事，以善畫名。世傳其父兄皆善六法。

林 ㄌㄧㄣˊ

林姓是中國二十大姓之一，總人口有一千四百餘萬，約占當代人口的百分之一點二，其分佈於閩、粵、臺灣尤盛。

【姓源】林姓的構成主要有子姓、姬姓、曹姓和外族之改姓四大來源。

一、源出子姓。商末，商紂王之叔比干以直諫被殺，其夫人逃難於朝歌（今河南省淇縣一帶）郊外長林山時生下兒子泉。周滅商後，周武王為表彰比干之忠貞，並有感於泉出生在林中，遂賜姓林，名堅，食邑博陵（今河北省安平縣）。此為林姓最重要之一支。

二、源自姬姓。又分二支：其一，東周初，周平王之庶子名林開，其後代便以林為姓。其二，春秋時，與周王室同姓之衛殤公之卿有孫林父，其子孫亦以其字為氏，遂成林氏。

三、出自曹姓。春秋時，源出曹姓的莒國大夫有食采於林邑者，其後人即以邑名為氏。此支林姓後世無聞，當湮沒於子姓或姬姓林氏之中。

四、系出外族之改姓。如：北朝後魏匈奴族丘林氏改為林姓；唐代福建建州畬族林姓先民與南下漢族混居；金代女真人仆散氏改作林姓；清代滿洲八旗布薩氏、林佳氏等集體改為林姓等。

【郡望】西河郡（參見「卜」姓之郡望）。

【著名人物】林放（春秋時魯國賢人）；林邈（東漢徐州刺史）；林逋（北宋詩人）；林光朝（南宋學者），林椿（南宋畫家），林景熙（南宋末詩人）；林鴻（明代詩人），林良（明代畫家）；林昌彝（清代文學家），林則徐（清末名臣），等等。

【專用楹聯】

九龍衍派；雙桂遺風❶。

梅鶴風表；露鳥孝瑞❷。

草堂百篇集清氣；虎門一炮振國威❸。

【注釋】❶上聯指戰國時趙國丞相林皋，子孫頗眾，衍出許多分支。下聯言唐代名士林藻，字緯乾，莆田（今屬福建）人。少負奇志，以孝聞。恥為農，乃與歐陽詹刻意文學，用宏詞擢第。郡人擢進士自藻始。後累官殿中侍御史等。與其弟蘊並稱「雙桂」。❷上聯言北宋著名詩人林逋，字君復，錢塘（今浙江省杭州市）人。善詩，居杭州西湖孤山，終身不仕，未曾娶妻，與梅、鶴為伴，稱「梅妻鶴子」。世稱和靖先生。下聯為唐代林藻之事典，參見❶。❸上聯言明代文學家林時躍，字遐舉，號茘堂，鄞縣（今屬浙江）人。貢生，授大理評事不就。晚年與人共撰《正氣集》百篇。自著有《朋鶴草堂集》、《明史大事記》等書。下聯言清末名臣林則徐，字元撫，又字少穆，侯官（今福建省福州市）人。於湖廣總督任上嚴禁鴉片，卓有成效。故上奏道光皇帝，力主禁煙，遂受命為欽差大臣，節制廣東水師，赴粵禁煙。道光十九年（一八三九年），與兩廣總督鄧廷楨合力嚴緝走私煙販，懲處受賄官吏，迫使英、美煙販交出鴉片二百餘萬斤，在虎門當眾燒毀。

刁 ㄉㄧㄠ

刁姓主要集中分佈於貴州、湖南兩省。

【姓源】刁姓的來源較為複雜，大體分為以人名為氏和外姓、外族之改姓二類。

一、以人名為氏。春秋時，齊桓公寵臣豎刁與管仲一起輔佐齊桓公建立霸業，管仲死後，豎刁專權，引起齊國內亂，後被殺。其子孫便以祖上之名為氏，遂成刁姓。

二、系出外姓、外族之改姓。前者如：周文王時，有同姓國雕國，其國人多為雕氏；據《漢書》，先秦「考工雕人之後」亦以雕為氏；春秋時，齊國有貂勃，其後人便以貂為姓等。據《日知錄》，古代「刁」、「雕」、「貂」三字聲同而姓異，後統為刁姓。後者如雲南傣族等民族中之刀姓，有部分人改為寫法、讀音皆極為相近的「刁」字，遂成為刁姓之另一來源。

【郡望】弘農郡（參見「楊」姓之郡望）。

【著名人物】刁韙（東漢尚書）；刁協（東晉尚書僕射），刁逵（東晉廣州刺史）；刁雍（北朝後魏冀州刺史）；刁光（唐代畫家）；刁戴高（清代書法家），等等。

【專用楹聯】

以技為氏；惟清傳家❶。

書法顏柳筆；畫為孔黃師❷。

【注釋】❶上聯指刁姓之一支出自先秦「雕人之後」。下聯言清代學者刁再濂，字靜之，祁州（今屬河北）人。性清介，不苟取。臨終時，猶以清廉戒其子孫。❷上聯言清代書法家刁戴高，字共辰，號約山，慈溪（今屬浙江）人。足不良於行，常坐臥於一榻間，惟吟詩作字不少息。字法顏真卿、柳公權，大字尤善。下聯言唐末畫家刁光，長安（今陝西省西安市）人。天復年間避戰火入蜀中。善畫湖石、花鳥，工畫龍水，孔嵩、黃筌皆師其筆。年逾八十，益不廢所學。

鍾 ㄓㄨㄥ

鍾姓是中國人口最多的六十大姓之一，總人口有四百六十餘萬，約占當代人口的百分之零點三八，其主要分佈於兩廣地區。

【姓源】鍾姓的起源主要有嬴姓、子姓和外族之改姓三支。

一、源出嬴姓。相傳顓頊高陽氏之裔孫伯益因助大禹治水有功而受賜嬴姓，後嬴姓部落分化出十四個小部落，其一即為鍾離部落。後鍾離建國於今山東臨沂之境。西周初，周公旦東征包括鍾離國在內的十七國，迫其南遷於今安徽鳳陽之東。春秋時，作為楚國附庸的鍾離國被吳國所滅，其國人以國為氏，逃奔楚國，被安置於鍾離城（故址在今湖北漢川東），後省稱為鍾氏。

二、源自子姓。春秋時，宋桓公之曾孫伯宗為晉國大夫，因得罪晉國權臣被殺。其子州犁逃奔楚國，任為大夫，食邑於鍾離城，子孫亦以邑名為氏。其裔孫鍾離昧隨項羽起兵反秦，項羽失敗後，自刎而亡。其子鍾離接為避難，遷居潁川長社（今河南省長葛市），改姓鍾。鍾接被當代大多數鍾姓人尊奉為始祖。

三、系出外族之改姓。秦朝時，南遷至湖南鍾水流域的鍾離氏人融入當地土著，形成畲族鍾姓之先民。北朝至唐代的今川北、甘肅臨洮一帶的鍾羌人，後改為鍾姓。又清代滿洲八旗鍾吉氏亦集體改為鍾姓。

【郡望】潁川郡（參見「陳」姓之郡望）。

【著名人物】鍾子期（春秋時楚國音樂家）；鍾繇（三國魏書法家），鍾會（三國魏名將）；鍾嶸（南朝梁文學批評家）；鍾嗣成（元代戲曲家）；鍾惺（明代文學家），等等。

【專用楹聯】

望居長社；源自鍾離❶。

飛鴻舞鶴；流水高山❷。

千秋士表；一代人師❸。

金生麗水千年秀；重如泰山萬古存❹。

【注釋】❶鍾姓祠聯。上聯指鍾姓之郡望。下聯指鍾姓源出於鍾離氏。❷上聯言三國魏書法家鍾繇，字元常，潁川長社（今河南省長葛市）人。東漢末舉孝廉，任黃門侍郎。入魏，拜太傅，封定陵侯。工書，博取眾長，兼善各體，書若飛鴻戲海、舞鶴遊天。與王羲之並稱為「鍾王」。下聯言春秋時楚國名士鍾子期善於辨琴。伯牙鼓琴，子期聽之。意在高山，曰：「巍巍乎若高山。」志在流水，曰：「蕩蕩乎若流水。」子期死，伯牙擗琴斷絃，終身不復操絃。❸上聯言西晉名臣鍾雅，字彥冑，潁川長社人。有才志。任御史中丞，直法繩違。後遇戰亂，因侍衛天子不去而殉職。下聯言東漢學者鍾皓，字秀明，潁川長社人。以詩律教授，門徒過千人。前後九辟公府，徵為林慮長，皆不就。李膺嘆曰：「鍾君至德可師。」❹鍾姓「鍾」字之析字聯。

195 徐

徐 ㄒㄩˊ

徐姓是中國二十大姓之一，總人口約二千萬，約占當代人口的百分之一點七，其分佈在江、浙、皖地區尤盛。

【姓源】徐姓的構成主要有子姓、嬴姓和外族之改姓三大來源。

一、源自子姓。西周初，周公旦平定殷侯武庚和三監之亂後，裂分商朝遺民六族給魯公，其中即有徐氏族。

二、源出嬴姓。相傳少昊金天氏之裔孫伯益在大禹時賜姓嬴，其子若木被封於徐（故址在今安徽省泗縣北）。徐國歷夏、商、周三朝，於春秋末時被吳國所滅，其國人遂以國為氏，散居江淮之間。

三、系出外族之改姓。著名者有清代滿洲八旗舒祿氏、徐吉氏、舒穆祿氏等集體改為徐姓。

【郡望】東海郡（參見「戚」姓之郡望）。

【著名人物】徐幹（東漢末文學家，「建安七子」之一），徐庶（東漢末名士）；徐陵（南朝陳文學家）；徐鉉（北宋初文學家）；徐達（明初大將），徐霞客（明代地理學家），徐渭（明代文學家、書畫家），徐光啟（明代大臣、學者），等等。

【專用楹聯】

天上麒麟，孝穆英姿迥異；人中騏驥，修仁德器非常❶。

夢徵五鳳；家號八龍❷。

枝斜梅態文長畫；墻外杏花德可詩❸。

【注釋】❶上聯言南朝陳文學家徐陵，字孝穆，東海郯（今山東省郯城縣）人。八歲能文，高僧寶誌撫摩其頭頂曰：「此天上石麒麟也。」仕梁為通直散騎常侍，入陳任散騎常侍。為文作詩頗變舊體，詞藻綺麗，與庾信齊名，世號「徐庾體」。著有《玉臺新詠》傳世。下聯言南朝梁大臣徐勉，字修仁，東海郯人。孤貧好學，早勵清節。六歲作祈霽文，見稱耆宿，被譽為「人中騏驥」。累官至中書令。梁世言丞相之事業者，僅勉與范雲而已。卒謚簡肅。❷上聯言南朝陳文學家徐陵之事，參見❶。下聯言北宋孝廉徐偉，侍母至孝，有司累辟不赴，入龍潭山中隱居教授，依其家旁者三百餘家。有子八人，後皆知名，時號「徐氏八龍」。❸上聯言明代文學家、書畫家徐渭，字文長，號天池山人，山陰（今浙江省紹興市）人。善古文，書學米芾，行草尤妙；畫則自成一家，山水人物、花蟲竹石靡不超逸。下聯言元代散曲家徐再思，字德可，號甜齋，嘉興（今屬浙江）人。有《甜齋樂府》傳世。「墻外杏花」為其詩中名句，甚得時人激賞。

邱 ㄑㄧㄡ

邱姓是中國八十大姓之一，總人口約三百二十萬，約占當代人口的百分之零點二七，其分佈於四川、華南及閩、臺灣尤盛。

【姓源】邱姓本丘姓，自漢代以來，為避孔聖人名丘之諱，不斷有改丘姓為邱者。至清代雍正三年（一七二五年），朝廷頒詔稱先師孔夫子之名諱理應迴避，以尊師重道，故下令除四書五經外，凡係姓氏、地名等，「丘」字一概加邑旁為「邱」。丘姓由此變為邱姓，成為中國百家姓中最年輕之姓。由此，邱姓亦即丘姓，其起源主要有姜姓、曹姓、地名和外族之改姓四大支。

一、源自姜姓。炎帝之後裔姜太公因輔佐周武王滅商有大功，西周初被封於齊，建都營丘（今山東省昌樂縣東南），後遷都臨淄（今屬山東），姜太公的支庶子孫留居營丘者，遂以丘為氏。

二、出自曹姓。西周初，周武王封顓頊高陽氏之後裔曹挾於邾（故址在今山東省曲阜市東南）。春秋時，邾國大夫丘弱之子孫，以祖上之名為氏，遂成丘氏。

三、以地名為氏。其一，春秋時魯國太史左丘明居於左丘，即以居地為氏，後省稱丘氏。其二，春秋時陳國有地名宛丘（今河南省淮陽縣東），居者以邑為氏，亦名丘氏。

四、系出外族之改姓。東漢時，東胡別支烏桓部族有丘氏；魏晉時西北羌人中有丘氏。北朝後魏鮮卑族丘敦氏集體改為丘姓，成為河南望族；匈奴族丘林氏分為丘、林、喬三姓，亦成為河南丘姓的一部分。

附注：清朝滅亡後，一部分邱姓人恢復了「丘」氏，但更多人仍沿用「邱」姓。當代丘、邱已分成二姓，但丘氏人數遠少於邱姓。

【郡望】河南郡（參見「褚」姓之郡望）、吳興郡（參見「沈」姓之郡望）。

【著名人物】丘遲（南朝梁文學家）；丘為（唐代詩人）；丘處機（元代著名道士）；丘濬（明代文淵閣大學士），丘福（明代大將）；邱心如（清代女戲曲作家），邱菽園（清末戲曲作家、畫家），丘逢甲（清末詩人），等等。

【專用楹聯】因「邱」姓較晚產生，故仍多沿用「丘」姓楹聯。

吳興才旺；大學儀型❶。
政邁沈劉，復見東南並美；御頒忠實，克兼文武雙全❷。
吳興詩人領袖；洛陽武侯將軍❸。

【注釋】❶上聯言南朝齊人丘靈鞠，吳興（今浙江省湖州市）人。宋時文名甚盛，有文集及〈江左文章錄序〉。入齊後歷官長沙王車騎長史等。下聯言明代學者丘濬，字仲深，瓊山（今屬海南）人。景泰年間進士，累官至禮部尚書、文淵閣大學士。廉介持正，惟嗜學，熟於國家典故。晚年右目失明，猶著述不輟。卒謚文莊。著有《大學衍義補》等書。❷上聯言南朝梁良吏丘仲孚，字公信，烏程（今浙江省湖州市）人。歷官山陰令、豫章內史等，治績為「天下第一」。下聯言南宋名臣丘密，字山甫。有文武才，任兩淮制置使時，抗擊金兵，誓死報國，宋理宗御書「忠實」二大字以賜，封東海侯。❸上聯言明代詩人丘吉，字大佑，號執柔，歸安（今浙江省湖州市）人。善古文，尤長於詩，為吳興詩人領袖。有《執柔集》傳世。下聯言唐代名將丘行恭，洛陽（今屬河南）人。驍勇善騎射。貞觀年間，因功進武侯將軍。唐高宗時遷大將軍，歷任冀、陝二州刺史。

駱 ㄌㄨㄛˋ

駱姓以貴州、廣東、北京等省市為主要聚居地。

【姓源】駱姓的起源主要有嬴姓、姜姓和外族之改姓三支。

一、源自嬴姓。商朝末，嬴姓的一支有名飛廉者，與其子惡來共事紂王。周武王滅商，惡來死，其子孫逃往西方，世居大邱。後其裔孫大駱生子成，勢力再盛，建大駱國。周厲王時，大駱國被西戎所滅，其國人以國為氏，遂成駱氏。

二、源出姜姓。西周初，姜太公被封於齊，其裔孫名駱，世稱公子駱，其後代遂以祖上之名為氏。

三、系出外族之改姓。北朝後魏鮮卑族他駱拔氏、金代女真人散答氏等先後改姓駱姓。

【郡望】會稽郡（參見「謝」姓之郡望）、河南郡（參見「褚」姓之郡望）。

【著名人物】駱統（三國東吳名將）；駱牙（南朝陳將軍）；駱賓王（唐代詩人）；駱文盛（明代翰林院編修）；駱秉章（清代四川總督），等等。

【專用楹聯】

雪白冰清，才稱四傑；歲饑散粟，利濟眾生❶。

文驚皇后；畫入甌香❷。

【注釋】❶上聯言唐代詩人駱賓王，婺州義烏（今屬浙江）人。唐高宗時歷官武功、長安主簿、侍御史等。則天武后稱帝，大將徐敬業起兵反對，賓王撰寫檄文，武后見後大加稱賞，認為遺漏如許人才，實乃宰相之過。徐敬業失敗後，賓王下落不明。其詩擅長長篇歌行，為「唐初四傑」之一。下聯言三國東吳名將駱統，字公緒。年二十為烏程（今浙江省湖州市）相，有惠政。遇荒年賑濟，郡人以安。後官至建忠將軍，遷偏將軍，封新陽亭侯。在任「所言皆善」。❷上聯言唐代詩人駱賓王之事，參見❶。下聯言清代女畫家駱綺蘭，字佩香，號秋亭，上元（今江蘇省南京市）人，寓居京口（今江蘇省鎮江市）。嫁金陵龔氏。耽吟詠，工寫生。所作芍藥三朵花圖卷，人稱「入甌香之室」。

高 ㄍㄠ

高姓是中國二十大姓之一，總人口有一千四百五十餘萬，約占當代人口的百分之一點二一，其分佈於渤海灣、江蘇及東北地區尤盛。

【姓源】高姓的構成主要有人名、高辛氏、姜姓和外族之改姓四大來源。

一、以人名為氏。相傳黃帝之臣高元善作宮室，被奉為高氏之祖。

二、源於高辛氏。在夏、商時期活躍於魯、豫大地的高夷氏族，屬於以帝嚳高辛氏為先祖的東夷族。商朝時，高夷已自今山東省莒縣一帶北遷至河南北部。西周初，高夷為周朝屬國，稱高句驪，即後世活動於東北的高句麗。春秋以後，高夷漸遷向東北之冀北至遼東一帶，其族人便以高為氏。

三、源出姜姓。又分二支：其一，西周初，姜太公被封於齊，其六世孫說食邑於高（故址在今山東省禹城縣），世稱公子高，其子孫便以封邑為氏。此為高姓中最有影響之一支。其二，春秋時，齊桓公之裔孫公子祁，字子高，其後裔便以祖上之字為氏，遂成高氏。

四、系出外族之改姓。著名者如：漢代匈奴句王高不識之後，以高為氏。十六國時，後燕皇帝慕容雲，本鮮卑人，自稱是上古顓頊高陽氏之後裔，遂改為高姓，其後人沿襲未改。北朝齊時，北齊皇帝姓高，故屢賜功臣大將為高姓，如元景安、元文遙本鮮卑人，因有功於齊，齊文宣帝高洋遂賜姓高；重臣高隆之本姓徐，因其父為高氏所養，又與高洋交厚，遂改姓高。又高麗族之羽真氏、婁氏進入中原後，亦改以高為氏。金代女真人紇石烈氏、納蘭氏也改為漢姓高。清代滿洲八旗高佳氏、赫舍里氏、佟佳氏、郭洛羅氏等亦集體改姓高。

【郡望】渤海郡（參見「季」姓之郡望）。

【著名人物】高漸離（戰國時燕國音樂家）；高誘（東漢學者）；高允（北朝後魏大臣），高歡（北朝東魏丞相），高洋（北朝齊皇帝）；高熲（隋朝宰相）；高駢、高仙芝（唐代名將），高適（唐代詩人）；高懷德（北宋初大將）；高攀龍（明代學者）；高士奇（清代書畫收藏家），高鳳翰（清代畫家），高鶚（清代文學家），等等。

【專用楹聯】

隱釣鑾之霧；表鴻漸之儀❶。

雅號吟哦，傳詩窖今惜；博通典故，致梁國多咨❷。

燕歌行中咏邊塞；蘭墅集外續紅樓❸。

【注釋】❶上聯言東漢隱士高鳳，字文通，葉（今河南省葉縣）人。少耽學，家業農，晝夜讀書不息，遂成名儒。元和年間教授西堂山中，不應徵辟，隱身漁釣。下聯言東漢學者高彪，字義方，無錫（今屬江蘇）人。諸生，遊太學，有雅才而訥於言，郡舉孝廉第一。校書東觀，數奏賦頌奇文，因事諷諫，漢靈帝異之。出京任內黃令，帝敕同僚餞送於上東門，並詔令畫彪像於東觀，以勸學者。到官，有德政。❷上聯言唐代詩人高仁譽，以能詩名世。詩窖，指唐代王仁裕著詩萬首，時號「詩窖子」。下聯言唐代學者高仲舒，通訓詁學。擢明經，為相王府文學。開元初年，宰相宋璟、蘇頲當國，多所咨訪。官終太子右庶子。❸上聯言唐代詩人高適，字達夫，渤海蓨（今河北省景縣）人。歷仕封丘縣尉、河西掌書記，官至淮南、西川節度使，封渤海縣侯。其詩以邊塞詩著名，〈燕歌行〉為其代表作。下聯言清代文學家高鶚，字蘭墅，別號紅樓外史，漢軍鑲黃旗人。乾隆年間進士，歷任侍讀學士、刑部給事中等。曾續寫曹雪芹八十回本《紅樓夢》至一百二十回本，使曹書成為首尾完整之文學巨著。另著有《蘭墅詩鈔》。

夏 ㄒㄧㄚˋ

夏姓是中國人口最多的六十大姓之一，總人口約四百七十萬，約占當代人口的百分之零點三九，其分佈在長江三角洲地區最有影響。

【姓源】夏姓的構成主要有姒姓和嬀姓兩大來源。

一、源出姒姓。商朝滅夏後，其子孫以夏禹時國號夏后氏為姓。西周初，周武王封夏王少康之裔孫於杞（今河南省杞縣）。春秋時，杞國被楚國所滅，杞簡公之子佗出奔魯國，稱夏氏。

二、源自嬀姓。春秋時，源出於舜帝有虞氏之裔陳國（故址在今河南省淮陽縣東南）宣公之庶子西，字子夏，有孫名徵舒，始以祖父之字為氏，遂成夏氏。

【郡望】會稽郡（參見「謝」姓之郡望）。

【著名人物】夏黃公（秦末高士，「商山四皓」之一）；夏恭（東漢初學者），夏馥（東漢名士）；夏竦（北宋大臣）；夏圭（南宋畫家）；夏原吉（明代名臣），夏言（明代大學士），夏寅（明代學者），夏完淳（明末反清義士），等等。

【專用楹聯】

名聯四皓；望並三宗❶。

野叟曝言留名遠；江山佳勝惠世長❷。

廷章陳五事；正夫貴三惜❸。

【注釋】❶上聯言秦、漢之間高士夏黃公，字少通，隱居夏里，故號夏黃公。避秦末戰亂匿商山中，為西漢著名的「商山四皓」之一。下聯言東漢名士夏馥，字子治。漢桓帝時初薦舉直言，不就。馥雖不交貴顯，然聲名為中官所憚，與范滂、張儉等齊名。❷上聯言清代小說家夏敬渠，字懋修，號二銘，江蘇江陰（今屬江蘇）人。崇信程朱理學，著有小說《野叟曝言》傳世。下聯言南宋畫家夏圭，字禹玉，錢塘（今浙江省杭州市）人。宋寧宗時任畫院待詔。工畫人物，尤擅山水，為「南宋四家」之一。存世作品有〈江山佳勝〉等。❸上聯言明代良吏夏崇文，字廷章，湖南湘陰（今屬湖南）人。成化年間進士。官吏部主事，條上時務五事，會詔令陳利弊，又書陳五事，時論韙之。官至太僕少卿。下聯言明代學者夏寅，字正夫，松江華亭（今上海市松江區）人。正統年間進士。累官浙江參政。嘗言：「君子有三可惜：此身不學，一可惜；此身閑過，二可惜；此身一敗（指人格敗壞），三可惜。」時以為名言。

蔡 ㄘㄞˋ

蔡姓是中國五十大姓之一，總人口約五百五十萬，約占當代人口的百分之零點四六，其分佈於東南沿海各省尤盛。

【姓源】蔡姓的構成主要有姞姓、姬姓和外族之改姓三大來源。

一、源出姞姓。黃帝之裔孫中有得姞姓者，在堯、舜、夏時期，姞姓部落主要活動於渭河流域及河南黃河沿岸一帶。姞姓部落中擔任祭祀之責的氏族名蔡（「蔡」、「祭」二字古代通用）。西周初，蔡國（故址在今河南省長垣縣東北）與商朝一併滅亡，蔡人之一支被迫北遷至今河北省邢臺市的蔡河地區，另一支則南遷至今湖北省黃梅縣西南的蔡山，皆以蔡為氏。

二、出自姬姓。西周初，周武王分封其弟叔度於蔡（今河南省中牟縣北），史稱蔡叔度。後蔡國隨同商紂王之子武庚反叛，被周公旦所放逐。周成王改封蔡叔度之子於蔡（今河南省上蔡縣），史稱蔡仲。因受楚國壓迫，蔡國屢有遷移，春秋初南遷新蔡（今屬河南），春秋末東遷於下蔡（今安徽省鳳臺縣）。西元前四四七年，楚國滅蔡，遷蔡人於蔡甸（今湖北省漢川市東南），其國人遂以蔡為氏。

三、系出外族之改姓。如金代女真人烏林答氏，清代滿洲八旗蔡佳氏、烏靈阿氏、薩瑪喇氏等皆集體改為漢姓蔡。

【郡望】濟陽郡（參見「陶」姓之郡望）。

【著名人物】蔡澤（戰國時秦相）；蔡倫（東漢宦官，造紙術發明者），蔡邕（東漢文學家、書法家），蔡千秋（東漢學者），蔡琰（即蔡文姬，東漢末女詩人）；蔡襄（北宋書法家）；蔡元定（南宋學者）；蔡松年（金代文學家），等等。

【專用楹聯】

琴聲字體中郎業；茘譜茶箋學士風❶。

理學傳程朱之脈；著述授穀梁之書❷。

【注釋】❶上聯言東漢文學家、書法家蔡邕，字伯喈，陳留圉（今河南省杞縣）人。初因上書議朝政而獲罪流放，後官至左中郎將，故後世亦稱作蔡中郎。通經史、音律、天文，善文章辭賦，又工隸書，創「飛白體」。下聯言北宋書法家蔡襄，字君謨，興化仙遊（今屬福建）人。官至端明殿學士。工書，楷、行、草諸體皆獨具特色，為「宋四家」之一。著有《茶錄》、《荔枝譜》等書。❷上聯言南宋學者蔡元定，幼承庭訓，長從朱熹遊，常與對榻講論理學經義，每至夜半。四方求學者，必俾先從元定質正。著有《律呂新書》、《大衍詳說》等。下聯言西漢學者蔡千秋，字少君。受《穀梁春秋》於魯榮廣，為學最篤。漢宣帝時為郎，召見與《公羊》家論說，帝善《穀梁》說，擢任諫議大夫、給事中。後左遷，然說《穀梁》學者皆莫及千秋，乃復擢為郎中，選十人從受學。

田 ㄊㄧㄢˊ

田姓是中國人口最多的六十大姓之一，總人口近四百六十萬，約當代人口的百分之零點三八，其分佈在四川與豫、魯、冀地區尤有影響。

【姓源】田姓的起源主要有官名、嬀姓和外族之改姓三支。

一、以官名為氏。田，即甸，為商王派駐京城以外地區的農墾之官，其官世代承襲，故有以官為氏者。如春秋時晉國之田蘇、宋國之田丙、魯國之田饒、魏國之田子方、燕國之田光等皆是。

二、出自嬀姓。西周初，周武王封舜帝之後裔嬀滿於陳（今河南省淮陽市東南）。春秋時，陳厲公之子完（字敬仲）因陳國內亂而出奔齊國，任齊國工正。因齊人讀「陳」如「田」字，故其遂改為田氏。

三、系出外族之改姓。如：西漢武陵郡南蠻大族田氏，不斷向鄂、豫遷移，至南北朝時已漢化為中原和華南漢族。北朝并州田氏，源出於匈奴族，為山西田姓大族。西夏党項族田氏，為陝、甘、寧地區田姓之先民。金代女真人阿不哈氏集體改為田姓。清代滿洲八旗罕楚哈氏、田佳氏等亦全部改為田姓。

【郡望】雁門郡（參見「童」姓之郡望）。

【著名人物】田忌（戰國時齊國大將），田子方（戰國時魏國大夫），田光（戰國時燕國俠士），田單（戰國時齊國名將），田文（戰國時齊國孟嘗君，戰國四公子之一），田駢（戰國時齊國思想家）；田千秋（西漢丞相），田何（西漢學者）；田弘正（唐代節度使）；田汝成（明代文學家）；田文鏡（清代大臣），等等。

【專用楹聯】

家推易學；世頌兵符❶。

即墨創偉迹；海島留芳名❷。

兄弟翕和，祥見庭前荊樹；山林隱逸，佳在眼底煙霞❸。

【注釋】❶上聯言西漢學者田何，字子莊，淄川（今山東省淄博市）人。受《易》學於東武孫虞，後徙居杜陵（今陝西省長安縣東南），因自號杜田生。漢代言《易》學者皆宗之。下聯言春秋時齊國將軍田穰苴，當晉國伐阿陘，燕國侵河上，齊師敗績，齊景公患之，齊相晏嬰乃薦穰苴，景公與語兵事，悅之，拜為將軍。晉、燕之師聞之，聞風解去。景公乃尊為大司馬。❷上聯言戰國時齊將田單，臨淄（今山東省淄博市）人。初為市吏。燕昭王使樂毅伐齊，齊城除莒、即墨兩城外盡取之。田單被即墨人推為將軍以抗燕軍。不久燕惠王立，與樂毅有隙，田單使反間計，並乘燕軍將帥猜疑之機，夜用火牛攻之，燕師大敗，盡復齊城。下聯言秦、漢之際人田橫，本齊國貴族，秦末從兄起兵反秦，重建齊國，後自立為齊王。西漢王朝建立，田橫兵敗，率五百徒眾亡奔海島，後因不願降漢，全部自殺。此島後即稱田橫島。❸上聯言漢代朝城（今山東省曹縣東）人田真，與弟慶、廣三人欲分家財，堂前有一紫荊樹頗茂盛，共議破之為三，不久樹死。真嘆曰：「木本同株，因分析而憔悴，況人兄弟而可離乎？」相感而復合為一家，樹亦旋茂。下聯言唐代詩人田游巖，三原（今屬陝西）人。隱居不仕，唐高宗幸嵩山，拜太子洗馬。自謂有「煙霞痼疾」，蠶衣耕食，而不交當世貴顯。

樊 ㄈㄢˊ

樊姓的分佈以陝、豫、贛諸省最為集中。

【姓源】樊姓的起源主要有子姓、姬姓和外族之改姓三支。

一、源出子姓。商朝有七個與王室關係密切的氏族，稱「殷民七族」，樊氏即為其中一支。

二、出自姬姓。周宣王時，王族仲山甫任卿士，因輔佐之功受封於樊（今河南省濟源市東南）。其子孫遂以封邑為氏，並發展成為樊姓中最為主要的支派。

三、系出外族之改姓。漢代巴郡、南郡蠻有五姓，樊氏為其中之一，出於武落鍾離山（今湖北省長陽市西北）。十六國時，氐族中亦有樊姓。

【郡望】上黨郡（參見「鮑」姓之郡望）。

【著名人物】樊遲（春秋時孔子弟子）；樊噲（西漢初名將）；樊英（東漢學者）；樊興（唐代將軍）；樊圻（清代畫家），等等。

【專用楹聯】

壺山隱居，術滅風火；杏堂高弟，學有師傳❶。

彭城醫聖；猗樂文魁❷。

【注釋】❶上聯言東漢學者樊英，字季齊，魯陽（今河南省魯山縣）人。習京氏《易》，傳說其曾以《易》術滅火災。兼明五經，著《易章句》，世稱樊氏學。官至光祿大夫，歸隱於壺山之陽。下聯言春秋時人樊遲，名須，字子遲，魯國人，一說齊國人。為孔子之弟子。❷上聯言三國時名醫樊阿，彭城（今江蘇省徐州市）人。神醫華佗弟子。善針灸，主張可深刺治病，一反當時胸、背、腹部用針不會深過四分之說。下聯言北朝齊學者樊遜，字孝謙，河東（今山西省）人。幼好學，專心典籍。初任縣主簿，後召入秘府刊定書籍，時有「文章成就，莫過樊孝謙」之說。官至員外散騎侍郎。

胡 ㄏㄨˊ

胡姓是中國二十大姓之一，總人口近一千六百萬，約占當代人口的百分之一點三，其分佈在沿長江流域的省份中最有影響。

【姓源】胡姓的構成主要有嬀姓、歸姓、姬姓和外族之改姓四大來源。

一、出自嬀姓。西周初，周武王封舜帝的嬀姓直系後裔嬀滿於陳（今河南省淮陽縣東南）。嬀滿因長壽、公正誠信而甚得民心，故據謚法「彌年壽考曰胡，正允背私曰公」，而謚胡公，史稱胡公滿。其後裔遂以謚號為氏，成為胡氏。舜帝嬀姓之後繁衍出四十餘個重要的姓氏，其中最大之五姓是陳、胡、田、虞、姚，除虞姓外，其他四姓皆屬當代之百家大姓。

二、源出歸姓。歸姓源起於堯、舜時代的夔部落，亦稱歸夷，活動於今山東西南、河南東部地區。商王武丁時，歸夷分為二部，一支南遷川、鄂交界的三峽地區建立了夔國，留在中原的於今河南偃城一帶建立了歸、胡二國，為商之屬國。歸姓胡氏又分二支：其一，周武王滅商時，歸、胡二國隨之被滅，胡國之後即以國為氏。其二，周宣王時，楚國滅歸姓夔國，而封楚王族於此，為芈姓夔國。春秋時，楚國滅芈姓夔國，而以歸姓人為主的夔人東遷至今安徽阜陽一帶，建立胡國，史稱胡子國。春秋末，胡子國被楚國所滅，其族人遂以胡為氏。

三、源自姬姓。周武王滅歸、胡二國後，另封姬姓親屬於此，仍號胡，史亦稱胡子國。春秋時，胡子國被鄭武公所滅，後亦於今安徽阜陽附近復國，春秋末被楚靈王所滅，胡人被遷於今湖北西北的荊山北麓；然不久又復國，遷居於胡陽（今河南省唐河縣）。西元前五一九年，楚國東伐吳國失利，於回途中滅胡子國，其子孫遂以胡為氏。

四、系出外族之改姓。如：北朝後魏孝文帝時，鮮卑族紇骨氏改為胡姓。又北朝後魏高車族、遼代契丹族、金代女真族中皆有胡姓。

【郡望】安定郡（參見「伍」姓之郡望）。

【著名人物】胡廣（漢代太尉）；胡奮（西晉大將）；胡瑗（北宋學者、教育家）；胡安國、胡宏、胡寅父子（南宋初學者）；胡三省（元初史學家）；胡大海（明初名將），胡惟庸（明初丞相），胡應麟（明代學者），胡宗憲（明代名臣）；胡渭（清代學者），胡光墉（清代皖商），胡林翼（清末湘軍名將），等等。

【專用楹聯】

虞賓衍派；溈汭流源❶。

春秋心曲；理學宗功❷。

築堤溉田，起春陽頌；輔君開國，奠磐石安❸。

古來大千多奇彩；月到十五分外明❹。

【注釋】❶胡姓祠聯。虞賓指夏王禹封舜帝之子商均於虞（今河南省虞城縣西南），史稱有虞氏；溈汭指舜帝之部落因居於今山西永濟之嬀水（即溈水）旁而得嬀姓。故此聯指胡姓源出於活動於虞地、嬀水一帶的舜帝。❷上聯言南宋初學者胡安國，字康侯，建寧崇安（今屬福建）人。歷官中書舍人兼侍講，時朝廷廢《春秋》不講，安國曰：「先聖傳心要典，乃使人主不得聞、學士不得聞可乎?」遂潛心專講《春秋》。下聯言南宋學者胡寅，字明仲，胡安國之子。崇尚理學，學者稱致堂先生。著有《讀史管見》、《斐然集》等。❸上聯言西晉初將軍胡烈，字武玄。任秦州（今甘肅省天水市）刺史時，浚渠築堤，以利灌溉，州民作詩頌之。下聯言明初名將胡大海，字通甫。從明太祖朱元璋反元，明朝開國初，統兵鎮守浙江金華（今屬浙江），獨擋東南一面。❹胡姓「胡」字之析字聯。

凌 ㄌㄧㄥˊ

凌姓的分佈以湖南、江西、江蘇、廣東、浙江等地區為多。

【姓源】凌姓源出姬姓。西周初，周武王之弟康叔被封於衛，康叔之庶子任周朝凌人（掌冰室之官）。凌人世代承襲，故其後人遂以官名為氏，而為凌氏。

【郡望】河間郡（參見「章」姓之郡望）、渤海郡（參見「季」姓之郡望）。

【著名人物】凌統（三國東吳名將）；凌準（唐代翰林學士）；凌策（北宋工部侍郎）；凌雲（明代名醫），凌濛初（明代小說家）；凌如煥（清代學者），凌瑚（清代畫家），等等。

【專用楹聯】

康叔衍派；周官凌人❶。

子奇六任；仲華三絕❷。

【注釋】❶凌姓祠聯。言凌姓緣起於衛康叔之子、周官凌人之後。❷上聯言北宋人凌策，字子奇，涇縣（今屬安徽）人。初登第時，夢有人以六印加於劍上以授之。其後凡往劍外（今四川劍閣以南地區）六任州郡守臣，所至皆有治績。下聯言清代畫家凌瑚，字仲華，號香泉，江蘇如皋（今屬江蘇）人。工畫仕女人物，尤長花卉禽蟲。江、浙人以梁同書之行楷、錢維喬之山水與凌瑚之寫生並稱為「三絕」。

霍 ㄏㄨㄛˋ

霍姓主要分佈於陝西、河南、廣東、內蒙古四省區。

【姓源】霍姓主要源出於姬姓。西周初，周武王封其弟叔處（一作叔武）於霍（今山西省霍縣西南），史稱霍叔，與管叔、蔡叔一同監管殷商遺民，稱「三監」。武王死，三監與商紂王之子武庚發動叛亂，被周公所鎮壓，霍叔被廢為庶人，而以其子繼位。春秋時，霍國被晉國所滅，其遺族便以國為氏。

【郡望】太原郡（參見「王」姓之郡望）。

【著名人物】霍去病（西漢驃騎將軍），霍光（西漢大將軍）；霍端友（北宋禮部侍郎）；霍韜（明代禮部尚書），霍元瞻（明代畫家），等等。

【專用楹聯】

源自霍國；望出太原❶。

出入禁闈，圖耀麒麟閣上；登臨瀚海，爵拜驃騎將軍❷。

【注釋】❶霍姓祠聯。上聯指霍姓之姓源所出。下聯指霍姓之郡望。❷上聯言西漢大臣霍光，字子孟，河東平陽（今山西省臨汾市）人。驃騎將軍霍去病之弟。漢武帝時任奉車都尉，與桑弘羊等同受遺詔，立漢昭帝，以大司馬、大將軍輔政，封博陸侯。昭帝死，迎立昌邑王劉賀，不久廢之，又迎立漢宣帝。前後執政二十餘年，未嘗有過失。甘露年間，帝思股肱之功，圖像於麒麟閣上，以霍光居首。下聯言西漢名將霍去病，官驃騎將軍，先後六次統軍北擊匈奴，直入大漠，封冠軍侯。漢武帝欲為其建府第，去病曰：「匈奴未滅，無以家為。」後任大司馬，卒年僅二十四歲。

虞 ㄩˊ

虞姓主要分佈於浙江等省。

【姓源】虞姓的起源主要有嬀姓、姬姓二支。

一、源出嬀姓。相傳舜帝因居於今山西省永濟市境內之嬀水旁而得嬀姓。大禹即帝位後，封舜帝之子商均於虞（故址在今河南省虞城縣西南），其後裔遂以虞為氏。

二、源自姬姓。西周初，周武王封其叔祖之庶孫於虞（今山西省平陸縣北）。春秋時，虞國被晉國所滅，其遺族便以國為氏。

【郡望】陳留郡（參見「衛」姓之郡望）、會稽郡（參見「謝」姓之郡望）。

【著名人物】虞卿（戰國時趙國上卿）；虞詡（東漢尚書令）；虞翻（三國東吳學者）；虞世南（唐初大臣、書法家）；虞允文（南宋初大臣）；虞集（元代學者）；虞景星（清代詩人、書畫家），等等。

【專用楹聯】

御讚五絕；官陞九卿❶。

錯節盤根，別朝歌利器；出將入相，建采石宏勳❷。

【注釋】❶上聯言唐初大臣虞世南，字伯施，越州餘姚（今屬浙江）人。隋末官起居舍人，後歸唐，歷任秘書監、弘文館學士等。每與唐太宗商榷古今政體，以寓諷諫，甚得太宗崇敬，嘗稱其有「五絕」：即德行、忠直、博學、詞藻、書翰，其中書翰尤為唐初名家，為唐初四大書法家之一。下聯言東漢良吏虞經，武平（今河南省鹿邑縣）人。為郡縣法吏，治案平允。嘗曰：「吾子孫何必不為九卿？」故為其孫虞詡取字「昇卿」。後詡果官至九卿。❷上聯言東漢名臣虞詡，字昇卿，虞經之孫。年十二通《尚書》。拜郎中。後朝歌（今河南省淇縣東北）長吏被殺，詡繼為朝歌長，蒞職後募求壯士，殺賊數百人，大有治聲。遷武都太守，累遷至尚書令。下聯言南宋初大臣虞允文，字彬甫。七歲能文，紹興年間進士。累官中書舍人。當金帝完顏亮統大軍進攻采石（今安徽省馬鞍山市南采石鎮），允文督戰，金兵大敗。宋孝宗時拜相，封雍國公。出將入相近二十年，孜孜忠勤。卒謚忠肅。

萬 ㄨㄢˋ

萬姓是中國一百大姓之一，總人口約二百九十萬，約占當代人口的百分之零點二四，其分佈集中於長江流域地區。

【姓源】萬姓的構成主要有姬姓、嬴姓、芈姓和外族之改姓四大來源。

一、源自姬姓。又有二支：其一，西周初，周武王封族人於芮（故址在今山西省芮城縣西），稱芮伯。春秋周桓公時，芮伯名萬，其庶孫遂以祖父之名為氏。其二，周武王之弟高被封於畢，史稱畢公高。春秋時，畢公高之裔孫萬因輔佐晉獻公有功，被封於魏。至西元前四〇三年，魏與趙、韓三家分晉，成為「戰國七雄」之一，後被秦始皇所滅，其族人多以國為氏，而有一支遂以先祖畢萬之名為氏，而稱萬氏。

二、源出嬴姓。春秋時，嬴姓莒國中有萬邑（故址在晉山東省莒縣），後為楚國所吞，其後人遂以邑名為氏。

三、出自羋姓。楚國吞併莒國後，封其大夫食采於萬邑，因以為氏。

四、系出外族之改姓。如：北朝後魏孝文帝改匈奴族吐萬氏為萬姓，北朝齊文宣帝改夏州万俟氏為萬姓。

【郡望】扶風郡（參見「竇」姓之郡望）。

【著名人物】萬章（戰國時孟子弟子）；萬脩（東漢初名將）；萬安國（北朝後魏大將）；萬寶常（隋朝音樂家）；萬堂（明代吏部尚書）；萬斯大、萬斯同（清代學者），萬樹（清代文學家），等等。

【專用楹聯】

繼往開來，闡賢門道脈；安邦戡亂，振雲臺武功❶。

功高槐里；孝著成鄉❷。

七篇流光遠；四義播惠長❸。

【注釋】❶上聯言戰國時齊國學者萬章，孟子弟子，嘗序《詩》、《書》以述孔子之意，輯孟子之說而成《孟子》七篇，成為儒學重要文獻。下聯言東漢初名將萬脩，字君游，茂陵（今陝西省興平市東北）人。漢光武帝時拜偏將軍，從平河北，以功封槐里侯。為雲臺二十八將之一。❷上聯言東漢初名將萬脩之事，參見❶。下聯言唐代孝子萬敬儒，廬州（今安徽省合肥市）人。三世同居，親喪廬墓而居，刺血寫佛經，斷兩指輒復生。州守為改所居曰成孝鄉。❸上聯言戰國時齊人萬章之事，參見❶。下聯言明代學者萬宣，字邦達，當塗（今屬安徽）人。以舉人卒業太學，後選授陳州（今河南省淮陽縣）知州。剛果有為，立四義社學，以教民間子弟，州民德之。

支 ㄓ

支姓主要分佈於江西、寧夏等地區。

【姓源】支姓的起源主要有人名、姬姓、支子和月氏國四支。

一、以人名為氏。相傳堯、舜時期有名支父者，其子孫即以祖上之名為氏，遂成支氏。

二、源出姬姓。據《路史》，周王室之後有以支為氏者。

三、以支子之「支」為氏。古代正妻之長子稱嫡子，亦稱宗子，以承襲祖業，餘子即稱支子。故古代王公、諸侯之支子於分支時，便有以支為氏者。

四、源於月氏國。秦、漢時，有月氏部落游牧於今甘肅敦煌、祁連山之間，後遭匈奴人攻擊，西遷至今新疆西部伊犁河流域，稱大月氏，留下的一支進入祁連山與羌人混居，稱小月氏。大、小月氏之後代有遷居內地者，因古代「月氏」也寫作「月支」，故便有以支為氏者。

【郡望】琅琊郡（參見「王」姓之郡望）。

【著名人物】支謙（東漢學者）；支遁（晉朝高僧）；支選（北宋畫家）；支立（明代學者），支鑑（明代畫家），等等。

【專用楹聯】

五經淹通，詞林聞望；三支博識，家學淵源❶。

語通六國；學詣五經❷。

【注釋】❶上聯言明代學者支立，字可與，浙江嘉興（今屬浙江）人。由舉人授翰林院孔目官。深於經學，博通五經，時人稱之為「支五經」。下聯指東漢時三位名僧支謙、支曜、支讖。支謙，字恭明，月氏國人。博覽經籍，世間技藝多所綜習，兼通六國語。來遊中原，東漢末避戰亂於東吳，孫權拜為博士。凡譯佛經四十九部，皆曲得經意，辭旨文雅。支曜，僧人，東漢末以慧學之譽馳名京城，譯佛經論多部。支讖，亦稱支婁迦讖，月氏僧人。東漢末靈帝時遊於洛陽（今屬河南），操行純深，性度開敏。譯《般若》、《楞嚴》、《寶積》等經。❷上聯言東漢末學者支謙之事。下聯言明代學者支立之事。皆參見❶。

柯 ㄎㄜ

柯姓的分佈以浙江一省最為集中。

【姓源】柯姓的起源主要有姜姓、姬姓和外族之改姓三支。

一、源出姜姓。齊國姜太公之裔孫有被封於柯邑（今山東省東阿縣西南），其子孫遂以邑為氏。

二、出自姬姓。春秋時，吳王之子有名柯虜者，其支庶子孫便以其名為氏，遂成柯氏。

三、系出外族之改姓。如：北朝後魏鮮卑族柯拔氏改為漢姓柯姓。又，裕固族之卡勒嘎爾氏、錫伯族科勒特斯氏，亦省稱為柯姓。

【郡望】濟陽郡（參見「陶」姓之郡望）。

【著名人物】柯隆（南朝齊尚書僕射）；柯述（北宋朝散大夫）；柯九思（元代書畫家）；柯昶（明代山西巡撫）；柯掄（清代知縣），柯劭忞（清代史學家），等等。

【專用楹聯】

書畫博士傳名遠；醫藥專家播惠長❶。

行治為首；清官第一❷。

【注釋】❶上聯言元代書畫家柯九思，字敬仲，號丹丘生，浙江台州（今屬浙江）人。善書畫，博學能詩文，精金石鑑賞。元文宗置奎章閣，特授學士院鑑書博士，凡內府所藏法書名畫，皆命鑑定。下聯言清代名醫柯琴，字韻伯，號似峰，浙江慈溪（今屬浙江）人。著有《傷寒論注》等書。❷上聯言明代良吏柯昶，字季和，福建莆田（今屬福建）人。萬曆年間進士，歷官河間知府，治行稱三輔第一。累官山西巡撫。下聯言清代清官柯掄，字健庵，湖北人。同治年間進士，授建寧（今屬福建）知縣，盡心民事，每出以兩牌前導，上書「願聞己過，求通民情」八字。嘗捐資創立四門義學，總督李鶴年譽之為「閩省第一清官」。

昝 ㄗㄢˇ

昝姓主要分佈在四川一省。

【姓源】昝姓的起源主要有昝姓和外族之改姓二支。

一、源出昝姓。商朝有大司空名昝單，其後人遂以為氏。因古人認為「咎」有災禍之意，故於「咎」字中添一橫而成「昝」。

二、系出外族之改姓。如：北朝後魏叱盧氏進入中原後改為昝姓。

【郡望】太原郡（參見「王」姓之郡望）。

【著名人物】昝商（唐代學者），昝殷（唐代名醫）；昝居潤（北宋初檢校太尉）；昝如心（明代學者），昝學易（明代知縣），等等。

【專用楹聯】

司空衍派；太原望族❶。

博士心鑑五卷；孝廉枕同八年❷。

【注釋】❶昝姓祠聯。上聯指昝姓源出於商朝司空昝單。下聯指昝姓之郡望。❷上聯言唐代學者昝商，歷官博士，著有《心鑑》五卷。下聯言明代孝子昝學易，字心源，懷寧（今屬安徽）人。萬曆年間舉人。廉介不苟取。性至孝，父年邁，共枕被伏侍八年。授任金溪知縣，不就。

管 ㄍㄨㄢˇ

管姓的分佈以江蘇、山東二省最為集中。

【姓源】管姓主要源出於姬姓。西周初，周文王第三子叔鮮被封於管（故址在河南省鄭州市），史稱管叔鮮，與霍叔、蔡叔度合稱「三監」，以監視商朝遺民。周武王死，三監與商紂王之子武庚合謀反叛，遭周公旦鎮壓，管叔鮮被殺。其後人遂以國為氏，成為管氏。又，周穆王之裔孫管仲，名夷吾，後受鮑叔牙舉薦輔佐齊桓公，使齊國成為春秋「五霸」之一。其後代亦以管為氏。

此外，當代錫伯族中的瓜爾佳氏，其漢姓即為管姓。

【郡望】平原郡（參見「常」姓之郡望）。

【著名人物】管仲（春秋時齊國大臣）；管寧（三國魏學者）；管帥仁（北宋吏部尚書）；管道昇（元代女畫家，亦稱管夫人，趙孟頫之妻）；管鳳苞（清代學者），等等。

【專用楹聯】

竹苞松茂；官廉民安❶。

尊王攘夷成霸業；通易精術積天文❷。

【注釋】❶管姓「管」字之析字聯。❷上聯言春秋初齊國大臣管仲，名夷吾，一作敬仲，敬為謚，潁上（今屬安徽）人。因好友鮑叔牙舉薦，被齊桓公任為上卿。執齊國政四十餘年，因勢制宜，施行改革，使齊國力大盛。對外執行「尊王攘夷」、「九合諸侯」之策，使齊桓公成為春秋時期第一個霸主。下聯言三國魏學者管輅，字公明，平原（今屬山東）人。年八、九歲，便喜觀星辰，及成人，風角、占相之術無不精微。體性寬恕，每欲以德報怨。歷官清河郡文學掾、少府丞等。自知不壽，當終於四十七、八間，後果卒於四十八歲。

盧 ㄌㄨˊ

盧姓是中國五十大姓之一，總人口約五百六十萬，約占當代人口的百分之零點四七，其分佈於粵、桂、瓊和河北地區尤盛。

【姓源】盧姓的構成主要有姜姓、嬀姓和外姓、外族之改姓三大來源。

一、源出姜姓。又分二支：其一，春秋初，齊文公之曾孫傒任齊國正卿，封於盧邑（今山東省長清縣西南），其子孫遂以邑為氏。田氏代齊後，盧姓人散居北方。秦朝時，博士盧敖定居於涿郡（今屬河北），稱涿郡盧氏。三國魏時，涿郡改名范陽。從此范陽盧氏與博陵崔氏、趙郡李氏、滎陽鄭氏、太原王氏並稱海內五大望族，歷千餘年而不衰。其二，齊桓公之裔孫有封於盧蒲（故址在今河北省文安縣西），戰國時成為燕國之地，其子孫遂以邑為氏，後省改盧蒲氏為盧氏。

二、源自嬀姓。舜帝後裔之一支在夏、商時期活動於廬地（今湖北省襄樊市西南一帶），與戎蠻相處而形成廬戎。西周初，因其為舜帝後裔而封為廬國。春秋中期，廬國被楚國所滅，成為楚國之廬邑。廬國君子孫遂以國為氏，後改為盧氏。嬀姓盧人後南遷盧陽（今湖南省汝城縣），後再南下嶺南，進入越南，與土著混居而形成越族。三國時越族盧蠻北返兩廣地區，最終形成當代盧姓中心聚集區。

三、系出外姓、外族之改姓。前者如：東漢初，有姓閭丘者奉命改為盧姓。魏、晉時，有范陽雷姓人，因族小勢弱，而改為讀音相近的盧姓。隋朝時，隋煬帝賜善天文的章仇大翼姓盧。後者如：北朝後魏鮮卑族莫盧氏、豆盧氏、奚什盧氏、吐伏盧氏等集體改為盧姓，金代女真人紇石烈氏族後改為盧姓，清代滿洲八旗赫舍里氏集體改為盧姓。

【郡望】范陽郡（參見「鄒」姓之郡望）。

【著名人物】盧敖（秦朝博士）；盧綰（西漢初燕王）；盧植（東漢名臣）；盧諶（東晉文學家）；盧辯（北朝周名臣）；盧照鄰（唐初詩人，「唐初四傑」之一），盧綸（唐代詩人，「大曆十才子」之一），盧仝（唐代詩人），盧鴻（唐代畫家）；盧摯（元代文學家）；盧象昇（明末名將）；盧坤（清代軍機大臣），等等。

【專用楹聯】

范陽名族；涿郡高楣❶。

文章出眾稱八米；詩品過人列十才❷。

錦標狀元，吟咏獨別；白衣卿相，風度自閒❸。

【注釋】❶上聯言唐代名臣盧群，字載初，范陽（今河北省涿州市）人。官江西節度使判官。以勁正聞名，歷任侍御史、兵部郎中等，官至鄭滑節度使。下聯言東漢學者盧植，字子幹，涿郡（今河北省涿州市）人。少師事馬融，通古今學，剛毅有大節，常懷濟世志。徵為博士，累遷尚書。董卓專權，議謀廢立，眾官唯唯，植獨抗論。❷上聯言隋朝文學家盧思道，字子行。才學兼著。仕齊為散騎常侍，當齊文宣帝崩，令朝士各自挽歌，擇其善而用之。別人僅得一二，惟思道作八首，時稱「八米盧郎」。官至散騎侍郎卒。下聯言唐代詩人盧綸，字允言，河中蒲（今山西省永濟市）人。官至檢校戶部郎中。所為詩歌多贈別酬答之作，另有部分反映邊塞軍人生活，以〈塞下曲〉最著名。為「大曆十才子」之一。❸上聯言唐代名士盧肇，字子發，宜春（今屬江西）人。會昌年間，與黃頗同應科舉，郡守獨餞送黃頗。次年，肇得狀元歸，郡守出城迎接，因觀競渡，肇賦詩曰：「向道是龍人不信，果然奪得錦標歸。」下聯言唐代良吏盧暉，曾以布衣得卿相咨政，而意態悠閒。開元年間任魏州（今河北省大名縣）刺史，徙永濟渠自石灰窠引流至良鄉，西注魏渠，以通江淮之貨。

莫 ㄇㄛˋ

莫姓的分佈以廣西、四川、廣東等地較為集中。

【姓源】莫姓的起源主要有芈姓、嬀姓、高陽氏和外族之改姓四支。

一、源出芈姓。春秋時楚國設莫敖，權位僅次於令尹，多為公族子弟出任。其後有以莫敖為氏者，後省稱莫氏。

二、出自嬀姓。春秋時，舜帝有虞氏之後裔有虞幕，其後人即以幕為氏，後簡寫為莫氏。

三、源自高陽氏。相傳顓頊高陽氏之支庶子孫居於鄚（今河北省任丘市），遂以鄚為氏。據史載，至唐睿宗景雲二年（七一一年）始去邑旁，而為莫姓。

四、系出外族之改姓。北朝後魏鮮卑族邢莫氏、莫那婁氏等皆改為莫姓。

【郡望】鉅鹿郡（參見「魏」姓之郡望）、江陵郡（參見「熊」姓之郡望）。

【著名人物】莫珍元（漢代學者）；莫宣卿（唐代名士），莫休符（唐代刺史）；莫是龍（明代書畫家）；莫友芝（清代學者、書法家），等等。

【專用楹聯】

登科稱五寶；對策第一名❶。

三莫皆進士；六藝俱行家❷。

【注釋】❶上聯言宋代名士莫琮，字叔方，仁和（今浙江省杭州市）人。歷明、福二州幕府，行己可觀。子五人俱登科，時比「燕山五寶」。下聯言唐代名士莫宣卿，字仲節，封川（今屬廣東）人。大中年間對策第一，授台州別駕，以母老乞歸養，天子詔賜其鄉名錦衣。❷上聯言宋代名士莫伯鎔，字器之。有高志，三子濟、汲、沖皆擢進士第，時號「三莫」。下聯言清代學者莫友芝，字子偲，貴州獨山（今屬貴州）人。少喜聚書，通文字、音韻、訓詁、六藝、名物制度，旁及金石目錄家言。治詩尤精，又工楷、行、隸、篆書，與遵義鄭珍齊名，時號「鄭莫」。著述頗眾。

經 ㄐㄧㄥ

經姓主要分佈於江、浙一帶。

【姓源】經姓的起源主要有姬姓、京姓和劉姓三支。

一、源於姬姓。春秋末，魏國有經侯，其後人即以經為氏。

二、系出京姓。春秋時，鄭武公之幼子共叔段被封於京（今河南省滎陽縣東南），史稱京叔段，其子孫遂以封邑為氏。西漢後期，學者京房下獄死，其子孫為避禍，以「京」、「經」同音，而改為經姓。

三、出自劉姓。東漢初，漢光武帝劉秀之族父字經孫，其子孫即以祖上之字為氏，稱經孫氏，後省稱經姓。

【郡望】榮陽郡（參見「鄭」姓之郡望）、平陽郡（參見「鳳」姓之郡望）。

【著名人物】經濟（明初耆老），經承輔（明代隱士）；經綸（清代畫家），經元善（清末知府），等等。

【專用楹聯】

源自經侯；望居滎陽❶。

孝弟門庭聲望遠；勤儉家風本源長❷。

【注釋】❶經姓祠聯。上聯指經姓源出於春秋時經侯。下聯指經姓之郡望。❷上聯言明代隱士經承輔，字蘭谷，江蘇江都（今屬江蘇）人。性孝友，少孤，事母誠篤，撫弟成名。隱居平山之麓，栽梅種竹，耕讀教子。年七十七歲無疾而終。下聯言明初耆老經濟，濠州（今安徽省鳳陽縣東北）人。明太祖至濠州，賜濟等鄉里耆老宴，勉以教訓子弟孝悌勤儉。

房 ㄈㄤˊ

房姓的分佈以山東、山西、陝西、江蘇四省為主。

【姓源】房姓源出於陶唐氏。相傳舜帝封堯帝之子於房（故址在今河南省遂平縣），其子陵以父之封邑為氏，稱為房陵，其後人遂稱房氏。又，晉朝初，房乾出使北方，為鮮卑族所留，因鮮卑語稱「房舍」為「屋引」，故房乾子孫改稱屋引氏。至北朝後魏孝文帝進入中原，又按例恢復漢姓房姓。

【郡望】清河郡（參見「張」姓之郡望）。

【著名人物】房雅（西漢末清河太守）；房謨（北朝齊晉州刺史）；房暉遠（隋朝學者）；房玄齡（唐初名相）；房從真（五代前蜀畫家）；房寬（明初名將），等等。

【專用楹聯】

七郡太守擢司馬；五經庫房有鴻儒❶。

博及群書，道選瀛洲學士；精通三略，榮拜思恩武侯❷。

【注釋】❶上聯言南朝宋良吏房元慶，清河（今屬河北）人。宋武帝時，歷七郡太守，後為青州建威府司馬。下聯言隋朝學者房暉遠，字崇儒，真定（今河北省正定縣）人。幼有志行，世傳儒學，恆以教授為務，自遠方負笈而來學者動以千計，被譽為「五經書庫」。❷上聯言唐初大臣房玄齡，字喬，清河人。幼警敏，博覽群籍，善屬文，書兼草、隸。從唐太宗打天下，封臨淄侯。時唐太宗留意儒學，起文學館以選玄齡等十八人為學士，時相引見，「討論墳籍，商略前載」。入其選者，時人讚之曰「登瀛洲」。累官尚書左僕射，徙梁國公。明達吏治，務為寬平，與杜如晦齊名，世稱「房杜」。下聯言明初名將房寬，洪武年間以濟寧左衛指揮使練兵北平，移守大寧（今河北省平泉縣東北）。熟知邊情，殊域情偽莫不畢知。以功拜思恩侯。

裘 ㄑㄧㄡˊ

裘姓主要分佈於浙江、江蘇二省。

【姓源】裘姓的起源主要有官名、地名和外姓之改姓三支。

一、以官名為氏。據《周禮疏》，周朝設置有裘官，執掌皮革、皮衣等製作，其後代遂以官名為氏。

二、以地名為氏。春秋時，衛國大夫有食采於裘邑（故址在今河南北部）者，其後人即以邑名為氏。

三、系出外姓之改姓。歷史上有仇姓人為避難而改為裘姓的。又因「裘」、「求」同音，亦有裘姓人改為求姓者。

【郡望】渤海郡（參見「季」姓之郡望）。

【著名人物】裘苞（西晉秦州刺史）；裘萬頃（南宋詩人）；裘日修（清代尚書），裘璉（清代戲曲作家），等等。

【專用楹聯】

慈溪喜演昆明池；新建長吟竹齋詩❶。

德同夏禹；惠比羊祜❷。

【注釋】❶上聯言清代戲曲作家裘璉，字殷玉，浙江慈溪（今屬浙江）人。康熙年間進士，選授庶吉士。著有《昆明池》等四種雜劇。下聯言南宋詩人裘萬頃，字元量，江西新建（今屬江西）人。淳熙年間進士，累官江西安撫使屬官。有孝行，節操學問，純然一出於正。著有《竹齋詩集》。❷上聯言清代人裘曰修，字叔度，一字漫士，江西新建人。乾隆年間進士，歷任禮、刑、工三部尚書，奉敕撰《熱河志》、《太學志》、《秘殿珠林》等書。所蒞有治績，以治水為尤著，屢奉命勘視河道，時有譽其功德追跡大禹之說。下聯言清代將軍裘安邦，字古愚，號梅林，會稽（今浙江省紹興市）人。嘉慶年間武進士，官至徐州總兵。雖為武將而雅好文治，喜讀唐代名相陸贄奏議。能作詩，尤關心民間疾苦，時人比之於西晉名將羊祜。

繆 ㄇㄧㄠˋ

繆姓主要分佈於江蘇、湖南等省。

【姓源】繆姓源出嬴姓。春秋時，秦穆公姓嬴，名任好，謚穆。因古代「繆」讀音同「穆（ㄇㄨˋ）」，故秦穆公亦作秦繆公，其支庶子孫遂以祖上之謚為氏。至宋代，「繆」始讀「ㄇㄧㄠˋ」音，而與「穆」字相區分。

【郡望】蘭陵郡（參見「蕭」姓之郡望）。

【著名人物】繆生（西漢長沙內史）；繆襲（三國魏文學家）；繆希雍（明代名醫）；繆彤（清代學者），繆謨（清代詩人、畫家），等等。

【專用楹聯】

蘭陵博士；東海名儒❶。

一瓢畫稿傳名遠；三畏書院被惠長❷。

【注釋】❶上聯言西漢學者繆生，蘭陵（今山東省滕州市東南）人。著名經學家申公的弟子。徵為博士，官至長沙內史。下聯言三國魏文學家繆襲，字伯熙，蘭陵人。有才學。官至光祿勳。著名頗多，已散失，今存〈魏鼓吹曲〉十餘首。❷上聯言清代詩人、畫家繆仲蕙，字醇之，號淡如，福建福安（今屬福建）人。諸生。工畫，有元代畫家倪雲林筆意。善詩，著有《一瓢稿》。下聯言清代學者繆彤，字歌起，江蘇吳縣（今屬江蘇）人。康熙年間進士，殿試第一。累官侍講。丁憂而歸，立三畏書院以教學者，所造就甚多。著有《雙泉堂集》。

干 ㄍㄢ

干姓主要分佈於江蘇等省。

【姓源】干姓的起源主要有姬姓、子姓、地名和外族之改姓四支。

一、源出姬姓。相傳周武王曾分封其一子於干國（亦作「邗」），故址在今江蘇省江都縣一帶），春秋時被吳國所滅，其國人以國為氏，後省邑旁而成干氏。

二、源自子姓。春秋時，宋國大夫干犨的子孫以祖上之名為氏，遂成干氏。

三、以地名為氏。春秋時，吳國有干隧之地（在今江蘇省吳縣西北），為越王擒吳王夫差之地，後其居人以邑為氏，成為干姓的又一來源。

四、系出外族之改姓。北朝後魏鮮卑族紇干氏進入中原後改為干姓。

【郡望】潁川郡（參見「陳」姓之郡望）。

【著名人物】干將（春秋末冶匠）；干寶（東晉文學家）；干彥思（唐代名士）；干桂（明代都御史），等等。

【專用楹聯】

能工成一劍；良吏善五行❶。

通達治體名中外；修史著述譽古今❷。

【注釋】❶上聯言春秋末著名工匠干將，工於鑄劍，曾為吳王闔閭鑄造寶劍，三年後成雌雄二劍，雄曰干將，稱「吳干之劍」。下聯言東晉文學家干寶，字令昇，新蔡（今屬河南）人。篤學博覽，好陰陽五行術數。晉元帝時，以著作郎領修國史，著《晉紀》，時稱良史，今佚。又集神怪靈異故事為《搜神記》傳世。❷上聯言元代名臣干欒，其祖先自畏兀兒歸元，世居永昌（今屬甘肅）。累官至平章政事。聰明典重，通達治體，移歷中外，皆有令聞。下聯言東晉文學家干寶之事，參見❶。

解 ㄒㄧㄝˋ

解姓的分佈以河北、遼寧、河南等省最為集中。

【姓源】解姓的起源主要有姬姓、地名和外族之改姓三支。

一、源出姬姓。西周初，周武王之弟叔虞被封於唐，史稱唐叔虞。其又封其子良於解（今山西省解縣），世稱解良。其裔孫便以解為氏，奉解良為始祖，成為當代解姓的主要來源。

二、以地名為氏。東周定都洛陽（今屬河南），其附近有大解、小解二地，春秋中先後被晉國所侵占，其居人遂皆以地名為氏，稱解氏。

三、系出外族之改姓。北朝後魏鮮卑族拓跋部之解毗氏，後隨例改為解姓。唐代時百濟國（在今朝鮮半島南部）大臣八姓中之解姓，有遷居中原者，亦以解為姓。

附注：「解」姓除讀ㄒㄧㄝˋ音外，在西北地區又被讀成ㄏㄞˋ或ㄙㄞˋ音，還有些地方之人讀作ㄐㄧㄝˇ音，顯示其鮮明的地區特色。

【郡望】平陽郡（參見「鳳」姓之郡望）、雁門郡（參見「童」姓之郡望）。

【著名人物】解光（東漢司隸校尉）；解琬（唐代御史大夫）；解處中（五代南唐畫家）；解潛（南宋初名將）；解縉（明初學者），解開（明代學者），等等。

【專用楹聯】

大典輝寰宇；妙竹盡嬋娟❶。
文名稱二解；書藝第一名❷。

【注釋】❶上聯言明代學者解縉，字大紳，江西吉水（今屬江西）人。幼年聰悟。洪武年間進士，授庶吉士。上萬言書指斥時政，帝稱其才，擢御史。永樂初年任翰林學士，主持修撰《永樂大典》。下聯言五代南唐畫家解處中，江南人。唐後主時任翰林司藝，善畫竹，尤工雪竹，有衝寒冒雪之意。論者謂其所畫竹「能盡嬋娟之妙」。❷上聯言明代學者解開，字開元，江西吉水人。元朝末，與弟解闓皆隱居於山中，俱有文名，時稱「二解」。明初徵為本縣教官，訓迪有方，吉水文學之盛始此。學者稱筠澗先生。下聯言明代書法家解禎期，以善書選為太學第一。明仁宗時召為中書舍人。

應 一ㄥ

應姓的分佈以浙、皖、贛三省為主。

【姓源】應姓源出姬姓。西周初，周武王封其第四子於應（今河南省魯山縣一帶），稱應侯。後應國被他國所滅，其族人遂以國為氏。

【郡望】汝南郡（參見「周」姓之郡望）。

【著名人物】應曜（西漢初隱士）；應劭（東漢學者）；應瑒、應璩兄弟（三國魏文學家）；應用（北朝周書法家）；應本仁（元代學者），等等。

【專用楹聯】

淮陽一老勝四皓；建安五官列七才❶。
四字奇手；三紅勒名❷。

【注釋】❶上聯言西漢初隱士應曜，隱於淮陽（今屬河南）山中。漢高祖時，與商山四皓俱被徵命，曜獨不至。故時人語曰：

「商山四皓，不如淮陽一老。」下聯言三國魏文學家應瑒，字德璉，汝南（今河南省上蔡縣）人。曹操徵任丞相掾，後任五官中郎將文學。魏文帝曹丕稱其才學足以著書，為「建安七子」之一。❷上聯言北朝周書法家應用，江南人。善書細字，微如毛髮。嘗於一銅錢上書寫《心經》，又於一粒芝麻上書寫「國泰民安」四字。下聯言南宋初詩人應子和，淳熙年間進士。嘗有詩句曰「西岸夕陽紅」、「燭炬短燒紅」、「風過落花紅」，時人謂之「三紅秀才」。

宗 ㄗㄨㄥ

宗姓主要分佈於皖、贛、冀等省。

【姓源】宗姓的起源主要有官名、子姓和偃姓三支。

一、以官名為氏。周朝設宗伯以掌宗室之事務，亦稱太宗、上宗，其後人遂以官名為氏。

二、源出子姓。春秋時，宋襄公之弟敖的孫子伯宗因權力之爭失敗被殺，其子州犁逃奔楚國。後州犁之子連遷居於宛（今河南省南陽市），並以其祖父之名為氏，史稱宗連，被後世宗姓人奉為始祖。

三、出自偃姓。春秋時有偃姓宗國，國滅後，其族人遂以國為氏。

【郡望】南陽郡（參見「韓」姓之郡望）、京兆郡（參見「韋」姓之郡望）。

【著名人物】宗世林（三國魏名士）；宗炳（南朝宋書畫家）；宗懍（北朝周車騎大將軍）；宗澤（南宋初抗金名將）；宗臣（明代文學家）；宗元鼎（清代畫家），等等。

【專用楹聯】

琴畫風韻永在；松梅氣節猶存❶。

甘露嘉禾，溫江德政；乘風破浪，洮陽典型❷。

【注釋】❶上聯言南朝宋書畫家宗炳，字少文，南陽（今屬河南）人。好琴書，善畫，精玄理。宋武帝領荊州牧，辟為主簿，不就，曰：「吾栖隱丘壑三十年，豈可於王門折腰為吏乎！」嘗西涉荊、巫，南登衡嶽，凡所遊履，皆圖於室，謂人曰：「撫琴動操，欲令眾山皆響。」下聯言三國魏名士宗世林，隱居不仕，不與人交。曹操作司空總掌朝政時，嘗問「可以交未」，答：「松柏之志猶存。」魏文帝兄弟每造其門，皆獨拜床下，見重如是。❷上聯言北宋良吏宗道，政和年間任溫江（今屬四川）令時，境內有嘉禾甘露之祥。下聯言南朝宋將軍宗慤，字元幹，南陽人。少時，兄問其志，答：「願乘長風破萬里浪。」後官振武將軍，累遷豫州刺史，封洮陽侯。

丁 ㄉㄧㄥ

丁姓是中國五十大姓之一，總人口約五百萬，約占當代人口的百分之零點四二，其分佈在江蘇、福建二省最有影響。

【姓源】丁姓的構成主要有古丁國、姜姓、子姓和外姓、外族之改姓四大來源。

一、源於古丁國。史稱商朝時丁侯叛，商王武丁伐之。西周初，周武王滅商後，丁國也隨之被滅，其族人以國為氏，遂成丁氏。

二、源出姜姓。姜太公於西周初受封於齊，其子伋為周重臣，卒諡丁公。丁公之庶子遂以其父之諡號為氏。

三、出自子姓。春秋時，宋國大夫丁公之子孫，亦以丁為氏。

四、系出外姓、外族之改姓。前者如：三國東吳將軍孫匡因過失，而被孫權敕令改姓丁，其子孫沿襲未改。北宋時人于慶因欲攀附宰相丁謂以騰達，遂改姓名曰丁慶，此後發跡成望族，其子孫亦沿襲未改。後者如：元朝以來，進入中原的西域人中頗多信奉伊斯蘭教的阿拉伯人，其譯名中多帶有「丁」字，其後代定居漢化時，多取丁為姓。此部分丁姓成為當代丁姓的重要來源。

【郡望】濟陽郡（參見「陶」姓之郡望）。

【著名人物】丁恭（東漢學者）；丁奉（三國東吳名將）；丁度（北宋學者）；丁雲鵬（明代畫家）；丁寶禎（清代四川總督），丁汝昌（清代名將），丁丙（清代藏書家），丁日昌（清代名臣），等等。

【專用楹聯】

麟分帝里；梟浴家池❶。

學透春秋，大儒景仰；才長驍勇，黑丁戲呼❷。

藏書八千卷；同堂三百人❸。

【注釋】❶上聯言西漢初將軍丁復，從漢高祖劉邦起兵，至灞上，入漢定三秦，破龍且於彭城，拜大司馬，討平項羽，封陽都侯。下聯言東漢孝子丁密，字靖恭，岑溪（今屬廣西）人。性清介，不受毫髮之饋。遭父母喪，並廬墓三年，有雙梟游廬旁水池，見人馴服，時人以為孝德所感。❷上聯言東漢學者丁恭，字子然。習《公羊》、《嚴氏春秋》，學義精明，為儒林所景仰。建武初年，任諫議大夫、博士。下聯言明代將軍丁德興，定遠（今屬安徽）人。形貌甚壯偉，時人呼之為「黑丁」。任指揮使，因功封濟國公，列祀功臣廟。❸上聯言清末藏書家丁丙，字松生，號松存，錢塘（今浙江省杭州市）人。喜藏書，沿用其祖「八千卷樓」為藏書樓名。杭州文瀾閣《四庫全書》因戰亂散失後，多方收集和鈔補之。下聯言北宋名士丁雋，醴陵（今屬湖南）人。精於《春秋》三傳，人稱「丁三傳」。兄弟十七人，五世同居，合室達三百口，家無閒言。大中祥符年間，宋真宗詔旌其門曰「義和坊」。

宣 ㄒㄩㄢ

宣姓的分佈主要在江蘇、安徽二省。

【姓源】宣姓的起源有三支，皆以祖上謚號為氏：二支出自姬姓，一支出於子姓。

一、源出姬姓。又分二支：其一，西周厲王之子在位四十六年，謚號「宣」，史稱周宣王，其支庶子孫即以祖上之謚號為氏。其二，春秋時，魯國大夫叔孫僑如，死後謚「宣伯」，其後人亦以宣為氏。

二、出自子姓。春秋時，宋國國君力在位十九年，死後亦謚「宣」，史稱宋宣公，其支庶子孫也以祖上之謚為氏，成為宣姓的另一來源。

【郡望】始平郡（參見「馮」姓之郡望）、東郡。東郡，秦朝取魏國地置東郡，治所在濮陽（今屬河南）。

【著名人物】宣秉（東漢初大司徒）；宣亨（北宋畫家）；宣繒（南宋參知政事）；宣昶（明代學者），等等。

【專用楹聯】

宣王衍派；濮陽望族❶。

預定策功，高爵追封上國；會同獨坐，芳名丕顯京師❷。

【注釋】❶宣姓祠聯。上聯指宣姓源出於周宣王。下聯指宣姓之郡望。❷上聯言南宋大臣宣繒，慶元府（今浙江省寧波市）人。嘉定年間拜參知政事，以觀文殿大學士致仕，卒。以參預定策立宋理宗之功，追封官爵，謚忠靖。下聯言東漢大臣宣秉，字巨公，雲陽（今陝西省淳化縣西北）人。漢光武帝時徵為御史中丞。性儉約。帝幸其舍，見而嘆曰：「楚國二龔，不及雲陽宣巨公。」即賜以布帛帷帳什物。後拜大司徒。

賁 ㄅㄣ

賁姓的分佈在遼寧等省較多。

【姓源】賁姓的起源主要有嬴姓、苗氏和人名三支。

一、源出嬴姓。西周時，秦國君非子之後有以賁為氏者。

二、出自苗氏。春秋時，晉國大夫苗賁父之後，亦以祖上之名為氏。

三、以人名為姓。秦朝初，於原魯國故地置魯縣（今山東省曲阜市一帶），魯縣人有名賁父者，其後人即以其祖上之名為氏，成為賁姓的又一來源。

【郡望】宣城郡。晉朝以漢代丹陽郡故地設置宣城郡，轄境相當於今安徽省東南部，治所在宛陵縣（今安徽省宣城市）。

【著名人物】賁赫（西漢初將領），賁生、賁麗（西漢學者）；賁亨（元代將軍），等等。

【專用楹聯】

賁父啟姓；春秋分源❶。

偉績武臣，物頌君上；清操佳士，名重汝南❷。

【注釋】❶賁姓祠聯。此聯言賁姓源出於春秋時人賁父。❷上聯言元代初將軍賁亨，字文甫，襲任行軍千戶，南征江南屢有戰功，滅南宋後，以功陞宣武將軍，改任處州路管軍萬戶。下聯言漢代名士賁蒿，汝南（今屬河南）人，當時頗有「清操」之譽。

鄧 ㄉㄥˋ

鄧姓是中國五十大姓之一，總人口約六百五十萬，約占當代人口的百分之零點五四，其分佈在川、湘、粵地區最有影響。

【姓源】鄧姓的構成主要有古鄧國、姒姓、子姓和外姓、外族之改姓四大來源。

一、出自古鄧國。相傳黃帝時有大臣名鄧伯溫，即古鄧國（故址在今山東省菏澤市一帶）人，其國人即以國名為氏。

二、源出姒姓。夏王仲康封其庶子於鄧（故址在今河南省孟州市西古鄧城），至商王武丁時被滅，其子孫向東南遷於今河南郾城東南的鄧城，並以國為氏。

三、源自子姓。商王武丁滅姒姓鄧國後，封其叔父曼季於鄧，並賜姓曼。周武王滅商後，子姓鄧國被迫南遷至鄧塞（故址在今湖北省襄樊市北），至春秋時被楚文王所滅。其族人遂以國為氏，並北遷定居於今河南鄧州，在西漢時形成著名的南陽鄧氏望族。

四、系出外姓、外族之改姓。如：五代南唐後主之第八子李從鎰曾被封為鄧侯，南唐亡後，宋朝追捕南唐宗室甚急，故從鎰之子天和避難至今湖南安化，並以父爵改作鄧姓。又如周武王滅子姓鄧國後，隨周武王東征的隗姓人入主鄧國，亦以鄧為氏。後此支鄧氏西遷至甘、川邊界的鄧至（今甘、川邊界摩天嶺南的羌人地區），形成鄧至羌，至北朝周時被滅。鄧至羌之一部遂南行雲南地區形成唐代的勿鄧國，部分勿鄧國人融入四川涼山彝族，後世彝族中之鄧姓即來自勿鄧人。

【郡望】南陽郡（參見「韓」姓之郡望）。

【著名人物】鄧析（春秋鄭國大夫、思想家）；鄧禹（東漢初大將），鄧騭（東漢名將）；鄧芝（三國蜀漢名臣），鄧艾（三國魏名將）；鄧牧（元初學者）；鄧廷禎（清末名將），鄧世昌（清末海軍名將），鄧石如（清末篆刻家、書法家），等等。

【專用楹聯】

瑞應星辰，雲臺拔萃；樹稱杞梓，鄧林毓奇❶。

石如篆書號神品；文度易解稱好書❷。

【注釋】❶上聯言東漢初大臣鄧禹，新野（今屬河南）人。從漢光武帝舉義旗，屢立戰功，名震關西。二十四歲拜大司徒。天下平定，論功最高，封高密侯。後漢帝畫雲臺二十八將之像，以鄧禹為首。下聯言東漢初大臣鄧禹有子十三人，皆有才幹，時稱「鄧林材木」。❷上聯言清末書法篆刻家鄧石如，初名英，因避清帝之諱而以字行，更字頑伯，號完白山人。少好篆刻，工四體書，篆書尤稱神品。包世臣《藝舟雙楫》推為清代第一。下聯言明代學者鄧禕，字文度，號梓堂，江蘇常熟（今屬江蘇）人。正德年間舉人。工山水，能詩文，好宋儒之書。著有《易解》、《常熟志》等書。

郁 ㄩˋ

郁姓主要分佈於安徽等省。

【姓源】郁姓的起源主要有地名、人名和國名等三支。

一、以地名為氏。史稱古代有郁國，春秋時作為吳國大夫之封邑，其子孫遂以邑名為氏。又古代扶風有郁夷縣（今陝西省隴縣西）、膠東有郁秩縣（今山東省平度市）、北地有郁致縣（今屬甘肅），當地居人也有以地名為氏，遂成郁氏。

二、以人名為氏。春秋時，魯國相郁黃（一作郁貢）之後人，亦有以其祖上之名字為氏者。

三、以國為氏。古代西域有郁立國，其國人有以國名為氏，成為郁姓的又一來源。

附注：今日往往將鬱姓簡寫作郁姓，然古代郁、鬱二姓之讀音、姓源和郡望等均不同，實為二姓。參見「鬱」姓。

【郡望】黎陽郡。西漢時設黎陽縣，北朝後魏時改置黎陽郡，轄境在今河南省浚縣一帶。

【著名人物】郁藻（宋代名士），郁繼善（宋代名醫）；郁文博（明代藏書家），郁綸（明代知縣）；郁植（清代學者），等等。

【專用楹聯】

書香門第；宰相世家❶。

少年能作五倫論；耆老身居萬卷樓❷。

【注釋】❶上聯言明代藏書家郁文博，上海人。景泰年間進士，官湖廣副使。致仕歸，居萬卷樓，丹鉛校核不離手，嘗校刊陶九成《說郛》一百二十卷。下聯言春秋魯人郁黃，世為魯相，為後世郁姓之始祖之一。❷上聯言清代學者郁植，字大木，江蘇太倉（今屬江蘇）人。幼聰悟，有「神童」之譽，八歲應試，作〈五倫論〉。及長，精於古文，詩宗盛唐。下聯言明代藏書家郁文博之事，參見❶。

單 ㄕㄢˋ

單姓的分佈以江蘇、浙江、山東三省最為集中。

【姓源】單姓的起源較複雜，因源流不同而讀音有別。一般而言，單姓有ㄕㄢˋ和ㄉㄢ兩個讀音。

一、讀ㄕㄢˋ音時，其起源主要有姬姓、外族之改姓二支。其一，源出姬姓。西周初，周成王封幼子臻（一說名蔑）於單（今河南省孟津縣東南），史稱單伯，其後裔即以封邑為氏。其二，系出外族之改姓。如古代氐族單姓曾居住於上郡（今陝西省榆林市）一帶；達斡爾族之單姓由敖沃勒氏、索多爾氏、克力徹爾氏等氏族所改，而滿族單姓源於都善氏、敖拉氏等。

二、讀ㄉㄢ音時，其起源主要為外族之改姓。史稱北朝後魏鮮卑族可單氏、阿單氏、渴單氏，及金代女真族徒單氏等，皆改作單姓。如今居山西省絳縣一帶之單姓人之姓氏讀音作ㄉㄢ，正反映著其姓源之特徵。

【郡望】河南郡（參見「褚」姓之郡望）、南安郡。南安郡，東漢晚期分隴西郡之一部分設置，轄境相當於今甘肅省隴西渭河流域。

【著名人物】單左車（西漢初中牟侯）；單超（東漢車騎將軍）；單雄信（隋末名將）；單思恭（明代詩人）；單隆周（清代學者），等等。

【專用楹聯】

卿士廿餘世；侯爵七代人❶。

吟詩讚甜雪；填詞推竹香❷。

【注釋】❶上聯言西周成王以下二十餘世，皆有單姓人出任朝中卿士要職。下聯言東漢將軍單超，河南（今河南省洛陽市）人。善謀略，於中常侍任上助漢桓帝有功，封新豐侯，拜車騎將軍，獲七代皆封侯爵之榮。❷上聯言明代詩人單思恭，字惠仍，江蘇揚州（今屬江蘇）人。善詩，有《甜雪齋集》傳世。下聯言明末詞人單恂，松江（今屬上海）人。崇禎年間進士，授麻城知縣。工詞，著有《竹香庵詞》。

杭 ㄏㄤˊ

杭姓主要分佈於江蘇、湖南等省。

【姓源】杭姓的起源主要有姒姓、抗氏二支。

一、源出姒姓。相傳大禹治水畢，在長江下游留下很多舟航（即小板船），故命其支子掌之，封餘航國（故址在今浙江省餘杭市）。其後人便以航為氏，後轉寫作「杭」，遂成杭氏。

二、出自抗氏。東漢長沙太守抗徐，丹陽（今安徽省宣城市）人，因古代「杭」、「抗」兩字相通，其子孫遂改作杭，成為杭姓的又一來源。

【郡望】餘杭郡、丹陽郡。餘杭郡，東漢分會稽郡之餘杭縣屬吳郡，至隋朝始置餘杭郡，轄境相當於今浙江省餘杭市一帶。丹陽郡，漢代始置，治所在宛陵（今安徽省宣城市），三國東吳時移置於建業（今江蘇省南京市）。

【著名人物】杭徐（東漢長沙太守）；杭淮（明代詩人），杭雄（明代名將）；杭世駿（清代學者），等等。

【專用楹聯】

源自大禹；望居餘杭❶。

堇浦四事高見；宜興二杭齊名❷。

【注釋】❶杭姓祠聯。上聯指杭姓源出於大禹。下聯指杭姓之郡望。❷上聯言清代學者杭世駿，字大宗，號堇浦，仁和（今浙江省杭州市）人。乾隆初年召試鴻詞科，授編修。條上四事，帝善之，改御史。博聞強記，於經史詞章之學無所不貫。著有《禮例》、《史記考異》、《道古堂詩文集》等書。下聯言明代詩人杭淮，字東卿，江蘇宜興（今屬江蘇）人。官御史中丞，廉明平恕，以志節廉。與兄濟並負詩命，時稱「二杭」。

洪 ㄏㄨㄥˊ

洪姓主要分佈於東南諸省及臺灣。

【姓源】洪姓的起源主要有共氏和外姓、外族之改姓二支。

一、出自共氏。又分數支：其一，源自上古炎帝後裔共工氏。相傳共工氏於黃帝時任治水之官，其後人遂以祖上之名共為氏。其二，出自共國。商朝時有侯國共國（故址在今河南省輝縣），「共」亦作「恭」，被周文王所滅，其族人遂以國為氏。其三，源出姬姓。西周時封同姓諸侯於舊共國，至春秋時被衛國所滅，其子孫亦以國為氏。其四，以祖上諡號為氏。春秋時，晉國太子申生諡共，其後代遂以共為氏。這些共氏，後因避仇，於姓氏加水旁而成洪姓。此為當代洪姓的主要來源。

二、系出外姓、外族之改姓。北朝後魏獻文帝名拓跋弘、孝文帝名元宏，故北方弘氏、宏氏為避天子之諱而改姓洪。至唐代，南方宏氏為避唐高宗之子李弘之諱而改為洪姓。北宋初，官員劉弘昌、劉弘果兄弟皆為避宋太祖之父趙弘殷之名而改「弘」字，並進而改劉姓為洪姓。這些因避諱所改之姓，其後世多沿襲未改，成為當代洪姓的又一重要來源。

【郡望】燉煌郡、豫章郡（參見「喻」姓之郡望）。燉煌郡，漢武帝時分酒泉郡一部分而置，轄境相當於今甘肅省河西走廊西端。

【著名人物】洪矩（東漢廬江太守）；洪适（南宋宰相、學者），洪邁（南宋學者，洪适之弟），洪咨夔（南宋詩人）；洪亮吉（清代學者），洪秀全（清末太平天國天王），等等。

【專用楹聯】

三洪名滿天下；一軍功安社稷❶。

文章高天下；姓字列榜頭❷。

【注釋】❶上聯言南宋名臣洪适，字景伯，鄱陽（今江西省波陽縣）人。幼敏武，與弟遵、邁先後舉詞科中高等，由是「三洪」之名滿天下。累拜至宰相。下聯言南宋末良吏洪夢炎，字季思，淳安（今屬浙江）人。寶慶年間進士。端平年間高沙兵變，命夢炎綏之。夢炎開自新之路，使一軍得以平安。官至衡州知州。❷上聯言南宋初名臣洪皓，於北宋末政和年間中詞科高等，其子洪适等三子亦先後高中詞科，皆以善文名海內。參見❶。下聯言明代良吏洪英，字實夫，懷安（今福建省福州市）人。永樂年間會試第一，入翰林，與修三《禮》。歷官山東巡撫。時黃河決臨清（今屬山東），董治有功，擢左都御史，鎮守浙江。

包 ㄅㄠ

包姓主要分佈於江、浙等省。

【姓源】包姓的起源主要有風姓、芈姓和外姓、外族之改姓三支。

一、源出風姓。相傳太昊伏羲氏風姓，因讀音及字意相通之故，「伏羲」亦稱「庖犧」或「包羲」。其後裔中遂有以包為氏。

二、出自芈姓。春秋時，楚國大夫申包胥為楚國國君蚡冒之後，故又稱王孫包胥。其子孫有以祖上之名字為氏者，遂成包氏。

三、系出外姓、外族之改姓。如：西漢末，丹陽鮑氏為避王莽之禍而改姓包。北宋西戎首領俞龍率部歸宋，自稱景仰忠臣包拯之為人，故請朝廷賜姓包氏。又滿族烏雅氏、蒙古族孛兒只斤氏等亦改作漢姓包姓。

【郡望】上黨郡（參見「鮑」姓之郡望）、丹陽郡（參見「杭」姓之郡望）。

【著名人物】包咸（漢代大鴻臚）；包融（唐代詩人）；包拯（北宋名臣）；包見捷（明代吏部侍郎）；包世臣（清代書法家），等等。

【專用楹聯】

宋室閻羅，笑比黃河清澈；集賢學士，名馳四傑班行❶。

芝堂映瑞；棟幹垂輝❷。

【注釋】❶上聯言北宋名臣包拯，字希仁，廬州合肥（今屬安徽）人。天聖年間進士。歷官三司戶部副使、天章閣待制、知諫院、龍圖閣直學士、知開封府等。清廉明斷，頗有政績。在朝數論斥權倖佞臣，上書天子應明聽納、辨朋黨。任知開封府時，執法嚴峻，平冤獄，抑豪強，故貴戚宦官甚懼憚。故京師內傳曰「關節不到，有閻羅包老」，至以包拯笑比黃河清一般難得。民間稱之為「包待制」、「包龍圖」、「包公」。官至樞密副使而卒，謚孝肅。下聯言唐代詩人包融，吳興（今浙江省湖州市）人。有才名，制科及第，官至集賢學士。善詩，與賀知章、張旭、張若虛齊名，號「吳中四傑」。❷上聯言北宋藏書家包整，涇縣（今屬安徽）人。少時好學仗義。其書屋曾產靈芝，名曰芝堂。因家藏書萬卷，故又稱萬卷堂。下聯言北宋名臣包拯之事。包拯為官剛直，以廉潔著稱，人稱「包青天」。有人贈詩曰：「秀幹終成棟，精鋼不作鉤。」參見❶。

諸 ㄓㄨ

諸姓主要分佈於浙江等省。

【姓源】諸姓的起源主要有彭姓、姒姓和諸葛氏三支。

一、源出彭姓。相傳上古之壽星彭祖之後裔有為魯國大夫者，被封於諸邑（今山東省諸城縣西南），其子孫便以封邑為氏。

二、出自姒姓。又分二支：其一，越國為大禹之庶子後裔所建之國，春秋時，越國大夫諸稽郢的後代，以祖上之名為氏，遂成諸氏。其二，戰國時，越王句踐之裔孫無諸自王於閩中。秦始皇統一中國後，廢閩越王，置閩中郡。楚、漢相爭時，無諸率部助劉邦，故劉邦建漢朝後，封無諸為閩越王。漢武帝時國被廢，其子孫遂以祖上之名為氏，稱諸姓。

三、源自諸葛氏。北宋初，五代後周之臣諸葛十朋不願仕新朝，遂改為諸姓，隱居於江南會稽山中。後世浙江諸姓多出自諸葛氏。

【郡望】琅琊郡（參見「王」姓之郡望）。

【著名人物】諸發（戰國初越國大夫）；諸燮（明代兵部主事），諸大綬（明代狀元）；諸匡鼎（清代詩人），諸祖潛（清代畫家），等等。

【專用楹聯】

一梅驚梁主；九鼎耀錢塘❶。
橘苑留雅韻；杏廬有奇香❷。

【注釋】❶上聯言戰國初越國大夫諸發，奉使於梁國，執一枝梅以遺梁王，梁王披衣見之。下聯言清代名士諸九鼎，字駿男，一名曇，字鐵庵，錢塘（今浙江省杭州市）人。著有《樂清集》等。❷上聯言清代詩人諸匡鼎，字虎男，號橘叟，諸九鼎之弟。工詩，著有《橘苑詩鈔》。下聯言清代名士諸福坤，字元簡，長洲（今江蘇省蘇州市）人。著有《杏廬文鈔》等。

左 ㄗㄨㄛˇ

左姓的分佈以河北、山東、江蘇、四川四省為主。

【姓源】左姓的起源主要有古左氏、姜姓、官名和外族之改姓四支。

一、出自古左氏。相傳黃帝之臣左徹曾助黃帝鑄造三鼎，其後代即以祖上之名為氏，遂成左氏之始。

二、源出姜姓。春秋時，齊國習慣以左右區分國君之子，稱左公子或右公子，左公子之後裔便以左為氏。

三、以官名為氏。自西周始，周廷及諸侯列國皆設左史官，以負責記錄天象和君王言行，如周穆王時的左史戎夫、春秋時魯國左史丘明、楚國左史倚相等。其後代有以官名為氏的，遂成左氏。

四、系出外族之改姓。如：唐、宋時，不少猶太人進入中原定居，有些人便以漢人習俗使用漢姓，其中即有左姓。又清代滿洲八旗哈斯虎氏、當代裕固族之綽羅斯氏等，亦改為漢姓左姓。

【郡望】濟陽郡（參見「陶」姓之郡望）。

【著名人物】左雄（漢代尚書令），左慈（東漢末術士）；左思（西晉文學家）；左良玉（明代女將），左光斗（明代名臣）；左宗棠（清末大臣），等等。

【專用楹聯】

年少登科，澹安集傳後世；才高自賦，洛陽紙貴當時❶。
鐵鑄肺肝忠貫日；賦齊衡固字如珠❷。

【注釋】❶上聯言南宋初文士左慶延，永新（今屬江西）人。年十七登第，權相秦檜欲召為婿，慶延辭之，由是十年不調官，終太學博士。著有《澹安文集》。下聯言西晉文學家左思，字太沖，齊國臨淄（今山東省淄博市）人。構思十年而成〈三都賦〉，一時豪貴之家競相傳抄，洛陽為之紙貴。❷上聯言明代名臣左光斗，字遺直，安徽桐城（今屬安徽）人。萬曆年間進士，官御史。明光宗崩，與楊璉協力建議排宦官，扶幼主。後遭宦官魏忠賢迫害，與楊璉俱死於獄中。追贈太子少保，諡忠毅。下聯言西晉文學家左思之事，「衡固」指東漢時以作賦著名的張衡、班固二人，參見❶。

石 ㄕˊ

石姓是中國人口最多的八十大姓之一，總人口約四百二十萬，約占當代人口的百分之零點三五，其分佈在川、秦和魯、冀地區較有影響。

【姓源】石姓的構成主要有姬姓、子姓和外族之改姓三大來源。

一、源出姬姓。又分三支：其一，春秋時，衛康公八世孫公孫碏，字石，亦稱石碏，因大義滅親而傳為佳話，其裔孫駘仲遂以祖父之字為氏。其二，春秋時，鄭國公子豐之子公孫段，字子石，其裔孫亦以祖上之字為氏。其三，春秋後期，晉頃公封公族羊舌肸於楊（今河北省寧晉縣），是為楊氏。羊舌肸之子楊食我，字伯石，亦稱楊石，其子孫遂以祖上之字為氏。

二、出自子姓。春秋後期，宋共公之子公子段，字子石，其後人亦以祖上之字為氏。

三、系出外族之改姓。著名者如：十六國時張背督改名石會、冉閔改名石閔；北朝後魏鮮卑族之烏石蘭氏、嗢石蘭氏等改為石姓；唐代西域「昭武九姓」之一的石國人進入中原後，亦以石為姓；五代後晉高祖石敬瑭是沙陀部人，是太原石氏的先祖；五代前蜀利州司馬石處溫是波斯人，是萬州（今屬重慶）石氏的先祖；金代女真人斡勒氏、石盞氏等改為石姓；清代滿洲八旗瓜爾佳氏、倭赫氏、石佳氏、倭勒氏等皆全部或部分改為石姓。

【郡望】武威郡（參見「安」姓之郡望）、渤海郡（參見「季」姓之郡望）。

【著名人物】石申（戰國時天文學家）；石勒（十六國後趙皇帝）；石恪（五代末畫家）；石守信（北宋初大將），石介（北宋學者）；石君寶（元代戲曲作家）；石玉昆（清代藝術家），石達開（清末太平天國翼王），等等。

【專用楹聯】

饒雄辯以折衷，堪承使命；諫義方而善教，足為典型❶。

風為世表；道重人師❷。

【注釋】❶上聯言宋代名士石昌言，善言辯而能折衷，奉使不辱使命。下聯言春秋時衛國大夫石碏，仕衛莊公。公子州吁有寵而好兵，莊公勿禁，碏諫不聽。碏子厚與州吁遊，禁之不從。衛桓公立，為州吁所殺。後州吁與厚出奔陳國。碏請陳國人執厚，遣人殺之於陳。時人稱譽其能大義滅親。❷上聯言石姓名士石富，性清介，風度儼然，為世之表。下聯言北宋學者石介，字守道，奉符（今山東省泰安市）人。天聖年間進士。篤學有志尚，樂善疾惡，遇事敢為。丁父母憂，耕於山東徂徠山下，以《易》教授，魯人號徂徠先生。後擢南京推官、太子中允，授國子博士。

崔 ㄘㄨㄟ

崔姓是中國八十大姓之一，總人口約三百四十萬，約占當代人口的百分之零點二八，其分佈在山東和東北地區最有影響。

【姓源】崔姓的起源主要有姜姓和外族之改姓二支。

一、源出姜姓。西周初，齊國開國之君姜太公之嫡長孫季子讓位於其弟叔乙，而食采於崔邑（故址在今山東省鄒平縣西北），其子孫遂以邑為氏。入漢朝後，崔姓人在河北地區得以迅速發展，在漢魏南北朝時期形成了清河崔氏和博陵崔氏兩大強宗望族。至唐代，清河、博陵崔氏累計出了二十三位丞相，故當時有「言貴姓者莫如崔盧李鄭王」之諺語盛傳。

二、系出外族之改姓。如：唐代時朝鮮半島上的新羅國崔姓人不斷進入中原，至清代未絕。至今崔姓仍為朝鮮半島上的第一大姓。清代中期後，滿洲八旗崔佳氏集體改為崔姓，成為東北地區崔姓的重要來源之一。

【郡望】清河郡（參見「張」姓之郡望）、博陵郡（參見「邵」姓之郡望）。

【著名人物】崔寔（東漢學者），崔駰（東漢文學家）；崔浩（北朝後魏大臣），崔鴻（北朝後魏史學家）；崔護、崔顥（唐代詩人）；崔白（北宋畫家）；崔敦詩（南宋學者）；崔子忠（明代畫家）；崔述（清代學者），等等。

【專用楹聯】

中年茂才號大儒；少小博學通百家❶。

世推三虎；人羨五龍❷。

八行稱於眾口；三相出諸一門❸。

【注釋】❶上聯言東漢文學家、書法家崔瑗，字子玉，涿郡（今河北省涿州市）人。年十八進京師，從大儒賈逵學，遂精通天文、曆數等。舉茂才，後被薦為宿德大儒，從政有績，擢任濟北相。高於文辭，尤善章草。下聯言東漢文學家崔駰，字伯亭，涿郡人。年十三，通《詩》、《易》、《春秋》，博學多才，盡通訓詁百家之言。官至司徒。❷上聯言唐代名臣崔琳，武城（今屬山東）人。明政事，開元年間與高仲舒同為中書舍人，丞相宋璟親禮之，嘗曰：「古事問仲舒，今事問琳，尚何疑？」累遷太子少保卒。琳與其弟太子詹事珪、光祿卿瑤俱官卿監，列棨戟，世號「三虎」，亦稱「三戟崔家」。下聯言北朝後魏名臣崔挺，少好學，舉秀才高等，歷光州刺史，風化大行。有五子孝芬、孝偉、孝演、孝直、孝政，皆博洽經史，雅好詞賦，歷官卿監之職，人稱「五龍」。❸上聯言北宋名士崔貢，字還碩，仁和（今浙江省杭州市）人。端重有學識，大觀年間州郡舉薦應八行科，貢入太學，後授密州文學，卒。鄉人尊之為「八行先生」。下聯言唐代大臣崔鉉，字台碩。進士及第，歷官中書舍人、翰林學士承旨，唐武帝時拜相，後封魏國公。鉉與其父元略等一門三人先後拜相，時人榮之。

吉 ㄐㄧˊ

吉姓的分佈以山東、江蘇、黑龍江等省最為集中。

【姓源】吉姓的起源主要有姞姓、古吉國、兮姓和外族之改姓四支。

一、源自姞姓。相傳黃帝之裔孫伯儵被封於南燕（故址在今河南省延津縣東北），賜姓姞。伯儵的支庶子孫去「女」旁而成吉姓。

二、出自古吉國。商朝吉國（今山西省吉縣一帶）國滅後，其國人便以國為氏。

三、源出兮姓。周宣王時，北方獫狁部落南犯，周朝大臣尹吉甫，兮姓，名甲，字伯吉甫，奉命北征大勝，其支庶子孫有以祖上之字為氏者，遂成吉氏。

四、系出外族之改姓。如：唐代西域安息國人有定居中原者，以安為姓，後為避仇而改吉姓。清代青海西寧土司吉保的後代亦以吉為氏；海南瓊中、保亭、樂亭三縣交界處七十二峒黎族居民，本無姓氏，後由大總管統一定為吉姓。

【郡望】馮翊郡（參見「嚴」姓之郡望）。

【著名人物】吉恪（東漢太守）；吉朗（西晉御史）；吉中孚（唐代詩人），吉頊（唐代宰相）；吉昌（明代御史）；吉夢熊（清代學者），等等。

【專用楹聯】

齒德俱尊，望重香山九老；吟哦獨善，名傳大曆十才❶。

星槎畫宗河陽派；夢熊集成研經堂❷。

【注釋】❶上聯言唐代名士吉皎，官至衛尉卿，年八十八卒，名列洛陽（今屬河南）香山九老會。下聯言唐代詩人吉中孚，鄱陽（今江西省波陽縣）人。官至戶部侍郎。大曆年間，與盧綸等皆以能詩聞名，號「大曆十才子」。❷上聯言清代畫家吉潮，字亮初，號星槎，長洲（今江蘇省蘇州市）人。從伊大麓學畫山水，愛寫棧道、雪山，畫法宗河陽派。下聯言清代學者吉夢熊，字毅揚，丹陽（今屬江蘇）人。官通政使，總閱《四庫全書》。著有《研經堂集》。

鈕 ㄋㄧㄡˇ

鈕姓的分佈以江蘇省最為集中。

【姓源】鈕姓起源不詳，然據歷代學者考證，其當起源於江南，《通志‧氏族略》等記東晉時有吳興（今浙江省湖州市）人鈕滔，或以為即鈕姓之始祖。

又，清代滿洲八旗鈕祜祿氏、鈕赫氏等集體改為鈕姓。

【郡望】吳興郡（參見「沈」姓之郡望）。

【著名人物】鈕約（宋代大理寺丞）；鈕克讓（元代宣慰使）；鈕衍（明代知府）；鈕琇（清初文學家），鈕樹玉（清代名士），等等。

【專用楹聯】

姓啟晉國；望出吳興❶。

兩代雙孝子；一人二推官❷。

【注釋】❶鈕姓祠聯。上聯指鈕姓源出於晉朝時。下聯指鈕姓之郡望。❷上聯言北朝周時鈕因、鈕士雄父子，皆以至孝聞名於當時。下聯言元代人鈕克讓，山西介休（今屬山西）人。始授岳州、武昌二州推官，用法平恕。後守龍陽郡，頗多善政。官至宣慰使。

龔 ㄍㄨㄥ

龔姓是中國一百大姓之一，總人口約二百萬，約占當代人口的百分之零點一七，其分佈主要集中於長江流域地區。

【姓源】 龔姓的構成主要有共工氏、偃姓、姬姓和外姓、外族之改姓四大來源。

一、出自共工氏。相傳上古共工氏為黃帝時大臣，司水土，其子孫有共氏。後為避仇，共氏分為二支，一支以共工氏於五行屬水，故加「水」旁而成洪姓；另一支因共工氏之子句龍為黃帝時土正（管理土地之官），故於「共」上加「龍」字而成龔姓。

二、源出偃姓。相傳少昊金天氏之裔孫皋陶，在舜帝時被賜姓偃。皋陶之後裔在商朝被封為阮、共（亦稱恭國，故址在今甘肅省涇川縣北）等國，商末時被周文王所滅，共人歸周，後被封於今河南省輝縣，不久為衛國所滅。兩共國滅亡後，其國人皆以國為氏。因古代「共」、「恭」、「龔」三字通用，故共姓後改為龔姓。

三、源於姬姓。又分三支：其一，西周厲王因施行暴政，被國人驅逐，時周室公族姬和被封於共（今河南省輝縣），被眾人推舉代行王權。十四年後，周厲王太子靜長大成人，姬和立為周宣王，歸政。其後人遂以共為姓。其二，春秋時，晉獻公太子申生，謚恭（亦寫作「共」），其後裔便以共為氏。其三，春秋時，鄭太叔段因故出奔古共國，史稱共叔段，其後代亦稱共氏。姬姓共氏後亦改作龔姓。

四、系出外姓、外族之改姓。商、周時期，在今重慶市巴南區一帶有恭國（亦作共國），其後裔或為秦、漢時期巴郡共蠻，西漢初巴郡板楯蠻中七大姓之一的龔姓即出自共蠻。又宋代泉州人翁乾度之六子分作翁、洪、龔、方、江、汪六姓，其第五子處兼得龔姓，其後代相承未改。

【郡望】 武陵郡（參見「華」姓之郡望）。

【著名人物】 龔遂（西漢渤海太守）；龔茂良（南宋名臣）；龔開（元初畫家）；龔鼎孳（清初文學家），龔賢（清代畫家），龔自珍（清代學者、詩人），等等。

【專用楹聯】

安車不徵，孝廉不就；易劍買犢，賣刀買牛❶。

耆德並三老；山水列八家❷。

【注釋】❶上聯言西漢名臣龔勝，字君實，彭城（今江蘇省徐州市）人。為郡吏，三舉孝廉，再為尉，一為丞，皆輒至即去。漢哀帝時徵為諫大夫，遷光祿大夫，出為渤海（今河北省南皮縣）太守，謝病免歸。下聯言西漢良吏龔遂，字少卿。剛毅有大節。漢宣帝時，渤海郡盜賊並起，帝任遂為太守以治之。遂勸民務農桑，有帶刀劍者，輒使賣劍買犢，賣刀買牛，郡遂大治。❷上聯言北宋學者龔宗元，字會之。天聖年間進士，授句容令。晚年以都官員外郎致仕，居崑山（今屬江蘇），作中隱堂，與程適、陳之奇皆以耆德稱，吳人謂之「三老」。下聯言清代畫家龔賢，又名豈賢，號半畝，又號野遺，江蘇崑山人。流寓金陵（今江蘇省南京市），善畫山水，為「金陵八家」之一。能詩，為當時諸家所推許。又工書法，行草雄奇奔放而不失規矩。

程 ㄔㄥˊ

程姓是中國人口最多的五十大姓之一，總人口近七百萬，約占當代人口的百分之零點五七，其分佈在皖、豫、鄂、贛四省最有影響。

【姓源】程姓的構成主要有風姓、姬姓和外族之改姓三大來源。

一、源自風姓。相傳東夷九黎族因與黃帝部落爭奪中原失敗，由黃帝之孫顓頊帝後裔祝融氏重、黎兄弟統治。相傳為伏羲氏之後的風氏族即為九黎族之一部，程部落即出於風氏族，於夏朝前即已建程國（故址在今河南省洛陽市東）。商朝滅夏，程人亦被迫西遷畢郢（今陝西省咸陽市東）。商末，程國為周國所吞併，其子孫遂以國為氏。西周初，程人後代伯符受封於廣平（今河北省澤雞縣），後遷封於程（故址在今河南省洛陽市東）。周宣王時，程伯休父為周朝大司馬，部族西遷至程邑（故址在今陝西省咸陽市東北）。此支程氏是當代程姓的主要來源。

二、源出姬姓。西周初，周文王少子被封於荀國（亦稱郇國），後被晉國所滅。春秋時，其後人荀驩為晉國大夫，采邑在程（即古程國之地），後因權力之爭失敗，程邑被奪，其族人遂以封邑為氏。

三、系出外族之改姓。西周時，程伯休父西遷時，有一支程人南行進入貴州南部，繁衍成在西南頗有影響的程番，後與當地土著長期混居，成為布依族之程姓先民。又，清代滿洲八旗成佳氏集體改為程姓。

【郡望】安定郡（參見「伍」姓之郡望）、廣平郡（參見「賀」姓之郡望）。

【著名人物】程嬰（春秋時晉國義士）；程邈（秦朝學者）；程不識（西漢名將）；程普（三國東吳名將）；程咬金（唐初大將）；程顥、程頤兄弟（北宋著名理學家）；程大昌（南宋學者）；程嘉燧（明代詩人、畫家），等等。

【專用楹聯】

姓啟程國源流遠；望出安定派系長❶。

玉色金聲，祥雲瑞日；重黎聰哲，休父疏支❷。

首創隸書苦十載；善釀美酒傳千秋❸。

【注釋】❶程氏祠聯。上聯指程姓源出於程國。下聯指程姓之郡望。❷上聯言北宋著名理學家程顥，字伯淳，洛陽（今屬河南）人，學者稱明道先生，與其弟程頤同為理學奠基人，世稱「二程」。相傳程顥進士及第後，授鄠縣（今陝西省戶縣）主簿。縣中時有玉石佛像，謠傳佛首將放光，遠近聚觀者甚多。程顥對傳謠之僧人說：吾有公事不能往觀，煩汝將佛首取來我看。結果佛首不再放光，然天上卻時有祥雲瑞日出現。下聯言程姓源出於重、黎兄弟所統治的九黎族，而程伯休父之後實為其中一支。❸上聯言秦朝學者程邈，始為獄吏，苦思十年，變大、小篆而創隸書三千字，得秦始皇稱賞，用為御史。下聯言秦朝越人程林，以善釀美酒聞名。與名士烏巾同時，後世浙江省烏程縣之名即來源於二人。

嵇 ㄐㄧ

嵇姓的分佈主要在江西、江蘇等省。

【姓源】嵇姓的起源有人名、姒姓和外族之改姓三支。

一、以人名為氏。相傳黃帝之臣有稱太山稽者，其後人有以太山為氏，有以稽為氏，後改為嵇氏。

二、源出姒姓。夏王少康封其庶子無餘於會稽（今浙江省紹興市），以主持大禹廟之祭祀，稱會稽氏。西漢初遷徙列國大姓，會稽氏被遷往譙郡嵇山（今安徽省亳州市一帶），於是改稱嵇姓。又，無餘之支庶子孫有以與地名「稽」字音近的「奚」為氏，西漢初亦自會稽遷往譙郡嵇山，故取「稽」之上半部為嵇姓。三國魏竹林七賢之一嵇康，其本姓即為奚。

三、系出外族之改姓。北朝後魏鮮卑族統稽氏、紇奚氏等皆改為嵇姓。

【郡望】譙郡（參見「曹」姓之郡望）、河南郡（參見「褚」姓之郡望）。

【著名人物】嵇康（三國魏文學家）；嵇紹（西晉侍中）；嵇穎（北宋翰林學士）；嵇元夫（明代詩人）；嵇曾筠（清代文華殿大學士），等等。

【專用楹聯】

俊爽風神，好似玉山松翠；軒昂品貌，儼如鶴立雞群❶。

名著尚存草木狀；雅吟還有白鶴園❷。

【注釋】❶上聯言三國魏名士嵇康，字叔夜，譙郡銍（今安徽省宿州市）人。少孤貧，及長，風姿俊逸，博學多通，好莊、老導氣養性之術。善鼓琴，工書畫，「竹林七賢」之一。官至中散大夫，有《嵇中散集》十卷。下聯言西晉名臣嵇紹，嵇康之子，官至侍中。「八王之亂」時，隨晉惠王與成都王穎戰於湯陰（今屬河南），因護衛天子而被殺，血濺帝衣。史以「嵇侍中血」詠保國忠貞之志。❷上聯言西晉學者嵇含，官襄城太守。好學能文，所著《南方草木狀》，敘述甚為典雅。下聯言明代詩人嵇元夫，字長卿，歸安（今浙江省湖州市）人。苦心為詩，著名當時，有《白鶴園集》傳世。

邢 ㄒㄧㄥˊ

邢姓以河北、河南等省為主要聚居地區。

【姓源】邢姓的起源主要有姬姓和韓氏二支。

一、源出姬姓。西周初，周公旦之第四子被封於邢（今河北省邢臺市）。春秋時，邢國被衛國所滅，其後裔遂以國為氏。

二、出自韓氏。春秋時，晉國大夫韓宣子之族人食采於邢丘（今河南省溫縣東），其子孫遂以邑為氏。

【郡望】河間郡（參見「章」姓之郡望）。

【著名人物】邢顒（三國魏尚書僕射）；邢峙（北朝齊學者）；邢昺（北宋學者）；邢侗（明代書畫家），邢玠（明代尚書），等等。

【專用楹聯】

源自邢國；望出河間❶。

方正純厚通三禮；善詩能文列四家❷。

【注釋】❶邢姓祠聯。上聯指邢姓源出於邢國。下聯指邢姓之郡望。❷上聯言北朝齊學者邢峙，鄭（今河南省鄭州市）人。通三《禮》和《春秋》。為人方正純厚，有儒者風度。下聯言明代書畫家邢侗，字子愿，臨邑（今屬山東）人。進士及第，官至陝西行省太僕卿。善畫，工詩文，尤以書法著名，其字為海內所珍。與董其昌、米萬鍾、張瑞圖並稱「四家」。

滑 ㄏㄨㄚˊ

滑姓以廣東諸省較為易見。

【姓源】滑姓源出姬姓。西周時，周王封同姓族人於滑邑（故址在今河南省睢縣西北），史稱滑伯，後遷都於費邑（今河南省偃師市西南緱氏鎮）。春秋時，滑國被晉國所滅，其子孫遂以國為氏。

【郡望】下邳郡（參見「余」姓之郡望）、京兆郡（參見「韋」姓之郡望）。

【著名人物】滑言（五代時良吏）；滑恭（明代知縣），滑壽（明代名醫），等等。

【專用楹聯】

由滑至費淵源遠；自周及今歷史長❶。

惠政若春風，留名歙縣；文教如時雨，馳聲趙州❷。

【注釋】❶滑姓祠聯。指滑姓源出於周朝滑國，其國都曾自滑邑遷至費邑。❷上聯言明代名士滑恭，任歙縣（今屬安徽）知縣，甚有惠政。下聯言五代良吏滑言，曾為趙州（今河北省趙縣）屬吏，以文教化俗，政聲卓著。

裴 ㄆㄟˊ

裴姓的分佈以晉、冀、魯等北方諸省為主。

【姓源】裴姓的起源主要有嬴姓、高陽氏和外族之改姓三支。

一、源出嬴姓。西周時，秦國先公非子的支庶子孫受封於裴鄉（今山西省聞喜縣裴城），其後人遂以邑為氏。其裔孫裴陵在周僖王時至晉國為官，被封於解邑（今山西省臨猗縣西南），然後於當地發展，成為聞名天下的河東望族。

二、出自高陽氏。春秋時，晉平公將上古顓頊高陽氏的裔孫針封於裴中（今陝西省岐縣），世稱裴君。其子孫亦以邑為氏，遂成裴氏的另一來源。

三、系出外族之改姓。如：漢代西域疏勒國國君姓裴，其後代至唐代仍為當地望族。又，清代滿洲八旗培佳氏改為裴姓。

【郡望】河東郡（參見「衛」姓之郡望）。

【著名人物】裴益（東漢侍中）；裴秀（西晉司空、學者）；裴松之（南朝宋史學家）；裴果（北朝周驃騎大將軍）；裴度（唐代名相）；裴承祖（明代江西按察使），等等。

【專用楹聯】

衣錦榮歸光故里；非異人任在吾身❶。

司空斯文推八歲；將相才名震四方❷。

【注釋】❶裴姓「裴」字的析字聯。❷上聯言西晉學者裴秀，字秀彥。少好學，八歲能屬文。後以職在地官，作《禹貢地圖》十八篇，總結前人經驗，提出「製圖六體」，在世界地圖學史上有著重要之地位。官至司空。下聯言唐代名相裴度，字中立，河東聞喜（今屬山西）人。唐憲宗時官拜宰相，後督師破蔡州（今河南省汝南縣），使唐代後期藩鎮割據局面暫告結束。有「名震四夷」、「天下莫不思其風烈」之譽。

陸 ㄌㄨˋ

陸姓是中國人口最多的八十大姓之一，總人口在三百七十餘萬，約占當代人口的百分之零點三一，其分佈在江浙和兩廣地區最有影響。

【姓源】陸姓的構成主要有高陽氏、允姓、嬀姓和外族之改姓四大來源。

一、源自高陽氏。相傳顓頊高陽氏的裔孫吳回為高辛氏時代的火正，其子名陸終。夏朝時，陸終氏族自陝西東遷於今山西平陸一帶，其中一支再東遷至大陸（今河南省獲嘉縣）。商朝滅夏後，陸終氏族被迫東遷於今山東汶上之北的東平陸，其中一支又自東平陸北遷至陸鄉（故址在今山東省陵縣）。至周武王滅商後，陸國亦被魯國所滅，其族人遂以國為氏。

二、源出允姓。西周末，西部允姓戎人之一支進入陸終氏族原居地陝西秦嶺北的駱谷，因陸終之長子名昆吾，故此支戎人便稱陸昆，因音變而作陸渾，史稱陸渾戎。春秋初，陸渾戎一支東遷至今河南省嵩縣東北伏流城建立陸渾國，後被晉國所滅，其子孫遂以國為氏，成為陸姓的另一來源。

三、源於媯姓。戰國時，齊宣王封其少子田通於故陸終氏之舊地陸鄉，其後人即以邑為氏。

四、系出外族之改姓。如：秦漢時期，廣西古城駱越，亦稱陸梁之地，當地人後多以陸為氏，成為當今僮、布依、黎等族之先民，此亦是今日兩廣地區多陸姓之一大原因。再，北朝後魏鮮卑族步六弧氏，亦稱步陸孤氏，亦依例改為陸姓。又，元末，元太祖成吉思汗第四子托雷之第六子阿里不哥的後裔，因避禍而埋名隱居於今湖北洪湖一帶，遂以祖上排行為六，而稱陸姓。

【郡望】平原郡（參見「常」姓之郡望）、吳郡、河南郡（參見「褚」姓之郡望）。吳郡，東漢時分會稽郡而置吳郡，治所在吳縣（今江蘇省蘇州市）。

【著名人物】陸賈（西漢初學者）；陸遜（三國時東吳名將）；陸機、陸雲兄弟（西晉文學家）；陸探微（南朝宋畫家）；陸淳（唐代學者），陸羽（唐代學者，人稱「茶聖」），陸贄（唐代名相），陸龜蒙（唐末文學家）；陸游（南宋詩人），陸九淵（南宋理學家），陸秀夫（南宋末名臣）；陸治（明代畫家）；陸世儀（清初學者），陸隴其（清代學者），陸懋修（清代名醫），陸心源（清末藏書家），等等。

【專用楹聯】

望出河南；源自陸鄉❶。

劍南萬卷；雲間二龍❷。

煙波一叟；桑苧半旗❸。

【注釋】❶陸姓祠聯。上聯指陸姓之郡望。下聯指陸姓源出於古陸鄉。❷上聯言南宋著名詩人陸游，字務觀，號放翁，山陰（今浙江省紹興市）人。官至寶章閣待制。因在四川仕宦多年，故名其詩文集曰《渭南文集》和《劍南詩稿》。存詩萬餘首。下聯言西晉文學家陸機、陸雲兄弟。機，字士衡，吳郡華亭（亦稱雲間，今上海市松江區）人。累官平原內史等，所作〈文賦〉為古代重要文學論文。雲，字士龍。累官清河內史，文才與其兄齊名，時稱「二陸」，亦稱「二龍」。❸上聯言唐末文學家陸龜蒙，字魯望，吳郡（今江蘇省蘇州市）人。歷官蘇、湖二州從事，後退隱松江甫里，自號江湖散人。下聯言唐代學者陸羽，字鴻漸，號桑苧翁，竟陵（今湖北省天門市）人。著《茶經》三卷，為當時品茶高手，被世人譽為「茶聖」。

榮 ㄖㄨㄥˊ

榮姓的分佈主要在吉林、江蘇等省。

【姓源】榮姓的起源主要有古榮國、地名和姬姓三支。

一、出自古榮國。相傳黃帝之臣榮猨（一作榮將）鑄十二鐘以和五音，被封於榮（今河南省鞏義市西一帶），其子孫即以祖上之名為氏，遂成榮氏。

二、以地名為氏。西周初，周文王之大夫夷公被封於榮邑（今河南省鞏義市西一帶），史稱榮夷公，其子孫遂以封邑為氏。又，周成王時，有卿士亦被封於榮，稱榮伯，其後人亦以邑名為氏。

三、源自姬姓。春秋時，魯宣公之弟叔肸之孫榮，其裔孫遂以祖上之名為氏。

【郡望】上谷郡（參見「成」姓之郡望）。

【著名人物】榮啟期（春秋時魯國學者）；榮廣（西漢名士）；榮建緒（北朝齊刺史）；榮華（明代御史），等等。

【專用楹聯】

望出上谷；姓啟榮城❶。

為民勇捕三虎；鑄鐘諧和五音❷。

【注釋】❶榮姓祠聯。上聯指榮姓之郡望。下聯指榮姓源出於周朝時榮邑。❷上聯言明代良吏榮華，字公美，陝西藍田（今屬陝西）人。成化年間進士，初為鞏令，轉洛陽（今屬河南）令，時有四虎為害，華祝而捕獲三虎，縣民曰：「猛虎猶知約束，吾民豈可輕犯！」擢任御史。下聯言上古黃帝之臣榮猨，與伶倫同奉黃帝之命鑄造十二鐘，以和諧五音。

翁 ㄨㄥ

翁姓主要分佈在四川、河南、浙江、臺灣。

【姓源】翁姓的起源主要有姒姓、姬姓二支。

一、源出姒姓。夏朝初，有貴族名翁難乙，其後代遂以翁為氏。

二、源於姬姓。周昭王之支庶子孫被封於翁山（在今浙江省舟山市東，一說在今廣東省翁源縣東），其後人遂以邑為氏。一說周昭王之少子初生時，雙手掌心之紋理，一似「公」字，一似「羽」字，故取名翁，其子孫遂以祖上之名為氏，稱翁氏。

【郡望】臨川郡。三國東吳時分豫章郡一部置郡，轄境相當於今江西省撫州市以南，西至樂安縣境。

【著名人物】翁義（唐代比部郎中）；翁卷（南宋詩人）；翁萬達（明代兵部尚書）；翁方綱（清代書法家、文學家），翁同龢（清末軍機大臣），等等。

【專用楹聯】

萬山盡孝留賢德；六桂聯芳傳盛名❶。

父子雙進士；明清兩狀元❷。

【注釋】❶上聯言清代孝子翁運標，字晉公，浙江餘姚（今屬浙江）人。雍正年間進士。因其父入粵失蹤，運標遍走萬山中，得其父骸骨歸葬。乾隆年間官知道州，有政績。下聯言南宋泉州（今屬福建）人翁乾度，生六子，皆中進士，時有「六桂聯芳」之譽。翁姓「六桂堂」名取於此。❷上聯言清代大臣翁心存，字二銘，號邃庵，江蘇常熟（今屬江蘇）人。道光年間進士，歷官至體仁閣大學士。其子同書，字祖庚，亦道光年間進士，官至安徽巡撫等。下聯言明代狀元翁正春、清代狀元翁同龢。正春，字兆震，侯官（今福建省福州市）人。萬曆年間進士第一，累官至禮部尚書。同龢，字叔平，號松禪，翁心存之第三子。咸豐年間進士第一，累官至協辦大學士、戶部尚書，助光緒皇帝變法維新，失敗後被罷官，卒於家。

荀 ㄒㄩㄣˊ

荀姓以河北、河南等省為主要聚居地。

【姓源】荀姓的起源主要有軒轅氏、姬姓二支。

一、源出軒轅氏。相傳黃帝軒轅氏有二十五子，其一得荀姓。

二、源自姬姓。又分二支：其一，西周初，周武王封其十七弟於郇（今山西省臨猗縣），史稱郇伯，春秋時被晉國所吞，其子孫遂以國為氏，後去「邑」旁加草字頭成荀氏。其二，春秋時，晉國滅郇國後，為荀邑（故址在今山西省新絳縣西南），封公族大夫隰叔於此，稱荀侯。其子孫以邑為氏，遂成荀氏。

【郡望】河南郡（參見「褚」姓之郡望）、河內郡（參見「于」姓之郡望）。

【著名人物】荀況（即荀子，戰國時著名思想家）；荀悅（東漢史學家），荀爽（東漢學者），荀彧、荀攸（東漢末曹操的重要謀臣）；荀勖（西晉學者）；荀朗（南朝陳名臣）；荀仲舉（北朝齊詩人），等等。

【專用楹聯】

二李宗師，學行共仰；六經羽翼，衣鉢相傳❶。

八龍子弟聲威遠；三州都督德望高❷。

【注釋】❶上聯言東漢名士荀淑，字季和，戰國時著名思想家荀子之裔孫。少有高行，博學而不好章句。當時名賢李固、李膺等人皆宗之。舉賢良方正，因對策譏諷權貴，出為朗陵侯相，蒞事明理，稱為神君。不久棄官歸。有子八人，並有名，時稱「八龍」。下聯言荀淑之子荀爽，字慈明。幼而好學，年十二能通《春秋》、《論語》。耽思經籍，徵命不就，鄉人有「荀氏八龍，慈明無雙」之諺。著有《禮》《易》《詩》傳、《尚書正經》、《春秋條例》、《漢語》、《公羊問》諸書。❷上聯言東漢名士荀淑有八子稱「八龍」之事，參見❶。下聯言南朝陳名臣荀朗，字深明，潁陰（今河南省許昌市）人。慷慨有將帥大略，仕梁，以功封興寧縣侯，後都督霍、晉、合三州諸軍事，功績卓著。

羊 一尢ˊ

羊姓在山東等省分佈較廣。

【姓源】羊姓的起源主要有官名、姬姓二支。

一、以官名為氏。周朝有官名羊人，其子孫遂以為氏，稱羊氏。

二、源出姬姓。春秋時，晉靖侯之子公子伯僑之孫突，晉獻公時為大夫，封於羊舌邑（故址在今山西省洪洞縣一帶），其子孫以邑為氏。春秋末，羊舌氏被其他晉卿所滅，有子孫逃奔他國，遂去舌而為羊氏。

【郡望】泰山郡（參見「鮑」姓之郡望）、京兆郡（參見「韋」姓之郡望）。

【著名人物】羊續（東漢太常）；羊祜（西晉名臣）；羊欣（南朝宋書法家）；羊祉（北朝後魏光祿大夫）；羊侃（南朝梁侍中）；羊滔（唐代詩人），等等。

【專用楹聯】

六世咸膺相士；一門兩任將軍❶。

羸馬敝衣，府君廉儉；輕裘緩帶，儒將風流❷。

【注釋】❶上聯言北朝後魏光祿大夫羊祉，自西晉散騎常侍羊琇以來，六世皆任卿相，為時所讚。下聯言南朝梁將軍羊侃，羊祉之子，從後魏歸梁，任侍中、軍師將軍。因其父曾任後魏龍驤將軍，故謂。❷上聯言東漢人羊續，字興祖，平陽（今山西省臨汾市南）人。歷官廬江、南陽二郡太守，敝衣羸馬，清介自持。徵為太常，病卒。下聯言西晉初名臣羊祜，字叔子，羊續之孫。累官尚書右僕射，都督荊州諸軍事。綏懷遠近，甚得江、漢人之心。輕裘緩帶，身不披甲，與東吳帥臣陸抗對境，務修德以懷吳人。後入朝陳滅吳之策。病卒，屬州官民莫不號慟，為之立碑於襄陽（今湖北省襄樊市）峴山上紀念之。時人望其碑而流涕，時號「墮淚碑」。

於 ㄩ

於姓的分佈以江、浙一帶較廣。

【姓源】於姓的起源主要有地名、軒轅氏二支。

一、以地名為氏。相傳黃帝之臣於則因始作履之功被封於於（今河南省內鄉縣），其後代以邑為氏。又，周朝有小國名於丘，國滅後，其遺族以國為氏，亦稱於氏。

二、源出軒轅氏。相傳黃帝之裔孫有被封於商於（今河南省淅川縣），其後人亦以邑為氏，遂名於氏。

【郡望】京兆郡（參見「韋」姓之郡望）、黎陽郡（參見「郁」姓之郡望）。

【著名人物】於清言（南宋畫家）；於仲完（明初永新知縣），於竹屋（明代畫家），於敖（明代山西左參政），等等。

【專用楹聯】

源自上古；望出黎陽❶。

惠授郎官；恩感仲完❷。

【注釋】❶於姓祠聯。上聯指於姓源出於上古黃帝時代。下聯指於姓之郡望。❷上聯言南宋畫家於清言，晉陵（今江蘇省常州市）人。工畫荷花，宋寧宗時進獻荷花屏障，特旨授承節郎、浙西安撫使計議官。下聯言明初良吏於仲完，浙江黃巖（今屬浙江）人。洪武年間為永新（今屬江西）知縣，有殊德，當地人感其德，生子多取名「仲完」。

惠 ㄏㄨㄟˋ

惠姓主要分佈於陝、晉二省。

【姓源】惠姓的起源主要有高陽氏、姬姓二支。
一、出自高陽氏。相傳顓頊高陽氏之裔孫陸終有六子，其第二子名惠連，其子孫便以祖上之名為氏，稱惠氏。
二、源出姬姓。周王姬閬諡惠，史稱周惠王。其支庶子孫遂以祖上之諡為氏。

【郡望】扶風郡（參見「竇」姓之郡望）、琅琊郡（參見「王」姓之郡望）。

【著名人物】惠施（戰國時魏相）；惠直（北宋太常博士）；惠希孟（元代學者）；惠士奇、惠棟父子（清代學者），等等。

【專用楹聯】

源自上古；望出扶風❶。
易象鉤玄探哲理；松崖文鈔闡儒風❷。

【注釋】❶惠姓祠聯。上聯指惠姓源出於上古黃帝時。下聯指惠姓之郡望。❷上聯言元代學者惠希孟，字秋厓，江蘇江陰（今屬江蘇）人。著有《易象鉤玄》等書傳世。下聯言清代學者惠棟，吳縣（今屬江蘇）人。於諸經熟洽貫通，所著甚富。當時學者錢大昕言：「擬諸前儒，當在何休、服虔之間，而馬融、趙岐輩不及也。」著有《古文尚書考》、《松崖文鈔》等。

甄 ㄓㄣ

甄姓的分佈以河北一省最為集中。

【姓源】甄姓的起源主要有嬀姓、金天氏和外族之改姓三支。
一、源出嬀姓。相傳舜帝曾於黃河濱製作陶器，稱甄工，其支庶子孫繼承其業，遂以為氏。
二、源自金天氏。相傳少昊金天氏之裔孫皋陶的次子名仲甄，為夏朝卿士，受封於甄（今山東省鄄城縣，古代「鄄」、「甄」二字相通），其子孫遂以甄為氏。

三、系出外族之改姓。北朝後魏鮮卑族郁原甄氏進入中原後改為甄姓。

【郡望】中山郡（參見「郎」姓之郡望）。

【著名人物】甄宇（東漢太子少傅）；甄琛（北朝後魏侍中），甄鸞（北朝周學者）；甄立言（唐代名醫）；甄庸（明代兵部尚書），等等。

【專用楹聯】

源自陶吏；望出中山❶。

漢時瘦羊博士；魏代清白將軍❷。

【注釋】❶甄姓祠聯。上聯指甄姓源出於上古甄工。下聯指甄姓之郡望。❷上聯言東漢初學者甄宇，字長文。性清靜少欲。漢光武帝時徵拜博士。漢制，每臘日，詔賜博士人一羊，宇獨取其瘦者。後朝會，詔問「瘦羊博士何在」，京師因以稱之。官終太子少傅。下聯言北朝後魏將軍甄琛，字思伯，無極（今屬河北）人。累遷至車騎將軍。在官清白廉正，時稱「清白將軍」。

麴 ㄑㄩ

【姓源】麴姓的起源主要有官名和外姓之改姓二支。

一、以官名為氏。周朝設有負責釀酒之官，稱麴人，其後人遂以麴為氏。

二、系出外姓之改姓。漢代鞠譚之子閟，因避難湟中，改姓麴氏。

【郡望】汝南郡（參見「周」姓之郡望）、吳興郡（參見「沈」姓之郡望）。

【著名人物】麴允（東晉尚書左僕射）；麴珍（北朝齊安康郡王）；麴伯雅（隋朝高昌國王）；麴瞻（唐代詩人），麴信陵（唐代望江縣令），等等。

【專用楹聯】

禱獲甘霖，居易作詩歌惠政；世為豪族，西州傳語啟朱門❶。
國王睦邊，功蓋番境；僕射克敵，譽滿金城❷。

【注釋】❶上聯言唐代良吏麴信陵，吳（今江蘇省蘇州市）人。貞元年間任望江縣（今屬安徽）令，有惠政，大旱時祈雨輒應，縣人為之立祠。著名詩人白居易為作〈秦中吟〉詩。下聯言東晉名臣麴允，金城（今甘肅省武威市）人。與游氏世為豪族，西州為之語曰：「麴與游，牛羊不數頭。南開朱門，北望青樓。」後因功拜尚書左僕射。❷上聯言隋朝高昌國（在今新疆吐魯番地區）王麴伯雅，榆中（今屬甘肅）人。大業年間遣使朝貢，不久入朝，尚宗女華容公主。歸國後，促進高昌與中原之聯繫。下聯言東晉尚書左僕射麴允之事，參見❶。

家 ㄐㄧㄚ

家姓的分佈集中於四川、上海等地。

【姓源】家姓的起源主要有姬姓和外姓之改姓二支。

一、源出姬姓。又分二支：其一，周孝王之子家父，因周幽王即位後沉湎於酒色，不理朝政，作〈節南山〉詩以刺之。其子孫為彰顯祖上之忠正，遂以其名為氏，而稱家氏。其二，春秋時，魯莊公之孫名駒，字子家，其後代以祖上之字為氏，遂成家氏。

二、系出外姓之改姓。周朝時，晉國大夫有名家僕徒者，其子孫便以家僕為氏，後省「僕」字而為家姓。

【郡望】京兆郡（參見「韋」姓之郡望）。

【著名人物】家師亮（唐代孝子）；家定國（北宋司法參軍），家勤國（北宋學者）；家大酉（南宋學者），家鉉翁（南宋末大臣），等等。

【專用楹聯】

勤國獨邃春秋學；家父敢吟南山詩❶。

工部大方直；參軍謀略精❷。

【注釋】❶上聯言北宋學者家勤國，眉山（今屬四川）人。與蘇軾兄弟為同室友。時王安石久廢《春秋》學，勤國憤之，著《春秋新義》。下聯言周幽王之大夫家父，嘗作〈節南山〉詩以刺天子沉湎酒色、不理朝政。❷上聯言南宋名臣家大酉，眉山人。進士及第，授昭化縣主簿。歷官侍講、工部侍郎等。為人方直，雖累受斥屈而守死不變。卒諡文節。下聯言北宋眉山人家定國，官永康軍司法參軍。大臣韓絳欲治西山道，定國謂蜀道恃險以安，若鑿為通途，將有後患。韓絳然其言，為之罷役。

封 ㄈㄥ

封姓主要分佈於山西、四川等省。

【姓源】封姓的起源主要有姜姓和外族之改姓二支。

一、源出姜姓。夏朝時，炎帝之後裔被封於封父（今河南省封丘縣封父亭），後被周朝所滅，其族人以邑為氏，遂為封父氏，後省稱封氏。

二、系出外族之改姓。北朝後魏鮮卑族時賁氏進入中原後改為封姓。

【郡望】渤海郡（參見「季」姓之郡望）。

【著名人物】封衡（三國魏道士）；封延伯（南朝齊梁郡太守）；封隆之（北朝後魏吏部尚書）；封敖（唐代尚書右僕射），等等。

【專用楹聯】

望居渤海；源自封丘❶。

位尊清雅洵高士；任重謙虛真大臣❷。

【注釋】❶封姓祠聯。上聯指封姓之郡望。下聯指封姓源出於炎帝裔孫所封之地封丘。❷上聯言南朝齊名士封延伯，字仲璉，東海（今江蘇省連雲港市）人。有學行，並有高士之風。累官梁郡太守，為北州人所宗附。下聯言十六國時南燕大臣封孚，字處道，渤海（今河北省南皮縣）人。原仕慕容寶，後入南燕國，外總機事，內參密謀，謙虛博約，晚節尤伉直。卒諡文穆。

芮 ㄖㄨㄟˋ

芮姓在冀、滬等省區分佈較廣。

【姓源】芮姓源出姬姓。西周初，周武王封同姓功臣於芮（故址在今山西省芮城縣），史稱芮伯。春秋時，芮國被晉國所滅，其子孫遂以國為氏。

【郡望】扶風郡（參見「竇」姓之郡望）、平原郡（參見「常」姓之郡望）。

【著名人物】芮良夫（周朝卿士）；芮強（東漢鉅鹿太守）；芮挺章（唐代太學生）；芮及言（南宋知縣）；芮麟（明代知府），等等。

【專用楹聯】

先賢盛讚屏後語；世人猶思桑柔詩❶。

州民歌慈惠；明吏頌清操❷。

【注釋】❶上聯言宋代人芮及言，字子及。授知上高縣（今屬江西），蒞政精勤。嘗書堂屏後曰：「少飲酒，飽餐飯，勤出廳，公事辦。」蒞官三年，始終如一。下聯言周厲王時卿士芮良夫，因見周厲王聚斂民財，作〈桑柔〉詩以刺之。❷上聯言明代良吏芮麟，字志文，安徽宣城（今屬安徽）人。由國子生累官至台州（今屬浙江）知府，明於治體，以慈惠稱，吏民信服。謫戍邊，遺之金，一無所受。後起為嚴州知府。下聯言明代良吏芮釗，字宗遠。任甘肅巡撫三年，邊境寂然。卒於官，貧無以為斂。人服其清操。

羿 一ˋ

羿姓的分佈以河北等省較為集中。

【姓源】羿姓源出有窮氏。夏朝有窮氏首領后羿為著名射手，起兵奪得夏王太康之位，但因耽於狩獵，不久即為家臣所殺。其後人遂以其名為氏，稱羿氏。

【郡望】濟陽郡（參見「陶」姓之郡望）、齊郡（參見「計」姓之郡望）。

【著名人物】羿忠（明代良吏），等等。

【專用楹聯】

源自后羿；望居臨淄❶。

有口皆碑歌善美；窮原盡委尋真知❷。

【注釋】❶羿姓祠聯。上聯指羿姓源出於夏朝后羿。下聯指羿姓之郡望。臨淄，齊郡治所。❷羿姓所出之有窮氏的「有窮」二字嵌字聯。

儲 ㄔㄨˊ

儲姓主要分佈於安徽、江蘇等省。

【姓源】儲姓的起源主要有古儲國、姜姓二支。

一、出自古儲國。相傳上古時有儲國（故址在今江西省贛縣北），其族人後以國為氏。

二、源出姜姓。春秋時，齊國大夫儲子之後代，以祖上之名為氏，遂成儲姓的另一來源。

【郡望】河東郡（參見「衛」姓之郡望）。

【著名人物】儲夏（漢代良吏）；儲光羲（唐代詩人）；儲用（南宋知縣）；儲福（明初名士），儲巏（明代吏部侍郎），等等。

【專用楹聯】

無錫貞義傳名遠；建陽善政播惠長❶。

一壑風煙，錚錚留韻；五松清響，熠熠生輝❷。

【注釋】❶上聯言明初名士儲福，江蘇無錫（今屬江蘇）人。於靖難之時不為叛逆臣，遂不食而死，追謚貞義。下聯言南宋學者儲用，字行之，晉江（今屬福建）人。任建陽（今屬福建）知縣，有惠政，大儒朱熹極稱之。❷上聯言清代詞人儲國鈞，字長源，江蘇宜興（今屬江蘇）人。能文章，精詞律，著有《抱碧齋集》、《一壑風煙集》等。下聯言明初文學家儲可求，江蘇宜興人。幼穎悟，年十五能屬文。洪武初年舉明經，授常州府訓導，官至禮部侍郎。著有《五松清響文集》。

靳 ㄐㄧㄣˋ

靳姓的分佈以豫、冀二省最為集中。

【姓源】靳姓的起源主要有芈姓和外族之改姓二支。

一、源出芈姓。戰國初，楚懷王之侍臣尚被封於靳（今湖南省寧鄉縣南），世稱靳尚。後因爭寵失敗而被殺，其後人遂以封邑為氏。

二、系出外族之改姓。十六國時，匈奴屠各部有靳姓，是為靳姓的另一來源。

【郡望】西河郡（參見「卜」姓之郡望）。

【著名人物】靳歙（西漢初信武侯）；靳準（十六國漢國大將）；靳東發（南宋畫家）；靳學顏（明代吏部侍郎）；靳輔（清代學者），等等。

【專用楹聯】

學宗程氏，淵源有自；武伐項籍，事業爭璀❶。
獨知二邑有惠政；眾目百會多能聲❷。

【注釋】❶上聯言北宋學者靳裁之，潁川（今河南省許昌市）人。通儒術，學宗二程，胡安國嘗師事之。下聯言西漢初將軍靳歙，從漢高祖劉邦起兵，遷騎都尉，於定三秦、伐項羽諸戰事中立有大功，封信武侯。卒諡肅。❷上聯言明末良吏靳聖居，字淑孔，長垣（今屬河南）人。崇禎年間進士，授知濟源、萊陽二縣，有政聲。下聯言南宋畫家靳東發，字茂遠，官通判。性多能，人目之為「靳百會」。工畫，嘗集古今諫諍百事以為圖，名〈百諫圖〉。

汲 ㄐㄧˊ

汲姓主要分佈於陝西等省。

【姓源】汲姓的起源主要有姬姓、姜姓二支。

一、源出姬姓。春秋前期，衛宣公之太子居於汲（今河南省衛輝市），稱太子汲，其支庶子孫遂以邑為氏。

二、出自姜姓。春秋後期，齊宣公的支庶子孫中有受封於汲者，其後代亦以邑為氏。

【郡望】清河郡（參見「張」姓之郡望）、濮陽郡（參見「黃」姓之郡望）。

【著名人物】汲黯（西漢名臣）；汲固（北朝後魏兗州從事），等等。

【專用楹聯】

濮水悠悠源脈遠；陽光煦煦恩惠長❶。
兗州護嬰傳佳話；洗馬賑民播美名❷。

【注釋】❶汲姓郡望「濮陽」二字的嵌字聯。❷上聯言北朝後魏人汲固，於魏孝文帝時為兗州（今屬山東）從事，曾勇救刺史李式的剛滿月嬰兒，為人稱道，擢為主簿。下聯言西漢名臣汲黯，滑縣（今屬河南）人。為官以清靜治民。漢景帝時為太子洗馬，漢武帝時為謁者，往視河內（今河南省沁陽市）災禍，以便宜發官倉粟賑民，出為東海太守，後召為主爵都尉，被稱為社稷臣。

邴 ㄅㄧㄥˇ

邴姓主要分佈於山西、山東、河北、內蒙古等地區。

【姓源】邴姓的起源主要有姬姓、姜姓和外姓之改姓三支。

一、源出姬姓。春秋時，晉國公族大夫豫食采於邴邑，世稱邴豫，其後代便以封邑為氏。

二、出自姜姓。春秋時，齊國公族大夫茂受封於邴（故址在今山東省費縣），世稱邴茂，其後人亦以封邑為氏。

三、系出外姓之改姓。漢武帝時，將軍李陵因兵敗降於匈奴，其後裔在南北朝時歸附後魏，魏帝於丙殿（太子殿）接見，故賜姓丙姓，後改為邴姓。

【郡望】平陽郡（參見「鳳」姓之郡望）、魯郡（參見「孔」姓之郡望）。

【著名人物】邴漢（西漢京兆尹）；邴原（東漢名士），邴吉（東漢學者）；邴郁（東晉名士）；邴輔（十六國後趙將軍），等等。

【專用楹聯】

望出魯郡；源自春秋❶。

兄弟皆稱賢士；祖孫俱有高名❷。

【注釋】❶邴姓祠聯。上聯指邴姓之郡望。下聯指邴姓源出於春秋之時。❷上聯言西漢名士邴漢、邴丹兄弟，琅琊（今山東省諸城縣）人。漢，以清操之行徵為京兆尹，後為太中大夫。丹，字曼容。事琅琊魯伯受《易》，養志自修，為官不過六百石，輒自免去，其名過於邴漢。下聯言東漢名士邴原，字根矩，朱虛（今山東省臨朐縣）人。少與管寧俱有高名。後歸曹操，累官五官將長史，閉門自守，非公事不出。其曾孫郁，字弘文。少有祖風，與劉鯆並有高名。晉成帝求異行之士，徵為博士，辭疾不就。

縻 ㄇㄧˊ

縻姓以江、浙一帶為主要聚居地。

【姓源】縻姓源出姒姓。「縻」同「靡」字，為古代一種糧食作物。相傳夏朝同姓諸侯以種縻為業，其後代遂以縻為氏。《周書・世俘篇》載周武王伐靡（縻）與陳，此小國縻國，或許即是夏朝之姒姓縻國。

附注：縻姓與麋姓為姓源、郡望皆不同之二姓。麋姓起源於芈姓，戰國時，有出身於楚國公族之大夫被封於南郡（今湖北省荊州市）麋亭，其子孫便以封邑為氏。其郡望為東海郡。

【郡望】汝南郡（參見「周」姓之郡望）。

【著名人物】縻信（三國魏樂平太守、學者），等等。

【專用楹聯】

源自夏代；望出汝南❶。

麻姑獻壽千年喜；米芾揮毫眾人欽❷。

【注釋】❶縻姓祠聯。上聯指縻姓源出自夏朝。下聯指縻姓之郡望。❷縻姓「縻」字之析字聯。

松 ㄙㄨㄥ

【姓源】松姓是以樹為氏。秦朝時，秦始皇登泰山封禪時，中途避雨於大松樹之下，遂封為「五大夫松」。當時隨從避雨者，有以松為氏，時代相傳，遂成松姓。

【郡望】東莞郡。西晉太始元年（二六五年）始置，轄境相當於今山東省沂水、莒縣一帶。

【著名人物】松贇（隋朝名士）；松冕（明代長蘆鹽官），等等。

【專用楹聯】

望出東莞；源自泰山❶。

名士風聲光北海；高人詼諧邁東方❷。

【注釋】❶松姓祠聯。上聯指松姓之郡望。下聯指松姓源出於秦始皇賜封「五大夫松」之事。❷上聯言隋朝名士松贇，北海（今山東省青州市）人。性剛強，重名義。為石門府隊正，死於兵亂，城中皆流涕。下聯言唐代名士松壽，喜諧謔，人謂過於西漢名臣東方朔。

井 ㄐㄧㄥˇ

井姓主要分佈於遼寧、陝西等省。

【姓源】井姓源出於姜姓。姜姓源出炎帝，其後裔姜子牙為齊國開國之君。春秋時，姜子牙之後代有至虞國為官，受封於井邑，世稱井伯。其後裔便以封邑為氏，稱井氏。

【郡望】扶風郡（參見「竇」姓之郡望）。

【著名人物】井丹（東漢太學生）；井綱（宋代官吏）；井田（明代給事中），等等。

【專用楹聯】

源自炎帝；望出扶風❶。

曾拒五王遠權勢；為官三科稱賢能❷。

【注釋】❶井姓祠聯。上聯指井姓源出於炎帝。下聯指井姓之郡望。❷上聯言東漢學者井丹，字大春。博通五經，時有「五經紛綸井大春」之諺。性清高，不結交權貴，曾拒五王之邀，閉門隱居，讀書自樂。下聯言明代能吏井田，字九疇，河北邢臺（今屬河北）人。永樂年間任戶、兵、刑三科給事中，為大理評事。識達大體，所在以賢能稱。

段 ㄉㄨㄢˋ

段姓是中國一百大姓之一，總人口約二百八十萬，約占當代人口的百分之零點二三，其分佈以川、滇和晉、冀地區為主。

【姓源】段姓的構成主要有姬姓、姜姓和外族之改姓三大來源。

一、源出姬姓。周宣王封其弟姬友於南鄭（故址在今陝西省華縣東），世稱鄭桓公。鄭桓公之孫為鄭莊公，莊公之弟叔段初封於京（今河南省滎陽市），世稱太叔段。後太叔段謀反失敗，逃至共邑（今河南省衛輝市），史稱共叔段。共叔段死後，其子共仲之支系後裔便以祖上之名字為氏，形成共、段二姓，故歷史上有「段共一家」之說。

二、源自姜姓。夏朝時，顓頊高陽氏之裔孫有以大理官名為氏者，稱理氏。商末，理氏後人理利貞因避難而改為李氏。春秋時著名思想家、道家鼻祖李耳（即老子）即為李利貞之後裔。李耳之裔孫李宗為魯國大夫，先封於段（今山東省濟南市東歷城），後食采於干（今山東省冠縣北），其子孫遂以封邑為氏，稱段干氏。戰國時，段干木之子段隱如改為單姓，遂成段氏。

三、系出外族之改姓。秦漢之時，姬姓段氏之一支北遷入遼西地區，與鮮卑人融合而成段部。兩晉南北朝時，段部隨鮮卑族南下中原，於隋、唐之際融入漢族。又居於甘肅武威地區的一支段氏南行進入雲南大理地區，至五代時建立了大理國，其後裔除部分成為當今白族之先民外，其餘部分均逐漸融入漢族。

【郡望】扶風郡（參見「竇」姓之郡望）、武威郡（參見「安」姓之郡望）。

【著名人物】段會宗（西漢名將）；段熲（東漢名將）；段業（十六國時涼王）；段文昌（唐代宰相），段成式（唐代文學家）；段克己、段成己兄弟（金代文學家）；段玉裁（清代文字學家），等等。

【專用楹聯】

忠留丹笏；學博酉陽❶。

獨存一夫，堅守學道；尚有二人，擁為君王❷。

【注釋】❶上聯言唐代名臣段秀實，字成公。官司農卿。大將朱泚反叛，以秀實能孚眾望，脅迫至軍中計事。秀實乘間用象笏猛擊朱泚，遂被殺。追贈太尉，諡忠烈。下聯言唐代文學家段成式，字柯古，臨淄（今山東省淄博市）人。博聞強記，藏書豐富，尤多奇篇秘籍。著有《酉陽雜俎》。❷上聯言戰國時學者段干木，與田子方、李克、翟璜、吳起俱為魏文侯所禮重，諸人皆任將軍大臣，惟其獨潛學守道，不事諸侯，為天下所重。下聯言歷史上段姓稱帝者有二人：十六國時西燕內亂，眾推大將段隨為王，改元昌平，旋被殺；同時又有西安人段業，被匈奴人擁立為北涼國君，在位三年被殺。

富 ㄈㄨˋ

富姓的分佈以吉林省為主。

【姓源】富姓的起源主要有姬姓、姜姓二支。

一、源出姬姓。春秋時，周朝同姓大夫名富辰，其支庶子孫以祖上之名為氏，遂成富氏。

二、出自姜姓。春秋時，炎帝後裔富父終甥、富父槐為魯國大夫，其子孫遂以祖上之名為氏，一為富父氏，一為富氏，後富父氏亦省稱富氏。

【郡望】陳留郡（參見「衛」姓之郡望）、齊郡（參見「計」姓之郡望）。

【著名人物】富宗（東漢陳留太守）；富嘉謨（唐代文學家）；富玫（五代畫家）；富弼（北宋名相）；富恕（元代畫家），富德庸（元代學者），等等。

【專用楹聯】

經學夙優，大變時文舊體；忠義天予，允稱王佐奇才❶。
富玫善繪白衣像；子徵妙成訪隱圖❷。

【注釋】❶上聯言唐代文學家富嘉謨，武功（今屬陝西）人。官左臺監察御史。為文雅厚，成一家之體，與吳少微齊名，時號「吳富體」；又與魏同、谷倚並稱「北京三傑」。下聯言北宋名相富弼，字彥國，河南（今河南省洛陽市）人。曾多次出使契丹，力拒割地，並剖析雙方和戰利害，保持宋、遼邊境數十年之安寧。後與文彥博並相，時稱「富文」。為政周悉，忠直敢言，後拜司空，封韓國公。❷上聯言五代時畫家富玫，工畫釋道，有〈彌勒內院圖〉、〈白衣觀音像〉等作品傳世。下聯言元代畫家富恕，字子徵，號林屋山人，江蘇吳江（今屬江蘇）人。元末世亂，棄家為道士。好學，工詩，善畫。嘗繪〈仙山訪隱圖〉一卷，遂昌（今屬浙江）名士鄭元祐為之作記。

巫 ㄨ

巫姓主要分佈於粵、川、贛等地區。

【姓源】巫姓源於古代官名。上古時有巫人，亦稱巫祝、巫臣等，以祝禱、占卜為業，兼為醫術、樂舞等，相傳黃帝時有醫師名巫彭，商朝有大臣名巫咸（又作巫戊）、巫賢等，其後代有以此為氏，遂成巫氏。

【郡望】平陽郡（參見「鳳」姓之郡望）。

【著名人物】巫臣（春秋時楚臣）；巫都（西漢學者）；巫捷（東漢冀州刺史）；巫凱（明代良將），巫子肖（明代知縣），等等。

【專用楹聯】

平步青雲前程遠；陽春白雪品格高❶。
兒科號鼻祖；星象開先河❷。

【注釋】❶巫姓郡望「平陽」之嵌字聯。❷上聯言上古黃帝時名醫巫彭，相傳曾著《小兒顱腦經》，以診治小兒疾病，世相傳授，遂為小兒科之鼻祖。下聯言商王太戊之大臣巫咸，相傳能以筮占卜，亦為鼓之發明者，並精於占星，今所傳之〈恆星圖〉即題名其所作。

烏 ㄨ

烏姓主要分佈於川、陝諸省。

【姓源】烏姓的起源主要有金天氏、姒姓和外族之改姓三支。

一、源自金天氏。相傳少昊金天氏為東夷部族首領，以鳥名命官，其族中有烏鳥氏，執掌高山大陵之務，其子孫省稱烏氏。

二、源出姒姓。春秋時，越王句踐之裔孫被封於烏程（今浙江省湖州市），其後人即有以封邑為氏，稱烏氏。

三、系出外族之改姓。如：先秦時，隴西之西戎烏氏國被秦國所滅，其族人遂以國為氏。又，北朝後魏代北複姓烏石蘭氏，依例改姓，一為石姓，一為烏姓。而當時北方有一小國名安定國，其王族以烏為姓，成為烏姓的另一來源。

【郡望】潁川郡（參見「陳」姓之郡望）、汝南郡（參見「周」姓之郡望）。

【著名人物】烏存（春秋時莒國大夫）；烏重胤（唐代節度使），烏承玼（唐代名將）；烏斯道（元代詩人）；烏本良（明代學者），等等。

【專用楹聯】

源自上古；望居潁川❶。

蓮幕風清致名士；轅門威盛獲美稱❷。

【注釋】❶烏姓祠聯。上聯指烏姓源出於上古少昊金天氏。下聯指烏姓之郡望。❷上聯言明代學者烏本良，浙江慈溪（今屬浙江）人。窮經博學，通覽史籍，精詩詞書法，於錢塘（今浙江省杭州市）授徒，世號春風先生。下聯言唐代名將烏承恩、承玼為族兄弟，張掖（今屬甘肅）人。開元年間並為平虜將軍，沉勇敢決，時稱「轅門二虎」。

焦 ㄐㄧㄠ

焦姓的分佈以江西省最為集中。

【姓源】焦姓的起源主要有姜姓、姬姓二支。

一、源自姜姓。西周初，周武王封炎帝神農氏之後裔於焦（故址在今河南省陝縣東北焦城），其後人即以國為氏。

二、出自姬姓。西周時，周康王之子文被封於古焦國，至春秋時被晉國所滅，其族人北遷平陽（今山西省臨汾市），遂以故國為氏，稱焦氏。

【郡望】中山郡（參見「郎」姓之郡望）。

【著名人物】焦延壽（西漢學者）；焦錫（南宋畫家），焦炳炎（南宋末知州）；焦竑（明代學者、狀元）；焦循（清代學者），等等。

【專用楹聯】

源自焦國；望居中山❶。

夏榜榮登探花第；春魁高上狀元郎❷。

【注釋】❶焦姓祠聯。上聯指焦姓源出於周朝焦國。下聯指焦姓之郡望。❷上聯言明代名士焦勝，應特科舉得第三名。下聯言明代學者焦竑，字弱侯，江寧（今江蘇省南京市）人。為諸生時有盛名，萬曆年間舉進士，為殿試第一人，授翰林院編修。博覽群書，善為古文，典正雅致，卓然名家。

巴 ㄅㄚ

巴姓的分佈以四川地區最為集中。

【姓源】巴姓源出於古巴國。西周初，周武王封黃帝之後裔於巴（今重慶市一帶），稱巴子國。春秋時，巴子國與楚國等交流甚多。戰國時，被秦國所吞併，其族人遂以國為氏。

【郡望】高平郡（參見「范」姓之郡望）。

【著名人物】巴蔓子（戰國時巴國將軍）；巴肅（東漢名士）；巴思明（明代兵科給事中）；巴慰祖（清代書畫家），等等。

【專用楹聯】

源自遠古；望居高平❶。

不謝三城，足見忠貞義氣；尊稱八顧，永傳令聞芳名❷。

【注釋】❶巴姓祠聯。上聯指巴姓源出於上古巴子國。下聯指巴姓之郡望。❷上聯言戰國時巴國將軍巴蔓子，當巴國內亂，向楚國求救時，許酬以三城。楚國救巴，遣使求城，蔓子不許，曰：「可持吾頭往謝。」乃自刎。楚使持其頭顱而歸，楚王葬以上卿之禮，巴人亦以上卿之禮葬其身。下聯言東漢名士巴肅，字恭祖，渤海（今河北省南皮縣）人。節操清正，太學生尊稱為「八顧」之一。與竇武、陳蕃諸人謀誅殺宦官以整飭朝政，事敗，遭通緝，自詣縣令投案，縣令欲棄官與之俱逃，肅不肯，曰：「為人臣者，有謀不敢隱，有罪不逃刑。」遂被害。

弓 ㄍㄨㄥ

弓姓以北京、河北、四川、陝西等省市為主要聚居地。

【姓源】弓姓的起源主要有軒轅氏、姬姓二支。

一、出自軒轅氏。相傳黃帝之子揮製造弧矢（即弓箭），被封於張邑，其後人遂有弓氏和張氏。又，此後執掌製造弓箭之官稱弓正，其後代亦以弓為氏。

二、源出姬姓。春秋時，魯國人公孫嬰齊因隨魯成公討伐宋國和鄭國，立下戰功，受封為大夫。嬰齊字叔弓，其支庶子孫遂以祖上之字為氏。

【郡望】太原郡（參見「王」姓之郡望）。

【著名人物】弓里戍（東漢初騎都尉）；弓蚝（十六國時前秦勇將）；弓翊（北朝後魏博陵太守）；弓嗣初（唐代詩人），等等。

【專用楹聯】

源自弓正；望居太原❶。

巧匠為弓三載；將軍能敵萬人❷。

【注釋】❶弓姓祠聯。上聯指弓姓源出上古時的弓正之官。下聯指弓姓之郡望。❷上聯言春秋時，晉平公使弓工製弓，三年乃成。平公引而射之，不能穿一札（鎧甲之鐵片），怒，將殺弓工。弓工之妻求見，為平公言為射之道，平公依其言而射，即穿七札。即釋弓工，並賜金三鎰。下聯言十六國時前秦虎將弓蚝，官虎賁中郎將，積功至侍中，封上黨郡公，稱「萬人敵」。

牧 ㄇㄨˋ

【姓源】牧姓的起源主要有人名、官名和姬姓三支。

一、以人名為氏。相傳黃帝曾夢見有人手執千鈞之弓，驅羊萬頭，醒而悟曰：執千鈞之弓者象徵有力，驅羊萬頭者能牧（治理）民行善。即訪求其人，果於大澤中得力牧，用以為將。力牧之後人有以其祖上之名為氏者，遂成牧氏。

二、以官名為氏。周朝設有牧師令，執掌牧場及養馬事宜，其後人遂以牧師為氏，後省稱牧氏。

三、源出姬姓。春秋時，衛國大夫康叔被封於牧（今河南省衛輝市北），其子孫遂以封邑為氏。

【郡望】弘農郡（參見「楊」姓之郡望）。

【著名人物】牧皮（春秋時孔子弟子），牧仲（春秋時魯國賢人）；牧相（明代廣西參議、學者），牧文（明代太守），等等。

【專用楹聯】

君子友賢士；狂夫事聖人❶。

魯國書香門第；明朝相府人家❷。

【注釋】❶上聯言春秋時魯國賢士牧仲，一作牧中，與賢士樂正裘相厚，皆為孟獻子之友。下聯言春秋時魯國人牧皮，以狂稱，事孔子為弟子。❷上聯指牧姓先祖、魯國賢士牧仲、牧皮之事，參見❶。下聯言明代學者牧相，字時庸，浙江餘姚（今屬浙江）人。與當時著名理學家王陽明皆受學於王華，王華器重之。弘治年間進士，授南京兵科給事中。正德年間因上疏論朝政之弊，而受杖責罷歸，後擢任廣西參議。

隗 ㄨㄟˇ

隗姓的分佈以河北、山西諸省最為集中。

【姓源】隗姓的起源主要有媿姓、赤狄之姓二支。

一、源出媿姓。商湯王滅夏後，封夏王桀之後人於隗（今湖北省秭歸縣東南），史稱大隗國。春秋時，大隗國被楚國所滅，其遺民大多散居翟國，以故國名為氏，遂成隗氏。

二、出自赤狄之姓。隗，一作媿，古代赤狄人之姓。春秋時，北方游牧民族赤狄人活動於中原黃河以北地區，始與華夏族通婚。西元前六世紀末，晉國大舉進攻赤狄諸部，赤狄人大多淪為晉國居民，逐漸融入晉人，並以隗為氏。

附注：隗，一讀ㄎㄨㄟˊ音。

【郡望】餘杭郡（參見「杭」姓之郡望）。

【著名人物】隗囂（東漢初名將）；隗禧（三國魏學者）；隗炤（東晉術士）；隗仁（十六國時北涼高昌太守），等等。

【專用楹聯】

飽學之士，文苑所仰；孝親之子，江石相幫❶。

術士金藏樂地；將軍名震西州❷。

【注釋】❶上聯言三國魏學者隗禧，字子牙，京兆（今陝西省西安市）人。少好學，誦書不輟。黃初年間為譙王郎中，譙王聞其宿儒，常虛心從之。年八十餘，以老居家，就學者甚多。學既明經，又善星學，著諸經解數十萬言。下聯言三國魏時孝子隗相，其母認為江邊之水不潔，必得江心之水乃飲。相以舟至江心汲之，患水流過急。後江心忽出一石，舟始可依。時人以為此乃孝心所感。❷上聯言東晉術士隗炤，汝陰（今安徽省阜陽市）人。善《易》術，臨終書板授妻曰：「後五年春，當有詔使來，姓龔，此人負吾金，即攜板責之。」至期果有龔使至，隗妻攜板往，使者悵然良久乃悟，取蓍筮之，嘆曰：「吾不負金，汝夫自有金，知汝漸困，故藏金以待。知吾善《易》學，故書板以寓意耳。金五百斤，盛以青瓮，覆以銅盤，在屋東，去壁一丈，入地九尺。」如其言掘之，果得金。下聯言東漢初名將隗囂，字季孟，成紀（今甘肅省天水市）人。王莽新朝末，據隴西，稱西州大將軍。

山 ㄕㄢ

山姓的分佈以雲南、四川、遼寧、陝西等省為多。

【姓源】山姓的起源主要有姜姓、官名和外族之改姓三支。
一、源出姜姓。相傳炎帝因生於烈山（一作列山），故稱烈山氏，其支庶子孫有以山為氏者。
二、以官名為氏。周朝執掌山林事務之官稱山師，又稱山虞，其後代遂以官名為氏，稱山氏。
三、系出外族之改姓。北朝後魏鮮卑族複姓吐難氏，後改為山姓。
【郡望】河南郡（參見「褚」姓之郡望）。
【著名人物】山祁（春秋時晉國大夫）；山濤（西晉名士，「竹林七賢」之一），山簡（西晉尚書左僕射）；山青、山雲父子（明代良將），等等。
【專用楹聯】
甄拔賢才，共仰山公啟事；優游宴飲，常醉習氏家池❶。
一門父子皆良將；三世祖孫盡顯官❷。
【注釋】❶上聯言西晉名臣山濤，字巨源，懷縣（今河南省武陟縣西南）人。少有器量，介然不群，性好老、莊，為「竹林七賢」之一。西晉初為吏部尚書，其所甄拔人物，各為題目，時稱「山公啟事」。累官尚書右僕射，加侍中，卒諡康。下聯言西晉名士山簡，字季倫，山濤少子。性溫雅有父風。初官太子舍人，累官尚書右僕射、領吏部，為征南將軍，鎮襄陽（今湖北省襄樊市）。每遊習家園池，置酒池上，輒醉，名曰高陽池。時有兒童歌以嘲之。❷上聯言明代初良將山青，徐州（今屬江蘇）人。通古今，知大義，沉毅有勇略。從明太祖朱元璋起兵，以功授燕山左衛百戶，後擢任都督僉事。其子山雲亦為良將，累官征蠻將軍、右都督同知等。沉毅多智略，用兵如神，廉正自持，與士卒共甘苦，故每戰皆捷，邊境安堵。下聯言西晉名士山濤和其子山簡、其孫山遐（官東陽太守）三代，皆為高官顯宦。

谷 ㄍㄨˇ

谷姓的分佈以江蘇、河北、山東、河南等省較為集中。

【姓源】谷姓的起源主要有嬴姓、姬姓、田氏和外族之改姓四支。

一、源出嬴姓。西周時，上古顓頊高陽氏之後裔非子被封於秦谷，後為秦、谷（故址在今湖北省穀城縣）二國，世稱谷伯。春秋時，谷國被楚國所滅，其遺族遂以國為氏。

二、源自姬姓。春秋時，晉國公族有食采於郤，其後人以邑為氏，後去邑旁為谷氏。

三、出自田氏。戰國時，齊國公子尾孫被封於夾谷（今江蘇省贛榆縣西），其後代遂以邑為氏，亦稱谷氏。

四、系出外族之改姓。如北朝後魏鮮卑族複姓谷會氏，進入中原後改為谷氏。唐代東夷人谷那氏，亦改為漢姓谷姓。

【郡望】上谷郡（參見「成」姓之郡望）。

【著名人物】谷永（西漢大司農）；谷袞（東晉廣武將軍）；谷倚（唐代文學家）；谷庸（明代知縣）；谷士桓（清代畫家），谷應泰（清代文學家），等等。

【專用楹聯】

名高列於三傑；學富號稱九經❶。

祖孫個個皆名宦；兄弟雙雙俱畫家❷。

【注釋】❶上聯言唐代文學家谷倚，官太原主簿。以文辭著名，與富嘉謨、魏同並稱「北京三傑」。下聯言唐代學者谷那律，淹通群書，尤精經學，褚遂良嘗稱其為「九經庫」。貞觀年間累遷諫議大夫、兼弘文館學士。❷上聯言唐代諫議大夫谷那律及其子秘書省正字谷倚相、其孫左金吾衛大將軍谷崇義、其曾孫清江郡王谷從政等，世為名宦。下聯言清代畫家谷士桓，吳縣（今屬江蘇）人。從鈕樞學繪，畫仕女能傳其業。其弟士芳，畫仕女與兄齊名。

車 ㄔㄜ

車姓主要分佈於四川、山東、甘肅等省。

【姓源】車姓的起源主要有人名、嬴姓、媯姓和外族之改姓四支。

一、以人名為氏。相傳黃帝之臣車區，專事占卜星象，其後代便以車為氏。

二、源出嬴姓。春秋時，秦國公族之後有以子車為氏者，名子車仲良，為大夫，事秦穆公有政績，稱賢良，與子車奄息、鉗虎並稱「三良」，後為秦穆公殉葬。子車仲良、子車奄息的後代多省稱車氏。

三、源自媯姓。西漢昭帝時，出自舜帝之後的丞相田千秋，因年老行走不便，昭帝允其坐小車入朝，時號「車丞相」，其子孫因以為氏。

四、系出外族之改姓。北朝後魏鮮卑族複姓車門氏、車成氏、車焜氏皆改為車姓；普氏改為周氏，入北周後復改為車非氏，後省作車姓。又，當時西域車師國人，進入中原後亦以車為氏。

【郡望】京兆郡（參見「韋」姓之郡望）、河南郡（參見「褚」姓之郡望）。

【著名人物】車順（西漢虎牙將軍）；車胤（西晉吏部尚書）；車路頭（北朝後魏散騎常侍）；車道政（唐代畫家）；車若水（南宋末學者）；車泰（明代學者），等等。

【專用楹聯】

襲爵聯綿，占星光祖德；聚螢照讀，勤學有承傳❶。

博學工文，編宇宙紀略；平獄聽訟，留寬厚深恩❷。

【注釋】❶上聯言黃帝之臣車區，專事占卜望星，為車姓之始祖。下聯言西晉名士車胤，字武子，南平（今湖南省安鄉縣北）人。少時嗜學，家貧不常得燈油，夏夜常囊螢火蟲以照書。後知名朝野，歷官護軍將軍、吏部尚書等。❷上聯言南宋末學者車若水，字清臣，號玉峰山民，黃巖（今屬浙江）人。師事王柏，講明性理之學。博學，工古文，著有《宇宙略記》、《腳氣集》等。下聯言北朝後魏良吏車路頭，累官散騎常侍。謹慎無過，性無害，每至評獄，常獻寬恕之議，以此見重於朝。卒謚忠貞。

侯 ㄏㄡˊ

侯姓是中國一百大姓之一，總人口約三百萬，約占當代人口的百分之零點二五，其分佈以湖南和北方地區較為集中。

【姓源】侯姓的構成主要有史皇氏、姒姓、姬姓、羋姓和外族之改姓五大來源。

一、出自史皇氏。相傳黃帝史臣倉頡姓侯岡，為史皇氏，其後代之一支居於今陝西涇陽一帶，即以侯為氏。

二、源於姒姓。夏朝時，大禹之支庶後裔被封於侯（故址在今河南省偃師市東南緱氏鎮），其後裔遂以國為氏。

三、源出姬姓。又分二支：其一，春秋初期，晉昭侯分封其叔父成師於曲沃。後曲沃勢力日盛，至晉侯緡，被曲沃武公（後稱晉武公）所滅，晉侯緡一族出奔他鄉，遂以爵為氏，稱侯氏。其二，春秋時，鄭莊公之弟叔段謀反失敗，奔共邑（今河南省輝縣），史稱共叔段。共叔段死後，鄭莊公賜共叔段之子共仲為侯氏。

四、源自羋姓。春秋時，楚國公族中有以侯為氏者。

五、系出外族之改姓。北朝後魏鮮卑族古口引氏、侯奴氏、渴侯氏、古引氏、俟伏侯氏等皆改為侯姓。

【郡望】上谷郡（參見「成」姓之郡望）。

【著名人物】侯嬴（戰國魏國信陵君謀士）；侯霸（東漢大司徒）；侯安都（南朝陳名將）；侯君集（唐初大將）；侯叔獻（北宋水利專家）；侯顯（明代航海家）；侯方域（清初文學家），等等。

【專用楹聯】

蜺龍節度；松鶴仙郎❶。

功臣著美凌煙閣；學士流芳含象亭❷。

【注釋】❶上聯言唐代將軍侯弘實，驍勇敢戰，官拜節度使。下聯言唐代道士侯道華，芮城（今屬山西）人。初在河中（今山西省永濟市西蒲州鎮）永樂道淨院任恭給使。好子史，手不釋卷，人問讀此何用，答：「天下無愚蒙之仙人。」咸大笑之。

一日入市醉歸，悉折院前松枝曰：「勿礙我上昇處也。」後七日，松上有雲鶴笙歌，道華飛坐松頂，揮手而去。❷上聯言唐初大將侯君集，三水（今陝西省旬邑縣）人。以才雄稱，從唐太宗征伐有功，累拜吏部尚書，封潞國公，圖像於凌煙閣。下聯言唐代學者侯行果，上谷（今河北省懷來縣東南）人。唐玄宗時任國子司業，侍皇太子讀。玄宗嘗稱其善《易》，圖像於含象亭。

宓 ㄈㄨˊ

宓姓的分佈以上海等地區較為集中。

【姓源】宓姓源出於上古伏羲氏。伏羲，古代亦作宓羲，「伏」、「宓」實即一姓。如春秋時孔子弟子宓子賤亦作伏子賤，西漢初學者伏生亦作宓生。然至三國魏時，「宓妃」已不寫為「伏妃」，可見當時「宓」與「伏」二姓已始分別。

附注：宓，今又讀ㄇㄧˋ音。

【郡望】平昌郡（參見「孟」姓之郡望）。

【著名人物】宓不齊（即宓子賤，春秋時孔子弟子），等等。

【專用楹聯】

平安吉利百事順；昌盛發達萬代興❶。

德貫神人，洛水芳名傳奕世；學成君子，琴堂雅化播千秋❷。

【注釋】❶宓姓郡望「平昌」二字之嵌字聯。❷上聯言上古伏羲氏之女宓妃，溺死洛水，傳化為洛水之神。下聯言春秋時魯國賢士宓不齊，字子賤，孔子弟子。嘗為單父宰，鳴琴不下堂而民治，孔子稱之曰君子。後世追封為單父侯。

蓬 ㄆㄥˊ

蓬姓的分佈以黃河中下游地區較有影響。

【姓源】蓬姓的起源主要有姬姓、草名二支。

一、源出姬姓。西周時，周王支庶子孫有被封於蓬（今四川省蓬安縣），其後人遂以蓬為氏。

二、以草名為氏。相傳西晉北海人有名蓬球者，因入山遇仙而歸，家宅為墟，雜草叢生，故指草為氏，遂稱蓬姓。

【郡望】長樂郡。晉朝始置長樂國，北朝後魏改為郡，隋朝改稱信都郡，治所在今河北省冀州市。

【著名人物】蓬球（西晉渤海人），等等。

【專用楹聯】

因封地發迹；以蓬草命姓❶。

長風破浪雄心足；喜水樂山興致高❷。

【注釋】❶蓬姓祠聯。指二支蓬姓的不同姓源。❷蓬姓郡望「長樂」二字的嵌字聯。

全 ㄑㄩㄢˊ

全姓的分佈以湘、豫、浙三省最為集中。

【姓源】全姓的起源主要有官名、地名和外姓、外族之改姓三支。

一、以官名為氏。周朝設置泉府以掌管貨幣與貿易，古稱錢幣為「泉」，故其後人以官名為氏，後「泉」改成同音之「全」，遂成全氏。

二、以地名為氏。先秦時有全地（今安徽省全椒縣一帶），其居人有以全為氏。

三、系出外姓、外族之改姓。西漢末，漢元帝王皇后同族之人因不滿王莽篡漢，恥與之同姓，取「全」字由「王」、「人」合成，故改姓全，以示自己原為王姓之人。又，元代畏兀人阿魯渾薩里字萬全，元成宗時任宰相，其子即以父之字為氏，改為全姓。清代王族愛新覺羅氏鄭親王之後亦有改為全姓者。

【郡望】京兆郡（參見「韋」姓之郡望）。

【著名人物】全柔（東漢末尚書丞）；全琮（三國東吳名將）；全元起（隋朝名醫）；全師雄（五代後蜀文州刺史）；全謙孫（元代學者）；全整（明代學者）；全祖望（清代學者），等等。

【專用楹聯】

有志學成，義田六老；不樂仕進，草堂三石❶。

布衣孝子，聲名傳外；白袍將軍，驍勇冠群❷。

【注釋】❶上聯言元代學者全謙孫，字貞忠，鄞縣（今屬浙江）人。與弟晉孫同學於學者陳埴之門下，私淑南宋學者楊簡。自謙孫之父汝梅、兄鼎孫、季弟頤孫及鼎孫之子者，三世皆置義田贍養宗人，謂之「義田六老」。下聯言明初學者全整，字修齋，浙江鄞縣人。修明宋儒楊簡之學，不樂仕進。居剡溪第五曲，題其室名「三石草堂」。永樂初年徵修《永樂大典》，不就。著有《三石山房集》。❷上聯言明代孝子全大成，字希孔，江西金溪（今屬江西）人。父重病數月，大成衣不解帶。時曾祖母和祖母俱在堂。後祖母患目盲，大成日夕以舌舔之，眼得復明。下聯言清代將軍全玉貴，鎮遠（今屬貴州）人。官壽春鎮總兵官，每戰輒衣白袍，驍勇冠群，世稱「白袍將軍」，以比之唐代名將薛仁貴。

郗 ㄔ

郗姓的分居地以浙江、江蘇、山東等省較有影響。

【姓源】郗姓源出己姓。相傳黃帝之子玄囂的後代蘇忿生，周武王時任司寇，其支庶子孫有受封於郗邑（今河南省沁陽縣西南）。周鄭王時，郗邑轉授於鄭國，蘇忿生之後代即以封邑為氏。

附注：郗姓與郄（即郤）姓本為姓源、讀音俱異之二姓，然據《正字通》，至明代時，民間已讀「郗」為ㄒㄧ音，遂與郄姓相混。

【郡望】高平郡（參見「范」姓之郡望）。

【著名人物】郗慮（東漢御史大夫）；郗鑑（東晉司空），郗超（東晉散騎常侍）；郗士美（唐代刑部尚書），等等。

【專用楹聯】

儒雅高明，乃識坦床佳婿；人才卓犖，洵稱入幕鴻賓❶。

高瞻遠矚氣魄大；平易近人朋友多❷。

【注釋】❶上聯言東晉名臣郗鑑，字道徽，高平（今山東省金鄉縣西北）人。博覽經籍，躬耕吟詠，性儒雅清明。累官安西將軍、車騎將軍、太尉等，封南昌縣公。卒諡文成。據《世說新語》，郗鑑遣門生求佳婿於丞相王導家，門生歸曰：「王家諸郎，亦皆可喜，聞來求婿，咸自矜持。惟有一郎坦腹臥東床，如不聞。」鑑曰：「正此好。」訪之，乃王羲之，遂以女嫁之。下聯言東晉名士郗超，字景興，又字嘉賓，郗鑑之孫。少卓犖不羈，善談論。大將桓溫辟為參軍，傾意禮待。謝安嘗詣桓溫論事，桓溫令超臥帳中聽之，風吹帳開，謝安笑曰：「郗生可謂入幕之賓。」歷官司徒左長史、散騎常侍等。❷郗姓郡望「高平」二字的嵌字聯。

班 ㄅㄢ

班姓的分居地以冀、晉、陝諸省較有影響。

【姓源】班姓源出芈姓。春秋時，楚王若敖之孫令尹子文，因幼年嘗被棄於野外，由母虎哺乳，故名鬭穀於菟（意為「乳虎」），又因虎身上有斑紋，故其又名斑。其後人遂有以斑為氏者，古代「班」、「斑」二字相通，故改為班氏。

【郡望】扶風郡（參見「竇」姓之郡望）。

【著名人物】班伯（西漢學者），班婕妤（西漢才女）；班彪、班固父子（東漢史學家），班昭（東漢才女），班超、班勇父子（東漢名將）；班景倩（唐代學者）；班言（明代孝子），等等。

【專用楹聯】

才高續漢書，絕妙兩都誇作賦；豐功標異域，榮膺萬里覓封侯❶。

祖孫均為武將；父女俱有才名❷。

【注釋】❶上聯言東漢學者班固，字孟堅，扶風（今陝西省咸陽市東）人。初為蘭臺令，轉為郎，典校秘書。嘗作〈兩都賦〉等，著名當時。其父班彪修《漢書》未成，固歷二十年續之，創中國斷代體史書體例。後因受竇憲之案牽連，死於獄中。其《漢書》由其妹班昭等人最終續成。下聯言東漢名將班超，字仲昇，班固之弟。從竇固進擊北匈奴，旋奉命率吏士三十六人遠赴西域，以穩固東漢王朝對西域之統治。後多次平定叛亂，並擊退月氏人的入侵。以功封定遠侯。❷上聯言東漢名將班超與其子勇、其孫始，皆武功卓著，為一時名將。班勇官至西域長史，班始官至京兆尹。下聯言東漢史學家班彪與其女班昭，皆具才名，為時所重。

仰 一ㄤˇ

仰姓主要分佈於陝西等省。

【姓源】仰姓的起源有人名、嬴姓二支。

一、以人名為氏。相傳舜帝時有樂師名仰延，將八絃之瑟改為二十五絃，其後人即以祖上之名字為氏，遂成仰氏。

二、源出嬴姓。戰國時，秦惠王之子公子卬的後代以祖上之名字為氏，因古代「卬」、「仰」二字相通，故加人旁而為仰氏。

【郡望】汝南郡（參見「周」姓之郡望）。

【著名人物】仰忻（北宋孝子），仰仁謙（北宋廉吏）；仰瞻（明代大理丞），等等。

【專用楹聯】

孝感慈烏白竹之瑞；人欽造瑟增絃之功❶。

堯天永照孝子；厚䁖惟予賢孫❷。

【注釋】❶上聯言北宋孝子仰忻，字天䁖，永嘉（今屬浙江）人。力學篤行。年五十餘，執母喪盡孝，親自負土廬墓側，有慈烏白竹之瑞。下聯言上古舜帝時樂師仰延，精通音樂，嘗將瑟上八絃增至二十五絃。❷此為北宋孝子仰忻之字「天䁖」的嵌字聯。

秋 ㄑㄧㄡ

【姓源】秋姓的起源主要有官名、金天氏二支。

一、以官名為氏。周朝置司寇，稱「秋官」，其後代以官名為氏，遂成秋氏。

二、源自金天氏。春秋時，上古少昊金天氏之裔孫仲孫湫為魯國大夫，其孫名胡，世稱湫胡，為陳國卿士。其支庶子孫以祖上之名字為氏，後省作秋氏，遂為秋姓的另一來源。

【郡望】天水郡（參見「趙」姓之郡望）。

【著名人物】秋水（五代南唐宮女）；秋瑾（清末反清烈士、女詩人），等等。

【專用楹聯】

禾苗茁壯迎豐歲；火焰燦明兆有年❶。

【注釋】❶秋姓「秋」字的析字聯。

仲 ㄓㄨㄥˋ

仲姓主要分佈於江蘇、遼寧等省。

【姓源】仲姓的起源大抵與人之排行相關，因古代人們習慣以伯、仲、叔、季區別同胞兄弟，其排行第二者稱仲，此後又逐漸演變成排行第二者的姓氏。仲姓主要有高辛氏、任（妊）姓、姬姓和子姓四個來源。

一、源自高辛氏。相傳上古帝嚳高辛氏有「才子」八人，號稱「八元」，與顓頊帝之子「八愷」齊名。「八元」中仲堪、仲熊兩兄弟的後代，即以祖上之字為氏，遂成仲氏。

二、源出任（妊）姓。相傳黃帝有二十五子，其一得任姓。任姓之後奚仲為夏朝車正，奚仲之後仲虺為商湯王之左相，因輔佐湯王治理天下，立下殊勳，故其後代遂以祖上之名字為氏，成為仲氏的另一來源。

三、出自姬姓。春秋時，魯國公子慶父字共仲，因亂魯而受譴責。其死後，子孫為避仇，而以其祖上之字為仲孫氏，後省稱仲氏。

四、源於子姓。春秋時，宋莊公之子城字子仲，其後代亦以祖上之字為氏。

【郡望】中山郡（參見「郎」姓之郡望）、樂安郡（參見「蔣」姓之郡望）。

【著名人物】仲由（春秋時孔子弟子）；仲子陵（唐代太常博士）；仲簡（北宋兵部郎中）；仲并（南宋學者）；仲恆（清代詞人），等等。

【專用楹聯】

八元留譽；二仲啟源❶。

聖門高弟仕衛宰❷；江都詩人集浮山❷。
人傑地靈鍾毓秀；中流砥柱挽狂瀾❸。

【注釋】❶仲姓祠聯。指高辛氏「八元」中之「二仲」為仲姓之源頭。❷上聯言春秋時魯國人仲由，字子路，為孔子之得意弟子，嘗於衛國任邑宰。下聯言南宋學者仲并，字彌性，江都（今屬江蘇）人。紹興年間進士，累官光祿丞、知蘄州等。幼好學強記，及長潛心學問，工詩文，著有《浮山集》。❸仲姓「仲」字之析字聯。

伊一

伊姓的分佈以河北省為主。

【姓源】伊姓的起源主要有伊祁氏、河名和外族之改姓三支。

一、出自伊祁氏。相傳堯帝生於伊祁山，養於伊祁氏伊長孺家，其支庶子孫遂以伊為氏。

二、以河名為氏。商朝初，輔佐商湯王滅夏的大臣伊尹，因其生於伊水邊（其地在今河南省嵩縣一帶），故以為氏，其子孫遂以伊為姓。

三、系出外族之改姓。北朝後魏鮮卑族伊婁氏進入中原後，依例改為漢姓，遂分為二姓，一為伊姓，一為婁姓。

【郡望】陳留郡（參見「衛」姓之郡望）、河南郡（參見「褚」姓之郡望）。

【著名人物】伊推（西漢學者）；伊籍（三國蜀漢昭文將軍）；伊盆生（北朝後魏名將）；伊慎（唐代南充郡王）；伊秉綬（清代學者、詩人），等等。

【專用楹聯】

輔世相賢，克紹箕裘事業；耕莘樂道，宏開匡濟嘉猷❶。

恭勤靜退稱長者❶，驍勇韜略授統軍❷。

【注釋】❶上聯言商朝大臣伊陟，伊尹之子，商王太戊時繼父為相，能紹述其父相業。亳（今安徽省亳州市）地嘗有祥桑等共生於朝，商王太戊從其言而修德，祥桑即枯死。下聯言商朝初大臣伊尹，一名摯，耕於莘（今山東省曹縣北）野，湯王以禮三聘之，遂輔佐湯王伐夏王桀，以救百姓，以天下為己任，湯王尊之為「阿衡」。佐商初四代五王，年百餘歲卒，商王沃丁葬之以天子之禮，孟子稱為「聖之任者」。❷上聯言明代書法家伊恆，字宗有，江蘇吳縣（今屬江蘇）人。永樂年間以善書法召侍太子，官至尚寶少卿致仕。為人恭勤靜退，時稱長者。下聯言北朝後魏勇將伊盆生，驍勇有膽氣。初為統軍，累立戰功，遂為名將，賜爵平城子，官至西道都督，後戰死。

宮 ㄍㄨㄥ

宮姓的分佈以東北三省和魯、皖地區最為集中。

【姓源】宮姓的起源主要有古宮國、官名、姬姓和外族之改姓四支。

一、出自古宮國。夏、商時期，有一宮國，西周初被虞國所滅，其族人遂以國為氏。

二、以官名為氏。周朝設有專司宮廷建築事務之官，稱宮人。世襲宮人者遂以官名為氏，稱宮氏。

三、源出姬姓。又分二支：其一，西周初，周武王封其弟虞仲於夏墟（今山西省夏縣北），虞仲又分封其子於上宮（今河南省浚縣西），其後人遂以地名為氏，稱宮氏。其二，春秋時，魯國公族大夫孟僖子之子韜被封於南宮（故址在今河北省南宮縣），其後代遂以封邑為氏，後分為南、宮二姓。

四、系出外族之改姓。清代滿洲八旗恭佳氏後改為宮氏。

【郡望】太原郡（參見「王」姓之郡望）、河東郡（參見「衛」姓之郡望）。

【著名人物】宮之奇（春秋時虞國大夫）；宮志惲（唐代殿中侍御史）；宮欽（元代東阿令），宮天挺（元代戲曲作家）；宮婉蘭（清代女畫家），宮國苞（清代詩人、畫家），等等。

【專用楹聯】

唇亡齒寒，名言留譽；出俸賑災，立石頌德❶。

海陵一畫士；江上兩詩人❷。

【注釋】❶上聯言春秋時虞國大夫宮之奇，一作宮奇。晉獻公以良馬、玉璧向虞國借道滅虢國，虞君應允，之奇諫以「唇亡齒寒」之理，不聽。之奇攜族離虞，曰：「虞不臘矣。」果然晉軍滅虢國後，隨即襲滅虞國。下聯言元代良吏宮欽，字子敬，東萊（今山東省萊州市）人。官東阿令時，遇歲大饑，出己俸為倡導，富戶和之，全活者甚多。既去官，吏民追思，立石頌德。❷上聯言清代女畫家宮畹蘭，海陵（今江蘇省泰州市）人。能詩，工墨梅，雪葉風枝，頗有偃蹇瑤臺之思。下聯言清代詩人、畫家宮國苞，號霜橋，江蘇泰州（今屬江蘇）人。善畫蘭竹，工詩，與丹徒（今江蘇省鎮江市）張石帆並稱「江上兩詩人」。

寧 ㄋㄧㄥˊ

寧姓的分佈以吉林、山西、河北、河南、陝西、湖南六省較為集中。

【姓源】「寧」與「甯」二字當代已通用，一般寫作「寧」，然在古代，寧姓與甯姓是讀音、姓源等皆不相同之二姓。

一、讀ㄋㄧㄥˊ音，寫作「寧」時，源自嬴姓。春秋時，秦襄公之曾孫謚曰寧，世稱寧公，其支庶後代遂以祖上之謚號為氏，稱寧氏。

二、讀ㄋㄧㄥˋ音，寫作「甯」時，源出姬姓。春秋時，衛成公之子季亹被分封於甯邑（今河南省獲嘉縣西北），其子孫遂以封邑為氏，稱甯氏。

附注：古代寧姓使用似不及甯姓普遍，然後世寧、甯二姓逐漸混用，如：《呂氏春秋》曰戰國時有甯越，然《史記》作寧越；《漢書》曰西漢中尉甯成，而《史記》作寧成等。

【郡望】齊郡（參見「計」姓之郡望）、濟陰郡（參見「柏」姓之郡望）。

【著名人物】甯成（西漢中尉）；甯純（唐代合州刺史）；甯智（北宋學者）；甯玉（元代名將）；甯正（明初平羌將軍）；甯湛（清初學者），等等。

【專用楹聯】

或智或愚，成保身濟君宏業；且歌且挽，儲為卿作相奇才❶。

嚴肅朝廷相；勤奮帝王師❷。

【注釋】❶上聯言春秋衛國大夫甯俞，又稱甯武子，仕衛文公，於有道之時，無事可見。及衛成公無道失國，俞乃周旋其間，不避艱險，終保其身，且濟其君。孔子稱之曰：「邦有道則智，邦無道則愚，其智可及也，其愚不可及也。」下聯言春秋衛人甯戚，家貧，為人挽車至齊國，於車下飯牛，扣牛角而歌，齊桓公聞之，命管仲迎之，拜為上卿，後轉國相。❷上聯言西漢名臣甯成，穰（今河南省鄧州市）人。累官中尉、內史，執法嚴峻，為宗室、豪強所畏懼。下聯言戰國時趙人甯越，原為中牟（今屬河南）農民，問其友如何才能免耕作之苦，友答「莫如學」，於是勤奮苦學十五年後，東周威公拜其為師。

仇 ㄑㄧㄡˊ

仇姓主要分佈於江蘇、浙江、山東等省。

【姓源】仇姓的起源主要有九吾氏、子姓和外姓之改姓三支。

一、出自九吾氏。九吾氏為夏朝諸侯，商朝時立國號九。商末，九侯為紂王所殺，其族人於國號上加人旁而成仇氏。

二、源出子姓。春秋時，宋閔公被宋萬所殺，宋國公族大夫仇牧為之討伐宋萬，失利被殺，其後人遂以其名為氏，稱仇氏。

三、系出外姓之改姓。北朝後魏時，中山人侯洛齊為仇氏養子，遂改姓為仇，因戰功拜大官，其後漸成望族，成為仇姓之另一來源。

【郡望】南陽郡（參見「韓」姓之郡望）、平陽郡（參見「鳳」姓之郡望）。

【著名人物】仇覽（東漢名士）；仇博（北宋名士）；仇遠（元代儒學教授）；仇英（明代畫家），仇養蒙（明代孝子）；仇兆鰲（清代學者），等等。

【專用楹聯】

東海號百濟；明朝列四家❶。

少年博學，後生可畏；耆老至孝，世人皆誇❷。

【注釋】❶上聯言東漢時人仇台，篤於仁信，人多歸附，遂於帶方故地（今朝鮮半島南部）立國，取「百家濟海」之意，稱百濟國。漸昌盛，一度成為東夷強國。下聯言明代畫家仇英，字實父，號十洲，江蘇太倉（今屬江蘇）人。善臨摹宋、元名家筆墨，畫作秀雅鮮麗，尤工仕女畫，神采生動，為明代工筆之傑，「明四家」之一。❷上聯言北宋名士仇博，字彥文，新安（今安徽省黃山市）人。質敏好學，善屬文。其父知梓州（今四川省三台縣），建至樂堂，博年十三撰記文，蘇軾一見奇之，撫其背曰：「後生可畏。」後應舉不第，慨然泛舟至采石磯（今安徽省馬鞍山市南），謁拜李白祠，與之對飲，以文誄之。下聯言明代孝子仇養蒙，富平（今屬陝西）人。遇歲饑，以粟奉母，而與妻食糟糠。父母親沒，廬墓六年，葷酒不食。年八十，猶詣雙親之墓拜泣如孩童，為時人所稱。

欒 ㄌㄨㄢˊ

欒姓主要分佈於黑龍江等省。

【姓源】欒姓的起源主要有姬姓和姜姓二支。

一、源出姬姓。春秋時，晉靖侯之孫賓，食采於欒邑（今河北省欒城縣），世稱欒賓。其後人遂以祖上之名為氏。

二、源自姜姓。春秋時，齊惠公之子公子堅，字子欒，其支庶子孫遂以祖上之字為氏，亦稱欒氏。

【郡望】西河郡（參見「卜」姓之郡望）。

【著名人物】欒書（春秋時晉國名將）；欒布（西漢初都尉）；欒巴（東漢桂陽太守）；欒清（唐代詩人）；欒惲（明代通政使），欒惠（明代學者），等等。

【專用楹聯】

西嶺東風傳喜訊；河清海晏兆昇平❶。

奏績班師，欣然上推下讓；興學定禮，美哉易俗移風❷。

【注釋】❶欒姓郡望「西河」二字之嵌字聯。❷上聯言春秋時晉國大夫欒書，嘗統領下軍擊敗齊師而歸，晉景公慰勞之，書曰：「士用力也，書何力之有焉！」後將中軍。卒諡武子。下聯言東漢名臣欒巴，字叔元，蜀郡（今四川省成都市）人，一曰內黃（今屬河南）人。好道，性質直，博涉經典。初為黃門令，後擢郎中，四拜桂陽（今屬湖南）太守。政事明察，定禮興學，風俗因此而移。

暴 ㄅㄠˋ

暴姓的分佈以黑龍江、河北、山東、山西、陝西、河南等省較為常見。

【姓源】暴姓源出姬姓。東周時，有王族大夫分封於暴（故址在今河南省鄭州市北原武鎮），世稱暴辛公，至春秋時為鄭國所併，其子孫遂以國為氏，稱暴氏。

【郡望】河東郡（參見「衛」姓之郡望）、魏郡（參見「柏」姓之郡望）。

【著名人物】暴鳶（戰國時韓國將軍）；暴勝之（西漢御史大夫）；暴顯（北朝齊驃騎大將軍）；暴昭（明初刑部尚書），等等。

【專用楹聯】

北齊將軍府第；西漢御史人家❶。
鎮郡威名，久動不疑斗膽；冠時騎射，特進定陽榮封❷。

【注釋】❶上聯言北朝齊大將暴顯，字思祖。善騎射，因功除北徐州刺史，封屯留縣公。後拜特進、驃騎大將軍，封定陽王，卒。下聯言西漢名臣暴勝之，字公子，河東（今山西省）人。漢武帝末為直指使者，拒盜有術，威震州郡。遷御史大夫。嘗薦舉名士雋不疑，時有知人之譽。❷上聯言西漢名臣暴勝之事，下聯言北朝齊大將暴顯事，皆參見❶。

甘 ㄍㄢ

甘姓的分佈以湘、川、贛等南方省分最為集中。

【姓源】甘姓的起源主要有姒姓、子姓、姬姓和外族之改姓四支。

一、源出姒姓。夏朝同姓諸侯有甘國（故址在今河南省洛陽市西南），其國人於亡國後遂以國名為氏。

二、出自子姓。商王武丁即位後，任命其師、同宗之甘盤為相。甘盤之子孫遂以祖上之名為氏，稱甘氏。

三、源於姬姓。又分二支：其一，西周初，周武王封同姓族人於古甘國舊地，世稱甘伯，數傳至甘伯恆公，知名於世，其子孫遂以甘為氏。其二，春秋時，周襄王之弟王子帶被分封於甘，史稱甘昭公，其子孫亦以甘為氏。

四、系出外族之改姓。如：明、清時青海土族中有甘姓；清代滿洲八旗甘佳氏亦改為甘姓。

【郡望】渤海郡（參見「季」姓之郡望）。

【著名人物】甘德（戰國時齊國天文學家），甘羅（戰國時秦國上卿）；甘英（東漢名臣）；甘寧（三國東吳名將）；甘泳（宋代詩人）；甘汝來（清代太傅），等等。

【專用楹聯】

秦帝卿相；商王師尊❶。

率兵禦曹，江東虎臣望重；事秦使趙，少年上卿計奇❷。

【注釋】❶上聯言戰國時秦國名臣甘羅，楚國人。年十二，為秦相呂不韋家臣。時呂不韋試圖攻趙國，其自請出使，說服趙王割五城及其所攻取的部分燕國之地給秦。因此功拜上卿。下聯言商朝大臣甘盤，曾為商王武丁之師，並任武丁之相。❷上聯言三國東吳名將甘寧，巴郡（今重慶市北）人。初依荊州牧劉表，後歸東吳孫權。定計破黃祖，隨大都督周瑜破曹操於赤壁，軍功顯赫，人稱「江東虎臣」。下聯言戰國時秦國上卿甘羅之事，參見❶。

鈄 ㄉㄡˇ

【姓源】鈄姓源出姜姓。戰國中，田氏代齊後，原姜齊國君康公被遷於海上，生活艱苦，以鈄（酒器）煮食，故其支庶子孫遂以鈄為氏。此姓頗罕見，然據南宋鄭樵《通志・氏族略》載，當時臨海（今屬浙江）有鈄姓。

【郡望】遼西郡（參見「項」姓之郡望）。

【著名人物】鈄滔（五代後漢處州刺史），等等。

【專用楹聯】

金玉滿堂福雙至；斗酒百詩才冠群❶。

遼西望族；刺史賢裔❷。

【注釋】❶鈄姓「鈄」字的析字聯。❷上聯指鈄姓之郡望。下聯指鈄姓名人五代後漢處州刺史鈄滔。

厲 ㄌㄧˋ

厲姓主要分佈於淮河流域及湖北等省。

【姓源】厲姓的起源主要有姜姓、國名和外姓之改姓三支。

一、源出姜姓。周宣王時，齊國君無忌卒，謚曰厲，史稱齊厲公，其支庶子孫遂以祖上之謚號為氏。

二、以國名為氏。西周時有諸侯小國厲國（故址在今湖北省隨州市西北），至春秋時改稱隨國，原厲侯的後代遂以國為氏，稱厲氏。

三、系出外姓之改姓。如：三國東吳宗室孫秀出奔魏國，故吳帝貶孫秀姓厲，孫秀的家人留在江南者皆以厲為氏。又唐代宗王李晉與太平公主合謀叛亂，事敗被誅，唐玄宗並下詔改李晉之子孫為厲氏。

【郡望】范陽郡（參見「鄒」姓之郡望）、南陽郡（參見「韓」姓之郡望）。

【著名人物】**厲溫敦**（東漢義陽侯）；**厲歸真**（五代後梁道士、畫家）；**厲昭慶**（北宋初畫家）；**厲仲方**（南宋名將）；**厲汝進**（明代吏科都給事中），**厲昇**（明代知縣）；**厲鶚**（清代學者），等等。

【專用楹聯】

山水怡情，容州動故鄉之戀；廉明作宰，青田興去後之懷❶。

指畫巨松稱冠；武學諸子第一❷。

【注釋】❶上聯言唐代良吏厲文才，東陽（今屬浙江）人。貞觀初為道州（今湖南省道縣）刺史，剿平群盜，甚著威愛。改容州（今廣西省容縣）刺史，不久歸鄉，遨遊山水以終。下聯言明代良吏厲昇，字文振，江蘇無錫（今屬江蘇）人。性耿介，以歲貢入國子監，授青田（今屬浙江）知縣。廉明愛民，致仕歸，縣民立祠祀之。❷上聯言清代畫家厲志，字駭谷，號白華山人，浙江定海（今屬浙江）人。諸生。工書，尤精行草，兼善畫山水蘭竹。嘗於西湖昭慶寺指畫巨松，見者驚嘆。下聯言南宋儒將厲仲方，字約甫，浙江東陽（今屬浙江）人。師從葉適，留意事功之學。以武學諸生舉第一，授任領衛官，累守安豐軍、建康府。仲方有將才，在安豐（今安徽省壽縣）時種桑墾田，軍備物資充裕；又造戰車、九牛弩，後人遂用之擊敗金軍侵犯。

戎 ㄖㄨㄥˊ

戎姓主要分佈於陝西、甘肅、山西等省。

【姓源】戎姓的起源主要有官名、姜姓和子姓三支。

一、以官名為氏。周朝設置執掌軍械之官名戎右，其後代遂以戎為氏。

二、源出姜姓。相傳為炎帝之後的姜戎，春秋時自西部東遷，參與晉、秦等國爭霸，而留居中原，其一支遂以戎為氏。又，齊國的附庸有戎國，亦為姜姓，於國亡後，其族人遂以國為氏。

三、出自子姓。西周初，商朝王族微子被周武王封於宋，其支庶後裔有以戎為氏者。

【郡望】江陵郡（參見「黃」姓之郡望）。

【著名人物】戎賜（西漢初將軍）；戎昱（唐代詩人）；戎益（南宋知平江府）；戎簡（明初儒生），戎洵（明代黃州府推官），等等。

【專用楹聯】

文冠唐朝，名仰荊南進士；功高漢代，爵邦柳丘通侯❶。

執法不阿，推官望重；勸率上戶，知府恩深❷。

【注釋】❶上聯言唐代詩人戎昱，荊南（今湖北省荊州市）人。至德年間以文學登進士第，被荊南帥衛伯玉辟為從事。唐德宗初任辰、楚二州刺史。下聯言西漢初將軍戎賜，以連敖從漢高祖入漢中，定三秦，破項羽之軍，遷都尉，以功封柳丘侯，卒諡齊。❷上聯言明代能吏戎洵，字君實，鄞縣（今屬浙江）人。宣德年間任黃州府（今湖北省黃岡市）推官，執法不阿，持身清介，郡中翕然頌為神明。下聯言南宋能吏戎益，信德（今河北省刑臺市）人。紹興年間知平江府（今江蘇省蘇州市），恰遇歲饑，勸率上戶，得米一萬七千餘石，州民賴以全活。

祖 ㄗㄨˇ

祖姓主要分佈於河北、北京、遼寧、陝西等省市。

【姓源】祖姓的起源主要有任姓、子姓二支。

一、源出任（妊）姓。任姓出自黃帝軒轅氏，其後裔奚仲為夏臣，奚仲之支庶子孫有以祖為氏者。

二、源自子姓。在商朝歷代國王中有祖甲、祖乙、祖丁、祖庚、祖辛等名，其支庶子孫遂以祖為氏。

【郡望】范陽郡（參見「鄒」姓之郡望）。

【著名人物】祖逖（東晉名將）；祖沖之、祖暅之父子（南朝齊、梁時數學家）；祖瑩（北朝後魏文學家）；祖詠（唐代詩人）；祖無擇（北宋中書舍人）；祖寬（明末驍將），等等。

【專用楹聯】

名垂青史圓周率；楫擊中流報國心❶。

先人嘗羨，物議秀美；後世永欽，機杼風骨❷。

【注釋】❶上聯言南朝齊科學家祖沖之，字文遠，范陽淶水（今屬河北）人。有機思，明曆法，造指南車、水磨、千里船等。推算出圓周率 π 之值在三點一四一五九二六至三點一四一五九二七之間，要較歐洲早一千餘年。其所編《大明曆》，因已考慮歲差問題的計算，故對日月運行週期之數據較當時其他曆法更為精確。官至長水校尉，永元年間卒。下聯言東晉名將祖逖，字士稚，范陽（今河北省涿州市）人。慷慨有節，聞雞起舞，立志北伐。拜豫州刺史，渡江北上，擊楫中流，誓曰：「不清中原而復濟者，有如大江。」盡復黃河以南州縣，後因聞東晉朝廷內不和，慮有內難，大功不就，憤慨發病而卒。中原士女聞訊大慟，如失父母。❷上聯言北朝後魏名士祖孝隱，有文學，早知名，兼解音律，機警善辯。官散騎常侍，接待南朝梁使。當時梁使為文學名臣徐君房、庾信等，名譽甚高，後魏接對者多取一時之秀，孝隱少處其中，物議稱美。下聯言北朝後魏文學家祖瑩，字元珍，范陽人。兒時好學耽書，時稱「聖小兒」。及長，以文學見重。嘗謂人曰：「文章須自出機杼，自成一家風骨。」累遷車騎大將軍，封文安縣伯。

武 ㄨˇ

武姓是中國一百大姓之一，總人口約二百二十萬，約占當代人口的百分之零點一八，其分佈在晉、冀、豫地區最有影響。

【姓源】武姓的構成主要有偃姓、子姓、姬姓、劉姓和外族之改姓五大來源。

一、源自偃姓。夏朝中期，屬東夷族的偃姓武羅國，其首領武羅為有窮氏首領后羿之臣，其子孫即以祖上之名為氏，稱武氏。

二、出自子姓。又分二支：其一，商王武丁之裔孫中有以其名為氏者，稱武氏。其二，春秋初，宋戴公之子名司空，諡曰武，史稱宋武公，其支庶子孫即以祖上之諡號為氏。

三、源出姬姓。亦分二支：其一，相傳東周平王之少子初生時手心有「武」字，故名武。姬武之後即以武為氏。其二，鄭穆公之子公子喜，字子罕，其後人以祖上之字為氏，稱罕氏。春秋末，鄭聲公之卿罕達，字子姚，又字子賸，遂稱武子賸，其支庶子孫即以武為氏。姬姓武氏為當代武姓的主要來源。

四、源於劉姓。西漢宗王劉強之封地在武遂，東漢時改名武強（今屬河北），其子孫遂改稱武強氏，後省稱武氏。

五、系出外族之改姓。如：唐代武則天時，源出鮮卑族之複姓賀蘭氏改為武氏；清代滿洲八旗武聶氏、武佳氏、武庫登吉氏等皆改為武姓。

【郡望】太原郡（參見「王」姓之郡望）、沛郡（參見「朱」姓之郡望）。

【著名人物】武臣（秦末農民軍將領）；武則天（唐高宗皇后，後稱帝，國號周），武元衡（唐代名相）；武章（五代後蜀名將）；武宗元（北宋畫家）；武仙（金代恆山公）；武漢臣（元代戲曲作家）；武之望（明代名醫）；武億（清代學者），武訓（清代民間教育家），等等。

【專用楹聯】

祥開國胄；慶衍奇文❶。

平章卓識；補闕高風❷。

苦吟精著練湖集；誠心飽領嵩嶺霞❸。

【注釋】❶武姓祠聯。上聯指武姓姓源之一夏朝武羅國。下聯指武姓始祖、東周平王少子出生時，手心有篆體「武」字手紋。❷上聯言唐代名相武元衡，字伯蒼，太原（今屬山西）人。進士及第，唐德宗時任御史中丞，剛直不阿，有卓識遠見，嘗奏對延英殿畢，帝目送之曰：「是真宰相器。」唐憲宗時拜相，典機務，後因堅決主張消除蔡州叛軍，而遭暗殺，謚忠愍。下聯言唐代名臣武儒衡，字廷碩，武元衡堂弟。任補闕，唐憲宗時累遷戶部尚書兼知制誥。論議勁直有風節，且將大用。時元稹以結交宦官而為知制誥，儒衡鄙視之，正逢官府中食瓜，蒼蠅集於上，儒衡以扇揮之曰：「適從何來，遽聚於此？」滿座失色。儒衡因疾惡太分明，終不至拜相。❸上聯言南宋詩人武允蹈，字德由，號練湖居士，高安（今屬江西）人。兩貢於鄉，刻意苦吟，每一聯出，輒膾炙人口。著有《練湖集》。下聯言唐代隱士武攸緒，武則天之侄。恬淡寡欲，武則天當國，攸緒求棄官隱居於嵩山之陽，優遊岩壑，春耕秋收，與民無異。

符 ㄈㄨˊ

符姓的分佈以廣東、海南二省為主。

【姓源】符姓源出姬姓。戰國時，魯國被楚國所滅，其末代君王魯頃公之孫雅至秦國為符璽令，執掌印璽符令。其後人遂以符為氏。

【郡望】琅琊郡（參見「王」姓之郡望）。

【著名人物】符融（東漢名士）；符表（西晉孝子）；符令奇（唐代盧龍軍副將），符載（唐代詩人）；符令謙（五代南唐趙州刺史）；符彥卿（北宋初大將），等等。

【專用楹聯】

源自周代；望出琅琊❶。

千古家風，掌符璽於一世；十齡孝子，彰聞譽於萬年❷。

【注釋】❶符姓祠聯。上聯指符姓源出於周朝姬姓。下聯指符姓之郡望。❷上聯言符姓之始祖、戰國時魯頃公之孫雅為秦國符璽令。下聯言西晉孝子符表，年雖十歲，孝行甚著。

劉 ㄌㄧㄡˊ

劉姓是中國五大姓氏之一，總人口約六千五百萬，約占當代人口的百分之五點四。劉姓人口茂盛，人才輩出，故俗語有「張王李趙遍地劉」之說，成為中國最著名大姓之一。

【姓源】劉姓的構成主要有祁姓、姬姓和外姓、外族之改姓三大來源。

一、源出祁姓。堯帝陶唐氏，祁姓，其子丹朱被舜帝封於唐。夏朝時，丹朱之裔孫劉累為夏王孔甲馴養龍有功，受封於劉（約今河南省偃師市南），稱御龍氏，後遷於魯（約今河南省魯山縣），世稱劉氏。商朝後期，商王武丁滅豕韋國（在今河南省滑縣），更封劉累後裔於豕韋。西周初，劉累後裔改封唐公，以奉祀堯祠。周成王遷唐公於杜（今陝西省長安縣東北），稱唐杜氏。周宣王時，杜伯無罪被殺，其子隰叔逃奔晉國，任士師之職，其子孫遂改成士氏。隰叔之曾孫士會因故定居於秦國，後返晉國，然其次子士軾留秦不歸，遂恢復祖姓而稱劉氏。戰國後期，劉氏宗族隨秦軍東遷，自關中經魏國都城大梁（今河南省開封市）至沛（今江蘇省沛縣）定居。漢高祖劉邦即出自此支劉氏。

二、源於姬姓。東周時，周頃王封王季子於古劉國舊地，史稱劉康公，其支庶子孫遂以封邑為氏，稱劉氏。姬姓劉氏在東周時十分活躍，然進入兩漢後，因劉姓皇族之興盛，姬姓劉氏遂湮沒無聞，其後人逐漸融入祁姓劉氏之中，後世已不再可分。

三、系出外姓、外族之改姓。如漢高祖劉邦賜異姓功臣姓劉，齊人婁敬改為劉敬，項羽之伯父項伯纏因在鴻門宴上保護劉邦有功，其家族被賜姓劉。又漢高祖劉邦對匈奴和親，以公主嫁匈奴冒頓單于，因匈奴風俗，凡尊貴者皆從母姓，故冒頓的子孫中有以劉為姓的。東晉十六國時的匈奴貴族劉淵，即出自此支劉姓。至北朝後魏孝文帝時，匈奴呼韓邪單于之子孫皆改為劉姓，鮮卑族獨孤氏之一部亦改為劉姓。又元代蒙古族烏古倫氏也改姓劉。

【郡望】劉姓因來源眾多，分佈廣泛，故有郡望三十餘處，然最主要者為彭城郡（參見「錢」姓之郡望）、南陽郡（參見「韓」姓之郡望）、京兆郡（參見「韋」姓之郡望）等。

【著名人物】劉姓興旺茂盛，歷代名人不絕於書，自漢高祖劉邦開始，劉姓稱帝稱王者六十六人，先後建立了西漢、東漢，三國蜀漢，東晉十六國時漢、前趙，南朝宋，五代時後漢、南漢、北漢，兩宋之際的大齊等政權。如：**劉邦**（西漢高祖），**劉安**（西漢淮南王），**劉徹**（西漢武帝），**劉向**、**劉歆**父子（西漢後期學者）；**劉秀**（東漢光武帝）；**劉備**（三國蜀漢先主）；**劉徽**（西晉數學家），**劉伶**（西晉詩人）；**劉裕**（南朝宋武帝），**劉勰**（南朝梁文學理論家）；**劉知幾**（唐代史學家），**劉晏**（唐代宰相），**劉禹錫**（唐代文學家）；**劉錡**（南宋初名將），**劉松年**（南宋畫家）；**劉基**（明初大臣）；**劉鏞**（清代大臣、書法家），**劉永福**（清代名將），**劉銘傳**（清末淮軍名將），**劉鶚**（清末小說家），等等。

【專用楹聯】

縱觀古代，執政將近七百載；累計先君，為王已逾六十人❶。

三章早沛秦川雨；五夜長明書室燈❷。

藜閣啟書香，人文奕禩源流遠；蒲鞭留惠政，世胄云仍似續長❸。

祿閣校書，藜焰照十行之簡；玄都種樹，桃花賦千植之詩❹。

【注釋】❶劉氏祠聯。言中國歷史上，劉姓稱帝稱王累計有六十六人，執政達六百五十餘年。❷上聯言漢高祖劉邦，字季，沛（今江蘇省沛縣）人。西元前二〇六年，率軍攻入秦都咸陽，滅秦，即廢秦朝嚴刑苛法，與民「約法三章」：「殺人者死，傷人及盜抵罪。」深得民心。下聯言西漢學者劉向，字子政，本名更生，宗室。初為諫大夫，上疏論事甚切直，漢元帝時為中壘校尉。為人簡易，專積思於經籍，晝誦書傳，夜觀星宿，或不寐達旦。所著有《洪範五行傳》、《列女傳》、《列仙傳》、《新序》、《說苑》等書。❸上聯言西漢學者劉向嘗校書於天祿閣，夜獨坐，有黃衣老人拄青藜杖來閣上，吹杖端出火焰照明，與向講說天地開闢以前之事，並拿出天文地理書授之，向問其名，答：「吾為太乙之精，聞子好學，故下觀焉。」參見❷。下聯言東漢名臣劉寬，字文饒，華陰（今屬陝西）人。漢桓帝時為南陽（今屬河南）太守，當地為漢光武帝家鄉，宗室貴戚甚眾，寬溫仁多恕，吏明有過，惟用蒲草所做之鞭責打示辱而已，然郡民感化，風俗一新。❹上聯言西漢學者劉向事，參見❷、❸。下聯言唐代詩人劉禹錫，字夢得，中山（今河北省正定）人。官監察御史，因黨爭被貶朗州（今湖南省常德市）司馬，作〈竹枝詞〉十餘篇，當地人皆歌之。久之召還，又作詩謂「玄都觀裡桃千樹，盡是劉郎去後栽」，政敵攻擊其詩義涉譏忿，再貶播州刺史，後遷太子賓客等。工詩文，晚年尤精，白居易推為「詩豪」。

景 ㄐㄧㄥˇ

景姓的分佈以江蘇、甘肅、貴州等省最為集中。

【姓源】景姓的起源主要有羋姓、姜姓和外姓之改姓三支。

一、源出羋姓。春秋時，楚國貴族景差，為羋姓大族，其子孫遂以祖上之名為氏，稱景氏，成為楚國公族「三閭」（屈、昭、景）之一。

二、出自姜姓。戰國時，齊國君杵臼卒，諡曰景，史稱齊景公，其支庶子王孫遂以其諡號為氏。

三、系出外姓之改姓。如：明代御史大夫耿清改姓景，稱景清。

【郡望】太原郡（參見「王」姓之郡望）、馮翊郡（參見「嚴」姓之郡望）。

【著名人物】景差（戰國時楚國大夫、文學家）；景丹（東漢初偏將軍），景鸞（東漢學者）；景延廣（五代後晉大將）；景清（明初御史大夫）；景梁曾（清代書畫家），等等。

【專用楹聯】

漢室將軍府第；明代御史人家❶。

清朝書畫能手；戰國辭賦名家❷。

【注釋】 ❶上聯言漢代景丹，字孫卿，櫟陽（今陝西省西安市臨潼鎮東北）人。少遊學長安，王莽新朝時舉四科，為固德侯相。東漢光武帝拜為偏將軍，後以功封櫟陽侯。下聯言明代名臣景清，本姓耿，真寧（今甘肅省正寧縣）人。洪武年間進士，授編修，改御史，建文帝時任御史大夫，燕師入金陵（今江蘇省南京市），欲刺殺明成祖，事敗被殺。❷上聯言清代書畫家景梁曾，字秋田，號東梅老人，錢塘（今浙江省杭州市）人。工書畫，花卉、書法皆宗南田。下聯言戰國時楚國大夫景差，後於屈原，與宋玉同時，亦以辭賦見稱。

詹 ㄓㄢ

詹姓的分佈以湖南、四川、臺灣、福建為眾。

【姓源】 詹姓的起源主要有軒轅氏、姬姓和官名三支。

一、出自軒轅氏。相傳黃帝去世後，其部分子孫被選出作為守靈者，得以瞻仰黃帝遺容，而得世人尊崇，其後人為此以詹（古代「瞻」、「詹」二字相通）為氏。

二、源出姬姓。周朝時，周宣王分封其支庶子孫於詹，世稱詹侯，其後人遂以國為氏。

三、以官名為氏。周朝時，負責管理占卜之官稱詹尹（古代「詹」、「占」二字相通），其後代遂以祖上之官職為氏。

【郡望】 河間郡（參見「章」姓之郡望）、渤海郡（參見「季」姓之郡望）。

【著名人物】 詹何（戰國時術士）；詹必勝（唐代將軍）；詹庠（北宋進士）；詹希原（明代書法家），詹風翔（明代學者）；詹天佑（清末工程師），等等。

【專用楹聯】

源自上古；望出河間❶。

諫宮室鰲山，忠言耿耿；進君臣龜鑑，至理昭昭❷。

【注釋】❶詹姓祠聯。上聯指詹姓源出於上古黃帝之後。下聯指詹姓之郡望。❷上聯言明代名臣詹仰庇，字汝欽，安溪（今屬福建）人。嘉靖年間進士。任御史時，曾諫止明穆宗詔購寶珠；當穆宗耽聲樂而出勸諫之陳皇后時，又上疏天子迎還後宮。後因論內官被杖責罷官，明神宗時復起用，歷官左僉都御史、刑部右侍郎。下聯言北宋學者詹庠，字周文，福建崇安（今福建省武夷山市）人。大中祥符年間進士，歷官三門白波輦運判官。景祐年間進《君臣龜鑑》六十卷，有詔褒揚。

束 ㄕㄨˋ

束姓以冀、晉及江南地區為主要聚居地。

【姓源】束姓源出田姓。戰國時，齊國公族有以疏（即「疎」字）為氏者，西漢太子太傅疏廣即為其後。西漢末，疏廣之曾孫為避王莽之亂，自祖居地東海遷居沙鹿山南（今河南省濮陽市東），並去偏旁而改為束姓。

【郡望】南陽郡（參見「韓」姓之郡望）。

【著名人物】束皙（西晉文學家、史學家）；束莊（南宋知萬州）；束遂庵（元代畫家）；束清（明代知縣）等等。

【專用楹聯】

後人猶欽酹月圖；先輩早辨汲冢書❶。

廣微博士傳名遠；萬載知縣享譽高❷。

【注釋】❶上聯言元代畫家束遂庵，合肥（今屬安徽）人。善畫山水，作品有〈君山酹月圖〉等傳世。下聯言西晉學者束皙，字廣微，元城（今河北省大名縣）人。博學多聞，少遊國學，作〈玄居釋〉以擬客難，名臣張華見而奇之，召為掾。後轉著作郎，撰《晉書》帝紀、十志，遷博士。太康年間，汲郡（今河南省衛輝市）人盜發戰國魏襄王墓，得竹書數十車，史稱汲冢書，蓋魏國之史書。晳得觀竹書，隨疑分釋，皆有義證。遷尚書郎，後罷歸，卒。❷上聯言西晉學者束晳之事，參見❶。下聯言明初良吏束清，丹徒（今屬江蘇）人。洪武初為萬載（今屬江西）知縣，性廉介，自奉儉約，而甚愛民，民或逋租賦，自鬻衣帶以代償之。

龍 ㄌㄨㄥˊ

龍姓是中國一百大姓之一，總人口約三百萬，約占當代人口的百分之零點二四，其分佈在湘、桂及雲、貴地區尤有影響。

【姓源】龍姓的構成主要有人名、董姓、祁姓、地名和外族之改姓五大來源。

一、以人名為氏。相傳黃帝之臣有龍行，舜帝之臣有訥言龍，其子孫皆以祖上之名字為氏，稱龍氏。

二、源出董姓。相傳顓頊高陽氏之裔孫陸終有六子，其第二子名惠連，董姓。惠連之孫為舜帝豢養龍，故稱豢龍氏，被封於董（故址在今山西省聞喜縣東北），世稱董父。豢龍氏後省稱龍氏。

三、源自祁姓。堯帝之子丹朱的後裔劉累，為夏王孔甲馴養龍有功，賜御龍氏。御龍氏後省稱龍氏。

四、以地名為氏。西元前二五六年，楚國滅魯國後，原為魯國的龍邑（故址在今山東省泰安市西南龍鄉）歸楚，為楚大夫之食邑，其子孫有以邑為氏者。

五、系出外族之改姓。如：西漢時，西南牂牁地區（今貴州遵義、思南一帶）大姓龍姓屬夜郎族，西域且彌、焉耆二國國王皆姓龍，西羌族亦有龍姓。至宋代，牂牁地區龍姓仍為大姓，入元、明時期，形成貴州八番之一的龍番，其一部分形成今貴州布依族之先民，大部分漢化為當地漢族。當代西南地區多龍姓，與此關係甚密。

【郡望】武陵郡（參見「華」姓之郡望）、天水郡（參見「趙」姓之郡望）。

【著名人物】龍且（秦、漢之際項羽部將）；龍述（東漢零陵太守）；龍敏（五代後晉工部侍郎）；龍章（北宋畫家）；龍仁夫（元代學者）；龍文光（明代四川巡撫）；龍燮（清代戲曲作家），等等。

【專用楹聯】

風篆日星，功父擱吟哦之筆；敦厚周慎，伏波示願效之書❶。

兄弟兩詩伯；父子三畫家❷。

【注釋】❶上聯言北宋詩人龍太初，曾以詩人之名拜謁宰相王安石，安石與郭功父同坐，功父叱曰：「相公前敢稱詩人！」令賦〈沙〉詩，太初吟曰：「茫茫黃出塞，漠漠白鋪汀。鳥去風平篆，潮回日射星。」郭為之擱筆。下聯言東漢初名士龍述，字伯高，京兆（今陝西省西安市）人。漢光武帝時為山都長。名將馬援戒兄子書曰：「龍伯高敦厚周慎，口無擇言，謙約節儉，廉公有威，吾愛之重之，願汝曹效之。」帝見馬援之書，擢述為零陵太守。❷上聯言明代詩人龍膺，字君御，武陵（今湖南省漵浦縣南）人。萬曆年間進士，官至南京太常寺卿。與兄襄皆善詩賦，著名當時。下聯言北宋畫家龍章，字公絢，京兆人。性厚靜好古，大中祥符年間召入圖畫院。善畫虎、兔，工佛道人物。相傳其畫虎命筆一揮而成，識者驚賞之，而平生所畫止有六虎。其二子龍顯、龍淵皆善畫虎，頗有父風。

葉 ㄧㄝˋ

葉姓是中國五十大姓之一，總人口有五百餘萬，約占當代人口的百分之零點四二，其分佈尤盛於廣東、浙江地區。

【姓源】葉姓的構成主要有芈姓和外姓、外族之改姓二大來源。

一、源自芈姓。春秋後期，楚莊王之曾孫諸梁被封於葉邑（故址在今河南省葉縣南），史稱葉公。其子孫遂以邑為氏，稱葉氏。

二、系出外姓、外族之改姓。如：東漢時，南方日南郡界外有葉調國（在今印度尼西亞爪哇島或蘇門答臘島上），其族人進入中原後以葉為氏，三國東吳將軍葉雄即是葉調國人之後裔。五代時，南唐滅閩國，閩國國王王氏族人為避難而改姓葉，取樹葉飄零、不知所止之意。清代滿洲八旗納喇氏、葉赫氏、葉赫勒氏等皆全體改為葉姓。

附注：葉姓之「葉」字，古讀ㄕㄜˋ音，後來才改讀ㄧㄝˋ音。

【郡望】下邳郡（參見「佘」姓之郡望）、南陽郡（參見「韓」姓之郡望）。

【著名人物】葉姓名人，自宋代以後較為顯著。如：葉清臣（北宋大臣）；葉夢得（南宋初文學家），葉適（南宋學者）；葉李（元代名臣）；葉向高（明代大學士），葉盛（明代吏部左侍郎），葉紹袁（明代戲曲作家）；葉名琛（清代兩廣總督），葉燮（清代文學家），葉天士（清末名醫），等等。

【專用楹聯】

建陽狀元府第；水心博士人家❶。

著述成一家，共仰泰山北斗；生死無二志，足證赤膽忠心❷。

家藏萬卷雲樵錄；錦綺四時暢春園❸。

【注釋】❶上聯言北宋初狀元葉齊，字思可，建陽（今屬福建）人。端拱年間進士第一，授館陶（今屬河北）令。契丹擾邊，宋太宗親征河北，或言齊督糧草不足，將加罪，齊曰：「使虜聞此，將輕本國，以臣計之，糧可充十年。」太宗悟而釋之。下聯言南宋學者葉適，字正則，永嘉（今屬浙江）人。志意慷慨，以經濟自負。歷官太學博士、寶文閣待制兼江淮制置使等。後罷官歸家，杜門著述，自成一家，學者稱水心先生。卒諡忠定。❷上聯言南宋學者葉適之事，參見❶。下聯言南宋末大臣葉夢鼎，字鎮之，寧海（今屬浙江）人。咸淳年間為參知政事，權臣賈似道當國，動多相左，遂引疾歸。宋端宗即位於閩，召為少師，因海道梗塞，不能進，慟哭而歸，後二年卒。❸上聯言清代學者葉廷甲，字保堂，號雲樵，江蘇江陰（今屬江蘇）人。家有水心齋，藏書五萬卷。以表彰文獻為事，嘗校刊鄉邑先輩著作。道光年間卒。下聯言清代畫家葉洮，字金城，號雲川，青浦（今屬上海）人。工詩詞，畫山水喜作大劈斧。康熙年間給事內廷，作〈暢春園圖〉稱旨，賜以錦綺。奏對自稱山農。

幸 ㄒㄧㄥˋ

【姓源】幸姓起源與寵姓、賞姓類似，因受君王寵幸而成「幸臣」，其子孫引以為榮，遂以幸為姓。

【郡望】雁門郡（參見「童」姓之郡望）。

【著名人物】幸子豹（東漢朱崖太守）；幸靈（東晉名醫）；幸南容、幸軾祖孫（唐代學者）；幸寅遜（北宋初鎮國軍行軍司馬）；幸元龍（南宋郢州通判），等等。

【專用楹聯】

雁飛萬里傳喜訊❶；門對千山引祥雲❶。

宋時行軍司馬；唐代太子校書❷。

【注釋】❶幸姓郡望「雁門」二字之嵌字聯。❷上聯言北宋初人幸寅遜，蜀人。初事蜀主孟昶，任茂州錄事參軍，預修《前蜀書》。官至簡州刺史。隨孟昶歸宋，嘗上疏諫天子狩獵，宋太祖嘉之。以鎮國軍行軍司馬罷職，年九十餘卒。下聯言唐代學者幸軾，高安（今屬江西）人。博學強記，有其祖國子祭酒幸南容之風。中和年間為太子校書郎。

司 ㄙ

司姓的分佈主要集中於安徽、河南、陝西三省。

【姓源】司姓的起源主要有人名、姬姓和官名三支。

一、以人名為氏。相傳炎帝神農氏之臣司怪專任占卜之職，其後人遂以司為氏。又，春秋時晉國大夫叔虎被封於郄，有卿士名司臣，其子孫亦以祖上之名為氏，稱司氏。

二、源出姬姓。春秋時，鄭國公族大夫司成之子孫以祖上之名為氏，成為司姓的另一來源。

三、以官名為氏。周朝有司馬、司寇、司徒、司城等官職，皆曾作為姓氏。如：春秋時衛靈公之子公子郢，其子孫世為衛國司寇，其後裔遂以官名司寇為氏，後省稱司氏；春秋時程國之程伯休父為周王室司馬，其支庶子孫以司馬為氏，後省稱司氏；又司徒、司城等亦有改為司姓者。

【郡望】頓丘郡，西晉武帝時始置，轄境在今河南省浚縣、清豐縣一帶。

【著名人物】司超（北宋初舒州團練使）；司庠（元代御史），司良輔（元代學者）；司軻（明代名醫）；司九經（清代將軍），等等。

【專用楹聯】

兄弟聯芳，雄文有二；韜鈐獨裕，國士無雙❶。

宣化總兵，旗開得勝；舒州團練，師出有功❷。

【注釋】❶上聯言元代學者司庠，字公序，恩州（今廣東省恩平市）人。與弟廙同舉進士，累官御史，立朝鯁直。後辭官歸家教授，四方來學者甚眾，隨器成材，俱有師法。下聯言北宋初將軍司超，元城（今河北省大名縣）人。五代時屢立戰功，累官舒州團練使。歸宋後，歷官蔡、絳等州。久在淮右，習知江山險易，故往往師出有功，被稱為國士。❷上聯言清代將軍司九經，字聖與，寧夏人。戎馬一生，征伐川、滇及出塞有功，累官宣化總兵。下聯言北宋初將軍司超之事，參見❶。

韶 ㄕㄠˊ

【姓源】韶姓的起源主要有樂曲名、地名二支。

一、以樂曲名為氏。相傳舜帝之樂師作〈韶〉樂，優美動聽，樂官之後代遂以韶為氏。

二、以地名為氏。隋朝始於兩廣置韶州，居其地者有以韶為姓者。

【郡望】太原郡（參見「王」姓之郡望）。

【著名人物】韶護（明代初按察僉事），等等。

【專用楹聯】

姓啟韶樂；望出太原❶。

樂至醉人，孔子三月不知肉味；事無凝滯，明官一生勤恪敏達❷。

【注釋】❶韶姓祠聯。上聯指韶姓源自上古〈韶〉樂。下聯指韶姓之郡望。❷上聯言古樂〈韶〉旋律優美悅人，孔子曾於齊國聽〈韶〉樂，有「三月不知肉味」之說。下聯言明代良吏韶護，岐山（今屬陝西）人。洪武年間自戶部主事貶崑山（今屬江蘇）典史，勤恪敏達，事無凝滯。累官按察僉事。

郜 ㄍㄠˋ

郜姓主要分佈於鄂、豫二省。

【姓源】郜姓源出姬姓。西周初，周武王分封其十一弟於郜（今山東省成武縣東南），至春秋時被宋國所滅，其後人遂以國為氏，稱郜氏。又據《路史》等載，郜姓後有省文作告姓者。

【郡望】京兆郡（參見「韋」姓之郡望）。

【著名人物】郜延年（春秋時宋國大夫）；郜知章（元代詩人）；郜煜（清代中書科郎中），郜坦（清代學者），郜璉（清代畫家），等等。

【專用楹聯】

世家業儒詩名盛；潛心繪事畫藝精❶。

賢令著於漵浦；文光耀於淮安❷。

【注釋】❶上聯言元代詩人郜知章，樂平（今屬江西）人。家世業儒，能詩，與國子司業王嗣能齊名，世號「王郜」。下聯言清代畫家郜璉，字方壺，號綠天主人，江蘇如皋（今屬江蘇）人。官台州參軍，致仕歸。好遊山水，善鼓琴，好繪事。嘗畫芭蕉，傳至日本，海外珍之。❷上聯言明代良吏郜儀，泰州（今屬江蘇）人。官溆浦知縣，有惠政。下聯言清代學者郜坦，淮安（今屬江蘇）人。治《春秋》遵循《左傳》，採晉朝學者杜預以至宋、元各家之說，著《春秋集古傳注》。

黎 ㄌㄧˊ

黎姓是中國一百大姓之一，總人口有二百餘萬，約占當代人口的百分之零點一八，其分佈以粵、湘、贛、瓊四省最為集中。

【姓源】黎姓的構成主要有祝融氏、子姓、陶唐氏和外族之改姓四大來源。

一、源出祝融氏。相傳黃帝之後裔祝融氏一部在其首領黎的率領下脫離華夏部落聯盟，而加入活動於江淮流域的九黎三苗部落聯盟。經堯、舜、禹的多次征討，九黎三苗屈服於華夏部落聯盟，九黎之大部南避於江漢之間，一部隨三苗西遷，另一部分留居中原，至商朝時稱作黎方（故址在今山西省長治市西）。商王武丁滅黎方，其族人遂以國為氏，稱黎氏。

二、出自子姓。商王武丁滅黎方後，封其子於此，以統治祝融氏黎人，史稱黎侯，至商末被周武王所滅，族人四散，遂以國為氏。

三、源於陶唐氏。西周初，周武王封堯帝後裔於子姓黎國故地。春秋中期，赤狄潞子國吞併黎國，黎莊公逃奔衛國。後晉國滅潞子國，復立黎國，並北遷於黎城（古城在今山西省黎城縣東北黎侯城）。春秋末，黎國歸入晉國，其臣民遂以國為氏。

四、系出外族之改姓。先秦時期，九黎族的大部分後代已離中原南下，進入江西、湖南、貴州、廣西及越南，與當地土著混居，這些地區的地名至今多帶有「黎」字，應與黎人南下相關。又，北朝後魏鮮卑族素黎氏進入中原後，亦依例改為黎姓。

【郡望】 京兆郡（參見「韋」姓之郡望）。

【著名人物】 黎僑（南朝齊大將）；黎景熙（北朝周車騎大將軍、學者）；黎清泰（五代後周太子太傅）；黎貞（明代詩人），黎民懷（明代詩人、書畫家）；黎簡（清代詩人），黎庶昌（清末外交家），等等。

【專用楹聯】

伏節三奏，遠景之登樓有賦；簪纓奕世，黎陽之信史堪傳❶。

上苑笑看花，喜稱人物傑出；高堂題載酒，歡迎長者車來❷。

氣壓英雄，不顯狀元今譽；學通經史，堪稱直講才華❸。

【注釋】 ❶上聯之「伏節三奏」言唐代黎幹，戎州（今四川南溪）人。善星緯術。唐玄宗時待詔翰林，累擢諫議大夫，曾伏節三奏議政，遷京兆尹。上聯之「遠景之登樓有賦」言北宋學者黎錞，字希聲，廣安（今屬四川）人。慶曆年間進士，官朝議大夫。宋英宗嘗問蜀士，歐陽修對曰：「文行蘇洵，經術黎錞。」嘗知眉州（今四川省眉山縣），作〈登遠景樓賦〉，蘇軾為作〈遠景樓記〉，稱其「簡而文，剛而仁明，正而不阿，久而民益信之」云云。下聯言北朝周學者黎景熙，字季明，以字行。博學強記，善字學，好占玄象，頗知術數，北周丞相宇文泰徵之，令正定古今文字。拜著作佐郎，勤於所職，著述不怠。官終車騎大將軍。❷上聯言北宋良吏黎志，宜州（今屬廣西）人。治平年間進士，授化州吳川（今屬廣東）令，以政績優異加勳武騎郎，賜緋魚袋。時人羅咸嘗謂「馮三元以文學魁天下，黎特科以及第擅當世，並稱為人物之傑出」云云。下聯言北宋儋州（今屬海南）人黎子雲，貧而好學，所居多林木水竹。蘇軾貶官居儋州，嘗造訪子雲兄弟，子雲執禮甚恭。每與弟載酒過從，請益問奇，蘇軾因題其別墅曰載酒堂。❸上聯言明代名臣黎淳，字太樸，華容（今湖北省監利縣西北）人。天順年間進士第一，累官左庶子，以南京禮部尚書致仕。卒謚文僖。下聯言北宋學者黎錞之事，參見❶。

【姓源】蓟姓源出姬姓。西周初，周武王分封同姓族人於蓟（今北京市西南），後為燕國所滅，其族人遂以國為氏。

【郡望】內黃縣。漢代始置，故城在今河南省內黃縣西北。

【著名人物】蓟子訓（東漢異士），等等。

【專用楹聯】

隱迹郎中，歸去常乘駿馬；見鑄銅狄，到處皆起白雲❶。

子孝孫賢好後代；訓迪釋放傳箴言❷。

【注釋】❶此聯言東漢異士蓟子訓，有神異之道，建安年間流名京師，士大夫皆承風向慕。座上公卿以下常數百人，皆為設酒宴，終日不絕。不久遁跡而去，後有人在長安（今陝西省西安市）城東灞城，見子訓與一老翁共摩挲銅人，相謂曰：「適見鑄此，而已近五百歲矣。」後不知所終。❷此為東漢異士蓟子訓之名「子訓」二字的嵌字聯。

薄 ㄅㄛˊ

薄姓主要分佈於山東等省。

【姓源】薄姓的起源主要有姜姓、薄姑氏、子姓和外族之改姓四支。

一、出自姜姓。相傳炎帝之後裔有封於薄（今山東省曹縣東南），其後人遂以國為氏。

二、源於薄姑氏。商朝諸侯薄姑氏之後人，後省稱薄姑為薄氏。

三、源出子姓。春秋時，宋國有公族大夫食采於薄邑（今河南省商丘市北），其子孫亦以封邑為氏。

四、系出外族之改姓。北朝後魏鮮卑族薄奚氏改為薄、奚二姓。

【郡望】雁門郡（參見「童」姓之郡望）。

【著名人物】薄姬（西漢文帝之母），薄昭（西漢軹侯、薄姬之弟）；薄紹之（南朝宋書法家）；薄彥徽（明代監察御史），薄珏（明末學者），等等。

【專用楹聯】

姓啟薄國；望出雁門❶。

論叛逆，扶漢室，太保永賴；劾權奸，蒙帝眷，原職復還❷。

【注釋】❶薄姓祠聯。上聯指薄姓源出於薄國。下聯指薄姓之郡望。❷上聯言西漢外戚薄昭，漢高祖之妃薄姬之弟，呂后死，以中大夫迎漢文帝於代（今山西省代縣）。文帝登基，封軹侯。下聯言明代名臣薄彥徽，陽曲（今山西省太原市）人。弘治年間進士，正德時官四川道監察御史，奏論道士崔志端不可為尚書，又上疏罪責宦官，被杖責除名。後被起用，未及拜官而卒。

印 一ㄣ

印姓的分佈以北京、河北、上海、四川等省市為眾。

【姓源】印姓源出姬姓。春秋時，鄭穆公之子睔，字子印，其孫段以祖父之字為氏，稱印氏。

【郡望】馮翊郡（參見「嚴」姓之郡望）。

【著名人物】印應雷（南宋知溫州），印應飛（南宋末知鎮江府）；印寶（明代黃州府同知），印大猷（明代知縣）；印廷寶（清代畫家），等等。

【專用楹聯】

下車設宴巧捕賊；子石賦詩善保家❶。

胸無成驢名畫手；將有雄師好總兵❷。

【注釋】❶上聯言南宋印應雷，通州（今江蘇省南通市）人。知溫州（今屬浙江），逢州兵作亂，詔率軍討平之，應雷辭之，攜一僕赴任。用計設宴，賊來窺觀者斬之，餘黨遂散，人咸嘆服。下聯言春秋鄭國大夫印段，字子石。鄭君宴晉使趙孟，子石賦〈蟋蟀〉詩，趙孟稱善，謂「為保家之士」。❷上聯言清代畫家印廷寶，字華甫，上海人。善畫山水人物，繪〈蜀道策驢圖〉尤精，雖數十頭無雷同者。嘗謂「鄭板橋畫竹胸無成竹，吾畫驢亦然」。下聯言南宋末勇將印應飛，字德遠。累官至戶部侍郎、淮東總領、知鎮江府。元軍圍鄂州（今湖北省武漢市），應飛率兵往救，圍以解。

宿 ㄙㄨˋ

宿姓的分佈以四川地區最有影響。

【姓源】宿姓的起源主要有風姓和外姓、外族之改姓二支。

一、源出風姓。西周初，周武王封伏羲氏之後裔於宿（今山東省東平縣東），其後代遂以國為氏。

二、系出外姓、外族之改姓。北朝後魏鮮卑族宿六斤氏改為宿姓；又若豆根、劉子文諸人亦因有功賜姓宿，成為宿姓的其他來源。

【郡望】東平郡（參見「呂」姓之郡望）。

【著名人物】宿倉舒（東漢上黨太守）；宿石（北朝後魏吏部尚書）；宿進（明代刑部員外郎），等等。

【專用楹聯】

源自宿國；望出東平❶。

奇功破賊傳名遠；直言劾權享譽高❷。

【注釋】❶宿姓祠聯。上聯指宿姓源出於周朝宿國。下聯指宿姓之郡望。❷上聯言隋朝將軍宿勤武，官開府，封盤石侯。漢王諒反，閉門登城拒之。下聯言明代名臣宿進，夾江（今屬四川）人。正德年間官刑部員外郎。宦官劉瑾敗，進上奏劾大臣王敞等附劉瑾，並言忤劉瑾而被殺者宜恤贈，天子大怒，下進廷杖而罷之，歸鄉卒。

白 ㄅㄞˊ

白姓是中國人口最多的八十大姓之一，總人口約三百五十萬，約占當代人口的百分之零點二九，其分佈在川北及秦、晉地區較有影響。

【姓源】 白姓的構成主要有人名、嬴姓、姜姓、羋姓、地名和外族之改姓六大來源。

一、以人名為氏。相傳炎帝之臣白阜精通水脈，其子孫即以祖上之名為氏，遂成白氏。此支白姓後世無聞。

二、源出嬴姓。春秋前期，秦文公之子公子白的後裔亦以白為氏。

三、源於姜姓。春秋時，齊國貴族蹇叔入秦國為秦穆公之重臣，其二子西乞術、白乙丙皆為秦國將軍。白乙丙，名丙，字白乙，其支系後代即以祖上之字為氏，稱白氏。

四、出自羋姓。春秋後期，楚平王之孫勝被封於白邑（今河南省息縣東北），世稱白公勝，其後裔以邑為氏。

五、以地名為氏。唐代於今廣西博白設置白州，其土著居民中有以白為氏者。

六、系出外族之改姓。如：西漢初，西域龜茲國王因原居白山（即天山）而姓白，其族人入居中原後仍以白為姓。北朝後魏時，匈奴之一支稽胡族發展成為白姓之上黨望族。唐代時，突厥人、吐谷渾人、羌人、波斯國人皆有白姓。清代滿洲八旗瓜爾佳氏、納喇氏、巴雅拉氏、拜佳氏等氏族或集體或部分改為白姓。

【郡望】 南陽郡（參見「韓」姓之郡望）。

【著名人物】 白起（戰國時秦國名將），白圭（戰國大商人）；白居易、白行簡（唐代詩人），白敏中（唐代宰相）；白文珂（五代後周中書令）；白樸（元代戲曲作家）；白廣思（明代將軍），白英（明代水利專家）；白雲上（清代書法家），等等。

【專用楹聯】

棲真筆洞；結社香山❶。

青衫司馬；紫清真人❷。

精治生術；封武安君❸。

【注釋】❶上聯言南宋著名道士白玉蟾，原姓葛，名長庚，字如晦，閩清（今屬福建）人，家瓊州（今海南省海口市），號海瓊子。初至雷州（今屬廣西），繼為白氏子，名玉蟾，後隱居武夷山。博覽群書，善篆隸草書，工畫梅竹，所居山洞滿廢筆，稱筆洞。事陳翠虛九年始得其道，時稱水火不入，刀槍不害。嘉定年間詔徵赴京，館於太一宮，一日不知所往。每往來名山，神異莫測。詔封紫清真人。下聯言唐代著名詩人白居易，字樂天，祖籍太原（今屬山西）。擢進士拔萃，入翰林為學士，論事強鯁，罷為江州司馬，遷杭、蘇二州刺史，後以太子少傅進馮翊侯。致仕後，與香山僧如滿等結香火社，自稱香山居士。文章精切，尤工詩，平易近人，老幼皆能明白。初與元稹酬詠，號「元白」；又與劉禹錫齊名，號「劉白」。有《白氏長慶集》七十一卷、《六帖》三十卷。❷上聯言唐代著名詩人白居易之事。白居易貶官江州司馬時，曾撰著名長詩〈琵琶行〉，中有「座中泣下誰最多？江州司馬青衫濕」之句。參見❶。下聯言南宋著名道士白玉蟾之事，參見❶。❸上聯言戰國時魏國富商白圭，曾曰：「人棄我取，人取我與。吾治生猶伊、呂（指伊尹、呂尚）之治國，孫、吳（指孫武、吳起）之用兵。」其治生經為時人稱道，故天下曰「治生祖白圭」。下聯言戰國時秦國名將白起，事奉昭王，屢立戰功，封武安君。

懷 ㄏㄨㄞˊ

懷姓主要分佈於江南與中原地區。

【姓源】懷姓的起源主要有無懷氏、姬姓、子姓和羋姓四支。

一、出自無懷氏。相傳上古中原地區有一部落名無懷氏，其民風淳樸，人民安居樂業，其後有以懷為氏者。

二、源出姬姓。西周初，周武王封其弟虞叔於懷（今河南省武陟縣西南），繼遷封於晉。其支庶子孫仍留居於懷。春秋時，懷邑屬鄭國，虞叔後裔遂以封邑為氏。

三、源自子姓。春秋時，宋國公族有以懷為氏者。

四、源於羋姓。羋姓懷氏出於楚懷王之後，與昭、屈、景三族合稱楚國四大顯姓。

【郡望】河內郡（參見「于」姓之郡望）。

【著名人物】懷敘（三國時名人）；懷應聘（清代諸生），等等。

【專用楹聯】

源自春秋；望出河內❶。

【注釋】❶懷姓祠聯。上聯指懷姓源出於春秋時期。下聯指懷姓之郡望。

蒲 ㄆㄨˊ

蒲姓的分佈以四川、重慶地區最為集中。

【姓源】蒲姓的起源主要有蒲子國、蒲衣國、蒲國、嬀姓、有扈氏和外族之改姓等六支。

一、出自蒲子國。相傳上古少昊金天氏的後裔有建蒲子國者，國滅後，其族人即以國為氏，稱蒲氏。

二、源於蒲衣國。相傳舜帝之師蒲衣，因教導有功，受封於蒲（今山西省隰縣西北），建蒲衣國，其後代於國滅後亦以蒲為氏。

三、源自蒲國。上古赤狄人曾建蒲國，其貴族之後代亦有以國為氏者。

四、源出嬀姓。夏朝初，舜帝之裔孫被封於蒲坂（今山西省永濟市西蒲州鎮），至商朝國滅，其族人遂以國為氏。

五、出於有扈氏。相傳有扈氏被夏王啟滅後，西遷羌地，世為羌氏酋長。晉朝時，西羌酋長家池中生菖蒲長五丈、五節，形如竹，時人遂稱之為蒲家，後其家人亦以蒲為氏。蒲氏後人於十六國時建立前秦政權，並一度改為苻姓，然至國滅後大多復為蒲姓。

六、系出外族之改姓。清代滿洲八旗普佳氏等改姓蒲。

【郡望】河東郡（參見「衛」姓之郡望）。

【著名人物】蒲元（三國蜀漢巧匠）；蒲洪（東晉名將）；蒲宗孟（北宋尚書右丞）；蒲堯仁（南宋初知縣）；蒲道源（元代詩人）；蒲宗端（明代知縣）；蒲松齡（清代文學家），等等。

【專用楹聯】

居官甘淡泊，不謀口腹；教子務讀書，無慮饑寒❶。

巧匠鑄刀三千口；名家志異四百篇❷。

【注釋】❶上聯言南宋初廉吏蒲堯仁，字彥性，福州（今屬福建）人。紹興年間進士，授知泰和縣。廉介端謹，自奉甚薄，或經旬不知肉味，曰：「吾不以口腹累人。」下聯言北宋名臣蒲宗孟，字傳正，新井（今四川省南部縣）人。皇祐年間進士。歷官集賢校理、翰林學士、尚書右丞等。趣尚嚴整，教子有方，然性侈汰，蘇軾曾作書諷勸以慈儉。❷上聯言三國蜀漢巧匠蒲元，性多巧思，於斜谷為蜀相諸葛亮鑄刀三千口，能斷滿裝鐵珠之竹筒，人稱神刀。下聯言清代文學家蒲松齡，字留仙，號柳泉，淄川（今山東省淄博市）人。以教書為生，一生著述甚多，詩、詞、賦、戲曲皆有佳作。所著《聊齋誌異》（現存四百餘篇）為其代表作，尤膾炙人口。

邰 ㄊㄞˊ

邰姓的分佈以北京、遼寧等地為眾。

【姓源】邰姓的起源主要有姬姓和外族之改姓二支。

一、源出姬姓。相傳周族始祖棄曾居有邰（今陝西省武功縣西南），其支庶子孫遂以有邰為氏，後省稱邰氏。

二、系出外族之改姓。北朝後魏代北複姓大利稽氏，後改為邰姓。

【郡望】平盧軍。唐代開元年間始置平盧節度使，治所在營州（今遼寧省朝陽市），後移置青州（今屬山東），廢於北宋初。

【著名人物】邰端（宋代儒林郎）；邰綱（明代縣學訓導），邰茂質（明代孝子），等等。

【專用楹聯】

望出平盧；源自有邰❶。

姓啟三千多年前帝后；名列二十四孝子賢孫❷。

【注釋】❶邰姓祠聯。上聯指邰姓之郡望。下聯指邰姓源出於上古有邰氏。❷上聯言邰姓始祖棄之事。相傳有邰氏之女姜嫄為炎帝之後，嫁於帝嚳。姜嫄未出嫁前，一日於野地裡踩上一個巨大的腳印，有感而妊，生子後棄之有野，見飛鳥野獸匯集護持，故抱還扶養，取名曰棄。棄長大後為堯帝之農官，稱后稷。下聯言明代著名孝子邰茂質，慈利（今屬湖南）人。事親至孝，其母懼雷，每聞雷，即慎護持之。母卒後，每遇雷雨，茂質便赴母墓護之，雷止乃歸。其聞雷護母之事，為「二十四孝」故事之一。

從 ㄘㄨㄥˊ

從姓主要分佈於山東、河北、遼寧、山西、甘肅、湖北、江西等省。

【姓源】從姓源出姬姓。東周初，周平王之少子精英受封於樅（故址在今安徽省桐城縣東南），世稱樅侯，其後人遂以封邑為氏。漢代將軍樅公之後人始去「木」旁而為從姓。

【郡望】東莞郡（參見「松」姓之郡望）。

【著名人物】從龍（明代懷慶知府），從貞（明代安陸衛指揮同知），從任（明代諸生），從所向（明代刑部主事），等等。

【專用楹聯】

姓啟樅國；望出東莞❶。

清儉居官，童稚頌美；詩書化俗，文物良冠❷。

【注釋】❶從姓祠聯。上聯指從姓源出於先秦樅國。下聯指從姓之郡望。❷上聯言明代廉吏從貞，繁昌（今屬安徽）人。官安陸衛指揮同知，居官清儉，蕭然若寒士。管領漕運，尤愛惜士卒，童稚俱誦其美。下聯言明代能吏從龍，字雲峰，安陸（今屬湖北）人。成化年間以舉人知麻哈州（今貴州省都勻市）。時州民皆披髮左衽，龍治之五年，遂化成於中原衣冠人物之風俗。擢懷慶知府。

鄂 ㄜˋ

鄂姓的分佈以湖北、江西等省最為集中。

【姓源】鄂姓的起源主要有姞姓、姬姓、芈姓和外姓、外族之改姓四支。

一、源自姞姓。相傳黃帝之姞姓裔孫受封於鄂（今河南省南陽市北），為夏、商時諸侯國。商末，鄂侯與西伯姬昌、九侯並稱「三公」，因諫諍而被商紂王處死，其子孫遂以國為氏，稱鄂氏。

二、出自姬姓。春秋初，晉袁侯光曾受封於鄂（今山西省鄉寧縣），其支庶子孫遂以封邑為氏。

三、源出芈姓。春秋時，楚王熊渠之子摯紅受封於鄂（今湖北省鄂州市），稱鄂主，其後代亦以鄂為氏。

四、系出外姓、外族之改姓。東漢時，西南巴郡蠻七姓中有鄂姓。又，南宋初民族英雄岳飛遭誣陷被害後，其子孫逃亡湖北鄂州黃梅一帶，不敢以岳為姓，其一支遂以鄂為姓。此外，古有諤氏，秦漢時亦改作鄂氏，如西漢初安平侯鄂千秋又作諤千秋。

【郡望】武昌郡。三國東吳時分江夏、豫章、廬陵三郡各一部而置武昌郡，轄境相當於今湖北省武漢市至江西省九江市一帶。

【著名人物】鄂千秋（西漢初安平侯），等等。

【專用楹聯】

源自鄂國；望出武昌❶。

公正超人，漢帝加封而不斬；業績在世，蕭相得言以益明❷。

【注釋】❶鄂姓祠聯。上聯指鄂姓源出於古代鄂國。下聯指鄂姓之郡望。❷此聯言西漢初名臣鄂千秋，以謁者從漢高祖征戰有功，高祖既封功臣，而位次未決，千秋進曰：「楚、漢相峙，蕭何常全關中以待陛下，此萬世功也，當第一。」帝善之，並封千秋為安平侯。

索 ㄙㄨㄛˇ

索姓主要分佈於山西省。

【姓源】索姓源出子姓。西周初，商朝徐、條、蕭、索等六族遺民被分給周公旦之長子伯禽，以建魯國（今山東省曲阜市一帶）。索氏以世代掌管繩索製造而得名。

【郡望】武威郡（參見「安」姓之郡望）。

【著名人物】索班（東漢名將）；索靖（西晉名將），索紞（西晉學者）；索敞（北朝後魏學者）；索湘（北宋湖北轉運使）；索紹（明代知縣），等等。

【專用楹聯】

武冠群雄無敵手；威懾窮寇立奇謀❶。

文教齊施，多貲成就大力；戰功屢立，洵稱廊廟奇才❷。

【注釋】❶索姓郡望「武威」二字之嵌字聯。❷上聯言北朝後魏學者索敞，字巨振，燉煌（今屬甘肅）人。以儒學為中書博士，京師貴遊子弟皆來授業。出補扶風太守，在位清貧，卒於官，謚獻。下聯言西晉大臣索綝，字巨秀，燉煌人。其父索靖嘗曰：「綝廊廟之才，非簡札之用。」晉惠帝晚期，屢破賊眾。累官馮翊太守，拜尚書左僕射。

咸 ㄒㄧㄢˊ

咸姓主要分佈於河北、山東、遼寧、陝西、內蒙古、山西等地區。

【姓源】咸姓的起源主要有人名和姬姓二支。

一、以人名為氏。商朝有賢臣名咸，以卜祝之事為職，故稱巫咸，其子孫便以祖上之名為氏，亦稱咸氏。

二、源出姬姓。春秋時，晉獻公死，其妃驪姬欲立幼子奚齊為君，導致晉國內亂，後奚齊被廢除公族地位，其族人被稱為咸氏。

【郡望】汝南郡（參見「周」姓之郡望）。

【著名人物】咸宣（西漢御史）；咸冀（唐代名臣）；咸惟一（明初學者），咸大昌（明代江陰縣丞），等等。

【專用楹聯】

後代多儒士；先人有賢臣❶。

開元十八學士；萊陽五經儒師❷。

【注釋】❶咸姓祠聯。上聯指咸姓名人歷代不絕。下聯指咸姓始祖之一巫咸為商朝賢臣。❷上聯言唐代名士咸冀，為唐玄宗時開元十八學士之一，圖像於含象亭。下聯言明初學者咸惟一，山東萊陽（今屬山東）人。元末隱居不仕，洪武初年以明經薦授縣學訓導。時干戈甫定，學生失業，惟一講明倫理，剖析五經之義，人始知書。

籍 ㄐㄧˊ

【姓源】籍姓的起源主要有姬姓、地名二支。

一、源出姬姓。春秋時，晉國公族大夫荀林父之孫伯黶掌管晉國公室典籍文獻，其後代遂以職官為氏，分為典、籍二氏。

二、以地名為氏。先秦時，衛有籍圃，上邽有籍水，齊有籍丘，居其地者有以地名為氏者，其後皆稱籍氏。

【郡望】廣平郡（參見「賀」姓之郡望）。

【著名人物】籍談（春秋晉國大夫）；籍少公（西漢義士）；籍馨芳（明代孝子），等等。

【專用楹聯】

廣開財路資源茂；平易近人朋友多❶。

【注釋】❶籍姓郡望「廣平」二字之嵌字聯。

賴 ㄌㄞˋ

賴姓是中國一百大姓之一，總人口近二百萬，約占當代人口的百分之零點一八，其分佈在廣東、江西和臺灣較為常見。

【姓源】賴姓的構成主要有姜姓、姬姓二支。

一、出自姜姓。相傳炎帝之姜姓後裔有四大支系，其一為烈山氏，於商朝建立厲國（故址在今山西省南部），入周後，厲國南遷河南鹿邑東之賴鄉。因「厲」、「賴」二字古相通，故厲國亦稱賴國。春秋時，賴國臣屬於楚國，後南遷楚地厲（即今湖北省隨州市北厲山店），其一支北遷至齊國賴亭（即今山東省章丘市西北）。其國人便以賴為氏。

二、源出姬姓。西周初，周武王封其弟叔穎於賴亭（故址在今河南省息縣東北），史稱賴子國。春秋後期，賴子國被楚國所滅，族人被遷至鄢（今湖北省宜城市），其子孫遂以國為氏。

【郡望】潁川郡（參見「陳」姓之郡望）、河南郡（參見「褚」姓之郡望）。

【著名人物】賴先（西漢交趾太守）；賴文雅（唐代光祿卿）；賴文俊（南宋地理學家）；賴良（元代詩人）；賴瑛（明代御史）；賴鏡、賴珍（清代書畫家），等等。

【專用楹聯】

志匡王室；名噪秘書❶。

容有三絕，筆力遒勁；禮知二縣，廉介不阿❷。

【注釋】❶上聯言南宋名士賴好古，當國家危亡之際，上書慷慨論事，志匡社稷。下聯言唐代學者賴棐，字忱甫，江西人。七歲能文，弱冠通九經百氏。乾元年間中進士，拜崇文館校書郎，不就，退居田里，人稱其居曰秘書里。❷上聯言清代書畫家賴鏡，字孟容，號白水山人。工畫山水，筆力遒勁，作詩清削幽異，兼工書，時稱三絕。下聯言明代廉吏賴禮，字同文，江西南康（今江西省星子縣）人。永樂年間進士，歷武功、沅江知縣。廉介不阿，所至有稱。卒於官。

卓 ㄓㄨㄛˊ

卓姓主要分佈於四川、廣東、福建等省。

【姓源】卓姓源出羋姓。春秋時，楚威王之子公子卓，其後代以祖上之名為氏，稱卓氏。戰國後期，卓氏一支北遷燕趙地區，秦朝時再西遷入蜀，以冶鐵致富。西漢卓姓名人卓王孫及其女卓文君即出於此。

【郡望】西河郡（參見「卜」姓之郡望）、南陽郡（參見「韓」姓之郡望）。

【著名人物】卓文君（西漢才女，司馬相如之妻）；卓茂（東漢初太傅）；卓田（南宋初詞人），卓琮（南宋學者）；卓敬（明代良吏）；卓秉恬（清代武英殿大學士），等等。

【專用楹聯】

文君當壚，終為富貴；廷瑞苦學，積累成功❶。

詩詞雅工，文士高宋代；車衣寵錫，武將列雲臺❷。

【注釋】❶上聯言西漢才女卓文君，臨邛（今四川省邛崍市）人。與才子司馬相如私奔，因相如家徒四壁，故當壚賣酒。文君父恥之，分之家財。後相如入朝為官，甚得漢武帝賞識，文君終得富貴。相如死，文君作誄文祭之，傳於世。下聯言南宋學者卓琮，字廷瑞，永春（今屬福建）人。從學者陳淳遊，嗜學堅苦，以積累成功。凡所講論，皆能暢通陳淳所授之旨。❷上聯言南宋初詞人卓田，字稼翁，號西山。工小詞，著有《三衢買舟詞》。下聯言東漢初名臣卓茂，字子康，宛（今河南省南陽市）人。西漢末學於長安（今陝西省西安市），習法、禮和曆算，稱通儒。性寬仁恭愛。累官密（今河南省新密市）令，視人如子，舉善而教，數年間風化大行，道不拾遺。王莽新朝時，稱病免歸。東漢初，漢光武帝拜為太傅，封褒德侯。

藺 ㄌㄧㄣˋ

藺姓主要分佈於川、陝二省。

【姓源】藺姓源出姬姓。春秋時，晉穆公少子成師封於韓（今陝西省韓城市），建立韓國，後成為戰國七雄之一。戰國中，韓獻子玄孫康於趙國為官，因功受封於藺（今山西省柳林縣北），其子孫遂以邑為氏，稱藺氏。

【郡望】中山郡（參見「郎」姓之郡望）、華陰郡（參見「嚴」姓之郡望）。

【著名人物】藺相如（戰國時趙國上卿）；藺亮（隋朝名將）；藺敏修（南宋初學者）；藺以權（明初應天府尹），藺從善（明初翰林院學士），藺芳（明初工部右侍郎），等等。

【專用楹聯】

名重斗山，傾動長卿思慕；翰居內外，侍以皇子講論❶。

明朝孝廉工部；隋代驍勇將軍❷。

【注釋】❶上聯言戰國時趙國大臣藺相如，以完璧歸趙等功拜為上卿，位居大將廉頗之上，廉頗不服，相如謙讓之，使廉頗負荊請罪，遂為刎頸之交。趙國因將相和之故，所征伐輒有功，稱強於海內。下聯言明初學者藺從善，磁州（今河北省磁縣）人。洪武年間舉人，授陵縣教諭，遷揚州府教授，永樂中為翰林院編修，侍皇太孫講讀，明宣宗初遷學士。❷上聯言明初名臣藺芳，字仲文，夏縣（今屬山西）人。洪武年間舉人，累官知吉安府，有惠政，後以治河之功遷工部主事，擢工部右侍郎卒。自奉甚儉，事母孝，旦所治事，暮必告母，有不當，母加教誡，則受命惟謹。下聯言隋朝將軍藺亮，歙（今安徽省歙縣）人。隋文帝愛其驍勇，命守新安鎮。隋末戰亂，一地居民賴其保全之。嘗屯兵浦口（今江蘇省江浦縣東北）山上，鄉人呼為藺將軍岩。

屠 ㄊㄨˊ

屠姓主要分佈於浙江、江蘇、安徽等省。

【姓源】屠姓的起源主要有蚩尤後裔、子姓和職業三支。

一、出自蚩尤後裔。相傳蚩尤被黃帝打敗後，其部落之一部被遷至鄒、屠一帶（在今山東境內），分姓命氏，遂因所居地名而成鄒、屠二氏。

二、源出子姓。商朝舊族有屠氏，因古代「屠」、「荼」同音，故屠姓又作荼姓。

三、以職業為氏。春秋時，晉國一些以屠宰為職業者以職業為氏，亦稱屠氏。如：晉國人屠蒯，即為屠宰手。

【郡望】廣平郡（參見「賀」姓之郡望）、陳留郡（參見「衛」姓之郡望）。

【著名人物】屠餘（春秋時晉國太史）；屠性（元代學者）；屠本畯（明代詩人），屠隆（明代文學家），屠僑（明代左都御史）；屠仁守（清代學者），等等。

【專用楹聯】

書渴以當飲，至老尚手一卷；酒酣方吟詩，下筆立就千言❶。

田叔詩草留雅韻；朝野彙編有餘香❷。

【注釋】❶上聯言明代詩人屠本畯，字田叔，鄞縣（今屬浙江）人。累官辰州知府。生平喜讀書，至老尚手一卷。人曰：「老矣，奚自苦？」答：「吾有書饑以當食，渴以當飲，欠伸以當枕席，愁寂以當鼓吹，未嘗苦也。」自稱戇先生，一時詞家俱奉祭酒。著有《太常典錄》、《田叔詩草》等。下聯言明代文學家屠隆，字緯真，一字長卿，鄞縣人。有異才，落筆數千言立就。萬曆年間進士，授潁上、青浦知縣。時招名士飲酒賦詩，縱遊九峰三泖而不廢吏事。晚年賣文以活，著述頗豐。❷上聯言明代詩人屠本畯之事，參見❶。下聯言明代學者屠叔方，秀水（今浙江省嘉興市）人。萬曆年間進士，官至監察御史。著有《建文朝野彙編》。

蒙 ㄇㄥˊ

蒙姓主要分佈於廣東、貴州等省。

【姓源】蒙姓的起源主要有高陽氏、山名和芈姓三支。

一、出自高陽氏。相傳顓頊高陽氏後裔，在夏朝被封於蒙雙（今河南省商丘市東北），其子孫遂以國為氏，稱蒙氏。

二、以山名為氏。周朝時，設官專管蒙山（在今山東中部）祭祀之事，稱東蒙主。其族人世居蒙山，遂以山名為氏。

三、源出芈姓。春秋時，楚國大夫有食采於蒙邑（今湖北省荊門市西）者，其後代以邑名為氏，亦稱蒙氏。

【郡望】安定郡（參見「伍」姓之郡望）。

【著名人物】蒙驁、蒙武父子（戰國末秦國將軍）；蒙恬、蒙毅兄弟（秦朝名將）；蒙詔（明代御史），蒙詢（明代知歸州），等等。

【專用楹聯】

望出安定；姓啟蒙山❶。

上國掌謀，無愧名卿顯職；中山得穎，永為文士寶珍❷。

【注釋】❶蒙姓祠聯。上聯指蒙姓之郡望。下聯指蒙姓因蒙山而得名。❷上聯言秦朝上卿蒙毅，名將蒙恬之弟。秦始皇時，出則參乘，入則御前，恬任外事，毅常為內謀，諸將相莫與之抗。下聯言秦朝名將蒙恬。秦始皇統一天下後，使恬將兵三十萬，北伐戎狄，築長城，延袤萬里，威震匈奴。為秦二世所殺。相傳恬始作毛筆，以枯木為管，鹿毛為柱，羊毫為被，世稱「蒼毫」，成為後世文士墨客之珍物。

池 ㄔˊ

池姓的分佈以福建、廣東二省最有影響。

【姓源】池姓的起源主要有居地、嬴姓二支。

一、以居地為氏。古代稱城牆周圍的護城河為池，居於護城河邊者即有以池為氏者，類似者尚有城、郭、園等姓。

二、源出嬴姓。戰國時，秦國公族大司馬公子池，其支庶子孫即以祖上之名為氏，稱池氏。

【郡望】西河郡（參見「卜」姓之郡望）。

【著名人物】池瑷（漢代名士）；池顯方（明代詩人），池浴德（明代太常少卿）；池生春（清代學者），等等。

【專用楹聯】

源自秦國；望出西河❶。

【注釋】❶池姓祠聯。上聯指池姓源出戰國時秦國公族。下聯指池姓之郡望。

喬 ㄑㄧㄠˊ

喬姓是中國一百大姓之一，總人口約二百二十萬，約占當代人口的百分之零點一八，其分佈在豫、魯地區較有影響。

【姓源】喬姓的構成主要有軒轅氏和外族之改姓二大來源。

一、源出軒轅氏。相傳黃帝葬於橋山（在今陝西省黃陵縣北），黃帝之支庶子孫守護橋山黃帝陵墓，世代相承，遂以山名為氏。北朝西魏時，橋達奉魏相宇文泰之命，去「木」旁而為喬姓，取高達望遠之意。自此天下橋姓多改為喬姓。

二、系出外族之改姓。漢代以後，匈奴貴族有蘭、喬、呼衍、須卜四姓，世為匈奴輔國卿相。後匈奴喬姓融入漢族喬姓之中。

【郡望】梁郡（參見「葛」姓之郡望）。

【著名人物】橋玄（東漢太尉）；喬智明（十六國前趙將軍）；橋勤（北朝後魏平原內史）；喬琳（唐代宰相）；喬行簡（南宋宰相）；喬吉（元代文學家）；喬宇（明代禮部尚書）；喬林（清代畫家），喬光烈（清代湖廣巡撫），等等。

【專用楹聯】

學先經術；望重日嚴❶。

居官卅年，天下清正；歷令二縣，郡邑愛深❷。

【注釋】❶上聯言北宋良吏喬執中，字希聖，高郵（今屬江蘇）人。學先經術。進士及第，授須城主簿。王安石執政，引執中編修《熙寧條例》。紹聖初知鄆州。寬厚有仁心，屢典刑獄，雪活者眾。下聯言明代名臣喬宇，字希大，江西樂平（今屬江西）人。成化年間進士，明武宗時官南京兵部尚書，宸濠反，宇嚴為警備，叛軍不敢東下。明世宗初為禮部尚書，銓政一清，聲望隆於京師。❷上聯言清代名臣喬光烈，字敬亭，上海人。乾隆年間進士。知寶雞縣（今屬陝西），築渠引水灌田，人稱惠民渠。勸種桑，教蠶事，時稱喬公桑。累官湖南巡撫，所至整飭吏治。為官三十年，潔己奉公，被譽為天下清正吏。下聯言十六國前趙將軍喬智明，字元達，鮮卑前部人。西晉時為輔國將軍，歷隆慮、共二縣令，二縣民愛之，號為神君。東晉十六國時歸前趙皇帝劉曜，為折衝將軍，後戰死。

陰 ㄧㄣ

陰姓的分佈以鄂、豫、晉、陝等省較為集中。

【姓源】陰姓的起源主要有陶唐氏和姬姓二支。

一、出自陶唐氏。相傳陶唐氏之後於夏、商時受封於陰，至周朝一度成為楚國附庸，國滅後，其族人遂以國為氏。

二、源出姬姓。春秋時，周文王第三子管叔鮮之後裔管夷吾，即管仲，輔佐齊桓公稱霸。管仲七世孫修自齊國赴楚國，受封為陰邑大夫，世稱陰修。其子孫即以封邑為氏。

【郡望】始興郡、南陽郡（參見「韓」姓之郡望）。始興郡，三國東吳時始分桂陽郡一部置始興郡，轄境相當於今廣東連江、曲江、韶關一帶。

【著名人物】陰子方（西漢孝子）；陰麗華（東漢光武帝皇后），陰長生（東漢道士）；陰鏗（南朝陳詩人）；陰壽（隋朝大將）；陰幼遇（元初學者）；陰秉衡（明代學者），等等。

【專用楹聯】

至孝深仁，富如猗頓；天姿國色，貴為后妃❶。

幼善文詞，高中九經科目；才長吟咏，不著五言名詩❷。

前代甚誇陰夫子；後人猶憶趙國公❸。

【注釋】❶上聯言西漢宣帝時孝子陰子方，性至孝。臘日晨炊，見灶神現形，子方再拜受慶，家有黃羊，因以祀之。自是家至巨富，至三世孫遂繁昌。猗頓，為戰國時大富商。下聯言東漢光武帝皇后陰麗華，陰子方之三世孫女。初光武帝聞其美麗，悅之，嘗嘆曰：「仕宦當作執金吾，娶妻當得陰麗華。」後果娶之，封貴人，生明帝，立為皇后。❷上聯言元初學者陰幼遇，字時夫，奉新（今屬江西）人。讀書積學，七歲登南宋寶祐年間九經童科，入元不仕，有著書立言之志。居聚德樓三十年，著《韻府群玉》行世。下聯言南朝陳詩人陰鏗，字子堅，姑臧（今甘肅省武威市）人。博涉史傳，尤善五言詩，為當時所重。累遷晉陵太守、員外散騎常侍。❸上聯言明代學者陰秉衡，字振平，內江（今屬四川）人。隱居水鄉，作文翰樓，藏書千卷，手不停披，口不輟吟。平生著述，惓惓於天理人欲、邪正異端之辨，鄉人呼之曰陰夫子。下聯言隋朝大將陰壽，字羅雲，武威（今屬甘肅）人。少果烈，有武幹。嘗代總戎事，三軍綱紀皆決於壽。以功進上柱國，拜幽州總管，封趙國公。

鬱 ㄩˋ

【姓源】鬱姓的起源主要有人名、地名二支。

一、以人名為氏。相傳上古大禹之師名鬱華，其後人即以祖上之名為氏，遂成鬱氏。

二、以地名為氏。據《姓苑》，「鬱」、「蔚」二字古相通，故鬱姓與蔚姓通。古有蔚州（今河北省蔚縣），居者有以地名為氏者。

附注：鬱姓今多簡化為郁姓，然古代二姓之讀音、姓源皆不相同。

【郡望】太原郡（參見「王」姓之郡望）。

【著名人物】鬱華（上古禹帝之師）；鬱讓（明代潁川衛知事），等等。

【專用楹聯】

潁川之績偉然；高陽之名遠播❶。

【注釋】❶上聯言明代人鬱讓，山東人。正德年間任潁川衛知事，政績斐然。下聯言北宋初名將鬱昭敏，即蔚昭敏，字仲明。咸平年間任鎮定高陽關三路先鋒使，遼兵至莫州（今河北省任丘市），昭敏出戰，斬首萬餘人，名聲大振。官至保靜軍節度使。

胥 ㄒㄩ

胥姓的分佈以湖北等省為主。

【姓源】胥姓的起源主要有華胥氏、赫胥氏二支。

一、出自華胥氏。相傳華胥氏為太昊伏羲氏之母姓，其後人多以胥為字，春秋時晉國大夫胥臣即是華胥氏後裔。胥臣子孫遂以祖上之名為氏，正式稱胥氏。

二、源出赫胥氏。相傳赫胥氏是以炎帝為首領的東夷部落，其後代遂以之為氏，分為赫氏、胥氏二支。

【郡望】琅琊郡（參見「王」姓之郡望）、吳興郡（參見「沈」姓之郡望）。

【著名人物】胥偃（北宋翰林學士）；胥鼎（金代名臣）；胥文相（明代南京戶部郎中），胥自修（明末衢州府教授）；胥庭清（清代工部主事），等等。

【專用楹聯】

教訓有方，議論才高戰國；名節自勵，散田義及全宗❶。

前賢受誇真御史；後代猶憶名國公❷。

【注釋】❶上聯言戰國晉國大夫胥臣，字季子，食采於臼，又稱臼季。官司空，亦稱司空季子。其子胥甲，亦為晉國卿士，嘗任下軍副帥。下聯言北宋名臣胥偃，字安道，長沙（今屬湖南）人。少力學，舉進士甲科，累遷翰林學士、知開封府。簡慎持大體，史稱其恬正。歐陽修始見偃，偃奇其文，召置門下，以女妻之。始偃未仕時，家有良田數十頃，既貴，悉分與族人。❷上聯言明代名臣胥必彰，字德鎮，常德（今屬湖南）人。洪武年間中舉人，官御史。彈劾不避權要，朝右震懾，人稱「真御史」。後歷福建按察、浙江參議，皆有聲。下聯言金代大臣胥鼎，字和之，繁峙（今屬山西）人。金宣宗時官宰相，封英國公。為政鎮靜，明達吏事。歷典邊鎮，朝野倚重。金代後期以書生為封疆大吏而有威望者，鼎一人而已。

能 ㄋㄞˋ

【姓源】能姓源出芈姓。周成王時，楚國始君熊繹之子摯受封於夔（故址在今湖北省秭歸縣東），史稱夔子國，為楚之附庸。春秋時，楚國以夔子國不奉祀祖先之罪名，出兵滅夔子國，其國人本為熊氏，為避難，去四點而成能氏。

附注：「能」字古與「耐」相通，作為姓氏讀ㄋㄞˋ、而不讀ㄋㄥˊ。

【郡望】太原郡（參見「王」姓之郡望）。

【著名人物】能元皓（唐代節度使）；能監（明代良吏），等等。

【專用楹聯】

源自夔國；望出太原❶。

【注釋】❶能姓祠聯。上聯指姓源出於先秦夔子國。下聯指能姓之郡望。

蒼 ㄘㄤ

蒼姓的分佈以遼寧等省較眾。

【姓源】蒼姓的起源主要有軒轅氏、倉氏和高陽氏三支。

一、源出軒轅氏。相傳黃帝之子名蒼林，其後代即以其名為氏，遂成蒼氏。

二、出自倉氏。相傳黃帝史臣倉頡之後以祖上之名為氏，稱倉氏。因古代「蒼」、「倉」相通，故亦作蒼氏。

如：倉頡，一作蒼頡；春秋時人蒼葛，漢代即寫作倉葛。

三、源自高陽氏。相傳顓頊高陽氏有才子八人，世稱「八愷」，其長子名蒼舒。蒼舒後代即以祖上之名為氏，遂成蒼氏。

【郡望】武陵郡（參見「華」姓之郡望）。

【著名人物】蒼葛（春秋時人），等等。

【專用楹聯】

姓啟帝裔；望出武陵❶。

名著千秋之後；才推八愷之先❷。

【注釋】❶蒼姓祠聯。上聯指蒼姓為上古黃帝、顓頊帝之苗裔。下聯指蒼姓之郡望。❷上聯言上古黃帝之史臣蒼頡，相傳生而神聖，有四目，觀鳥獸之跡，體類象形而創制文字。文字成，天雨粟，鬼夜哭。下聯言上古顓頊高陽氏才子蒼舒，為「八愷」之首。舜帝舉之使主后土，以總百事。

雙 ㄕㄨㄤ

雙姓的分佈以河北、山西、陝西、湖南、安徽、江西、臺灣較為常見。

【姓源】雙姓源出高陽氏。相傳顓頊高陽氏之後有封於雙蒙城者，其後代有以雙為氏者，亦有以蒙為氏者。

又，據《新唐書》：「夷姓有雙氏。」是為雙姓的另一來源。

【郡望】天水郡（參見「趙」姓之郡望）。

【著名人物】雙泰真（南朝宋勇將）；雙士洛（北朝後魏涼州刺史）；雙漸（北宋知漢陽軍），等等。

【專用楹聯】

天長地久恩愛厚；水秀山青脈源長❶。

【注釋】❶雙姓郡望「天水」二字之嵌字聯。

聞姓主要分佈於江蘇、吉林等省。

聞 ㄨㄣˊ

【姓源】聞姓源出聞人氏。春秋時，魯國學者少正卯博學多識，聚徒講學，遠近聞名，人稱「聞人」。後被司寇孔子所殺。其子孫遂以聞人為氏，後省稱聞氏。

【郡望】吳興郡（參見「沈」姓之郡望）。

【著名人物】聞良輔（明初廣東按察使），聞淵（明代吏部尚書）；聞元晟（清代詩人），聞珽（清代學者），等等。

【專用楹聯】

門人有高弟；耳鼓容雅聲❶。

兄弟兩進士；父子皆仁君❷。

【注釋】❶聞姓「聞」字之析字聯。❷上聯言明代聞澤、聞淵兄弟，鄞縣（今屬浙江）人。澤，字美中，正德年間舉進士，累官江西布政司參議，卒。居家孝友，蒞職忠勤，皆謂其能承世德。淵，字靜中，號石塘。弘治年間進士，累官吏部尚書。下聯言明代名士聞璋，字廷實，鄞縣人。父可信，敦樸善良，與物無競。璋有父風，益寬大坦夷，居家恭儉孝友，時稱「篤行君子」。

莘 ㄕㄣ

【姓源】莘姓的起源主要有祝融氏、姒姓和有莘國三支。

一、出自祝融氏。相傳祝融氏之後分為己、禿、彭、姜、妘、曹、斯、莘八姓。

二、源於姒姓。夏朝初，夏王啟封其支子於莘（今陝西省合陽縣東南），後莘國亡，其族人遂以國為氏。

三、源自有莘國。夏時有莘國（在今山東省曹縣西北）亦稱有辛、有侁等，商王湯即娶有莘氏之女。其後人即以國為氏。

附注：據《通志・氏族略》，古代「莘」、「辛」相通，故莘姓即辛姓。

【郡望】天水郡（參見「趙」姓之郡望）。

【著名人物】莘野（明代知縣）；莘開（清代書畫家），等等。

【專用楹聯】

望出天水；源自祝融❶。

明朝賢縣令；清代名畫家❷。

【注釋】❶莘姓祠聯。上聯指莘姓之郡望。下聯指莘姓源出於上古祝融氏。❷上聯言明代初文學家莘野，字叔耕，歸安（今浙江省湖州市）人。博學強記，善屬文。洪武初，自明經授任本縣儒學訓導，擢東強知縣，時稱賢令。著有《環州集》。下聯言清代書畫家莘開，字芹圃，歸安人。好讀書，工書畫篆刻。

党 ㄉㄤˇ

党姓的分佈以陝西省最為集中。

【姓源】党姓源出西羌族。相傳夏后氏一支西遷羌區，成為西羌族之一支，世代游牧於今青海、甘肅一帶。雷、党、不蒙乃其族中大姓，於魏、晉時期遷人關中。留在當地的逐漸發展為党項羌，唐代前期因吐蕃的壓力而北遷至陝、甘、寧一帶。北宋時，以党項羌人為主體建立了西夏政權。西夏滅亡後，其族人有以党為姓者。

又，北朝後魏拓跋氏之後，亦有党姓。

附注：党姓與黨姓非一姓。黨姓之「黨」讀ㄓㄤˇ音，又作掌姓、仉姓。

【郡望】馮翊郡（參見「嚴」姓之郡望）。

【著名人物】党耐虎（十六國時姚秦部將）；党進（北宋初虎將）；党懷英（金代文學家）；党成（清代學者），党湛（清代學者、孝子），等等。

【專用楹聯】

望出馮翊；姓啟禹王❶。

【注釋】❶党姓祠聯。上聯指党姓之郡望。下聯指党姓源出於上古夏王大禹之後。

翟 ㄓㄞˊ

翟姓主要分佈於山東、河北二省。

【姓源】翟姓源出兩大系統，故其讀音也有ㄓㄞˊ、ㄉㄧˊ之分。

一、讀ㄓㄞˊ音者，其源有二：其一，源出祁姓。相傳黃帝之祁姓後裔於唐虞時被封於翟（故址在今河南省禹州市），其後人有以國為氏。其二，源自姬姓。西周初，周成王封其次子於古翟國舊地，其後代亦以國為氏。

二、讀ㄉㄧˊ音者，出自隗姓：相傳黃帝之隗姓後裔世代居住於北方，被中原政權稱作北狄。春秋以前，狄族活動於今山東、山西、河南等省交界處，後分為赤狄、白狄、長狄三部分，各有支系。春秋時，白狄一支被晉國所滅，其遺族遂以翟（古代「狄」、「翟」二字同音）為氏。

【郡望】南陽郡（參見「韓」姓之郡望）、汝南郡（參見「周」姓之郡望）。

【著名人物】翟方進（西漢丞相）；翟湯（東晉名士）；翟讓（隋末瓦崗軍首領）；翟興、翟進兄弟（南宋初名將）；翟鵬（明代兵部尚書）；翟鳳翥（清代布政使），翟大坤（清代畫家），等等。

【專用楹聯】

游學成名，上蔡通明相業；歸根食力，尋陽世代隱淪❶。

兄弟雙名將；父子兩畫家❷。

【注釋】❶上聯言西漢丞相翟方進，字子威，上蔡（今屬河南）人。少孤，遊學京師，從博士受《春秋》，積十餘年，經學明習，以射策甲科為郎，累擢至丞相，封高陵侯。知能有餘，兼通文法，以儒雅緣飾吏事，號為通明。下聯言東晉名士翟湯，字道深，尋陽（故城在今湖北省黃梅縣北）人。篤行純素，仁讓廉潔，不屑世事，耕而後食，饋贈一無所取。晉康帝徵為散騎常侍，湯固辭老疾不至。❷上聯言南宋初名將翟興、翟進兄弟。興，字公祥，伊陽（今河南省嵩縣）人。與弟進應募抗金，時號「大翟」、「小翟」。因屢抗金軍之功，累官武功大夫、忠州團練使，後被偽齊劉豫派人刺殺。為將多勇，與士卒同甘苦，士卒無不奮勵，金兵不敢來犯。進，字先之。累官京西北路制置使。下聯言清代畫家翟大坤，字子垕，號雲屏，嘉興（今屬浙江），寄居吳門（今江蘇省蘇州市）。性蕭灑，畫山水兼綜諸家，任意揮灑，皆成妙構。其子翟繼昌，字念祖，號琴峰。弱冠時畫筆已工，山水蒼古，尤善花卉。

譚 ㄊㄢˊ

譚姓是中國人口最多的八十大姓之一，總人口約四百萬，約占當代人口的百分之零點三四，其分佈在川、湘、贛、粵、桂等地區最為集中。

【姓源】譚姓的構成主要有嬴姓、姬姓和外姓、外族之改姓三大來源。

一、源出嬴姓。相傳少昊金天氏之裔孫伯益因助大禹治水有功，賜姓嬴。伯益之後在周朝時有國十四，其一為譚，史稱譚子國（故址在今山東省章丘市西城子崖）。春秋時，譚子國為齊桓公所滅，譚子奔莒，其族人遂以國為氏。

二、源自姬姓。商末，周文王封其庶子於原（故址在今甘肅省隴西縣北），後遷居今河南省濟源市之原鄉，以強化對商朝遺族的監控。東周初，周平王將原國之地賜與鄭人蘇忿生，原伯東移至今河南省原陽縣西之原武鎮。春秋初，兩地原國分別為晉、鄭所滅，周襄王遂封在朝作官的原伯毛食邑於譚（今河南省武陟縣西），世稱譚伯。譚伯之後即以邑為氏。

三、系出外姓、外族之改姓。如：周朝大夫籍談之後，其秦、漢之際，因避項籍（即項羽）之諱，改稱譚氏。又古代巴南（今雲南、貴州一帶）六姓有譚姓，自稱是盤古氏之後。當今湖南、兩廣地區的譚姓，大多源出於古代巴蠻譚姓。

附注：譚與覃、潭、鐔、瞫五字音近、形同，古代相通，後演化為五姓。又譚姓古代亦作郯姓。

【郡望】齊郡（參見「計」姓之郡望）、弘農郡（參見「楊」姓之郡望）。

【著名人物】譚峭（五代南唐煉丹家）；譚世勣（北宋末名臣）；譚綸（明代抗倭名將），譚元春（明代文學家）；譚獻（清代詞人），譚廷襄（清代名臣），譚嗣同（清末維新派領袖），等等。

【專用楹聯】

土茅錫券；邊塞宣猷❶。

終南山上神人，涉獵文史；棲隱洞中道士，出入金門❷。

十載叔侄雙進士；一時兄弟兩將軍❸。

【注釋】❶上聯言明初將軍譚淵，滁州（今屬安徽）人。有勇力，為燕山衛副千戶，驍勇善戰，後戰死，諡壯節。下聯言北宋末名臣譚世勣，字彥先，長沙（今屬湖南）人。元符年間進士，又中詞學兼茂科。靖康初年，金軍南侵，世勣扈從宋欽宗入金營議和，以十事說金帥，言講和之利，詞意忠激，金人聳聽。張邦昌僭位，令世勣同直學士院，世勣稱疾不起，卒。南宋初追諡端潔。❷本聯言五代南唐道士譚峭，字景昇，泉州（今屬福建）人。其父譚洙為南唐國子司業。峭幼聰慧，好仙術，居嵩山十餘年，得辟穀養氣之術。後入衡山煉丹，丹成，登青城山仙去，稱紫霄真人。著《譚子化書》，大旨多出黃老而附合儒言，被宋齊丘攘為己作，故亦稱《齊丘子》。❸上聯言北宋譚申、譚世勣叔侄之事。世勣於元符年間進士及第，其叔父申於政和年間進士及第，其間相距正十年。申，南宋初知筠州（今江西省高安市），有惠政，及歸，州民立祠祀之，號曰「古譚」。參見❶。下聯言元初將軍譚資榮，字茂卿，懷來（今屬河北）人。敦厚寡言，頗知讀書。授元帥左都監，以功擢行元帥府事。復以其弟資用代充元帥左監軍，從攻金國都城有功。不久舉資用自代，退而耕田讀書，時年四十。

貢 ㄍㄨㄥˋ

【姓源】貢姓源出端木氏。春秋時，衛國人端木賜字子貢，是孔子的四大弟子之一，曾任魯相，善辭令，有經商之道。其後代有以貢為氏者。

又，《漢書・朱博傳》，贛氏即貢氏，故漢人贛遂，亦作貢遂。

【郡望】廣平郡（參見「賀」姓之郡望）。

【著名人物】貢禹（西漢御史大夫）；貢祖文（南宋初將領）；貢奎（元代集賢直學士），貢師道（元代學者）；貢徵（明代良吏），等等。

【專用楹聯】

元代直學士；漢室諫大夫❶。

正其衣冠，常懷君子行誼；匿其亂祚，不忘岳侯忠良❷。

【注釋】❶上聯言元代學者貢奎，字仲章，宣城（今屬安徽）人。天性穎敏，十歲能屬文，及長，益博覽經史。初為齊山書院山長，授太常奉禮郎，累遷集賢直學士。卒諡文靖。著述頗多。下聯言西漢名臣貢禹，字少翁，琅琊（今山東省諸城縣）人。以明經為博士，復舉賢良，為河南令。因職事為府官所責，免冠謝，遂曰：「冠一免，安可復冠？」遂去官。漢元帝時徵為諫議大夫，遷光祿大夫，數言政事得失。年八十一乞歸，帝慰留，稱其有「伯夷之廉，史魚之直」。官至御史大夫而卒。❷

上聯言西漢名臣貢禹之事，參見❶。下聯言南宋初將領貢祖文，字德仁，大名（今屬河北）人。靖康時為武德大夫、都總軍將，南宋初居宣城，與岳飛友善，協心恢復失土，及秦檜當國，岳飛被冤殺，祖文潛藏岳氏子孫於別墅。

勞 ㄌㄠˊ

勞姓主要分佈於兩廣和山東等地區。

【姓源】勞姓主要以山名為氏。今山東省青島市嶗山古稱勞山，西漢時，居其地者遂以勞為氏。

【郡望】武陽郡。隋朝始改魏州為武陽郡，轄境相當於今河北、山東兩省之間地區。

【著名人物】勞譚（北宋京東轉運使）；勞鉞（明代湖州府知府），勞堪（明代副都御史）；勞權（清代學者），勞崇光（清代兩廣總督），等等。

【專用楹聯】

源自西漢；望出武陽❶。

惠政及三縣；攻史稱二勞❷。

【注釋】❶勞姓祠聯。上聯指勞姓源出於西漢時嶗山地區。下聯指勞姓之郡望。❷上聯言明代良吏勞鉞，字廷器，江西德化（今江西省九江市）人。景泰年間進士，歷知江浦、臨清、山陽三縣，俱有政聲。成化年間遷湖州府知府，卒於官。下聯言清代學者勞權，字平甫，仁和（今浙江省杭州市）人。與弟格俱以治經補諸生，後遂不與科試，專攻群史，時有「二勞」之稱。格，字季言。

逄 ㄆㄤˊ

逄姓主要分佈於山東、遼寧、湖南、貴州等省。

【姓源】逢姓本作逢姓，後世遂分「逢」、「逢」為二字。逢姓源出炎帝。相傳夏朝時，炎帝之後逢蒙曾向后羿學射，盡得其道。其後有以逢為氏者。又，商初，炎帝後裔陵受封於逢（約在今山東北部一帶），世稱逢伯陵。商末，逢國亡，其國人遂以國為氏。約南北朝後期，逢姓已改寫作逢姓。

【郡望】譙郡（參見「曹」姓之郡望）、北海郡（參見「奚」姓之郡望）。

【著名人物】逢丑父（春秋時齊國大夫），逢同（春秋時越國大夫），逢滑（春秋時陳國大夫）；逢萌（東漢初名士），逢紀（東漢末名士）；逢龍（南宋末義士），等等。

【專用楹聯】

東漢司馬門第；春秋大夫人家❶。

為國捐軀，領三軍而抗敵；聯齊親楚，結四鄰以自安❷。

【注釋】❶上聯言東漢初逢安，琅琊（今山東省諸城縣）人。新朝時起兵反王莽，後劉盆子稱帝，安被推為左大司馬，後隨劉盆子歸漢光武帝，居洛陽。下聯指春秋時逢滑為陳國大夫、逢丑父為齊國大夫、逢同為越國大夫、逢伯為楚國大夫。❷上聯言南宋末義士逢龍，廣州（今屬廣東）人。隨大臣文天祥抗擊元帥呂師夔部，戰敗而沒於陣。下聯言春秋時越國大夫逢同，當越王句踐自吳國回，撫循百姓，欲以報吳。同諫曰：「鷙鳥之擊也，必匿其形。今吳德少而功多，必淫自矜。為越計，莫如結齊、親楚、附晉以厚吳，吳王志廣，必輕戰，越乘其弊，可克也。」句踐曰：「善。」

姬 ㄐㄧ

姬姓主要居住於山東、河南等省。

【姓源】姬姓源出軒轅氏，是中國最古老的姓氏之一。相傳黃帝部落起初活動於姬水流域，故以水名為氏，稱姬姓。其裔孫后稷為周部落首領，即以姬作為部落之姓。后稷之裔孫建立周朝，姬姓便成為周朝之國姓。西周初大封諸侯，其中姬姓國有五十三個，因這些姬姓國之後代多以國名、封邑名及祖父名、號等為氏，故姓姬者反而不多，至唐代為避唐玄宗李隆基之諱，遂改姬姓為周姓，此後姓姬者更為少見。

【郡望】南陽郡（參見「韓」姓之郡望）。

【著名人物】姬昌（周文王），姬發（周武王）；姬常（東漢衛公）；姬澹（北朝後魏信義將軍）；姬汝作（金代北山招撫使）；姬珪（明代知府），等等。

【專用楹聯】

教稼田官，肇周家始祖；行仁者王，徙岐山古公❶。

明代西安知府；後魏信義將軍❷。

【注釋】❶上聯言周朝始祖后稷，名棄，堯帝時為農師，舜帝時為后稷，故世稱棄為后稷。十五傳而至周武王姬發，遂建立周朝。下聯言商朝時周部落首領古公亶父，初居邠（今陝西省彬縣），為避狄人之逼，遷於岐山（今陝西省岐山縣東北）之下，始改國號曰周，去戎狄之俗，行仁政，奠定周室王基。周武王追尊曰太王。❷上聯言明初學者姬敏，字好學，孟津（今屬河南）人。博通經史，明習律算，德行純備，節操過人。洪武年間授西安知府。下聯言北朝後魏將軍姬澹，字世雅，代（今山西省代縣）人。事後魏桓、穆二帝，征討有功，官至信義將軍，封樓煩侯。

申 ㄕㄣ

申姓的分佈以河南、山東二省最為集中。

【姓源】申姓的起源主要有姜姓、芈姓二支。

一、源出姜姓。又分二支：其一，炎帝裔孫、商朝孤竹君伯夷之後代，西周初被封於申（今山西、陝西二省之間），其後衰落不顯。周宣王時，申人一支遷入中原，因申伯為周宣王之母舅，故受封於謝（今河南省南陽市），重建申國。春秋初，申國被楚國所滅，其遺族除一部留居原地外，其餘東遷至今河南信陽、方城一帶，大都以故國名為氏。留居山西、陝西之間舊申國者，又被稱為西申、申戎或姜氏之戎，西周末曾聯合犬戎攻打周朝，後為秦國所滅，其子孫亦以申為氏。其二，周朝時，炎帝後裔有受封於申（故址在今上海市一帶）者，稱申伯呂。後國滅，其遺族亦以申為氏。

二、源自芈姓。戰國時，楚國春申君黃歇原封地在黃國（今河南省潢川縣）一帶，後移封於今江蘇省蘇州市一帶。其封國所在地，後世多被稱為申，如今上海市別稱申，黃浦江又名春申江，簡稱申江，都與春申君有關。春申君之支庶子孫有以申為氏者。

【郡望】琅琊郡（參見「王」姓之郡望）、魏郡（參見「柏」姓之郡望）。

【著名人物】申包胥（春秋時楚國大夫）；申不害（戰國時魏相）；申培（西漢初學者）；申文炳（五代後周翰林學士），申漸高（五代南唐伶官）；申時行（明代宰相）；申朝紀（清代巡撫），等等。

【專用楹聯】

姓啟申國；望出琅琊❶。

通學得傳，洵聖門賢哲；文武是憲，實周家翰藩❷。

【注釋】❶申姓祠聯。上聯指申姓源出於先秦申國。下聯指申姓之郡望。❷上聯言春秋時魯國賢人申棖，字周，孔子弟子。孔子嘗言「吾未見剛者」，或以申棖對，孔子曰：「棖也慾，焉得剛！」下聯言周朝卿士申伯，為周宣王母舅，築城於謝（今河南省南陽市）。尹吉甫作〈崧高〉之詩贈之。

扶 ㄈㄨˊ

【姓源】扶姓的起源主要有扶登氏、賜姓二支。

一、出自上古扶登氏。相傳夏禹王之臣名扶登，其後人即以祖上之名為氏，稱扶氏。

二、源自賜姓。西漢初，有巫師名嘉，相傳法術靈驗，得漢高祖寵信，官廷尉，賜姓扶，其後人遂以扶為氏。

【郡望】河南郡（參見「褚」姓之郡望）、京兆郡（參見「韋」姓之郡望）。

【著名人物】扶少明（東漢學者）；扶猛（北朝周羅州刺史）；扶克儉（明代刑部右侍郎），等等。

【專用楹聯】

胸羅淹博之學；手著道德之經❶。

【注釋】❶本聯言東漢學者扶少明，博覽群籍，著有《道德經譜》三卷。

堵 ㄉㄨˇ

【姓源】堵姓源出姬姓。春秋時，鄭國大夫泄寇與叔詹、師叔並稱「三良」，被封於堵邑（今河南省方城縣一帶），故又稱泄堵寇、堵叔。其後人即以封邑為氏。

【郡望】河南郡（參見「褚」姓之郡望）、河東郡（參見「衛」姓之郡望）。

【著名人物】堵簡（元末江浙行省檢校官）；堵允錫（明末知長沙府）；堵霞（清代才女），等等。

【專用楹聯】

績傳荊州，湖北巡撫軍聲壯；名播藝苑，無錫女史文望高❶。

【注釋】❶上聯言明末名臣堵允錫，字仲緘，無錫（今屬江蘇）人。崇禎年間進士，以戶部郎中知長沙府，以知兵名世。南明時，授湖北巡撫，駐兵常德（今屬湖南），撫降李錦之眾三十萬，軍聲大振。下聯言清代才女堵霞，字綺齋，號蓉湖女史，江蘇無錫人。諸生吳音之妻。博通經史，能詩畫，工小楷，有文名。

冉 ㄖㄢˇ

冉姓的分佈以四川、貴州、河北等省最為集中。

【姓源】冉姓之起源主要有高辛氏、姬姓、芈姓和外族之改姓四支。

一、出自高辛氏。相傳上古帝嚳高辛氏下分八個部落，其一為冉氏。

二、源出姬姓。西周初，周文王第十子季戴受封於聃（故址在今河南省開封市一帶），春秋時被鄭國所滅，其子孫遂以封邑為氏，後去「耳」旁而稱冉氏。

三、源自芈姓。春秋時，楚國大夫叔山冉之後代分為二支，一以叔山為氏，一即以冉為氏，成為冉姓另一來源。

四、系出外族之改姓。漢代冉駹羌居住於今四川茂汶一帶，其族人即以族名為氏，稱冉氏。又，漢代巴國獽族居於長江三峽地區，因「獽」與「冉」讀音相似，故其族人亦多以冉為氏。

【郡望】武陵郡（參見「華」姓之郡望）。

【著名人物】冉求、冉季、冉耕、冉雍、冉孺（春秋時魯人，皆孔子弟子）；冉閔（十六國時魏國皇帝）；冉安昌（唐代招慰使）；冉虛中（南宋內江令）；冉通（明初兵科都給事中），等等。

【專用楹聯】

勇毅謀深，威望彌振；政通人和，頌聲懋奕❶。

爾公爾侯，濟濟聖門高弟；允文允武，彬彬賢館異才❷。

【注釋】❶上聯言十六國魏帝冉閔，字永曾，內黃（今屬河南）人。幼而果銳，及長，善謀策，勇力絕人。為石季龍之北中郎將、游擊將軍。石季龍敗亡後，閔威聲彌振，宿將懾服。後開國登基，改元永興，國號魏。後敗亡。下聯言南宋初良吏冉虛中，乾道年間為內江（今屬四川）令，取前令善政次第舉行，政通人和，頌聲懋奕。❷上聯言春秋時魯國賢士冉求、冉季、冉耕、冉雍、冉孺皆為孔子的得意弟子，有聖門五賢之稱。下聯言南宋末播州（今貴州省遵義市）才子冉璡、冉璞兄弟，皆有文武才，辟召不赴。余玠為四川安撫使，築招賢館以禮待才士，璡兄弟聞訊，即謁見余玠，為劃策修築釣魚城（在今重慶合川市東），以抗禦元軍圍攻。後釣魚城在四川宋軍與元軍大戰中起著很大的作用。

宰 ㄗㄞˇ

【姓源】宰姓源出姬姓。周朝設置太宰（又稱宰父）以執掌王室內外事務，位在六卿之上，其子孫有以祖上所任官名為氏者，遂為宰氏。

【郡望】西河郡（參見「卜」姓之郡望）。

【著名人物】宰予（春秋時魯國人，孔子弟子）；宰應文（明代孝子），等等。

【專用楹聯】

江寧大孝子；孔聖賢門生❶。

【注釋】❶上聯言明代孝子宰應文，江蘇江寧（今江蘇省南京市）人。家貧，早失雙親，故刻父母木像，祀之如生，出入必稟告。下聯言春秋時魯國賢人宰予，字子我，孔子高弟，後仕齊國為臨菑大夫。

酈 ㄌㄧˋ

酈姓主要分佈於江、浙地區。

【姓源】酈姓的起源主要有軒轅氏、姬姓二支。

一、出自軒轅氏。夏朝初，黃帝軒轅氏之後裔被封於酈（今河南省內鄉縣東北），國滅後，其遺族遂以國為氏，稱酈氏。據《通志・氏族略》，「酈」一作「孋」。

二、源出姬姓。酈戎族為西戎之一支，姬姓，因居於驪山（在今陝西省臨潼縣東南）而得名。因古代「酈」、「麗」、「驪」三字相通，驪山又稱酈山、麗山，故驪氏即酈氏。

【郡望】新蔡郡。西晉惠帝時分汝陰郡一部而置，轄境在今河南省新蔡縣一帶。

【著名人物】酈食其（西漢初謀士）；酈炎（東漢學者）；酈道元（北朝後魏關右大使、地理學家）；酈權（金代學者）；酈滋德（清代詩人），等等。

【專用楹聯】

服儒者衣冠，洵是漢家三俊；興魯陽學校，嘗注水經一書❶。

北魏關右大使；東漢音律專家❷。

【注釋】❶上聯言西漢初謀士酈食其，陳留高陽（今河南省開封市東南）人。好讀書，家貧落魄，人謂之狂生。劉邦起兵反暴秦，略地至陳留高陽傳舍，食其入謁，不喜儒生的劉邦對身著儒服的食其甚為不禮，方踞床命兩女子洗足，食其長揖不拜，曰：「足下必欲誅無道秦，不宜倨見長者。」劉邦即起，延之上座，定計下陳留，號廣武君。常使諸侯為說客，後說齊王歸漢，然韓信乘隙襲齊，齊王認為食其賣己，遂烹之。劉邦封其子為高梁侯。下聯言北朝後魏名臣酈道元，字善長，涿鹿（今屬河北）人。累官東荊州刺史，威猛為治，後為河南尹、安南將軍、御史中丞，出任關右大使，蕭寶夤反，被殺。平生好學，歷覽奇書。漢代人桑欽著《水經》記中國江河水道一百三十七條，道元為之作《水經注》四十卷，增至一千二百五十條，十倍於原書，成為中國古代地理名著之一。❷上聯言北朝後魏名臣酈道元之事，參見❶。下聯言東漢學者酈炎，字文勝，酈食其之裔孫。有文才，解音律，性至孝。州郡徵辟皆不就。

雍 ㄩㄥ

雍姓主要分佈於四川、寧夏二地。

【姓源】雍姓之起源主要有姬姓、姞姓二支。

一、源出姬姓。西周初，周文王之第十三子被封於雍（今河南省沁陽縣東北），史稱雍伯，其支庶子孫遂以國為氏，稱雍氏。

二、出自姞姓。西周初，周武王封黃帝之姞姓後裔於雍丘（故址在今河南省杞縣），建立杞國。春秋時，杞國為楚國所滅，其族人遂以國都為氏，亦稱雍氏。

【郡望】京兆郡（參見「韋」姓之郡望）、平原郡（參見「常」姓之郡望）。

【著名人物】雍齒（西漢什邡侯）；雍陶（唐代學者）；雍沖（北宋太學生）；雍泰（明代南京戶部尚書）；雍熙日（明代圍棋國手），等等。

【專用楹聯】

書數紛更，直道馳聲太學；才長吟咏，德政留名簡州❶。

乘夜破寇，功封縣男；修城繕學，惠播富川❷。

【注釋】❶上聯言北宋名士雍沖，洋州（今陝西省洋縣）人。太學生。紹聖時，宰相章惇變更元祐政事，沖上書數其罪，乞斬之。詔移興元府（今陝西省漢中市）管制。其後張浚試吏興元，以沖為友。下聯言唐代學者雍陶，字國鈞，成都（今屬四川）人。太和年間進士。能詩，大中年間自國子《毛詩》博士出為簡州刺史，頗有德政。❷上聯言唐代名將雍無逸，大曆年間為龍州（今四川省平武縣東南）別駕，吐蕃入寇，無逸率兵夜薄其城，破之，以功封什邡縣男。下聯言明代良吏雍恭，字可南，清水（今屬甘肅）人。萬曆年間以拔貢知富川縣（今屬廣西），修城繕學，懲盜聽訟，明斷如神。

郤 ㄒㄧˋ

郤姓的分佈以陝西省最為集中。

【姓源】郤姓源出姬姓。春秋時，晉獻公封公族子弟叔虎於郤邑（在今山西沁水下游一帶），稱郤子。其後代遂以封邑為氏，稱郤氏。

一說：郤氏即郄氏，古代「郤」、「郄」二字相通。

【郡望】濟陰郡（參見「柏」姓之郡望）。

【著名人物】郤芮、郤缺、郤克、郤至（春秋時晉國大夫）；郤巡（東漢學者）；郤正（三國蜀漢巴西太守）；郤詵（西晉雍州刺史）；郤永（明代名將），等等。

【專用楹聯】

夫妻如賓傳美德；父子為政播芳名❶。

崑山片玉；桂林一枝❷。

【注釋】❶上聯言春秋時晉國大夫郤缺，嘗耕於冀（今山西省河津市東北），其妻饁之，相敬如賓。晉文公知之，用為下軍大夫，賜冀為采邑。下聯言晉國大夫郤缺為下軍大夫，晉成公時代趙盾執國政。卒諡成子。其子郤克，晉成公時為大夫，後亦代士會執晉國政。卒諡獻子。❷本聯言西晉名臣郤詵，字廣基，單父（今山東省單縣）人。博學多才，不拘細行。以賢良對策上第，拜議郎，累遷雍州刺史。晉武帝於東堂會送，問曰：「卿自以為何如？」對曰：「臣舉賢良對策第一，猶桂林之一枝，崑山之片玉。」詵在任威嚴明斷，甚得聲譽。

璩 ㄑㄩˊ

璩姓主要分佈於湖南等地。

【姓源】璩姓即蘧姓。春秋時，衛國大夫瑗，字伯玉，受封於蘧邑，世稱蘧瑗，其後人便以封邑為氏。因「蘧」、「璩」二字同音，且古代稱身佩之玉環為璩，故蘧氏遂改為璩氏，然仍奉蘧瑗為始祖。

【郡望】黎陽郡（參見「郁」姓之郡望）、豫章郡（參見「喻」姓之郡望）。

【著名人物】璩光岳（明代學者、書法家），璩伯崑（明末廣東道御史），等等。

【專用楹聯】

姓啟佩玉；望出黎陽❶。

寡過未能，學造賢人之地；知非雖晚，德成君子之資❷。

【注釋】❶璩姓祠聯。上聯指璩姓之姓源在於取佩玉之德。下聯指璩姓之郡望。❷本聯言璩姓始祖、春秋時衛國大夫蘧瑗，字伯玉，以字行。年五十而知四十九年之非。衛靈公與夫人南子夜坐，聞車聲轔轔，至闕而止。南子曰：「此伯玉也。」靈公問其故，對曰：「君子不為冥冥墮行。伯玉，賢大夫也，是以知之。」

桑 ㄙㄤ

桑姓主要分佈於山東、河南、江蘇、四川等省。

【姓源】桑姓的起源主要有承桑氏、金天氏和嬴姓三支。

一、出自承桑氏。相傳炎帝神農氏娶於承桑氏，承桑氏後有以桑為氏者。

二、源自金天氏。相傳少昊金天氏居於窮桑（今山東省曲阜市北），並由此登帝位，故又號窮桑氏。窮桑氏之後有以窮桑為氏者，後省稱桑氏。

三、源出嬴姓。春秋時，秦穆公之孫枝，字子桑，其支庶子孫遂以祖上之字為氏，遂為桑氏的另一來源。

【郡望】黎陽郡（參見「郁」姓之郡望）。

【著名人物】桑弘羊（西漢御史大夫）；桑欽（西漢學者）；桑沖（西晉黃門郎）；桑維翰（五代後晉大臣）；桑懌（北宋名將）；桑春（明代學者）；桑春榮（清代刑部尚書），等等。

【專用楹聯】

策析秋毫，開國家大利；學穿鐵硯，儲甲第雄才❶。

回文有類聚；畫譜集竹窗❷。

【注釋】❶上聯言西漢大臣桑弘羊，洛陽（今屬河南）人。年十三，事漢武帝為侍中。上策言利事，析秋毫。任治粟校尉，領大農丞，推行重農抑商政策，將鹽鐵收歸國營，設平準、均輸機構以控制商品流通，平抑物價。元封年間為御史大夫，與霍光等受武帝遺詔輔漢昭帝。下聯言五代後晉大臣桑維翰，字國僑，河南（今河南省洛陽市）人。初舉進士，因考官惡其姓，被黜，有人勸其改業，維翰便舉鐵硯示人曰：「硯穿則改業。」卒成進士，累官至中書令、兼樞密使。❷上聯言南宋學者桑世昌，淮海（今江蘇北部、安徽北部沿淮河一帶地區）人，世居浙江天台（今屬浙江）。大詩人陸游之甥。著有《蘭亭考》、《回文類聚》等文獻。下聯言明代畫家桑榮，字文耀，江蘇常熟（今屬江蘇）人。諸生，以病絕意進取。寫竹寄興，善書，工詩。著有《竹窗集》。

桂 ㄍㄨㄟˋ

桂姓的分佈以湖南、安徽二省為多。

【姓源】桂姓的起源主要有古桂國、姬姓二支。

一、出自古桂國。相傳古桂國位於今湖南省桂陽縣一帶，國亡後，其遺族遂以國為氏，稱桂氏。

二、源出姬姓。先秦魯國公族季孫氏之後代季禎，秦朝時任博士，於秦始皇焚書坑儒時被殺；為避禍，季禎之弟季眭遂命其四侄分別改姓桂、昋、炅、炔，字異而音同，為同宗同源。

【郡望】天水郡（參見「趙」姓之郡望）。

【著名人物】桂褒（漢代揚州刺史）；桂卿（五代南唐大臣）；桂彥良、桂瑮（明初學者）；桂馥（清代學者），桂中行（清代湖南按察使），等等。

【專用楹聯】

明代江南大儒；慈溪古香先生❶。

參修永樂大典，功高望重；自著潛心堂集，績顯名揚❷。

【注釋】❶上聯言明初學者桂彥良，名德，號清溪，以字行，浙江慈溪（今屬浙江）人。元代時鄉貢進士，為包山書院山長，改平江路教授，罷歸。明初洪武年間起任太子正字。帝有所咨問，必對以正。帝曰：「江南大儒，惟卿一人。」上「太平治安」十二策，帝稱為通儒。下聯言明初學者桂瑮，字懷英，浙江慈溪人。以博學稱，名臣方孝孺慕其名，造瑮論議，大驚服。卒，學者尊之曰古香先生。❷上聯言明代學者桂宗儒、宗蕃兄弟，桂彥良從子。皆富文學，預修《永樂大典》。下聯言清代學者桂文燦，字子白，南海（今屬廣東）人。道光年間舉人，授鄖縣（今屬湖北）知縣，事必躬親，以積勞卒。其學長於考證，而以博文約禮、明辨篤行為宗。所著《潛心堂集》凡四十種。

濮 ㄆㄨˊ

濮姓主要分佈於江蘇等省。

【姓源】濮姓的起源主要有高陽氏、有虞氏、姬姓和熊氏四支。

一、出自高陽氏。相傳顓頊高陽氏裔孫陸終之後有居於濮水（在今河南省濮陽市一帶）之陽者，即以濮陽為氏，後省稱濮氏。

二、源自有虞氏。舜帝有虞氏的後代有居於濮水流域者，亦以濮為氏。

三、源出姬姓。春秋時，衛國大夫有食采於濮邑（故城在今河南省濮陽市東濮城），其後人遂以封邑為氏。

四、源於熊氏。春秋時，散居於長江、漢水一帶的百濮族出自熊氏，為楚國同族。其族人有以族名為氏，稱濮氏。

【郡望】魯郡（參見「孔」姓之郡望）。

【著名人物】濮萬年（南宋畫家）；濮鑑（元代將仕郎）；濮英（明初勇將）；濮仲謙（清代竹刻藝術家），濮璜（清代畫家），等等。

【專用楹聯】

姓氏源自濮；望族居於滋❶。

兄弟流芳於畫苑；父子播惠在涪州❷。

【注釋】❶濮姓祠聯。上聯指濮姓以濮地得名。下聯指濮姓之郡望。滋，指滋陽縣（今山東省兗州市），屬古魯郡之地。❷上聯言南宋畫家濮萬年，善畫古人像；其弟道興，善畫人物列女故實。下聯言清代濮源、濮昇父子，先後授任涪州（今重慶市涪陵）太守，皆有惠政。州人立濮公祠以祀之。

牛 ㄋㄧㄡˊ

牛姓主要分佈於陝西、遼寧、河北等北方省分。

【姓源】牛姓源出子姓。西周後期，宋國公族大夫牛父任司寇，於抗擊長狄入侵之戰中戰死，其子孫遂以祖上之名為氏，稱牛氏。至三國魏時，名將牛金被權臣司馬懿毒殺，其家人避難他鄉，因祖先名宜僚，遂改姓寮。北朝時，安定人寮允任後魏侍中，朝廷賜其恢復祖姓。

【郡望】隴西郡（參見「李」姓之郡望）。

【著名人物】牛翦（戰國時趙國將軍）；牛金（三國魏名將）；牛弘（隋朝吏部尚書）；牛僧孺（唐代名相）；牛皋（南宋初名將）；牛金星（明末李自成的謀士）；牛鈕（清代內閣學士），等等。

【專用楹聯】

好學博聞，史稱大雅君子；清操正氣，人號廉潔自將❶。

御史休祥預報；天官選舉惟明❷。

【注釋】❶上聯言隋朝名臣牛弘，字里仁。本姓寮，其父寮允為後魏侍中，賜復祖姓牛。弘性寬裕，好學博聞。隋初，為祕書監，請開獻書之路，修五禮。拜吏部尚書，封奇章郡公。卒諡憲，史稱大雅君子。下聯言南宋學者牛大年，字隆叟，揚州（今屬江蘇）人。慶元年間進士，歷官將作監主簿。入對，言人主要以天命人心之所繫致念，又言士氣久靡，宜加振起。為人清操凜然，所至以廉潔自將。❷上聯言唐代名相牛僧孺，字思黯，牛弘裔孫。進士及第。唐憲宗時對策條指失政，以方正敢言進身。累官御史中丞，唐穆宗時拜相，後封奇章郡公。下聯言隋朝名臣牛弘之事，參見❶。

壽 ㄕㄡˋ

壽姓的分佈以江蘇、浙江、湖北、河北等省為多見。

【姓源】壽姓的起源主要有彭氏、姬姓二支。

一、出自彭氏。相傳上古壽星彭祖之後，有因祖上長壽而以壽為氏者。

二、源出姬姓。西周初，周太王之子仲雍的曾孫周章居於吳，建立吳國。春秋時，周章十四世孫壽夢始稱吳王，為諸侯國。其支庶子孫遂有以祖上之名為氏者，稱壽氏。

【郡望】京兆郡（參見「韋」姓之郡望）。

【著名人物】壽光侯（東漢初方士）；壽良（西晉散騎常侍）；壽儒（明代進士）；壽同春（清代知縣），等等。

【專用楹聯】

漢代奇人，鬼神咸遵法令；梁州賢牧，黎庶均沐恩膏❶。

【注釋】❶上聯言東漢初方士壽光侯，相傳能劾百鬼眾魅，令自縛見形。漢章帝曾召試其術。下聯言西晉初名臣壽良，字文淑，成都（今屬四川）人。治《春秋》三傳，貫通五經。歷官始平太守、秦國內史、梁州刺史等，有治稱，遷散騎常侍、大長秋。

通 ㄊㄨㄥ

【姓源】通姓的起源主要有巴姓和外姓之改姓二支。

一、源於巴姓。春秋時，巴國大夫有受封於通川（今四川省達川市）者，其後人遂以封地為氏，稱通氏。

二、系出外姓之改姓。西漢初，有功臣賜爵徹侯，其子孫遂以爵為氏。至漢武帝時，為避武帝劉徹之諱，遂改為與「徹」字意相同之「通」，成為通姓的另一來源。

【郡望】西河郡（參見「卜」姓之郡望）。

【著名人物】通仁（明代良吏），等等。

【專用楹聯】

通達無阻福祿至；川流不息財源來❶。

【注釋】❶通姓發源地「通川」二字之嵌字聯。

邊 ㄅㄧㄢ

邊姓主要分佈於江西等省。

【姓源】邊姓的起源主要有古邊國、子姓二支。

一、出自古邊國。商朝時，有諸侯國邊國，世稱邊伯。其子孫遂以國為氏，稱邊氏。東周襄王時大夫邊伯，即為其後。

二、源出子姓。春秋後期，宋平公之子城（一名御戎），字子邊，於內亂中被殺，後其孫印被授任大司徒，遂以祖上之字為氏，世稱邊卬，其子孫遂稱邊氏。

【郡望】隴西郡（參見「李」姓之郡望）、陳留郡（參見「衛」姓之郡望）。

【著名人物】邊韶（東漢學者），邊鳳（東漢京兆尹），邊讓（東漢末九江太守）；邊鸞（唐代畫家）；邊鎬（五代南唐大將）；邊知白（南宋初吏部尚書）；邊貢（明代戶部尚書）；邊壽民（清代書畫家），等等。

【專用楹聯】

聞望崇高，天子殷殷採取；腹笥富厚，門人濟濟從游❶。

名列弘治十才子；官居紹興二侍郎❷。

【注釋】❶上聯言北宋名臣邊肅，字安國，楚丘（今山東省曹縣東南）人。進士及第，累遷工部郎中，出知曹州，遷邢州（今河北省邢臺市）。先是城牆因地震摧毀，無守備，恰遇契丹南侵，天子密詔聽便宜，肅匿詔，大開城門，結陣以待，契丹兵見有備，遂引去。官知泰州，卒。下聯言東漢學者邊韶，字孝先，浚儀（今河南省開封市西北）人。以文學知名，教授數百人。嘗曰：「邊為姓，孝為字，腹便便，五經笥。」漢桓帝時官尚書令，後為陳相，卒。❷上聯言明代文學家邊貢，字廷實，號華泉，歷城（今山東省濟南市東）人。弘治年間進士。早負才名，美風姿，與李夢陽等人號「弘治十才子」。歷官兵科給事中、南京戶部尚書等職，峻直敢言。下聯言南宋初名臣邊知白，字公式，楚丘人。宣和年間進士，紹興年間歷戶、吏二部侍郎，直學士院，官至吏部尚書，封同安縣侯。

扈 ㄏㄨˋ

扈姓主要分佈於遼寧、河北諸省。

【姓源】扈姓的起源主要有姒姓和外族之改姓二支。

一、源出姒姓。夏朝初，大禹之後裔一支被封於扈（今陝西省戶縣北）。扈國於夏末滅亡，其遺族遂以國為氏，稱扈氏，或去「邑」為戶氏。

二、系出外族之改姓。北朝後魏鮮卑族扈地干氏進入中原後，改為扈、干兩姓。

【郡望】京兆郡（參見「韋」姓之郡望）。

【著名人物】扈雲（西漢車騎將軍）；扈謙（東晉術士）；扈蒙、扈載兄弟（五代末、北宋初翰林學士）；扈再興（南宋初名將）；扈暹（明代知鳳翔府），等等。

【專用楹聯】

戶中千祥聚；邑內百卉妍❶。

漢時將軍甲第；後周學士人家❷。

【注釋】❶扈姓「扈」字之析字聯。❷上聯言西漢末車騎將軍扈雲，工莽攝政時，上言符命有巴郡（今重慶市北）石牛，王莽迎受之。下聯言五代後周名臣扈載，字仲熙，河北安次（今河北省廊坊市西）人。進士及第，累官至知制誥、翰林學士。

燕 ㄧㄢ

燕姓主要分佈於山東等省。

【姓源】燕姓的起源主要有姞姓、姬姓和外族之改姓三支。

一、源自姞姓。相傳黃帝之姞姓後裔有伯儵，被商王封於燕（今河南省延津縣東北），史稱南燕國。後國滅，其後代遂以國為氏，稱燕氏。

二、出自姬姓。西周初，周武王封其子召公奭於燕，建都於薊（今北京市），史稱北燕國。戰國末，燕國被秦始皇所滅，其遺族遂以國為氏，亦稱燕氏。

三、系出外族之改姓。如：十六國時，鮮卑族慕容氏先後建立前燕、後燕、南燕和北燕四國，其王族支庶子孫於國滅後，有以國為氏者。又，唐代百濟國有燕姓，為其國之大族。

【郡望】范陽郡（參見「鄒」姓之郡望）、上谷郡（參見「成」姓之郡望）。

【著名人物】燕伋（春秋時孔子弟子）；燕崇（北朝後魏學者）；燕榮（隋朝青州總管）；燕肅（北宋名臣），燕文貴（北宋畫家）；燕善（明代良吏），等等。

【專用楹聯】

范陽閥閱；燕國啟姓❶。

春秋聖門列高弟；永樂德化有循良❷。

【注釋】❶燕姓祠聯。上聯言燕姓之郡望。下聯言燕姓源出於先秦之燕國。❷上聯言春秋時人燕伋，字思，孔子弟子。下聯言明代良吏燕善，江西德化（今江西省九江市）人。永樂年間舉人，授武陵令，以循良稱，擢太僕寺丞。

冀

冀姓以山西等省為主要聚居地。

【姓源】冀姓的起源主要有陶唐氏、姬姓二支。

一、源出陶唐氏。西周初，堯帝陶唐氏之後裔被封於冀（今山西省河津市東北），至春秋前期被虞國所滅，其遺族遂以國為氏，稱冀氏。

二、出自姬姓。春秋時，晉國滅虞國，以舊冀國地為冀邑，作為大夫郤芮之采邑，郤芮由此亦稱冀芮，其支庶子孫遂以封邑為氏，亦稱冀氏。

【郡望】渤海郡（參見「季」姓之郡望）。

【著名人物】冀儁（北朝周樂昌侯）；冀禹錫（金代尚書省都事）；冀元亨（明代學者），冀練（明代戶部侍郎）；冀如錫（清代工部尚書），等等。

【專用楹聯】

善畫工詩，弱冠有聲太學；研經窮理，壯年傳名濂溪❶。

清代刑部主事，以諫亨譽；北周驃騎將軍，持廉聞名❷。

【注釋】❶上聯言金代冀禹錫，字京用，龍山（今遼寧省凌源市）人。幼聰慧，工詩，畫亦勁健可喜，弱冠有聲太學。進士及第，累官應奉翰林文字，充尚書省都事。下聯言明代學者冀元亨，字惟乾，號闇齋，武陵（今湖南省常德市）人。正德年間舉人，師事著名理學家王陽明，主講濂溪書院。❷上聯言清代名臣冀如錫，字公治，一字鎔文，河北廣平（今屬河北）人。以進士授刑部主事，累擢左都御史，所言皆切中時政利弊。遷工部尚書。潛心理學，以躬行實踐為務。晚年尤致力於《周易》，其持己接物，多得力於《易》理。下聯言北朝周將軍冀儁，字僧儁，陽邑（今山西省太谷縣）人。善隸書，尤工模刻。歷官襄樂郡守、湖州太守，加驃騎大將軍，進昌樂侯。性廉謹沉靜，所歷頗有聲譽。

郟 ㄐㄧㄚˊ

郟姓主要分佈於河南和江浙地區。

【姓源】郟姓的起源有姬姓、地名和芈姓三支。

一、源出姬姓。西周初，周成王定鼎於郟鄏（今河南省洛陽市北邙山），其支庶子孫有遷居於此者，遂以郟為氏。

二、以地名為氏。春秋時，鄭國大夫張，因其祖上受封於郟（今河南省郟縣），遂以封邑為氏，世稱郟張，其子孫相承未更。後世居武陵郡，成為當地望族。

三、源自芈姓。春秋時，楚共王之孫員，字敖，嗣立為王，後為其叔公子圍所殺，葬於郟，世稱郟敖，其支庶子孫遂以郟為氏。

【郡望】滎陽郡（參見「鄭」姓之郡望）、武陵郡（參見「華」姓之郡望）。

【著名人物】郟亶、郟僑父子（北宋水利學家）；郟元鼎（南宋學者）；郟掄逵（清代畫家），等等。

【專用楹聯】

姬昌華胄聲名遠；鄭國大夫德澤長❶。

宋成吳門水利；清著白雪山房❷。

【注釋】❶郟姓祠聯。言郟姓之姓源。姬昌即周文王，周成王為其孫。❷上聯言北宋水利學家郟亶，字正夫，崑山（今屬江蘇）人。嘉祐年間進士，熙寧初為廣東安撫使機宜，上書論吳中水利六失六得，條具甚悉，除司農丞，令提舉興修。元祐中出知溫州。其子郟僑，字子高。負才挺特，為王安石所器許。輯其父《吳門水利書》，亦有所發明，並傳於世。下聯言清代畫家郟掄逵，字蘭坡，號鐵蘭道人，江蘇常熟（今屬江蘇）人。工畫山水墨蘭，著有《虞山畫志》、《白雪山房集》等。

浦 ㄆㄨˇ

浦姓主要分佈於浙江、江蘇二省。

【姓源】浦姓源出姜姓。春秋時，齊國公族有出奔晉國為大夫者，因封於浦邑，其子孫遂以封地為氏，稱浦氏。

【郡望】京兆郡（參見「韋」姓之郡望）。

【著名人物】浦仁裕（三國魏學者）；浦選（西晉尚書令）；浦鏞（明代御史），浦源（明代詩人、畫家），浦南金（明代學者）；浦起龍（清代學者），等等。

【專用楹聯】

京兆名宗，賢孫濟美；平章佳記，才士交推❶。

榮列閩中十才子；譽滿建寧一清官❷。

【注釋】❶上聯指浦姓為京兆望族，歷代浦姓名人輩出。下聯言三國魏學者浦仁裕，著有《廣平章記》十五卷，為時人所推許。❷上聯言明代詩人浦源，字長源，號海生，江蘇無錫（今屬江蘇）人。工詩，善畫。明初遊閩中，與林鴻等人號稱「十才子」。官晉王府引禮舍人。下聯言明代浦鏞，字廷用，上元（今江蘇省南京市）人。由進士授監察御史，成化年間擢知建寧府（今福建省建甌市），以清勤節儉為治，民懷之。

尚 ㄕㄤˋ

尚姓的分佈以河南、河北、青海等省為多。

【姓源】尚姓的起源主要有姜姓和官名二支。

一、源出姜姓。西周初，齊國開國之君姜太公，又為周朝太師，又稱太師尚父，簡稱師尚父或尚父。其支庶子孫遂以尚為氏，成為當代尚姓之主要來源。

二、以官名為氏。秦朝設置尚衣、尚食、尚冠、尚席、尚沐、尚書「六尚」之官，以管理帝后、宮廷衣、食、冠冕、起居、沐浴、圖書之事。任職六尚者之後裔，有以尚為氏。又，唐代神策大將軍宇文可孤以功加檢校尚書右僕射，遂改以官名為姓，稱尚可孤，其子孫承襲未更。

【郡望】京兆郡（參見「韋」姓之郡望）、上黨郡（參見「鮑」姓之郡望）。

【著名人物】尚長道（北宋詩人）；尚野（元代國子祭酒），尚仲賢（元代戲曲作家）；尚達（明代岳陽令），尚衡（明代工科給事中）；尚可喜（清初平南王），等等。

【專用楹聯】

望出京兆；源自太師❶。

志留赤山表宿願；德被岳陽益庶民❷。

【注釋】❶尚姓祠聯。上聯指尚姓之郡望。下聯指尚姓源出於西周初太師尚父姜太公。❷上聯言清代學者尚兆山，字仰止，江蘇句容（今屬江蘇）人。諸生。光緒年間，名臣左宗棠議浚赤山湖，兆山預其事，役未半而功廢，兆山痛惜之，故輯其始末為《赤山湖志》。下聯言明代良吏尚達，字兼善，同州（今陝西省大荔縣）人。弘治初，以貢士授岳陽（今屬湖南）令。縣有潤水為患，達命開渠溉田，歲旱，民食其利。

農 ㄋㄨㄥˊ

農姓主要分佈於兩廣地區。

【姓源】農姓源出神農氏。西周初，周朝徵召炎帝神農氏之後裔入朝為農正官，執掌農業生產及祈禱年歲豐收之事宜，其後代遂以官名為氏，稱農氏。

【郡望】雁門郡（參見「童」姓之郡望）。

【著名人物】農益（明代學者），農猷（明代淳安令），農高（明代舉人），農志科（明代靖州學正），等等。

【專用楹聯】

雁傳喜訊平安久；門納吉祥幸福多❶。

曲徑通幽谷；辰時沐曉風❷。

【注釋】❶農姓郡望「雁門」二字之嵌字聯。❷農姓之「農」字的析字聯。

溫 ㄨㄣ

溫姓的分佈以廣東省最為集中。

【姓源】溫姓的起源主要有己姓、姬姓、郤姓和外族之改姓四支。

一、出自己姓。相傳顓頊高陽氏之己姓後裔，有以溫為氏者。

二、源出姬姓。西周初，周武王封其子叔虞於唐，史稱唐叔虞。其後代有被封於溫（今河南省溫縣）。春秋時，狄人攻入溫邑，溫子逃奔衛國，遂以封邑為氏，稱溫氏。

三、源自郤姓。春秋時，晉國大夫郤至受封於溫邑，又稱溫季，後被害，其子孫亦以封邑為氏。

四、系出外族之改姓。如：北朝後魏鮮卑族叱溫氏、溫盆氏、溫孤氏等進入中原後，改為溫姓。唐代武則天時，西域康居國歸附，其國王為溫姓。清代時，生活於今山東德州一帶之回族溫姓，其血統出自菲律賓蘇祿國之王族。

【郡望】太原郡（參見「王」姓之郡望）、平原郡（參見「常」姓之郡望）。

【著名人物】溫嶠（東晉江州刺史）；溫子昇（北朝後魏中軍大將軍）；溫大雅（唐初工部尚書），溫彥博（唐代宰相），溫庭筠（唐代詩人）；溫仲舒（北宋參知政事）；溫體仁（明代大學士）；溫汝能（清代文學家），等等。

【專用楹聯】

四代持名節；一門盡公卿❶。

詩賦精工，僉羨西崑雅體；文章璀璨，允稱江左高才❷。

【注釋】❶上聯言唐初工部尚書、黎國公溫大雅（字彥弘）及其四世孫太常丞溫佶，皆名重節高，為世所重。下聯言唐初名臣溫大雅與尚書右僕射、虞國公溫彥博（字大臨），中書侍郎、清河郡公溫大有（字彥將）兄弟三人，俱知名當世，時稱「一門三公」。❷上聯言唐末詩人溫庭筠，本名岐，字飛卿，祁縣（今屬山西）人。少敏悟，工詩詞，與李商隱齊名，號「溫李」。文思神速，作賦八叉手而八韻成，時稱「溫八叉」。又以詞聞名，對詞之發展影響甚大。著有《握蘭集》、《金荃集》等。西崑體，指北宋前期詩壇上效仿溫庭筠、李商隱之類追求詞藻典麗、堆砌典故之詩風，因詩集《西崑酬唱集》而得名。下聯言北朝後魏文學家溫子昇，字鵬舉，冤句（今山東省菏澤市西南）人。博覽百家，文章清婉。對策高第，補御史，累官至中軍大將軍。有文集三十五卷。濟陰王暉業嘗曰子昇文章足以敵南朝顏延之、謝靈運、沈約、任昉等「江左文人」。

別 ㄅㄧㄝˊ

別姓主要分佈於陝西等省。

【姓源】別姓源出別子。周朝禮法，諸侯公卿大夫之長子，世為宗子，宗子之次子，世為小宗；小宗之次子，即為別子。別子不敢以祖上之姓為姓，故以祖上之字、官、爵、謚等為氏，亦有以別為氏，以明示其於宗法制度中嫡庶之地位。

【郡望】京兆郡（參見「韋」姓之郡望）、天水郡（參見「趙」姓之郡望）。

【著名人物】別修（唐代義軍牙將）；別之傑（南宋參知政事），等等。

【專用楹聯】

宗開京兆傳名遠；秀毓郢州播惠長❶。

【注釋】❶別姓祠聯。上聯指別姓之郡望。下聯言南宋名臣別之傑，字宋才，郢川（今湖北省鍾祥市）人。嘉定年間進士。累官知江陵府、湖北安撫副使，進端明殿學士，加兵部尚書，後拜參知政事。

莊 ㄓㄨㄤ

莊姓的分佈以廣東、浙江、江蘇、臺灣為多。

【姓源】莊姓的起源主要有子姓、羋姓二支。

一、源出子姓。春秋時，宋戴公名武，字莊，其支庶子孫以祖上之字為氏，稱莊氏。

二、出自羋姓。春秋時，楚國君羋旅謚莊，史稱楚莊公，其支庶子孫遂以祖上之謚號為氏，亦稱莊氏。

附注：東漢明帝名劉莊，為避諱，莊姓改為嚴姓，漢亡後，不少莊姓人復祖姓莊姓，故歷史上有「莊、嚴一家」之說。

【郡望】天水郡（參見「趙」姓之郡望）、會稽郡（參見「謝」姓之郡望）。

【著名人物】莊周（戰國時思想家）；莊忌（西漢文學家）；莊綽（南宋學者）；莊肅（元代藏書家）；莊際昌（明代狀元）；莊有恭（清代書法家），莊存與（清代禮部侍郎），莊有可（清代學者），等等。

【專用楹聯】

翰苑能臣，直諫內廷張火；漆園名吏，高隱南華著經❶。

父子雙進士；明清兩狀元❷。

【注釋】❶上聯言明代學者莊昶，字孔暘，江蘇江浦（今屬江蘇）人。成化年間進士，授翰林檢討，因上疏諫內廷張燈被貶官。卜居定山（在今江蘇省江陰市東）二十餘年，學者稱定山先生。弘治年間起為南京吏部郎中，罷歸卒，追謚文節。下聯言戰國思想家莊周，宋國蒙（今安徽省蒙城縣人，一說今河南省商丘市）人。嘗為漆園吏。著書十萬餘言，號《莊子》，《漢書・藝文志》列於道家類，與老子並列為道家之祖。唐代天寶年間，詔名此書為《南華真經》。❷上聯言清代文學家莊培因，字本淳，陽湖（今江蘇省武進市）人。乾隆年間進士，官至侍講學士，工詩文。其子述祖，字葆琛。亦乾隆年間進士，知濰縣，辭官養親。著有《尚書古今文考證》、《毛詩考證》等。下聯言明代萬曆年間狀元莊際昌，字景說，號羹若，福建永春（今屬福建）人，官至國子祭酒；清代乾隆年間狀元莊有恭，字容可，號滋圃，廣東番禺（今屬廣東）人，官至福建巡撫。

晏 ㄧㄢˋ

晏姓主要分佈於湖北、四川、江西等省。

【姓源】晏姓的起源主要有人名、高陽氏和姜姓三支。

一、出自上古人名。相傳黃帝有大臣名晏龍，其子孫即以晏為氏。

二、源自高陽氏。相傳顓頊高陽氏之後裔陸終第五子名晏安，其後代亦以晏為氏。

三、源出姜姓。春秋時，齊國公族大夫晏弱，因封邑於晏（今山東省齊河縣西北晏城）而得氏。當時齊國四大望族為晏、高、國、鮑，世為齊國卿士。

【郡望】齊郡（參見「計」姓之郡望）。

【著名人物】晏嬰（春秋時齊國相）；晏稱（東漢司隸校尉）；晏殊（北宋宰相、詞人），晏幾道（北宋詞人、晏殊子）；晏敦復（南宋初吏部侍郎），等等。

【專用楹聯】

童子能文，仰同叔之天坦；相臣克儉，美平仲之家風❶。

晏子光萬古；棋經煥千秋❷。

【注釋】❶上聯言北宋晏殊，字同叔，臨川（今屬江西）人。景德初，以神童薦，天子召與進士並試廷中，殊援筆立成文。官至宰相。工詩擅文。下聯言春秋時齊國相晏嬰，字平仲，夷維（今山東省高密縣）人。連任齊靈、莊、景三公上卿，執政五十餘年。以節儉力行、謙恭下士著稱於時。著有《晏子春秋》內外篇，凡八卷。❷上聯言春秋時齊國相晏嬰之事，參見❶。下聯言北宋圍棋國手晏天章，著有《玄玄棋經》傳世。

柴 ㄔㄞˊ

柴姓的分佈以湖北、山東等省最為集中。

【姓源】柴姓之起源主要有姜姓和外族之改姓二支。

一、源出姜姓。姜太公之後齊文公有子公子高，其孫名傒，以其祖父之字為氏，世稱高傒，為高氏之始祖。高傒之十七世孫名高柴，為孔子弟子。高柴之孫名舉，又以祖父之字為氏，世稱柴舉，其後遂成柴氏，並奉高柴為柴氏之始祖。

二、系出外族之改姓。如：明初，原元朝蒙古貴族多人被賜姓柴，成為柴姓之另一來源。又，清代滿洲八旗賽密勒氏亦改為柴姓。

【郡望】平陽郡（參見「鳳」姓之郡望）。

【著名人物】柴武（西漢初名將）；柴紹（唐初霍國公）；柴榮（五代後周世宗）；柴禹錫（北宋樞密副使）；柴潛道（元代學者）；柴望（明代兵部尚書）；柴紹炳（清代學者），等等。

【專用楹聯】

唐代榮為駙馬；後周耀稱君王❶。

前賢爰誦秋巖稿；後士喜吟青鳳詩❷。

【注釋】❶上聯言唐初名將柴紹，字嗣昌，臨汾（今屬山西）人。少有勇力，以任俠聞名。為李淵（唐高祖）女婿，助其起兵反隋，創立唐朝，以功拜右驍衛大將軍。封霍國公。下聯言五代後周世宗柴榮，登基後勵精圖治，有威武之聲，治國有方，得世人尊崇。❷上聯言元代學者柴潛道，襄陵（今山西省臨汾市西南）人。不樂仕進，以教授鄉閭為業，人號秋巖處士，其詩文集名《秋巖小稿》。下聯言清代學者柴紹炳，字虎臣，號省軒，仁和（今浙江省杭州市）人。善為文，人稱其文為西陵體。其詩文集名《省軒文集》、《青鳳堂詩》等。

瞿 ㄑㄩˊ

瞿姓的分佈以江浙、川陝地區較有影響。

【姓源】瞿姓的起源主要有地名、人名二支。

一、以地名為氏。商朝有一大夫因受封於瞿上（今四川省雙流縣東），世稱瞿父，其子孫遂以封邑為氏，稱瞿氏。

二、以人名為氏。春秋時，魯國人商瞿，字子木，為孔子弟子，其後人有以祖上之名為氏者，成為瞿姓的另一來源。

【郡望】松陽縣。東漢末始置，治所在今浙江省松陽縣西北古市鎮。

【著名人物】瞿君武（東漢術士）；瞿信（元代學者）；瞿佑（明初學者），瞿九思（明代學者），瞿式耜（明末名臣）；瞿紹基、瞿鏞父子（清代藏書家），等等。

【專用楹聯】

宗開瞿上；秀毓松陽❶。

勇冠三軍，先赴白溝之戰；文高眾士，首占黃榜之魁❷。

【注釋】❶瞿姓祠聯。上聯指瞿姓源出於瞿上之地。下聯指瞿姓之郡望。❷上聯言明初勇將瞿能，字世賢，安徽合肥（今屬安徽）人。官四川都指揮使、副總兵，以勇聞名，屢立戰功。下聯言明代學者瞿景淳，字師道，號崑湖，江蘇常熟（今屬江蘇）人。嘉靖年間會試第一，殿試第二，授編修，典制誥。累官禮部左侍郎、翰林院學士，總校《永樂大典》，修《嘉靖實錄》等書。卒諡文懿。

閻 一ㄢˊ

閻姓是中國人口最多的五十大姓之一，總人口近五百萬，約占當代人口的百分之零點四一，其主要分佈於豫、冀和隴西地區。

【姓源】閻姓的構成主要有姬姓、羋姓和外族之改姓三大來源。

一、源出姬姓。又分三支：其一，西周初，周武王封周太王之長子泰伯曾孫仲奕於閻鄉（故址在今山西省運城市一帶），仲奕之後人遂以封邑為氏。其二，西周前期，周康王封其少子於閻邑（今山西省安邑縣西），其子孫亦以封邑為氏。其三，春秋時，晉成公之子公子懿食采於閻，後被晉國所滅，其族人散處河洛，遂以邑為氏。

二、出自羋姓。楚國有大夫食采於閻，因以為氏，成為閻姓的另一來源。

三、系出外族之改姓。如：清代滿洲八旗布雅穆齊氏集體改為閻姓。

【郡望】太原郡（參見「王」姓之郡望）、天水郡（參見「趙」姓之郡望）。

【著名人物】閻敖（春秋時楚國大夫）；閻纘（西晉漢中太守）；閻立本（唐代宰相、書畫家）；閻仲（南宋畫家）；閻公貞（金代名臣）；閻若璩（清代學者），閻爾梅（清代詩人），等等。

【專用楹聯】

識滄海遺珠，洵稱哲世；還夜途拾錦，不負府君❶。

右相丹青馳譽；洪都棨戟遙臨❷。

【注釋】❶上聯言唐代宰相、書畫家閻立本，萬年（今陝西省西安市）人。善人物、車馬、臺閣畫，尤工寫真，筆力圓勁雄渾，兼能書法。所畫〈步輦圖〉、〈淩煙閣功臣圖〉等譽稱當時。唐高宗時累官至右相，時姜恪以戰功擢左相，故時人有「左相宣威沙漠，右相馳譽丹青」之說。卒諡文貞。下聯言三國蜀漢良吏閻憲，為綿竹（今屬四川）令。有邑人夜行拾得遺錦，清晨送縣衙，憲曰：「夜行得錦，天賜也。」對曰：「縣有明府，犯此則慚。」其德化多類此。❷上聯言唐代宰相、書畫家閻立本之事，參見❶。下聯言唐代名臣閻伯嶼，天寶年間為起居舍人，上表以唐承漢，黜隋朝以前帝王，尊周、漢二朝，以商為三恪。忤權相楊國忠之意，貶涪川縣尉。後歷官洪州都督兼洪州刺史。洪都即洪州，江西南昌的別稱；棨戟，有絲綢套或經過油漆的木戟，古代官員出行時的前導儀仗；遙臨，從遠道前來鎮守。

充 ㄔㄨㄥ

【姓源】充姓的起源主要有官名、姜姓二支。

一、以官名為氏。周朝設充人一職，專管飼養祭祀所用牲畜。世任充人之職的後人有以充為氏者。

二、源出姜姓。春秋時，齊國公族大夫有名充閭者，其後代亦以充為氏。

【郡望】太原郡（參見「王」姓之郡望）。

【著名人物】充虞（戰國時孟子弟子）；充尚（秦朝方士），等等。

【專用楹聯】

周室充人聲名著；齊國大夫德惠長❶。

賢門高弟；漢代仙人❷。

【注釋】❶充姓祠聯。指二支充姓之始祖。❷上聯言戰國時齊國人充虞，孟子的得意弟子。下聯言秦朝方士充尚，能仙道形解銷化之術，善占卜鬼神之事。入漢以後，傳得道飛昇。

慕 ㄇㄨˋ

慕姓的分佈以陝西省最為集中。

【姓源】慕姓的起源主要分有虞氏和慕容氏二支。

一、源出有虞氏。相傳舜帝有虞氏之祖名虞幕，其支庶子孫有以祖上之名為氏，後「幕」演變為「慕」。

二、出自慕容氏。東晉十六國時，鮮卑族慕容光稱帝，國號燕，史稱前燕。其支庶子孫於北朝後魏時有省稱慕姓者。

【郡望】燉煌郡（參見「洪」姓之郡望）、吳興郡（參見「沈」姓之郡望）。

【著名人物】慕興（南宋團練使）；慕洧（金代經略使）；慕完（元代刑部侍郎）；慕天顏（清代江蘇巡撫），等等。

【專用楹聯】

清人多誇漕總督；元代盛讚魏郡公❶。

【注釋】❶上聯言清代慕天顏，字拱極，靜寧（今屬甘肅）人。順治年間進士，康熙年間任江蘇巡撫，疏浚吳淞江、瀏河等，並請免荒田賦額二百餘萬。後官漕運總督，卒於蘇州。下聯言元代名臣慕完，新鄉（今屬河南）人。明敏有大志，累官侍御史、刑部侍郎。善決獄，持法平允。後封魏郡公。

連 ㄌㄧㄢˊ

連姓主要分佈於河南、四川、福建等省。

【姓源】連姓的起源主要有高陽氏、姜姓、羋姓和外族之改姓四支。

一、出自高陽氏。相傳顓頊高陽氏之後裔陸終第三子名惠連，其子孫有以連為氏。

二、源出姜姓。春秋時，齊國公族大夫有名連稱者，其支庶子孫有以祖上之名為氏，遂稱連氏。

三、源於羋姓。春秋時，楚國公族有連敖、連尹之官，其後代便以官名為氏，成為連姓的另一來源。

四、系出外族之改姓。北朝後魏時，鮮卑族之地連氏、是連氏，高車族之太連氏等，皆改為連姓。

【郡望】上黨郡（參見「鮑」姓之郡望）、馮翊郡（參見「嚴」姓之郡望）。

【著名人物】**連總**（唐代進士）；**連庶**、**連庠**兄弟（北宋名吏）；**連南夫**（南宋初廣東轉運使），**連三益**（南宋廣州通判）；**連均**（明代江西布政使），**連城璧**（明末御史），等等。

【專用楹聯】

博學著經標玉髓；才高作賦重庭筠❶。

居官卌載播惠廣；教子二連留芳長❷。

【注釋】❶上聯言唐代學者連肩吾，著有《金英玉髓經》。下聯言唐代文學家連總，字會川，閩縣（今福建省福州市）人。咸通年間進士。善作賦，為溫庭筠所稱。❷上聯言明代能吏連均，字士平，福建建安（今福建省建甌市）人。永樂年間進士，授御史，累官江西布政使，所至有能聲。歷仕四十年，產業未嘗有所增益，人稱其廉。下聯言北宋名士連舜賓，字輔之，應山（今屬湖北）人。少舉進士不中，遂歸養其父，不復仕。家多資，悉散以賙鄉里，而教二子庶、庠以學，曰：「此吾資也。」及卒，遠近鄉人往哭之。連庶，字君賜，進士及第，官職方員外郎，當朝明潔，人稱「連底清」；連庠，字元禮，進士及第，官都官郎中，敏於政事，明潔嚴肅，人稱「連底凍」。

茹 ㄖㄨˊ

茹姓的分佈以北京、上海等地較眾。

【姓源】 茹姓的起源主要有姬姓和外族之改姓二支。

一、源出姬姓。春秋時，鄭國大夫公子班，字子如，其支庶子孫以祖上之字為氏，稱如氏。如漢代有學者名如淳。後加草字頭而為茹氏。

二、系出外族之改姓。北朝後魏鮮卑族普六茹氏（亦作普陸茹氏、普陋氏）進入中原後改為茹姓。又東胡之一支郁久閭氏於後魏時建柔然國。柔然亦稱蠕蠕、茹茹。西魏時，突厥族攻破柔然國，其部族逃奔中原，以茹茹為氏，後省作茹氏。

【郡望】 河內郡（參見「于」姓之郡望）、河南郡（參見「褚」姓之郡望）。

【著名人物】 茹法亮（南朝齊大司農）；茹瞻（北朝齊侍郎）；茹榮（唐代孝子）；茹孝標（北宋知江州）；茹瑺（明初兵部尚書），茹洪（明代畫家）；茹棻（清代兵部尚書），等等。

【專用楹聯】

少負氣節，有聲吏治；幼學親情，無忝家規❶。

古之遺直，狀元門第；香其幽遠，忠誠人家❷。

【注釋】 ❶上聯言北宋良吏茹孝標，舒城（今屬安徽）人。天聖年間進士。負氣節，好學不倦。以都官員外郎出知江州（今江西省九江市），有治聲。下聯言唐代孝子茹榮，簡州（今四川省簡陽市）人。幼失父，侍母至孝。初為邑吏，後歸事母，得以終養。❷上聯言清代名臣茹棻，字古香，會稽（今浙江省紹興市）人。乾隆年間進士第一，官至兵部尚書。善詩文。下聯言明初名臣茹瑺，衡山（今屬湖南）人。洪武年間由監生累官副都御史、兵部尚書。建文帝時奉詔至龍潭見燕王議和。明成祖即位，封忠誠伯。

習 ㄒㄧˊ

習姓主要分佈於湘、陝二省。

【姓源】習姓源出於古國名。春秋時，習國（亦稱少習國，故址在今陝西省商州市東南武關）國滅後，其遺族便以國名為氏，稱習氏。

【郡望】東陽郡（參見「苗」姓之郡望）、襄陽郡。襄陽郡，東漢末始置，治所在今湖北省襄樊市。

【著名人物】習承業（東漢汶山太守）；習郁（東漢侍中）；習珍（三國蜀漢都尉）；習溫（三國東吳武昌太守）；習鑿齒（東晉史學家）；習韶（明初兵部郎中），等等。

【專用楹聯】

羽化何嘗登仙界；白雲生處有人家❶。

經濟才高，惠著滎陽四境；撫綏善政，德化長樂群黎❷。

【注釋】❶習姓「習」字之析字聯。❷上聯言東晉史學家習鑿齒，字彥成，襄陽（今湖北省襄樊市）人。博學洽聞，以文筆著稱。累官滎陽（今屬河南）太守，時權臣桓溫有異志，鑿齒撰《晉漢春秋》一書，奉蜀為正統，以加裁正。下聯言明初良吏習韶，字尚鏞，永平（今湖南省靖州縣）人。洪武年間任長樂（今屬福建）知縣，以德化民，勤於撫綏。官至兵部郎中。

宦 ㄏㄨㄢˋ

宦姓在當代的分佈以貴州省遵義市和江蘇省丹陽市最為集中。

【姓源】宦姓當取意於仕宦，不詳其姓源出之時、地。

【郡望】東陽郡（參見「苗」姓之郡望）。

【著名人物】宦績（明代進士），等等。

【專用楹聯】

萬里東風浴大地；一輪豔陽照堯天❶。

宦族門第流名遠；進士家風播惠長❷。

【注釋】❶宦姓郡望「東陽」二字之嵌字聯。❷宦姓祠聯。上聯指宦姓源遠流長，門第顯著。下聯言明代名士宦績，字宗熙，江蘇江陰（今屬江蘇）人，永樂二年進士。

艾 ㄞˋ

艾姓主要分佈於陝西、黑龍江、河北、江西等省。

【姓源】艾姓的起源主要有姒姓、田氏和外族之改姓三支。

一、源出姒姓。夏王少康時，有王族大臣汝艾（一作女艾），其後人即以祖上之名為氏，遂稱艾氏。

二、出自田氏。春秋後期，齊國大夫田孔居於艾陵（今山東省泰安市東南），世稱艾孔，其支庶子孫遂以地名為氏，亦稱艾氏。

三、系出外族之改姓。北朝後魏時代北複姓艾斤氏、去斤氏皆改為艾姓。

【郡望】天水郡（參見「趙」姓之郡望）、汝南郡（參見「周」姓之郡望）。

【著名人物】艾銓（東漢東平太守），艾伯堅（東漢汝南太守）；艾晟（北宋考功員外郎）；艾自新（明代學者），艾穆（明代太僕少卿）；艾元徵（清代刑部尚書），等等。

【專用楹聯】

宏詞一等；通判三州❶。

祖孫雙進士；兄弟兩賢儒❷。

【注釋】❶本聯言北宋良吏艾晟，字子先，真州（今江蘇省儀徵市）人。崇寧年間進士，政和年間試宏詞，中一等，擢秘書省校書郎，兼編修六典文字。不久為隰、澧、越三州通判，所至有聲譽。官終考功員外郎。❷上聯言明代名臣艾希淳，字次伯，陝西米脂（今屬陝西）人。嘉靖年間進士，官至戶部侍郎。其曾孫艾毓初，字孩如。崇禎年間進士，官至右參議，分守南陽（今屬河南），卻賊有功。下聯言明代學者艾自新，鄧州（今屬河南）人。粹於理學，所著《希聖錄》，得宋儒宗旨。其弟自修嘗纂其要，學者咸宗之，聞於朝廷，旌曰「當代賢儒」。

魚 ㄩˊ

魚姓的分佈以陝西省最有影響。

【姓源】魚姓的起源主要有子姓、古魚國和外族之改姓三支。

一、源出子姓。春秋時，宋桓公之子目夷，字子魚，其後人便以祖上之字為氏，遂成魚氏。

二、出自古魚國。春秋時，在今重慶市奉節一帶有魚國，其族人有以國為氏者。

三、系出外族之改姓。唐代神策大將尚可孤，本鮮卑族宇文氏別支，為大宦官魚朝恩之養子，遂改名魚智德，後受賜姓李，名李嘉勳，並不許復祖姓，於是其後代形成魚、李、尚三姓。

【郡望】雁門郡（參見「童」姓之郡望）、馮翊郡（參見「嚴」姓之郡望）。

【著名人物】魚豢（三國魏史學家）；魚思賢（唐代任丘令），魚玄機（唐代女道士、詩人），魚孟威（唐代郴州刺史）；魚周詢（北宋御史中丞）；魚侃（明代知開封府），等等。

【專用楹聯】

竭力開渠，閭閻蒙利；直言敢諫，臺閣生風❶。

開封長播譽；靈渠永留芳❷。

【注釋】❶上聯言唐代良吏魚思賢，開元初年為任丘（今屬河北）令，開通利渠入滹水，陂淀蓄泄，得地二百餘頃，百姓利之，號為魚君陂。下聯言北宋名臣魚周詢，字裕之，雍丘（今河南省杞縣）人。早孤好學，進士及第，累官諫議大夫。權御史中丞。聞見博洽，明習吏事，直言敢諫。❷上聯言明代廉吏魚侃，字希直，江蘇常熟（今屬江蘇）人。永樂年間進士，累官知開封府（今屬河南）。斷決明允，請託不行，汴人稱之為「包老」。辭官歸，甚貧，或至斷炊，處之夷然。下聯言唐代能吏魚孟威，咸通年間為郴州（今屬湖南）刺史，修靈渠，以石為鏵堤，延亙四十里，植大木為斗門十八重，乃通舟楫，大為民利。

容 ㄖㄨㄥˊ

容姓的分佈以山東、山西、陝西、甘肅、湖北、廣東、海南、北京等地區為多見。

【姓源】容姓的起源主要有上古人名、高陽氏、古容氏國、官名和南宮氏五支。

一、以人名為氏。相傳黃帝有史臣容成，創制了中國第一部曆法，其後代便以其名為氏，遂成容氏。

二、源於高陽氏。相傳顓頊高陽氏有八子，名「八愷」，其一為仲容。仲容之後裔即以容為氏。

三、出自古容氏國。相傳上古時有容氏國，其國君之後代亦以容為氏。

四、以官名為氏。周朝設禮樂之官稱容，其後人遂以容為氏。

五、源出南宮氏。春秋時，孔子弟子南宮适，字子容，其後代便以祖上之字為氏，成為容姓另一重要來源。

【郡望】燉煌郡（參見「洪」姓之郡望）。

【著名人物】容苴（金代普定知府）；容悌與（明初香山縣教諭），容璘（明代孝子），容若玉（明代良吏），等等。

【專用楹聯】

乃祖八愷裕後；容成一曆居先❶。

嶺北留德政；新會播孝名❷。

【注釋】❶容姓祠聯。上聯指容姓始祖為顓頊帝之子「八愷」之一的仲容。下聯言黃帝史臣容成，相傳創制了中國第一部曆法。❷上聯言明代良吏容若玉，字崑石，安徽安慶（今屬安徽）人。萬曆年間進士，歷官多善政，累遷江西嶺北道。境有寇亂，勢力甚盛，會巡撫等長官皆遷官離去，若玉以一人之力兼攝諸務，勞疾卒官。家無長物，賴同僚周濟，始得歸葬。下聯言明代孝子容璘，廣東新會（今屬廣東）人。性仁孝，早失父，奉遺物輒泣。歲貢入京，陳情養母，嘉靖年間詔旌其門。

向 ㄒㄧㄤˋ

向姓的分佈以湖南省最為集中。

【姓源】向姓的起源主要有姜姓、祁姓、子姓和外族之改姓四支。

一、源出姜姓。相傳炎帝神農氏有裔孫名向，封為諸侯，其支庶後代以祖上之名為氏，稱向氏。

二、源自祁姓。西周初，堯帝之祁姓後裔被封於向（故址在今山東省莒縣南，一說即山東省臨沂市之古向城）。春秋時，向國被莒國所滅，其族人遂以國為氏。

三、出自子姓。春秋時，宋桓公之子肸，被封於向（今安徽省亳州市一帶），故字向父，其支庶子孫遂以祖上之字為氏。此向氏後又分出桓、司馬二氏：春秋末，向父之裔孫向魋，以祖上宋桓公之謚號為氏，稱桓氏；向魋之弟向犁，字牛，為孔子弟子，因祖先曾任宋國司馬，遂以此官名為氏，稱司馬牛。

四、系出外族之改姓。東漢時，巴郡南郡蠻有五大姓，向氏（一作相氏）為其一。

【郡望】河南郡（參見「褚」姓之郡望）。

【著名人物】向寵（三國蜀漢名將）；向秀（西晉初名士）；向敏中（北宋名相）；向子韶（南宋初知淮寧府），向士璧（南宋後期名將）；向侃（明代御史），等等。

【專用楹聯】

宗開三帝；秀毓河南❶。

七州歷仕稱德政；九世同居號義門❷。

【注釋】❶向姓祠聯。上聯指向姓源出於炎帝、堯帝和商朝湯王之裔。下聯指向姓之郡望。❷上聯言北宋良吏向綜，字君章，開封（今屬河南）人。授知歙縣，後歷官隨、鼎、漳、汾、密、棣、沂七州。性寬裕，善治劇，於奸惡不少恕。官至中散大夫。下聯言元代名士向遜，宜都（今湖北省宜昌縣）人。自南宋至元末，九世同爨，人無間言，世稱義門。

古 ㄍㄨˇ

古姓主要分佈於四川、廣東等省。

【姓源】古姓的起源主要有姬姓、古成氏和外族之改姓三支。

一、源出姬姓。西周初，周太王古公亶父之支庶子孫以祖上之名字為氏，稱古氏。

二、出自古成氏。東周時，晉國大夫郤犨受封於苦城（故址在今河南省鹿邑縣境內），號苦成叔，後訛為古成，其支庶子孫遂以封邑為氏，成為古姓另一來源。

三、系出外族之改姓。北朝後魏鮮卑族吐奚氏、薄奚氏皆改為古姓。

【郡望】新安郡。三國東吳置新都郡，晉朝時改名新安郡，治所在今浙江省淳安縣西，轄境相當於浙江省西北部、安徽省東南部新安江流域一帶。隋朝改名遂安郡，另於安徽東南部置新安郡，治所在今安徽省歙縣，唐代改稱歙州。又，北朝北周置中州，旋改稱新安郡，治所在今河南省新安縣。廢於唐代。

【著名人物】古弼（北朝後魏吏部尚書）；古之奇（唐代知縣）；古成之（北宋初縣令）；古彥輝（明初監察御史），古朴（明代戶部尚書），古其品（南明時侍郎），等等。

【專用楹聯】

新發於硎千年利；安然無恙萬家盛❶。
學富精撰長生訣；志堅拒交禪受圖❷。

【注釋】❶古姓郡望「新安」二字之嵌字聯。❷上聯言南北朝時學者古銑，著有《長生保要》一書。下聯言明末名臣古其品，為永王郎中，孫可望謀禪代，遣人求其品畫〈堯舜禪受圖〉，其品拒不從，遂被害。

易 一丶

易姓是中國一百大姓之一，總人口約二百三十萬，約占當代人口的百分之零點一九，其分佈自長江中上游地區較有影響。

【姓源】易姓的構成主要分有易氏、姜姓和姬姓三大來源。

一、出自有易氏。相傳黃帝時有一支游牧部落名有易氏，活動於河北易水流域，至商朝後期仍活躍於華北地區。後其族人以易為氏。

二、源出姜姓。西周時，齊國開國之君姜太公之後分出雍氏。春秋時，齊桓公大夫雍巫，字牙，擅長調味，因食采於易邑（今河北省雄縣西北），故世稱易牙，其子孫遂以易為氏。

三、源自姬姓。又分二支：其一，春秋時，周武王之弟畢公高之後裔畢萬被封於魏（故城在今山西省芮城縣東北），為戰國時魏國之先祖，其後裔有食采於古冀州東境之易水，其子孫即以水名為氏。其二，戰國時，燕國公族大夫有食采於易邑，其後人遂以邑為氏。

【郡望】太原郡（參見「王」姓之郡望）、濟陽郡（參見「陶」姓之郡望）。

【著名人物】易凱（三國魏雍州刺史）；易雄（東晉春陽令）；易元吉（北宋畫家）；易祓（南宋狀元）；易節（明代貴州布政使），易翼之（明代學者）；易佩坤（清代江蘇布政使），易順鼎（清末詩人），等等。

【專用楹聯】

德行稱產芝之孝子；詩詞為釋褐之狀元❶。

純孝先生望重；工詩狀元名香❷。

三經處士傳名遠；二栗禮郎享譽高❸。

【注釋】❶上聯言北宋初孝子易延慶，字餘慶，上高（今屬江西）人。幼聰慧，涉獵經史，尤長聲律。以蔭補奉禮郎，知臨淮縣，宋太宗時擢大理丞，以葬母去官。母平生嗜栗，乃植二栗樹於墓前，樹長而枝成連理，名臣蘇易簡等為詩文稱美之，時稱純孝先生。下聯言南宋名臣易祓，字彥章，號山齋，寧鄉（今屬湖南）人。淳熙年間進士第一，累官至禮部尚書。能詩，著述甚豐。❷上聯指北宋初孝子易延慶，下聯指南宋狀元易祓，參見❶。❸上聯言南宋學者易充，字正翁，分宜（今屬江西）人。幼聰慧拔群，年十六、七，博通《易》、《書》、《詩》，號三經處士。教授鄉閭，遠近從學者甚眾。著有《中洲文集》。下聯言北宋初孝子易延慶之事，參見❶。

慎 ㄕㄣˋ

【姓源】慎姓的起源主要有芈姓、人名二支。

一、源出芈姓。春秋時，楚國太子建之子白公勝，其後裔受封於慎邑（今安徽省潁上縣西北），其支庶子孫遂以邑為氏，稱慎氏。

二、以人名為氏。戰國初，魏國人禽滑釐（亦作禽屈釐、禽滑黎）字慎子，為墨子之弟子，其後代有以祖上之字為氏者。

附注：南宋初，為避宋孝宗趙昚（古「慎」字）之諱，江南部分慎姓人改為真姓。

【郡望】天水郡（參見「趙」姓之郡望）。

【著名人物】慎到（戰國時趙國人，法家思想家）；慎東美（北宋詩人），慎從吉（北宋知開封府）；慎蒙（明代監察御史），慎旦（明代學者），等等。

【專用楹聯】

宋代詩人，髽紒奇遇；周時處士，稷下雅延❶。

慎子傳萬古；名山記千秋❷。

【注釋】❶上聯言北宋詩人慎東美，字伯筠，錢塘（今浙江省杭州市）人。工詩善書，筆法老逸，不偶俗好。嘗貢試京師，見棘闈嚴甚，道：「此非所以待天下士也。」拂袖而歸。嘉祐年間，大臣韓琦薦於朝，因留京師。一日遇髽紒道人，傾蓋與談，人莫解其語。自是遂不飲食，亦不復作詩。下聯言戰國時思想家慎到，趙國人。學黃老道德之術，著十二論發明其旨意，名《慎子》，《漢書·藝文志》列於法家類，申不害、韓非嘗稱之。❷上聯言戰國時法家慎到所著《慎子》一書，參見❶。下聯言明代慎蒙，字山泉，歸安（今浙江省湖州市）人。嘉靖年間進士，官至監察御史。著有《天下名山諸勝一覽記》。

戈 ㄍㄜ

戈姓主要分佈於江、浙地區。

【姓源】戈姓的起源主要有戈國、姒姓二支。

一、出自戈國。夏朝初，源自東夷族的有窮氏后羿篡夏政，不久后羿被其寵臣寒浞所殺。寒浞封其少子豷於戈（故址在今河南省杞縣一帶）。此後夏王少康中興，滅戈國，戈國遺族遂以國為氏。

二、源出姒姓。夏王少康中興復國之後，分封同族人於戈，為夏朝附庸國。其國人後亦以戈為氏。

【郡望】臨海郡（參見「屈」姓之郡望）。

【著名人物】戈叔義（元代畫家）；戈允禮（明代工部侍郎），戈尚友（明代刑部主事），戈汕（明代畫家）；戈宙襄（清代學者），等等。

【專用楹聯】

臨危不懼稱勇者；海量豁達號傑人❶。

一門雙進士；兩朝四畫師❷。

【注釋】❶戈姓郡望「臨海」二字之嵌字聯。❷上聯言清代文士戈濤、戈源兄弟，獻縣（今屬河北）人。於乾隆年間先後進士及第。濤，字芥舟，號蓮園，官至工科給事中。工書法，文章疏宕有奇義，著有《獻邑志》等。源，字仙舟，號橘浦，官至太僕寺少卿。居官多異政，每蒞一職，必勤舉其職。下聯言明、清兩朝戈姓著名畫家有四人之多：明代戈汕，江蘇常熟（今屬江蘇）人；清代江蘇蘇州（今屬江蘇）人戈文、戈載、戈宙琦。

廖 ㄌㄧㄠˋ

廖姓是中國人口最多的八十大姓之一，總人口有四百餘萬，約占當代人口的百分之零點三四，其分佈在華南地區較有影響。

【姓源】廖姓的構成主要有董姓、偃姓、姬姓和外姓、外族之改姓四支。

一、出自董姓。相傳顓頊高陽氏之裔孫陸終有六子，其第二子惠連，亦名參胡，得董姓。惠連之子叔安受封於飂（故址在今河南省唐河縣南湖陽鎮），世稱飂叔安。飂國於西周初為周所吞，其遺族遂以國為氏，因古代「飂」、「廖」二字相通，遂成廖氏。

二、源於偃姓。上古東夷部落首領皋陶為堯、舜時期之刑官，偃姓。西周初，其後裔受封於蓼（故址在今河南省固始縣東北蓼城岡），春秋時被楚穆王所滅，其子孫便以國為氏，因古代「蓼」、「廖」二字相通，遂成廖氏。

三、源出姬姓。西周初，周武王封其弟伯廖於古飂國之地，春秋時滅於楚國，其子孫遂以國為氏，成為廖姓的另一來源。

四、系出外姓、外族之改姓。如：商末，有繆姓官員因紂王荒淫無道而辭官歸隱略陽山谷（在今甘肅省天水市西），並改為廖姓。又，戰國後期，巴蜀地區之巴夷賨族中亦有廖姓。再，明初，福建詔安有張姓人入贅同鄉廖家，改姓廖，然其子孫並未斷絕與張姓之聯繫，並取張姓郡望「清河」與廖姓郡望「武威」各一字而為「清武堂」之號，稱清武堂廖姓，成為當代廖姓中的一大支派。

【郡望】汝南郡（參見「周」姓之郡望）、鉅鹿郡（參見「魏」姓之郡望）、武威郡（參見「安」姓之郡望）。

【著名人物】廖扶（東漢學者）；廖化（三國蜀漢名將）；廖剛（南宋初工部尚書）；廖行之（南宋文學家）；廖道南（明代學者）；廖燕（清代文學家），廖壽恆（清代軍機大臣），廖平（清末學者），等等。

【專用楹聯】

惠政弘布西安，忤歸田里；文教尊稱北郭，胸富詩書❶。

肇侯封於德慶；倡節義於南宮❷。

兄弟雙進士；父子兩畫家❸。

【注釋】❶上聯言北宋文士廖正古，字明遠，將樂（今屬福建）人。治平年間進士，授西安（今屬陝西）知縣，有惠政，因屢言青苗法不便，遂乞歸。著有《白雲集》、《雲溪集》。下聯言東漢學者廖扶，字文起，平輿（今河南省汝南市東南）人。習《韓詩》、《歐陽尚書》，教授常數百人，尤明天文、讖緯、風角、推步之術。州郡公府辟徵皆不就，未嘗入城市，時人號為北郭先生。❷上聯言明初將軍廖永忠，巢縣（今安徽省巢湖市）人。洪武年中率兵略定閩中諸郡，拜征南將軍，進平兩廣，從徐達北征，封德慶侯。下聯言明代名臣廖莊，字安止，號東山，江西吉水（今屬江西）人。宣德年間進士，歷官刑科給事中、南京大理少卿。性剛毅，有直聲。上疏勸代王善事上皇、友愛皇儲，遭廷杖貶官。後起任刑部左侍郎。卒諡恭敏。❸上聯言清代名臣廖壽豐、壽恆兄弟，嘉定（今屬上海）人，皆同治年間進士。壽豐，字穀似，又字闇齋，晚號止齋。官至浙江巡撫。其學以孔孟、程朱為宗，熟於史事，在浙江提倡新政尤力。壽恆，字仲山。累官禮部尚書，授軍機大臣。下聯言清代畫家廖雲槎及其子壽彭，皆以善繪著名。說者認為雲槎畫「點染華妙，得者寶之」，而其子壽彭承其家學，亦好寫生。

庾 ㄩˇ

庾姓主要主佈於北京、陝西等省市。

【姓源】庾姓源出官名。相傳上古堯帝時有掌庾大夫，其子孫便以庾為氏。至周朝，又設司庾之官，執掌倉庫庾廩之職，大都世襲，其子孫亦有以官名為氏，遂成倉、庫、庾、廩諸氏。

【郡望】濟陽郡（參見「陶」姓之郡望）、潁川郡（參見「陳」姓之郡望）。

【著名人物】庾乘（東漢名士）；庾亮（東晉司空）；庾曼倩（南朝梁學者），庾肩吾（南朝梁文學家）；庾信（北朝周文學家）；庾敬休（唐代詩人），等等。

【專用楹聯】

兄弟比皆是名將相；父子咸為文學家❶。

荊南君子；鄴下文人❷。

【注釋】❶上聯言東晉人庾亮、庾懌、庾冰兄弟三人皆為當時名賢將相。庾亮，字元規，鄢陵（今屬河南）人。風格峻整，動由禮節。累官中書監、左衛將軍、中書令、征西將軍，為當時名將相。庾懌，字叔豫，累官左衛將軍、梁州刺史、豫州刺史。庾冰，字季堅，累官中書監，經綸時務，不捨晝夜，賓禮賢良，擢任後進，時稱賢相。下聯言南朝梁人庾肩吾與其子北朝周名臣庾信皆為知名當時之文學家。肩吾，字子慎，八歲能詩，累官度支尚書，著有《書品》等。信，字子山，文藻豔麗，與徐陵齊名，時稱「徐庾體」。仕梁為右衛將軍，使北周被留，累官驃騎大將軍、開府儀同三司，世稱庾開府。代表作品有〈哀江南賦〉、〈詠懷〉廿七首等。❷上聯言南朝梁學者庾曼倩，字世華，新野（今屬河南）人。早有令譽，梁元帝辟為主簿，轉荊州諮議參軍。有《喪服儀》、《老莊義疏》等著作。下聯言北朝周文學家庾信之事，參見❶。

終 ㄓㄨㄥ

【姓源】終姓的起源主要有高陽氏、妊（任）姓二支。

一、出自高陽氏。相傳顓頊高陽氏之裔孫陸終的子孫以祖上之名為氏，遂成終氏。

二、源出妊（任）姓。夏末，夏王桀時有太史終古（一作鍾古），其後代亦以祖上之名為氏，稱終氏。

【郡望】南陽郡（參見「韓」姓之郡望）。

【著名人物】終軍（西漢諫議大夫）；終郁（唐代縣令）；終慎思（宋代學者）；終其功（明代鴻臚寺主簿），等等。

【專用楹聯】

棄繻入西秦，少年壯志；請纓繫南越，弱冠英風❶。

執越王於闕下；友詩聖於藝壇❷。

【注釋】❶本聯言西漢名臣終軍，字子雲，濟南（今屬山東）人。能文博辯。漢武帝時，年十八，至長安（今陝西省西安市）上書言事，拜謁者給事中。初入關時，關吏與繻為憑信，軍曰：「大丈夫西遊，終不復驛傳而還。」棄繻去，後奉使節東出，關吏識之。累擢諫議大夫。使南越，請「受長纓，必羈南越王頸，致之闕下」。旋卒，年二十餘，世謂之「終童」。❷上聯言西漢名臣終軍之事，參見❶。下聯言唐代人終郁，官縣令，與詩聖杜甫友善，杜甫嘗贈之以詩。

暨 ㄐㄧˋ

【姓源】暨姓的起源主要有高陽氏、姬姓二支。

一、出自高陽氏。相傳顓頊高陽氏之後裔陸終第三子名籛，受封於大彭（今江蘇省徐州市），世稱大彭氏。其後人在商朝為伯爵，其後又有受封於諸暨（今江蘇省江陰市東莫城鄉，一說在江蘇省常熟市東）者，其子孫遂以封邑為氏，分為諸、暨二氏。

二、源出姬姓。春秋時，吳王夫差之弟名夫概，其支庶子孫為避仇，即以祖上之名為氏，遂為概氏，後去「木」加「旦」遂成暨氏。

【郡望】餘杭郡（參見「杭」姓之郡望）、渤海郡（參見「季」姓之郡望）。

【著名人物】暨豔（三國東吳尚書）；暨遜（東晉關內侯）；暨陶（北宋狀元），等等。

【專用楹聯】

宋時狀元門第；晉代關內侯府❶。

文章高於天下；姓字列諸榜頭❷。

【注釋】❶上聯言北宋名士暨陶，字粹夫，崇安（今福建省武夷山市）人。長於聲律，以賦知名。登元豐年間進士第一。時殿中臚唱者呼「暨」為「洎」聲，不應，名臣蘇頌奏「必三國暨豔之裔，當以入聲呼之」。及問陶籍貫，對建州（今福建省建甌市），帝喜曰：「果吳人也。」官至奉議郎。下聯言東晉名臣暨遜，字茂言，餘杭（今屬浙江）人。官廣昌長，封關內侯。以孝行聞，咸康年間詔旌表其門閭。❷本聯言北宋狀元暨陶之事，參見❶。

居 ㄐㄩ

居姓主要分佈於江蘇等省。

【姓源】居姓的起源主要有古鄅國、杜姓二支。

一、出自古鄅國。商、周時，諸侯國中有鄅國，後被鄹國所吞，其遺族便以國為氏，後去「邑」旁而為居氏。

二、源出杜姓。春秋時，周大夫杜伯之子隰叔為晉國大夫，受封於先邑，其子孫遂以為氏。晉文公時，有中軍元帥先軫執掌國政。先軫之子先且居繼為中軍元帥，後其子孫遂以祖上之名為氏，稱居氏。

【郡望】渤海郡（參見「季」姓之郡望）。

【著名人物】居股（西漢東城侯）；居理貞（元代平定州同知）；居仁（明初學者），居節（明代書畫家），等等。

【專用楹聯】

承先啟後源流遠；來軫方遒發展長❶。

望出渤海芳聲遠；姓啟且居德惠深❷。

【注釋】❶居姓始祖「先軫」二字之嵌字聯。❷居姓祠聯。上聯指居姓之郡望。下聯指居姓源出於先秦晉國中軍元帥先且居。

衡 ㄏㄥˊ

衡姓主要分佈於川、陝諸省。

【姓源】衡姓的起源主要有伊氏、姬姓和袁姓三支。

一、出自伊氏。商朝初，伊尹名摯，輔佐商王湯討伐夏王桀成功，被尊為阿衡。伊摯之支庶子孫遂以衡為氏。

二、源出姬姓。春秋時，魯國公族公子衡之後代，即以祖上之名為氏，亦稱衡氏。

三、源於袁氏。東漢末，大將軍袁紹在官渡之戰中被曹操擊敗，繼而其幾個兒子互相殘殺，其支孫為避禍，南逃至湖南衡山定居，遂以山名為氏，成為衡姓的又一來源。

【郡望】汝南郡（參見「周」姓之郡望）、雁門郡（參見「童」姓之郡望）。

【著名人物】衡咸（西漢學者）；衡胡（東漢學者），衡毅（東漢蒼梧太守），等等。

【專用楹聯】

雁門世家，阿衡位重；蒼梧秀氣，太守官尊❶。

莒人通易祿厚；長賓講學位高❷。

【注釋】❶衡姓祠聯。上聯指衡姓之郡望及其始祖為商初大臣阿衡伊尹。下聯指東漢良吏衡毅，官蒼梧太守。❷上聯言東漢學者衡胡，莒（今山東省莒縣）人。以通《易》而為二千石官。下聯言西漢末學者衡咸，字長賓，齊（今山東省淄博市）人。從五鹿充宗學，後為王莽之講學大夫。

步 ㄅㄨˋ

步姓的分佈以陝西等地區較有影響。

【姓源】步姓的起源主要有姬姓和外族之改姓二支。

一、源出姬姓。春秋時，晉國大夫郤豹之第三子郤義，生子名揚，受封於步邑（故址在今山西省臨汾市南），世稱步揚，其支庶子孫遂以封邑為氏。

二、系出外族之改姓。北朝後魏代北複姓步鹿根氏，進入中原後改為步姓。

【郡望】平陽郡（參見「鳳」姓之郡望）。

【著名人物】步隲（三國東吳丞相）；步熊（西晉方士），等等。

【專用楹聯】

步步登高紫氣近；揚揚得意春風來❶。

卜筮精通，惟喜叔熊術妙；居處簡樸，爭誇相國風清❷。

【注釋】❶步姓始祖「步揚」二字之嵌字聯。❷上聯言西晉方士步熊，字叔熊。少好卜筮術數，門徒甚盛。下聯言三國東吳大臣步隲，字子山，淮陰（今屬江蘇）人。避亂江東，博研道藝，靡不貫覽。孫權稱帝後，拜驃騎將軍，後為丞相，被服居處一如儒生。性寬弘得眾，喜怒不形於色，而內外肅然。

都 ㄉㄨ

都姓主要分佈於安徽、遼寧等省。

【姓源】都姓的起源主要有姬姓、芈姓二支。

一、源出姬姓。春秋初，鄭國公族大夫公孫閼，字子都，為英俊武士，其死後，其後人遂以祖上之字為氏。

二、出自芈姓。春秋時，楚國有公子田受封於都邑，稱公都氏，其支庶子孫省稱都氏。

【郡望】黎陽郡（參見「郇」姓之郡望）、吳興郡（參見「沈」姓之郡望）。

【著名人物】都隨（北宋太常少卿）；都郁、都潔父子（南宋初學者）；都卬、都穆父子（明代學者），都杰（明代南京兵部尚書），等等。

【專用楹聯】

子丑寅卯迎旭日；都俞吁咈讚榮光❶。

【注釋】❶都姓始祖「子都」二字嵌字聯。

耿 ㄍㄥˇ

耿姓主要分佈於河北、河南、江蘇、安徽、山東、山西、黑龍江、遼寧等地區。

【姓源】耿姓的起源主要有子姓、姬姓二支。

一、源出子姓。商朝中期，商王祖乙由相（今河南省內黃縣東南）遷邢（今河南省溫縣東），至商王盤庚時再遷亳（今河南省商丘市東南），部分商公族未隨之遷居，而留居邢，並取邢為氏。後為與邢姓相區別，因古代「邢」字讀如「耿」，故改為耿氏。

二、源自姬姓。商朝時有小國耿國（故址在今山西省河津市西南），西周初亡，周武王分封同姓諸侯於此。春秋時，耿國為晉國所滅，其公族多以故國名為氏，成為耿姓的另一來源。

【郡望】高陽郡（參見「許」姓之郡望）。

【著名人物】耿壽昌（西漢大司農）；耿弇（東漢初建威大將軍），耿秉（東漢名將）；耿昌言（唐代畫家）；耿全斌（北宋初名將）；耿九疇（明代南京刑部尚書）；耿介（清代學者），等等。

【專用楹聯】

耳聰目明，神采奕奕；火紅光亮，景象煌煌❶。

設常平倉，便利百姓；募富商粟，賑濟饑民❷。

【注釋】❶耿姓「耿」字之析字聯。❷上聯言西漢名臣耿壽昌，漢宣帝時任大司農，於西北設常平倉，以平抑穀價。後封關內侯。精數學，刪補《九章算術》。又鑄渾天儀觀察天象，著有〈月行帛圖〉等。下聯言元代良吏耿奉訓，天曆初知荊門（今屬湖北），善決獄，有循吏之譽。歲饑，出俸資募富商米，全活饑民五萬餘人。

滿 ㄇㄢˇ

滿姓主要分佈於陝西等省。

【姓源】滿姓的起源主要有嬀姓、隗姓和瞞氏三支。

一、源出嬀姓。西周初，周武王封舜帝之後裔滿於陳（今河南省淮陽縣），謚胡公，故史稱胡公滿。春秋時，陳國被楚國所滅，其公族有以國為氏，有以祖上之名為氏，而分為陳、滿二氏。

二、源於隗姓。春秋時，赤狄隗姓有潞、洛、泉、全、滿五氏。

三、出自瞞氏。春秋時，楚國荊蠻中有瞞氏，後以字意不佳，遂改為滿氏。

【郡望】山陽郡、河東郡（參見「衛」姓之郡望）。山陽郡，漢代始置，晉朝改為高平國，治所在今山東省金鄉縣西北。

【著名人物】滿昌（西漢學者）；滿寵（三國魏名將）；滿奮（西晉尚書令）；滿閬（北宋初詩人）；滿福周（明代浙江左布政使），等等。

【專用楹聯】

無財相臣，賜錢穀以旌清節；畏風校尉，侍琉璃而有寒容❶。

父子以邑侯；祖孫兩將軍❷。

【注釋】❶上聯言三國魏名將滿寵，字伯寧，昌邑（今山東省金鄉縣西北）人。從曹操征戰有功。魏文帝立，破吳兵於江陵（今湖北省荊州市），拜伏波將軍，歷封昌邑侯。後都督揚州諸軍事，拜征東將軍。景初年間遷太尉，卒謚景。立志剛毅，勇而有謀，不治產業，家無餘財。下聯言西晉名臣滿奮，滿寵之孫。體量通雅，元康年間仕至尚書令、司隸校尉。❷上聯言三國魏名將滿寵及其子滿偉，先後爵封昌邑侯。下聯言三國魏名將滿寵累拜伏波將軍、征東將軍，其孫滿長孫官大將軍掾。

弘 ㄏㄨㄥˊ

【姓源】弘姓源出姬姓。春秋時，衛國公族大夫弘演，甚得衛懿公重用，死後，其支庶子孫遂以祖上之名為氏。至唐代，為避唐太子李弘之諱，改弘姓為洪、李，唐朝後有部分人恢復祖姓弘氏。

又，歷史上有少數民族曲阿弘氏改為弘姓。

【郡望】太原郡（參見「王」姓之郡望）。

【著名人物】弘恭（西漢中書令）；弘咨（三國東吳孫權姐夫），等等。

【專用楹聯】

弘毅寬厚人稱道；演繹精深世讚揚❶。

【注釋】❶弘姓始祖「弘演」二字之嵌字聯。

匡 ㄎㄨㄤ

匡姓的分佈以遼寧、北京等省市較有影響。

【姓源】匡姓的起源主要有古匡國、地名二支。

一、出自古匡國。西周武王時，有匡侯之後裔匡俗等七兄弟於廬山結廬而居，故廬山又別稱匡廬。

二、以地名為氏。其一，春秋時，魯國大夫施孝權之家臣句須任匡邑（今河南省長垣縣西南）宰，稱匡句須，其後人遂以邑為氏。其二，春秋時，鄭國亦有匡邑（今河南省扶溝縣西南），居者亦以邑為氏。其三，春秋時，衛國亦有匡邑（今河南省睢縣西），居者亦多以邑為氏。

附注：匡姓於北宋初，因避宋太祖趙匡胤之諱，改為主姓。北宋後期，宋廷認為民間有以「主」為姓，十分不妥，故下令改為康姓。宋代以後，部分康姓人復改為祖姓匡姓。

【郡望】晉陽縣。春秋時晉國都城，後為趙國晉陽邑，漢代始置縣，為太原郡治所（今山西省太原市）。

【著名人物】匡衡（西漢丞相）；匡昕（南朝齊孝子）；匡才（元初沂邳東河元帥）；匡福（明初武德將軍），匡愚（明代名醫），匡翼之（明代廣東按察使），等等。

【專用楹聯】

倒履傳佳話；結廬見壯心❶。

軍功炳炳武德將；政績赫赫安樂侯❷。

【注釋】❶上聯言西漢大臣匡衡，字稚圭，東海（今山東省郯城縣）人。善說《詩》，諸儒稱之曰：「無說《詩》，匡鼎來。匡說《詩》，解人頤。」累官太子太傅。朝廷有政議，傳經以對。漢元帝時拜丞相，封安樂侯。下聯言西周初匡姓始祖匡俗，相傳其生而神靈，長而學道，得神仙之術，與兄弟七人結廬於南障山。周定王徵之不見，使使者訪之，惟有廬存焉。鄉人遂呼為匡山，又稱廬山、匡廬。❷上聯言明初將軍匡福，元代累官河南行省參政，後歸附明太祖朱元璋，為都尉，守東海，擊倭寇有功，授武德將軍，世守膠州。下聯言西漢大臣匡衡之事，參見❶。

國 ㄍㄨㄛˊ

國姓的分佈以山東省最為集中。

【姓源】國姓的起源主要有人名、姜姓、姬姓和外族之改姓四支。

一、以人名為氏。相傳大禹之臣國哀專掌車馬之事，其後人遂以其祖上之名為氏，遂稱國氏。

二、源出姜姓。春秋時，齊國上卿國歸父（諡莊子）之後代，亦以國為氏。

三、源自姬姓。春秋時，鄭穆公之子公子發，字子國，其裔孫以祖上之字為氏，遂成國姓的另一來源。

四、系出外族之改姓。古代百濟國（在今朝鮮半島南部）大臣有八姓，其一為國姓，唐代入仕中國，亦以國為姓。

【郡望】下邳郡（參見「余」姓之郡望）。

【著名人物】國佐（春秋時齊國大夫）；國由（西漢末學者）；國淵（三國魏學者、太僕），等等。

【專用楹聯】

國器光前，世卿裕後；遺愛著美，博物流芳❶。

【注釋】❶上聯「國器光前」言三國魏學者國淵，字子尼，蓋（今山東省沂水縣西北）人。幼從著名學者鄭玄學，鄭玄稱之為「國器」。曹操辟為司空掾，興屯田事。累遷太僕，以恭儉自守。「世卿裕後」言國姓始祖國歸父為齊國世卿。下聯言春秋時鄭國大夫國僑，亦稱公孫僑，字子產，柄鄭國之政四十餘年，晉、楚等強國不能加兵。孔子曾稱譽其為「古之遺愛也」。

文 ㄨㄣˊ

文姓是中國一百大姓之一，總人口有二百餘萬，約占當代人口的百分之一七，其分佈在兩廣和贛、湘地區尤有影響。

【姓源】文姓的構成主要有姬姓、姜姓、嬀姓和外姓、外族之改姓四大來源。

一、源出姬姓。又分二支：其一，西周初，武王追謚其父姬昌曰周文王，周文王之支庶子孫便以其謚號為氏。其二，春秋時，周文王第九子康叔之後、衛獻公之卿孫林父，字文子，世稱孫文子，其子孫即以祖上之字為氏。姬姓文氏是文姓中最主要的成分。

二、出自姜姓。西周初，炎帝神農氏之後裔被封於許（今河南省許昌市），謚文，稱許文叔。戰國初，許國被楚國所滅，其遺族之一支即以許文叔之謚號為氏，稱文氏。

三、源自嬀姓。西周初，周武王封舜帝之後裔嬀滿於陳。春秋時，陳厲公之子陳完逃奔齊國，稱田完。其裔孫建立田齊，後取代姜姓齊國。戰國時，齊威王之孫田文封孟嘗君，卒謚文子，其子孫遂以謚號為氏。

四、系出外姓、外族之改姓。五代時，有敬姓人為避後晉皇帝石敬塘之諱，去「苟」而為文姓。至後漢時，復為敬姓。北宋初，宋太祖尊其父趙敬為翼祖，故敬姓復改為文姓以避諱。又，清代滿洲八旗喜塔喇氏、文扎氏等集體改為文姓。

【郡望】雁門郡（參見「童」姓之郡望）。

【著名人物】文種（春秋末越國大夫）；文翁（西漢蜀郡守）；文聘（三國魏名將）；文彥博（北宋名相），文同（北宋畫家）；文及翁（南宋學者），文天祥（南宋末大臣）；文徵明、文彭、文嘉（明代書畫家）；文廷式（清末文學家、維新派名臣），等等。

【專用楹聯】

比文風於鄒魯；標逸致於吳興❶。

竭忠體國；盡節勤王❷。

忠孝昭昭，奚啻青天白日；襟懷瀟灑，渾如秋月晴雲❸。

兼八法丹青之勝；擅一時絲竹之奇❹。

【注釋】❶上聯言西漢名吏文翁，廬江舒縣（今安徽省廬江縣西南）人。漢景帝末，為蜀郡（今四川省成都市）守，興建農田水利之餘，遣小吏入京城長安，就學於博士，學成回蜀；又在成都設學校，入學者免除徭役，成績優秀者任為郡縣吏。蜀地文學由是比於鄒魯。漢武帝令郡國皆設學校，即自文翁始。下聯言北宋畫家文同，字與可，號笑笑先生，梓潼（今四川省鹽亭縣）人。宋仁宗時進士及第，累官司封員外郎。善詩文書畫，尤長於畫墨竹與山水。元豐年間，出守湖州（今屬浙江），故人稱文湖州。❷上聯言北宋名相文彥博，字寬夫，介休（今屬山西）人。進士，累官至宰相，封潞國公。宋神宗時拜司空、河東節度使，後致仕。元祐初年拜平章軍國重事。卒年九十二歲，諡忠烈。逮事仁、英、神、哲宗四朝，任將相五十年，名聞四夷。平居接物謙下，尊德樂善。著有《潞公集》傳世。下聯言南宋末大臣文天祥，字宋瑞，又字履善，號文山，吉水（今屬江西）人。舉進士第一，累官湖南提刑、知贛州。當元軍進逼京師臨安時，應詔募兵勤王，拜右丞相。使元營請和，被扣，於北上途中脫逃，至福州，被益王授任左丞相，以都督出兵江西，戰敗，南奔廣東。衛王立，加少保，封信國公。進屯潮陽，遭元軍突襲，被執，拘燕京三年後被殺。天祥臨刑，作〈正氣歌〉以見志。❸上聯言南宋末大臣文天祥之事，參見❷。下聯言北宋畫家文同之事，參見❶。❹本聯言明代著名書畫家文徵明，初名壁，以字行，更字徵仲，號衡山，長洲（今江蘇省蘇州市）人。學文於吳寬，學書於李應楨，學畫於沈周。為人和易。以歲貢授翰林院待詔，明世宗時預修《武宗實錄》，侍經筵。致仕歸，年九十卒。詩文書畫皆工，而畫尤勝，世稱其畫兼有趙孟頫、倪瓚、黃公望之長，與沈周、仇英、唐寅合稱「明四家」。學生甚多，名重當代，形成「吳門畫派」。

寇 ㄎㄡˋ

寇姓主要分佈於遼寧、河北、陝西諸省。

【姓源】寇姓的起源主要有己姓、姬姓和外族之改姓三支。

一、出自己姓。商朝末年，昆吾人有封於蘇邑者，為蘇氏。西周初，蘇忿生為周武王之司寇，其支庶子孫遂以官名為氏，稱寇氏。

二、源出姬姓。又分二支：其一，西周初，周文王之子康叔官拜司寇，其支庶子孫有以官名為氏者，亦稱寇氏。其二，春秋時，衛靈公之孫公孫蘭任衛國司寇，其支子亥遂以官名為氏，稱司寇氏，後省稱寇氏。

三、系出外族之改姓。如：魏、晉時期，北方烏桓族中有寇姓。又北朝後魏鮮卑族古口引氏，隨魏孝文帝遷都洛陽，改為漢姓寇氏。

【郡望】上谷郡（參見「成」姓之郡望）、馮翊郡（參見「嚴」姓之郡望）。

【著名人物】寇恂（東漢初潁川太守），寇祺（東漢濟陰相）；寇讚（北朝後魏安南將軍），寇謙之（北朝後魏道士），寇洛（北朝周名將），寇儁（北朝周驃騎大將軍）；寇準（北宋名相）；寇慎（明代蘇州知府），等等。

【專用楹聯】

識量非凡，布興學勸農善政；文武俱備，長牧民御眾高材❶。

揭眾名於縣門，歡輸逋賦；植雙柏於官署，愛比甘棠❷。

【注釋】❶上聯言北朝周名臣寇儁，字祖儁，昌平（今屬北京）人。寬雅有識量，好學強記，不以財利為心。累官梁州刺史，興學勸農，頗有惠政。後拜秘書監。時軍國草創，文籍散佚，儁選吏抄集經籍四部，群書稍備。加驃騎大將軍、開府儀同三司。教授子弟，動循典禮。周明帝尚儒重德，特加欽賞。下聯言東漢初名臣寇恂，字子翼，昌平人。累官偏將軍、河內太守、潁川太守，以功封雍奴侯。後拜汝南太守。平素好學，遂修鄉校，教生徒，聘名儒教授，而親受學。後從天子征討叛兵，事平，百姓遮道請曰：「願從陛下復借寇君一年。」乃留鎮撫。恂經明行修，人稱長者。卒謚威，畫像於雲臺。❷本聯言北宋名相寇準，字平仲，下邽（今陝西省渭南市東北）人。宋太宗時進士及第，授縣令，有惠政，縣民爭相輸賦稅，並於其去官後，植雙柏於官署，以表彰之。累官樞密直學士等。宋真宗初拜相。遼軍南侵，準力排眾議，促成天子親征，遂與遼人訂立「澶淵之盟」，使宋、遼間和平相處百餘年。後封萊國公，卒謚忠愍。

廣 ㄍㄨㄤˇ

廣姓主要分佈於北京、四川等地。

【姓源】廣姓的起源有廣成氏、廣武氏二支。

一、出自廣成氏。相傳黃帝時有隱士廣成子，隱居於崆峒山石室中，其後代遂以廣成為氏，後省稱廣氏。

二、源自廣武氏。廣武氏出自西漢初廣武君李左車之後，一說出自廣武君陳餘之後，後亦省稱廣氏。

【郡望】丹陽郡（參見「杭」姓之郡望）。

【著名人物】廣嵩（明代名士），等等。

【專用楹聯】

宗開廣成；望出丹陽❶。

【注釋】❶廣姓祠聯。上聯指廣姓源出於上古黃帝時隱士廣成子。下聯指廣姓之郡望。

禄 ㄌㄨˋ

【姓源】禄姓的起源主要有子姓、官名和外族之改姓三支。

一、源出子姓。商紂王長子武庚，字禄父，西周初，因叛亂被殺，其子孫遂以祖上之字為氏，稱禄氏。

二、以官名為氏。周朝設司禄之官，其後代遂以官名為氏，成為禄姓另一來源。

三、系出外族之改姓。北朝後魏代北複姓骨咄禄氏改為漢姓禄氏。

【郡望】扶風郡（參見「竇」姓之郡望）。

【著名人物】祿存（明代名士），等等。

【專用楹聯】

扶搖直上青雲志；風清月白雅士心❶。

【注釋】❶祿姓郡望「扶風」二字之嵌字聯。

闕 ㄑㄩㄝˋ

闕姓主要分佈於廣東、四川、陝西、上海等省市。

【姓源】闕姓主要源自地名。其一，春秋時，孔子之居處稱闕里（今山東省曲阜市內闕里街），亦稱闕黨，居於此地有名闕黨童子者，其後代即以闕為氏。其二，春秋時，有卿士封於闕黨邑，其後人遂以封邑為氏，稱闕氏。其三，《春秋左傳》記載有地名闕鞏，居此地者亦有以闕為氏者。其四，古代有居於宮闕之門側者，便以闕門為氏，如：西漢時有闕門慶忌者，後省稱闕氏。

【郡望】下邳郡（參見「佘」姓之郡望）。

【著名人物】闕翊（漢代荊州刺史）；闕膺（明代豐縣令），闕清（明代知平涼府），闕士琦（明末詩人）；闕嵐（清代畫家），等等。

【專用楹聯】

有功不自居，人皆稱頌；為政守廉潔，民咸敬尊❶。

【注釋】❶上聯言南宋人闕禮，官提舉重華宮，當宋孝宗死，宋光宗因疾不能舉喪事時，以建禪位宋寧宗之議有功，擢任內侍省都知，遷中侍大夫。然不以功自居，為南宋內侍之可稱者。下聯言明代廉吏闕清，河南人。弘治年間舉人，累官知平涼府（今屬甘肅）。天性純孝，為政廉潔，務本愛民，百姓稱之。

東 ㄉㄨㄥ

東姓主要分佈於北京、河北、陝西等省市。

【姓源】東姓源出於伏羲氏。相傳伏羲氏之後裔東不訾（一作東不識）為舜帝七友之一，其後代有以祖上之名為氏，遂成東氏。

【郡望】平原郡（參見「常」姓郡望）。

【著名人物】東富（漢代中郎將）；東良會（元代商州總管）；東郊（明代御史），等等。

【專用楹聯】

關中華胄；明代玉林❶。

【注釋】❶上聯言元代人東良會，任商州總管時，正值紅巾軍來攻，遂令二子攜家外逃，自己守城，城破被殺。二子後一居華州（今陝西省華縣），一居朝邑（今陝西省大荔縣東），繁衍生息，成為關中望族。下聯言明代名士東昇，博學能文，為官清正，多有惠政。有四子，其中三子中進士，世稱其族為「玉林鳳群，科第世家」。

歐 ㄡ

歐姓的分佈以廣東、湖南、四川等南方省分為主。

【姓源】歐姓的起源主要有歐冶氏、姒姓二支。

一、出自歐冶氏。春秋後期，越國巧匠歐冶子因於歐餘山（今浙江省湖州市南之昇山）一帶以鑄劍為生，故名。後受越王之聘，於冶山（在今福建省閩侯縣境內）鑄作湛盧、巨闕、勝邪、魚腸、純鉤五劍；後又與干將一起為楚王鑄作龍淵、泰阿（亦作太阿）、工布（一作工市）三劍。其後代亦以鑄劍為業，並以歐冶或歐為氏，亦有去「欠」作區（音ㄡ）氏。

二、源出姒姓。戰國前期，越國被楚國所滅，越王無疆之次子蹄被封於烏程（今浙江省湖州市）歐餘山之南，史稱歐陽亭侯。其支庶子孫遂以地名為氏，形成歐、歐陽、歐侯三姓，後歐陽、歐侯氏亦有省稱歐氏者。

【郡望】平陽郡（參見「鳳」姓之郡望）。

【著名人物】歐寶（漢代孝子）；歐慶（北宋永春知縣）；歐大任（明代南京工部郎中），歐信（明代廣西總兵），歐道江（明代學者），等等。

【專用楹聯】

虎感念藏，卸鹿供祭；技精冶鑄，純鉤似芙❶。

榮列廣東五才子；師事長樂數千人❷。

【注釋】❶上聯言東漢孝子歐寶，平都（今江西省安福縣）人。性至孝，父喪廬墓。里人捕虎，虎投奔其廬中，寶以衣服覆蓋之，虎得脫險，渡江而去。後虎致鹿以助寶祭祀，人皆以為孝能感猛獸云。下聯言歐姓始祖、春秋後期越國巧匠歐冶子，以冶鑄兵器聞名，曾受越王、楚王之聘，鑄作寶劍多柄。純鉤，劍名，為歐冶子為越王所鑄五劍之一。❷上聯言明代文士歐大任，字楨伯，廣東順德（今屬廣東）人。嘉靖年間以貢生歷官國子博士，終南京工部郎中。王世貞品為廣東五才子之一。下聯言明代學者歐道江，福建長樂（今屬福建）人。博學洽聞，四方從遊者數千人。

殳 ㄕㄨ

【姓源】殳姓的起源主要有姜姓、有虞氏、器物名三支。

一、源出姜姓。相傳炎帝之裔孫名伯陵，其第三子名殳，發明箭靶，故堯帝封之為殳侯，稱殳氏。

二、出自有虞氏。相傳舜帝之臣名殳斨，有虞氏部落人，其後代即以祖上之名為氏，遂成殳氏。

三、以器物名為氏。古代於新年舉行慶典時，有殳仗隊（即儀仗隊）接受檢閱。殳，一種竹製兵器，長一丈二尺，頭上不用金屬為刃，八棱而尖。執殳官的後人，有以殳為氏。

【郡望】武功郡（參見「蘇」姓之郡望）。

【著名人物】殳季真（南朝宋名士）；殳邦清（明代孝子）；殳默（清代才女），等等。

【專用楹聯】

衍教宋時，得道經秘旨；勳猷虞代，具鳩庀長才❶。

【注釋】❶上聯言南朝宋名士殳季真，宋明帝時獲得《道經訣》。下聯言殳姓始祖、上古舜帝之臣殳斨，時舜帝命大臣垂任共工之官，垂讓於殳斨。鳩庀，即鳩工庀料，聚集工人、準備材料、興作土木工程之意，為共工之職。

沃 ㄨㄛˋ

沃姓主要分佈於上海等地。

【姓源】沃姓源出子姓。實分二支：其一，商朝第六代王名沃丁，其支庶子孫即以祖上之名為氏，稱沃氏。其二，周朝時，宋微子之後裔有受封於沃邑（今河北省趙縣一帶）者，其後人亦有以沃為氏者。

【郡望】太原郡（參見「王」姓之郡望）。

【著名人物】沃墅（明初溫縣知縣），沃頖（明代知荊州），等等。

【專用楹聯】

太原發迹繁衍盛；沃州閥閱世代昌❶。

【注釋】❶沃姓祠聯。上聯指沃姓之郡望。下聯指沃姓源出於先秦沃州（即沃邑）。

利 ㄌㄧˋ

利姓的分佈以廣東省最有影響。

【姓源】利姓的起源主要有理氏、姬姓、芈姓和外族之改姓四支。

一、出自理氏。相傳堯帝時任命皋陶為理官，以掌刑獄。皋陶之後代有以祖上所任之官為氏，稱理氏。商朝末，皋陶後裔理利貞為避商紂王之加害，於逃難途中採摘李子充饑，故改為李氏以紀念之。李利貞之後裔李耳，即道家創始人老子。老子之裔孫中，有以其祖先李利貞之名為氏者，遂為利氏。

二、源出姬姓。春秋時，晉國大夫孫食采於利邑（故城在今陝西省渭南一帶），世稱利孫氏，其後代省稱利氏。

三、源自芈姓。春秋時，楚國有公子食采於利邑（故址在今四川省廣元市一帶），其支庶子孫遂以封邑為氏。

四、系出外族之改姓。北朝後魏鮮卑族叱利氏，進入中原後改為利姓。

【郡望】河南郡（參見「褚」姓之郡望）。

【著名人物】利幾（秦末陳縣令）；利申（北宋學者）；利元吉（南宋學者）；利本堅（明代安岳縣丞），等等。

【專用楹聯】

秀毓河南發達遠；宗開利貞源脈長❶。

【注釋】❶利姓祠聯。上聯指利姓之郡望。下聯指利姓遠奉商朝末之李利貞為始祖。

蔚 ㄩˋ

蔚姓主要分佈於陝西、廣東諸省。

【姓源】蔚姓源出姬姓。周宣王時，鄭國公子翩受封於蔚邑（今山西省平遙縣，一說在今山西省靈丘縣），世稱蔚翩，其後代遂以封邑為氏。

又，因古代「尉」、「熨」二字與「蔚」字相通，故蔚姓之亦有尉、熨二姓人之融入，如：戰國時兵家尉僚子，有時亦寫作蔚僚子。

附注：蔚姓舊讀ㄩˋ，今亦有讀ㄨㄟˋ音者。

【郡望】琅琊郡（參見「王」姓之郡望）。

【著名人物】蔚昭敏（北宋名將）；蔚綬（明初禮部尚書），蔚能（明代禮部右侍郎），蔚春（明代兵科給事中），等等。

【專用楹聯】

同族二膺禮部；孤膽三路先鋒❶。

勤恭超群，調遷能績顯著；清慎拔萃，先後官者不倫❷。

【注釋】❶上聯指明代名臣蔚綬、蔚能之事。綬，安徽合肥（今屬安徽）人。洪武年間官戶部主事，遷員外郎，著能聲。擢山西參議。永樂初拜禮部侍郎，益勵勤恭。宣德年間為禮部尚書，致仕卒。能，字惟善，朝邑（今陝西省大荔縣東）人。累官光祿寺卿，天順初拜禮部右侍郎，仍掌寺事。清慎守法，未嘗私取一臠，先後官光祿者皆不及。下聯言北宋名將蔚昭敏，字仲明，祥符（今河南省開封市南）人。累官崇儀使、行營兵馬都監，後為鎮定高陽關三路先鋒使。遼軍南侵失利，退趨莫州（今河北省任丘市），昭敏追斬萬餘級。拜唐州團練使，累遷保靜軍節度使，卒。❷上聯言明初禮部尚書蔚綬之事。下聯言明代禮部右侍郎蔚能之事。參見❶。

越 ㄩㄝˋ

越姓的分佈以廣東省最為集中。

【姓源】越姓的起源主要有姒姓和外族之改姓二支。

一、源出姒姓。夏王少康之庶子無餘受封於會稽（今浙江省紹興市），建立越國。戰國前期，越國被楚國所滅，其王族之支庶子孫遂以國為氏，稱越氏。

二、系出外族之改姓。北朝後魏庫狄越勒氏及鮮卑族越強氏、越質氏皆改作越氏。

【郡望】晉陽縣（參見「匡」姓之郡望）。

【著名人物】越石父（春秋時齊國賢士）；越昇（明代學者），越英（明代瀘州知州），越其杰（明代河南巡撫），等等。

【專用楹聯】

樂隱山林，捐資財濟貧困；甘辭爵祿，用道義教子孫❶。

【注釋】❶本聯言明代良吏越英，字德充，貴陽（今屬貴州）人。中弘治年間鄉舉，初授衡陽教諭，擢瀘州知州。好善嫉惡，守正不阿。棄官歸，以道義自持，為鄉里所畏服。卒年八十餘歲。

夔 ㄎㄨㄟˊ

【姓源】夔姓的起源主要有人名、羋姓二支。

一、以人名為氏。相傳堯、舜二帝，有樂正名夔，其後代即以夔為氏。

二、源出羋姓。春秋時，楚國君熊摯之後代受封於夔城（今湖北省秭歸縣），稱夔子國。西元前六三四年，夔子國被楚國所滅，其子孫遂以國為氏，稱夔氏。

【郡望】京兆郡（參見「韋」姓之郡望）。

【著名人物】夔信（明代學者），等等。

【專用楹聯】
秀毓京兆；宗開樂官❶。
魯君請教孔子；聖人褒揚樂官❷。

【注釋】❶夔姓祠聯。上聯指夔姓之郡望。下聯指夔姓源出於堯、舜時之樂正夔。❷夔姓祠聯。史稱春秋時，魯國君曾向孔子請教史書中「夔一足」如何理解，孔子曰：上古舜帝以樂教輔助政治，故命夔為樂正。夔制樂律，教冑子，和人神，使天下和寧。舜帝喜曰：「如夔者，一人足矣。」後世人們誤以為「夔一足」是指夔僅有一條腿。

隆 ㄌㄨㄥˊ

隆姓以四川地區為聚居地。

【姓源】隆姓的起源主要有地名和外族之改姓二支。
一、以地名為氏。春秋時，魯國有地名隆邑者，居於此或食采於此者，有以隆為氏。
二、系出外族之改姓。西漢時，北方匈奴族中有隆氏。

【郡望】南陽郡（參見「韓」姓之郡望）。

【著名人物】隆英（明代御史），隆光祖（明代工部尚書），等等。

【專用楹聯】
姓啟隆邑；望出南陽❶。

【注釋】❶隆姓祠聯。上聯指隆姓源出春秋時魯國隆邑。下聯指隆姓之郡望。

師 ㄕ

師姓主要分佈於陝西、遼寧、北京、四川等省市。

【姓源】師姓的起源主要有官名、技藝二支。

一、以官名為氏。夏、商、周三代，樂官被稱為「師」，如：夏朝有師延、商朝有師涓、周朝有師尹，其後人遂有以師為氏者。

二、以技藝為氏。自西周至春秋戰國時期，民間演奏樂器的藝人亦被稱為師，如：晉國有師曠、魯國有師乙、鄭國有師悝、師觸、師蠲、師慧等，其後代亦有以師為氏者。

【郡望】太原郡（參見「王」姓之郡望）、平原郡（參見「常」姓之郡望）。

【著名人物】師丹（西漢學者、大司空）；師圭（東晉方士）；師頏（北宋初知制誥）；師禹（南宋學者）；師安石（金代尚書右丞）；師逵（明代吏部尚書），等等。

【專用楹聯】

子野聰明，審音察理；師服政令，安國揖民❶。

端誠忠節，帝誠其直；清正嚴明，君讚其廉❷。

【注釋】❶上聯言春秋時晉國樂師師曠，字子野。目盲，然善琴，精於審音。晉人聞有楚師北來，師曠曰：「不害。吾驟歌〈北風〉，又歌〈南風〉，〈南風〉不競，楚必無功。」其後果然。時人叔向稱其為君子。下聯言春秋時晉國大夫師服，曾預言晉穆侯二子之後將為晉國之亂階。後果然。❷上聯言西漢後期大臣師丹，字仲叔，東武（今山東省諸城市）人。治《詩》，舉孝廉為郎，累官大司空，封高樂侯。漢平帝以丹端誠忠節，封義陽侯。卒諡節。下聯言明初名臣師逵，字九達，東阿（今屬山東）人。洪武中官監察御史，明成祖時累官吏部尚書。廉不殖產，俸祿分贍宗黨。子八人，至無以自贍。明成祖嘗論當時扈從北上大臣之不貪者，惟師逵一人而已。

鞏 ㄍㄨㄥˇ

鞏姓主要分佈於山西、內蒙古等地區。

【姓源】鞏姓源出姬姓。春秋時，周敬王之卿士簡公受封於鞏邑（今河南省鞏義市），世稱鞏簡伯，其支庶子孫遂以封邑為氏，稱鞏氏。

【郡望】山陽郡（參見「滿」姓之郡望）。

【著名人物】鞏伋（東漢侍中）；鞏豐（南宋詩人），鞏信（南宋末江西招討使）；鞏珍（明初航海家），鞏珪（明代良吏）；鞏建豐（清代翰林院侍讀學士），等等。

【專用楹聯】

中外馳名番國志；古今咸讚東平詩❶。

【注釋】❶上聯言明初航海家鞏珍，應天府（今江蘇省南京市）人。永樂年間隨鄭和出使西洋，明宣宗時復行諸番，往返三年，歷二十國。撰《西洋番國志》，以記錄其風土人物。下聯言南宋詩人鞏豐，字仲至，號栗齋，武義（今屬浙江）人。淳熙年間進士。嘗知臨安縣，稍遷提轄左藏庫，卒。豐之片詞隻牘，皆清朗得言外之趣，尤工詩，著有《東平集》。

厙 ㄕㄜˋ

【姓源】厙姓的起源主要有官名和外族之改姓二支。

一、以官名為氏。古代有守庫大夫，其後代遂以官名為氏。《後漢書・竇融傳》有金城（故城在今甘肅省皋蘭縣西北黃河岸邊）太守厙鈞，清代王先謙《後漢書集解》認為「厙」為「庫」之俗字。

二、系出外族之改姓。北朝後魏代北複姓厙門氏、厙傉官氏後皆改為厙姓，北周時厙狄氏改為厙氏。

附注：「厙」字於隋朝初年改為「庫」，讀ㄎㄨˋ音，於是厙姓歸併於庫姓。

【郡望】河南郡（參見「褚」姓之郡望）、魯郡（參見「孔」姓之郡望）。

【著名人物】厙鈞（東漢金城太守），等等。

【專用楹聯】

名譽傳於後世；英俊重於當時❶。

【注釋】❶本聯言東漢人厙鈞，官金城太守，封輔義侯，為時英俊，與大臣竇融友善。

聶 ㄋㄧㄝˋ

聶姓的分佈以湖北省最為集中。

【姓源】聶姓的起源主要有地名、姜姓和姬姓三支。

一、以地名為氏。春秋時，邢國有聶城（今山東省茌平縣西，一說在今河南省清平縣北），邢國後被齊國所滅，其居者遂有以地名為氏，稱聶氏。

二、出自姜姓。春秋時，齊國丁公封其支庶子孫於聶城，為齊國附庸，其後人遂以封邑為氏，亦稱聶氏，成為當代聶姓的主要來源。

三、源出姬姓。據《元和姓纂》，春秋時，衛國大夫有食采於聶，其子孫因以為氏。然古衛國位於今河南省濮陽市一帶，有乜城而無聶城，故所謂衛國聶城當為乜城之誤。而乜姓與聶姓亦為二姓。然因「聶」與「乜」字音近，故後世乜姓亦有訛為聶姓者。

【郡望】河東郡（參見「衛」姓之郡望）、新安郡（參見「古」姓之郡望）。

【著名人物】聶政（戰國時韓國義俠）；聶友（三國東吳丹陽太守）；聶松（南朝梁畫家）；聶夷中（唐代詩人），聶隱娘（唐代女俠）；聶崇義（北宋初學者），聶冠卿（北宋翰林學士）；聶豹（明代學者）；聶士成（清末名將），等等。

【專用楹聯】

河山依舊風光美；東方既明氣象新❶。

節義上聞十事，下詔旌閭；俠烈同出一門，捐軀靖難❷。

【注釋】❶聶姓郡望「河東」二字之嵌字聯。❷上聯言宋代義士聶致堯，邵陽（今屬湖南）人。事親孝，臨財廉，周給貧困，鄉人德之，列舉節義十事，州守上疏奏聞，詔旌其廬。下聯言春秋時韓國義俠聶政，先避仇隱居於屠市，後受韓國之卿嚴遂之託刺殺韓相韓隗，並自毀容顏後自殺，使人無從識其身分。其姐聞官府暴聶政之屍體於市，遂往哭道：「妾奈何畏沒身之誅，而沒賢弟之名？」遂自殺於屍旁。

晁 ㄔㄠˊ

晁姓主要分佈於陝西、遼寧、北京、四川等地區。

【姓源】晁姓源出姬姓。又分二支：其一，春秋時，周景王之少子王子朝，曾於西元前五一九年在貴族尹氏支持下起兵驅逐周敬王，自立為王。三年後，周敬王在晉國幫助下復辟，王子朝只得攜帶周朝典籍逃奔楚國。其後代遂以祖上之字為氏，稱朝氏。因古代「晁」、「朝」二字相通，故朝氏遂演變為晁姓。其二，春秋時，衛國公族大夫史晁，其支庶子孫便以祖上之名為氏，遂成晁氏。

【郡望】京兆郡（參見「韋」姓之郡望）、潁川郡（參見「陳」姓之郡望）。

【著名人物】晁錯（西漢名臣）；晁崇（北朝後魏學者）；晁迥（北宋文學家、工部尚書），晁補之（北宋學者、文學家）；晁公武（南宋初目錄學家），晁公遡（南宋初詩人）；晁顥（元代兵部尚書）；晁瑮（明代藏書家），等等。

【專用楹聯】經術深治，雄文天下第一；詞鋒銛利，奇才海內無雙❶。

兄弟五進士；父子兩尚書❷。

【注釋】❶上聯言北宋文學家晁補之，字無咎，鉅野（今屬山東）人。少聰明強記，善屬文。十七歲時萃錢塘（今浙江省杭州市）山川風物之麗而作〈七述〉，以拜謁杭州通判蘇軾，蘇軾先欲有所賦，讀後曰：「吾可以擱筆矣。」由時知名。舉進士，試開封府及禮部皆第一。累官知河中府等地方官。才氣飄逸，嗜學不倦，工書畫，文章溫潤奇卓，出於天成。著有《雞肋集》、《晁無咎詞》。下聯言北宋詩人晁詠之，字之道，補之從弟。舉進士，授河中府教授，累官京兆府司錄事。工詩，蘇軾讀其詩，稱為「海內奇才」。❷上聯言北宋後期晁端有、晁端稟、晁端彥、晁端禮、晁端中五從兄弟，皆名臣晁迥之曾孫，先後進士及第，為世名人。下聯言北宋初名臣晁迥，字明遠，清豐（今屬河南）人。太平興國年間進士，宋真宗時累官翰林學士、工部尚書。時修禮文之事，詔令多出其手。以太子少保致仕，卒謚文元。好吐納養生之術，性樂易寬簡，服道履正，天子數稱為好學長者。著述頗眾。其子宗愨，字世良。天聖年間累遷尚書祠部員外郎、知制誥，時晁迥為翰林學士，父子對掌內外制，時人榮之。嘗一夕草拜將相制誥五封，褒揚訓誡，人得所宜，為時所稀見。官終資政殿學士、給事中，謚文莊。

勾 ㄍㄡ

勾姓主要分佈於北京、四川等地。

【姓源】勾姓即句姓，其起源主要有神農氏、金天氏二支。

一、出自神農氏。相傳炎帝神農氏之後裔有句龍氏，為顓頊帝之土正。其後裔之一支進入北方，為匈奴大族。東漢時，南匈奴大人句龍吾斯歸漢廷，後改為漢姓句（音ㄍㄡ）。

二、源於金天氏。傳說少昊金天氏之第三子重任句芒木正之官，其後代遂以句為氏。

附注：南宋初，因避宋高宗趙構之諱，句姓遂改為勾姓，或加草字頭而成苟姓。

【郡望】平陽郡（參見「鳳」姓之郡望）、渤海郡（參見「季」姓之郡望）。

【著名人物】句井疆（春秋時衛人，孔子弟子）；句扶（三國蜀漢名將）；句台符（隋朝學者）；句中正（北宋初文字學家），句克儉（北宋河東轉運使）；勾濤（南宋初知潭州），等等。

【專用楹聯】

聖門高弟承道學；京闕忠臣上疏章❶。

【注釋】❶上聯言春秋時衛國人句井疆，字子孟，孔子弟子。下聯言南宋初名臣勾濤，字景山，新繁（今四川省成都市北）人。崇寧年間進士，累官史館修撰，後知潭州。權相秦檜嘗令人致意，欲與共執政，濤辭，並上書論時事之害政者，宋高宗嘆其忠。著有文集、奏議等數十卷。

敖 ㄠˊ

敖姓的分佈以四川、陝西等省較有影響。

【姓源】敖姓的起源主要有人名、芈姓二支。

一、以人名為氏。相傳上古顓頊帝高陽氏之師名太敖（一作大敖），其後代即以祖上之名為氏，稱敖氏。

二、源出芈姓。春秋時，楚國國君凡被廢弒而無謚號者，皆稱「敖」，此類國君之後，便有以敖為氏者。

【郡望】譙郡（參見「曹」姓之郡望）、魯郡（參見「孔」姓之郡望）。

【著名人物】敖穎（唐代進士）；敖陶孫（南宋溫陵通判）；敖繼公（元代學者）；敖山（明代文學家），敖文禎（明代禮部尚書），敖英（明代江西右布政使），等等。

【專用楹聯】

名列江北二傑；姓啟楚國一王❶。

詩風雅致，韻似鳴琴繞谷；賦才磅礡，文如奔峽騰川❷。

【注釋】❶上聯言明代文學家敖山，字靜之，莘縣（今屬山東）人。成化年間進士，官至山西提學副使。賦才雄爽，為文如奔峽騰川，馳放橫逸，與浚縣（今屬河南）王越齊名，人稱「江北二傑」。下聯指敖姓源出於春秋時楚國之君王。❷上聯言明代詩人敖英，字子發，清江（今江西省新干縣）人。正德年間進士，官至江西布政使。工詩，興幽思遠，盡絕蹊徑。著有《慎言集訓》、《綠雲亭雜言》等書。下聯言明代文學家敖山之事，參見❶。

融 ㄖㄨㄥˊ

融姓主要分佈於江西等省。

【姓源】融姓源出於高陽氏。相傳顓頊高陽氏之後裔祝融氏為帝嚳時火正，後被尊為火神。其後代有以祝融為氏，後分為祝姓、融姓二支。故歷史上有「祝、融二姓同宗」之說。

【郡望】南康郡。晉朝太康三年（二八二年）始分廬陵郡之一部而置，轄境相當於今江西省南康、贛縣一帶。

【專用楹聯】

位列南方，誠文物光明之象；職司夏政，實衣冠禮樂之鄉❶。

【注釋】❶融姓祠聯。指融姓始祖祝融氏之後自中原遷居江南，與當地土著混居，其中一支為芈姓，成為先秦楚國之先民，造就江南文明繁盛之區。

冷 ㄌㄥˇ

冷姓主要分佈於湖南、四川、遼寧等省。

【姓源】 冷姓有ㄌㄧㄥˊ和ㄌㄥˇ二個讀音，以示其不同之姓源。

一、讀ㄌㄧㄥˊ音時，以官名為氏。相傳上古黃帝時，有樂官冷倫，因古代樂官亦稱伶人，故冷倫又稱伶倫。其後代以冷為氏，後訛為冷氏。

二、讀ㄌㄥˇ音，源出姬姓。春秋時，衛國公族有受封於冷邑，其支庶子孫遂以封邑為氏，成為當代冷姓的主要組成部分。

【郡望】 京兆郡（參見「韋」姓之郡望）、新蔡郡（參見「酈」姓之郡望）。

【著名人物】 冷壽光（東漢末術士）；冷廷叟（北宋名士）；冷世光、冷世修兄弟（南宋初進士）；冷謙（明初畫家），冷曦（明初御史），冷麟（明初鄞縣令）；冷枚（清代畫家），等等。

【專用楹聯】

望出新蔡；源自伶人❶。
兄弟雙進士；明清兩畫家❷。

【注釋】 ❶冷姓祠聯。上聯指冷姓之郡望。下聯指冷姓源出於上古伶官。❷上聯言南宋初良吏冷世光、世修兄弟皆舉紹興年間進士及第。世光，字賓王，常熟（今屬江蘇）人，累官御史，彈劾無所避，後以知嚴州致仕。世修，字良器，官至南康知軍。下聯言明、清時期畫家冷謙、冷枚。謙，字啟敬，道號龍陽子，武林（今浙江省杭州市）人。初與趙孟頫同觀唐代畫家李將軍畫，效仿之，遂得其法。元末壽已百歲，明初為太常協律郎，郊廟樂章，多其所撰定。卒於永樂年間。枚，字吉臣，號金門畫史，濟寧（今屬山東）人。工畫人物，供奉內廷，嘗畫〈萬壽盛典圖〉。

訾 ㄗ

訾姓主要分佈於河北等地。

【姓源】訾姓的起源主要有訾陬氏、地名和外姓之改姓三支。

一、出自訾陬氏。相傳訾陬氏為上古三皇時諸侯，帝嚳之妃，即訾陬氏之女。其後人即以國為氏，後省稱訾氏。

二、以地名為氏。東周有地名訾地（在今河南省鞏義市西南），其居人有以地名為氏者。又，春秋時，姜姓紀國（在今山東省壽光市南）有訾城，後為齊國所併，其居人遂以地名為氏。

三、系出外姓之改姓。南北朝時，齊地有祭姓者認為「祭」字不祥，而「訾」字有資財之意，遂改祭姓為訾姓。

【郡望】渤海郡（參見「季」姓之郡望）。

【著名人物】訾祏（春秋時晉國大夫范宣子之家臣）；訾順（西漢樓虛侯）；訾亘（金代道士）；訾汝道（元代義士），等等。

【專用楹聯】

此時此地，涉身處境；言事言人，入理合情❶。

樓虛位重；守真名芳❷。

【注釋】❶訾姓「訾」字之析字聯。❷上聯言西漢成帝時人訾順，以功封樓虛侯。下聯言金代道人訾亘，博州（今山東省聊城市）人。師事著名道士丹陽子馬鈺、長春道人丘處機，自號守真子，人稱訾仙翁，世傳其多有異跡異事。

辛 ㄒㄧㄣ

辛姓的分佈以山東和東北等地區尤為集中。

【姓源】辛姓的起源主要有高辛氏、有莘氏、姒姓、子姓和外姓之改姓五支。

一、出自高辛氏。傳說黃帝之子玄囂號高辛氏，其族人有以辛為氏者。

二、源於有莘氏。相傳上古部落有莘氏活動於今河南省商丘市至山東省曹縣一帶，夏禹之母為有莘氏之女，商王湯之妻亦出於有莘氏。有莘氏之族人有以莘為氏，後去草字頭而為辛氏。

三、源出姒姓。夏朝初，夏王啟封其支子於莘（今陝西省合陽縣東南），其子孫遂以封邑為氏，後亦去草字頭而為辛氏。

四、源自子姓。商王名字中多有「辛」字，如祖辛、小辛、廩辛、帝辛（紂王）等，其支庶後代亦有以辛為氏者。

五、系出外姓之改姓。五代北周時人項亶，被賜姓辛，其後人相沿未改，成為辛姓的又一來源。

【郡望】隴西郡（參見「李」姓之郡望）、雁門郡（參見「童」姓之郡望）。

【著名人物】辛甲（西周初太史）；辛騰（秦朝將軍）；辛慶忌（西漢左將軍）；辛延年（東漢詩人）；辛京杲（唐代名將）；辛棄疾（南宋著名詞人）；辛浩（明代御史），等等。

【專用楹聯】

詩名東漢；詞冠宋朝❶。

攻戰奇方，不讓關張獨步；慷慨大節，寧輸武穆居先❷。

【注釋】❶上聯言東漢詩人辛延年，作品存〈羽林郎〉一首，為漢詩中優秀之作。下聯言南宋著名詞人辛棄疾，字幼安，號稼軒居士，歷城（今山東省濟南市東）人。初從耿京聚義軍於山東以抗金兵，耿京死，歸南宋。宋孝宗時以大理少卿出任湖南安撫使，治軍有聲，仕至龍圖閣待制。性豪爽，尚氣節，雅善長短句，縱橫慷慨，與蘇軾並稱「蘇辛」，為宋代豪放派之代表人物。❷上聯言唐代名將辛京杲，金城人（今甘肅省武威市）人。從大將李光弼出井陘擊叛軍，督戰甚力，唐肅宗大加嘆賞，召見曰：「黥彭（西漢初大將彭越）、關（羽）、張（飛）之流乎！」累官金吾衛大將軍，封晉昌郡王。下聯言南宋詞人辛棄疾之事，「武穆」為大將岳飛之謚號，參見❶。

闞 ㄎㄢˋ

闞姓主要分佈於江蘇、山東等省。

【姓源】闞姓的起源主要有姞姓、姜姓二支。

一、出自姞姓。相傳黃帝的姞姓後裔有受封於闞鄉（今河南省范縣一帶），其後代遂以封邑為氏。

二、源出姜姓。春秋時，齊國公族大夫止被封於闞邑（今山東省汶上縣西南），世稱闞止，其後人亦以封邑為氏。

【郡望】天水郡（參見「趙」姓之郡望）、會稽郡（參見「謝」姓之郡望）。

【著名人物】闞澤（三國東吳太子太傅）；闞駰（北朝後魏學者）；闞稜（唐初勇將）；闞文興（元代萬戶府知事），等等。

【專用楹聯】

精究群書，朝廷疑惑皆咨訪；善用兩刃，技藝高強莫抵當❶。

【注釋】❶上聯言三國東吳名臣闞澤，字德潤，山陰（今浙江省紹興市）人。家貧而好學不輟，從師講論，究覽群籍，兼通曆數。累官中書令，加侍中，進太子太傅。每朝廷大議，經典所疑，輒咨訪之。以精儒學、任職勤勞而封都鄉侯。下聯言唐初勇將闞稜，貌魁雄，善用兩刃刀，長丈餘，名陌刀，一揮殺敵，前無堅對。官越州都督，治軍甚嚴。

那 ㄋㄚˊ

那姓主要分佈於遼寧、北京、河北等省市。

【姓源】那姓的起源主要有子姓和外族之改姓二支。

一、源出子姓。春秋時，楚武王攻滅子姓權國（故址在今湖北省當陽市東南），並遷權國人於那（今湖北省荊門市東南那口城），權國人遂以居地為氏，稱那氏。

二、系出外族之改姓。古代東夷部落有那氏，漢代燒當羌部族亦有那氏；西域大宛國有破落那氏，其入仕中國者即以那為氏。又清代滿洲八旗那拉氏亦有改為那姓者。

【郡望】天水郡（參見「趙」姓之郡望）、丹陽郡（參見「杭」姓之郡望）。

【著名人物】那頡（十六國時後燕遼西太守）；那尚絅（明代舉人），那嵩（明末沅江知府），等等。

【專用楹聯】

姓啟那地；望出丹陽❶。

【注釋】❶那姓祠聯。上聯指那姓源出於先秦時楚國之那地。下聯指那姓之郡望。

簡 ㄐㄧㄢˇ

簡姓的分佈以四川、臺灣最為集中。

【姓源】簡姓的起源主要有姬姓和外姓之改姓二支。

一、源出姬姓。春秋時，周武王之子康叔之後裔狐鞫居，為晉國大夫，以功受封於續邑，卒謚簡，世稱簡伯。其支庶子孫遂以謚號為氏，稱簡氏。

二、系出外姓之改姓。東漢時，句章（今浙江省慈溪市西南）尉檢其明因避諱改為簡氏，其後人沿襲未改。又，三國時，蜀漢昭德將軍簡雍本姓耿，因幽州人讀「耿」與「簡」同音，遂變為簡姓。

【郡望】范陽郡（參見「鄒」姓之郡望）。

【著名人物】簡卿（西漢學者）；簡雍（三國蜀漢昭德將軍）；簡文會（五代南漢尚書右丞）；簡克己（南宋學者）；簡世傑（南宋知賀州）；簡芳（明代兵部郎中），等等。

【專用楹聯】

竹報平安多吉兆；門迎瑞日顯祥和❶。

從倪寬受尚書，淵源克紹；師南軒將性理，道學相傳❷。

【注釋】❶簡姓「簡」字之析字聯。上聯「竹」、下聯「門」「日」三字合成「簡」字。❷上聯言西漢學者簡卿，從學者倪寬遊，受《尚書》學傳之。下聯言南宋學者簡克己，南海（今屬廣東）人。少師事張栻，得其傳，退歸杜門，以真知實踐為事功，務啟迪後進，士無少長，皆稱簡先生。

饒 ㄖㄠˊ

饒姓的分佈以鄂、贛兩省最為集中。

【姓源】饒姓的起源主要有祁姓、有虞氏、姜姓和嬴姓四支。

一、源自祁姓。相傳堯帝陶唐氏之後裔有以堯為氏者，後加「食」旁而成饒氏。

二、出自有虞氏。相傳舜帝有虞氏之裔孫商均之支子被封於饒，其後人亦以饒為氏。

三、源出姜姓。戰國前期，齊國公族大夫有食采於饒邑（今山東省青州市一帶），其子孫留居於此，遂以封邑為氏。

四、源於嬴姓。戰國時，趙悼襄王封其弟長安君於饒邑（今河北省饒陽縣一帶），其後裔遂以封邑為氏，並奉長安君為始祖。

【郡望】平陽郡（參見「鳳」姓之郡望）、臨川郡（參見「翁」姓之郡望）。

【著名人物】饒斌（東漢漁陽太守）；饒子儀（北宋學者），饒節（北宋僧人）；饒延年（南宋學者），饒魯（南宋末學者）；饒天明（明代御史），饒禮（明代河南左布政使），等等。

【專用楹聯】

食足衣豐，春長人壽；堯天舜宇，海晏河清❶。

學術專精，美雙峰之衣鉢；詩才俊逸，羨德操之吟哦❷。

【注釋】❶饒姓「饒」字之析字聯。❷上聯言南宋末學者饒魯，字伯輿，一字仲元，餘干（今屬江西）人。幼從朱熹之弟子黃榦遊，黃榦甚器重之。嘗赴試不遇，遂專心道學，以致知力行為本，四方聘講無虛日，作朋來館以居學者。又作石洞書院，因前有雙峰，故號雙峰。著有《五經講義》、《論孟紀聞》、《近思錄注》等書。下聯言北宋詩僧饒節，字德操，撫州（今屬江西）人。因論新法不合，遂祝髮為僧，更名如璧，掛錫靈隱寺，晚年主襄陽（今湖北省襄樊市）天寧寺。工詩，有《倚松老人集》，陸游稱其為當時詩僧第一。

空 ㄎㄨㄥ

【姓源】空姓的起源主要有子姓、伊氏二支。

一、源出子姓。又分二支：其一，相傳商朝始祖契的後代受封於空同國，在空同山（在今甘肅省平涼市），其後代遂以國為氏。空同氏，亦作空桐氏，後省文為空氏。其二，西周初宋國開國之君微子啟的後裔，有以空相為氏者，後亦省稱空氏。

二、出自伊氏。相傳商朝初賢相伊尹生於空桑（今河南省開封市東南陳留鎮），其後代遂有以空桑為氏者，後省文為空氏。

【郡望】頓丘郡（參見「司」姓之郡望）。

【著名人物】空相機（春秋時晉國大夫），等等。

【專用楹聯】

宗開宋國始祖；姓啟商初大臣❶。

【注釋】❶空姓祠聯。上聯指由空相氏而來的空姓始祖為宋國開國之君微子啟。下聯指由空桑氏而來的空姓始祖為商朝初大臣伊尹。

曾 ㄗㄥ

曾姓是中國五十大姓之一，總人口約六百萬，約占當代人口的百分之零點五，其分佈於川、湘、贛、粵地區最有影響。

【姓源】曾姓的構成主要有姒姓、姬姓兩大來源。

一、源自姒姓。夏朝中葉，夏王少康封其少子曲列於繒（故址在今河南省方城縣北繒邱），稱繒子國。因古代「繒」、「鄫」通用，故亦稱鄫子國。商朝初，鄫國北遷於今河南省新鄭市與新密市之間，商朝末再東遷至今河南省柘城縣與安徽省亳州市之間的層邱，亦稱繒邱。西周初，鄫子國北遷至今山東省蒼山縣西北。春秋後期，鄫子國被莒國所滅，鄫君之子巫逃奔魯國為卿士，其後遂以國為氏，後去邑旁而為曾氏。

二、源出姬姓。西周初，周穆王南征江淮，移封姬姓諸國於漢陽地區，穆王之支子被封於舊鄫國故地繒邱（今河南省方城縣北），稱曾侯。春秋時，楚國強盛，曾國淪為楚國附庸，被迫東遷於西陽（今河南省光山縣西南），戰國初西遷於隨國舊地（故址在今湖北省隨州市），不久後亦被楚國所滅，其遺族遂以國為氏。

【郡望】天水郡（參見「趙」姓之郡望）、魯郡（參見「孔」姓之郡望）。

【著名人物】曾參（春秋時魯國賢人，孔子得意弟子）；曾公亮（北宋宰相），曾鞏（北宋文學家，唐宋八大家之一），曾布（北宋宰相）；曾幾（南宋詩人）；曾鯨（明代畫家），曾銑（明代名將）；曾靜（清代學者），曾國藩（清末大臣、湘軍首領），曾國荃（清末湘軍名將），曾紀澤（清末外交家），等等。

【專用楹聯】

道統紹一貫之傳，師孔友顏，來者直開思孟；文章擅八家之譽，接韓步柳，同時並駕歐蘇❶。

浴乎沂，風乎舞雩，襟懷闊達；治其國，平其天下，學業貫通❷。

舞雩逸致；墳典淹通❸。

得體紹百年前輩；精勤侈萬卷藏書❹。

【注釋】❶曾姓祠聯。上聯言春秋時魯國人曾參，字子輿，孔子的得意弟子。事親至孝。性質魯，日三省其身，悟一貫之旨，述《大學》，作《孝經》，以其學傳子思，子思傳孟子。後世稱為「宗聖」。下聯言北宋著名文學家曾鞏，字子固，南豐（今屬江西）人。少警敏，援筆成文，歐陽修一見奇之。舉進士及第，歷任齊州等地方官，所在多有政績，拜中書舍人，卒，追謚文定。為文原本六經，斟酌於司馬遷、韓愈，一時作者莫能過，為唐宋八大家之一。❷上聯言春秋時魯國人曾點，字皙，曾參之父，孔子弟子。嘗侍孔子，言志曰：「春服既成，冠者五、六人，童子六、七人，浴乎沂，風乎舞雩，詠而歸。」孔子喟然嘆曰：「吾與點也。」下聯言春秋時魯國人曾參作《大學》以述治國、平天下之道，參見❶。❸上聯言春秋時魯國人曾點之事，參見❷。下聯言五代南唐學者曾崇範，廬陵（今江西省吉安市）人。家貧無資財，而讀書自若，淹通書史。家藏九經子史，刺史賈皓就取進之，以己錢償其值，崇範笑曰：「墳典天下公器，世亂藏於家，世治藏於國，其實一也，何估值以償耶？」召授太子洗馬，遷東宮使。❹上聯言北宋文學家曾肇，字子開，曾鞏之弟。治平年間進士，累官翰林學士。自少力學，為文溫潤有法。歷知十一州，類多善政。著有《曲阜集》等。下聯言北宋文學家曾鞏，於宋神宗元豐年間嘗奉召編校史館萬卷書籍，參見❶。

毋 ㄨˊ

毋姓主要分佈於陝西等省。

【姓源】毋姓的起源主要有人名、田姓和複姓之改姓三支。

一、以人名為氏。相傳堯帝有臣名毋句，其後人以毋為氏。

二、源自田姓。戰國時，齊宣王田辟疆封其弟於毋丘（故城在山東省曹縣南），以主其祖先胡公滿之祭祀，賜胡毋氏。其後代分為胡毋、毋丘、毋三氏。後胡毋、毋丘二氏亦省文為毋氏。

三、系出毋鹽、毋車、毋將、毋樓、毋終、毋知等複姓之改姓。毋鹽氏，即無鹽氏，為齊國無鹽邑（今山東省東平縣東）大夫之後；毋車氏，因其無車而得氏；毋樓氏，莒國公子受封於無樓而得姓；毋將氏，取「人臣無將，將則必誅」之言而為氏，等等。上述複姓後皆省文為毋氏。

【郡望】鉅鹿郡（參見「魏」姓之郡望）、河東郡（參見「衛」姓之郡望）。

【著名人物】毋雅（東晉夜郎太守）；毋煚（唐代學者）；毋昭裔、毋守素（五代後蜀大臣）；毋制機（南宋末學者）；毋祥（明初太僕寺卿），等等。

【專用楹聯】

洛陽才子文章好；河中學士姓字香❶。

【注釋】❶上聯言唐代學者毋煚，洛陽（今屬河南）人。官右補闕，撰《古今詩錄》四十八卷。開元年間含象亭十八學士，煚為其中之一。下聯言五代後蜀大臣毋昭裔，河中龍門（今山西省河津市）人。博學有才名。官至宰相。性嗜藏書，酷好古文，精經術。嘗於蜀中刻印九經等書。

沙 ㄕㄚ

沙姓主要分佈於遼寧、上海、江蘇、陝西等地。

【姓源】沙姓的起源主要有夙沙氏、子姓、沙隨氏和外族之改姓四支。

一、出自夙沙氏。炎帝神農氏之臣名夙沙氏，其後代省稱沙氏。

二、源出子姓。西周初，商紂王之庶兄微子啟被封於宋。其後代有被分封於沙邑（今河南省寧陵縣一帶），其子孫便以封邑為氏，稱沙氏。

三、源於沙隨氏。周朝有沙隨氏，公爵，失國後遂稱公沙氏或沙隨氏，其後亦省稱沙氏。

四、系出外族之改姓。漢代百濟國（在今朝鮮半島）八族，其一曰沙氏，其人來中國後，仍以沙為氏。

【郡望】汝南郡（參見「周」姓之郡望）、東莞郡（參見「松」姓之郡望）。

【著名人物】沙世堅（北宋將官）；沙良佐（明初新城知縣），沙玉（明代涉縣知縣），沙金（明代參將）；沙張白（清代學者），等等。

【專用楹聯】

勸農勤耕，涉黎得保；辦學興教，縣民無憂❶。

【注釋】❶上聯言明代良吏沙玉，永樂初年知涉縣（今屬河北），慮民無恆產，乃勸民耕種以備饑饉，民遂足食。嘗於秋收時，督民晝夜收穫，未畢，飛蝗大至，鄰縣禾食盡，而涉民得以保全。下聯言明初良吏沙良佐，江蘇武進（今屬江蘇）人。洪武初年知新城縣（今浙江省富陽市西新登鎮），廉慎愛民，篤於學校，未幾，人足衣食，庭無訟者，百姓愛戴之。

乜 ㄋㄧㄝˋ

乜姓主要分佈於北京、陝西等地。

【姓源】乜姓的起源主要有姬姓和外族之改姓二支。

一、源出姬姓。春秋時，衛國公族大夫有食采於乜城，其族人遂以封邑為氏。

二、系出外族之改姓。北朝後周時，鮮卑族宇文氏人費乜頭被賜姓乜，其後人沿襲未更。又，明代蒙古族瓦刺部首領也先，因進攻明都北京失敗，遂與明王朝和好，其後人有進入中原，定居於山東境內，因明人曾誤寫「也先」為「乜先」，故其人遂以乜為氏。

【郡望】晉昌郡、趙郡（參見「李」姓之郡望）。晉昌郡，北朝後魏始置梁州晉昌郡，治所在龍亭縣（今陝西省洋縣東龍亭鎮）。

【著名人物】乜仁義（明代名士），等等。

【專用楹聯】

晉陞祿位添榮耀；昌盛發達更久長❶。

【注釋】❶乜姓郡望「晉昌」二字之嵌字聯。

養 ㄧㄤˇ

【姓源】養姓源出姬姓。春秋時，吳國公子掩餘、燭庸出奔楚國，楚王以養邑（今河南省沈丘縣東南）為其采邑，其後代遂以封邑為氏。

【郡望】山陽郡（參見「滿」姓之郡望）。

【著名人物】養由基（春秋時楚國大夫）；養奮（東漢學者），等等。

【專用楹聯】

長巧力才雄，射穿七札；透明陽奧理，名重一時❶。

【注釋】❶上聯言春秋時楚國大夫養由基，善射，距柳葉百步射之，百發百中。嘗蹲甲而射，一箭洞穿七札，時號「神射」。下聯言東漢學者養奮，字叔高，鬱林（今廣西貴港市東）人。博通古籍，郡人重之。以布衣舉方正。漢和帝時策問陰陽不和，或水或旱，奮以時政干逆天氣，所對言多切直。人稱「一代名儒」。

鞠 ㄐㄩˊ

鞠姓主要分佈於遼寧、四川等省。

【姓源】鞠姓的起源主要有姬姓、芈姓二支。

一、源出姬姓。又分二支：其一，相傳周族始祖后稷棄之支孫陶，因出生時手心之紋似「鞠」字，故取名鞠陶。其支庶子孫遂以祖上之名為氏，稱鞠氏。其二，周朝時，魯國開國之君伯禽之裔孫，有以鞠為氏者，並奉伯禽為始祖。

二、出自芈姓。春秋時，楚國貴族亦有以鞠為氏者。

【郡望】汝南郡（參見「周」姓之郡望）、山陽郡（參見「滿」姓之郡望）。

【著名人物】鞠武（戰國末燕國太子丹太傅）；鞠仲謀（北宋兵部員外郎），鞠詠（北宋殿中侍御史）；鞠履厚（清代篆刻家），等等。

【專用楹聯】

山陽衍派❶；太傅分支❶。
鍾高密地靈，官居著作；興連江水利，民祀春秋❷。

【注釋】❶鞠姓祠聯。上聯指鞠姓之郡望。下聯言戰國末燕國人鞠武，為太子丹太傅，嘗薦荊軻於太子丹，欲以拒秦。鞠姓人有奉鞠武為始祖者。❷上聯言北宋初名士鞠常，字可久，高密（今屬山東）人。少好學，進士及第。開寶年間，宰相趙普擢為著作佐郎，與楊徽之等人皆有名於時，後為清河令，卒。下聯言北宋初人鞠仲謀，字有開，鞠常之子。雍熙年間進士，授連江（今屬福建）知縣，有才幹，興建水利，民得其利。官至兵部員外郎。

須 ㄒㄩ

須姓的分佈以上海、江蘇等省市較有影響。

【姓源】須姓的起源主要有姞姓、風姓、地名三支。

一、源出姞姓。商朝時有姞姓諸侯國密須國（故址在今甘肅省靈臺縣西），商末被周文王所滅，其遺族遂稱密須氏，後省文為須氏。

二、出自風姓。西周初，周武王封太昊伏羲氏之後裔於須句國（故址在今山東省東平縣西北），稱須句子。春秋時被邾國所滅，須句子逃奔魯國，不久復國，後又為魯國所滅。其遺族遂以國為氏，稱須句氏，後分為須氏、句氏二支。

三、以地名為氏。春秋時，衛國有地名須邑（今河南省滑縣東南），居者有以邑名為氏。

【郡望】琅琊郡（參見「王」姓之郡望）。

【著名人物】須賈（戰國時魏國大夫）；須無（西漢初陸量侯）；須之彥（明代尚寶司少卿），須用綸（明末青州府司理），等等。

【專用楹聯】

功高詔封四代；廉不妄取一錢❶。

【注釋】❶上聯言西漢初功臣須無，漢高祖時以功封陸量侯，並詔封四代。下聯言明末廉吏須用綸，字如卿，江蘇武進（今屬江蘇）人。萬曆年間舉人，崇禎年間授青州府（今屬山東）司理。廉平正直，風節凜然。署府事，時兵餉告急，用綸裁減各屬雜費充餉，不費民間一錢，百姓德之。

豐 ㄈㄥ

豐姓主要分佈於廣東、遼寧、四川、上海等省市。

【姓源】豐姓的起源主要有姬姓、人名二支。

一、源出姬姓，又分二支。其一，周文王之子封於酆（今陝西省戶縣東），稱酆侯，其支庶後代有以封邑為氏，後去邑旁為豐氏。其二，春秋時，鄭穆公之子豐，史稱公子豐，其孫即以祖父之名為氏，稱豐氏。

二、以人名為氏。相傳上古高辛氏有豐侯且，周朝魯國有豐丘，其後代皆以祖上之名為氏，稱豐氏。

【郡望】松陽縣（參見「瞿」姓之郡望）。

【著名人物】豐施（春秋時鄭國大夫）；豐稷（北宋樞密直學士）；豐有俊（南宋知鎮江府），豐存芳（南宋末太平州通判）；豐熙（明代翰林學士），豐坊（明代藏書家），等等。

【專用楹聯】

宋有十八義士；明存萬卷書樓❶。

【注釋】❶上聯言南宋末名臣豐存芳，字公茂，鄞縣（今屬浙江）人。官太平州（今安徽省當塗市）通判。時蒙古軍至江南，知州謀降，存芳苦諫不聽，怒罵不屈。知州遂引蒙古兵屠其家，存芳不屈，同死者十八人。下聯言明代藏書家豐坊，字存禮，後更名道生，字人翁，號南禺外史，鄞縣人。嘉靖年間進士，授吏部主事。博學工文，尤善書法。家有萬卷樓，藏書萬卷。

著有《易辨》等書。

巢 ㄔㄠˊ

巢姓主要分佈於浙江、江蘇等省。

【姓源】巢姓的起源主要分有巢氏、姒姓二支。

一、出自有巢氏。相傳堯帝時大臣巢父，因常居山中，構巢樹上以居，故稱有巢氏。大禹時，有巢氏之後人被封於巢（今安徽省巢湖市一帶），歷夏、商、周三代，至春秋時被楚國所滅，其遺族遂以國為氏，稱巢氏。

二、源出姒姓。夏末，夏王桀被商湯擊敗後，逃至南巢（今安徽省巢湖市西南），其子孫留居於此，遂稱巢氏。

【郡望】彭城郡（參見「錢」姓之郡望）、魯郡（參見「孔」姓之郡望）。

【著名人物】巢堪（東漢司空）；巢猗（隋朝學者）；巢元方（隋朝名醫）；巢谷（北宋義士）；巢鳴盛（清初孝子），等等。

【專用楹聯】

金蘭勝友情誼厚；石泉巨人德望高❶。

貞孝名傳後世；禪讓德比先賢❷。

【注釋】❶上聯言北宋義士巢谷，字元修，眉山（今屬四川）人。舉進士。素有勇力，學古兵法，遊學關西。紹聖初年，蘇軾兄弟南謫嶺海，谷徒步往訪，於嶺南謁見蘇轍後，又欲往海南訪蘇軾，行至新會（今屬廣東）病卒。下聯言巢姓始祖巢父，堯帝時人，山居，不營世利，以樹為巢，睡其上，故號巢父。堯帝欲將天下禪讓給巢父，巢父不受。❷上聯言清初孝子巢鳴盛，字端明，號崆峒，嘉興（今屬浙江）人。明末舉人，事母至孝，明亡母亦卒，遂築廬墓旁，稱永思閣，又稱止閣，因自號止園，隱居不仕。人稱貞孝先生。下聯言上古賢人巢父之事，參見❶。

關 ㄍㄨㄢ

關姓的分佈以河南省最為集中。

【姓源】關姓的起源主要有董姓、地名和外族之改姓三支。

一、源自董姓。相傳顓頊高陽氏之董姓後裔龍逢為夏末大臣，受封於關邑（故址在今湖北省欒城縣），世稱關龍逢。時夏王桀無道，龍逢數諫，反被殺戮。其子孫遂以關為氏。

二、以地名為氏。春秋時，老子李耳西出函谷關，為關尹（官名）喜傳寫《道德經》五千言。相傳關尹喜後追隨老子，終成仙果。其子孫遂以關為氏。

三、系出外族之改姓。清代滿洲八旗關佳氏、卦爾察氏、瑚錫哈哩氏、瓜爾佳氏等，後皆改為關姓。又，鄂倫春族之古拉伊爾氏、錫伯族之瓜爾佳氏等亦改為漢姓關姓。

【郡望】隴西郡（參見「李」姓之郡望）、東海郡（參見「戚」姓之郡望）。

【著名人物】關陽（東漢長水校尉）；關羽（三國蜀漢大將）；關播（唐代宰相）；關仝（五代後梁畫家）；關景仁（北宋詩人、書畫家）；關漢卿（元代戲曲作家）；關天培（清末水師提督），等等。

【專用楹聯】

千古孤忠懸日月；一生大義在春秋❶。

義存漢室三分鼎；志在春秋一部書❷。

蜀士愛讀雲長畫；宋人喜誦景仁詩❸。

【注釋】❶關姓祠聯。上聯言夏末大臣關龍逢，當夏王桀暴虐無道，為長夜之飲，不理朝政時，龍逢遂引《黃圖》以諫，立而不去，桀怒曰：「子又妖言矣。」於是焚《黃圖》，殺龍逢。下聯言三國蜀漢大將關羽，字雲長，初字長生，解（今山西省運城市西南解州鎮）人。美鬚髯，好讀《春秋左氏傳》。與張飛同隨劉備，恩如兄弟。下邳之敗，羽歸曹操，以斬顏良、文醜之功封漢壽亭侯。後掛印封金歸劉備。劉備稱帝後，拜前將軍、督荊州事，鎮守襄陽（今湖北省襄樊市）。屢敗曹仁，水淹七軍，威聲大振。後被東吳軍襲破荊州，戰敗，與其子平皆被殺，謚壯繆。宋代加封武安王，明代加封協天護國忠義大帝。自宋之後，民間稱之為關聖帝君、關公、關帝，到處建廟祀之。❷關姓祠聯。言三國蜀漢大將關羽之事，參見❶。❸上聯言三國蜀漢大將關羽之事。傳說關羽善畫竹，為竹畫之創始者，今民間頗有題名關羽所畫之「詩竹碑」。下聯言北宋詩書畫家關景仁，字彥長，杭州（今屬浙江）人。治平年間進士，授知豐縣。性多能，鐘律曆數，草隸圖畫，無所不學，尤長於詩。

蒯 ㄎㄨㄞˇ

蒯姓的分佈以上海、江蘇等地最有影響。

【姓源】蒯姓的起源主要有古蒯國、地名、姬姓三支。

一、出自古蒯國。相傳商朝時有蒯國（故址在今河南省洛陽市西南蒯鄉），其族人於亡國後以國為氏。

二、以地名為氏。春秋時，晉國大夫得受封於蒯邑（古蒯國之地），其後人遂以封邑為氏。

三、源出姬姓。春秋時，衛莊公蒯聵初為太子時，欲殺衛靈公夫人南子，不成，奔晉國。後回國為君，為晉國攻破，被殺。其後代遂以祖上之名字為氏，成為蒯姓的又一來源。

【郡望】襄陽郡（參見「習」姓之郡望）。

【著名人物】蒯通（西漢初名士）；蒯越（東漢末光祿勳）；蒯良（東漢末劉表的謀士）；蒯恩（南朝宋輔國將軍）；蒯鼇（北宋初茶陵令）；蒯祥（明代巧匠）；蒯光典（清代學者），等等。

【專用楹聯】

姓啟蒯國；望出襄陽❶。

食俸一品名朝野；畫合雙龍譽古今❷。

【注釋】❶蒯姓祠聯。上聯指蒯姓源出於蒯國。下聯指蒯姓之郡望。❷本聯言明代巧匠蒯祥，江蘇吳縣（今屬江蘇）人。

本香山木工，後累官至工部右侍郎，食一品之俸。自永樂至天順年間，凡內殿陵寢，皆其營繕。以雙手握筆畫雙龍，合之如一。每繕修，持尺準度，不失毫釐。至明憲宗時，年八十餘，仍執技供奉，天子每稱以「蒯魯班」。

相 ㄒㄧㄤˋ

相姓的分佈以遼寧、北京、陝西、四川等省市為多。

【姓源】 相姓的起源主要有姒姓、子姓二支。

一、源出姒姓，讀ㄒㄧㄤ音。夏朝時，夏王帝相之支庶子孫有以祖上之名為氏者，稱相氏。望出巴郡。

二、源自子姓，讀ㄒㄧㄤˋ音。商朝時，商王河亶甲遷都於相（今河南省安陽市西），後又遷都他處，其留居於相地之支庶子孫有以地名為氏，亦稱相氏。望出西河。

【郡望】 西河郡（參見「卜」姓之郡望）、巴郡。巴郡，秦朝始置，治所在江州（今重慶市），轄境相當於今四川省東部及重慶市。

【著名人物】 **相雲**（十六國後秦詩人）；**相願**（北朝齊蘭陵王尉）；**相禮**（明初畫家），**相世芳**（明代刑部郎中），等等。

【專用楹聯】

宗開相地；秀毓西河❶。

巴郡閥閱；帝相啟姓❷。

【注釋】 ❶相姓祠聯。指相姓之一支源出於商朝之相地，其郡望在西河郡。❷相姓祠聯。指另一支相姓之郡望在巴郡，源出於夏王帝相。

查 ㄓㄚ

查姓主要分佈於江蘇、上海、陝西等地。

【姓源】查姓的起源主要有姜姓、芈姓和外族之改姓三支。

一、源出姜姓。春秋時，齊頃公之支子受封於楂邑，其後人遂以封邑為氏，因古代「楂」、「查」二字相通，故其後去「木」旁為查氏。

二、出自芈姓。春秋時，楚國公族大夫有被封於相邑（今湖北省南漳縣西），因相邑亦寫作楂邑，故其子孫有以封邑為氏，稱楂氏，後亦去「木」旁而為查氏。

三、系出外族之改姓。清代滿洲八旗沙拉氏，後亦改為查姓。

【郡望】齊郡（參見「計」姓之郡望）、海陵郡。海陵郡，晉朝始置，廢於隋朝，治所在海陵縣（今江蘇省泰州市）。

【著名人物】查文徽（五代南唐大臣）；查道（北宋龍圖閣待制）；查居廣（元代詩人）；查鼐（明代樂師）；查繼佐（清初學者），查慎行（清初詩人），查士標、查昇（清代書法家），等等。

【專用楹聯】

木本水源由來久；日暉夕霞照映長❶。

【注釋】❶查姓「查」字之析字聯。

後 ㄏㄡˋ

後姓主要分佈於河南、河北等省。

【姓源】後姓源出太昊伏羲氏。相傳伏羲氏之裔孫名後照，其後代有以祖上之名為氏，遂稱後氏。明、清時期，河北及河南開封地區頗多此姓。

附注：後姓與后姓非一姓，參見後文之「后」姓。

【郡望】東海郡（參見「戚」姓之郡望）。

【著名人物】後錦（唐代名士）；後敏（明代陝西布政司參議）；後禮（清代畫家），後祺（清代書法家），等等。

【專用楹聯】

名題雁塔德望重；賢列蘭亭聲譽高❶。

【注釋】❶上聯言明代良吏後敏，安徽當塗（今屬安徽）人。永樂年間進士，題名雁塔，累官陝西布政司參議。為人忠厚和樂，長於政事。後為仇家所誣陷，死於貶途。下聯言唐代名士後錦，以善書稱譽當時。

荊 ㄐㄧㄥ

荊姓主要分佈於河南等省。

【姓源】荊姓的起源主要有羋姓、慶姓二支。

一、源出羋姓。又分二支：其一，西周初，楚國先君熊繹被封於荊山（今湖北省南漳縣一帶），建立荊國。春秋初，改為楚國，然此前荊君之支庶子孫遂以國為氏，稱荊氏。其二，戰國後期，出自羋姓之楚氏一支居於秦國，因避秦莊襄王嬴楚之諱，便改回原國名荊，遂稱荊氏。

二、出自慶姓。春秋時，齊國慶氏後裔有遷居於衛國者，其後代改為與「慶」字讀音相近之「荊」字，遂成荊姓的另一來源。

【郡望】廣陵郡。西漢武帝時改江都國置廣陵國，東漢改為廣陵郡，治所在廣陵縣（今江蘇省揚州市），轄境相當於今江蘇省長江以北、射陽湖西南地區。

【著名人物】荊軻（戰國時俠士）；荊浩（五代後梁畫家）；荊罕儒（北宋初名將）；荊詡（明代學者）；荊道乾（清代安徽巡撫），等等。

【專用楹聯】

宗開荊國；秀毓廣陵❶。

【注釋】❶荊姓祠聯。上聯指荊姓源出於先秦之荊國。下聯指荊姓之郡望。

紅 ㄏㄨㄥˊ

紅姓主要居住於山西地區。

【姓源】紅姓的起源主要有羋姓、劉姓二支。

一、源出羋姓。春秋時，楚國公族熊摯，字紅，封鄂王。其支庶子孫有以祖上之字為氏，遂成紅姓。

二、出自劉姓。西漢初，漢高祖劉邦之子楚元王交之子名富，初封休侯，後改封於紅（今江蘇省蕭縣西南），世稱紅富侯。其嫡系曾孫無子，國除。其支庶子孫遂以紅為氏。

【郡望】平昌郡（參見「孟」姓之郡望）。

【著名人物】紅尚朱（明代鄖西縣丞），等等。

【專用楹聯】

荊楚兆禎祥，氏族生色；授時生夏政，丙丁向南❶。

【注釋】❶紅姓祠聯。上聯指紅姓之一支源出於先秦之楚國。下聯指另一支紅姓源出於劉姓。史稱堯帝陶唐氏之後裔劉累為夏王馴養龍，為漢朝皇族之始祖。

游 一ㄡˊ

游姓主要分佈於貴州、四川、湖北等省。

【姓源】游姓主要源出姬姓。春秋時，鄭穆公之子偃，字子游，生子吉，字太叔，世稱游吉，其支子遂以其祖父之字為氏，稱游氏。

【郡望】廣平郡（參見「賀」姓之郡望）。

【著名人物】游子遠（十六國時車騎大將軍）；游雅（北朝後魏東雍州刺史），游根遠（北朝後魏儀部尚書）；游酢（北宋末學者）；游似（南宋宰相）；游明（明代按察僉事），等等。

【專用楹聯】

惠澤一州黎庶；德感八郡諸生❶。

立雪程門，恭敬求教；牧羊巨室，力學成名❷。

【注釋】❶上聯言北朝後魏名臣游雅，字伯度，小名黃頭，廣平任縣（今屬河北）人。魏太武時與渤海高允等俱知名，累官東雍州刺史，甚有惠政。卒謚宣。下聯言明代良吏游明，字大昇，豐城（今屬江西）人。天順年間為福建按察僉事，提督學校，待諸生有恩義，而尤以廉著稱。進副使，仍提督學校。旋卒，閩中八郡諸生，皆為靈位於僧寺而哭祭之。❷上聯言北宋末學者游酢，字定夫，福建建陽（今屬福建）人。師從程顥、程頤兄弟。酢與楊時初見程頤，程頤瞑目而坐，二子侍立不去。既覺，門外雪深三尺。元豐年間進士，為太學博士，歷知漢陽軍及和、舒、濠諸州，卒。著述甚眾。下聯言北朝後魏名臣游明根，字志遠，廣平任縣人。性寡欲，綜習經史。累官儀部尚書，遷大鴻臚卿，賜爵新泰侯。歷仕五十餘年，處身以仁和，接物以禮讓，時論貴之。卒謚靖。

竺 ㄓㄨˊ

竺姓的分佈以浙江省最為集中。

【姓源】竺姓的起源主要有竹姓和外族之改姓二支。

一、源出竹姓。商、周之際，孤竹國君之子伯夷、叔齊為讓國而出居深山，至春秋時，其後裔遂以竹為氏。西漢宣帝時，樅陽侯竹晏因避仇，而改為竺姓，成為竺姓的始祖。

二、系出外族之改姓。東漢以後，隨著佛教東漸，天竺（今印度）僧人進入中國者日眾，多以國名為氏，稱竺氏。而中國人隨天竺僧人學佛法，亦多以竺為姓。

【郡望】東海郡（參見「戚」姓之郡望）。

【著名人物】竺法蘭（東漢名僧）；竺法深、竺法慧、竺道潛（晉朝名僧）；竺道生（南朝宋名僧）；竺大年（宋代學者）；竺淵（明代福建參議），等等。

【專用楹聯】

竹君報平安；二酉傳書香❶。

【注釋】❶竺姓「竺」字之析字聯。二酉，指大、小二酉山，傳說秦朝人於秦始皇焚書坑儒時，藏書於此。後世遂以二酉山指代藏書之處。

權 ㄑㄩㄢˊ

權姓主要分佈於陝西等省。

【姓源】權姓的起源主要有子姓、芈姓二支。

一、源出子姓。商朝時，商王武丁之裔孫受封於權（故址在今湖北省當陽市東南）。春秋時，權國為楚武王所攻破，被迫遷至那處（今湖北省荊門市），不久又被巴國所滅，其遺族遂以國為氏，稱權氏。

二、出自芈姓。春秋時，楚武王破權國後，改置權縣，授公族大臣若敖之孫鬬緡為權縣尹。鬬緡後因謀叛被殺，其子孫遂以權為氏。

【郡望】天水郡（參見「趙」姓之郡望）。

【著名人物】權翼（十六國時前秦大臣）；權景宣（北朝周荊州刺史）；權皋（唐代監察御史），權德輿（唐代丞相、詩人）；權懷恩（唐代名臣）；權邦彥（南宋初名臣），等等。

【專用楹聯】

頭角巍峨，不愧名家駒馬；風流蘊藉，堪稱縉紳羽儀❶。

能孝必忠，高擢文華學士；信賞決罰，莫逢權令懷恩❷。

【注釋】❶上聯言南宋初名臣權邦彥，字朝美，河間（今屬河北）人。幼聰穎，崇寧年間上舍及第。累官至兼參知政事。嘗獻十議以圖中原，又言宜乘機者三。下聯言唐代大臣權德輿，字載之，略陽（今屬陝西）人。未冠以文章稱諸儒間，唐德宗知其才，召補左補闕。唐憲宗時官丞相，出為山南西道節度使，卒諡文。善辯論，開陳古今本末以覺悟天子，不為察察之名。綜貫經史，老不廢書。其文雅正贍縟。雖動止無外飾，然風流蘊藉，自然可慕，為縉紳羽儀。❷上聯言明初孝子權謹，字仲常，徐州（今屬江蘇）人。十歲喪父，哀毀幾絕。永樂年間為光祿署丞。母年九十卒，廬墓三年。明仁宗召拜文華殿大學士，以風勵天下。下聯言唐代名臣權懷恩，萬年（今陝西省西安市）人。官萬年令，賞罰明決，見惡輒斥，時語曰：「寧飲三斗塵，無逢權懷恩。」歷任慶、萊、衛、邢、宋五州刺史，所居威名赫然，吏胥重足屏息。官至益州大都督府長史。

逯 ㄌㄨˋ

逯姓的分佈以遼寧省最為集中。

【姓源】逯姓的起源主要有嬴姓、芈姓二支。
一、源自嬴姓。春秋時，秦國公族大夫有受封於逯邑（今陝西省境內），其後代遂以封邑為氏，稱逯氏。
二、出自芈姓。春秋時，楚國公族之後有逯氏。
【郡望】廣平郡（參見「賀」姓之郡望）。
【著名人物】逯式（三國魏江夏太守）；逯魯曾（元代淮南宣慰使）；逯宏（明初武進教諭），逯中立（明代給事中），逯相（明代孝子），等等。
【專用楹聯】
文章華國傳名遠；甲第榮宗留芳長❶。
【注釋】❶逯姓祠聯。言宋代逯姓名人逯昂、逯湛、逯勉、逯端四人皆以文章名世，先後進士及第。

蓋 ㄍㄜˇ

蓋姓的分佈以遼寧、山東二省最為集中。

【姓源】蓋姓的起源主要有姜姓和外族之改姓二支。
一、源出姜姓。春秋時，齊國公族大夫王歡受封於蓋邑（今山東省沂水縣西北），其子孫遂以封邑為氏，稱蓋氏。
二、系出外族之改姓。北朝後魏代北複姓蓋樓氏（一作蓋婁氏），後改為蓋姓。
【郡望】汝南郡（參見「周」姓之郡望）。
【著名人物】蓋公（西漢初學者），蓋寬饒（西漢名臣）；蓋延（東漢初安平侯）；蓋文達、蓋文懿（唐初學者）；蓋寓（五代後唐成陽郡公）；蓋方泌（清代臺灣知府），等等。

【專用楹聯】

經史貫通，眾稱二蓋；遠近宗仰，博洽三家❶。

【注釋】❶上聯言唐初學者蓋文達、蓋文懿從兄弟，信都（今河北省冀州市）人。文達，博涉經籍，尤明《春秋》三傳。刺史竇抗集諸儒講論，文達依經辨舉，皆諸儒所未扣，一座嘆服。貞觀初年擢任諫議大夫，後拜崇賢館學士，卒。當時與其從兄弟文懿號為「二蓋」。下聯言唐初學者蓋文懿，以儒學稱。唐高祖於秘書監置學以教王公子弟，文懿為國子助教，譬喻密微，遠近宗仰。官終國子博士。

益 ㄧˋ

益姓的分佈以陝西等省為多。

【姓源】益姓的起源主要有嬴姓和地名二支。

一、源出嬴姓。相傳顓頊高陽氏之後裔伯益，因功被賜嬴姓。伯益之支庶子孫有以祖上之名為氏者，稱益氏。

二、以地名為氏。古代山東省益都縣（今山東省青州市）居人，有以益為氏。又，漢代四川廣漢屬益州（今四川省成都市）管轄，其居人亦有以州名為氏者。

【郡望】馮翊郡（參見「嚴」姓之郡望）。

【著名人物】益暢（南宋初進士），等等。

【專用楹聯】

姓啟伯益源頭遠；望出馮翊族脈長❶。

【注釋】❶益姓祠聯。上聯指益姓源出於上古賢人伯益。下聯指益姓之郡望。

桓 ㄏㄨㄢˊ

桓姓主要分佈於河南等省。

【姓源】桓姓的起源主要有人名、諡號和外族之改姓三支。

一、以人名為氏。相傳黃帝之臣名桓常，其後代有以桓為氏者。

二、以諡號為氏。春秋時，齊桓公小白之支庶子孫有以祖上諡號為氏，遂稱桓氏。宋桓公之支孫向魋，以祖父之諡號為氏，稱桓魋。又，姬姓晉國、姒姓杞國及曹國皆有國君諡「桓」，稱桓侯，其後人有以桓侯為氏，後省文作桓氏。

三、系出外族之改姓。北朝後魏代北複姓烏丸氏、阿鹿桓氏，後皆改為漢姓桓姓。

【郡望】譙郡（參見「曹」姓之郡望）。

【著名人物】桓寬（西漢廬江太守丞）；桓榮（東漢初學者），桓譚（東漢學者），桓景（東漢名士）；桓伊（東晉名將），桓溫（東晉大將）；桓康（南朝齊驍騎將軍），等等。

【專用楹聯】

有英雄才，能勝四州任；飲茱萸酒，克消九日災❶。

直言世事遺新論；推衍宏議號鹽鐵❷。

【注釋】❶上聯言東晉大將桓溫，字元子。溫嶠聞其啼聲，曰：「真英物也。」遂名溫。歷官安西將軍、荊州刺史、都督荊、梁等四州諸軍事。後進位征西大將軍、南郡公，加大司馬、都督中外諸軍事。下聯言東漢名士桓景，汝南（今屬河南）人。嘗學於方士費長房，一日謂景曰：「九月九日，汝家有大災，可令家人作絳紗囊盛茱萸繫臂，登高飲菊酒，禍可消。」景如其言，夕還，家中牛羊雞犬皆暴死。長房曰：「代之矣。」❷上聯言東漢著名學者桓譚，字君山，相（今河南省安陽市）人。好音律，喜鼓琴，遍習五經，能文章。歷官議郎、給事中。著書二十九篇，言當世行事，號《新論》。下聯言西漢學者桓寬，字次公，汝南人。治《公羊春秋》，漢宣帝時舉為郎，官至廬江太守丞。博通經籍，善屬文。曾推衍鹽鐵之論，著數萬言，名《鹽鐵論》。

公 ㄍㄨㄥ

公姓主要分佈於遼寧、福建、浙江等省。

【姓源】公姓的起源主要有姬姓和複姓之省文二大來源。

一、源出姬姓。公劉為周朝王室先祖之一，其支庶子孫有以祖上之名為氏，稱公氏。又，周朝時，魯昭公傳位於其弟魯定公，定公遂封昭公之二子衍、為，因其為公爵之子，故世稱公衍、公為，其後代遂以公為氏。

二、由複姓省文。先秦時，帶「公」字之複姓甚多，如魯國（姬姓）有公山、公之、公父、公冉、公務、公甲、公石、公羊、公西、公何、公治、公巫、公宣、公若、公林、公堅、公肩、公思、公施、公夏、公祖、公索、公為、公華、公慎、公鉏、公賓、公儀、公輸、公斂、公襄等；衛國（姬姓）有公上、公叔、公孟、公析、公南、公荊等；晉國（姬姓）有公仇、公行、公成、公師、公族等；鄭國（姬姓）有公文、公德等；滕國（姬姓）有公丘；韓國（姬姓）有公仲；齊國（姜姓）有公牛、公玉、公牽、公幹、公旗等；秦國（嬴姓）有公車、公金、公乘等；楚國（羋姓）有公房、公都、公建等；宋國（子姓）有公朱；陳國（媯姓）有公良，等等。這些複姓大都融入公姓，除少數外，今日大多已不復存在。

【郡望】松陽縣（參見「瞿」姓之郡望）。

【著名人物】公勉仁（明代太僕卿），公鼎（明代禮部侍郎），公家臣（明代編修），等等。

【專用楹聯】

公爵啟姓；松陽閥閱❶。

【注釋】❶公姓祠聯。上聯指公姓源出於公爵之官名。下聯指公姓之郡望。

万俟 ㄇㄛˋ ㄑㄧˊ

【姓源】万俟複姓源出鮮卑族拓跋氏。北朝鮮卑族拓跋氏建立後魏政權後，勢力得以很快地發展，使王族十部成為十大姓氏，其中後魏獻文帝拓跋弘之三弟之後即為万俟氏。

【郡望】蘭陵郡（參見「蕭」姓之郡望）。

【著名人物】万俟普（北朝齊朔州刺史），万俟洛（北朝齊建昌郡公）；万俟雅言（北宋詞人），万俟湜（北宋護州知州），等等。

【專用楹聯】

美秀成詞，共仰雅言風味；雄果有勇，齊稱太尉剛強❶。

【注釋】❶上聯言北宋詞人万俟雅言，自號詞隱。工詞，崇寧年間充大晟府制撰。著有《大聲集》，時人稱其詞平而工，和而雅。下聯言北朝齊勇將万俟普，字普拔，為匈奴別部之人。雄果有武力，官朔州刺史，拜太尉。

司馬 ㄙ ㄇㄚˇ

司馬複姓的分佈以山西、河南等省為多。

【姓源】司馬複姓源出於官名。西周宣王時，上古司土地之官重黎之後裔程伯休父為司馬（執掌兵馬之政），以克平徐方之戰功，被賜氏司馬。

【郡望】河內郡（參見「于」姓之郡望）。

【著名人物】司馬錯（戰國時秦國將領）；司馬遷（西漢史學家、文學家），司馬相如（西漢文學家）；司馬徽（東漢末名士）；司馬懿、司馬昭父子（三國魏大臣）；司馬炎（西晉武帝）；司馬子微（唐代道士）；司馬光（北宋大臣、史學家），等等。

【專用楹聯】

奇志題橋，果駕高車駟馬；知人稱鏡，由識臥龍鳳雛❶。

通鑑傳名遠；史記享譽高❷。

【注釋】❶上聯言西漢著名文學家司馬相如，字長卿，成都（今屬四川）人。漢景帝時為武騎常侍，病免而歸。過臨邛（今四川省邛崍市），以琴心挑才女卓文君，與同歸成都。漢武帝時，以人薦舉，召為郎。起程時，題字於城外萬里橋，曰當富貴榮歸。後相如果奉天子之令以通西南夷，以功拜孝文園令，病免。工文詞，所作〈子虛〉、〈上林〉、〈大人〉諸賦，漢、魏、六朝人皆仿之。下聯言東漢末名士司馬徽，字德操，潁川（今河南省禹州市）人。清雅善知人，時稱水鏡先生。劉備嘗訪士於徽，徽因薦臥龍（諸葛亮）、鳳雛（龐統）二人。❷上聯言北宋著名史學家司馬光，字君實，世號涑水先生，夏縣（今屬山西）人。七歲聞講《左氏春秋》，即了其大旨。寶元初年進士，歷官同知諫院、御史中丞、翰林學士等，宋哲宗初拜相，在相八月而卒，贈太師、溫國公，諡文正。著《資治通鑑》，為中國重要編年史著作。下聯言西漢著名史學家司馬遷，字子長，夏陽（今陝西省韓城市）人。十歲誦古文，二十南遊江淮，上會稽，探禹穴，窺九嶷山，浮沅湘，北涉汶泗，講學齊魯之邦，過梁楚以歸。仕為郎中，奉使巴蜀，還為太史令。因為名將李陵敗降匈奴一事辯解而激怒漢武帝，下獄處宮刑。乃發憤著史，歷十二年，上起黃帝，下迄漢武帝時，總括三千餘年史事，作《史記》（一名《太史公書》）一百三十篇，成為中國第一部紀傳體通史。序事辨而不華，質而不俚，世稱為「良史之材」。

上官 ㄕㄤˋ ㄍㄨㄢ

上官複姓的分佈以浙江、江西、湖北、河北、山東、北京等地區較為多見。

【姓源】上官複姓源出羋姓。春秋時，楚莊王之少子子蘭為上官（今河南省滑縣一帶）大夫，其支庶後代遂以上官為氏。秦滅六國後，遷楚國公族大姓於關中，上官氏亦在其中。

【郡望】天水郡（參見「趙」姓之郡望）。

【著名人物】上官桀（西漢左將軍）；上官儀（唐代西臺侍郎），上官婉兒（唐代才女）；上官正（北宋左龍武大將軍），上官均（北宋給事中）；上官謐（南宋永州推官，朱熹弟子）；上官喜（明代書畫家），等等。

【專用楹聯】

上正下必順；官清民自安❶。

才擅吟哦，竟稱上官新體；性惟清儉，追還老叟遺金❷。

【注釋】❶上官複姓「上官」二字之嵌字聯。❷上聯言唐代詩人上官儀，字游韶，陝州（今河南省陝縣）人。貞觀年間進士，召授弘文館直學士，遷秘書郎。唐太宗每屬文，便使儀視稿。工詩，詞藻綺錯婉媚，貴顯人多效之，稱為「上官體」。後官西臺侍郎，因見惡於武后，被誅。下聯言北宋良吏上官凝，字成叔，邵武（今屬福建）人。慶曆年間進士，授銅陵（今屬安徽）尉。任滿去，有老叟十數人饋贈藥器數件，發之皆金，追而返之。歷官職方員外郎、通判處州，所至有聲。

歐陽 ㄡ ㄧㄤˊ

歐陽複姓的分佈以廣東、湖南二省最為集中，為當代影響最大且人口最多之複姓之一。

【姓源】歐陽複姓源出姒姓。夏朝時，夏王少康之支子受封於會稽（今浙江省紹興市），建立越國。戰國初，越王無疆時亡於楚國，其子蹄受封於烏程（今浙江省湖州市）歐餘山之南，古代以山南為陽，故稱歐陽亭侯，其後代遂以封地為氏，稱歐陽氏，亦有省稱歐氏。

【郡望】渤海郡（參見「季」姓之郡望）。

【著名人物】歐陽生（西漢初學者）；歐陽建（西晉馮翊太守）；歐陽詢（唐初書法家）；歐陽迥（五代後蜀詞人）；歐陽修（北宋名臣、文學家、唐宋八大家之一）；歐陽守道（南宋末學者）；歐陽玄（元代翰林學士承旨），等等。

【專用楹聯】

翰墨流香，僉信九成佳作；文章擅類，並傳八大名家❶。

母教儒學，循循善誘；世傳尚書，炳炳揚名❷。

【注釋】❶上聯言唐初著名書法家歐陽詢，字信本，臨湘（今湖南省長沙市）人。累官太常博士、太子率更令、弘文館學士，封渤海男，年八十五卒。博貫經史，著有《藝文類聚》一百卷。善書，初學王羲之，而險勁過之。因曾為率更令，故名其體曰「率更體」。傳世佳作有魏徵撰文、歐陽詢所書刻石之〈九成宮醴泉銘〉。下聯言北宋著名文學家歐陽修，字永叔，自號醉翁，晚號六一居士，廬陵（今江西省吉安市）人。舉進士甲科，歷官知制誥、知滁州、翰林學士等，拜參知政事，卒諡文忠。博極群書，以文章冠天下，為唐宋八大家之一。著述甚眾，有《新唐書》、《新五代史》、《集古錄》、《歸田錄》、《文忠集》、《六一詩話》等。❷上聯言北宋文學家歐陽修之母，姓鄭氏，當修四歲而孤，母守節教育之，家貧，常以蘆荻畫地學書。參見❶。下聯言西漢初學者歐陽生，字和伯，千乘（今山東省博興縣西南高城）人。事伏生受《尚書》，授兒寬，兒寬授歐陽生之子，世世相傳，至曾孫高為博士。高孫地餘、裔孫歙，複以傳業顯名，由是《尚書》世有歐陽氏學。

夏侯 ㄒㄧㄚˋ ㄏㄡˊ

【姓源】夏侯複姓源出姒姓。西周初，夏禹之後裔東樓公受封於杞國（今河南省杞縣）。戰國初，杞國被楚國所滅，杞簡公之弟佗逃奔魯國，魯悼公賜封為侯，故世稱夏侯。其子孫遂以夏侯為氏，後一支省稱夏氏。

【郡望】譙郡（參見「曹」姓之郡望）。

【著名人物】夏侯嬰（西漢初名將），夏侯始昌、夏侯勝（西漢學者）；夏侯惇、夏侯淵（三國魏大將），夏侯玄（三國魏大鴻臚）；夏侯湛（西晉散騎常侍）；夏侯審（唐代詩人）；夏侯嶠（北宋初名臣），等等。

【專用楹聯】

秀矣丰儀，僉推連璧並美；朗然日月，爭誇倚玉同榮❶。

開皇名圖有三禮；大曆高士列十才❷。

【注釋】❶上聯言西晉名士夏侯湛，字孝若，譙（今安徽省亳州市）人。幼有盛才，文章宏富，善構新詞。美容貌，嘗與潘岳同車接茵，京師謂之「連璧」。舉賢良中第，累官郎中、散騎常侍。下聯言三國魏名臣夏侯玄，字太初，譙人。少知名，弱冠為散騎侍中護軍，擢征西將軍，都督雍、涼州諸軍事，徵為大鴻臚。規格局度，負一時重望。❷上聯言隋朝學者夏侯朗，開皇年間曾繪〈三禮圖〉。下聯言唐代詩人夏侯審，譙人。官侍御史，為大曆十才子之一。

諸葛（ㄓㄨ ㄍㄜˊ）

諸葛複姓主要分佈於浙江等省。

【姓源】諸葛複姓的起源主要有古葛國、葛氏和詹葛氏三支。

一、出自古葛國。相傳商、周之際名士伯夷之後裔葛伯，於封國亡後，其一支遷居諸縣（今山東省諸城縣西南），後又遷至陽都（故城在今山東省沂南縣南），為區別於當地之葛姓，遂稱諸葛氏。

二、源於葛姓。秦、漢之際，陳勝之將葛嬰無罪被誅。西漢初，漢文帝追錄其功，封葛嬰之孫葛丰於諸縣，稱諸縣侯，其子孫遂以諸葛為氏。

三、系出複姓詹葛氏。齊國有熊氏之後有詹葛氏，因齊地方言讀「詹」音若「諸」，詹葛氏遂成諸葛氏。

【郡望】琅琊郡（參見「王」姓之郡望）。

【著名人物】諸葛豐（西漢司隸校尉）；諸葛亮（三國蜀漢丞相），諸葛瞻（三國蜀漢都護衛將軍），諸葛瑾（三國東吳大將軍），諸葛誕（三國魏征東將軍）；諸葛恢（東晉侍中）；諸葛璩（南朝梁學者）；諸葛高（北宋製筆高手）；諸葛平（明初應山知縣），等等。

【專用楹聯】

草廬臥龍，王佐勳先主三顧；藍田生玉，英才起吳帝唯稱❶。

中興三明傳晉世；國子二賦震京都❷。

【注釋】❶上聯言三國蜀漢大臣諸葛亮，字孔明，琅琊陽都（今山東省沂南縣南）人。隱居隆中（今湖北省襄樊市南），好〈梁父吟〉，自比管仲、樂毅，人稱臥龍。劉備三顧茅廬求教，亮遂縱論天下大勢，定下東結孫吳、併力抗曹之策，即著名之「隆中對」。為劉備主要謀士，敗曹操於赤壁。劉備稱帝後，拜丞相，封武鄉侯。後病卒於五丈原，葬定軍山，諡忠武。下聯言三國東吳名將諸葛恪，字元遜，為諸葛亮之兄瑾之子。少知名，為吳帝孫權所賞識。建興年間封陽都侯，加荊州牧、督中外諸軍事。❷上聯言東晉名臣諸葛恢，字道明，琅琊人。初官即丘長，避亂江左，名亞王導、庾亮。王導嘗謂曰：「明府當為黑頭公。」時潁川荀闓、陳留蔡謨與恢三人俱字道明，皆有名譽，號「中興三明」。以功封陵亭侯，累官尚書右僕射，加侍中，卒諡敬。下聯言南朝宋文學家諸葛勖，琅琊人。為國子生，作〈雲中賦〉，指祭酒以下皆有形似之目。坐繫東冶，再作〈治徒賦〉，宋孝武帝見而赦之。

聞人（ㄨㄣˊ ㄖㄣˊ）

【姓源】聞人複姓源出少正氏。春秋時，魯國大夫少正卯與孔子同時聚徒講學，名聲很大，時稱「聞人」。後孔子出任魯國司寇，借「危言亂政」之罪名處死少正卯。少正卯之子孫便以聞人為氏，並有省稱聞氏者。

【郡望】河南郡（參見「褚」姓之郡望）。

【著名人物】聞人通漢（西漢學者）；聞人宏（北宋常州通判）；聞人滋（南宋學者）；聞人夢吉（元代學者）；聞人詮（明代湖廣副使），聞人益（明代畫家），等等。

【專用楹聯】

聞雞起舞；人傑地靈❶。
集句行世；治禮傳家❷。

【注釋】❶聞人複姓「聞人」二字之嵌字聯。❷上聯言北宋詩人聞人祥正，著有集句《宮詞》。下聯言西漢學者聞人通漢，字子方，沛（今江蘇省沛縣）人。經學家后蒼說《禮》數萬言，號《后氏曲臺記》，授通漢。通漢以太子舍人論五經義於石渠閣。官至中山中尉。

東方 ㄉㄨㄥ ㄈㄤ

【姓源】東方複姓的起源主要有伏羲氏和外姓之改姓二支。

一、出自伏羲氏。相傳上古太昊伏羲氏之裔孫羲仲，以太昊帝出於八卦之震，位主東方，世掌東方青陽之令，其子孫遂以東方為氏。一說，東方出於女媧氏之後。

二、系出外姓之改姓。西漢名人東方朔，據《漢書》本傳等文獻記載，父姓張，母姓田，天明始生，因以東方為姓。然據《論衡》曰，東方朔本姓金，改姓東方。

【郡望】平原郡（參見「常」姓之郡望）。

【著名人物】東方朔（西漢文學家、大中大夫）；東方顥（唐代學士），東方虬（唐代詩人），等等。

【專用楹聯】

東風萬里，三陽開泰；方圓九州，六合同春❶。
詩韻鏗鏘，錦袍受賜；文章鄭重，象亭名高❷。

【注釋】❶東方複姓「東方」二字之嵌字聯。❷上聯言唐代詩人東方虬，武則天當政時任左史。工詩。武后遊洛陽（今屬河南）南龍門，詔從臣賦詩，虬詩先成，命賜錦袍。下聯言唐代名臣東方顥，善屬文，為唐玄宗開元年間舍象亭十八學士之一。

赫連（ㄏㄜˋ ㄌㄧㄢˊ）

【姓源】赫連複姓源出匈奴族。西漢時，南匈奴單于曾娶漢皇室女，其子孫從母姓為劉氏。西晉時，劉虎改為鐵弗氏。東晉時，其孫勃勃建國稱大夏天王，自稱帝王顯赫，與天連接，遂改姓為赫連氏。

又，隋、唐時之吐谷渾族亦有赫連氏。

【郡望】渤海郡（參見「季」姓之郡望）。

【著名人物】赫連勃勃（十六國大夏天王）；赫連子悅（北朝齊都官尚書），赫連達（北朝周夏州總管）；赫連韜（唐代名士），赫連鐸（唐末吐谷渾族酋長），等等。

【專用楹聯】

永享無疆之慶；長為天地之連❶。

德宏才高八賢輩；廉儉仁恕大將軍❷。

【注釋】❶赫連複姓之祠聯。言赫連複姓之始祖赫連勃勃的改姓詔書中說「帝王者係為天子，是為恢赫，實與天連」，故改姓後必將「庶協皇天之意，永享無疆大慶」。❷上聯言唐代名士赫連韜，漳浦（今屬福建）人。有不羈之才，與莆田陳黯等齊名，時稱八賢。下聯言北朝周將軍赫連達，字朔周，赫連勃勃之裔孫。剛鯁有膽力，以功拜大將軍，任夏州總管。廉儉仁恕。進爵樂川郡公，卒。

皇甫 ㄏㄨㄤˊ ㄈㄨˇ

【姓源】皇甫複姓的起源主要有人名、子姓二支。

一、以人名為氏。西周時，周幽王之太師名皇甫，其子孫即以祖上之名為氏，稱皇甫氏。

二、源自子姓。春秋時，宋戴公之子公子充石，字皇父，其支孫以祖父之字為氏，稱皇父氏。西漢時，皇父鸞自魯地遷居陝西茂陵，改「父」為「甫」，遂稱皇甫氏。

【郡望】京兆郡（參見「韋」姓之郡望）。

【著名人物】皇甫規（東漢弘農太守），皇甫嵩（東漢末太尉）；皇甫謐（西晉學者）；皇甫冉（唐代狀元），皇甫湜（唐代工部郎中），皇甫無逸（唐代吏部尚書）；皇甫坦（南宋初名醫），等等。

【專用楹聯】

宋時軍都府第；唐代狀元人家❶。

皇甫四傑傳名久；御書二字播譽長❷。

【注釋】❶上聯言北宋初名將皇甫繼明，善騎射，以膂力聞，以功加馬步軍都軍頭，歷環慶路馬步都部署。下聯言唐代名士皇甫冉，字茂政，丹陽（今屬江蘇）人。十歲能屬文，名臣張九齡呼為小友。天寶年間舉進士第一。累官右補闕。❷上聯言明代詩人皇甫涍，字子安，長洲（今江蘇省蘇州市）人。嘉靖年間進士，官至浙江按察僉事。好學工詩，負才名，與兄沖、弟汸、濂，時稱皇甫四傑。下聯言南宋初名醫皇甫坦，善醫術，宋高宗召問「何以治身」，答：「心無為則身安，人主無事則天下治。」後復問以長生久視之術，答：「先禁諸欲，勿令放逸。丹經萬卷，不如守一。」高宗為書「清淨」二字以名其齋。

尉遲（ㄩˋ ㄔˊ）

【姓源】尉遲複姓的起源主要有于闐國、鮮卑族二支。

一、出自于闐國。漢代時，西域于闐國貴族有尉遲氏。

二、源自鮮卑族。北朝後魏時，鮮卑族之尉遲部與拓跋部一同崛起，隨魏孝文帝進入中原，以族名曰尉遲氏。

【郡望】太原郡（參見「王」姓之郡望）。

【著名人物】尉遲迥、尉遲綱兄弟（北朝周大將）；尉遲敬德（唐初大將），尉遲乙僧（唐代畫家），尉遲勝（唐代驃騎大將軍、于闐國王）；尉遲德誠（元代遼東廉訪使），等等。

【專用楹聯】

智勇兼全，累功見忠武；恩威並濟，刻石頌姓名❶。

【注釋】❶上聯言唐初大將尉遲敬德，名恭，以字行，善陽（今山西省朔州市）人。從唐王李世民征討竇建德、王世充等，戰功卓著。參與玄武門之變，助李世民奪帝位。歷任涇州道行軍總管、襄州總督等，封鄂國公。唐太宗嘗欲妻以女，敬德曰：「臣雖不學，聞古人富不易妻，此非臣之所願也。」卒謚忠武。下聯言北朝周大將尉遲迥，字薄居羅，代（今山西省代縣）人。有大志，好施愛士。後以平蜀之功，封蜀公。時人刻銘碑頌揚之。

公羊（ㄍㄨㄥ ㄧㄤˊ）

【姓源】公羊複姓源出姬姓。春秋時，魯國有公孫羊孺，頗有才學，其子孫遂取祖上之名字中二字為氏，稱公羊氏。

【郡望】頓丘郡（參見「司」姓之郡望）。

【著名人物】公羊高（戰國時魯國學者，孔子高弟子夏之弟子）；公羊壽（西漢學者），等等。

【專用楹聯】

傳春秋以遺世；與左穀而齊名❶。

【注釋】❶上聯言戰國時魯國學者公羊高，孔子弟子子夏之學生。作《春秋傳》，四傳至其玄孫公羊壽。下聯言西漢學者公羊壽，漢景帝時與其弟子胡母子都筆錄《春秋傳》於竹帛，何休為作《解詁》，其書遂大傳於世，而與《左氏傳》、《穀梁傳》齊名。

澹臺（ㄊㄢˊ ㄊㄞˊ）

【姓源】澹臺複姓源出地名。春秋時，孔子弟子滅明居於澹臺山（在今山東省嘉祥縣南），故以名氏。一說，滅明南遊長江流域之澹臺湖（在江蘇省吳縣東南），遂以澹臺為氏。澹臺複姓後世漸簡化成臺姓。

【郡望】太原郡（參見「王」姓之郡望）。

【著名人物】澹臺滅明（春秋時魯國人，孔子弟子）；澹臺敬伯（東漢學者），等等。

【專用楹聯】

立品端方，不逐風塵勢利；守身剛毅，頓除蛟孽波濤❶。

【注釋】❶本聯言春秋時魯國學者澹臺滅明，字子羽，孔子弟子。行不由徑，非公事不謁邑宰，子游稱譽之。嘗攜千金文璧渡河，忽然波起，兩蛟夾舟，滅明曰：「吾可以義求，不可以威劫。」操劍斬蛟，蛟死波息，乃投璧於河。三投，璧輒躍出，因毀璧而去。

公冶 ㄍㄨㄥ ㄧㄝˇ

【姓源】公冶複姓源出姬姓。春秋時，魯國公族季孫氏有名季冶，字公冶，為季氏屬下大夫，其子孫即以祖上之字為氏，稱公冶氏。後漸簡化為公姓。

【郡望】魯郡（參見「孔」姓之郡望）。

【著名人物】公冶長（春秋時魯國賢人，孔子弟子），等等。

【專用楹聯】

固辭爵祿身高潔；素行賢良妻聖門❶。

【注釋】❶本聯言春秋時魯國賢人公冶長，字子芝，孔子弟子。能通鳥語。孔子謂：「長可妻也，雖在縲紲中，非其罪也。」以其女妻之。

宗政 ㄗㄨㄥ ㄓㄥˋ

【姓源】宗政複姓源出劉姓。西漢前期，楚元王劉交之裔孫劉德，官宗正（九卿之一，掌皇族事務），其支庶子孫遂以氏，名宗正氏，後加「文」旁而稱宗政氏。後世宗政複姓簡為宗姓。

【郡望】彭城郡（參見「錢」姓之郡望）。

【著名人物】宗正珍孫（北朝後魏安西將軍）；宗政辨（唐代少監），等等。

【專用楹聯】

秀毓濟陽，官居少監；椒衍彭城，祖德瓜緜❶。

【注釋】❶宗政複姓之祠聯。上聯言唐代良吏宗政辨，濟陽（今屬山東）人。官至少監。下聯指宗政複姓之郡望在彭城郡，世代繁衍子孫昌盛。

濮陽（ㄆㄨˊ ㄧㄤˊ）

【姓源】濮陽複姓源出地名。春秋時，鄭國有居於濮水之陽（在今河南省濮陽市）者，以地名為氏，遂稱濮陽氏。

【郡望】博陵郡（參見「邵」姓之郡望）。

【著名人物】濮陽興（三國東吳丞相）；濮陽戍（明初武德將軍），濮陽淶（明代學者），等等。

【專用楹聯】

濮水悠悠，流長源遠；陽光煦煦，景妍氣和❶。

【注釋】❶濮陽複姓「濮陽」二字之嵌字聯。

淳于（ㄔㄨㄣˊ ㄩˊ）

【姓源】淳于複姓源出姜姓。西周初，周武王封姜姓斟灌氏於州（故址在今山東安丘縣），世稱州公。春秋時，州國被杞國所滅，後留居淳于城（今山東省安丘縣東北，為原州國都城）之原州國公族復國，名淳于國。後國再滅，其遺族便以國為氏，稱淳于氏。唐代時，因「淳」與唐憲宗李純之名音同，為避諱而改為于姓，至五代時，有部分人恢復祖姓淳于氏。

【郡望】河內郡（參見「于」姓之郡望）、齊郡（參見「計」姓之郡望）。

【著名人物】淳于髡（戰國時齊國名士），淳于越（戰國時齊國博士）；淳于意（西漢名醫）；淳于恭（東漢侍中）；淳于岐（十六國後秦學者）；淳于量（南朝陳車騎將軍）；淳于誕（北朝後魏梁州刺史）；淳于朗（唐初宰相），等等。

【專用楹聯】

越公官居博士；意祖雅號神醫❶。

諷諫意深，罷長夜宴飲；義周精透，明後日災祥❷。

【注釋】❶上聯言戰國時齊國人淳于越，淳于髡之後，仕齊國為博士，以諫知名。下聯言西漢名醫淳于意，臨淄（今屬山東）人。為齊太倉長，世稱倉公。少喜醫方術，師同郡乘陽慶，遂精於醫。為人治病，決生死多驗，號神醫。❷上聯言戰國時齊國名士淳于髡，長不滿七尺，滑稽多辯，數使諸侯，未嘗屈辱。齊宣王好為長夜之飲，百官荒亂，諸侯並侵。髡諫說之，並見聽從，以為諸侯主客。下聯言西晉時方士淳于智，字叔平。精筮《易》之術，所占無不中，尤善厭勝之術，消災轉福，不可勝記。

單于 ㄔㄢˊ ㄩˊ

【姓源】單于複姓源出匈奴族。漢代時，匈奴最高首領稱「撐犁孤涂單于」。匈奴語「撐犁」意「天」，「孤涂」意「子」、「子孫」，「單于」意「廣大」。南北朝後，匈奴族逐漸融入漢族，其王室子孫有以祖上名號為氏者，遂成單于氏。後有一支省稱為單姓。

【郡望】千乘郡（參見「倪」姓之郡望）。

【專用楹聯】

出夷入華，遂成望族；敦詩習禮，共仰名家❶。

【注釋】❶單于複姓之祠聯。上聯指單于複姓源出於匈奴王族。下聯指單于複姓融入漢族之中後，諳習禮儀，詩書傳家。

太叔 ㄊㄞˋ ㄕㄨ

【姓源】太叔複姓源出姬姓。又分二支：其一，春秋時，衛文公之第三子儀，以兄弟排行次第而稱太叔儀，其支孫遂以為氏，稱太叔氏。其二，春秋時，鄭莊公之弟段，封於京邑，世稱京城太叔，其支庶子孫亦以太叔為氏。

附注：古代「太」、「大」相通，故太叔氏亦作大叔氏。

【郡望】東平郡（參見「呂」姓之郡望）。

【著名人物】太叔儀（春秋時衛國公族），等等。

【專用楹聯】

東方欲曉迎旭日；平安無事樂堯天❶。

【注釋】❶太叔複姓郡望「東平」二字之嵌字聯。

申屠 ㄕㄣ ㄊㄨˊ

【姓源】申屠複姓的起源主要分有虞氏、姜姓二支。

一、出自有虞氏。相傳舜帝有虞氏之後有勝屠氏，亦作申徒氏，後音轉為申屠氏。夏朝賢人申屠狄，亦作申徒狄。

二、源出姜姓。夏朝時，有四岳之後受封於申（故城在今河南省南陽市北），世稱申侯，姜姓。西周末，周幽王娶申侯之女，生周平王。申侯之弟別封於屠源，其後代遂稱申屠氏。

【郡望】京兆郡（參見「韋」姓之郡望）、西河郡（參見「卜」姓之郡望）。

【著名人物】申屠嘉（西漢丞相）；申屠剛（東漢初尚書令），申屠蟠（東漢學者）；申屠致遠（元代藏書家），申屠澂（元代學者）；申屠衡（明初學者），等等。

【專用楹聯】

門無一私干謁；家有萬卷詩書❶。

【注釋】❶上聯言西漢大臣申屠嘉，從漢高祖劉邦擊項羽，累官都尉。漢文帝時遷御史大夫，拜丞相，封固安侯。為人廉直，不受私謁。漢景帝時卒，諡節。下聯言元代藏書家申屠致遠，字大用，壽張（今山東省梁山縣西北）人。累官淮西江北道肅政廉訪司事，所至有風裁。清修苦節，恥事權貴。聚書萬卷，名曰墨莊。著述頗眾。

公孫 ㄍㄨㄥ ㄙㄨㄣ

【姓源】公孫複姓的起源甚多。相傳炎帝神農氏之弟勖嗣少典國君，世為諸侯，其後人便以公孫為氏；黃帝軒轅氏初名公孫，後改姓姬，其後代有以公孫為氏者。又，春秋時，封公之後，皆可自稱公孫，即王公之裔孫之意。

【郡望】高陽郡（參見「許」姓之郡望）、扶風郡（參見「竇」姓之郡望）。

【著名人物】公孫杵臼（春秋時晉國義士）；公孫丑（戰國時齊國人，孟子弟子），公孫戌（戰國時齊國孟嘗君門客），公孫龍（戰國時趙國思想家）；公孫弘（西漢名相）；公孫瓚（東漢降虜都尉），公孫度（東漢遼東太守）；公孫羅（唐代學者），等等。

【專用楹聯】

道學名儒，彬彬而雅；竹簡古籍，郁郁乎文❶。

三喜為賢士；四度任將軍❷。

【注釋】❶上聯言春秋時楚國人公孫龍，字子石，孔子弟子，少孔子五十三歲。下聯言戰國時魏國學者公孫段，當西晉太康年間汲郡（今河南省衛輝市）人不準發戰國魏襄王墓，得戰國竹簡書數十車，中有《公孫段》二篇，段與劭陟論《易》、《國語》三篇。❷上聯言戰國時齊國人公孫戌，孟嘗君門客，嘗諫孟嘗君而聽從，故自曰有「大喜三：一喜諫而得聽，二喜諫而止君之過，三喜輸象床而登徒子許奉其先人之寶劍」。孟嘗君曰「善」，目為賢者。下聯言西漢人公孫敖，漢景帝時為郎，漢武帝初為騎將，前後四為將軍。

仲孫（ㄓㄨㄥˋ ㄙㄨㄣ）

【姓源】仲孫複姓的起源主要有姬姓、姜姓二支。

一、源出姬姓。春秋時，魯桓公次子名慶父，字共仲，以其為魯公之後，遂稱仲孫氏。後慶父亂魯，弒君後出奔，改名孟孫氏，而其留居魯國之支庶子孫仍以仲孫名氏，或省稱仲氏。

二、出自姜姓。春秋時，齊國亦有仲孫氏，為仲孫氏的另一支。

【郡望】高陽郡（參見「許」姓之郡望）。

【著名人物】仲孫蔑、仲孫玃、仲孫何忌（春秋時魯國大夫），仲孫湫（春秋時齊國大夫），等等。

【專用楹聯】

損己利民，賢名彰魯國；除慶靖難，直言進宗邦❶。

【注釋】❶上聯言春秋時魯國大夫仲孫蔑，即孟獻子，嘗曰：「伐冰之家，不畜牛羊；百乘之家，不畜聚斂之臣。」時稱為賢大夫。魯襄公時卒。下聯言春秋時齊國大夫仲孫湫，嘗赴魯省難歸，齊桓公問：「魯可取乎？」對曰：「不可，猶秉周禮。君其務寧魯難而親之。」

軒轅 ㄒㄩㄢ ㄩㄢˊ

【姓源】軒轅複姓源出黃帝。相傳黃帝曾居於軒轅之丘（今河南省新鄭市西北），故以為氏。一說，黃帝作軒冕之服，故謂之軒轅。又一說，軒轅即天黿，變化為龍，為黃帝部落之圖騰，因以得氏。

【郡望】郃陽縣。秦朝於古莘國地置合陽縣，漢代改為郃陽縣，以位於郃水之陽而得名（在今陝西省合陽縣）。

【著名人物】軒轅集（唐代道士），軒轅彌明（唐代詩人），等等。

【專用楹聯】

天黿顯神異；軒冕遺德芳❶。

【注釋】❶軒轅複姓之祠聯。言軒轅氏之得姓的兩種傳說。

令狐 ㄌㄧㄥˋ ㄏㄨˊ

【姓源】令狐複姓源出姬姓。春秋時，周文王之子畢公高之後裔畢萬為晉國大夫，其後裔魏顆以戰功封於令狐（今山西省臨猗縣西），其子孫遂以封邑為氏，稱令狐氏。

【郡望】太原郡（參見「王」姓之郡望）。

【著名人物】令狐邵（三國魏弘農太守）；令狐策（西晉孝廉）；令狐仕（北朝後魏孝子），令狐整（北朝周大將軍）；令狐德棻（唐初史學家），令狐楚、令狐綯祖孫（唐代宰相）；令狐鏓（明代學者），等等。

【專用楹聯】

博學秘書，請修國史；召對承旨，命駕乘輿❶。

【注釋】❶上聯言唐初史學家令狐德棻，燉煌（今屬甘肅）人。博涉文史，早歲知名。唐高祖時任秘書丞，請購募遺書，數年間群書略備。貞觀年間修梁、陳、周、齊、隋五史，其議亦德棻發之。唐高宗時官弘文館學士，累遷國子祭酒。國家凡有修撰，無不參與，晚年著述尤勤。卒諡憲。下聯言唐代大臣令狐綯，字子直，德棻之裔孫。唐宣宗時為吳興太守，白敏中稱其為宰相之器。召入知制誥，嘗夜對禁中，帝命以乘輿、金蓮華炬送還翰林院，吏望見，以為天子來。後拜相，輔政十年。

鍾離 ㄓㄨㄥ ㄌㄧˊ

【姓源】鍾離複姓源出子姓。春秋時，宋桓公之曾孫伯宗為晉國大夫，為郤氏所殺，其子州犁逃奔楚國，居於鍾離（今安徽省鳳陽縣東北），其子孫遂以居地為氏，稱鍾離氏，或省稱鍾氏。

【郡望】會稽郡（參見「謝」姓之郡望）。

【著名人物】鍾離春（戰國時齊宣王后）；鍾離昧（秦、漢之際項羽部將）；鍾離意（東漢魯相）；鍾離牧（三國東吳武陵太守）；鍾離權（唐代道士，傳說「八仙」之一）；鍾離瑾（北宋知開封府），等等。

【專用楹聯】

鍾靈毓秀發達遠；離騷傳人名望高❶。

【注釋】❶鍾離複姓「鍾離」二字之嵌字聯。

宇文 ㄩˇ ㄨㄣˊ

【姓源】宇文複姓源出鮮卑族。相傳宇文氏自稱是炎帝神農氏之後，為黃帝所敗，避居朔野。其後裔葛烏菟雄武多算略，為鮮卑族東部大人，總十二部落。其後人有名普回者襲任大人，於狩獵時獲一玉璽，上刻有「皇帝璽」三字，自以為天命所授，故號宇文氏（鮮卑語「宇」意「天」，「文」意「君長」）。十六國時，鮮卑族宇文氏進入中原，後建立北朝周政權。

【郡望】趙郡（參見「李」姓之郡望）、太原郡（參見「王」姓之郡望）。

【著名人物】宇文泰（北朝西魏太師），宇文邕（北朝周武帝），宇文孝伯（北朝周小冢宰）；宇文士及（唐初中書令），宇文融（唐代宰相）；宇文紹節（南宋兵部侍郎）；宇文虛中（金代翰林學士），等等。

【專用楹聯】

宇宙寥廓萬里；文明昌盛千秋❶。

幼歲攻書，不從筆硯為迂腐；少年受學，惟憑劍馬取公侯❷。

【注釋】❶宇文複姓「宇文」二字之嵌字聯。❷上聯言隋朝名將宇文慶，字神慶，洛陽（今屬河南）人。北朝周初受業東觀，頗涉經史。以功授都督，進大將軍，封汝南郡公。隋朝開皇初年拜左武衛將軍，除涼州總管。下聯言北朝周大將宇文貴，字永貴。少受學，輟書嘆曰：「男兒當提劍汗馬以取公侯，何能為博士？」仕後魏為大將軍，屢著戰功。入周後進位柱國，封許國公，歷官太保，卒諡穆。平日好施愛士，時人頗稱之。

長孫 ㄓㄤˇ ㄙㄨㄣ

【姓源】長孫複姓源出鮮卑族拓拔氏。北朝後魏獻文帝之第三兄拓拔嵩，宣力魏室，世襲大人之號，故魏道武帝拓拔珪稱帝後，即因其為曾祖拓拔郁律之長孫，為宗室之長門，故賜之長孫氏。

又，據《漢書．藝文志》載，《孝經》有〈長孫氏說〉二篇，〈儒林傳〉曰王吉授《韓詩》於長孫順，是長孫氏之一支當起於秦、漢之前。

【郡望】濟陽郡（參見「陶」姓之郡望）。

【著名人物】長孫順（西漢學者）；長孫嵩（北朝後魏北平王），長孫子彥（北朝後魏中軍大都督），長孫道生（北朝後魏上黨王）；長孫平（隋朝吏部尚書），長孫晟（隋朝車騎將軍）；長孫順德（唐初澤州刺史），長孫無忌（唐代宰相），等等。

【專用楹聯】

漢時博士門第；隋代元帥人家❶。

從征績著無雙，高平拜爵；佐定功居第一，煙閣標名❷。

【注釋】❶上聯言西漢學者長孫順，淄川（今山東省淄博市）人。從王吉受《韓詩》，後為博士。下聯言隋朝大將長孫覽，字休因。北朝周時為大都督，隋朝開皇初年為東南道行軍元帥，統八總管出壽陽南征，水陸俱進。尋遷涇州刺史，所在並有政績。❷上聯言北朝後魏大將長孫子彥，有膂力，以軍功封槐里縣子，後加中軍大都督，封高平郡公，位儀同三司。下聯言唐代大臣長孫無忌，字輔機，洛陽（今屬河南）人。博涉書史，佐唐太宗李世民定天下，功第一。擢吏部尚書，封趙國公，圖像凌煙閣。後與褚遂良同受顧命輔佐唐高宗，進位太尉。

慕容 ㄇㄨˋ ㄖㄨㄥˊ

【姓源】慕容複姓源出鮮卑族。相傳帝嚳高辛氏之少子居於遼西，其後裔於漢、魏時建鮮卑國。至列涉歸為鮮卑單于時，自稱「慕二儀（天、地）之德，繼三光（日、月、星）之容」，故以慕容為氏。一說，東漢後期，鮮卑部族分中、左、右三部，中部大人柯最闕居於慕容寺，遂以地名為氏，稱慕容氏。

【郡望】燉煌郡（參見「洪」姓之郡望）、雁門郡（參見「童」姓之郡望）。

【著名人物】慕容皝（十六國前燕國王），慕容恪（十六國前燕大司馬），慕容垂（十六國後燕國王）；慕容紹宗（北朝齊名將），慕容儼（北朝齊義安王）；慕容延釗（北宋初大將），慕容彥逢（北宋末刑部尚書），等等。

【專用楹聯】

慕二儀之德；繼三光之容❶。

慕天下可慕之士；容世間難容之人❷。

【注釋】❶慕容複姓之祠聯。言魏、晉時鮮卑單于列涉歸因「慕二儀（天、地）之德，繼三光（日、月、星）之容」，故以慕容為氏。❷慕容複姓「慕容」二字之嵌字聯。

鮮于 ㄒㄧㄢ ㄩˊ

【姓源】鮮于複姓源出子姓。商朝末，商紂王之叔胥餘受封於箕邑（今山西省太谷縣東北），世稱箕子。西周初，周武王封箕子於朝鮮。箕子之支子仲食采於于邑，其子孫遂合朝鮮之「鮮」字與于邑之「于」字而成鮮于氏。

又，據《魏書》載，定州（今屬河北）丁零人亦有鮮于氏。

【郡望】漁陽郡、太原郡（參見「王」姓之郡望）。漁陽郡，戰國時燕國始置，轄境相當於今北京、天津市一帶，治所在漁陽縣（今北京密雲縣西南）。

【著名人物】鮮于文宗（東漢孝子），鮮于輔（東漢末度遼將軍）；鮮于仲通（唐代劍南節度使）；鮮于侁（北宋知陳州）；鮮于仲權（金代學者）；鮮于樞（元代文學家），等等。

【專用楹聯】

對蹲鴟以悲哀，終身至孝；送酒鍾而撞破，千古精忠❶。

【注釋】❶上聯言東漢孝子鮮于文宗，漁陽（今北京密雲縣西南）人。七歲喪父，父以種芋時卒，故其每於種芋時對芋嗚咽，如此終身。蹲鴟，芋之別稱。下聯言北朝齊名臣鮮于世榮，漁陽人。沉敏有器幹，以功拜太子太傅，封義陽王。周武帝入代州，遣人贈以瑪瑙酒鍾，世榮撞碎之。後周軍入齊都城鄴都（今河南省安陽市），諸將皆降，獨世榮不屈死。

閭丘 ㄌㄩˊ ㄑㄧㄡ

【姓源】閭丘複姓源出地名。春秋時，齊國大夫嬰食采於閭丘（本邾國之地，邾國滅後，成齊國屬邑，故址在今山東省鄒縣境內），世稱閭丘嬰，其子孫以食邑為氏，稱閭丘氏，亦有省稱閭氏者。

【郡望】頓丘郡（參見「司」姓之郡望）。

【著名人物】閭丘均（唐代博士），閭丘曉（唐代濠州刺史）；閭丘孝終（北宋名士）；閭丘觀（南宋初承信郎），閭丘昕（南宋吏部侍郎），等等。

【專用楹聯】

勝峙姑蘇，嘗起東坡之羨；勤王婺郡，堪稱民表之忠❶。

【注釋】❶上聯言北宋名士閭丘孝終，字公顯。蘇軾嘗曰：「蘇州（今屬江蘇）有兩丘，不到虎丘，即到閭丘。」其為名流所推重如此。下聯言南宋初名將閭丘觀，字民表，麗水（今屬浙江）人。倜儻有大志。以功授承信郎。靖康初，率所部至婺州（今浙江省金華市），及還，遇宋高宗渡江，領兵勤王，凡歷九任，積官至武翼大夫。

司徒 ㄙ ㄊㄨˊ

【姓源】司徒複姓的起源主要分有虞氏、官名二支。

一、源自有虞氏。堯帝時，舜帝有虞氏任司徒，其支庶子孫遂以官名為氏，稱司徒氏。

二、以官名為氏。周朝設司徒，為六卿之一，掌邦國之土地之圖與人民之數，以佐王安邦治國。其後有以官名為氏者，亦稱司徒氏。

【郡望】趙郡（參見「李」姓之郡望）。

【著名人物】司徒映（唐代太常卿）；司徒詡（五代後漢禮部侍郎）；司徒公綽（北宋進士）；司徒化邦（明代

遼陽衛參軍），等等。

【專用楹聯】

恩州進士及第；趙郡人才輩出❶。

【注釋】❶上聯言北宋名士司徒公綽，恩州（今河北省清河縣）人。元祐年間進士及第。下聯指郡望在趙郡的司徒複姓，歷代人才輩出。

司空 ㄙ ㄎㄨㄥ

【姓源】司空複姓的起源主要有姒姓、陶唐氏二支。

一、源自姒姓。堯帝時，大禹官司空，掌土木工程之務，其支庶子孫遂以祖上所任官名為氏，稱司空氏。

二、出自陶唐氏。周朝設司空一職以掌土木工程、車服器械製造之務，諸侯國僅晉國設此官。春秋時，堯帝陶唐氏之後裔隰叔之子士蔿任晉國司空，其支庶子孫遂以祖上職官為氏，亦稱司空氏。

【郡望】頓丘郡（參見「司」姓之郡望）。

【著名人物】司空曙（唐代詩人、「大曆十才子」之一），司空圖（唐末詩人）；司空頲（五代後梁太府少卿），等等。

【專用楹聯】

望出頓丘家聲遠；源自禹後澤流長❶。

咸通郎中詩品，無體不備；大曆才子華章，有口皆碑❷。

【注釋】❶司空複姓之祠聯。上聯指司空複姓之郡望。下聯指司空複姓源出於大禹。❷上聯言唐末詩人司空圖，字表聖，虞鄉（今山西省永濟市西）人。咸通年間進士，累官禮部郎中。避亂隱居中條山王官谷（在山西省永濟市虞鄉鎮東南中條山中石樓峪西），作休休亭，號耐辱居士。著《詩品》，以四言韻語寫其意境，平奇濃淡，無體不備。下聯言唐代詩人司空曙，字文初，廣平（今屬河北）人。官至虞部郎中。能詩，為「大曆十才子」之一。

亓官 ㄐㄧ ㄍㄨㄢ

【姓源】亓官複姓源出官名。古代「亓」與「笄」二字相通。先秦有笄官以掌笄禮（先秦貴族子弟年滿十五歲時要行成年禮，在頭髮上插笄，即簪子）。春秋時，有以此官名為氏，稱亓官氏，後有省稱亓氏者。

附注：「亓官」之「亓」字亦寫作「丌」。「亓」一讀ㄑㄧˊ音。

【著名人物】亓官氏（春秋時宋國人，孔子之妻），等等。

【專用楹聯】

笄官後裔流光遠；至聖夫人播惠長❶。

【注釋】❶亓官複姓之祠聯。上聯指亓官複姓源出於古代笄官。下聯指春秋時聖人孔子之妻亓官氏。

司寇 ㄙ ㄎㄡˋ

【姓源】司寇複姓的起源主要有蘇姓、姬姓二支。

一、源自蘇姓。西周初，蘇國之君蘇忿生任周武王之司寇，掌刑獄、糾察諸事，其支庶子孫便以祖上之官名為氏，稱司寇氏。

二、源出姬姓。春秋時，衛靈公子公子郢之後代世為衛國司寇，其後人遂以官名為氏。

附注：司寇複姓後分為司、寇二姓。

【郡望】平昌郡（參見「孟」姓之郡望）。

【著名人物】司寇惠子（春秋時魯國大夫），等等。

【專用楹聯】

元朝御史原共祖；宋代大臣乃同宗❶。

【注釋】❶本聯言元代御史司庠、北宋宰相寇準二人之先祖，皆源出於司寇複姓。

仉 ㄓㄤˇ

仉姓的分佈以北京等地為眾。

【姓源】仉姓源出姬姓。春秋時，魯國公族大夫之後有黨氏，讀音同「掌」，故後成掌氏，漸演變為同音之仉氏。戰國時著名思想家孟子之母即姓仉。

【郡望】魯郡（參見「孔」姓之郡望）。

【著名人物】仉經（明代初河南道御史），等等。

【專用楹聯】

姓啟黨氏；成名鄒城❶。

【注釋】❶仉姓祠聯。上聯指仉姓源出春秋魯國之黨氏。下聯言戰國時鄒國著名思想家孟子之母仉氏，居鄒邑（今山東省鄒城市），擇鄰教子以成名。

督 ㄉㄨ

【姓源】督姓的起源主要有子姓、地名和外族之改姓三支。

一、源出子姓。春秋時，宋國公族大夫華督之後，以祖上之名為氏，稱督氏。

二、以地名為氏。戰國時燕國有地名督亢（今河北省涿州市東），居者有以督為氏。

三、系出外族之改姓。漢代時，西南巴人一支板楯蠻有七大姓，其一為督姓。

【郡望】巴郡（參見「相」姓之郡望）。

【著名人物】督瓊（東漢五原太守），等等。

【專用楹聯】

源啟巴地；名傳燕國❶。

【注釋】❶督姓祠聯。上聯指督姓之一支源出巴地板楯蠻。下聯指督姓之另一支源出於燕國督亢之地。戰國末，燕國太子丹遣荊軻入秦刺殺秦王政，即將匕首捲入督亢地圖之中。

子車 ㄗˇ ㄐㄩ

【姓源】子車複姓源出嬴姓。春秋時，秦國公族大夫子車仲行，事秦穆公有政績，與子車奄息、鉗虎並稱「三良」。秦穆公死，以「三良」殉葬，國人賦〈黃鳥〉之詩以哀之。子車仲行等三人子孫遂以子車為姓，後省稱車氏。

附注：子車氏之「車」字，當代亦讀ㄔㄜ音。

【郡望】天水郡（參見「趙」姓之郡望）。

【著名人物】子車仲行、子車奄息（春秋時秦國「三良」），等等。

【專用楹聯】

學無止境師仲尼；行為端莊效賢人❶。

【注釋】❶子車複姓始祖子車仲行之名「仲行」二字的嵌字聯。

顓孫 ㄓㄨㄢ ㄙㄨㄣ

【姓源】顓孫複姓源出嬀姓。春秋時，陳國公子顓孫到晉國為官，其子孫遂以祖上之名為氏，稱顓孫氏。後世有省稱孫姓者。

【郡望】山陽郡（參見「滿」姓之郡望）。

【著名人物】顓孫師（春秋時陳國人，孔子弟子，即子張），等等。

【專用楹聯】

博接從容，儒雅大度；資質寬沖，儀表超群❶。

【注釋】❶顓孫複姓之祠聯。言春秋時陳國人顓孫師，字子張，孔子弟子。為人有容貌，資質寬沖，博接從容，不務立於仁義之行，故孔子門人友之而不敬。

端木 ㄉㄨㄢ ㄇㄨˋ

【姓源】端木複姓源出孔子弟子子貢。春秋時，衛國人端木賜，字子貢，為孔子弟子，其子孫以端木為氏。

【郡望】魯郡（參見「孔」姓之郡望）。

【著名人物】端木賜（春秋時衛國人，孔子弟子）；端木叔（戰國時賢士）；端木國瑚、端木百祿父子（清代學者），端木埰（清代侍讀），等等。

【專用楹聯】

瑚璉傳美譽；達人見清操❶。

【注釋】❶上聯言春秋時衛國人端木賜，字子貢，孔子弟子。智足以知聖人，得聞一貫之旨。孔子嘗以瑚璉稱之。瑚璉，古代宗廟之祭器，常用以譬喻有立朝執政才能之人。下聯言戰國時人端木叔，子貢之後。家富萬金，行年六十，盡散其資於宗族國人。及病，無藥石之儲，死無棺葬之具，國人憐焉，返其財於子孫。段干生稱之曰：「端木叔，達人也。」

巫馬 ㄨ ㄇㄚˇ

【姓源】巫馬複姓源出官名。周朝設巫馬一職以掌養馬及治馬疾之事，即馬醫官。其後代遂以祖上官名為氏，稱巫馬氏。後多省稱巫氏。

【郡望】魯郡（參見「孔」姓之郡望）。

【著名人物】巫馬施（春秋時魯國人，孔子弟子），等等。

【專用楹聯】

專意經書，得杏壇道統；戴星出入，化單父黎民❶。

【注釋】❶巫馬複姓之祠聯。言春秋時魯國人巫馬施，字子期，孔子弟子。嘗為單父（今山東省單縣南）宰，戴星出入，日夜不處，以身親之，而單父以治。

公西 ㄍㄨㄥ ㄒㄧ

【姓源】公西複姓源出姬姓。春秋時，魯國公族季孫氏之支子後裔有公西氏。

【郡望】頓丘郡（參見「司」姓之郡望）。

【著名人物】公西赤、公西子尚、公西輿如（春秋時魯國人，皆孔子弟子），等等。

【專用楹聯】

光尊一族；代出三賢❶。

【注釋】❶公西複姓之祠聯。上聯言公西氏與春秋時魯國君同族，為公族季孫氏之支系之一。下聯言春秋時魯國賢士公西赤、公西子尚、公西輿如三人皆為孔子弟子。

漆雕 ㄑㄧ ㄉㄧㄠ

【姓源】漆雕複姓源出姬姓。春秋時，魯國公族之後有漆雕氏。又，春秋時，吳國公族之後亦有漆雕氏。漆雕氏後多省稱漆氏。

【郡望】新蔡郡（參見「鄘」姓之郡望）。

【著名人物】漆雕開、漆雕哆、漆雕徒父（春秋時魯國賢士，皆孔子弟子），等等。

【專用楹聯】

吳國公族後代；孔子得意門生❶。

【注釋】❶漆雕複姓之祠聯。上聯指漆雕複姓之一支源出於春秋時吳國公族。下聯言春秋時魯國賢士漆雕開，字子若，一曰蔡國人，孔子弟子。習《尚書》，不樂仕，孔子使之仕，對曰：「吾斯之未能信。」孔子悅。

樂正 ㄩㄝˋ ㄓㄥˋ

【姓源】樂正複姓源出官名。周朝設樂正官以司掌音樂聲律，其後代遂以祖上之官名為氏，稱樂正氏。

【郡望】天水郡（參見「趙」姓之郡望）。

【著名人物】樂正裘（春秋時魯國名士），樂正子春（春秋時魯國賢士，曾子弟子）；樂正子長（北宋方士），等等。

【專用楹聯】

孟憲子摯友；聖人門生❶。

【注釋】❶上聯言春秋時魯國名士樂正裘，與牧仲並為孟憲子之友。下聯言春秋時魯國賢士樂正子春，孔子高弟曾子之學生。

壤駟（ㄖㄤˇ ㄙˋ）

【姓源】壤駟複姓源出嬴姓。春秋時，秦國貴族壤駟赤為孔子弟子，其後代有以壤駟為氏，後省稱壤氏。

【郡望】秦郡。南朝宋始置，治所在今江蘇省六合縣北。

【著名人物】壤駟赤（春秋時秦國賢士，孔子弟子），等等。

【專用楹聯】

吾宗源自貴族府第；我祖名成聖人門生❶。

【注釋】❶壤駟複姓之祠聯。言壤駟複姓之始祖為春秋時秦國貴族壤駟赤，字子徒，入魯國為孔子弟子，長於《詩》、《書》。

公良（ㄍㄨㄥ ㄌㄧㄤˊ）

【姓源】公良複姓源出嬀姓。春秋時，陳國貴族有公子良，其支庶子孫便取祖上之名為氏，稱公良氏。

【郡望】陳留郡（參見「衛」姓之郡望）。

【著名人物】公良孺（春秋時陳國人，孔子弟子），等等。

【專用楹聯】

文承孔聖；武懾蒲人❶。

【注釋】❶公良複姓之祠聯。言春秋時陳國賢士公良孺，字子正，一作子幼，孔子弟子。孔子去陳過蒲，正逢公叔氏叛，蒲人止孔子。公良孺時以私車五乘隨從，曰：「寧為戰死！」挺劍合眾，將與蒲人戰，蒲人懼，遂解孔子之圍。

拓跋 ㄊㄨㄛˋ ㄅㄚˊ

【姓源】拓跋複姓源出鮮卑族。相傳黃帝之子昌意之少子悃受封於北方，其後裔之一支發展為東胡鮮卑族。因黃帝以土德稱帝，而鮮卑語「謂土為拓，謂後為跋」，故稱拓跋氏，意為黃帝之後裔。又，西漢名將李陵兵敗降匈奴，娶匈奴之女，因北地風俗以母為貴，故生子為拓跋氏，成為拓跋氏的另一來源。十六國後期，拓跋珪建立北朝後魏政權。後魏孝文帝時，改王族為元姓，而王族之外的拓跋氏為庶姓，仍稱拓跋氏。「拓跋」亦寫作「拓拔」。

【郡望】潁川郡（參見「陳」姓之郡望）。

【著名人物】拓跋珪（北朝後魏道武帝），拓跋宏（北朝後魏孝文帝，後改名元宏），拓跋可悉陵（北朝後魏勇將），拓跋平原（北朝後魏鎮南將軍），拓跋丕（北朝後魏樂平王），拓跋休（北朝後魏安定王），等等。

【專用楹聯】

名傳將軍府第；姓啟帝王人家❶。

【注釋】❶拓跋複姓之祠聯。上聯言北朝後魏大臣拓跋丕，後魏明元帝之子。少有才幹，後封樂平王，拜車騎大將軍，督河西、高平諸軍討南秦王楊難當，軍至略陽（今甘肅省秦安縣東北），禁令齊肅，百姓爭獻牛酒，秋毫無犯，難當懼而退兵。下聯指拓跋複姓源出於上古黃帝之孫。

夾谷 ㄐㄧㄚˊ ㄍㄨˇ

【姓源】夾谷複姓源出女真族。十二世紀初，北方女真族興起，建立金朝。女真族中有部落名加古，後寫作同音之字，遂成夾谷氏。

【郡望】撫寧縣。北朝後魏時始置縣，屬綏州，唐初分置撫寧縣（今屬河北）。

【著名人物】夾谷吾里補、夾谷謝奴（金初勇將），夾谷衡（金代宰相），夾谷石里哥（金代定海軍節度使）；夾谷山壽（元代崇安縣尹），夾谷之奇（元代翰林賢士），等等。

【專用楹聯】

才傑平章事；壽星芮國公❶。

【注釋】❶上聯言金代大臣夾谷衡，本名阿里不山。大定年間進士，授東平府教授、范陽主簿。金世宗謂宰臣曰：「進士中才傑之士，蓋亦難得，如夾谷衡，有用才也。」後拜平章政事，封英國公，卒諡貞獻。下聯言金初勇將夾谷吾里補，從金太祖完顏阿骨打攻臨潢府，臉被重傷，奮擊自若。累立戰功，官至孛特本部族節度使，以老致仕，封芮國公。卒年一百零五歲。

宰父 ㄗㄞˇ ㄈㄨˇ

【姓源】宰父複姓源出官名。周朝設宰夫一職，屬天官，掌王室政令。宰夫官之後代有以祖上之官名為氏，因「夫」、「父」二字古代相通，遂稱宰父氏。後有簡化為宰氏者。

【郡望】魯郡（參見「孔」姓之郡望）。

【著名人物】宰父黑（春秋時魯國人，孔子弟子），等等。

【專用楹聯】

但願子賢孫孝；惟求黑白分明❶。

【注釋】❶宰父複姓之祠聯。言春秋時魯國人宰父黑，字子黑，孔子弟子。此聯為「子黑」二字之嵌字聯。

穀梁（ㄍㄨˇ ㄌㄧㄤˊ）

【姓源】穀梁複姓的起源主要有物名、地名二支。

一、以物名為氏。春秋時，魯國有穀粱氏，以穀種為氏，後「粱」寫作「梁」，遂稱穀梁氏。

二、以地名為氏。古代博陵（今河北省安平縣、安國市一帶）有穀梁城，居者有以地名為氏，亦稱穀梁氏。

附注：穀梁複姓於春秋之後，漸演變成單姓穀姓或梁姓。

【郡望】西河郡（參見「卜」姓之郡望）、下邳郡（參見「佘」姓之郡望）。

【著名人物】穀梁赤（戰國時魯國學者，孔子弟子子夏之門人），等等。

【專用楹聯】

卜門高弟；下邳名宗❶。

【注釋】❶穀梁複姓之祠聯。上聯言戰國初魯國學者穀梁赤，字元始，一名淑（一作俶），為孔子得意弟子卜子夏之門人。傳《春秋》之學。下聯指穀梁複姓之郡望。

晉 ㄐㄧㄣˋ

晉姓主要分佈於河南等省。

【姓源】晉姓源出姬姓。西周初，周武王第三子叔虞受封於唐（今山西省翼城縣西），史稱唐叔虞。唐叔之子燮父遷至晉水（在今山西省太原市附近），建晉國，稱晉侯。至西元前四〇三年，趙、魏、韓三國分晉，晉國貴族廢為庶人，其後人遂有以國為氏，稱晉氏。

【郡望】平陽郡（參見「鳳」姓之郡望）。

【著名人物】晉鄙（戰國時魏國將軍）；晉馮（東漢京兆祭酒）；晉灼（西晉尚書郎）；晉鷺（南宋初知房州）；晉調元（明代兵科給事中），等等。

【專用楹聯】

著書文士；樂道名師❶。

捐俸活民傳美德；勸民入學廣政聲❷。

【注釋】❶上聯言西晉學者晉灼，河南（今河南省洛陽市）人。官至尚書郎，著有《漢書音義》。下聯言東漢學者晉馮，京兆（今陝西省西安市）人。漢明帝時任京兆祭酒，好古樂道。❷上聯言明代良吏晉調元，字淑君，長安（今屬陝西）人。萬曆年間舉人，授館陶縣（今屬河北）尉。會大饑，捐俸祿煮粥活民，又守城有功，擢兵科給事中。下聯言南宋初良吏晉鷺，紹興初年知房州（今湖北省房縣），兵後缺糧，令軍士開墾，至秋大熟，倉廩豐足。又令貧民能為匠者，修製軍器農具。創學校，勸民入學，免其役稅以為獎勵。

楚 ㄔㄨˇ

楚姓主要分佈於河南等省。

【姓源】楚姓的起源主要有人名、羋姓二支。

一、以人名為氏。春秋時，魯國有人名林楚，其後人即以楚為氏。又當時晉國趙襄子之家臣楚隆，其子孫亦以楚為氏。

二、源出羋姓。西周初，顓頊高陽氏後裔熊繹受封於荊山，定國都於丹陽（今湖北省秭歸縣東南），國號荊。西元前六八九年，荊武王熊通之子遷都於郢（今湖北省荊州市西北），改國號為楚，史稱楚文王。戰國末年，楚國被秦國所滅，楚王之支庶子孫遂以國為氏，稱楚氏。

【郡望】江陵郡（參見「黃」姓之郡望）。

【著名人物】楚昭輔（北宋初樞密使），楚建中（北宋陝西都轉運使），楚衍（北宋學者），楚執柔（北宋水利學家）；楚鼎（元代懷遠大將軍）；楚智（明初驍將），等等。

【專用楹聯】

春秋並列五伯；戰國躍居七雄❶。

出正詞，決嫌疑，老當益壯；講才幹，善心計，介而不私❷。

【注釋】❶楚姓祠聯。上聯指春秋時楚莊王為威動天下的「五伯（霸）」之一。下聯指戰國時楚國為「七雄」之一。❷上聯言春秋時魯國卜官楚丘，當齊懿公將伐魯而得疾時，有醫者預測其「不及秋將死」。魯文公聞之，令惠伯召楚丘占之，對曰：「齊公不周年當死，然非疾也。君亦不聞，龜兆有咎。」果然魯文公不久死，後數月齊懿公亦被齊人所殺。下聯言北宋初大臣楚昭輔，字拱辰，宋城（今河南省商丘市）人。有才幹，善心計。性剛介，人不敢干以私。為宋太祖心腹吏，累官樞密使，卒。

閆 ㄧㄢˊ

閆姓的分佈以晉、陝地區較為多見。

【姓源】閆姓為閻姓之別支。「閻」字民間或俗寫為「閆」，後世遂成二姓。參見「閻姓」條。

【郡望】天水郡（參見「趙」姓之郡望）。

【著名人物】閆亨（晉朝名士），等等。

【專用楹聯】

門庭若市興旺久；三星並臨福澤長❶。

【注釋】❶閆姓「閆」字之析字聯。

法 ㄈㄚˇ

【姓源】法姓的起源主要有媯姓和外族之改姓二支。

一、源出媯姓。戰國時，燕國大將樂毅攻入齊國，齊緡王被殺，其子田法章逃奔莒城（今山東省莒縣一帶）。後田法章被立為齊王，稱齊襄王。齊國被秦國所滅後，齊國公族多不敢再稱田氏，乃取其祖齊襄王之名為氏，遂形成法氏。

二、系出外族之改姓。清代蒙古族之伍堯氏，進入中原後，改為法姓。

【郡望】扶風郡（參見「竇」姓之郡望）。

【著名人物】法雄（東漢南郡太守），法真（東漢學者）；法正（三國蜀漢尚書令）；法若真（清初詩畫家），法坤宏（清代學者），等等。

【專用楹聯】

內外博通，允稱百世師匠；智術兼備，堪為一國謀臣❶。

【注釋】❶上聯言東漢學者法真，字高卿。博通內外圖典，為關西大儒。性恬淡，不交世事。漢靈帝前後四徵，真深自隱絕，時號玄德先生。下聯言三國蜀漢大臣法正，字孝直，法真之孫。有奇畫策算，歸劉備為蜀郡太守、揚武將軍，外統都畿，內為謀主。劉備立為漢中王，授之尚書令、護軍將軍。卒謚翼。

汝 ㄖㄨˇ

汝姓的分佈以陝西等省為多。

【姓源】汝姓的起源主要有人名、姬姓和水名三支。

一、以人名為氏。商朝初，商王湯之賢臣有汝鳩、汝方，其子孫有以祖上之名為氏者，遂成汝氏。

二、源出姬姓。東周初，周平王封其少子於汝（今河南省汝州市），其支庶子孫遂以封邑為氏。

三、以水名為氏。居於汝水（在今河南省中部）兩岸者，有以水名為氏，遂稱汝氏。

【郡望】江陵郡（參見「黃」姓之郡望）、潁川郡（參見「陳」姓之郡望）、渤海郡（參見「季」姓之郡望）。

【著名人物】汝郁（東漢魯相）；汝為（南宋初義士）；汝訥（明代汀州知府），等等。

【專用楹聯】

渤海望族；商湯賢臣❶。

【注釋】❶汝姓祠聯。上聯指汝姓之郡望。下聯指汝姓源出於商初湯王之賢臣汝鳩、汝方。

鄢 ㄧㄢ

鄢姓主要分佈於湖北等省。

【姓源】鄢姓源出妘姓。周朝時，上古火正祝融氏之後裔被封於鄢（今河南省鄢陵縣西北）。春秋時，鄢國被鄭國所吞併，其國人遂以國為氏，稱鄢氏。

【郡望】太原郡（參見「王」姓之郡望）。

【著名人物】鄢高（明代定安令），鄢桂枝（明代知劍州），鄢鼎臣（明末宜黃教諭），鄢正畿（明末詩人），等等。

【專用楹聯】

源自鄢國；望出太原❶。

【注釋】❶鄢姓祠聯。上聯指鄢姓源出於周朝時鄢國。下聯指鄢姓之郡望。

涂 ㄊㄨˊ

涂姓主要分佈於遼寧、四川、湖北、安徽等省。

【姓源】涂姓的起源主要有涂山氏、水名和外族之改姓三支。

一、出自涂山氏。相傳上古在今安徽省蚌埠市西部一帶有涂山氏部落，大禹治水途徑於此，並娶涂山氏女，生子啟，後即位為夏王。由此涂山氏成為夏朝之方國，其國人後即以涂為氏。

二、以水名為氏。在今安徽中部有一條河名滁河，古名涂水，發源於安徽省合肥市一帶，東南流至江蘇省六合縣境內入長江。約東漢以前，居於涂水兩岸者有以水名為氏，稱涂氏。

三、系出外族之改姓。少數民族中之錫伯族圖木而齊氏、鄂倫春族涂克東氏等，皆改為涂姓。

【郡望】豫章郡（參見「喻」姓之郡望）。

【著名人物】涂惲（東漢諫議大夫）；涂欽（西晉新吳侯）；涂大經（南宋初進士），涂溍生（南宋學者）；涂瑞（明代學者），涂一榛（明代通政使）；涂天相（清代工部尚書），等等。

【專用楹聯】

涂山啟源；滁水流芳❶。

翰林三妙；文學獨魁❷。

【注釋】❶涂姓祠聯。上聯指涂姓之一支源出於上古涂山氏。下聯指涂姓之另一支源出於涂水（今滁河）之名。❷上聯言明代學者涂瑞，字邦祥，番禺（今屬廣東）人。少聰穎不凡，儀表豐偉。弱冠以文學著聲。性豪邁不羈，尤善書法。成化年間進士，歷官翰林院編修、修撰，與經筵。時稱翰林三妙，謂其才學、書法、儀表。下聯言明代文學家涂俊生，字友良，涂瑞之祖父。敦行義而耽文學，宣德、正統年間，與給事中張舉、斷事周溥敬、主事金誠、處士趙絢為文字交，而俊生為之冠冕。

欽 ㄑㄧㄣ

欽姓的分佈主要在江、淮一帶。

【姓源】欽姓源出烏桓族。魏、晉時，漁陽（今河北省北部和北京市一帶）烏桓族有欽氏。北朝後魏時有烏桓大人名欽志賁。後欽氏融入漢族，約唐代後期遷居江、淮，宋代以後欽姓人多居於江、浙、淮南一帶。

【郡望】河間郡（參見「章」姓之郡望）。

【著名人物】欽明（南宋學者），欽德載（南宋末都督計議官）；欽善（清代詩人），欽揖（清代畫家），等等。

【專用楹聯】

烏桓大人傳名遠；都督計議播惠長❶。

【注釋】❶上聯言北朝後魏人欽志賁，為漁陽烏桓大人。下聯言南宋末人欽德載，吳縣（今江蘇省蘇州市）人。官都督計議官。宋亡，不願仕元，隱居碧岩山中，自號壽農老人。

段干 ㄉㄨㄢˋ ㄍㄢ

【姓源】段干複姓源出李姓。春秋末年，著名思想家老子李耳之孫李宗為魏國之將，食采於段邑（今山西省境內），又食采於干邑（今河南省濮陽市北），故其支庶子孫或以段為氏，或以干為氏，或以段干為氏。

【郡望】西河郡（參見「卜」姓之郡望）。

【著名人物】段干木（戰國初魏國名士），段干朋（戰國時齊國卿士），等等。

【專用楹聯】

高士德光，魏文過廬必軾；諫臣義重，齊侯聽言不疑❶。

【注釋】❶上聯言戰國初魏國名士段干木，少貧且賤，師事孔子弟子卜子夏。與田子方、李克、翟璜、吳起等居於魏國，諸人皆為將，惟段干木守道不仕。魏文侯造訪，段干木逾牆而走。魏文侯出過其廬而軾，請以為相，不受，乃待以客禮。魏文侯每見之，立倦而不敢怠。下聯言戰國時齊國卿士段干朋，曾諫以政事，為齊侯所接納。

百里 ㄅㄛˊ ㄌㄧˇ

【姓源】百里複姓源出姬姓。西周初，周武王封古公亶父之支系裔孫於虞（今山西省平陸縣北）。春秋時，虞國被晉國所滅，虞大夫奚成為俘虜，後被晉國作為陪嫁臣僕送往秦國，於途中逃奔楚國為牧牛之奴。秦繆公得知其賢，用五張黑羊皮贖回，任為五羖（羖，毛皮黑色之公羊）大夫。因其居於虞國百里鄉，故稱百里奚。其後人遂以百里為氏。

【郡望】新蔡郡（參見「酈」姓之郡望）。

【著名人物】百里奚（春秋時秦國上卿）；百里嵩（東漢徐州刺史），等等。

【專用楹聯】

飯牛清風，榮拜上卿之位；隨車甘雨，隆稱刺史之名❶。

【注釋】❶上聯言春秋時秦國上卿百里奚，字井伯，虞國大夫。虞國亡，百里奚流落楚國為牧牛之奴，秦繆公聞其賢，以五張黑羊皮贖回，任以國政，人號五羖大夫，為秦相七年而霸。卒，秦國老幼慟哭不已。下聯言東漢良吏百里嵩，字景山，封丘（今屬河南）人。任徐州（今屬江蘇）刺史，遇天旱巡部，所經行處，甘雨隨降，人號「刺史雨」。

東郭 ㄉㄨㄥ ㄍㄨㄛ

【姓源】東郭複姓源出姜姓。郭，指外城。春秋時，齊國公族大夫居於東郭、西郭、北郭者，以地為氏。齊桓公之支庶子孫有居於國都東城牆附近，稱東郭大夫，其子孫遂以東郭為氏。

【郡望】濟南郡。西漢初年改臨淄郡為齊郡，後又改名濟南郡，治所在東平陵（在今山東省淄博市一帶）。

【著名人物】東郭牙（春秋時齊國卿士），東郭垂（春秋時齊國處士）；東郭順子（戰國時魏國名士）；東郭延年（東漢方士），等等。

【專用楹聯】

直且敢諫，不計生死；清而容物，為葆全真❶。

【注釋】❶上聯言春秋時齊國之臣東郭牙，犯顏直諫，不避生死，不撓富貴，任為大諫之官。下聯言戰國時魏國名士東郭順子，修道守真，田子方師事之。田子方嘗對魏文侯譽其師道：「其為人也，真人貌而天虛，緣而葆真，清而容物，物無道則正容以悟之，使人之意自消。」

南門（ㄋㄢˊ ㄇㄣˊ）

【姓源】南門複姓的起源主要有官名、居地二支。

一、以官名為氏。夏朝末年，有掌南城門或南宮門事務之官，其後代有以祖上之官職為氏，稱南門氏。

二、以居地為氏。先秦時，有居於南門者以南門為氏。

【郡望】河內郡（參見「于」姓之郡望）。

【著名人物】南門蝡（商初湯王之臣佐），等等。

【專用楹聯】

得七賢而治天下；有雙星以照人寰❶。

【注釋】❶南門複姓之祠聯。上聯言商初湯王有賢臣南門蝡。據《鬻子》載：「湯之治天下也，得慶輔、伊尹、湟里且、東門虛、南門蝡、西門疵、北門側，得七大夫佐，以治天下，而天下治。」下聯所言雙星指《史記・天官書》載半人馬座之兩顆恆星，又稱南門星。

呼延（ㄏㄨ ㄧㄢˊ）

呼延複姓主要分佈於北方地區。

【姓源】呼延複姓源出匈奴族。漢代時，匈奴族四大姓之一呼衍氏，入中原後轉為呼延氏。呼延複姓多居山西，其一支遷至陝西，便省稱為呼姓。

【郡望】太原郡（參見「王」姓之郡望）。

【著名人物】呼延謨（十六國前秦太守）；呼延贊（北宋初名將），等等。

【專用楹聯】

呼風喚雨神通大；益年延壽福祿增❶。

【注釋】❶呼延複姓「呼延」二字之嵌字聯。

歸 ㄍㄨㄟ

歸姓的分佈以江西、河北等省為主。

【姓源】歸姓源出胡子國。春秋時，歸姓胡子國（亦稱胡國，故址在今安徽省阜陽市）被楚國所滅，其遺族或以姓為氏，稱歸氏，或以國為氏，稱胡氏。

【郡望】吳郡（參見「陸」姓之郡望）、京兆郡（參見「韋」姓之郡望）。

【著名人物】歸崇敬（唐代兵部尚書），歸登（唐代工部尚書），歸融（唐代翰林賢士）；歸暘（元代翰林直賢士）；歸有光（明代文學家），歸子順（明代學者）；歸莊（清初學者），等等。

【專用楹聯】

禮學專家，羨崇敬之衣缽；文章名世，仰熙甫之規模❶。

一門父子兩進士；同堂子孫三尚書❷。

【注釋】❶上聯言唐代名臣歸崇敬，字正禮，吳（今江蘇省蘇州市）人。治《禮》家學，多識容典。遭父喪，孝聞鄉里。天寶年間舉博通墳典科，對策第一。授左拾遺。唐代宗召問得失，崇敬極陳生民疲敝，當以儉化天下。以兵部尚書致仕，卒謚宣。下聯言明代著名文學家歸有光，字熙甫，江蘇常熟（今屬江蘇）人。九歲能文，弱冠盡通五經三史。舉進士不第，乃讀書談道，學徒常數百人，稱震川先生。晚以進士授長興令，用古教化為治。其為古文本之經術，好《史記》，得其神理，為明代第一大家。著有《震川集》、《三吳水利錄》等。❷上聯言明末學者歸起先，字裔興，號律庵，晚號易民，江蘇常熟人。崇禎年間進士及第，明亡，杜門不出。其子歸允肅，字孝儀，號惺厓，清代康熙年間進士第一。下聯言唐代名臣歸崇敬，官至兵部尚書。其子歸登，字沖之，官至工部尚書，封長沙縣男。歸登之子歸融，字章之，元和年間進士，官至兵部尚書，封晉陵公。

海 ㄏㄞˇ

海姓的分佈以北京、陝西等地較有影響。

【姓源】海姓源出於居地。春秋時，衛靈公之臣海春，本齊國人，居於海岸，指海為氏，故稱海春。其後裔沿襲未更，遂成海姓。

【郡望】薛郡。秦朝始置，治所在魯縣（今山東省曲阜市），轄境相當於今山東省大汶河下游、小汶河以南、大運河以東、蒙山以西地區。西漢時改為魯國。

【著名人物】海鵬（唐代學者）；海源善（明初安化知縣），海瑞（明代南京右都御史）；海從龍（清代監生），等等。

【專用楹聯】

每逢好友如對月；水到晴時勝看花❶。

備忘傳萬古；草經煥千秋❷。

【注釋】❶海姓「海」字之析字聯。❷上聯言明代名臣海瑞，字汝賢，瓊山（今屬海南）人。嘉靖年間舉人，官戶部主事。因上疏切諫明世宗專意齋醮，下詔獄。明穆宗立，得釋，任右僉都御史，巡撫應天府，有政績，不久謝病歸。後召為南京右都御史，卒諡忠介。生平為學以剛為主，自號剛峰，世稱剛峰先生。著有《備忘集》、《元祐黨人碑考》等。下聯言唐代學者海鵬，著有《草經》一卷。

羊舌 ㄧㄤˊ ㄕㄜˊ

【姓源】羊舌複姓的起源主要有姬姓、季姓二支。

一、源出姬姓。春秋時，晉靖侯之後有食采於羊舌邑（在今山西洪洞、平陽一帶），其後代遂以封邑為氏，下有四族，世為晉國大夫。

二、出自季姓。據《春秋釋例》，春秋時人季果，有人盜殺羊而饋其羊頭，不敢不受，受而埋之，後盜事發，掘示之，羊舌尚存，因得免，遂以為氏，稱羊舌氏。

附注：春秋末，有部分羊舌氏人省稱羊氏。

【郡望】京兆郡（參見「韋」姓之郡望）、河東郡（參見「衛」姓之郡望）。

【著名人物】羊舌職、羊舌赤父子（春秋時晉國中軍尉），羊舌肸、羊舌鮒、羊舌虎兄弟（春秋時晉國大夫），等等。

【專用楹聯】

羊為吉兆；舌育英才❶。

以禮為國稱遺直；出言興邦號伯華❷。

【注釋】❶羊舌複姓「羊舌」二字之嵌字聯。羊，通「祥」，民間視為吉兆。舌，指舌耕，此為教育之義。❷上聯言春秋時晉國大夫羊舌肸，一名叔肸，字叔向，羊舌赤之弟。博議多聞，能以禮讓為國。嘗出使楚國，楚王欲傲以所不知而不能。孔子稱其為遺直。下聯言春秋時晉國大夫羊舌赤，任中軍尉，世號銅鞮伯華。孔子道：「國有道，其言足以興。國無道，其默足以容。蓋銅鞮伯華之所行。」既卒，孔子嘆曰：「銅鞮伯華無死，天下有定矣。」

微生 ㄨㄟˊ ㄕㄥ

微生複姓主要居住於山西等省。

【姓源】微生複姓的起源主要有子姓、姬姓二支。

一、源自子姓。西周初，商王族微子啟被封於宋。春秋時，宋國滅亡後，其國人有以其祖上之名為氏，稱微生氏。

二、源出姬姓。春秋時，魯國公族有微生氏。

【郡望】魯郡（參見「孔」姓之郡望）。

【著名人物】微生高（春秋時魯國賢士），微生畝（春秋時魯國隱士），等等。

【專用楹聯】

微中見大；巧能生精❶。

【注釋】❶微生複姓「微生」二字之嵌字聯。

岳 ㄩㄝˋ

岳姓的分佈以四川、河南等省最為集中。

【姓源】岳姓源出於官名。相傳堯帝之臣羲和掌天地日月星辰之事，其後人遂為「四岳」之官，專掌三山五岳祭祀之職。其後代遂以岳為氏。南宋初，大臣岳飛遭冤殺，其子孫逃亡於江淮、鄂州（今屬湖北）一帶，改為鄂、岴等姓以避禍。

【郡望】山陽郡（參見「滿」姓之郡望）。

【著名人物】岳飛（南宋初大將），岳雲、岳雷、岳霆、岳震、岳霖兄弟（岳飛之子），岳珂（南宋學者）；岳柱（元代行中書省平章政事），岳浚（元代藏書家）；岳仲明（明初隱士），岳正（明代學者）；岳鈞（清代才女），岳鍾琪（清代兵部尚書），等等。

【專用楹聯】

奮勇摧堅，垂姓字於青史；精忠報國，緜祚胤於黃梅❶。

久傳類博稿；常吟棠湖詩❷。

【注釋】❶上聯言南宋初抗金名將岳飛，字鵬舉，湯陰（今屬河南）。南宋初，率軍屢破金兵，累官武安軍承宣使、招討使、節度使，宋高宗手書「精忠報國」四字，製旗以賜之，拜少保。因秦檜主和，遭誣陷下獄，與其子岳雲、部將張憲皆被害，年三十九。宋孝宗時昭雪，諡武穆，後追封鄂王。下聯言南宋初名將岳飛被害後，其子岳霆、岳震逃往於鄂州黃梅（今屬湖北）一帶，改姓鄂氏以避禍。至今湖北黃梅一帶尚有鄂姓人，稱是岳飛之後裔。❷上聯言明代學者岳正，字季方，自號蒙泉。正統年間進士，歷仕至知興化府，諡文肅。博學能文章，工書，畫葡萄稱絕品。著有《類博雜言》、《類博稿》等。下聯言南宋學者岳珂，字肅之，號倦翁，岳飛之孫。累官知嘉興府（今屬浙江），有惠政。嘗居州城西北金陀坊，痛其祖父岳飛為秦檜所害，撰《金陀粹編》以載其祖之事功。又著《愧郯錄》、《桯史》、《棠湖詩稿》等書。

帥 ㄕㄨㄞˋ

帥姓的分佈以湖南、四川等省最為集中。

【姓源】帥姓源出師姓。周代掌樂之官稱師，因以為氏。西晉初，為避晉武帝司馬炎之伯父司馬師之諱，遂去「師」字右旁上一橫，改為帥姓。因古代「帥」、「率」二字相通，帥姓亦寫作率姓。

【郡望】琅琊郡（參見「王」姓之郡望）、南陽郡（參見「韓」姓之郡望）、太原郡（參見「王」姓之郡望）。

【著名人物】帥子連（北宋初奇士），帥範（北宋良吏）；帥我、帥仍祖、帥光祖父子（清代學者），等等。

【專用楹聯】

名利皆捐，芳踪忽見關右；廉靜不擾，音容永祀江南❶。

【注釋】❶上聯言北宋初奇士帥子連，形貌魁奇，膂力絕人，獨住關中魏夫人觀中三十年，太平興國年間尸解。下聯言北宋良吏帥範，元祐年間進士，授主岢嵐軍政，兵民感激。後督理濟南茶稅，廉靜不擾，百姓圖像祀之。

緱 ㄍㄡ

【姓源】緱姓的起源主要有姬姓和外族之改姓二支。

一、源出姬姓。西周時，有王族同姓之卿士受封於緱邑（今河南省偃師市南緱氏鎮）。西元前五二〇年，周景王死，王子朝起兵爭奪王位，晉國出兵平叛，駐軍緱邑，王子朝兵敗，逃奔楚國，緱大夫亦失去封邑，其子孫遂以封邑為氏，稱緱氏。

二、系出外族之改姓。北朝後魏鮮卑族渴侯氏進入中原後，改為緱姓。

【郡望】太原郡（參見「王」姓之郡望）。

【著名人物】緱仙姑（唐代孝女）；緱謙（明代南京右通政使），等等。

【專用楹聯】

靈雀識姓；孝女成仙❶。

【注釋】❶本聯言唐代孝女緱仙姑，長沙（今屬湖南）人。在衡山修道，有一鳥飛來相伴，相傳每有人來遊山，則此鳥必先預示姓氏，及期，果然。後人九疑山仙去。

亢 ㄎㄤˋ

亢姓的分佈以山東等省最為集中。

【姓源】亢姓的起源主要有姜姓、姬姓、子姓三支。

一、源自姜姓。春秋時，齊國公族有封於兵家要塞亢父（今山東省濟寧市南），其後代即以封地為氏，稱亢父，後省稱亢氏。

二、源出姬姓。春秋時，衛國有公族大夫名三伉，其子孫以祖上之名為氏，後去「人」旁而為亢氏。

三、出自子姓。春秋時，有宋國開國之君微子啟之後，亦以亢為氏。

【郡望】太原郡（參見「王」姓之郡望）。

【著名人物】亢良玉（明代孝子）；亢樹滋（清代文人），等等。

【專用楹聯】

臨汾孝子傳名遠；市隱書屋播惠長❶。

【注釋】❶上聯言明代孝子亢良玉，臨汾（今屬山西）人。為府學生。事父母至孝，母卒，廬於墓側，朝夕哀號。正德年間旌表其門。下聯言清代文人亢樹滋，字鐵卿，吳縣（今屬江蘇）人。著有《市隱書屋文集》。

況 ㄎㄨㄤˋ

況姓主分佈於陝西、四川、江西、江蘇等省。

【姓源】況姓的起源主要有地名和外姓之改姓二支。

一、以地名為氏。周朝時，舜帝之後裔受封於況邑，其後人遂以封邑為氏，稱況氏。

二、系出外姓之改姓。明朝初，名臣況鍾本姓黃，改姓況，其子孫沿用未更，遂成況姓之另一來源。

【郡望】廬江郡（參見「何」姓之郡望）。

【著名人物】況逵（元代高安令）；況鍾（明代蘇州知府），況文（明代廣東參政），況叔琪（明代學者），況暹（明代光祿寺署正），等等。

【專用楹聯】

姓氏譜絃歌，韋白以來成別調；功名起刀筆，蕭曹自古是奇才❶。

考古辭宗留芳遠；雲巖書院播惠長❷。

【注釋】❶上聯言明代初名臣況鍾，字伯律，靖安（今屬江西）人。本姓黃，改姓況，成為況姓名人。下聯言況鍾初為吏，永樂年間授禮部郎中，出為蘇州知府（今屬江蘇）。為政務鋤豪強，扶良弱，興利除害，不遺餘力。正統年間當遷官，州民二萬餘人乞留，詔進二秩留任。❷上聯言明代學者況叔琪，字吉甫，高安（今屬江西）人。嘉靖年間進士，官至貴州提學僉事。著有《考古辭宗》。下聯言元代良吏況逵，廬江（今屬安徽）人。少讀書有用世之志，泰定末年任光澤縣（今屬福建）令。蒞任之日，首延見諸生，與之講學，建雲巖書院。後任高安（今屬江西）令，平反冤獄，縣民為立「去思碑」。

后 ㄏㄡˋ

【姓源】后姓的起源主要有共工氏、姬姓二支。

一、出自共工氏。相傳上古共工氏之子句龍，官后土，掌土地管理事務，其子孫遂以祖上官職為氏，稱后氏。

二、源出姬姓。春秋時，魯孝公八世孫成叔食采於郈邑（今山東省東平縣南），世稱郈大夫，其子孫遂以邑為氏，後去「邑」旁而為后氏。又，魯孝公之子惠伯革之支庶後代，有以厚為氏者，因古代「厚」、「后」二字相通，故其後亦作后姓。

【郡望】東海郡（參見「戚」姓之郡望）。

【著名人物】后處（春秋時齊國人，孔子弟子）；后蒼（西漢學者）；后能（明代岷州守臣），等等。

【專用楹聯】

尼山道統傳精一；曲臺家學有淵源❶。

【注釋】❶上聯言春秋時齊國人后處，字子里，為孔子弟子。尼山，在山東省曲阜市附近，此代指孔子。下聯言西漢學者后蒼，字近君。師事學者夏侯始昌，通《禮》、《詩》。漢宣帝時為博士，官至少府。《詩》授翼奉、匡衡等人，由此《詩》有翼、匡之學。作說《禮》之文數萬言，名《后蒼曲臺記》，授戴德、戴聖、慶普，由此《禮》有大戴、小戴、慶氏三家之學。

有 ㄧㄡˇ

有姓的分佈以北京等地為多。

【姓源】有姓源出有巢氏。相傳遠古有巢氏教民構木為巢，其後人遂以為氏，後省「巢」稱有氏。又，明初功臣有日興，洪武年間賜姓時，於「有」字上加寶蓋頭，遂成宥姓，稱宥日興，其子孫沿用未更，成為有姓之別支。

【郡望】東海郡（參見「戚」姓之郡望）。

【著名人物】有若（春秋時魯國人，孔子弟子），等等。

【專用楹聯】

教人以居，結翟為廬；受友至誠，共立為師❶。

【注釋】❶有姓祠聯。上聯言遠古有巢氏，教民編堇而籬，結藋為廬，民始免洞居野處，故號有巢氏。下聯言春秋時魯國賢士有若，字子有，孔子弟子。孔子既沒，眾弟子思慕。因有若貌似孔子，眾弟子遂相與立為師，師事之如夫子。世稱有子。

琴 ㄑㄧㄣˊ

【姓源】琴姓的起源主要有職業、人名二支。

一、以職業為氏。周朝時，製琴或操琴者，有以職業為氏者，稱琴氏。

二、以人名為氏。春秋時，衛國有人名琴牢，字子開，為孔子弟子，其後人遂以祖上之名為氏，遂成琴氏。

【郡望】天水郡（參見「趙」姓之郡望）。

【著名人物】琴高（戰國時趙國琴師）；琴彭（明初茶籠州守臣），等等。

【專用楹聯】

涿水奇人，乘鯉魚出入；聖門弟子，得道統精微❶。

【注釋】❶上聯言戰國時趙國琴師琴高，為宋康王舍人。相傳浮游冀州、涿郡間二百餘年。後與弟子約入涿水取龍子，至約期諸弟子齋潔待於水旁，琴高果乘鯉魚而出，觀者萬餘人。留一月，復入水而去。下聯言春秋時衛國賢士琴牢，字子開，一字子張，孔子弟子，世稱琴張。得交遊之道，與子桑戶、孟之反為摯友。

梁丘 ㄌㄧㄤˊ ㄑㄧㄡ

【姓源】梁丘複姓源出地名。春秋時，齊國大夫據以功受封於梁丘（今山東省成武縣東北），世稱梁丘據。其支庶子孫即以封邑為氏，稱梁丘氏。後多省稱梁姓。

【郡望】馮翊郡（參見「嚴」姓之郡望）。

【著名人物】梁丘賀、梁丘臨父子（西漢學者），等等。

【專用楹聯】

少府材高問石渠；武騎信重圖麒麟❶。

【注釋】❶上聯言西漢學者梁丘臨，諸城（今屬山東）人。為黃門郎，甘露年間奉使問諸儒於石渠。專以京房《易》學授人。漢宣帝選高材十人從梁丘臨聽講。官至少府。下聯言西漢學者梁丘賀，字長翁。初以能心計為武騎。從京房受《易》學。漢宣帝徵為郎。小心周密，甚見信重。官至少府，圖形麒麟閣。

左丘 ㄗㄨㄛˇ ㄑㄧㄡ

【姓源】左丘複姓源出地名。春秋時，齊國臨淄縣有地名左丘（今山東省淄博市一帶），時有一人字明，居於此地，世稱左丘明，其子孫乃以地名為氏，遂成左丘氏。後多省稱作左姓。

【郡望】齊郡（參見「計」姓之郡望）。

【著名人物】左丘明（春秋時魯國太史，一說姓左名丘明），等等。

【專用楹聯】

高潔雅稱素臣；好惡尊同聖人❶。

【注釋】❶本聯言春秋時魯國太史左丘明，著有《春秋左氏傳》、《國語》等史學著作。孔子嘗曰：「巧言令色足恭，左丘明恥之，丘亦恥之。匿怨而友其人，左丘明恥之，丘亦恥之。」先儒以為左丘明好惡同於聖人，故孔子作《春秋》為素王，左丘明述孔子之志而作《左氏傳》，遂稱素臣。

東門 ㄉㄨㄥ ㄇㄣˊ

【姓源】東門複姓源出姬姓。春秋時，魯莊公之子遂，字襄仲，居於都城東門，世稱東門襄仲，其子孫遂以為氏，稱東門氏。

【郡望】濟陽郡（參見「陶」姓之郡望）。

【著名人物】東門歸父（春秋時魯國大夫、東門遂之子）；東門京（西漢相馬師）；東門雲（東漢荊州刺史），等等。

【專用楹聯】

欣逢東方欲曉；喜見門庭生輝❶。

【注釋】❶東門複姓「東門」二字之嵌字聯。

西門 ㄒㄧ ㄇㄣˊ

【姓源】西門複姓源出居地。春秋時，鄭國有大夫居於都城西門，其後代遂以所居之地西門為氏。

【郡望】梁郡（參見「葛」姓之郡望）。

【著名人物】西門豹（戰國時魏國鄴令）；西門君惠（西漢末道士）；西門季玄（唐代神策中尉），等等。

【專用楹聯】

西風瑟瑟，金聲玉振；門庭濟濟，人壽年豐❶。

【注釋】❶西門複姓「西門」二字之嵌字聯。

商 ㄕㄤ

商姓主要分佈於江蘇、黑龍江、北京、山東、河南等地區。

【姓源】商姓的起源主要有軒轅氏、人名、子姓和姬姓四支。

一、源自軒轅氏。相傳黃帝軒轅氏之裔孫受封於商（今陝西省商州市），其子孫遂以封邑為氏。

二、以人名為氏。商朝末年，有賢臣名商容，其後人即以祖上之名為氏，遂稱商氏。

三、出自子姓。西周初，商朝王族之裔以故國名為氏。

四、源出姬姓。春秋時，衛國公族衛鞅入秦國主持變法，受封於商（今陝西省商州市東南），世號商君，其子孫便以封邑為氏。

【郡望】汝南郡（參見「周」姓之郡望）、濮陽郡（參見「黃」姓之郡望）。

【著名人物】商瞿、商澤（春秋時魯國人、孔子弟子），商鞅（春秋時秦國大臣）；商飛卿（南宋戶部侍郎）；商衡（金代監察御史）；商挺（元代參知政事）；商輅（明代大臣），等等。

【專用楹聯】

帝王後代；賢臣子孫❶。

三元獨中明代；二賢並列聖門❷。

【注釋】❶商姓祠聯。上聯指商姓之一支源出黃帝之裔孫。下聯指商姓之另一支源出商朝賢臣商容。❷上聯言明代大臣商輅，字弘載，淳安（今屬浙江）人。正統年間應科舉，鄉試、會試、殿試皆第一。累官兵部尚書，進謹身殿大學士，卒諡文毅。為人平粹簡重，寬厚有容，至臨大事，決大議，毅然莫能奪。下聯言春秋時魯國人商瞿、商澤皆為孔子弟子。瞿，字子木，受《易》於孔子。澤，字子秀，以涉覽六籍見稱。

牟 ㄇㄡˊ

牟姓的分佈以四川、遼寧等省最為集中。

【姓源】牟姓源出祝融氏。周朝時，上古火神祝融氏之後裔受封於牟（今山東省萊蕪市東），建牟子國。春秋末年，牟子國被齊國所吞併，其族人遂以國為氏，稱牟氏。

【郡望】鉅鹿郡（參見「魏」姓之郡望）。

【著名人物】牟辛（戰國時齊國大夫）；牟融（東漢司空、學者），牟長、牟紆父子（東漢學者）；牟子才（南宋禮部尚書），牟巘（南宋末學者）；牟應龍（元代學者），等等。

【專用楹聯】

文章政事追先達；冠蓋聲華羨昔賢❶。

父子兩博士；祖孫三才人❷。

【注釋】❶上聯言南宋名臣牟子才，字存齋，井研（今屬四川）人。事親孝。嘉定年間進士，累官禮部尚書。立朝剛介。卒諡清忠。判吉州時，識文天祥於童子時，即以遠大相期；所薦士如李芾等，後皆為忠義士。著有《存齋集》。下聯言東漢學者牟融，字子優，安丘（今屬山東）人。少博學，以大《夏侯尚書》教授，門徒數百人，名稱州里。漢明帝時舉茂才，累官至司空。舉動方重，甚得大臣節。進太尉，卒。❷上聯言東漢學者牟長，字君高，臨濟（今山東省淄博市北）人。習《歐陽尚書》，建武初拜博士，稍遷河內太守。聽講者常千餘人，著錄前後萬言。善《尚書》章句，俗號《牟氏章句》。其子牟紆，隱居教授，門生千人，漢章帝召為博士。下聯言南宋禮部尚書牟子才、其子大理少卿牟巘（字獻甫）、其孫牟應龍三人皆學者，有文名。其中牟巘、牟應龍父子於宋亡後皆不應仕，父子自為師友，討論經學，於諸經皆有成說。

佘 ㄕㄜˊ

佘姓的分佈以江西省較為集中。

【姓源】佘姓源出姜姓。春秋時，齊國公族有食采於佘丘（今山東省肥城市南），即蛇丘，其後人遂以封邑為氏，稱佘丘氏，後省稱佘氏。據清代學者張澍說：故有「佘」字而無「佘」字，「佘」字轉音讀「蛇」音，遂俗寫作「佘」字。

【郡望】雁門郡（參見「童」姓之郡望）。

【著名人物】佘欽（唐代太學博士）；佘起（南宋義士）；佘大綱（明代黔江知縣），佘翔（明代全椒令），佘隆（明代名將），佘應桂（明代南康知府）；佘熙璋、佘觀國父子（清代畫家），等等。

【專用楹聯】

祖孫盡科第；父子皆畫家❶。

【注釋】❶上聯言南宋義士佘起，銅陵（今屬安徽）人。一門義聚一千三百餘口，子孫皆以科第顯身。下聯言清代畫家佘熙璋，揚州（今屬江蘇）人。善畫，為清四家王原祁之高弟子。其子佘觀國，字顒若，號石癡，又號竹西。工畫蘭竹，兼長篆刻。

佴 ㄋㄞˋ

【姓源】佴姓出處不詳，然西晉初年名士山濤《山公集》中載有佴湛之名，是三世紀時已有佴姓。

【郡望】滇池縣。戰國時西南小國滇國，以其地有滇池而得名，漢代置滇池縣，在今雲南省昆明市南。

【著名人物】佴祺（明代進士），等等。

【專用楹聯】

人傑地靈風光好；耳聰目明造詣高❶。

【注釋】❶佴姓「佴」字之析字聯。

伯 ㄅㄛˊ

【姓源】伯姓以兄弟之排行而得姓。古代兄弟排行以伯、仲、叔、季為序，故春秋時諸侯多有以伯名氏，如：

一、源出姬姓。西周初魯國開國之君伯禽，周公旦之長子，其支庶子孫即有伯氏。

二、源出嬴姓。相傳黃帝之後裔伯益為大禹之臣，以功受賜嬴姓。其後人有以伯為氏者。

三、源出姜姓。炎帝神農氏之姜姓後裔伯夷為商末孤竹國君之長子，以恥食周粟餓死於首陽山（在河南省偃師市西北），其支庶子孫遂以伯為氏。

四、源出荀姓。春秋時，晉國大夫荀林父，字伯，為晉文公之中行將，故亦稱中行伯，其孫閻遂以祖父之字為氏，稱伯氏。

【郡望】河東郡（參見「衛」姓之郡望）。

【著名人物】伯宗（春秋時晉國大夫），伯州犁（春秋時楚國太宰），等等。

【專用楹聯】

遠祖楚為太宰；先人晉有大夫❶。

【注釋】❶伯姓祠聯。上聯言春秋時晉國大夫伯州犁，因其父伯宗被害而逃奔楚國，為太宰。下聯言春秋時晉國大夫伯宗，賢而好以直辯淩人，遭誣被害。

賞 ㄕㄤˇ

【姓源】賞姓的起源主要有二支：出自吳中和西夏國。

一、出自吳中。春秋時，吳國有人因得賞命氏，遂稱賞氏，為吳中（今江蘇省蘇州市）八姓之一。

二、出自西夏國。歷史上西夏國中亦有賞氏，成為賞姓的另一來源。

【郡望】吳郡（參見「陸」姓之郡望）。

【著名人物】賞慶（晉代名士），等等。

【專用楹聯】

吳中列八族；西夏又一支❶。

【注釋】❶賞姓祠聯。本聯指賞姓的兩大來源，一出吳中，一出西夏國。

南宮 ㄋㄢˊ ㄍㄨㄥ

【姓源】南宮複姓的起源主要有人名、姬姓二支。

一、以人名為氏。商末，周文王姬昌有「四士」，其一為南宮括，佐武王滅商，其後人即以南宮為氏。

二、源出姬姓。春秋時，魯國大夫孟僖子之子仲孫閱居於宮闕之南，其子孫遂以南宮為氏。一說春秋時魯國人南宮閱，因居於南宮而以為氏。

【郡望】魯郡（參見「孔」姓之郡望）。

【著名人物】南宮括（西周初大臣）；南宮長萬（春秋時宋國大夫），南宮括（春秋時魯國人，孔子弟子）；南宮靖一（北宋學者），等等。

【專用楹聯】

助文佐武，功勛炳炳；發粟散財，德澤昭昭❶。

【注釋】❶南宮複姓之祠聯。言商末周初名臣南宮括，為周文王的「四士」之一。文王死後，又佐武王打天下。武王滅商朝之後，命南宮括散鹿臺之財，發鉅鹿之粟，以賑濟貧弱，佈德天下。

墨 ㄇㄛˋ

墨姓主要分佈於陝西、四川等地區。

【姓源】墨姓的起源主要有人名、墨胎氏和子姓三支。

一、以人名為氏。相傳夏禹之師名墨如，其後人以祖上之名為氏，稱墨氏。

二、源自墨胎氏。商朝有附庸國孤竹國，商末，孤竹國君名墨胎，為商末周初名士伯夷、叔齊之父，其後代或以國為氏，稱孤竹氏，或以祖上之名為氏，稱墨胎氏，後省稱墨氏。

三、源出子姓。春秋時，宋成公之子墨台（音怡）之後，以祖上之名為氏，後省稱墨氏。

【郡望】梁郡（參見「葛」姓之郡望）。

【著名人物】墨翟（戰國初思想家，即墨子）；墨麟（明初兵部侍郎），等等。

【專用楹聯】

墨學之祖；帝王之師❶。

【注釋】❶墨姓祠聯。上聯言戰國初著名思想家墨翟，墨家學說創始人，世稱墨子。倡導「兼愛」、「尚同」之說，主張「非攻」、勤儉，成為與儒學並稱之顯學。傳有《墨子》十五卷，其門人所記。下聯言墨姓始祖墨如，為大禹之師。

哈 ㄏㄚˇ

哈姓的分佈以雲南省為多。

【姓源】哈姓源出中亞布哈拉王族。北宋神宗時，中亞布哈拉王與其弟艾爾沙率同族五千人東遷，至都城開封，由此定居中原。元代初年，布哈拉王族之後裔賽典赤被封為咸陽王，出鎮雲南。賽典赤死後，其九子十三孫，分別以納、馬、撒、哈、沙、賽、速、忽、閃、保、木、蘇、郝為姓，世稱「回民十三姓」。

【郡望】河間郡（參見「章」姓之郡望）。

【著名人物】哈永森（明代名士）；哈元生、哈尚德父子（清代名將），哈攀龍、哈國興父子（清代武進士），等等。

譙 ㄑㄧㄠˊ

譙姓主要分佈於四川、安徽等省。

【姓源】譙姓源出姬姓。又分二支：其一，西周初，周成王封召公奭之子盛於譙（今安徽省亳州市），世稱譙侯，後國滅，其遺族有盛、譙二氏。其二，西周初，周文王第十三子振鐸受封於曹國，其支庶子孫為曹國大夫，食采於譙邑，遂以封邑為氏。

【郡望】譙郡（參見「曹」姓之郡望）、巴西郡。巴西郡，東漢末始分巴郡置，治所在今四川省閬中市西。

【著名人物】譙隆（西漢侍中），譙玄（西漢末中散大夫）；譙瑛（東漢學者）；譙周（三國蜀漢學者）；譙縱（東晉益州刺史）；譙定（北宋學者），等等。

【專用楹聯】

太學勸學；帝王尊師❶。

七世同堂，沅江家訓；一生治易，崇殿說書❷。

【注釋】❶上聯言三國蜀漢學者譙周，字允南，巴西西充國（今四川省閬中市西南）人。耽古篤學，善書札，頗曉天文。建興年間，蜀相諸葛亮命為勸學從事。歷太子家令、中散大夫、光祿大夫，位亞九卿。雖不與政事，然以儒行見禮，時與大議，輒據經以對。當魏將鄧艾攻入蜀地，勸後主降，以全國之功封陽城亭侯。入晉，自陳無功，求還爵土。著述頗豐。下聯言東漢初學者譙瑛，閬中（今屬四川）人。以《易》學授漢明帝，為北宮衛士令。❷上聯言清代學者譙矜，沅江（今湖南省芷江縣）人。諸生。七世同堂，每食，男女異席，終事無嘩。一夜火災，與兄弟先入祖祠抱神主出避火，然火亦隨息。嘗作家訓二十條，子孫世守之。下聯言北宋末學者譙定，字天授，涪陵（今屬重慶）人。少喜學佛，後學《易》，一日至洛陽（今屬河南），潔衣拜程頤受學，造詣益深。靖康年間，召為崇政殿說書。金兵破汴京（今河南省開封市），歸蜀隱居青城山，蜀人稱之為譙夫子，自號涪陵居士。

笪 ㄉㄚˊ

笪姓的分佈以蘇南句容及福建西北部地區較為集中。

【姓源】笪姓出處不詳。然南朝宋《姓苑》載「今建州（今福建省建甌市）多此姓」，是笪姓當出於五世紀或之前。一讀ㄉㄚˋ音，江蘇句容一帶多此姓。

【郡望】建安郡。東漢建安年間置建安縣，三國東吳時置東安郡，轄境相當於今福建省西北部閩江流域，治所在今福建省建甌市。

【著名人物】笪深（北宋進士）；笪重光（清代御史、書畫家），等等。

【專用楹聯】

竹林多雅趣；日夕俱悠閑❶。

建安進士門第；句容文人之家❷。

【注釋】❶笪姓「笪」字之析字聯。❷上聯言北宋笪深，建安（今福建省建甌市）人。進士及第。下聯言清代書畫家笪重光，字在辛，號江上外史，亦稱鬱岡掃葉道人，句容（今屬江蘇）人。順治年間進士，官御史，有直聲。以劾權臣明珠棄官去，不知所終。工書畫，詩亦清剛雋尚如其人。著有《書筏》、《畫筌》。

年

年姓主要分佈於甘肅、山西、內蒙古、雲南等地區。

【姓源】年姓的起源主要有姜姓、嚴姓二支。

一、源出姜姓。周朝齊國開國之君姜太公之後有年氏。

二、出自嚴姓。據《明史・年富傳》，明代戶部尚書年富本姓嚴，因二字讀音相近而致訛，後世相沿未改，遂成年姓的另一來源。

【郡望】懷遠郡。北朝周時始置，治所在懷遠縣（在今寧夏省銀川市東、黃河西岸地區）。

【著名人物】年富（明代戶部尚書）；年暇齡（清代撫遠大將軍），年希堯（清代工部右侍郎），年羹堯（清代撫遠大將軍、太保），年汝鄰（清代畫家），等等。

【專用楹聯】

剛正樸忠，固超出乎士類；氣節才識，尤絕遠於名流❶。

【注釋】❶本聯言明代名臣年富，字大有，懷遠（今寧夏省銀川市東）人。永樂年間以會試副榜授德平訓導。歷官戶部尚書，卒謚恭定。廉正強直，始終不渝，號稱名臣。

愛 ㄞˋ

【姓源】愛姓源出西域回紇族。唐武宗時，西域回紇國發生內亂，唐軍出兵平定，一些回紇部落歸順唐朝，其中回紇國相愛邪勿，受唐朝賜姓，以原名譯音作愛姓，賜名弘順。其子孫定居中原，相沿未改，遂成愛姓。

【郡望】西河郡（參見「卜」姓之郡望）。

【著名人物】愛弘順（唐代回紇國相），等等。

【專用楹聯】

姓啟唐代祖脈遠；望出西河子孫昌❶。

【注釋】❶愛姓祠聯。上聯指愛姓源出於唐代西域回紇國相愛邪勿。下聯指愛姓之郡望及其子孫繁衍。

陽 一ㄤˊ

陽姓的分佈以湖南、廣西、四川、江西等省為主。

【姓源】陽姓的起源主要有姬姓、國名、人名、邑名、芈姓和外族之改姓等六支。

一、源出姬姓。東周景王封其少子於陽樊（今河南省濟源市東南），其後人因避周亂而逃奔燕國，遂以封地為氏，稱陽氏。

二、以國名為氏。東周惠王時，東周附庸國陽國（在今山東省青州市東南）被齊國所吞併，其國人遂以國名為氏。

三、以人名為氏。春秋時，魯國季孫氏之家臣陽虎之後人，以祖上之名為氏，亦稱陽氏。

四、以邑名為氏。春秋時，晉國大夫處父受封於陽邑（今山西省太谷縣東），其子孫亦以陽為氏。

五、源於芈姓。楚穆王之孫在楚平王時任令尹，受封於陽城（今河南省登封市東南），其後代遂以封邑為氏。

六、系出外族之改姓。北朝後魏代北複姓莫胡盧氏進入中原後，改為陽姓。

【郡望】隴西郡（參見「李」姓之郡望）。

【著名人物】陽膚（春秋時魯國人，曾子弟子）；陽並（西漢末上谷都尉）；陽球（北朝後魏司隸校尉），陽休之（北朝周和州刺史）；陽嶠（唐代國子祭酒），陽城（唐代諫議大夫）；陽孝本（北宋名士），等等。

【專用楹聯】

八科皆中，累遷御史；四世同居，詔表門閭❶。

【注釋】❶上聯言唐代名臣陽嶠，武則天當政時，舉八科皆中。累遷右臺侍御史，歷官按察使，以清白聞，終國子祭酒，封北平縣伯，卒謚敬。謹飭好學，喜誘勸後進。為祭酒時，舉引尹知章、范行恭、趙玄默等學官，皆為名儒冠。下聯言南朝齊華陽（今四川省成都市）人陽黑頭，一族四世同居，並共衣食。建元年間詔表門閭，蠲稅租。

佟 ㄊㄨㄥˊ

佟姓主要分佈於遼寧等省。

【姓源】佟姓的起源主要有人名和外族之改姓二支。

一、以人名為氏。夏朝末，太史終古見夏桀王無道，投奔商湯王，其子孫遂去「絲」旁而為冬氏，後加「人」旁成佟氏。

二、系出外族之改姓。清代滿洲八旗佟佳氏因居佟佳江（亦作佟家江，在今遼寧境內）畔而得名，後改為佟姓。

【郡望】遼東郡。戰國時燕國始置，治所在襄平（今遼寧省遼陽市），轄境相當於今遼寧省大凌河以東地區。東漢安帝時分作遼東、遼西兩郡，遼東郡治所在昌黎（今遼寧省義縣）。

【著名人物】佟養正、佟養性兄弟（清初名將），佟國器（清代浙江巡撫），佟毓秀（清代甘肅巡撫），佟景文（清代安徽布政使），等等。

【專用楹聯】

世人猶憶修身說；子孫常讀附耳書❶。

【注釋】❶上聯言清代學者佟景文，字敬堂，一字艾生，遼東人。由翰林歷官滇、黔道府，禦邊久，雅尚教化。其學以修身為主，務絕覺悟空虛之說。道光年間官安徽布政使，卒。著有《性理修身說》等。下聯言清代學者佟世南，一作世男，字梅岑，遼寧遼陽（今屬遼寧）人。著有《篆字彙》、《附耳書》等。

第五（ㄉㄧˋ ㄨˇ）

【姓源】第五複姓源出田姓。西漢初年，漢高祖劉邦為消弱各地豪強之殘餘勢力，將戰國時六國王公後裔及豪族名門共十餘萬人遷居關中房陵（今湖北省房縣一帶）。齊國貴族田姓諸家，因族大人眾，遂以門秩次序分列為第一至第八氏，第五氏即為其中一支。第一至第八諸複姓，後大都改為第姓。

【郡望】隴西郡（參見「李」姓之郡望）。

【著名人物】第五倫（東漢初司空），第五元先（東漢學者），第五訪（東漢張掖太守），第五種（東漢兗州刺史）；

第五琦（唐代宰相），第五峰（唐代台州刺史）；第五居仁（元代學者），等等。

【專用楹聯】

源自齊國；望出隴西❶。

【注釋】❶第五複姓之祠聯。上聯指第五複姓源出於齊國王族。下聯指第五複姓之郡望。

言 ㄧㄢˊ

言姓的分佈以江蘇等地較有影響。

【姓源】言姓源出人名。春秋時，吳國人言偃，字子游，為孔子弟子，其後人遂以祖上之名為氏，稱言氏。

【郡望】汝南郡（參見「周」姓之郡望）。

【著名人物】言偃（春秋時吳國賢士、孔子弟子）；言芳（明代廣平知府）；言友恂（清代教諭），等等。

【專用楹聯】

遍被絃歌雅化；首居文學名科❶。

【注釋】❶言姓祠聯。言春秋時吳國賢士言偃，字子游，孔子弟子。習於文學，仕魯國為武城（今屬山東）宰，以禮樂為教，知澹臺滅明賢而取之。

福 ㄈㄨˊ

福姓主要分佈於福建等省。

【姓源】福姓的起源主要有姜姓和外姓、外族之改姓二支。

一、源出姜姓。春秋時，齊國公族大夫福子丹之後代，以祖上之名為氏，稱福氏。

二、系出外姓、外族之改姓。如：唐代朝鮮半島上之百濟國中有福富順氏，後改為福氏，成為唐代百濟八姓之一。又，明代名臣福時，本姓張，名福時，因明世宗所賜敕書皆稱名而不稱姓氏，故改為福姓。

【郡望】百濟國。百濟位於朝鮮半島南部。傳說東漢末年夫餘王之後，以「百家濟海」而立國，故名。

【著名人物】福時（明代總兵、總漕務），等等。

【專用楹聯】

姓啟齊國；源于春秋❶。

【注釋】❶福姓祠聯。言福姓源出於春秋時齊國公族。

附錄一 《百家姓》未收之較常見姓氏

邦 ㄅㄤ

源出人名。春秋時，孔子弟子邦選之後代，以祖上之名為氏，遂成邦姓。西漢初，因避漢高祖劉邦之諱而改他姓，漢代之後有部分人恢復祖姓。郡望：代郡。

保 ㄅㄠˇ

源出官名、羋姓二支。一，周朝設保章一職以掌天文觀測之事，其後人以祖上所任之官職為氏，稱保氏。二，春秋時，楚國公族之後亦有保氏。郡望：山陽。

補 ㄅㄨˇ

源出地名。春秋時，鄭國有大夫食采於補邑（約在今河南滎陽一帶），其子孫遂以為氏。郡望：滎陽。

布 ㄅㄨˋ

源出人名。戰國時，趙國有人名布子，以善相馬聞名，任九卿，世稱姑布子卿，其後人遂以布為氏。郡望：江夏。

才 ㄘㄞˊ

源出上古顓頊高陽氏之後，因才能出眾而得氏。

藏 ㄘㄤˊ

亦讀ㄗㄤˋ音。相傳源出複姓歸藏氏。南朝宋時《姓苑》中已有收錄。

纏 ㄔㄢˊ

源於漢代以前，出處不詳。郡望：京兆。

暢 ㄔㄤˋ

源出姜姓。春秋時，齊國公族之後陸續分出許多姓氏，暢姓為其中之一。郡望：河南、魏郡。

朝 ㄓㄠ（ㄔㄠˊ）

亦讀ㄓㄠ音。源出人名、子姓二支。一，商朝末，有大臣名朝涉，其子孫遂以祖上之名為氏，稱朝（音ㄓㄠ）氏。二，春秋時，宋國公族之後有名朝吳者，其子孫亦以朝（音ㄔㄠˊ）為氏。郡望：汝南。

諶 ㄔㄣˊ

源出人名。春秋時，鄭國大夫裨諶之後代以祖上之名為氏，稱諶氏。郡望：南昌。

遲 ㄔˊ

源出人名、樊姓和複姓尉遲三支。一，相傳商朝賢臣遲任之後裔以祖上之名為氏，遂為遲氏。二，春秋時，孔子弟子樊須，字子遲，其支庶子孫遂以其字為氏。三，北朝後魏鮮卑族之尉遲複姓，後亦有省稱遲姓者。郡望：太原。

崇 ㄔㄨㄥˊ

源出古崇國。相傳舜帝封大禹之父鯀於崇（今河南省嵩縣北），史稱崇伯鯀。商朝末，崇侯虎因反周文王而被殺，其子孫遂以國為氏。郡望：京兆。

种 ㄔㄨㄥˊ

源出仲姓、田姓和外族之改姓三支。一，周宣王時大臣仲山甫之後代，有以仲為氏，後衍變為种氏。二，戰國齊威王時，公族大夫田种首之後代亦以祖上之名為氏，稱种氏。三，漢代羌族之一支名种羌，其族人有以种為姓。郡望：河南。

淳 ㄔㄨㄣˊ

源出姒姓、姜姓二支。一，相傳夏王禹之姒姓後裔有名淳維，其子孫即以祖上之名為氏，稱淳氏。二，相傳炎帝之姜姓後代於西周初被封於淳于（今山東安丘東北），春秋時被杞國所滅，其國人遂以國為氏，稱淳于氏或淳氏。郡望：吳郡、河南。

叢 ㄘㄨㄥˊ

源出古枝國、金姓二支。一，相傳堯帝時有枝國，其國君名叢枝，國滅後，其遺族遂以國君之名為氏，稱叢氏。二，西漢時，匈奴休屠王太子歸漢朝之後賜姓名曰金日磾，官至侍中。其後代遷居今山東文登之叢家峴，而分衍出叢姓。郡望：許昌。

達 ㄉㄚˊ

源出高陽氏。相傳上古顓頊高陽氏有才子八人，其中二人名仲達、叔達，其後裔即以祖上之名為氏，稱達氏。郡望：代郡。

代 ㄉㄞˋ

源出古代國、外族之改姓二支。一，春秋末，代國（亦稱翟國，故址在今河北省蔚縣東北部）被晉國權臣趙襄子所滅，其國人遂以國為氏。二，北朝後魏時，鮮卑族乙弗氏因其始祖名代題，故進入中原後，改為漢姓代姓。郡望：常山。

淡 ㄉㄢˋ

源出姬姓。西周初，周公旦之支庶子孫以祖上之名為氏，稱旦氏，亦有加「人」旁為但氏，後因故衍變為淡氏。又，明代同州（今陝西大荔）一些劉姓人，因恥與奸臣劉瑾同姓，亦改為淡姓。郡望：嚴陵。

邸 ㄉㄧˇ

源出地名、人名二支。一，古代中山郡有邸縣（在今河北中部一帶），居者有以邸為氏。二，西漢時，大月氏貴霜王朝貴族邸就卻，因功封翕侯。其後代留居中原，遂以祖上之名為氏，稱邸氏。郡望：河西、中山。

豆 ㄉㄡˋ

源出芈姓、鮮卑族二支。一，春秋時，楚國公族之後分衍出豆氏。二，北朝後魏鮮卑族豆盧氏、赤小豆氏進入中原後，改為漢姓豆姓。郡望：代郡、河南。

獨孤 ㄉㄨˊ ㄍㄨ

源出劉姓。東漢時，漢光武帝之裔孫劉進伯為渡遼將軍，征匈奴兵敗，被囚於獨山（在今遼寧海城境內）。其後人有尸利單于，為谷蠡王，故號獨孤部。北朝後魏時進入中原，以部為氏，遂稱獨孤氏。郡望：高陽、高平。

藩 ㄈㄢˊ

源出姬姓。西周初，周文王之十五子高受封於畢（今陝西咸陽北），以藩屏宗主國，其支庶子孫遂以藩為氏。郡望：滎陽。

凡 ㄈㄢˊ

源出姬姓。西周初，周公旦之次子受封於凡（今河南輝縣西南），史稱凡伯。凡國滅後，其族人遂以國為氏。郡望：河南。

苻 ㄈㄨˊ

亦讀ㄆㄨˊ音。源出有扈氏。相傳上古有扈氏之一支居於西部地區，為氐人。魏、晉時期，東遷關中，其首領家之庭院池中，一夕忽長出一巨型蒲草，視為神異，遂以蒲為姓。東晉初，其後代蒲洪率部進入中原爭霸，夢見神人謂「草付當王」，遂改姓苻。其後代建立了前秦國。郡望：河東。

甫 ㄈㄨˇ

源出姜姓、地名和皇甫複姓三支。一，相傳炎帝之後裔伯夷被封於甫（今河南南陽西），其支系子孫遂以封地為氏。二，周朝時，蔡國有地名郙鄉、郙亭（皆在今河南上蔡境內），居者有以郙為氏，後省「邑」旁稱甫氏。三，複姓皇甫亦有省稱甫姓者。郡望：新蔡。

剛 ㄍㄤ

源出地名。戰國時，齊國有地名剛壽（在今山東東平一帶），居者有以剛為氏。郡望：馮翊。

庚 ㄍㄥ

源出子姓、地名二支。一，商王祖庚之後裔，有以祖上之名為氏，稱庚氏。二，春秋時，魯國有地名庚宗（今山東泗水東），居者有以為氏。郡望：楚郡。

苟 ㄍㄡˇ

源出軒轅氏、有虞氏和外姓、外族之改姓三支。一，相傳黃帝軒轅氏有二十五子，其一為苟姓。二，相傳舜帝有虞氏之後代有以苟為氏者。三，北朝後魏時，鮮卑族若干氏改為苟姓；五代時，敬姓為避晉高祖石敬瑭之諱，改為文、苟二姓；南宋初，句氏為避宋高宗趙構之諱，加草字頭而為苟姓。郡望：河南、河內、西河。

辜 ㄍㄨ

其祖先因被辜（過失）而自悔，遂以辜為氏，如：咎氏、赦氏、譴氏之類。又，南宋時，名士辛棄疾死後，其子孫遭迫害，其第二子避難於今江西貴池一帶，改為辜姓，成為辜姓的另一來源。郡望：南昌。

官 ㄍㄨㄢ

源出官職。周朝時，有人在朝中為官，其子孫遂以官為氏。郡望：東陽。

貴 ㄍㄨㄟˋ

源出高陽氏、羋姓二支。一，相傳顓頊高陽氏之裔孫陸終之後有貴氏。二，春秋時，楚國公族之後亦有貴氏。郡望：常山。

過 ㄍㄨㄛˋ

源出古過國。相傳夏朝有大臣名澆，以功受封於過（今山東省掖縣北），其子孫至夏王少康時失國，遂以國為氏，稱過氏。郡望：高平。

赫 ㄏㄜˋ

源出赫胥氏、外族之改姓二支。一，相傳上古帝王赫胥氏之支庶子孫以赫胥為氏，後或省稱赫氏。二，清代滿洲八旗赫佳氏、赫舍里氏、赫葉勒氏，錫伯族何葉爾氏，彝族俄母氏等，皆改為漢姓赫姓。郡望：朔方。

黑 ㄏㄟ

源出羋姓、子姓二支。一，春秋時，楚共王之子名黑肱，其支庶子孫遂以祖上之名為氏，稱黑氏。二，春秋時，宋國公族之後有以黑為氏者。郡望：滎陽、梁郡。

厚 ㄏㄡˋ

源出姬姓。周朝時，魯孝公之子惠伯革以功食采於厚邑（今江蘇沭陽北），世稱厚叔成，其後人有以封邑為氏者。郡望：魯郡。

候 ㄏㄡˋ

源出官名。周朝所設迎候周王之官名候官、候人，其後代遂以官名為氏，稱候氏。郡望：京兆。

呼 ㄏㄨ

源出人名、呼延複姓二支。一，相傳漢代時，漢中一帶有一卜士名呼子先，其後人以祖上之名為氏，稱呼氏。二，北朝時，出自匈奴族之呼延氏遷居內地，有省稱為呼姓者。郡望：南昌。

虎 ㄏㄨˇ

源出高辛氏。相傳帝嚳高辛氏有才子八人，其一名伯虎，其後人遂以虎為氏。郡望：晉陽。

戶 ㄏㄨˋ

源出有扈氏。相傳夏朝諸侯昆吾國為有扈氏之後，失國後遂以國為氏，稱扈氏，後衍變為戶氏。郡望：京兆。

化 ㄏㄨㄚˋ

源出人名。相傳黃帝有臣名化狐，亦稱化狄，其後人即以祖上之名為氏，稱化氏。郡望：南越。

火 ㄏㄨㄛˇ

源出官名。相傳上古時閼伯為火正，掌火種保管之務，後世稱為火神，其後人亦為此官，遂以官名為氏，稱火氏。郡望：梁郡。

基 ㄐㄧ

約起源於元、明時期，出處不詳。明代時，為避明宣宗朱瞻基之諱，基姓有改作殿姓者。

菅 ㄐㄧㄢ

源出姬姓。春秋時，魯國公族有受封於菅邑（今山東金鄉、成武交界處），其後人即以封邑為氏。郡望：趙郡。

蹇 ㄐㄧㄢˇ

源出人名。分為二支：一，相傳太昊伏羲氏之臣名蹇修，其後代以祖上之名為氏，稱蹇氏。二，春秋時，秦國右相蹇叔之後代，亦以祖上之名為氏，稱蹇氏。郡望：襄陽。

降 ㄐㄧㄤˋ

又讀ㄒㄧㄤˊ音。源出高陽氏、地名二支。一，相傳顓頊高陽氏有八才子，其一名龐降，其後人即以祖上之名為氏，稱降氏。二，古代居於降水（在今河南省浚縣一帶）者，有以水名為氏。

矯 ㄐㄧㄠˇ

源出人名。春秋時，晉國大夫矯父之支系子孫，以祖上之名字為氏，稱矯氏。郡望：扶風。

揭 ㄐㄧㄝ

源出地名。西漢武帝時，有官員名定，因曾任揭陽令，人稱揭陽定，後以功受封為安道侯，其後代遂以揭陽為氏，後省稱揭氏。郡望：豫章。

敬 ㄐㄧㄥˋ

源出軒轅氏、嬀姓二支。一，相傳黃帝軒轅氏之孫名敬康，其後人即以祖上之名為氏，稱敬氏。二，西周初，舜帝之後裔被封於陳。春秋時，陳厲公之子公子完因避內亂，出奔齊國，改姓田，史稱田完，謚敬仲。其支庶子孫遂以祖上之謚號為氏，亦稱敬氏。郡望：平陽。

靖 ㄐㄧㄥˋ

源出姬姓、田姓二支。一，周朝時，姬姓單國之君有謚靖者，史稱單靖公，其支庶子孫遂以祖上之謚號為氏。二，戰國時，齊威王少子田嬰受封於薛（今山東滕州南），號靖郭君。其支庶子孫遂以祖上之爵為氏，分為靖、郭二氏。郡望：齊郡、中山。

巨 ㄐㄩˋ

巨姓亦作鉅姓。相傳黃帝之師名封鉅，其後人有以祖上之名為氏，稱巨氏。又，炎帝之後亦有以巨為氏者。郡望：南昌。

開 ㄎㄞ

源出人名、姬姓和外姓之改姓三支。一，春秋時，孔子弟子有名漆雕開者，其後人即以祖上之名為氏，稱開氏。二，春秋時，衛國公族公子開方，其後代亦以祖上之名為氏，遂成開氏。三，西漢初，啟姓人為避漢景帝劉啟之諱，遂改姓開。郡望：隴西。

鄺 ㄎㄨㄤˋ

源出古鄺國，其後代有以國為氏者。郡望：廬江。

曠ㄎㄨㄤˋ

源出人名、國名二支。一，春秋時，晉國著名樂師師曠之後人，有以曠為氏。二，古代有鄺國，亦稱曠國，其國人有以國為氏，遂作曠氏。郡望：河東、京兆。

來ㄌㄞˊ

源出子姓。商朝時，有王族分封於郲（今河南滎陽一帶），其後裔遂以封邑為氏，後去「邑」旁而成來氏。郡望：南陽、平陽。

蘭ㄌㄢˊ

源出姬姓、地名和外族之改姓三支。一，春秋時，鄭穆公出生前夕，其母夢見神人賜其一株蘭花，故鄭穆公被取名蘭。其支庶子孫遂以蘭為氏。二，春秋時，楚國有大夫受封於蘭邑（今山東棗莊市東南），其後人遂以封邑為氏。三，三國時，南匈奴中四貴姓之一為蘭姓；北朝後魏鮮卑族烏洛蘭氏、烏蘭氏亦依例改為蘭姓；元代蒙古族阿爾斯蘭氏亦改為蘭姓；又近代裕固族蘭恰克氏之漢姓亦為蘭姓。今人有將「蘭」字作為「藍」字之簡化字，然藍姓與蘭姓實為姓源、郡望皆不同之二姓。郡望：中山。

梨ㄌㄧˊ

源出樹名，與李姓、桃姓等得姓情況相似。

歷ㄌㄧˋ

源出北方狄人狄歷部。郡望：扶風。

栗ㄌㄧˋ

源出於上古部落首領栗陸氏之後。郡望：長安、江陵。

練ㄌㄧㄢˋ

源出地名、外姓之改姓二支。一，有閩國之官食采於閩之練鄉（在今福建福州市一帶），遂以為姓。二，唐代名將練何，本姓束，以從征高麗有功，且精練軍務，遂賜姓練。郡望：河內。

粱ㄌㄧㄤˊ

源出穀物名。粱，即高粱。

樓ㄌㄡˊ

源出姒姓、外族之改姓二支。一，夏王少康封大禹之後裔於杞（今河南省杞縣），稱東樓公，後遷至婁（今山東諸城一帶），仍稱樓。國亡後，其後裔遂以國為氏。二，北朝後魏鮮卑族賀樓氏、蓋樓氏改為樓姓。郡望：東陽。

蘆ㄌㄨˊ

源出姜姓、外族之改姓二支。一，春秋時，齊桓公之後人有以蘆蒲為氏，因蘆蒲亦寫作盧蒲，故其後分為盧、蘆二氏。二，北朝後魏鮮卑族莫蘆氏進入中原後改為蘆姓。因蘆姓與盧姓之關係密切，後世多將蘆姓寫作盧姓者。郡望：河南。

彔 ㄌㄨˋ

亦讀ㄌㄩˋ音。源出人名。相傳顓頊帝之師彔圖之後代，以祖上之名為氏，稱彔氏。

鹿 ㄌㄨˋ

源出姬姓、外族之改姓二支。一，春秋時，衛國公族有受封於五鹿（今河南濮陽北），其後代遂以封邑為氏，稱鹿氏。二，北朝後魏鮮卑族阿鹿桓氏、阿鹿孤氏皆改為鹿姓。郡望：扶風、河南。

倫 ㄌㄨㄣˊ

源出人名。相傳黃帝時樂人伶倫之後裔，以祖上之名為氏，稱倫氏。郡望：京兆。

洛 ㄌㄨㄛˋ

源出軒轅氏、神農氏二支。一，相傳黃帝之支子禺陽之後裔在夏朝被封於洛（在今河南洛陽市附近），夏末，被商湯王所滅，其國人遂以國為氏。二，相傳炎帝之後裔有以落為氏，後去草字頭而為洛氏。郡望：絳郡。

雒 ㄌㄨㄛˋ

源出人名、國名和地名三支。一，相傳舜帝之臣名雒陶，其子孫便以雒為氏。二，周朝時，在今河南洛陽東部一帶有雒國，其國人有以國為氏。三，陝西洛南地區有雒水，原名洛水，因漢代五行屬火，忌水，故改為同音之雒水，洛姓之人亦隨之改為雒姓。郡望：河南。

買 ㄇㄞˇ

源出子姓、人名二支。一，春秋時，宋國公族有以買為氏者。二，春秋時，莒悼公之子密州字買朱鉏，其後代便以祖上之字為氏，稱買氏。郡望：蜀郡。

麥 ㄇㄞˋ

源出地名。春秋時，齊桓公出行時，於麥丘（今山東商河西北）遇見一年已八十三歲、向自己祝壽之老人，稱麥丘老人。老人之後代遂以封地為氏，稱麥氏。郡望：汝南、始興。

美 ㄇㄟˇ

史源不詳。當代除漢族外，錫伯、景頗、傣族等少數民族中亦有美姓。

門 ㄇㄣˊ

相傳周朝貴族子弟皆須入王宮端門，以習《詩》《書》六藝，稱門子。有人為此有以門為氏者。又，北朝後魏鮮卑族叱門氏、吐門氏、庫門氏等，皆改為漢姓門氏。郡望：河西、廬江。

妙 ㄇㄧㄠˋ

史源不詳，然在南朝宋人所撰《姓苑》中已有收錄。

母 ㄇㄨˇ

史稱漢代時，西南句町國及今四川蓬安一帶之人，有以父母之「母」字為氏者。又，古代有毋、毌、毌丘等姓，因字型相近，有衍變為母姓者。郡望：蓬州。

木 ㄇㄨˋ

源出子姓和端木複姓二支。一，春秋時，宋國公族孔金父，字子木，其後代遂以祖上之字為氏，稱木氏。二，春秋時，衛國人端木賜為孔子弟子，其後代即以端木為氏，後為避仇而省稱木氏。郡望：吳興。

南 ㄋㄢˊ

源出人名、姬姓、羋姓三支。一，西周時，周宣王時大將南仲之後人，有以祖上之名為氏，稱南氏。二，春秋時，衛靈公之子郢，字子南，其支庶子孫遂以祖上之字為氏。三，春秋時，楚莊王之子追舒，字子南，其支系後代亦以南為氏。郡望：汝南。

粘 ㄋㄧㄢˊ

源出女真族。金、元時期女真人有複姓粘合、粘罕，後皆省稱粘姓。郡望：潯陽。

區 ㄡ（ㄑㄩ）

源出歐冶複姓、姬姓二支。一，春秋時，吳國有鑄劍巧匠歐冶子，其後人即以歐冶為氏，後省稱歐氏，或又簡化為區（音ㄡ）氏。今主要分佈於兩廣地區。郡望：桂陽。二，春秋時，魯國大夫區夫之後，亦以祖上之名為氏，稱區（音ㄑㄩ）氏。影響較小，今主要分佈於山西等省。

盤 ㄆㄢˊ

源出盤古氏。相傳盤古氏為開天闢地之人類始祖，後人為紀念其功績，遂以盤或盤古為氏。又，相傳帝嚳高辛氏時有人遷居南方，與當地少數民族女子結合，繁衍子孫，被稱為盤瓠，其後裔亦有以盤為氏者。郡望：巴南。

泮 ㄆㄢˋ

史源不詳，或以為是複姓泮官衍變而來。

朴 ㄆㄨˊ

亦讀ㄆㄨˇ音。源出巴族、高麗國。一，東漢時，巴郡（今重慶一帶）七大姓之一即有朴氏。二，唐朝時，許多高麗國（今朝鮮）貴族入仕唐朝，並定居中原，即以朴為姓。當今朴姓之分佈以吉林延邊地區最為集中。郡望：巴郡。

普 ㄆㄨˇ

源出鮮卑族。北朝後魏時，皇族拓跋氏於推行姓氏制度時，以十姓分賜同胞十兄弟，其排行第二者即受賜普姓。郡望：河南、京兆。

漆 ㄑㄧ

源出姬姓。春秋時，魯國公族大夫有受封於漆邑（今山東省鄒縣東北），其子孫遂以封邑為氏。郡望：青州、北海。

亓 ㄑㄧˊ

源出官名。周朝設亓官專掌宮內閨閣之事務，其後人有以祖上之官名為氏，稱亓官氏，後省稱亓氏。郡望：魯郡。

卿 ㄑㄧㄥ

源出官名、虞姓和宋姓三支。一，西周時，周宣王之名臣仲山甫任卿士，其後代便以祖上官職為氏，稱卿氏。二，戰國時，趙國人虞卿之後代亦以卿為氏。三，秦朝末年，項羽起兵反秦時，有宋義被任為卿子將軍，其後人有以此為氏，遂成卿氏。郡望：渤海。

丘 ㄑㄧㄡ

姓源同於邱姓。清代雍正年間，為避聖人孔子之諱，遂加「邑」旁而為邱姓。然亦有部分丘姓未加改動，清朝後亦有部分邱姓恢復祖姓。然其人口及影響均小於邱姓。郡望：河南。

曲 ㄑㄩ

源出人名、姬姓二支。一，相傳夏朝末，有大臣名曲道，其後人即以祖上之名為氏，稱曲氏。二，春秋初，晉穆侯封其少子成師於曲沃（今山西聞喜東北），其支系後代便以封邑為氏，遂成曲氏。郡望：平陽、雁門。

渠 ㄑㄩˊ

源出姬姓。西周時，衛國開國之君衛康叔之後渠伯，為周王朝大夫，其支庶子孫遂以祖上之名為氏，稱渠氏。郡望：雁門。

仁 ㄖㄣˊ

源出姬姓。周朝時，周文王之後裔有名虔仁，其後代遂以其名為氏，稱虔仁氏，後分為虔、仁二姓。郡望：彭城。

僧 ㄙㄥ

史源不詳，當起於兩晉南北朝時。當時世人稱佛教徒為僧侶，亦往往將從西域來中原傳教之人稱作僧，可能由此而產生僧氏。

聖 ㄕㄥˋ

源出人名、高陽氏和子姓三支。一，相傳遠古女媧時有樂師名聖，其後人遂以為氏。二，相傳顓頊高陽氏之子有謚聖者，其後代遂以祖上之謚號為氏。三，周朝時，宋國開國之君微子啟之支庶後代，有以聖為氏者。郡望：汝南、丹陽。

稅 ㄕㄨㄟˋ

源出國名。古代稅國（在今四川中部地區）滅後，其國人便以國為氏。郡望：河間。

粟 ㄙㄨˋ

源出官名。西漢中期設搜粟都尉以掌天下糧食之徵收、保管事宜，其子孫遂有以祖上所任官名為氏，稱粟氏。郡望：江陵。

隨 ㄙㄨㄟˊ

源出人名、姬姓、陶唐氏三支。一，相傳遠古女媧時有樂師名隨，其後裔遂以其名為氏。二，周朝時，有王族分封於隨（今湖北隨州一帶），春秋時被楚國所滅，其國人遂以國為氏。三，春秋時，陶唐氏後裔士會任晉國大夫，受封於隨邑（今山西介休），其支庶子孫遂以封邑為氏。至隋朝初年，隨姓人大都依例改為隋姓，成為當今隋姓人之主體。郡望：河南、清河。

隋 ㄙㄨㄟˊ

由隨姓衍變而來。又，明代麓川（今雲南騰衝一帶）土著民有改為漢姓隋姓者，成為隋姓的另一來源。郡望：清河。

臺 ㄊㄞˊ

姓源較複雜。一，相傳少昊金天氏之裔孫名臺駘，其後代有以祖上之名為氏，後分為臺、駘二姓，駘氏後亦省稱台姓。郡望：平盧。二，寫作「台」，源出於有台氏。周朝之始祖后稷之母姜嫄即出自有台氏。郡望：武功。三，寫作「台」，音ㄧˊ，源自墨台氏，後省稱台氏。郡望：安平。此三支姓氏中，以臺姓之影響最大。

覃 （ㄑㄧㄣˊ）（ㄒㄩㄣˊ）ㄊㄢˊ

姓源較為複雜。一，讀ㄊㄢˊ音時，源出譚姓。西漢初，有譚姓人與大將韓信關係密切，韓信被殺，為避禍逃亡，並去「言」旁而改姓覃。二，讀ㄒㄩㄣˊ音時，當出自漢代長江以南及巴蜀地區之蠻族。三，讀ㄑㄧㄣˊ音時，當源出於僮、侗等民族，主要為居於廣西地區之覃姓人，原讀ㄊㄢˊ音，後衍變為ㄑㄧㄣˊ音，並相沿成習。廣西為當今覃姓分佈最為集中之地。郡望：齊郡。

潭 ㄊㄢˊ

源出武陵蠻。漢代武陵（今湖北竹山一帶）之蠻人，世稱武陵蠻，其中有潭姓。一說，潭姓由譚姓衍變而來。郡望：武陵。

檀 ㄊㄢˊ

源出國名、地名二支。一，西周初，有功臣達受封於檀（今河南沁陽一帶），史稱檀伯達。後檀國為鄭國所吞併，其族人便以國為氏。二，春秋時，齊國有大夫食采於檀城（今山東兗州北），其後人遂以封邑為氏。郡望：清河、平盧、高平。

騰 ㄊㄥˊ

源出滕姓，後因避難而自滕姓中分出。郡望：開封。

鐵 ㄊㄧㄝˇ

源出子姓。商朝時，商湯王之支系子孫有受封於鐵（今河南濮陽北），其子孫遂以封邑為氏。郡望：淮南。

仝 ㄊㄨㄥˊ

源出子姓。商朝時，商王之支庶子孫有受封於郮國（今陝西大荔一帶），其後代遂以國為氏，後又去「邑」旁而為同姓。又，周朝設樂官典同，其後代亦有以同為氏者。同姓後俗寫成仝姓，遂成二姓。郡望：渤海。

問（ㄨㄣˋ）

古代有複姓問弓、問薪等，後皆省稱問氏。郡望：襄陽。

五（ㄨˇ）

相傳黃帝之臣有名五聖者，其後裔便以祖上之名為氏，稱五氏。又，出自伍姓，因避亂或避仇而改姓五。郡望：始興。

先（ㄒㄧㄢ）

源出地名。春秋時，晉國大夫隰叔以功受封於先邑，其後代遂以封邑為氏。郡望：河東。

鮮（ㄒㄧㄢ）

源出子姓、鮮于複姓二支。一，商朝末，王族箕子避亂於朝鮮，其後人有以鮮為氏。二，古代鮮于複姓，後有省稱鮮姓者。郡望：南安。

冼（ㄕㄥˇ）

源出晉朝高涼蠻，為高涼之大姓。今主要分佈於廣東、海南。郡望：南海。

頡（ㄒㄧㄝˊ）

相傳黃帝之史官倉頡之後裔，有以頡為氏者。又，春秋時，鄭國有人名羽頡，其後代亦以頡為氏。郡望：馮翊。

忻（ㄒㄧㄣ）

姓源不詳，然唐代所撰《元和姓纂》中已有收錄。郡望：天水。

信（ㄒㄧㄣˋ）

源出姬姓。戰國後期，魏國公族無忌，號信陵君，其支庶子孫遂以其封地為氏，稱信氏。郡望：魏郡。

修（ㄒㄧㄡ）

源出金天氏。相傳少昊金天氏之子名修，其後代即以祖上之名為氏。郡望：臨川。

續（ㄒㄩˋ）

源出人名、地名二支。一，相傳舜帝有七友，其一名續牙，其後代便以祖上之名為氏，稱續氏。二，春秋時，晉國大夫狐鞫居食采於續邑（今山西省夏縣一帶），其子孫遂以封邑為氏，亦稱續氏。郡望：河東、襄陽、雁門。

牙（ㄧㄚˊ）

源出姜姓、人名二支。一，西周初，齊國開國之君姜尚，字子牙，其支庶子孫遂以祖上之字為氏，稱牙氏。又，春秋時，齊國公族公子牙，其後人以其名為氏，亦稱牙氏。二，周穆王時，有大司徒名君牙，其後人亦以牙為氏。郡望：京兆。

揚（ㄧㄤˊ）

源出姬姓。周幽王時，周宣王之子尚受封於揚（今山西洪洞一帶），史稱揚侯。春秋時，揚國被晉國所滅，其遺族遂以國為氏。郡望：天水。

么 ㄧㄠ

亦讀ㄇㄛˇ音。史源不詳，然在南朝宋人所撰《姓苑》中已有收錄。又「么」當寫作「幺」，「么」為俗體。

藥 ㄧㄠˋ

亦讀ㄩㄝˋ音。源出姜姓、外族之改姓二支。一，炎帝之姜姓後裔有以藥為氏者。二，漢代巴蠻，唐代突厥人、吐蕃人、沙陀人，西夏党項人等，皆有藥姓。郡望：河南、河內。

衣 ㄧ

源出子姓。西周初，商朝王族之一支殷氏遷居齊國，因當地讀音「殷」、「衣」不分，殷氏遂逐漸衍變為衣氏。郡望：河南。

扆 ㄧˇ

姓源不詳，然南朝宋時所撰史傳中已見扆姓人。

奕 ㄧˋ

源出姬姓。西周初，周武王封周太王古公亶父之子太伯之曾孫仲奕於閻鄉，春秋時被晉國所吞併。仲奕之後裔遂以祖上之名為氏，稱奕氏。

銀 ㄧㄣˊ

漢代時已有銀姓，然姓源不詳。又，金代女真貴族完顏銀朮可曾鎮守山西，其子孫定居於此，遂以銀為姓。郡望：西河。

由 ㄧㄡˊ

源出人名。分為三支：一，春秋時，秦國相臣由余之後，以祖上之名為氏，遂稱由氏。二，春秋時，楚國王孫由子之後，亦以祖上之名為氏。三，春秋時，楚國大夫養由基之後，亦以由為氏。郡望：長沙。

油 ㄧㄡˊ

姓源不詳，然唐代時油姓人已見於史傳。

宇 ㄩˇ

源出姜姓和宇文複姓二支。一，周朝時，周宣王之母舅申伯，姜姓，為周卿士，其後代繁衍分出宇氏。二，北朝後魏鮮卑族複姓宇文氏，有省稱為宇姓者。郡望：河南。

原 ㄩㄢˊ

源出姬姓、先姓二支。一，西周初，周文王之十六子受封於原（今河南濟源西北），史稱原伯。春秋時，原國為晉國所吞併，其國人遂以國為氏。二，春秋時，晉國吞併原國後，封功臣先軫於此，故亦稱原軫，其支系子孫遂以封邑為氏。郡望：東平。

苑 ㄩㄢˋ

源出子姓。商王武丁之子名子文，受封於苑（今河南新鄭東北），史稱苑侯，其後代便以祖上之封爵為氏。郡望：范陽。

員 ㄩㄣˊ

源出芈姓、劉姓二支。一，春秋時，楚國公族、名將伍員之支庶子孫有以祖上之名為氏，遂成員氏。二，南朝宋將領劉凝之出奔後魏，慕伍員之為人，遂改為員姓。郡望：天水。

惲 ㄩㄣˋ

源出芈姓、楊姓二支。一，春秋時，楚成王熊惲之支系子孫以祖上之名為氏，遂成惲氏。二，西漢官員楊惲因故被殺，其子為避禍而改姓惲。郡望：鄱陽。

造 ㄗㄠˋ

源出人名。相傳周穆王時名臣造父，以善於養馬、駕車著名，其後代遂以其名為氏，稱造氏。郡望：京兆。

占 ㄓㄢ

源出嬀姓。春秋時，陳國公子完出奔齊國，其裔孫書，字子占，其後代遂以祖上之字為氏，稱占氏。郡望：陳留。

展 ㄓㄢˇ

源出國名、姬姓和外姓之改姓三支。一，春秋時有展國（今河南許昌北），國滅後，其國人即以國為氏。二，春秋時，魯孝公之子子展，其裔孫無亥任魯隱公時司空，以祖上之名為氏，稱展氏。三，北朝魏鮮卑複姓輾遲氏，隨魏孝文帝南遷中原後，改為漢姓展姓。郡望：河東。

戰 ㄓㄢˋ

源出畢姓。戰國初，滕文公之臣畢戰之後代，以祖上之名為氏。郡望：河南。

招 ㄓㄠ

源出嬀姓、人名二支。一，春秋時，陳侯之弟招因權力之爭失敗被放逐越國，遂定居於此，其後人便以祖上之名為氏。二，春秋時，晉國人步招，其後代亦以招為氏。郡望：南海。

折 ㄓㄜˊ

源出人名、地名二支。一，春秋時，齊國大夫折文子之後以祖上之名為氏，稱折氏。二，漢代武威太守張江以功封折侯（封國在今山東諸城西南），其曾孫國遂以祖父封地為氏，改姓折。郡望：河西、西河。

植 ㄓˊ

源出姒姓、外族之改姓二支。一，夏朝時，大禹之支系後裔被封於會稽（今浙江紹興），建立越國。越王之後裔有以植為氏者。二，南北朝時期，有來自天竺（今印度）定居中原者，亦以植為姓。郡望：南海。

智 ㄓˋ

源出荀姓。春秋時，齊國大夫荀林之弟荀首受封於知邑，因古代「知」、「智」二字相通，故世稱知伯或智伯。其後代遂以封邑為氏，稱智氏。郡望：天水、河東。

中 ㄓㄨㄥ

源出人名、國名二支。一，周朝時，有人名中旄父，其後人即以中為氏。二，戰國時，魏國吞併中山國，以封公子年之子尚，世稱中尚，其後代遂以封邑為氏，亦稱中氏。郡望：太原。

竹 ㄓㄨˊ

源出姜姓、夜郎國二支。一，西周初，孤竹國之王子伯夷、叔齊讓國不居，後因恥食周粟而餓死於首陽山，其後代遂以孤竹國之名為氏，稱竹氏。二，漢代時，西南之夜郎國君有生於竹林者，遂以竹為姓，其子孫相沿未改。郡望：東海。

住 ㄓㄨˋ

源出複姓庫住，省稱住氏，南朝人著作中已有載錄。郡望：河南。

佐 ㄗㄨㄛˇ

姓源不詳，至遲在明代已有載錄。

附錄二　《百家姓》郡望一覽表

郡望	姓氏
上谷郡	成、麻、榮、谷、侯、燕、寇。
上黨郡	鮑、樊、包、尚、連。
下邳郡	余、滑、葉、國、闞、穀梁。
千乘郡	倪、單于。
山陽郡	王、滿、翟、養、鞠、顓孫、岳。
中山郡	王、張、郎、湯、藍、甄、焦、仲、藺。
丹陽郡	杭、包、廣、那。
內黃縣	薊。
天水郡	趙、王、楊、秦、嚴、姜、皮、尹、狄、紀、強、秋、龍、雙、莘、桂、別、莊、閻、艾、慎、闞、那、曾、權、上官、子車、樂正、閆、琴。
太原郡	孫、王、秦、唐、郝、鄔、元、祁、伏、祝、郭、霍、昝、弓、宮、武、景、韶、鬱、能、溫、閻、充、易、弘、沃、師、尉遲、澹臺、令狐、宇文、鮮于、鄢、呼延、帥、緱、亢。
巴郡	相、督。
巴西郡	譙。
巴東郡	黃。
北海郡	王、奚、逢。
平昌郡	孟、宓、紅、司寇。
平原郡	張、常、明、管、陸、芮、雍、溫、東、師、東方。
平陽郡	鳳、汪、紀、經、解、邴、巫、仇、柴、步、歐、勾(句)、饒、晉。
平盧軍	郜。
弘農郡	楊、刁、牧、譚。
任城郡	魏。
安定郡	伍、梁、席、胡、程、蒙。
汝南郡	周、昌、袁、殷、齊、和、穆、藍、危、梅、盛、應、麴、糜、烏、仰、咸、翟、艾、廖、衡、沙、鞠、蓋、商、言。
江夏郡	喻、費、黃。
江陵郡	黃、熊、莫、戎、楚、汝。
百濟國	福
西郡	黃。
西河郡	卜、毛、宋、林、靳、欒、卓、池、宰、通、相、申屠、穀梁、段干、愛。
吳郡	孫、張、陸、歸、賞。
吳興郡	錢、沈、尤、施、水、姚、明、邱、鈕、麴、胥、

	聞、慕、都。
扶風郡	竇、魯、馬、祁、萬、惠、芮、井、段、班、祿、公孫、法。
沛郡	周、朱、武。
京兆郡	王、韋、酆、史、康、米、計、宋、舒、杜、宗、滑、羊、於、家、車、全、劉、郜、黎、扶、雍、壽、扈、浦、尚、別、夔、晁、冷、皇甫、申屠、歸、羊舌。
始平郡	馮、龐、宣。
始興郡	張、陰。
宜春郡	彭。
昌黎郡	韓。
東郡	宣。
東平郡	王、呂、花、宿、太叔。
東海郡	王、戚、昌、鮑、于、臧、茅、徐、闞、後、竺、后、有。
東莞郡	松、從、沙。
東萊郡	王。
東陽郡	苗、黃、習、宦。
松陽縣	瞿、豐、公。
武功郡	蘇、殳。
武昌郡	鄂。

武威郡	安、賈、石、段、索、廖。
武陵郡	華、顧、龔、龍、蒼、冉、郟。
武陽郡	勞。
河內郡	楊、于、平、荀、懷、茹、司馬、淳于、南門。
河東郡	王、衛、呂、張、柳、廉、薛、裴、儲、宮、暴、蒲、堵、滿、聶、毋、羊舌、伯。
河南郡	周、王、褚、張、方、畢、于、元、卜、平、黃、穆、邱（丘）、駱、單、嵇、陸、荀、山、車、伊、賴、扶、堵、茹、向、利、厙（庫）、聞人。
河間郡	張、章、俞、凌、邢、詹、欽、哈。
金城郡	王。
長沙郡	王。
長樂郡	蓬。
南安郡	單。
南康郡	融。
南陽郡	韓、岑、滕、樂、宗、鄧、仇、厲、劉、束、葉、白、卓、陰、翟、姬、終、隆、帥。
宣城郡	賁。
建安郡	笪。
范陽郡	鄒、湯、盧、厲、祖、燕、簡。
邵陽縣	軒轅。
晉昌郡	七。

晉陵郡	吳。
晉陽縣	匡、越。
泰山郡	周、鮑、羊。
秦郡	壤駟。
高平郡	王、曹、范、巴、郗。
高陽郡	許、伏、耿、公孫、仲孫。
海陵郡	查。
堂邑郡	王。
梁郡	葛、談、喬、西門、墨。
清河郡	張、傅、貝、房、崔、汲。
琅琊郡	王、雲、顏、支、諸、惠、符、胥、申、蔚、須、諸葛、帥。
章武郡	王。
陳郡	袁。
陳留郡	周、王、衛、謝、時、阮、路、虞、富、伊、屠、邊、公良。
博陵郡	邵、崔、濮陽。
彭城郡	錢、曹、金、劉、巢、宗政。
渤海郡	季、童、高、淩、裘、石、封、甘、詹、冀、暨、居、勾（句）、訾、歐陽、赫連、汝。
華陰郡	嚴、郭、藺。
雁門郡	童、田、解、幸、薄、農、魚、衡、文、辛、慕

	容、佘。
馮翊郡	張、嚴、雷、吉、景、印、党、連、魚、寇、益、梁丘。
新安郡	古、聶。
新野郡	王。
新蔡郡	王、酈、冷、漆雕、百里。
會稽郡	謝、賀、顧、黃、駱、夏、虞、莊、闞、鍾離。
滇池縣	佴。
蜀郡	張。
鉅野郡	曹。
鉅鹿郡	魏、舒、莫、廖、毋、牟。
零陵郡	黃。
頓丘郡	司、空、公羊、閭丘、司空、公西。
滎陽郡	鄭、潘、毛、經、郟。
漁陽郡	鮮于。
趙郡	李、乜、宇文、司徒。
齊郡	計、羿、富、寧（甯）、譚、晏、查、淳于、左丘。
廣平郡	賀、談、程、籍、屠、貢、游、逯。
廣陵郡	荊。
廣漢郡	王、姜。
撫寧縣	夾谷。
樂安郡	孫、蔣、任、仲。

潁川郡	陳、韓、鍾、干、烏、賴、庾、晁、拓跋、汝。
潯陽郡	周。
餘杭郡	杭、隗、暨。
魯郡	孔、閔、季、顏、郗、濮、厙(庫)、敖、曾、巢、公冶、仉、端木、巫馬、宰父、微生、南宮。
黎陽郡	郁、於、璩、桑、都。
燉煌郡	洪、慕、容、慕容。
豫章郡	喻、章、羅、鄔、湛、洪、璩、涂。
遼西郡	項、鈄。
遼東郡	佟。
濟南郡	東郭。
濟陰郡	柏、寧(甯)、郤。
濟陽郡	陶、卞、江、蔡、柯、丁、左、羿、易、庾、長孫、東門。

濮陽郡	黃、汲、商。
臨川郡	周、翁、饒。
臨海郡	屈、戈。
臨淮郡	屈。
薛郡	海。
襄陽郡	張、習、蒯。
魏郡	張、柏、暴、申。
廬江郡	周、何、況。
懷遠郡	年。
譙郡	曹、奚、戴、婁、嵇、逄(逢)、敖、桓、夏侯、譙。
隴西郡	李、彭、時、禹、米、董、閔、牛、邊、辛、闞、陽、第五。
蘭陵郡	蕭、繆、万俟。

附錄三　音序索引

ㄐ

ㄑ

ㄒ

文學的・歷史的・哲學的・宗教的　古籍精華　盡在三民

古籍今注新譯叢書

哲學類

新譯四書讀本
新譯論語新編解義
新譯學庸讀本
新譯孝經讀本
新譯易經讀本
新譯乾坤經傳通釋
新譯周易六十四卦經傳通釋
新譯易經繫辭傳解義
新譯禮記讀本
新譯儀禮讀本
新譯孔子家語
新譯老子讀本
新譯帛書老子
新譯老子解義
新譯莊子讀本
新譯莊子本義
新譯莊子內篇解義
新譯列子讀本
新譯管子讀本
新譯墨子讀本
新譯公孫龍子
新譯晏子春秋
新譯鄧析子
新譯荀子讀本
新譯尹文子
新譯尸子讀本
新譯鶡冠子
新譯鬼谷子
新譯韓非子
新譯呂氏春秋
新譯韓詩外傳
新譯淮南子
新譯春秋繁露
新譯新書讀本
新譯新語讀本
新譯潛夫論
新譯論衡讀本
新譯申鑒讀本
新譯人物志
新譯張載文選
新譯近思錄
新譯傳習錄
新譯呻吟語摘
新譯明夷待訪錄

文學類

新譯詩經讀本
新譯楚辭讀本
新譯文心雕龍
新譯六朝文絜
新譯世說新語
新譯昭明文選
新譯古文觀止
新譯古文辭類纂
新譯樂府詩選
新譯古詩源
新譯千家詩
新譯詩品讀本
新譯花間集
新譯南唐詞
新譯絕妙好詞
新譯唐詩三百首
新譯宋詩三百首
新譯宋詞三百首
新譯元曲三百首
新譯明詩三百首
新譯清詩三百首
新譯清詞三百首
新譯唐人絕句選
新譯拾遺記
新譯搜神記
新譯唐才子傳
新譯唐傳奇選
新譯宋傳奇小說選
新譯明傳奇小說選
新譯容齋隨筆選
新譯明散文選
新譯明清小品文選
新譯人間詞話
新譯白香詞譜
新譯幽夢影
新譯菜根譚
新譯小窗幽記
新譯圍爐夜話
新譯郁離子
新譯歷代寓言選
新譯賈長沙集
新譯揚子雲集
新譯建安七子詩文集
新譯曹子建集
新譯阮籍詩文集
新譯嵇中散集
新譯陸機詩文集
新譯陶淵明集
新譯江淹集
新譯庾信詩文選
新譯初唐四傑詩集
新譯駱賓王文集
新譯王維詩文集
新譯孟浩然詩集
新譯李白詩全集
新譯李白文集
新譯杜甫詩選
新譯杜詩菁華
新譯高適岑參詩選
新譯昌黎先生文集
新譯劉禹錫詩文選
新譯柳宗元文選
新譯白居易詩文選
新譯元稹詩文選
新譯李賀詩集
新譯杜牧詩文集

新譯李商隱詩選
新譯范文正公選集
新譯蘇洵文選
新譯蘇軾文選
新譯蘇軾詞選
新譯蘇轍文選
新譯曾鞏文選
新譯王安石文選
新譯唐宋八大家文選
新譯柳永詞集
新譯李清照集
新譯辛棄疾詞選
新譯陸游詩文選
新譯歸有光文選
新譯唐順之詩文選
新譯徐渭詩文選
新譯薑齋文集
新譯顧亭林文集
新譯納蘭性德詞
新譯方苞文選
新譯鄭板橋集
新譯袁枚詩文選
新譯李慈銘詩文選
新譯聊齋誌異選
新譯閱微草堂筆記
新譯浮生六記
新譯弘一大師詩詞全編

教育類

新譯爾雅讀本
新譯顏氏家訓
新譯聰訓齋語
新譯曾文正公家書
新譯三字經
新譯百家姓
新譯幼學瓊林
新譯增廣賢文・千字文
新譯格言聯壁

歷史類

新譯史記
新譯漢書
新譯後漢書
新譯三國志
新譯資治通鑑
新譯史記——名篇精選
新譯尚書讀本
新譯周禮讀本
新譯逸周書
新譯左傳讀本
新譯公羊傳
新譯穀梁傳
新譯春秋穀梁傳
新譯戰國策
新譯國語讀本
新譯說苑讀本
新譯新序讀本
新譯吳越春秋
新譯西京雜記
新譯列女傳
新譯越絕書
新譯燕丹子
新譯東萊博議
新譯唐六典
新譯唐摭言

宗教類

新譯金剛經
新譯高僧傳
新譯碧巖集
新譯百喻經
新譯楞嚴經
新譯梵網經
新譯圓覺經
新譯法句經
新譯六祖壇經
新譯禪林寶訓
新譯維摩詰經
新譯經律異相
新譯阿彌陀經
新譯無量壽經
新譯妙法蓮華經
新譯景德傳燈錄
新譯大乘起信論
新譯釋禪波羅蜜
新譯八識規矩頌
新譯永嘉大師證道歌
新譯華嚴經入法界品
新譯地藏菩薩本願經
新譯悟真篇
新譯无能子
新譯坐忘論
新譯列仙傳
新譯抱朴子
新譯神仙傳
新譯性命圭旨
新譯老子想爾注
新譯周易參同契
新譯道門觀心經
新譯養性延命錄
新譯樂育堂語錄
新譯沖虛至德真經
新譯長春真人西遊記
新譯黃庭經・陰符經

地志類

新譯山海經
新譯水經注
新譯佛國記
新譯大唐西域記
新譯洛陽伽藍記
新譯徐霞客遊記
新譯東京夢華錄

政事類

新譯商君書
新譯鹽鐵論
新譯貞觀政要

軍事類

新譯孫子讀本
新譯司馬法
新譯尉繚子
新譯三略讀本
新譯六韜讀本
新譯吳子讀本
新譯李衛公問對

◎新譯增廣賢文・千字文

馬自毅／注譯　李清筠／校閱

重視教育是中華民族的優秀傳統，在古代兒童教育書籍中，《增廣賢文》及《千字文》是影響較大的兩本。前者於明清時期廣泛流傳，家喻戶曉，內容通俗易懂，從不同角度闡發為人處世、修身齊家之道。後者於南朝梁武帝時即已編定，影響、流傳至今，內容雖僅千字，但全部都是常用字，是兒童學字的好教材。本書加以合刊注譯，幫助讀者重溫、汲取老祖宗的生活智慧。